颂体文学的多维观照

Multi-dimensional Perspectives on Eulogies

杨化坤 著

图书在版编目（CIP）数据

颂体文学的多维观照 / 杨化坤著. -- 武汉：湖北人民出版社, 2025.6.
ISBN 978-7-216-11087-7

Ⅰ. I206.2

中国国家版本馆CIP数据核字第2025BM2784号

责任编辑：丁　茜
封面制作：董　昀
责任校对：范承勇
责任印制：蔡　琦

颂体文学的多维观照
SONGTI WENXUE DE DUOWEI GUANZHAO

出版发行：湖北人民出版社	地址：武汉市雄楚大道268号
印刷：武汉市籍缘印刷厂	邮编：430070
开本：787毫米×1092毫米 1/16	印张：22.75
字数：406千字	插页：3
版次：2025年6月第1版	印次：2025年6月第1次印刷
书号：ISBN 978-7-216-11087-7	定价：98.00元

本社网址：http://www.hbpp.com.cn
本社旗舰店：http://hbrmcbs.tmall.com
读者服务部电话：027-87679656
投诉举报电话：027-87679757
（图书如出现印装质量问题，由本社负责调换）

国家社科基金后期资助项目
出版说明

　　后期资助项目是国家社科基金设立的一类重要项目，旨在鼓励广大社科研究者潜心治学，支持基础研究多出优秀成果。它是经过严格评审，从接近完成的科研成果中遴选立项的。为扩大后期资助项目的影响，更好地推动学术发展，促进成果转化，全国哲学社会科学工作办公室按照"统一设计、统一标识、统一版式、形成系列"的总体要求，组织出版国家社科基金后期资助项目成果。

全国哲学社会科学工作办公室

序

程章灿

这本书是在杨化坤博士学位论文的基础上修改充实而成的,作为指导老师,我比较了解化坤的学习情况,也见证了这篇论文的写作过程,愿意在这里赘述几句,或许对读书知人不无助益。

化坤考上南京大学文学院,随我攻读文学博士学位,是在2011年秋。他的硕士导师是时在河北师范大学的王京州教授,而京州的博士学位论文又恰好是我指导的。因为这样一层特殊的师生关系,在化坤考上南大之前,我就已经从京州那里了解到一些化坤的情况。初次见面,这个身材挺拔、外形俊朗的帅小伙子,就给我留下很好的第一印象。在后来的接触中,我更多地了解到他性格朴实而读书踏实勤奋的一面。印象中,几乎每个寒暑假,他都留校苦读,很晚才离校返家,赶写博士论文那一年,忙到了小年夜才回家。当然,他的家虽然不在江苏,却离南京不远,这也是一个原因。

在京州教授的指导下,化坤在硕士学习阶段就打下了相当坚实的文献学基础。京州的硕士论文是《陶弘景集校注》,2009年即在上海古籍出版社出版,颇得学界好评。后来,他又不断积累相关资料,于2021年推出更臻完善的修订本,庶几可为《陶弘景集》之通行本。化坤在京州教授指导下,亦步亦趋,从事六朝名家集的整理研究。他以《邢邵研究》为硕士论文题目,正文由三章组成,包括《邢邵生平及作品丛考》《邢邵思想探微》《邢邵文学述论》,附录部分由《邢邵诗文校注》《邢邵诗文佚句辑存》组成。他在硕士论文基础上设计的"《邢子才集》整理与研究"课题,后来入选2020年全国高等院校古籍整理研究工作委员会项目、2022年国家社科基金后期资助项目。邢邵是北朝文学名家,化坤专注于对其生平作品的整理与研究,十几年如一日,持之以恒,这个课题从硕士论文、教育部古委会项目再到国家社科基金后期资助项目,一步一个脚印,勾勒出他在学术上稳步前行的足迹。

化坤选定的博士论文题目是《颂体文学的多维观照》,其中也有京州的影响。京州博士论文做的是《魏晋南北朝论说文研究》，后来也在上海古籍出版社出版了。这既是一项断代文学史的研究，也是一项断代文体学的研究。一开始，化坤选题时也考虑过断代文体学的研究视角，他对文体学尤其是颂体文学研究比较有兴趣，但是，如果从断代角度研究魏晋南北朝颂体文学，相关文献资料有限，展开论述时难免时有掣肘。我建议他打开视野，从通代视角观察颂体文学。不过，通代视角也有利有弊，利是材料更丰富，视野更开阔，弊是时空跨度大，文献掌握难度也明显增大。化坤克服困难，以极大的耐心，翻阅了大量文献，收集到很多颂体文学文献。我印象最深刻的是他到学校图书馆翻阅《清代诗文集汇编》。这套丛书收录清代诗文集4000余种，煌煌800巨册，当时刚刚上市不久，使用的人不多，也没有任何检查工具，只能一页一页地翻检，偷不得半点懒。正因为下了这等深细的文献搜集阅读的工夫，化坤在研究颂体文学之时，才有了坚实可靠的文献支撑，也才能顺利地展开多学科融通的文化视野。

  颂是一种经典文体。一方面，它历史悠久，在《诗经》时代，即与风、雅并列，是所谓"四诗"之一；另一方面，它又有强大的历史文化孳生力，从赋颂、碑颂、祝颂、颂赞、颂石等词语中，足见它与多个文类、多种文化相互融合，用途广泛，从中亦可窥探中国文学和文体的民族特色。作为从通代角度研究颂体文学的著作，本书也自有特色。第一是选题恰当，材料丰富。我赞成化坤从通代角度来研究颂体文学，主要基于如下两点考虑：一是比较容易收集到足够丰富的材料，二是比较容易展开多维的观照。在本书附录中，化坤将其搜集到的《历代颂体批评资料辑存》公布，利己利人，有助于文体研究的推进。第二是结构井然，条理清楚。上篇四章是文学体式研究，包括颂体的起源、颂体的形态、颂体的创作、颂与其他文体的关系四个部分，下篇四章是思想文化研究，包括儒家思想与颂体的精神意蕴、史家职责与颂体的纪颂功能、刻石传统与颂体的主旨及留传、礼仪制度与颂体的礼仪化书写四个部分。第三是多维观照，富有特色。化坤所选择的维度，涉及思想史、制度史、物质文化史、礼仪文化史等，从这些维度来观察颂体文学，既可展现颂体文学作为经典文体的特色，也对从这些维度来观照其他文体不无启示意义。这一点，也可以说是本书对整个中国古代文体学研究的意义。

  "田家少闲月，五月人倍忙。"这是白居易传诵很广的名篇《观刈麦》的开头两句。写这首诗的时候，白居易正在盩厔县尉任上，属于故友赖瑞和教授所谓"唐代基层文官"的一员，这个身份使他不必亲事农桑，就能"吏禄三百石，岁晏有馀粮"。面对田家刈麦的辛勤劳作，白居易没有自居为官员而高高在上，也没有作为一位旁观者而悠然事外，他在对农人的辛苦忙碌深表同情之馀,还能反躬自省,问心有愧,这种朴质真诚的情感是令人感动的。我生长于农家,也干过包括刈麦在内的一些农活,虽然离开故乡和田园已经四十多年,距离田家生活越来越远,但是,每次重读《观刈麦》诗,从第一次阅读开始就沉淀下来的亲切感,非但没有减弱,反而与年俱增。尤其是每年五六月,相当于白居易所说的农历五月,大学里各个层次的学生,从本科生、硕士生到博士生,都集中在这段日子里举行毕业论文答辩。对于学生来说,论文答辩是他们总结与呈现阶段性学习成果的形式,很有仪式感,答辩场上的他们好比从田间刈麦归来的收获者。而作为老师,置身答辩现场,则好比是"观刈麦"的白居易,但不必像白居易那样"念此私自愧",反而可以分享刈麦者收获的喜悦。读书治学也是一种劳作,虽然与刈麦不同,但其中也蕴涵着最朴素的生活美学:忙碌使人充实,耕耘必有收获,分享带来欢乐。

　　每年的五月,我都有机会在场边观人"刈麦",也就有机会分享"田家"收获的喜悦,内心充满了喜悦。今年多出的一份喜悦,是化坤告诉我他的博士论文马上就要出版,他随即寄来了校样。这让我想起11年前的那个5月,化坤顺利完成了学业,他提交答辩的博士论文《颂体文学的多维观照》也获得了答辩委员会很高的评价,那是这部书稿的草创阶段。毕业后,化坤入职安徽财经大学,成家立业,在繁忙的教学和科研工作之馀,继续对这部书稿进行修订、扩充,全书面貌焕然一新。2019年《颂体文学的多维观照》获得国家社科基金后期资助之后,化坤又花费数年时间,对此书稿作进一步的修改、充实、提升。博士论文时代的五章,扩充为申报国家社科基金后期资助项目时的六章,最终衍变为结项时的八章,篇幅增扩了十万字之多,论述深度和广度也今非昔比。这个过程,既是一个专题研究日益深化的过程,也是一部书稿逐渐丰富的蜕变过程,还是一个学者不断成熟的成长过程。如果从论文开题算起,到正式出版为止,这个过程已持续十几年,轻描淡写地说一句"十年辛苦不寻常",显然不足以形容其中的甘苦。这种甘苦一般读者未必能够体会,我尽管见证了从博士论文到书稿定本的过程,也未必能够完全理解,只有"锄禾日当午"的"田家",才能真正体会"粒粒皆辛苦"。无论如何,我应该为化坤感到欣喜,向他祝贺。

　　不知不觉中,竟然说了一大通"田家语"。东晋诗人陶渊明也好作"田家语",我喜欢他的《庚戌岁九月中于西田获早稻》,非止一日矣,今天才意识到,此诗与《观刈麦》异曲同工,也是一段"田家语"。我相信化坤也会喜欢,因抄附篇末,与化坤共赏:

　　　　　　人生归有道,衣食固其端。

孰是都不营,而以求自安。
开春理常业,岁功聊可观。
晨出肆微勤,日入负耒还。
山中饶霜露,风气亦先寒。
田家岂不苦,弗获辞此难。
四体诚乃疲,庶无异患干。
盥濯息檐下,斗酒散襟颜。
遥遥沮溺心,千载乃相关。
但愿长如此,躬耕非所叹。

是为序。

2025 年 5 月 31 日
6 月 11 日改定

目　录

绪　言 ·· 1

上篇　文学体式研究

第一章　颂体的起源 ·· 11
第一节　《诗·颂》与颂体的起源 ························· 11
一、《诗·颂》的内容与功能 ····························· 11
二、颂体的确立及对《诗·颂》的继承 ················ 14
三、颂体对《诗·颂》的发展 ····························· 19
第二节　金石文对颂体的影响 ····························· 21
一、镌刻金石对颂体功能的影响 ······················ 21
二、刻石对颂之体式的影响 ····························· 24
三、秦刻石的文体属性及其意义 ······················ 27
第三节　作为颂体之始的王褒《圣主得贤臣颂》 ······ 31
一、《圣主得贤臣颂》之前以颂为名的作品 ········ 33
二、《圣主得贤臣颂》的形式与内容 ·················· 35
三、《圣主得贤臣颂》在后世的影响 ·················· 39

第二章　颂体的形态 ·· 42
第一节　颂体的正格：以《文心雕龙·颂赞》篇为中心 ··· 42
一、《文心雕龙·颂赞》篇对颂体的总结 ············· 42
二、"雅而似赋"的辨体意识 ····························· 47
三、"不辨旨趣"的批评内涵 ····························· 49
第二节　颂体的风格及表现 ································ 52
一、内容方面的典正雅训 ································ 52

二、文辞方面的清丽美好 …………………………………57
三、篇章结构的雍容宏肆 …………………………………61
四、小结 ……………………………………………………64
第三节　颂体与音乐的分离 ……………………………………64
一、《诗·颂》演唱功能在汉代的分流 ……………………64
二、从"诗颂""颂诗"的区别看颂体的不歌而诵 …………69
三、明清学者对颂体音乐性的再认识 ……………………73

第三章　颂体的创作 …………………………………………………77
第一节　颂体创作的三种方式 …………………………………77
一、献颂与传统士人的事功心态 …………………………77
二、奉诏作颂与褒颂功烈的政治需求 ……………………80
三、试颂与中国古代的人才选拔 …………………………83
第二节　颂体创作中表文与序文的使用 ………………………90
一、颂表的创作及体式 ……………………………………90
二、颂序的功能和特征 ……………………………………93
三、颂表、颂序的交叉与合流 ……………………………95
第三节　颂体创作的同题现象 …………………………………99
一、颂体同时同题的创作 …………………………………100
二、颂体异时同题的创作 …………………………………104
三、同题创作对颂体的影响 ………………………………107

第四章　颂与其他文体的关系 ……………………………………111
第一节　赋、颂混称、连称的表现和原因 ……………………111
一、汉代赋、颂混称现象及成因 …………………………112
二、"赋颂"连称的内涵及原因 ……………………………118
第二节　"赞颂相似"的表现 ……………………………………123
一、文体功能的相同 ………………………………………125
二、使用对象的一致 ………………………………………128
三、创作题材的相同 ………………………………………129
四、篇体形式的相近 ………………………………………132
第三节　颂与铭、碑的关系 ……………………………………134
一、颂、铭、碑三体的交融 ………………………………135
二、颂体"敬慎如铭"的内涵 ………………………………139

三、"碑颂"的名与实 ……………………………………………… 143
　第四节　哀颂：哀辞与颂体的融合 …………………………………… 146
　　一、哀颂的缘起与创作 …………………………………………… 146
　　二、哀颂的文体属性 ……………………………………………… 148
　　三、哀颂的特点和功用 …………………………………………… 150
　　四、余论 …………………………………………………………… 153

下篇　思想文化研究

第五章　儒家思想与颂体的精神意蕴 …………………………………… 157
　第一节　儒家德政思想与颂体的颂德主旨 …………………………… 157
　　一、"德"的基本内涵及在儒家思想中的地位 ………………… 157
　　二、《诗·颂》与先秦颂德风气 …………………………………… 162
　　三、颂体中德政思想的表现 ……………………………………… 166
　第二节　儒家天命思想与颂体的政治诉求 …………………………… 169
　　一、太平之符：天人感应的显性表达 …………………………… 170
　　二、受命之符：君权神授的神秘暗示 …………………………… 173
　　三、正义之战：奉天伐罪的舆论宣导 …………………………… 176
　第三节　儒家教化思想与颂体的社会功用 …………………………… 180
　　一、儒家教化思想的内涵 ………………………………………… 180
　　二、儒家教化思想在颂体中的体现 ……………………………… 184
　　三、儒家教化思想的礼仪表达与文学传播 ……………………… 188

第六章　史家职责与颂体的纪颂功能 …………………………………… 194
　第一节　颂体与史书的关系 …………………………………………… 194
　　一、史家"褒述功烈"的职责及史官作颂的传统 ……………… 195
　　二、颂的记述功能及对史事的记载 ……………………………… 199
　　三、颂、史之间的取材与利用 …………………………………… 203
　第二节　太平盛世的赞述：以许善心《神雀颂》为例 ……………… 205
　　一、许善心与《神雀颂》的创作 ………………………………… 206
　　二、《神雀颂》内容与史实的关系 ………………………………… 209
　　三、《神雀颂》："开皇之治"的颂歌 …………………………… 213

第三节　重大事件的纪颂：以宋濂《平江汉颂》为例 ……………216
　　　一、宋濂与《平江汉颂》的创作 …………………………………216
　　　二、《平江汉颂》的史学价值 ……………………………………220
　　　三、《平江汉颂》的政治意义 ……………………………………223

第七章　刻石传统与颂体的主旨及留传 ……………………………228
　　第一节　颂石与石刻的颂扬主题 ……………………………………228
　　　一、中国古代刻石颂功的传统 …………………………………228
　　　二、颂石：颂体与石刻的结合 …………………………………232
　　第二节　颂石的主旨：以《大唐中兴颂》碑为例 ………………236
　　　一、古今学者关于《大唐中兴颂》碑主旨的争论 ……………237
　　　二、从文体属性看《大唐中兴颂》碑的主旨 …………………242
　　　三、从石刻特征看《大唐中兴颂》碑的主旨 …………………243
　　　四、小结 …………………………………………………………246
　　第三节　颂石的留传：以汉唐间颂石作品为例 …………………246
　　　一、汉魏六朝的颂石 ……………………………………………246
　　　二、唐代的颂石 …………………………………………………250
　　　三、颂石的传播 …………………………………………………253

第八章　礼仪制度与颂体的仪式化书写 ……………………………257
　　第一节　巡狩礼仪中的赋、颂书写传统 …………………………257
　　　一、巡狩礼与汉代巡狩颂的创作 ………………………………257
　　　二、"征圣""宗经"思想与汉代巡狩颂的命题 ………………261
　　　三、后世巡狩赋、颂并存的现象及原因 ………………………264
　　第二节　封禅礼仪与封禅颂的使用 …………………………………269
　　　一、封禅礼与相关文体的创作 …………………………………269
　　　二、封禅前的颂圣德、陈符瑞 …………………………………272
　　　三、封禅中的"刻石纪号" ……………………………………275
　　　四、封禅后的作颂纪德 …………………………………………278
　　第三节　上寿礼仪与上寿颂的产生及普及 ………………………281
　　　一、上寿礼与相关文体的使用 …………………………………281
　　　二、上寿颂的形成及内容 ………………………………………283
　　　三、明清上寿礼的盛行与上寿颂的创作 ………………………288

结　语 ··294

附录:历代颂体批评资料辑存 ···296

参考文献 ··334

后　记 ··348

绪　言

"明体"是中国古代重要的文学思想之一。作为写作的固有思维，明体意识产生的时间极为久远，早在先秦时期，一些典籍就有涉及，如《尚书·毕命》强调"辞尚体要"①，《墨子》也说："立辞而不明于其类，则必困矣。"②自此以后，加以申论者，代不乏人。产生于南朝齐梁时期的《文心雕龙》，是中国文论史上一部体大思精的著作，作者刘勰在多处论及明体的重要性，如《附会》篇"夫才童学文，宜正体制"③，《知音》篇"是以将阅文情，先标六观：一观位体，二观置辞，三观通变，四观奇正，五观事义，六观宫商。斯术既形，则优劣见矣"④。"体制""位体"均是对文体的强调。明代文体学是继南朝之后的又一高峰，对文章体制规范及源流正变的探讨是当时文学批评的重要内容。吴讷倡导"文辞以体制为先"⑤，徐师曾也广泛征引前贤，如宋倪思"文章以体制为先，精工次之。失其体制，虽浮声切响，抽黄对白，极其精工，不可谓之文矣"，以及明陈洪谟"文莫先于辨体，体正而后意以经之，气以贯之，辞以饰之"⑥，表示对这一观点的认可。

近代以来，中国文学受西方影响极大，谈文体动辄小说、诗歌、散文、戏剧，传统的文体学日益衰微。20世纪80年代，由于学术视角的转变、学术理念的更新，中国古代文体研究又重新为人重视，吴承学教授便是主要的推动者之一。关于中国文体学研究的意义和方法，他认为，"中国文体学研究是

---

① ［汉］孔安国传，［唐］孔颖达疏：《尚书正义》卷十九，《十三经注疏》本，中华书局2009年，第521页。按，本书引用文献的注释，每章首次出现详细标注，第二次及以后简要标注。
② ［清］孙诒让撰，孙启治点校：《墨子间诂》卷十一，中华书局2001年，第413页。
③ ［南朝梁］刘勰著，詹锳义证：《文心雕龙义证》卷九，上海古籍出版社1989年，第1593页。
④ 《文心雕龙义证》卷十，第1853页。
⑤ ［明］吴讷著，凌郁之疏证：《文章辨体序题疏证》，人民文学出版社2016年，凡例第1页。
⑥ ［明］徐师曾著，罗根泽校点：《文体明辨序说》（与《文章辨体序说》合刊），人民文学出版社1962年，第14、80页。

对中国本土文学理论传统的回归,也是对古代文学本体的回归。强调中国文体学是要回到中国'文章学'来发现中国文学自己的历史,尽可能消解自新文化运动以来以西方文学分类法套用中国传统文学所造成的流弊。强调对古代文学本体的回归,就是要突出中国文学特有的语言形式与审美形式的特点,从中国文学固有的'文体'角度切入来研究中国文学"①。中国古代文体是以"用"为首要特性的文学形式,从来不是西方的"纯文学"体系,即便是最具艺术性的诗歌,最初也具有显著的实用功能。可以说,不同的对象,具有不同的属性,需要不同的表述,从而形成不同的文体。在中国传统礼乐文化背景下,文体既是载体形式,又是表现手法。文体与文化之间,有着千丝万缕的关系。从文体角度研究中国文学,不仅是回归传统的方式之一,也是借以认识中国文化的重要突破口。

颂是中国古代众多文体中的一种,就篇章数量与文学价值而言,虽无法与诗、赋、词、曲等代表一代文学之胜的文体相比,但长期的发展过程中,颂形成了独特的文学风貌,积累了厚重的文化意蕴,在中国文学史及文化史上占有不可忽视的地位。颂有广义和狭义之分。广义的颂包括一切颂美之文,如《诗经》"三颂"(以下简称《诗·颂》)、乐府诗之"郊庙歌辞",以及佛教偈颂中的部分作品。狭义的颂则特指独立为文体之颂。这类颂有着固定的文体特征,形式上以四言韵文为主,兼有少量散体、骈体、谣体、骚体,内容上有颂无讽,属于典型的庙堂文学。颂体直接源于《诗·颂》,是"三颂"在秦汉之后的新变文体。《诗经》中的《周颂》《商颂》,为祭祀先王而作;《鲁颂》用于祝颂僖公,与《商颂》《周颂》存在明显的差异。《周颂》《商颂》的使用对象是天子,《鲁颂》则是诸侯,也不符合当时礼仪规范,因此,《鲁颂》被后世学者斥为"变颂"。但"三颂"之中,《鲁颂》对颂体的影响非常大,其重要之处在于作品功能的转变,即从祭祀先王变为祝颂当世君王,具有显著的现实意义。后世颂体明显借鉴了《鲁颂》这种功能,祭祀的用途反而逐渐淡化。此外,用于纪功的金石文字,在文体形式、使用方式等方面,也对颂体影响很大。东汉以后,随着刻石风气的盛行,这种影响逐步显现出来,甚至某种程度上说,刻石文称得上是《诗·颂》之外颂体的另一重要源头。

颂体的发展演变,经历了漫长的过程。汉代是中国文体迅速发展的时期,颂在这个时候由诗变而为文,一方面秉持着《诗·颂》颂扬功德的创作宗旨,同时还展现出有别于《诗》的独特之处。作为祭祀文学的一种,《诗·颂》是诗、乐、舞的综合艺术形式,而汉代之后的颂体则脱离音乐,变为"不歌而

---

① 吴承学:《中国文体学研究·主持人语》,《暨南学报(哲学社会科学版)》2013年第10期。

诵"的文字。汉代的颂深受赋体影响,很多时候人们以赋笔作颂,或以颂名称赋,导致汉代赋、颂二体的关系错综复杂,这时候颂的文体特征并不明显,甚至并未显现出来。东汉末年至南北朝时期,随着赋对其他文体影响的减弱,颂自身的文体特征日益凸显,在题材上也呈现出多样化特征。唐代社会高度发达,国家的统一、文化的繁荣,构成了大唐的兴盛局面。颂作为一种实用文体,频繁出现于各种场合。宋元时期的颂作,无论是文体特征还是创作题材基本没有超出唐代,但仍然展现出鲜明的时代风貌。明清时期,政府举行的各种国家大典如巡狩、释奠等,客观上促进了颂体创作的繁荣。同时,颂体的适用范围逐步扩大,写作对象从帝王将相扩展至普通百姓,对孝子烈女的表彰,对降诞寿辰的庆贺,均可作颂,体现出这一时期颂体由庙堂走向民间的趋势。

颂体虽讲究技巧和手法,但本质上并非纯粹的文学体裁,而是具有显著社会意义的实用文学。颂体作为一种思想载体和传播方式,受到历代统治者的重视,儒家德政思想、天命思想、教化思想是颂体创作中的重要主题。由于史家纪颂功德的影响,颂体与史书之间存在着千丝万缕的联系,二者常相互取材,互有利用。形式上,颂常以刻石的形式呈现与留存,即所谓的"颂石"。与纸本相比,颂石的历时性更强,具有更为久远的传播效果。颂体与礼仪关系密切。作为礼乐文化的载体,颂常常因礼而作,具有显著的仪式化书写特征。

受纯文学观念的影响,很多文学史著作都未对颂体进行专门论述。随着当前文学研究的逐步深入,颂体也逐步进入人们的视野。据笔者调查,当前颂体研究成果主要集中在以下方面。

一是颂体的起源与体式研究。韩高年《颂为"仪式叙述"说》立足古今颂诗起源及形态的材料,认为颂诗起源于祝祷活动,是用于仪式的赞述之辞。陈开梅《试探颂体的起源》认为,颂体的产生是基于远古泛灵论的意识形态、精神及心理的产物,而此种社会文化心理下的原始宗教祭神祭祖乐舞辞和夏商巫卜文化氛围下的祝颂词及金文祷词等是孕育颂体的最早萌芽和最初源头,并对后世颂体文学的形成发展起到了重要作用。张志勇《"诗经三颂"对后代颂赞的文体意义》从形式、内容、功能方面分析了《诗·颂》对后世颂体的影响。刘祥《论汉魏六朝颂与赋的分合》指出,东汉征巡颂开启了颂体独立先声,六朝论家通过宗《诗·颂》、辨伪体、立范式,确立了颂体的独立。胡吉星《论先唐颂体的正体与变体》梳理了从《诗·颂》到魏晋时期颂的内容和创作,认为"先唐时期颂体的正与变,既相互对立,又相互联系着,它们共同促进颂体文学审美品味的形成,通过辩体能帮助我们更好了解颂体的演变规律"。①

二是颂体的发展与演变研究。陈开梅著《先唐颂体研究》一书,以时代为顺序,论述颂体的起源和唐前颂体的演变。认为颂文体在周代就已形成,《诗经·周颂》为颂文体的创作奠定了模式;春秋战国时期,颂体由述德告神衍生出称美之颂;秦汉时期,颂文体定性并获得发展,成为独立于诗歌的文学样式;魏晋南北朝时期,颂文体进一步发展,类型也进一步完备。张志勇《盛德形容:唐前颂赞文体研究》对从上古到南北朝时期颂、赞文体的起源、发展和流变历程进行了研究。他辨析了颂体起源阶段的内涵和功能演变,梳理了颂体从西周至南北朝的发展演变,并开辟专章,对魏晋南北朝时期宗教颂和野颂进行了观照。其另一著述《唐代颂赞文体研究》结合唐代各阶段的社会文化思潮,从颂、赞二体的创作和批评两方面对唐代颂赞文进行探讨。认为初唐时期颂体在主题倾向上有反思性和现实性的特征;盛唐时期,在文德理念的影响下,颂体创作较为繁荣,风格表现为圆融和靡丽;中唐时期,颂体的内容出现了对帝王和圣德的疏离;晚唐五代时期,佛颂有了较大的发展,并呈现出繁荣的景象。②

三是颂与其他文体的关系研究。汉代赋颂关系一直是学界讨论的热点。叶幼明撰有《辞赋通论》一书,从内容、艺术风格、产生时间、表演方式等方面展开论述,认为赋颂为两种不同的文体,并认为赋颂通称的原因主要是有具有相同的颂美内容,以及赋颂均与"诵"相关;王长华、郗文倩《汉代赋、颂二体辨析》认为,赋颂连称时内容偏指赋体,也将连称的原因归之于"诵"的媒介作用;易闻晓《论汉代赋颂文体的交越互用》描述二者关系是赋体颂用,赋是主导的方面,赋的铺陈总是以显示与炫耀表现为颂的功用;彭安湘《汉代颂体风貌以及颂与赋的关系》认为,汉代颂、赋的关系并非同体异用,二者混淆的原因主要在于文体的内在矛盾;雷炳锋《一文而兼二体——汉代赋、颂互称现象论析》认为,赋颂共同的颂美功能导致了二者互称的现象。颂与其他文体关系方面,樊露露《颂赞与四言诗的文体辨析》认为颂赞均以四言韵语为载体、以短小精警见长,在形式上与四言诗接近。随着魏晋六朝

---

① 韩高年《颂为"仪式叙述"说》,《甘肃社会科学》2002年第5期;陈开梅《试探颂体的起源》,《中华文化论坛》2006年第3期;张志勇《"诗经三颂"对后代颂赞的文体意义》,《诗经研究丛刊》2018年第3期;刘祥《论汉魏六朝颂与赋的分合》,《江西社会科学》2017年第12期;胡吉星《论先唐颂体的正体与变体》,《青海社会科学》2019年第3期。

② 陈开梅《先唐颂体研究》,中山大学出版社2007年;张志勇《盛德形容:唐前颂赞文体研究》,中华书局2024年;张志勇《唐代颂赞文体研究》,河北大学2010年博士学位论文。

颂赞文的主体由神明向人事细物转移，其中一部分已与四言诗体合流。朱秀敏《汉末至建安赞颂二体混同辨析》从内容和文体功能对颂赞二体进行了剖析。李贵银《碑文与铭文、颂文及诔文的文体关系》认为，颂在东汉时期成为碑的载体，并指出碑颂受到《诗经》"三颂"的影响较大。①

四是颂体的文化内涵研究。目前这方面成果较少，也是颂体研究最薄弱的部分。尚学峰《东汉颂文的文化特征》认为，东汉颂文与国家礼乐联系紧密，功能在于纪功与颂德。吴子慧《天命之符与东汉文学的赋颂主题》指出，天命之符寄托了汉代儒生的颂圣情怀，符命之文是儒生歌颂帝德的最佳方式。连秀丽《祭祀礼仪与"颂"体特征——〈文心雕龙〉评论"颂"体释读》通过解读《文心雕龙·颂赞》篇认为，颂产生的历史土壤是祭祀礼仪，有着丰富的时代内涵。胡吉星《文体学视野下的美颂传统研究》一书主要论述了美颂观念的产生以及后世"颂"诗中所体现的迷狂色彩，梳理了两汉颂体与中国美颂传统的形成、美颂在汉代其他文体中的体现。最后，该书还分析了中国当代文学中的美颂传统，指出这些作品在增进民族凝聚力方面的作用。②

五是颂体的断代综合研究。这方面主要为一些学位论文，如郭宝军《中古颂文研究》以中古颂文的发展为研究对象，就中古颂文创作动机、模式与创作心理的关系展开分析；赵英哲《颂文文体与唐前颂文概说》从创作题材入手，将颂分为圣主贤臣颂、古贤颂、杂颂三类，并对"杂颂"进行界定，同时从创作动机入手，对颂文进行初步的概念界定；丁静《汉代颂体文学研究》分析了颂体文学与礼乐文化之间的内在关系，从汉代礼乐文化背景入手，探讨汉代颂体生成的文化背景，论述汉代颂体在礼乐文化下的发展与流变，以及汉代颂体的审美特征；江华湘《三国颂文研究》论述了颂的概念和三国颂作

---

① 叶幼明《辞赋通论》，湖南教育出版社1991年；王长华、郜文倩《汉代赋、颂二体辨析》，《文学遗产》2008年第1期；易闻晓《论汉代赋颂文体的交越互用》，《文学评论》2012年第1期；彭安湘《汉代颂体风貌以及颂与赋的关系》，《湖北大学学报（哲学社会科学版）》2015年第2期；雷炳锋《一文而兼二体——汉代赋、颂互称现象论析》，《中国韵文学刊》2018年第4期；樊露露《颂赞与四言诗的文体辨析》，《西华大学学报（哲学社会科学版）》2008年第3期；朱秀敏《汉末至建安赞颂二体混同辨析》，《兰州教育学院学报》2010年第3期；李贵银《碑文与铭文、颂文及诔文的文体关系》，《社会科学辑刊》2009年第6期。
② 尚学峰《东汉颂文的文化特征》，《杭州师范大学学报（社会科学版）》2014年第5期；吴子慧《天命之符与东汉文学的赋颂主题》，《北方论丛》2016年第3期；连秀丽《祭祀礼仪与"颂"体特征——〈文心雕龙〉评论"颂"体释读》，《哈尔滨师范大学社会科学学报》2018年第2期；胡吉星《文体学视野下的美颂传统研究》，中国社会科学出版社2013年。

的类别,及与其他文体的互动交流。①

综上所述,当前关于颂体的研究已取得了不少成果,其中不乏一些考证扎实、论述深刻的佳作。但从整体状况看,还不够充分,尚有值得继续开拓的空间,主要表现在以下几点。

一是研究范围方面。当前成果多集中于唐前,对于唐以后的颂体,除张志勇《唐代颂赞文体研究》及段立超的两篇论文②有所论述外,其他很少涉及。汉魏六朝时期的颂体固然非常重要,但存留作品的数量相对较少,无法全面展示颂体的整体风貌。唐代之后的颂在体式上已经完全成熟,这些作品对当时的社会文化和重大历史事件多有反映。尤其是明清时期的颂数量较大,具有一定的文学价值和历史文献价值,不应被忽视。

二是起源与特征方面。当前研究成果未能就颂体起源、体式特征等做出全面而系统的研究,有待进一步深入。胡吉星《作为文体的颂赞与中国美颂传统的形成》与张志勇《唐代颂赞文体研究》主要以历时的眼光,将研究范围内不同时段的颂体作为研究对象。这样虽然可以从宏观上把握不同阶段颂体的发展特点,却受到论述时段的限制,无法就具体问题上勾下连、深入讨论。如陈开梅《先唐颂体研究》认为颂体起源于《诗经》,已经意识到秦汉时期颂体从《诗》中独立,但对于其体式问题并未给予过多关注,对颂的起源、文体特性等也未作论述。

三是文化内涵方面。当前研究仍囿于颂体自身的发展状况,对于颂体承载的文化内涵未能加以重视,这也是颂体研究中非常重要的,乃至不可或缺的内容。目前这方面虽已有部分成果,如吴子慧《天命之符与东汉文学的赋颂主题》、连秀丽《祭祀礼仪与"颂"体特征——〈文心雕龙〉评论"颂"体释读》、丁静《汉代颂体文学研究》等,但远远不够,无论深度还是广度都应加强。

有鉴于此,本书以两汉至明清之间独立成体的颂为对象展开研究。关于全书的研究范围、框架结构、时间断限、切入角度,主要基于以下考虑。

---

① 郭宝军《中古颂文研究》,广西师范大学2003年硕士学位论文;赵英哲《颂文文体与唐前颂文概说》,辽宁师范大学2007年硕士学位论文;丁静《汉代颂体文学研究》,中南民族大学2008年硕士学位论文;江华湘《三国颂文研究》,广西师范大学2021年硕士学位论文。

② 段立超的两篇分别为:《清代帝王武功颂研究》,《长春大学学报》2020年第1期;《清代颂体文学钩沉》,《北华大学学报(社会科学版)》2021年第1期。主要立足文献考订,但搜罗不全,如前者统计清代颂文共86篇,实际上,单是《清代诗文集汇编》中的颂体作品已经达到四百多篇。

广义上的颂，包括一切颂美作品，范围过于宽泛，实际操作中很难选取适中的衡量标准。本书从文体角度出发，是基于颂作为一种独立文体的研究。所谓"颂体文学"，即狭义上的颂体这种文学形式，是一种相对独立的客观存在。颂体从汉代开始形成，在历代文学批评家的眼中都是一种独立文体，其形式稳定、内涵集中，无论收集资料还是开展研究，都具备较强的可行性，这是本书研究的前提条件。本书标题中的"多维"指颂体研究的多个方面，不是全方位综合研究，也不是文体发展史的梳理，而是选择重要且有价值的几个方面展开研究。

本书分为上篇和下篇，分别从文学体式、思想文化两个维度予以探讨。上篇涉及颂体的起源、形态、创作及与其他文体的关系四个方面。下篇从儒家思想、史家职责、刻石传统、礼仪制度与颂体关系四个方面，发掘颂体的思想文化意蕴。全书章节相对独立，以集中笔墨研究具体问题；章节之间互有关联，以保证整部著作的完整性。

本书属于文体的通代研究。关于前后时间断限的设定，主要基于以下考虑。由于汉代之前的《诗·颂》尚未独立成体，仍属于诗歌范畴，故不作为本书的研究对象。受使用场景和书写对象的限制，颂体创作并不像诗赋那样繁盛，加之时代久远，不少作品或亡佚不传，或残缺不全，倘从断代的角度展开研究，势必难以周全。因此，本书将研究下限延展至明清时期。虽然在收集材料方面存在不少困难，但相比之下，更易于宏观把握，也更能全面地揭示颂体的内涵。

本书以历代颂体作为研究对象，虽然时间漫长、作品众多，但在阐述的过程中，主要选择关键领域，从具体问题着眼，这样可以更加深入地揭示并解决颂体研究中的问题。文学文体研究是本书的初衷，也是本书研究的起点。同时，本书还将文学融入广阔的文化中去，可以从文化的角度审视文学，又可以从文学的角度关注文化。

上篇　文学体式研究

第一章　颂体的起源

颂的起源非常早,《庄子》记载,黄帝时期有焱氏作颂,但真实性值得怀疑。《诗·颂》作为颂体的源头,在文体功能、创作题材等方面直接影响着后世颂体的创作。此外,颂也吸收了其他文体尤其是刻石文的特点,从而形成了"箴铭体"颂作。王褒《圣主得贤臣颂》是颂体由诗入文的重要标志,而后"沿世并作,相继于时矣"(《文心雕龙·颂赞》)。这个过程完成于汉代,是早期颂体形成的重要环节。

第一节　《诗·颂》与颂体的起源

《诗·颂》用于配乐演唱,属于诗歌的范畴,是先秦时期重要的庙堂文学。汉代之后的颂体即从《诗·颂》演变而来,成为独立文体后脱离音乐,变成徒口诵读的文章。这种变化,不仅是形式上的区别,更是文体属性的转变。随着时代的变迁,后世颂体虽多有创新,但总体来看,仍以《诗·颂》为宗,体现出《诗·颂》的深远影响。《诗·颂》之于颂体,实为源与流的关系。对此我们不禁要问,颂体在发展的过程中,继承了《诗·颂》哪些方面的特点,与《诗·颂》有何不同,对《诗·颂》又有哪些发展？这些都是颂体研究首先需要解决的问题。

一、《诗·颂》的内容与功能

《诗经》包括《风》《雅》《颂》三类,《风》是各地的民歌,《雅》为周王朝直辖地区的音乐,《颂》则是祭祀宗庙所用的舞曲歌辞。《颂》包括《周颂》《鲁颂》及《商颂》,合称"三颂"。关于"颂"字的涵义,《毛诗序》说:"颂者,美盛德之形容,以其成功告于神明者也。"①说明"颂"是用于祭祀告神的乐辞。古代"颂""容"二字声近义通,一般认为,"颂"由"容"字申发而来,如《周礼·大师》"教六诗,曰风,曰赋,曰比,曰兴,曰雅,曰颂",郑玄注:"颂之言诵也,容也,诵今之德,广以美之。"②体现了《诗·颂》的颂美功能。

《周颂》三十一篇,均用于祭祀,但内容各有侧重。如《清庙》是周公在洛邑建成之后,与诸侯一起祭祀文王之歌。《时迈》乃武王伐纣成功后,举行巡狩礼仪,告祭柴望朝会时所用之乐。《执竞》为祭祀武王之歌,《臣工》乃周天子行籍田礼劝诫农官的作品,《噫嘻》用于春日向上苍祈谷。通过《毛诗序》和其他学者的解释来看,《周颂》每一篇都有自己的用途,属于典型的礼乐诗篇。关于《周颂》的创作目的和背景,郑玄解释说:"《周颂》者,周室成功致太平德洽之诗。其作在周公摄政、成王即位之初。"③清人姚际恒则认为:"《颂》有在武王时作者,有在昭王时作者。"④尽管二人观点不完全相同,但均认为《周颂》作于周朝建立的初期,主要用于歌颂太平。

《鲁颂》共有四篇,分别是《駉》《有駜》《閟宫》和《泮水》。鲁国在周朝只是一个诸侯国,却有天子之颂,对此,人们可谓聚讼纷纭,提出了各种不同的看法。朱熹解释:"鲁,少皞之墟。在《禹贡》徐州蒙羽之野。成王以封周公长子伯禽,今袭庆东平府沂、密、海等州即其地也。成王以周公有大勋劳于天下,故赐伯禽以天子之礼乐。鲁于是乎有《颂》,以为庙乐。其后又自作诗以美其君,亦谓之《颂》。"⑤认为鲁国国君伯禽功劳盛大,故而周天子赐予其颂。姚际恒则认为朱熹的解释乃"揣摩杜撰之说",他说:"今《鲁颂》多变而为颂其君上,若是,则天下之民可以颂天子,一国之民亦可以颂诸侯,安见诸侯之不可有颂而为僭哉!"⑥在他看来,庙颂并非只是天子所有,诸侯也可拥有,所以鲁国有颂并非僭越。方玉润也赞同这个观点,说:"夫'颂'者,所以颂功与德耳。非天子则功德必不盛,故《颂》惟天子有之,倘使诸侯盛德隆功,则何不可颂之有?既可颂君、即可告庙,又安见庙颂惟天子有之,诸侯不得而有耶?鲁无大功德而有《颂》,且变为颂君而非告庙,则其无大功德堪以

---

① [汉]郑玄笺,[唐]孔颖达疏:《毛诗正义》卷一,《十三经注疏》本,中华书局2009年,第568页。
② [汉]郑玄注,[唐]贾公彦疏:《周礼注疏》卷二十三,《十三经注疏》本,中华书局2009年,第1719页。
③ 《毛诗正义》卷十九,第1253页。
④ [清]姚际恒著,顾颉刚标点:《诗经通论》卷十六,中华书局1958年,第322页。
⑤ [宋]朱熹集撰,赵长征点校:《诗集传》卷二十,中华书局1958年,第237页。
⑥ 《诗经通论》卷十八,第353页。

告庙,不得不变而为颂君之辞也可知。然未免近浮而夸矣。此《颂》之变也。"①方氏认为,颂并不为天子专用,凡有"盛德隆功"的诸侯,都可以有颂。但他对这个观点并不是很确信,所以又认为《鲁颂》存在浮夸的现象,较之《周颂》,是颂的变体。总之,不管《鲁颂》的创作出于何种原因,其使用对象和文本功能已发生了变化,即从天子变为诸侯,由祭祀变成歌颂国君之用。

《商颂》共计五篇,包括《那》《烈祖》《玄鸟》《长发》《殷武》。朱熹云:"契为舜司徒而封于商,传十四世而汤有天下。其后三宗迭兴,及纣无道,为武王所灭,封其庶兄微子启于宋,修其礼乐以奉商后。其地在《禹贡》徐州泗滨,西及豫州盟猪之野。其后政衰,商之礼乐日以放失。七世至戴公时,大夫正考甫得《商颂》十二篇于周太师,归以祀其先王。至孔子编《诗》而又亡其七篇。然其存者亦多阙文疑义,今不敢强通也。"②这段话简要梳理了商朝的发展历程,认为《商颂》乃商朝遗文,是祭祀商之先祖而用。这个解释,姚际恒也予以认同,他首先分析《商颂》的风格说,"《商颂》五篇文字,风华高贵,寓质于敷腴,运轻缓于古峭,文质相宜,允为至文",指出《商颂》古朴典雅的风格。接着又说:"妄夫以为春秋时人作,又不足置辩。虞廷赓歌,每句用韵,《商颂》多为体,正见去古未甚远处。"③分析《商颂》的用韵特征,并与同时代"虞廷赓歌"比较,说明其的确创作于商朝。由此可见,《商颂》在"三颂"之中,创作年代最为久远,故而方玉润说,"颂之体始于商,而盛于周。鲁,其末焉者耳",又认为"必合三诗而其体始备,亦犹后世之论唐诗有盛、中、晚三唐之分,此三《颂》之体所由辨也"。④至于为何《周颂》置于"三颂"之首,《商颂》置于最末,方氏猜测说:"盖先周者,尊本朝;后商者,溯诗源,编《诗》体例应如是耳。"⑤《诗经》成书于周朝,出于"尊本朝"的目的,故而将《周颂》置于颂类的首部。为了追溯颂的源头,则将《商颂》置于末尾,这是极有可能的。

以上是依据前人的解析,对《周颂》《鲁颂》《商颂》内容的梳理。可知《商颂》和《周颂》均用于祭祀,但内容稍有区别,孔颖达说:"颂诗,直述祭祀之状,不言得神之力,但美其祭祀,是报德可知。此解颂者,唯《周颂》耳,其商、鲁之颂,则异于是矣。"⑥认为《周颂》《鲁颂》《商颂》的用途并不一样。如他分析《商颂》说:"虽是祭祀之歌,祭其先王之庙,述其生时之功,正是死后颂德,

---

① [清]方玉润撰,李先耕点校:《诗经原始》卷十八,中华书局1986年,第630页。
② 《诗集传》卷二十,第284页。
③ 《诗经通论》卷十八,第362页。
④ 《诗经原始》卷十八,第643—644页。
⑤ 《诗经原始》卷十八,第644页。
⑥ 《毛诗正义》卷一,第569页。

非以成功告神,其体异于《周颂》也。"①《周颂》"成功告神",《商颂》则"死后颂德"。至于《鲁颂》,与《商颂》《周颂》区别更大,孔颖达说:"《鲁颂》主咏僖公功德,才如'变风'之美者耳,又与《商颂》异也。"②又认为:"《鲁颂》之文尤类《小雅》,比于《商颂》,体制又异。"③与《商颂》《周颂》相比,《鲁颂》使用对象由天子变成诸侯,功能也由祭祀变成颂扬功德。从这两方面看,《鲁颂》更像是《诗经》中的《小雅》。因此,后世学者多认为《鲁颂》属于颂之变体,无法与《周颂》《商颂》同等对待。如明代章潢说:"鲁之《有駜》《泮水》则近乎风,《閟宫》与商之伍篇则近乎雅,而其体则颂也,故谓之'变颂'也亦宜。"④指出了《鲁颂》与《周颂》《商颂》的区别。

《鲁颂》虽在后世受到很多学者的非议乃至批评,可这种功能上的"变",却有着重要的文体学意义,直接影响了后世颂体的特点和功用。吴讷《文章辨体》称:"若商之《那》、周之《清庙》诸什,皆以告神为颂体之正。至如《鲁颂》之《駉》《閟》等篇,则当时用以祝颂僖公,为颂之变。故先儒胡氏有曰:'后世文人献颂,特效《鲁颂》而已。'"⑤认为用以告神的《那》《清庙》等乃颂之正体,而祝颂僖公的《鲁颂》则为变体,并援引胡广之语,指出《鲁颂》对后世颂体的影响。贺复徵又在此基础上补充说:"后世所作诸颂,皆变体也。"⑥吴氏所称的"正"与"变",乃着眼于《诗·颂》功用的转变,而贺复徵所谓的"变体",则指由诗入文后的颂体。二者着眼点不同,但这两种变化,其实均由《鲁颂》开启。《鲁颂》之于颂体的意义在于使颂的用途由祭祀变为歌颂,现实意义进一步显现。同时其篇幅扩大,内容增加,尤其是《閟宫》叙事功能的增强,为颂由诗向文的转变提供创作经验。

二、颂体的确立及对《诗·颂》的继承

中国古代文章命名的方式,常表现为"内容+文体名"的结构特性,这就使得同一文体的作品,在文章的篇名构成上有着相同特点,即以带有标志文体类别的词语作为篇名后缀,如赋、颂、赞、诔、碑等文体,均是如此。这种情况的出现,是古人在创作过程中的一种约定俗成,体现人们的"辨体"意识,也说明了人们对所写作品文体的认定。反过来,我们也可以说,只有带有足

---

① 《毛诗正义》卷一,第569页。
② 《毛诗正义》卷一,第569页。
③ 《毛诗正义》卷十九,第1254页。
④ 《诗经原始》卷十六,第574页。
⑤ [明]吴讷著,凌郁之疏证:《文章辨体序题疏证》,人民文学出版社2016年,第204—205页。
⑥ [明]贺复徵编:《文章辨体汇选》卷四五六,景印文渊阁《四库全书》本,台湾商务印书馆1986年。

够多相同篇名后缀的作品出现时,一种文体才可能确立,颂体也不例外。《诗·颂》中的作品,虽然在类别上属于"颂",但这些作品仍然属于诗的范畴,尚未独立成体。

先秦时期还有一类作品,篇名中冠以"颂"名,这分为两种情况。一种是篇名为后人所加,如《有焱氏颂》,乃据《庄子·天运》篇所引"有焱氏为之颂"命名。还有《成王冠颂》(又作《成王冠辞》),《孔子家语》曰:"武王崩。成王年十三而嗣立。周公摄政以治天下。冠成王而朝于祖。以见诸侯。周公命祝雍作颂。"①篇名也为后人所加。另一种是篇名为作者所拟,如屈原《橘颂》。但总体看来,先秦时期,篇名带"颂"的作品数量较少,与后世颂体的意义也不相同②。

汉代是中国古代文体发展的关键时期,但西汉和东汉的情况又不一样。较之先秦,西汉以"颂"名篇的作品开始增多,如表1-1所列:

表1-1 西汉以"颂"名篇作品一览表

篇名	作者	出处	篇体特征
《琴颂》(佚)	刘安	《汉书》	
《颂德》(佚)	刘安	《汉书》	
《长安都国颂》(佚)	刘安	《汉书》	
《山川颂》	董仲舒	《春秋繁露》	散体,解经之作
《旱颂》	东方朔	《艺文类聚》	骚体
《圣主得贤臣颂》	王褒	《汉书》	散体
《甘泉宫颂》	王褒	《汉书》	以六字句居多
《碧鸡颂》	王褒	《汉书》	有序,以四字句居多
《高祖颂》	刘向	《汉书》	四字一句
《世颂》(佚)	刘向	《汉书》	
《琴颂》(佚)	刘向	《汉书》	
《赵充国颂》	扬雄	《汉书》	四字一句

以上共计六位作者、十二篇作品,尽管未能完整保留下来,但所幸《汉书》等对它们进行了著录。这些作品有如下特点。首先,数量更为集中,根

---

① [清]陈士珂辑:《孔子家语疏证》卷八,上海书店1987年,第199页。
② 《有焱氏颂》《成王冠颂》《橘颂》中的"颂"字,实则为"诵"的假借。参见黄侃撰,周勋初导读:《文心雕龙札记》,上海古籍出版社2000年,第71—73页。

据主题或内容来看，有些作品名称中的"颂"，乃"诵"的假借，如刘安、刘向的同名作《琴颂》，也即"琴诵"。这些作品虽名为"颂"，实为赋体。但我们也应注意到，上述作品中的"颂"大都表现出明确的颂扬目的。其次，上述作品中，一人数篇的情况不在少数，如刘安、王褒、刘向均为三篇，这种集中性的创作表明人们对"颂"作为一种独立文体的认可。最后，上述的存世作品中，除《山川颂》和《圣主得贤臣颂》为散体外，其余均为韵文。而后世成熟的颂体，也多为有韵之文，说明"颂"作为一种文体，其特性在当时已经开始显现。

颂体在西汉开始确立，这已成为后世学者的共识。如南朝梁任昉在《文章缘起》中将王褒《圣主得贤臣颂》作为颂体之始。成书于梁代的《文选》，单列"颂"类，也将《圣主得贤臣颂》和扬雄《赵充国颂》选入，正是着眼于其文体特征的显现和文体功能的明确。清代储大文在《圣寿无疆颂序》中说："《诗大序》曰：'颂者，美盛德之形容，以告成功者也。'盖六义奥指，于斯为盛。自汉以降，始与箴、铭、赞辞并列杂文。"①也认为从汉代开始，颂脱离诗的范畴，变为与箴、铭、赞一样的韵文。

东汉时期，各种文体日渐成熟，刘师培称："文章各体，至东汉而大备。"②颂在这个时候也得到长足发展，作品数量显著增多。除不少亡佚外，存留下来的（包括仅存颂序和残句的作品）如表1-2所列：

表1-2 东汉颂体作品一览表

篇名	作者	出处	篇体特点
《梁大将军西第颂》	马融	《通典》	四字句,押韵
《高祖颂》	班固	《汉书》	四字句,押韵
《东巡颂》	班固	《艺文类聚》	有序,四字句居多,押韵
《南巡颂》	班固	《艺文类聚》	四六句,押韵
《窦江军北征颂》	班固	《艺文类聚》	赋体,押韵
《永平颂》	贾逵	《北堂书钞》	存一句,四字句
《安丘严平颂》	梁鸿	《文选·雪赋》李善注	存两句,四字句
《天子冠颂》	黄香	《初学记》	六字句,押韵
《窦江军北征颂》	傅毅	《艺文类聚》	六字句,押韵
《西征颂》	傅毅	《太平御览》	六字句,押韵

---

① ［清］储大文撰：《存砚楼文集》卷一，景印文渊阁《四库全书》本，台湾商务印书馆1986年。
② 刘师培：《中国中古文学史讲义》，中国人民大学出版社2004年，第22页。

续表

篇名	作者	出处	篇体特点
《明帝颂》	崔骃	《艺文类聚》	四六句,押韵
《四巡颂》	崔骃	《文馆词林》	赋体,押韵
《四皓墟颂》	崔骃	《北堂书钞》	四字句
《北征颂》	崔骃	《太平御览》	赋体,押韵
《杖颂》	崔骃	《北堂书钞》	四六句
《南阳文学颂》	崔瑗	《艺文类聚》	有序,四字句
《四皓颂》(存序)	崔琦	《事类赋》	
《出师颂》	史岑	《文选》	四字句
《河激颂》(存序)	边韶	《水经注》	四字句
《法真颂》(存序)	郭正	《后汉书》	
《皇德颂》(存序)	侯瑾	《太平御览》	
《陈留太守行县颂》	蔡邕	《文选·吴趋行》李善注	四字句
《颍川太守王立义葬流民颂》	蔡邕	《北堂书钞》	四字句
《胡广黄琼颂》	蔡邕	《后汉书》李贤注	四字句
《京兆樊惠渠颂》	蔡邕	《艺文类聚》	有序,四字句
《祖德颂》	蔡邕	《艺文类聚》	有序,四字句
《五灵颂》	蔡邕	《初学记》	四字句
《京兆尹樊陵颂碑》	蔡邕	《艺文类聚》	四字句
《蔡君画像颂》	佚名	《太平广记》	四字句
《析里桥郙阁颂》	仇靖	《隶释》	有序,骚体
《尼父颂》	张超	《艺文类聚》	四字句
《杨四公颂》	张超	《艺文类聚》	四字句
《太庙颂》	王粲	《初学记》	四字句、三字句
《灵寿杖颂》	王粲	《艺文类聚》	四字句
《砚颂》	繁钦	《初学记》	骚体
《欹器颂》	班昭	《文选·与吴季重书》李善注	存一句,六字句
《钟皓颂》	阙名	《后汉书》	四字句
《司隶校尉杨孟文石门颂》	阙名	《隶释》	四字句
《西狭颂》	阙名	《隶释》	四字句
《藁长蔡湛颂》	阙名	《隶释》	四字句
《汉成阳令唐扶颂》	阙名	《隶释》	四字句

东汉的颂作,以四言韵文为主,风格也不再如赋体那样铺排。不少作品冠有长序,用以交代作颂的目的和对象,题材也变得丰富多样起来。可以说,东汉时期,颂体已经完全成熟并确立下来。

颂体虽然在很多方面与《诗·颂》有明显的差异,但源自《诗·颂》是历代学者都认可的观点。晋挚虞《文章流别论》称:"颂,诗之美者也。古者圣帝明王,成功治定而颂声兴,于是史录其篇,工歌其章,以奏于宗庙,告于神明。故颂之所美,则以为名。"①明确说明颂体源于《诗·颂》。南北朝时期,文体批评盛行,古人在进行文章分类时,也常常将颂体的源头追溯到《诗经》。南朝梁刘勰《文心雕龙·宗经》篇:"赋、颂、歌、赞,则《诗》立其本。"②北齐颜之推《颜氏家训·文章》篇:"歌、咏、赋、颂,生于《诗》者也。"③明代李东阳在《鲍翁家藏集序》中,将各体作品按照诗文的属性进行划分:"若典、谟、训、诰、誓、命、爻、象之谓文,风、雅、颂、赋、比、兴之为诗。变于后世,则凡序、记、书、疏、箴、铭、赞、颂之属,皆文也,辞、赋、歌什、吟谣之属,皆诗也。"④认为后世的颂虽属文章,而源头则是《诗·颂》。

具体篇章方面,也可见《诗·颂》的影响。挚虞指出颂的起源和意义后,又分析具体篇章说:"昔班固为《安丰戴侯颂》,史岑为《出师颂》《和熹邓后颂》,与《鲁颂》体意相类,而文辞之异,古今之变也。"⑤"体意"即文章的体裁和内容。东汉窦融,封安丰侯,谥号戴,班固作《安丰戴侯颂》歌颂他。邓骘,字昭伯,安帝时为虎贲中郎将,凉部羌族叛乱,骘将兵击之。史岑因此作《出师颂》歌颂。和熹邓后是东汉和帝的皇后。和帝死后,子殇帝立,邓后临朝。这三篇颂作歌颂的对象均非皇帝。而《鲁颂》歌颂的是鲁僖公,亦为周天子的臣属,所以挚虞认为是对《鲁颂》的模仿。《安丰戴侯颂》与《和熹邓后颂》今已亡佚,《出师颂》存于《昭明文选》中。与《鲁颂》对比,可以发现《出师颂》呈现出明显的文章化特征,叙事完整,首尾齐备,注重行文的起承转合和整体效果。而《鲁颂》中的《駉》《有駜》《泮水》《閟宫》,着重抒情,重章叠句,体现出更多的歌辞特性。所以,挚虞认为《安丰戴侯颂》《出师颂》《和熹邓后颂》对《鲁颂》是精神主旨上的效仿,而文辞上的区别,是时代的不同造成的。

挚虞之后,刘勰也将后世的颂作与《诗·颂》进行了比较。他说:"若夫子云之表充国,孟坚之序戴侯,武仲之美显宗,史岑之述熹后,或拟《清庙》,或

---

① [宋]李昉等撰:《太平御览》卷五八八,中华书局1960年,第2647页。
② [南朝梁]刘勰著,詹锳义证:《文心雕龙义证》卷一,上海古籍出版社1989年,第78页。
③ [北齐]颜之推著,王利器集解:《颜氏家训集解》卷四,中华书局1993年,第237页。
④ [明]李东阳撰:《怀麓堂集》卷六十四,上海古籍出版社1991年,第668—669页。
⑤ 《太平御览》卷五八八,第2647页。

范《駉》《那》,虽浅深不同,详略各异,其褒德显容,典章一也。"①这里提到的几篇颂作,分别是扬雄《赵充国颂》、班固《安丰戴侯颂》、傅毅《显宗颂》、史岑《和熹邓后颂》,刘勰认为是对《清庙》和《駉》《那》的模仿。对此,周振甫解释说:"《周颂·清庙》,从描写祖庙到歌颂祖德。傅毅的《显宗颂》是模仿《清庙》的。《鲁颂·駉》,从赞美马养得好,到赞美鲁君。班固颂窦融学《駉》,当是由物及人。《商颂·那》,从赞美音乐到赞美汤。扬雄的颂,从赞美汉宣帝到赞美赵充国,当是学《那》。"②当然,也有另一种可能。《清庙》《駉》《那》分别是《周颂》《鲁颂》《商颂》的首篇,刘勰这里或许只是泛称,认为上述颂作是对《周颂》《鲁颂》《商颂》的模仿。但不管如何,这些作品都体现了《诗·颂》对后世颂体的深远影响。

三、颂体对《诗·颂》的发展

作为重要的源头,《诗·颂》在颂体发展史上无疑具有重要地位,但独立成新的文体后,颂体的功能得到拓展,施用对象和创作题材的范围得以扩大,篇章结构也有了新的特点,这些都是颂体对《诗·颂》继承基础上的发展。

文体功能方面,《周颂》和《商颂》均为祭祀之用,《鲁颂》用于祝颂僖公。《诗·颂》的这两种作用,直接影响了后世颂体的功能。但由于现实需要和时代变迁,这两种功能在后世的发展与《诗·颂》并不一致。作为典型的庙堂之乐,祭祀是《周颂》和《商颂》最重要也是最基本的作用。可是通过查找后世的颂体作品我们发现,汉代以后用于祭祀的颂作非常少,与《周颂》《商颂》的用法也并不相同。《周颂》《商颂》作为配乐演唱的歌词,在后世的呈现形式,是郭茂倩《乐府诗集》中的"郊庙歌辞"。这些作品与《诗·颂》一样,不以颂名篇,却是典型的《诗·颂》形式,仍然属于诗歌的范畴。后世变为文章的颂体,有些以"庙颂"名篇,如王粲《太庙颂》、曹植《孔子庙颂》等,实际是刻碑之颂,用于铭记先祖功德。它们与《周颂》《商颂》虽同为庙颂,都用于祭祀,但前者立碑记载,后者配乐歌唱,是两种不同的表现方式。后世以"庙颂"名篇的颂作并不多见,究其原因,主要是这类碑文大多以"庙碑"为名。同时,这种情况也昭示着颂体祭祀功能的弱化。相反,作为"变颂"的《鲁颂》表现出的颂扬功能,却在后世得到发扬光大。汉代除傅毅《显宗颂》、王粲《太庙颂》外,其他已不再用于祭祀,主要歌颂帝王、贤臣之功德。如王褒的《圣主得贤臣颂》歌颂君臣之融洽,《甘泉宫颂》借宫殿之巍峨歌颂汉德之崇高,《碧鸡颂》

---

① 《文心雕龙义证》卷二,第324页。
② 周振甫:《文心雕龙今译》,中华书局2012年,第87页。

借符瑞歌颂汉德,再如班固的《高祖颂》《东巡颂》《南巡颂》歌颂帝王功德,《安丰戴侯颂》《窦将军北征颂》歌颂贤臣功勋。

施用对象方面,两汉以后的颂体也在《诗·颂》的基础上得到了很大拓展。首先,君王仍是最主要的颂扬对象,如王褒《圣主得贤臣颂》歌颂的是汉宣帝在礼乐教化、广纳贤才方面的政绩,班固《高祖颂》歌颂的是汉高祖刘邦建邦立国的功绩,傅毅《明帝颂》歌颂的是天子的"体天统物,济宁兆民"①,这些作品主题明确,内容清晰。就撰写时间来说,歌颂君王之颂可以在君王执政时期,如王褒《圣主得贤臣颂》,颂扬君王政绩,具有直接的宣化意义。还有一些颂如刘向《高祖颂》,作于帝王去世之后,虽然未必用于帝庙,但一样具有缅怀追思的作用。其次,汉代以后,颂体的施用不再局限于天子。《鲁颂》虽不用于周天子,但在春秋时期,诸侯国的国君势力开始增大,明显超越臣属,接近天子,即便如此,仍然遭到了后世学者的非议。汉代之后,颂体正式开始用于臣子,甚至皇帝会下诏要求为臣子作颂,典型的如扬雄《赵充国颂》。此外,一些地方官员有了惠政,也可作颂,如蔡邕《颍川太守王立义葬流民颂》、佚名《藁长蔡湛颂》、佚名《汉成阳令唐扶颂》等。东汉以后,出现了不少歌颂前代高士、名士的颂作,《后汉书·梁鸿传》载,梁鸿"仰慕前世高士,而为四皓以来二十四人作颂"②,其他如崔骃《四皓墟颂》、崔琦《四皓颂》、佚名《钟皓颂》等。此外,还有一些歌颂孝子、烈女的作品,说明颂体施用范围的扩大。

创作题材方面,后世颂体也比《诗·颂》丰富得多。《周颂》《商颂》虽然内容各不相同,如《时迈》《般》为描写巡狩之作,《臣工》为描写籍田之作,但总体来看,都用于祭祀,可归为礼仪类题材。《鲁颂》中的《駉》《有駜》《泮水》《閟宫》四篇,从题目看,似乎是以駉、駜、泮水、閟宫为描写对象,但这只是一种比兴手法,或是诗歌发端的一种方式,实则也是祭祀之用。后世颂体除礼仪之外,有以各种符瑞为题材的,如王褒《碧鸡颂》、班固等《神雀颂》、蔡邕《五灵颂》、薛综《麟颂》《凤颂》《驺虞颂》《白鹿颂》《赤乌颂》《白乌颂》等;有以器物为题材的,如王粲《灵寿杖颂》、繁钦《砚颂》等;有以宫殿为题材的,如王褒《甘泉宫颂》、王勃《乾元殿颂》等;有以草木为题材的,如曹植《宜男花颂》《柳颂》、左芬《芍药花颂》《郁金颂》《菊花颂》、江淹《草木颂》(十五首)等,极大拓展了颂体的题材范围。

---

① [南朝梁]萧统编,[唐]李善注:《文选》卷二十,曹植《责躬诗》注引傅毅《明帝颂表》,中华书局1977年,第278页。
② [南朝宋]范晔撰,[唐]李贤等注:《后汉书》卷八十三,中华书局1965年,第2766页。

篇章结构方面,《诗·颂》是用于演唱的歌词,呈现出内容跳跃性、写作抒情性的特征。《周颂》大多数篇幅短小,内容简约,叙事简略,这与早期诗歌的演唱属性一致。《鲁颂》《商颂》有些篇章较长,但形式为《诗经》常用的重章叠句。后世颂体,篇章结构呈现出多样化的特点,除模拟《诗经》的作品外,有汉代最常见的赋体如崔骃《四巡颂》,盛行于汉末及以后的箴铭体如高闶《至德颂》,还有唐代出现较多的骚体如张九龄《开元纪功德颂》,以及不多见的散文体如韩愈《伯夷颂》、歌谣体如元结《虎蛇颂》,乃至五七言诗体如田锡《河清颂》(五言)、符载《新广双城门颂》(七言)等。

要言之,独立成体的颂,在文体功能、施用对象、创作题材及篇章结构方面,与《诗·颂》已有了很大不同。随着时代的发展,颂体相较于《诗·颂》,有了新的使命。这就要求作者在写作过程中,对所作文体加以变革,以适应新的需要。刘勰总结赋体的发展说:"然则赋也者,受命于诗人,拓宇于《楚辞》也。于是荀况《礼》《智》,宋玉《风》《钓》,爰锡名号,与《诗》画境,六义附庸,蔚成大国。"①这句话对于颂体也非常合适:源于《诗经》,经过历代作家的努力,通过借鉴其他文体,从《诗》中独立出来,成为一种新的文体。可以说,从《诗·颂》到颂体的这种变化,是文体发展的必然现象,也是颂体创作的必然要求。

第二节　金石文对颂体的影响

镌刻金石与作歌咏唱是中国古代颂扬功德的两种重要方式,但凭借的载体不同,前者附着于金石,后者存在于音乐。秦汉以后变为文体的颂,在很多方面呈现出与《诗·颂》不同的特点。其中,镌刻金石的写作方式起到了不小的推动作用。后世彝器渐缺,刻石广泛使用,并直接参与到颂体的形成与创作之中,乃至成为《诗·颂》之外颂体的另一重要源头。发展成熟的颂体,形式多样,但主要还是以"箴铭体"为主,体现出刻石的深远影响。

一、镌刻金石对颂体功能的影响

金石作为两种常见的物质,因独特的物理特性为人喜爱,并被赋予美好的愿望。在长期的使用中,金石的涵义也日渐丰富。除特指纪功所用的钟鼎和碑碣之外,也与乐器有关。《国语·楚语上》:"以金石匏竹之昌大嚣庶为

---

① 《文心雕龙义证》卷二,第274—277页。

乐。"韦昭注："金,钟也。石,磬也。"①这里的金石指钟磬一类乐器。颂最初作为一种乐器,即为"西方钟磬",专门用于歌颂功德。故而从产生之初,颂就与金石的关系极为密切,并且出现了"颂磬""颂钟"这样专门用于颂扬的乐器②。金石有着坚固长久的性能,在科技不够发达的古代,自然成为古人纪功颂德的最佳选择。人们希冀通过镌刻金石的方式传诵功德,以示后代。当然,金石只是物质载体,要想达到不朽的目的,还需配合相应的文字书写来完成。从后世的辨体角度看,铭、碑作为两种文体,与金石的关系最为密切,前者根据书写方式定名,后者以书写材质为体,皆因金石而生。从内容上看,很多的碑、铭文体,最终都是为了纪颂功德。这种突出的现象,致使金石几乎成了颂扬文章的专属载体,如韩愈在《与凤翔邢尚书书》中,夸赞对方说："愈见天下之竹帛,不足以书阁下之功德矣;天下之金石,不足以颂阁下之形容矣。"③"竹帛"用以书写,表现为记载的作用;"金石"用以颂扬,体现了美颂的功能。

宋代方大琮专门撰写了《歌颂刻金石赋》,以赋的形式,盛赞镌刻金石对于歌颂帝王功德的作用。其开篇云："咏播歌颂,美归帝王。刻金石以具载,亘古今而不忘。眷兹圣明之隆,声诗备写,勒在坚刚之质,德业弥彰。"将"刻金石"与"咏播歌颂"并列,作为歌咏帝王的两种方式。又称："盖闻诗章有所托而存,圣治著无穷之迹。盖揄扬不尽,加以纪述,使绵历愈久,尚存赫奕。"认为单纯作诗咏唱尚不能完全揄扬圣人功绩,还须镌刻金石加以纪述,使之流传久远,说明了镌刻金石对作颂咏唱的补充作用。"诗章"作为咏唱的歌词,容量有限,只能撮其大要,镌刻金石则可以长篇文字详加记载,能够弥补"诗章"的不足。《歌颂刻金石赋》又云："以累朝仁圣之休,永言不足,自今日雕镌之后,终古难磨。""永言"出自《尚书·舜典》："诗言志,歌永言,声依永,律和声。"④与上句意思相同,"永言"与"诗章"都指歌唱颂诗,"永言不足"即"揄扬不尽"。相比歌唱,镌刻金石不仅能够承载更多的内容,还可以依托坚

---

① 徐元诰撰,王树民、沈长云点校：《国语集解》,中华书局2002年,第493—494页。
② 颂磬：古代大射礼时置于西方的磬。《周礼·春官·眡瞭》："掌凡乐事,播鼗,击颂磬、笙磬。"郑玄注："磬在东方曰笙。笙,生也。在西方曰颂。颂或作庸,庸,功也。"颂钟：古代大射礼时置于西方的钟。《仪礼·大射》："西阶之西,颂磬东面,其南钟,其南鑮,皆南陈。"郑玄注："言成功曰颂,西为阴中,万物之所成……是以西方钟磬谓之颂。"唐贾公彦疏："此当言颂钟。"
③ [唐]韩愈著,刘真伦、岳珍校注：《韩愈文集汇校笺注》卷八,中华书局2010年,第842页。
④ [汉]孔安国传,[唐]孔颖达疏：《尚书正义》卷三,《十三经注疏》本,中华书局2009年,第276页。

固的材质,使之"绵历愈久,尚存赫奕""终古难磨",传颂更为久远。方大琮又举出具体实例:"原庙有铭,丕绪世守,岐阳有鼓,中兴绩勒,乃知历世以辉映,皆自此时之雕刻。法度之彰,礼乐之著,扬厉不穷,版牒所镂,匮室所藏,流传罔极。"①这里涉及两篇刻石文,即《汉高祖原庙铭》与《周岐阳石鼓文》,二者正有赖于金石的坚固,才使汉、周二朝的功绩流传后世,当时的典章法制与礼乐文化也得以彰显。

作为重要的颂扬方式,镌刻金石与作诗歌颂可以说同等重要,某种程度上,二者还存在着互为补充的关系。东汉著名文学家崔骃的一句话很值得我们玩味,他在《大将军西征赋》序中称:"愚闻昔在上世,义兵所克,工歌其诗,具陈其颂,书之庸器,列在明堂,所以显武功也。"②这句话是说,上古时代,义兵攻克敌军之后,会有专门人作"诗"歌咏,详细陈述"诗"中值得颂扬的功德,不仅如此,还要将歌咏的文辞刻于钟鼎,列在明堂之上,以彰显义兵的武功。崔骃的这句话本是为了陈述自己创作《大将军西征赋》的缘由,但也提示我们,古人对于功德极为重视,为了让更多的人知道,往往会采取多种方式加以传播。"歌其诗"是一种听觉手段,为了增强宣传的效果,还需要用视觉方式加以补充,即"书之庸器,列在明堂"。这两种方式,一为歌咏,一为记载,二者互相配合,共同达到颂扬的目的。因此,"颂"不仅以歌咏的形式表现,还镌刻于钟鼎。换句话说,"诗"中的文辞,在用于歌唱时,表现为"歌词",而镌刻于钟鼎时,则又成为纪功铭文的"文辞"。

崔骃这个看法,并非个人发明,而是古代的一种常识。古人在撰写颂作时,经常直接表现出对金石纪功铭文的追溯,如陆云《盛德颂》序称:"永惟陛下圣德丰化,比隆前代。元勋茂功,超踪在昔。故诗歌之所依咏,金石之所揄扬者也。"③将"金石之所揄扬"与"诗歌之所依咏"相提并论,作为歌颂盛德的重要方式。再如明代的姚广孝在《平胡颂》序中也说:"皇帝陛下神功圣德,当载之史册,被之弦歌,勒之金石,以垂万祀,此臣子之所先务也。"④皇帝功德流传后世的途径除了"载之史册""被之弦歌"外,还要"勒之金石"。"载之史册"强调的是通过史书的记载广为人知,"被之弦歌"侧重的是歌颂宣传效果,而"勒之金石"则凭借金石的坚固传之久远。这三者均与颂关系密切,其中,"勒之金石"不仅是颂赖以传播的方式,还与"被之弦歌"一样,也是颂

---

① [宋]方大琮撰:《铁庵集》卷二十三,《宋集珍本丛刊》本,线装书局2004年,第260页。
② [唐]欧阳询撰,汪绍楹校:《艺文类聚》卷五十九,上海古籍出版社1999年,第1068—1069页。
③ [晋]陆云撰,黄葵点校:《陆云集》卷六,中华书局1988年,第113页。
④ [明]陈子龙等选辑:《明经世文编》卷十三,中华书局1962年,第93页。

体产生的源头。唐代苏颋《东岳朝觐颂》序云:"亦既称寿,申命宗伯,咨尔颂焉,效古之刻石。"①明确说明《东岳朝觐颂》是对古代刻石纪功的效仿,体现了二者的源流关系。

二、刻石对颂之体式的影响

金和石在不同时代,使用的频率并不一样。一方面,由于"庸器渐缺",后世开始以石代金,成为纪功的重要方式。另一方面,钟鼎作为载体,体积有限,难以承载更多的信息,石材取材便捷,体量巨大,更适合于实际需要。所以金、石之中,刻石对颂体的影响较大,这不独表现在精神主旨上,文体形式也是重要的方面。明代贺复徵认为,《诗·颂》之后的颂"其体不一,有谣体,有赋体,有骚体,有箴铭体,有散文体"②。谣体即歌谣形式,骚体以《离骚》句式撰写,散文体即不押韵的散体颂作。这三类颂的数量较少,骚体颂在唐代较多,但仍不是主流。赋体颂产生于两汉时期,以长篇铺排为特征,魏晋以后,随着辨体意识的加强,这类颂作也很少见了。取而代之的,是"箴铭体"数量的增加。

所谓"箴铭体",即在体式上效法箴和铭的颂作。箴和铭作为两种文体,出现的时间都很早。箴主刺过,《文心雕龙·铭箴》:"箴者,所以攻疾防患,喻针石也。斯文之兴,盛于三代。夏商二箴,余句颇存。"③《夏箴》见于《逸周书·文传解》,《商箴》见《吕氏春秋·应同》。前者仅存两句,每句四字,后者为散体。《文心雕龙·铭箴》又称:"及周之辛甲,《百官箴》阙,唯《虞箴》一篇,体义备焉。"④《虞箴》即《左传》中记载的《虞人之箴》,共八句,除一句为五字外,其他均为四字句。铭文是刻于金石之上,以镌刻方式命名的文体。早期铭文形式多样,句法不一,如《大学》中记载的汤之《盘铭》"苟日新,日日新,又日新"⑤为三言韵文,《说苑·敬慎》中的《金人铭》"古之慎言人也。戒之哉!戒之哉!无多言,多言多败;无多事,多事多患"⑥为韵散结合的文体。再如《礼记·祭统》中的《鼎铭》,为叙述性的散文体。文辞较多,这里不再征引。随着写作的不断成熟,铭文逐渐发展成为以四言韵文最为常见、结构完整、注重过渡的文体。

---

① [宋]姚铉编:《唐文粹》卷十九下,《四部丛刊》本。
② 《文章辨体汇选》卷四五六。
③ 《文心雕龙义证》卷三,第409页。
④ 《文心雕龙义证》卷三,第409页。
⑤ [宋]朱熹撰:《四书章句集注》,中华书局1983年,第5页。
⑥ [汉]刘向撰,向宗鲁校证:《说苑校证》卷十,中华书局1987年,第258页。

无论箴还是铭，文体形式都不统一，但从现存作品的数量来看，箴、铭均以四言韵文为主，所以贺复徵所说的"箴铭体"，也就是这种形式。从渊源和内容看，箴主要用于警戒，与颂体颂扬功德的作用没有什么关系。铭兼有褒赞，与颂体有所重叠，所以箴铭二体之中，对颂影响较大的只有铭。

结构上，"箴铭体"较为注重文辞之间的起承转合，不像《诗经》的那样语意跳跃。后者属于诗化语言，是为了配合演唱而写成。关于《诗经·周颂》的文体特征，赵敏俐分析说：

> 以《周颂》为代表的《颂》诗，本为宗庙祭祀之乐歌，同时又配有舞蹈。从文体上看，这些作品几乎都是以单章的形式出现的。这与颂诗的应用场合以及表演方式直接相关。《礼记·乐记》曰："大乐必易，大礼必简。"……由此可知，像《周颂·清庙》这样的诗之所以单章而又简短，一个重要的原因是因为宗庙音乐本身所追求的风格就是简单、迟缓、凝重、肃穆。简单，就不须要有长诗来配乐。①

由祭祀歌词的特点决定，用于配合音乐演唱的《颂》诗不会太长，我们现在看到的"三颂"之中，《周颂》的篇幅均较为短小。《商颂》与《鲁颂》有些篇章虽然较长，但大都叙事简略，侧重抒情，通篇由若干章构成，每章内容完整，结构之间呈现出较强的跳跃性。后世的颂作，由于颂扬内容的增加，像《周颂》这样短小的篇章已经无法满足需求。因此模仿《诗·颂》的颂作，在形式上沿袭的其实是《商颂》《鲁颂》这种组合方式，如南朝刘宋时期沈演之的《嘉禾颂》《白鸠颂》、北齐邢劭②的《甘露颂》等。这里我们以邢劭《甘露颂》为例：

> 历选列辟，遡听前闻，三才易统，五运相君。皇极攸序，庶类以分，乃忠乃敬，或质或文。（一）
> 赫矣景命，蒸哉上圣，大德大名，至道无竞。川停岳路，云临水镜，望日齐明，瞻天比映。（二）
> 功深微禹，业隆作周，英华内积，文教外修。广输四海，堤封十洲，紫川北注，赤水南流。（三）
> 宸居两楹，恭己万国，圣敬日跻，王猷允塞。礼有大成，乐无斩德，用天之道，顺帝之则。（四）
> 政平民豫，岁稔时和，九功惟叙，九叙惟歌。风轮躔汉，毛舟沉河，

---

① 赵敏俐：《乐歌传统与〈诗经〉的文体特征》，《学术研究》2005年第9期。
② 邢劭之名，或作邵、邵。按邢劭字子才，邵与劭通，均有美好之意，邵为地名，显误。又汉代以后，作人名者，多用劭，邢劭少时避讳者即彭城王元劭。故本书统一作劭。

>玉龟出沼,鸣凤在阿。(五)
>
>休征屡动,感极回天,流甘委素,玉润冰鲜。蜜房下结,珠琲上悬,布濩林野,洒散旌旗。(六)
>
>日月已明,宇宙已廓,鼓缶成咏,挹水为乐。以为玄黄,犹参沃若,取慰天壤,用忘沟壑。(七)①

整首作品共分七章,每章一个主题,各自独立,七章组合起来,共同构成颂扬帝德的主旨,体现出《诗·颂》尤其是《鲁颂》的影响。总体来看,这种结构的颂作在数量上并不占优,相反,"箴铭体"的颂作更为常见。

"箴铭体"之颂多用于纪功颂德,结构严谨,章法缜密,文体特征有异于作为乐辞的《诗·颂》,如曹植《学官颂》:

>于铄尼父,生民之杰。性与天成,该圣备艺。德伦三五,配皇作烈。玄镜作鉴,神明昭晰。仁塞宇宙,志陵云霓。学者三千,莫不俊乂。唯仁可凭,唯道足恃。钻仰弥高,请益不已。②

这段文字以议论的手法,歌颂孔子的"性""德""仁""学",虽非全璧,依然可见其结构的整饬、前后文的有序衔接与过渡,呈现出显著的"文章"化特征。

再如南朝宋虞通之《明堂颂》:

>肃肃明堂,惟国之光。仪天矩地,崇姬润黄。县殷飚辉,服夏擅芳。无斁伊典,有焕斯章。绵绵教枢,翳翳化纪。声沉五都,风晦千祀。我皇蒸哉,追孝创轨。缛宪垂统,光图丽史。宗祀既崇,享配惟馨。六乐荐和,四圭流明。殷殷华海,监盥孚诚。庆辉旁烛,休光下盈。③

该颂开篇两句强调明堂的意义,然后描写明堂的建筑特征以及教化意义。接下来,由明堂转为对帝德的歌颂。整篇作品结构合理,过渡自然,层层递进,文意明朗,体现出"箴铭体"的结构特点。这类颂作的写法,虽然在精神主旨上远绍《诗·颂》,但形式与之完全不同,与其说是《诗·颂》之流,不如说是源于古老的纪功铭文。

总之,刻石铭文对颂作的体式影响很大,也是其效仿的对象。通过梳理

---

① 《艺文类聚》卷九十八,第1698—1699页。
② 《艺文类聚》卷三十八,第693页。
③ [唐]徐坚等撰:《初学记》卷十三,中华书局2004年,第330页。

颂体的历史我们发现,这种效仿具有一定的时代性和选择性。在赋体盛行的汉代,颂虽然已经成为一种正式文体,但并未形成其独特的写作方式,因此需要借鉴其他文体,作为一代文学之盛的赋,自然成了选择对象。东汉以后,随着赋体影响的削弱,人们也在探寻新的写作方法,这时正值"碑碣云起",碑铭等刻石文体在创作目的、文体功能等方面,都与颂体有着很多相同之处,因此成了颂体的借鉴对象。

三、秦刻石的文体属性及其意义

秦始皇刻石是中国古代重要的刻石作品,具有重要的文学、政治、历史、文化意义,历来受到人们的高度关注。从始皇二十七年(公元前220)至三十七年(公元前210),秦始皇共进行了五次巡狩活动,分别留下了《绎山刻石》《泰山刻石》《琅琊台刻石》《之罘刻石》《之罘东观刻石》《碣石门刻石》《会稽刻石》七篇刻石之文。这些刻石文虽不以颂名篇,但内容均为颂扬秦德。《史记·秦始皇本纪》记述这些刻石文时,多次以"颂"字突出其内容特点,如"二十八年,始皇东行郡县,上邹峄山。立石,与鲁诸儒生议,刻石颂秦德""穷成山,登之罘,立石颂秦德焉而去""作琅邪台,立石刻,颂秦德,明得意"。乃至张守节在作"正义"时,径直以"颂"指称这些作品,如《琅琊台刻石》张守节曰:"此颂前后序两句为韵,此三句为韵。"①东汉王充在《论衡·须颂》篇中也强调:"秦始皇东南游,升会稽山,李斯刻石,纪颂帝德。"②指出这些刻石文是对秦始皇功德的赞颂。

秦刻石文作为秦代重要的文章,刘勰在《文心雕龙》中多次提及,《铭箴》篇梳理铭文的发展史说:"至于始皇勒岳,政暴而文泽,亦有疏通之美焉。"③在《封禅》篇中说:"秦皇铭岱,文自李斯,法家辞气,体乏弘润,然疏而能壮,亦彼时之绝采也。"④对秦刻石的文采给予了高度评价。同时,又在《颂赞》篇中视之为颂,说:"至于秦政刻文,爰颂其德。"⑤同一作品多次出现,这在《文心雕龙》中并不多见。此外我们还应注意,《颂赞》《铭箴》《封禅》均是《文心雕龙》中的文体论,刘勰将秦刻石文放入这些篇章中,也即同时将其视为颂、铭和封禅文。这三种文体关系非常密切,铭的内容很多时候即是颂,颂也常以刻石的形式留传。至于封禅文,也会加以刻石,如詹锳引梅庆生注:"封

---

① [汉]司马迁撰:《史记》卷六,中华书局1982年,第247页。
② 黄晖撰:《论衡校释》(附《刘盼遂集解》)卷二十,中华书局1990年,第855页。
③ 《文心雕龙义证》卷三,第401页。
④ 《文心雕龙义证》卷五,第803页。
⑤ 《文心雕龙义证》卷二,第322页。

者,增高也;禅者,广厚也;皆刻石纪号,著己之功绩以自效也。"①同时,封禅文因其颂扬帝德的作用,很多时候也会被作为颂体看待,如《文心雕龙义证》引章学诚《文史通义·诗教下》:"若夫《封禅》《美新》《典引》,皆颂也。"以及蒋伯潜《文体论纂要》:"符命者,谓天降瑞应,以为帝王受命之符。如司马相如的《封禅文》、扬雄的《剧秦美新》、班固的《典引》皆是。此种文章,实与设辞托讽的赋相远,而与称扬功德的颂相近,当归入颂赞一类。"②詹锳也说:"刘勰虽然对它的规格要求非常严格,其实封禅不能算作一种独立的文章,把封禅文归入颂赞一类,还是比较合适的。"③由此可见,封禅文与颂体关系的密切。

　　同一作品被归为多种文体,这种情况虽然存在,但前提是这些文体必须已经确立。那么秦刻石文究竟是否如刘勰所说,可以分别作为颂、铭和封禅文呢?下面我们可以一一考察。首先,秦刻石文属于铭文是没有异议的。其次,封禅文以封禅礼仪命名,按照秦刻石文的功能,也可算作刻石纪号所用的封禅文。但倘若归为颂体,则稍显牵强。刘勰在总结颂的发展源流时,径直从《诗·颂》至屈原《橘颂》,再到秦始皇刻石文,将三者都作为颂体发展史上的重要篇章,这其实是一种非常宽泛的论断。《橘颂》和秦始皇刻石文,从广义上说都是以颂扬为内容的作品,但二者的源头和类型并不相同。《橘颂》属于楚辞,秦刻石为刻石铭文。范文澜说:"《颂赞》篇云:'秦政刻文,爰颂其德。'彼实颂体,而刻石则铭。"詹锳补充说:"就其文而言是颂,就其刻石而言就是铭。但有时颂赞等即使刻石也称颂赞,而铭文也不一定全是歌颂的文章。换言之,刻石的不一定就是铭,也可能是其他文体,而铭文则以刻石或刻于器物为常。"④二人都在刘勰的基础上,将秦刻石文算作颂体。实际上,这种观点并不确切,秦刻石的文体形式与后世颂体虽然没有什么差异,但它源于古老的刻石纪功传统,是用于"计功""称伐"的铭文,所以《文章缘起》中,任昉将其作为铭文著录⑤。颂体在汉代以后方才确立,也即只有在此之后才有颂体一说,之前的作品,只能属于广义上的"颂类",但不能算作

---

① 《文心雕龙义证》卷二十一,第793页。关于封禅文与刻石的关系,详见本书第八章第二节。
② 转引自《文心雕龙义证》卷五,第793页。
③ 《文心雕龙义证》卷五,第795页。
④ 《文心雕龙义证》卷十一,第401页。
⑤ 《文章缘起》:"铭,秦始皇登会稽山刻石铭。"《史记·秦始皇本纪》:"春,二世东行郡县,李斯从。到碣石,并海,南至会稽,而尽刻始皇所立刻石,石旁著大臣从者名,以章先帝成功盛德焉。"则任昉以"会稽山刻石铭"指称所有秦始皇刻石之文。

颂体。

此外，刘师培还将秦刻石文视为颂体发展史上与音乐脱离的转折，他说："秦之刻石，与三代之颂不同。颂之音节虽无可考，然三代之诗皆可入乐，颂为诗之一体，必可被之管弦。秦刻石则恐皆不能谱入乐章。故三代而后，颂与诗分，此其大变迁也。"①这个观点也不够准确。在表现形式上，秦刻石文的确皆不入乐，但并非"颂与诗分"的转折点。刘师培得出上述结论，正基于刘勰将秦始皇刻石文视为颂，这显然受到了误导。刻石文虽然也用韵，但主要用于诵读，而非演奏。其与《诗·颂》是两种不同的写作范式。作为碑铭文，不入乐是秦刻石文的固有特征，并不能算作"颂与诗分"的转折点。但刘勰及刘师培的观点也提示我们，以秦刻石文为代表的石刻文，在颂体发展史上的确起到了重要作用。

句法方面，秦刻石文三句一韵，后世颂体中这种形式的作品，最为著名的是元结《大唐中兴颂》。宋谢采伯云："秦始皇刻石文三句一韵，人多作两句读之，便不叶韵。云尝读《史记》，诵之如流，《中兴颂》亦三句一韵同。"②黄侃也说："秦刻石文多三句一韵，其后唐元结作《大唐中兴颂》，而三韵则易，清音渊渊，如出金石，说者以为创体，而不知远效秦文也。"③《大唐中兴颂》与秦刻石文一样，属刻石作品，三句一韵的形式，显然由秦刻石文而来。此外，唐代还有李隆基《鹡鸰颂》、张说《上党旧宫述圣颂》、吕向《述圣颂》，亦为三句一韵，可能都是受到秦刻石文的影响。

篇章结构方面，秦刻石文侧重于颂扬秦始皇统一天下之功、治理天下之德，章法缜密，内容详细，如《绎山刻石》：

> 皇帝立国，维初在昔，嗣世称王。讨伐乱逆，威动四极，武义直方。戎臣奉诏，经时不久，灭六暴强。廿有六年，上荐高庙，孝道显明。既献泰成，乃降专惠，亲巡远方。登于绎山，群臣从者，咸思攸长。追念乱世，分土建邦，以开争理。功战日作，流血于野，自泰古始。世无万数，陀及五帝，莫能禁止。乃今皇帝，壹家天下，兵不复起。灾害灭除，黔首康定，利泽长久。群臣诵略，刻此乐石，以著经纪。④

---

① 刘师培撰：《文心雕龙讲录二种》，陈引驰编校《刘师培中古文学论集》，中国社会科学出版社1997年，第151页。
② [宋]谢采伯撰：《密斋笔记》卷三，景印文渊阁《四库全书》本，台湾商务印书馆1986年。
③ 《文心雕龙札记》卷一，第73页。
④ [清]严可均校辑：《全秦文》卷一，《全上古三代秦汉三国六朝文》，中华书局1958年，第121页。

首先从秦始皇立王开始,赞述其扫灭六国之功。既而叙及祭祀、巡游之事,又追述六国混战时的民不聊生,以及始皇统一天下对黎民百姓的恩德。通篇读来,文章起承转合,无不畅达通顺。这种文体特征也对后世颂体,尤其是歌颂皇朝的颂作产生了深远影响,典型的如挚虞《太康颂》:

> 于休上古,人之资始。四隩咸宅,万国同轨。有汉不竞,丧乱靡纪。畿服外叛,侯卫内圮。天难既降,时惟鞠凶。龙战兽争,分裂遐邦。备僭岷蜀,度逆海东。权乃缘间,割据三江。明明上帝,临下有赫。乃宣皇威,致天之辟。奋武辽隧,罪人斯获。抚定朝鲜,奄征韩、貊。文既应期,席卷梁、益。元憝委命,九夷重译。邛、冉、哀牢,是焉底绩。我皇之登,二国既平。靡适不怀,以育群生。吴乃负固,放命南冥。声教未暨,弗及王灵。皇震其威,赫如雷霆。截彼江、沔,荆、舒以清。遹矣圣皇,参乾两离。陶化以正,取乱以奇。耀武六旬,舆徒不疲。饮至数实,干旄无亏。洋洋四海,率礼和乐。穆穆宫庙,歌雍咏铄。光天之下,莫匪帝略。穷发反景,承正受朔。龙马骙骙,风于华阳。弓矢橐服,干戈戢藏。严严南金,业业余皇。雄剑班朝,造舟为梁。圣明有造,实代天工。天地不违,黎元时邕。三务斯协,用底厥庸。既远其迹,将明其踪。乔山惟岳,望帝之封。猗欤圣帝,胡不封哉!①

《晋书》记载,当时晋武帝司马炎"留心政道,又吴寇新平,天下乂安"②,因此挚虞撰写《太康颂》加以歌颂。颂文从汉末战乱纷争写起,歌颂武帝的文治武功,重点描写了平吴之战的胜利。法度谨严,叙述周详,与《诗·颂》的歌词特征迥然有别。《太康颂》只是众多颂作中的一篇,其他同题材作品如汉史岑《出师颂》、晋张载《平吴颂》、北魏高允《北伐颂》等无不如此。

唐朝建立之后,出现不少颂扬帝德、歌颂大唐王朝的颂作,有李世民《皇德颂》、李治《大唐纪功颂》、李百药《皇德颂》、颜师古《圣德颂》等。这些作品篇体宏肆、内容广博,尽情歌颂了唐王朝的建立,如李世民《皇德颂》:

> 厥初造化,人伦既兴,乃建君长,司牧黎烝。肇自爻画,爰代结绳。轩昊既谢,唐虞以升。后隋德衰,顺时革命。三季之末,干戈是争。赫矣神武,经期作圣。下括九围,上齐七政。业统文武,勋迈高光。何险

---

① [唐]房玄龄等撰:《晋书》卷五十一,中华书局1974年,第1424页。
② 《晋书》卷五十一,第1424页。

不济,何患不攘,士女绥悦,筐厥元黄。斯物之至,昭于我王。我王覆育,资生怀造。配尧登唐,方周在镐。翕受敷施,明征定保。允迪厥德,惟清帝道。帝道钦明,天下和平。三时不害,百谷以成。我庾斯积,如坻如京。既富而教,讼息刑清。明明天子,令闻不已。百姓为心,万邦在己。家赖宽政,朝称多士。齐一华戎,混同书轨。东池溟渤,西苑隅邱。八蛮职贡,六狄怀柔。至德潜洽,元化旁流。日慎一日,虽休勿休。先天不违,灵物效质。丹羽仪韶,翠黄承辔。甘露零草,祥风应律。嘉禾醴泉,比焉自出。符瑞见兮焕图书,坛场设兮望銮舆。至人忘己体冲虚,凝神姑射厌宸居。厌宸居,叶冥契,龙驾升兮邈遐逝。垂元范兮光来裔,与元象兮长昭晰。飞英声兮越三代,永锡祚兮万亿载。①

该颂简要介绍上古帝王对华夏文明的开创,为了彰显大唐君主的功德,颂文从隋朝的衰败开始写起,顺势歌颂唐高祖乘势起义,统一中原。接下来,开始歌颂唐高祖的功德,包括唐高祖对百姓的关爱和教化、对朝政的治理、对边疆的管理等方面取得的极为重要的成绩,并以天降符瑞,表示上苍对唐王朝的肯定。最后,表达对国祚的祝颂。通篇颂作,规模宏大,风格、叙事都与秦刻石文极为相似,体现了秦刻石文在颂体发展史中的典范意义。

总之,秦始皇刻石作为早期刻石文的重要篇章,无论文体形式,还是歌颂方法,都对后世颂体产生了深远影响。这种影响,从小的方面说,是同类题材之颂对秦刻石文的学习,从大的方面看,体现的则是刻石铭文对后世颂体的影响。

第三节 作为颂体之始的王褒《圣主得贤臣颂》

"三颂"作为《诗经》的一类,属于诗歌范畴,后世的颂则变而为文,这是颂开始独立成体的重要标志。那么,颂何时由诗变文,有没有代表性的作品呢?最早关注这一问题的是生活于南朝梁代的任昉,他在《文章缘起》中将王褒《圣主得贤臣颂》作为颂体之始。但是由于着眼点和所处时代的不同,任昉这个观点并未完全为人接受,后世众说纷纭,莫衷一是。

---

① [清]董诰等编:《全唐文》卷四,上海古籍出版社1990年,第15页。

《文章缘起》，又称《文章始》①，是唐前为数不多保存至今的文章学理论著作。作者任昉(460—508)，字彦升，乐安博昌(今山东寿光)人，南朝齐梁时期著名文学家，长于骈文，与沈约并称"沈诗任笔"。和其他著作不同，《文章缘起》的特色在于对每种文体的首篇予以著录，其序称：

> "六经"素有歌、诗、诔、箴、铭之类，《尚书》帝庸作歌；《毛诗》三百篇；《左传》叔向《贻子产书》，鲁哀公《孔子诔》，孔悝《鼎铭》，《虞人箴》。此等自秦汉以来，圣君贤士，沿著为文章名之始，故因暇录之，凡八十四题，聊以兴好事者之目云尔。②

任昉通过对"六经"中歌、诗、诔、箴、铭等文体的发掘，证明后世的文体均源自"六经"。这是中国古代较为流行的"文本于经"的理论，刘勰《文心雕龙·宗经》篇和颜之推《颜氏家训·文章》篇均有所申论。经书为圣人所作，不仅是文章写作的典范，也为后世文体的命名提供依据。

《文章缘起》的正文是对自"秦汉以来"各体文章首篇的著录。关于颂，《文章缘起》称："汉王褒作《圣主得贤臣颂》。"王褒为西汉著名文臣，《圣主得贤臣颂》载于《汉书·王褒传》。任昉视《圣主得贤臣颂》为颂体之始，即认为其是秦汉以后最早的颂体作品。然翻检汉代及以前的文献我们发现，在《圣主得贤臣颂》之前，已经出现了一些以颂名篇的作品。而要探讨这个问题，首先得明确《文章缘起》所称文章之始的时间问题。虽然任昉明确称是"自秦汉以来"，但他所列各文体的首篇并非全在秦汉以后，如"歌，荆轲作《易水歌》"，"《离骚》，楚屈原所作"，这两则中的作者荆轲与屈原均为战国人。或许任昉所说"秦汉"只是大致时间，实为秦汉前后。那么我们对《圣主得贤臣颂》之前的作品进行考察时，应与任昉所列其他文体起源的时间一致，但最早不得在战国之前。

---

① 《隋书·经籍志》《旧唐书·经籍志》《新唐书·艺文志》著录为《文章始》，《郡斋读书志》《直斋书录解题》均著录为《文章缘起》，《宋史·艺文志》亦同。今存《文章缘起》一卷，四库馆臣"疑为伪托"，吴承学、李晓红撰《任昉〈文章缘起〉考论》加以辩驳，认为四库馆臣的几个主要理由均不能成立，结论不可采信，"在'疑为伪托'说没有其他充分的文献与理论依据作为支持之前，还是尊重以现存《文章缘起》为任昉所著的传统说法为妥"。详见吴承学《中国古代文体学研究》第四章，人民出版社2011年版。本书即采纳吴承学观点，认为《文章缘起》为任昉所著。

② [南朝梁]任昉著，[明]陈懋仁注：《文章缘起注》，王水照编《历代文话》本，复旦大学出版社2007年，第2519页。

一、《圣主得贤臣颂》之前以颂为名的作品

《诗经》之后最早以"颂"名篇的是屈原《橘颂》,对于这篇作品,王逸说:"美橘之有是德,故曰颂。《管子》篇名有《国颂》。说者云:颂,容也,陈为国之形容。"①认为《橘颂》赞美橘之品德,所以称为颂。从主旨上看,《橘颂》无疑是符合颂体特征的。刘勰叙述颂体的源流时,也将《橘颂》视为其中的重要篇章,称:"及三闾《橘颂》,情采芬芳,比类寓意,又覃及细物矣。"②刘师培又阐发说:"此节推论颂体之渐变。颂之本源,用于容告神明;降及战国,称美物类者,亦可称为颂……盖虽非述德告神,而与'美'之旨弗悖焉。"③认为《橘颂》虽非告神,但亦用于赞美,所以仍属于颂的范畴。

秦代的颂作有周青臣《进颂》。《史记·秦始皇本纪》载,始皇三十三年(公元前214),"始皇置酒咸阳宫,博士七十人前为寿",当时仆射周青臣进颂曰:"他时秦地不过千里,赖陛下神灵明圣,平定海内,放逐蛮夷,日月所照,莫不宾服。以诸侯为郡县,人人自安乐,无战争之患,传之万世。自上古不及陛下威德。"④歌颂了秦始皇平定天下、安邦兴国的功德。

汉代早于《圣主得贤臣颂》的颂,还有刘安、刘向《琴颂》等作品。《汉书·艺文志》总结乐家的数目时称:"凡乐六家,百六十五篇。"班固自注:"出淮南、刘向等《琴颂》七篇。"⑤可知淮南王刘安和刘向均有《琴颂》。又《汉书·淮南王刘安传》载,刘安向汉武帝"献《颂德》及《长安都国颂》"⑥,纪昀批:"此颂体之初成。"⑦认为《颂德》及《长安都国颂》乃颂体最初的作品。与刘安同时代的董仲舒,著有《春秋繁露》一书,中有"山川颂"一节,全文引经据典,对儒家"智者乐水,仁者乐山"观点进行诠释。

既然在《圣主得贤臣颂》之前,已有上述颂作的出现,为何任昉还将《圣主得贤臣颂》作为颂体之始呢? 笔者认为,这些作品虽以颂美为主,但由于各种原因,任昉在《文章缘起》中未能加以著录。不同的作品,情况也各不相同,下面我们可一一予以分析。

《橘颂》在内容上确为颂美之作,但就体式特征而言,属于典型的楚辞

---

① [宋]洪兴祖撰,白化文等点校:《楚辞补注》,中华书局1983年,第155页。
② 《文心雕龙义证》卷二,第321页。
③ 《刘师培中古文学论集》,第150页。
④ 《史记》卷六,第254页。
⑤ [汉]班固撰,[唐]颜师古注:《汉书》卷三十,中华书局1962年,第1711页。
⑥ 《汉书》卷四十四,第2145页。
⑦ 转引自《文心雕龙义证》卷二,第324页。

体,早在东汉王逸编撰《楚辞》时,就已将其收入。故而笔者认为,如果按照《文章缘起》著录的文体,将《橘颂》算作"离骚"体或"赋"体更加合适①。清代刘熙载说:"《橘颂》品藻精至,在《九章》中尤纯乎赋体。《史记·屈原传》云:'乃作《怀沙》之赋。'知此类皆可以赋统之。"②知后世对于《橘颂》文体属性的界定,多视为赋体。又范文澜云:"《橘颂》,即《橘诵》,亦即《橘赋》。"③古代颂、诵通用,所以范文澜据此认为《橘颂》也即《橘赋》,的确自有道理。

周青臣的《进颂》,仅寥寥数句,体式尚不够完备。严可均《全上古三代秦汉三国六朝文》虽加以选录,但严格意义上说,它并非一篇完整的文章。或许出于这种考虑,《文章缘起》和《文心雕龙》均未提及。单纯从语义看,"进颂"的意思可能有二,一是向始皇进献颂文,二是前进一步加以颂扬。不同的理解,会有不同的结果。结合上下文和当时的背景来看,前者显然不可能。周青臣《进颂》只有短短六十个字,应当只是他当时的口头称颂,倘若是事先准备好的文稿,必然会长篇铺叙。当时七十位博士一同为秦始皇祝寿,周青臣作为颂德之人,必须向前一步,让秦始皇注意到他,这是君臣对话的礼仪要求。从词语意思看,进为前进,颂是颂扬,"进颂"显然是"进+颂"两个动作的合成。王充《论衡》两次征引,分别为"仆射周青臣进颂始皇之德"及"仆射周青臣进颂秦始皇","进颂"均作动词使用,也证明了这一点。所以这里的"颂"不是文体名称,不具备文体意义,自然该文也就不应被视为颂体。

刘安所著《琴颂》,根据题目及当时其他同题材作品来看,应为"琴诵",属于赋体。当时不少的赋也被称为颂,如王褒《洞箫赋》也作《洞箫颂》,马融《长笛赋》也作《长笛颂》④,所以《琴颂》也应是这种情况。《颂德》及《长安都国颂》虽极可能是颂体,但二者皆不见《汉书·艺文志》著录,应当亡佚较早,任昉未及亲见,故不以为颂体之始。《山川颂》以山水比喻品德,把大自然中的山水人格化,描述《春秋》中的伦理道德及政治原则,虽在后世也被当作颂体看待,并被《古文苑》《文章辨体汇选》等文章选本选录,但归根结底,其最初作为著作中的一节出现,与任昉所说的文章并不一样。《山川颂》以经学的方式重新诠释儒家理论观念,形成了对先秦以来儒家山川理念的经学阐释,就其性质而言,乃解经之作,而《文章缘起》则"体现出任昉关注重点是脱离经

---

① 《文章缘起》:"赋,楚大夫宋玉所作","离骚,楚屈原所作"。
② [清]刘熙载撰,袁津琥校注:《艺概注稿》卷三,中华书局2009年,第424页。
③ [南朝梁]刘勰著,范文澜注:《文心雕龙注》卷二,人民文学出版社1958年,第161页。
④ 汉代"颂"又常与"诵"通用,故而常以颂指称赋。详见本书第四章第一节。

学束缚之后个体的文章创作"①,是从文学的角度对写作加以审视,二者有着根本上的区别。

二、《圣主得贤臣颂》的形式与内容

任昉将王褒《圣主得贤臣颂》作为颂体的起源,既着眼于该颂的文体特征,也体现了其文章学的重要理念。与《文章流别论》《文心雕龙》相比,《文章缘起》虽极为简略,但在颂体研究方面却有着无法替代的作用。《文章流别论》《文心雕龙》在论述颂体的源流时,将后世的颂体与《诗·颂》融而不分,导致对颂体外延的界定模糊不清。正因如此,《橘颂》、秦始皇刻石文等作品也被刘勰视为颂体作品,显得过于宽泛。

任昉认为,文章出于"六经",但又不同于"六经",并试图寻找到各种文体之始。《诗·颂》属于诗体,与独立之后的颂体不同,因此任昉将其排除在外。同时,任昉在寻找颂体首篇时,摒弃《橘颂》与秦始皇刻石文等文章不论,表明在他看来,这些作品均非颂体。与《文心雕龙·颂赞》篇对颂体的笼统叙述相比,《文章缘起》显得更为严格。在任昉看来,《橘颂》等作品或以颂为名,或以颂扬为主旨,但均不符合颂体的规范,直到《圣主得贤臣颂》的出现,才标志着颂文体的真正出现。根据上文的分析来看,《圣主得贤臣颂》之前的颂作,或为其他文体,或过早亡佚,或过于简短,均无法作为颂体的起源。既然如此,这里我们需要追问:《圣主得贤臣颂》虽以颂名篇,是否具备了颂体的基本特征?是否属于"义必纯美"的颂德之作?这些均是值得思考的问题。

对《圣主得贤臣颂》文体进行分析时,首先要考虑所持标准如何。"辨体"意识兴起于汉魏,南北朝时期日臻发达,是中国古代非常重要的文学思想。关于"文体"之"体"的内涵,据吴承学总结,主要包括:一、体裁或文体类别;二、具体的语言特征和语言系统;三、章法结构与表现形式;四、体要或大体;五、体性、体貌;六、文章或文学之本体②。上述标准可以概括为形式与内容两个方面,这也是文章辨体最基本的内容。所以对于《圣主得贤臣颂》的文体属性,也可以从这两方面考察。

作为唐前重要的两部文学理论著作,刘勰《文心雕龙》和挚虞《文章流别论》在论述颂体时均未提及《圣主得贤臣颂》,不免令人疑惑。这种情况的发生,可能是二人认为《圣主得贤臣颂》并无特别值得讨论之处,故略去不提。

---

① 《中国古代文体学研究》,第317页。
② 参见《中国古代文体学研究》,第16—22页。

如《文心雕龙·颂赞》篇总结秦汉时期的颂作说："至于秦政刻文,爰颂其德;汉之惠景,亦有述容;沿世并作,相继于时矣。"①以"沿世并作"总括,而《圣主得贤臣颂》极可能就包含在其中了。但也存在另一种可能,即刘勰和挚虞未必把《圣主得贤臣颂》视为颂体。我们虽无法论证这个猜测,可后世持这种观点的学者却大有人在。如李兆洛《骈体文钞》选录《圣主得贤臣颂》,不将其置于"颂类",而列入"杂飏颂类",且在篇首题曰:"此非颂体,后人亦遂无效之者。"②说明他的判断依据并非基于对《圣主得贤臣颂》颂扬旨意的怀疑,而在于对《圣主得贤臣颂》颂体属性的否定。

颂体通常是有韵之文,像《圣主得贤臣颂》这样的散体极为少见,这也正是李兆洛认为《圣主得贤臣颂》不是颂体的缘故。根据《骈体文钞》收录的文章来看,卷二自扬雄《赵充国颂》以下全为有韵之文,卷三以《圣主得贤臣颂》为首全为无韵之文,李兆洛虽未注明,但显然是以押韵与否作为区分标准的。这种方法是否合理,也即颂体是否一定要押韵呢?刘勰及挚虞并无说明,而后世之人的讨论却不在少数,如:

  明徐师曾:"后世所作,皆变体也。其词或用散文,或用韵语,今亦辩而列之。"③
  清王之绩:"散文如汉王褒《圣主得贤臣颂》,韵语如杨雄《赵充国颂》。"④
  清张谦宜:"(颂)前有序正,词必四字,用韵以庄雅为贵,亦有不用韵序者,如《圣主得贤臣颂》是也。然亦是铺张华丽之语。"⑤
  清梁章钜《文选旁证》于《圣主得贤臣颂》题下注:"汪氏师韩《诗学纂闻》云:'颂者,诗之一体。'而此颂及韩文公《伯夷颂》皆不用韵,因思《周颂》之文多有求其韵而不得者,后儒强为叶之,恐是本无韵也。"⑥

上述学者的观点完全一致,认为颂可有韵也可无韵。虽然也有例外,如刘师

---

① 《文心雕龙义证》卷二,第322页。
② [清]李兆洛选辑:《骈体文钞》卷三,上海书店1988年,第45页。
③ [明]徐师曾著,罗根泽校点:《文体明辨序说》(与《文章辨体序说》合刊),人民文学出版社1962年,第142页。
④ [清]王之绩撰:《铁立文起》前编卷八,王水照编《历代文话》本,复旦大学出版社2007年,第3711页。
⑤ [清]张谦宜撰:《茧斋论文》卷三,王水照编《历代文话》本,复旦大学出版社2007年,第3893页。
⑥ [清]梁章钜撰,穆克宏点校:《文选旁证》卷三十九,福建人民出版社2000年,第1075页。

培《左庵文论》："就形式而言，颂必有韵。"但只是一家之言，并未得到广泛认可。由此可见，后人大都未将押韵作为判断颂体的标准，而李兆洛的这种区分方法，显然失之偏颇。此外，作为现存最早、最完整的文章选本《文选》，也将《圣主得贤臣颂》作为颂类首篇选入，可见在当时，并非只有任昉一人将《圣主得贤臣颂》视为颂体。因此，《圣主得贤臣颂》尽管不押韵，但在文体形式上并没有违背颂体的要求。

《圣主得贤臣颂》全文见于《汉书·王褒传》载录，其曰："既至，诏褒为圣主得贤臣颂其意。褒对曰……"①从班固的叙述口吻看，其篇名似应作《圣主得贤臣》，"颂"并非文体标志。文中的"其意"即汉宣帝的旨意，汉代颂、诵相通，那么"颂其意"也极可能是"诵其意"。在文体特征上，《圣主得贤臣颂》与传统《诗·颂》全然不同，通篇以散体议论圣主得贤臣及贤臣遇圣主的意义。结合《汉书》中"褒对曰"看，似应为奏疏类文体。因此，明代的王锡爵《历代名臣奏疏》、吴国伦《秦汉书疏》均将其作为奏疏文选录。事实究竟是否如此？下面我们可从《圣主得贤臣颂》的内容和写作背景加以考察。

《圣主得贤臣颂》在内容上广泛征引《春秋》《易》《诗》等传统儒家经典，论述圣主与贤臣相互间的重要性，如其中的部分文字：

> 夫贤者，国家之器用也。所任贤，则趋舍省而功施普。……贤人君子，亦圣王之所以易海内也。是以呕喻受之，开宽裕之路，以延天下英俊也。夫竭知附贤者，必建仁策；索人求士者，必树伯迹。昔周公躬吐捉之劳，故有圄空之隆；齐桓设庭燎之礼，故有匡合之功。由此观之，君人者勤于求贤而逸于得人。
>
> ……故世必有圣知之君，而后有贤明之臣。故虎啸而风冽，龙兴而致云，蟋蟀俟秋吟，蜉蝣出以阴。《易》曰："飞龙在天，利见大人。"《诗》曰："思皇多士，生此王国。"故世平主圣，俊艾将自至，若尧、舜、禹、汤、文、武之君，获稷、契、皋陶、伊尹、吕望，明明在朝，穆穆列布，聚精会神，相得益章。虽伯牙操递钟，逢门子弯乌号，犹未足以喻其意也。
>
> 故圣主必待贤臣而弘功业，俊士亦俟明主以显其德……是以圣王不遍窥望而视已明，不单顷耳而听已聪；恩从祥风翱，德与和气游，太平之责塞，优游之望得；遵游自然之势，恬淡无为之场，休征自至，寿考无疆，雍容垂拱，永永万年，何必偃卬诎信若彭祖，呴嘘呼吸如侨、松，

---

① 《汉书》卷六十四下，第2822页。

眇然绝俗离世哉!《诗》云"济济多士,文王以宁",盖信乎其以宁也!①

单纯从文章本身看,王褒似乎是以论述贤臣对于圣主的重要性来劝诫宣帝广纳贤良,但倘若结合《圣主得贤臣颂》创作背景,我们发现,事实并非如此。《汉书·王褒传》载:

> 宣帝时修武帝故事,讲论六艺群书,博尽奇异之好,征能为《楚辞》九江被公,召见诵读,益召高材刘向、张子侨、华龙、柳褒等待诏金马门。神爵、五凤之间,天下殷富,数有嘉应。上颇作歌诗,欲兴协律之事,丞相魏相奏言知音善鼓雅琴者渤海赵定、梁国龚德,皆召见待诏。于是益州刺史王襄欲宣风化于众庶,闻王褒有俊材,请与相见……益州刺史因奏褒有轶材。上乃征褒。②

宣帝在政策上效法武帝,广纳贤才,讲论六艺群书,宣布礼乐教化。各种祥瑞的出现,更是对宣帝政绩的肯定。可见,宣帝登基之后,的确在很多方面颇有建树。因为益州刺史王襄的举荐,王褒被宣帝征召。到了朝廷后,宣帝令王褒作《圣主得贤臣颂》。所以,文中的"圣主"即宣帝,《圣主得贤臣颂》所述是"圣主已得贤臣",不是"圣主应得贤臣",文中所论是宣帝广纳贤才的既成事实,并非进谏。所以《圣主得贤臣颂》实际是对圣主得到贤臣、贤臣幸逢圣主的盛况进行歌颂。

但是,《圣主得贤臣颂》是否符合颂体"义必纯美"的标准呢?《汉书》在载录这篇文章后称:"是时,上颇好神仙,故褒对及之。"③再根据颂文最后的文字来看,王褒确实对宣帝爱好神仙之事进行了劝讽,他说:"何必偃卬诎信若彭祖,呴嘘呼吸如侨、松,眇然绝俗离世哉!"按照颂的要求,文章中不应出现讽谏,但《圣主得贤臣颂》的确表现出了这种目的,尽管如此,后人仍然称之为"颂"。对此,笔者认为,《圣主得贤臣颂》作于颂体还不完全成熟的时代,写作时受到赋体的影响较大。但总体来看,《圣主得贤臣颂》是对汉宣帝政绩的肯定。明代的吴讷《文章辨体》、贺复徵《文章辨体汇选》,即将《圣主得贤臣颂》选入颂体之中,说明后世文人仍然遵循旧例将《圣主得贤臣颂》视

---

① 《汉书》卷六十四下,第2823—2828页。
② 《汉书》卷六十四下,第2821—2822页。
③ 《汉书》卷六十四下,第2828页。

为颂作①。

三、《圣主得贤臣颂》在后世的影响

汉代以后,《圣主得贤臣颂》因其内容的雍容典雅、文辞的瑰丽华美受到人们重视,拟作的出现即是突出表现。李兆洛称后世没有效仿《圣主得贤臣颂》的作品,实属臆断。宋王应麟《玉海·辞学指南》即载:"隋杜正玄举秀才,拟《圣主得贤臣颂》。"②通过翻检汉代以后的典籍我们发现,模拟《圣主得贤臣颂》的作品并不在少数,甚至以《圣主得贤臣颂》为名的,也有几篇。王世贞批评王褒《圣主得贤臣颂》"不原所繇得之本,与既得之之用,是以谈业甚微,而无真术;究绩虽宏,而鲜隽味",认为王褒所颂空洞无物,因而"廓其旨,探其原而嗣颂",另作《广圣主得贤臣颂》,从上古圣主、贤臣谈起,企图对王褒之颂进行源头上的探寻。但实际上,《广圣主得贤臣颂》也只是所举例证更加丰富,文章的形式仍然模仿《圣主得贤臣颂》,主旨也未超出王褒颂的范围③。

另外,明代萧仪的《圣主得贤臣颂》与清代李结的《拟王子渊圣主得贤臣颂》,也是王褒《圣主得贤臣颂》在后世的模拟之作,如前者:

> 夫驾巨舰以涉瀚海,必楼橹桡棹之全,而后可以航乎深渊。驱大车以历周行,必辕轸辐盖之备,而后可以胜乎重任。以一人而运天下之大,必得奇才硕德之佐,而后可以居上而有临。
>
> 尧舜有天下,而帝温恭而克让,文明而浚哲,其资禀之圣,盖亘前古而莫越。然必任乎四岳群牧,咨乎皋夔稷契,而后致敏德,而时雍仁洽而义浃也。

---

① 日本学者清水凯夫曾发表《从〈文选〉编纂看文学观》一文,认为从《圣主得贤臣颂》中"根本看不出直接赞美圣主汉宣帝得到魏相、丙吉、张安世、萧望之、黄霸、韦玄成等贤臣之表现,不仅没有直接赞美,反倒列举以往圣主的各种事例,叙述圣主得贤臣以及贤臣会圣主的困难和必要性。然后强调圣主和贤臣和睦而可以'无为而治',还何需依靠神仙这种自我见解。暗地里含有批判宣帝信神仙的内容。只要看一看《汉书·王褒传》中在列举了'颂'之后,说'是时,上颇好神仙,故褒对及之'就会很清楚。结果这篇颂决非是《圣主得贤臣颂》的正统之'颂',而可以断定,是含批判宣帝的'变体'的颂。"((日)清水凯夫著,周文海编译:《诗品文选论文集》,首都师范大学出版社1995年,第185页)该文全盘否定《圣主得贤臣颂》歌颂的内容,不够客观。事实上,《圣主得贤臣颂》有颂有讽,但颂多讽少,主体仍以颂扬为主。

② [宋]王应麟撰:《玉海》卷二〇四,江苏古籍出版社、上海书店1987年,第3727页。

③ [明]王世贞撰:《弇州山人续稿》卷一四五,明万历中刊本。

  禹汤文武得天下,而王祇台德先天锡智勇烝哉。同辞父子一揆,其娄禀之圣,固已后千世而莫比,然必伯益、伊尹、周召、毕荣,前后凝承,左右辅弼,而后致地平天成,拨乱归正,而措三代之民于隆平之域矣。
  三代而下,由汉而唐,由唐而宋,主未必皆圣,臣未必皆贤,而其上下相资以为治,盖有不约而同。①

  这篇作品无论篇章结构、句法还是所用比喻,都对王褒之颂亦步亦趋,体现了王褒《圣主得贤臣颂》的影响。
  清代夏之蓉批评王褒《圣主得贤臣颂》"喏百唯千,谄谀相袭",认为王褒只是一味奉承,因而另行创作。但实际上,他自己的《圣主得贤臣颂》同样也对乾隆极尽颂美之言,如序言称:

  今天子建中和之极,既金声而玉振之,顾乃博访畴咨,夜以继旦,谓嵩岳之间,云雨磅礴,天下岂其无申甫焉?于焉以道德为弓旌,以礼义为缥币,饥渴之诚,惟恐不至。故凡经纶恢廓之儒,圭璧纯懿之彦,莫不弹冠并起,蹑跷踵,来其能,裹伟业于当代,垂鸿号于无穷者,与褒之所称奚啻霄壤哉?②

  这段文字极力夸赞乾隆求贤之举,认为是王褒称美的汉宣帝所无法比拟的。颂的正文为四言韵文,与王褒从宏观上论述圣主、贤臣之间关系不同,夏之蓉将笔墨聚集到一处,从不同角度称颂乾隆帝。但其文章在立意、用语、用典等方面,仍多由王褒之颂申发而来。
  除拟作之外,后世不少书法家还将王褒《圣主得贤臣颂》作为艺术创作的对象,如元朝赵孟𫖯、明朝沈度、文徵明、王宠、清朝金嘉玉、林则徐、冯誉骥、黄士陵等人,都有相关的书法作品。康熙年间制作的笔筒,也将王褒《圣主得贤臣颂》书写其上。故宫博物院、南京博物院均有收藏。如南京博物院保存的清康熙青花《圣主得贤臣颂》笔筒,呈直筒形,施白釉,外壁用青料在釉下楷书《圣主得贤臣颂》全文。字体端正,排列整齐,以釉里红作"熙朝传古"方印。这些艺术作品,表明了后人对《圣主得贤臣颂》的喜爱。
  总之,王褒《圣主得贤臣颂》作为一篇较早的颂作,以其卓越的文采和适

---

① [明]萧仪撰:《袜线集》卷一,《四库全书存目丛书》本,齐鲁书社1997年,第405页。
② [清]夏之蓉撰:《半舫斋古文》卷一,《清代诗文集汇编》本,上海古籍出版社2010年,第247页。

宜的内容受到后人的重视。明清时期出现的《圣主得贤臣颂》拟作,表现了人们对它的重视,也体现出王褒《圣主得贤臣颂》作为颂体起源的典范意义。清孙梅说:"王褒《得贤》,论也,而以颂名,义虽协而音未谐,出诗入文,滥觞于此矣。"①这一论断极为精到,指出《圣主得贤臣颂》虽然在形式上未必与后世颂体的标准相符,但在颂体发展史上,有着关键性的由诗入文的转折意义,这是其他作品无法比拟的。近人姚华也称:"是故颂以扬励休功,而美述盛德,其始也必告于神明,其变也徒颂功德而已。王褒以来,于文有颂。"②从广义上说,颂包括诗类和文类,后世所谓的颂体,是狭义的概念,特指文类之颂,《圣主得贤臣颂》的出现,标志着作为文章之颂的起始。任昉将《圣主得贤臣颂》视为秦汉以后颂体之始,即是出于这个考虑。

---

① [清]孙梅著,李金松点校:《四六丛话》卷十六,人民文学出版社2010年,第333页。
② 姚华:《论著甲·论文后编》,《弗堂类稿》,中华书局1930年。

第二章　颂体的形态

　　文体犹如人体,也有一定的形态。文体形态,指文体在一定条件下表现出的独特样式,包括体式特征、风格风貌,以及文本表现的方式等,简言之,即文体之所以成为体的所有形式要素的总和。对于颂体形态的分析,古人早有论及,《文心雕龙·颂赞》篇是在颂体独立之后发展到一定阶段,对颂体总结最为全面和客观的文献,具有集大成的性质。作为一种源于儒家经典、深受经典影响的文体,颂的风格在内容、文辞及结构方面,均展现出独特的文体特性。独立成体之后的颂,文本也不再依附于音乐,转而以诵读作为表现的方式。

第一节　颂体的正格:以《文心雕龙·颂赞》篇为中心

　　刘勰(约465—约520)是中国著名的文学理论家,所著《文心雕龙》十卷五十篇,是中国文论史上的重要著作,包括总论五篇、文体论二十篇、创作论十九篇、文学评论六篇[①]。其中,《颂赞》是文体论中的一篇,对颂体的内涵、发展源流、文体特性、写作方法进行了简明扼要的概括。在此之前,虽有挚虞《文章流别论》已著先鞭,但就完备详赡而言,与《文心雕龙》相差甚远。在此之后,后代论颂者无不受到刘勰的影响,诚可谓泽被后世,嘉惠学林。《颂赞》篇蕴含着丰富的颂体文学理论,对《颂赞》篇的解读,有助于我们全面了解颂体的规格样式。

一、《文心雕龙·颂赞》篇对颂体的总结

　　《序志》篇中,刘勰总结文体论具体篇章的写作思路说:"原始以表末,释

---

① 分类方法据周振甫《文心雕龙今译》(中华书局2012年)。

名以章义,选文以定篇,敷理以举统。"①即论述各种文体的起源和流变,解释其名称的含义,选取代表作品加以评定,敷陈事理总结文章的系统。这也是《颂赞》篇的写作顺序。关于这四句,黄侃解释说:"谓《明诗》篇以下至《书记》篇,每篇叙述之次第。"同时又以《颂赞》篇为例:"自昔帝喾之世起,至相继于时矣止,此原始以表末也。颂者容也二句,释名以章义也。若夫子云之表充国以下,此选文以定篇也。原夫颂惟典雅以下,此敷理以举统也。"②以下笔者即以此为准,按照《颂赞》篇的原文顺序,加以分析。

"原始以表末"部分:

> 昔帝喾之世,咸墨为颂,以歌《九韶》。自商以下,文理允备。夫化偃一国谓之风,风正四方谓之雅,容告神明谓之颂。风雅序人,事兼变正;颂主告神,故义必纯美。鲁以公旦次编,商以前王追录,斯乃宗庙之正歌,非譧缛之常咏也。《时迈》一篇,周公所制;哲人之颂,规式存焉。夫民各有心,勿壅惟口。晋舆之称"原田",鲁民之刺"裘鞸",直言不咏,短辞以讽,邱明、子高,并谓为颂。斯则野颂之变体,浸被乎人事矣。及三闾《橘颂》,情采芬芳,比类寓意,又覃及细物矣。至于秦政刻文,爰颂其德;汉之惠景,亦有述容;沿世并作,相继于时矣。③

这段文字梳理了上古至汉代颂的发展,虽然尚未成体,但作为滥觞,在颂体发展史上却有着重要意义。后世成为文体之颂,与《诗经》及以前之"颂"的属性已经不同,但为了更好地展现颂体的发展脉络,刘勰并未将《诗·颂》与后世独立成体之颂区分开来,而是溯源而下,一并叙出。其中,咸墨是帝喾之臣,《吕氏春秋·仲夏纪·古乐》载:"帝喾命咸黑作为声,歌《九招》《六列》《六英》。"④咸黑即咸墨,《九招》也即《九韶》,刘勰将咸墨之颂视为最古⑤,由此开启了作颂的先声。接下来是《诗经》中的《商颂》《周颂》《鲁颂》,刘勰认为,颂用于告神,不同于风和雅,风雅可以有美刺,但颂只能有美无刺。对于"鲁以公旦次编"四句,詹锳引王惟俭《文心雕龙训故》说:"《诗》传:成汤赐鲁天子之礼乐,以祠周公,故有《鲁颂》。《诗·商颂·玄鸟》,祭祀宗庙之乐,而曰

---

① [南朝梁]刘勰著,詹锳义证:《文心雕龙义证》卷二,上海古籍出版社1989年,第1924页。
② 黄侃撰,周勋初导读:《文心雕龙札记》,上海古籍出版社2000年,第220—221页。
③ 《文心雕龙义证》卷二,第313—322页。
④ 许维遹撰,梁运华整理:《吕氏春秋集释》卷五,中华书局2009年,第124页。
⑤ 刘师培《左庵文论》云:"彦和以咸墨(当依唐写本作咸黑)之颂为最古,今考《庄子》谓,黄帝张乐洞庭,有焱氏作颂。(见《天运篇》)当又在前。又,《古诗纪》引有黄帝时之《衮龙颂》,谓见《史记·乐书》。案《史记》无此文,第见于晋王嘉《拾遗记》,真伪尚不可定。"

'天命玄鸟',又曰'奄有九有',是追叙商王之所由生,以及天下之初也。"①《时迈》在后世被认为是周公所作,《国语·周语上》:"周文公之颂曰……"韦昭注:"文公,周公旦之谥也。颂,《时迈》之诗也。"②周公作为圣哲之人,所作之颂有着典范意义,对后世颂体的创作影响深远。

"野颂之变体"指含有讽刺意味的民谣,是诵而非颂,刘勰此处未将二者区别开来,刘师培辩曰:"此节彦和羼诵于颂,实为失考。案《说文》:'诵,讽也。'与颂义别。如所引《左传·僖公二十八年》:晋舆人之诵,及《孔丛子》载鲁人谤诵孔子之词,并皆百姓之歌谣;乃讽诵之诵,而非风、雅、颂之颂。"③"舆人之诵"与"鲁人谤诵孔子之词"均为含有讽刺意味的民间歌谣,刘师培认为,刘勰此处有误,未能分清讽诵之"颂"与风雅颂之"颂"的区别。刘师培所论极是,但从刘勰对这些民谣的否定,也可见其对颂体有褒无讽的要求是从内容上作的规范。屈原《橘颂》和秦始皇刻石文,分别归为"骚体"(或赋体)和铭文更合适。但二者对后世颂体的发展影响极大,如刘师培论《橘颂》说:"至于屈平《九章》之《橘颂》,美及细物,乃颂之变体矣。汉魏之际,此类最多。如《菊花颂》等篇,与三代之颂殊途,然亦颂之一体。盖虽非述德告神,而与'美'之旨弗悖焉。"④因此,《橘颂》和秦始皇刻石文被刘勰视为颂体发展史上的重要篇章。

"释名以章义"部分:

  四始之至,颂居其极。颂者,容也,所以美盛德而述形容也。⑤

这是对颂之词义的解释,强调颂的地位及功能。"四始"是《毛诗序》阐释《诗经》的一个概念,原文曰:"是以一国之事,系一人之本,谓之风。言天下之事,形四方之风,谓之雅。雅者,正也,言王政之所由废兴也。政有小大,故有小雅焉,有大雅焉。颂者,美盛德之形容,以其成功告于神明者也。是谓四始,诗之至也。"⑥因此,后世一般把《风》《小雅》《大雅》《颂》合称为"四

---

① 《文心雕龙义证》卷二,第317页。
② 徐元诰撰,王树民、沈长云点校:《国语集解》,中华书局2002年,第2页。
③ 刘师培撰:《文心雕龙讲录二种》,陈引驰编校《刘师培中古文学论集》,中国社会科学出版社1997年,第150页。
④ 《文心雕龙讲录二种》,第150页。
⑤ 《文心雕龙义证》卷二,第313页。
⑥ [汉]郑玄笺,[唐]孔颖达疏:《毛诗正义》卷一,《十三经注疏》本,中华书局2009年,第568页。

始"①。郑玄解释:"始者,王道兴衰之所由。"②"四始"之中,颂居于"其极"的位置,可见其重要性。颂、容古字通,《说文解字》:"颂,貌也。"

"选文以定篇"部分:

> 若夫子云之表充国,孟坚之序戴侯,武仲之美显宗,史岑之述熹后,或拟《清庙》,或范《駉》《那》,虽浅深不同,详略各异,其襃德显容,典章一也。至于班、傅之《北征》《西巡》,变为序引,岂不襃过而谬体哉!马融之《广成》《上林》,雅而似赋,何弄文而失质乎!又崔瑗《文学》,蔡邕《樊渠》,并致美于序,而简约乎篇。挚虞品藻,颇为精核,至云"杂以风雅",而不辨旨趣,徒张虚论,有似黄白之伪说矣。及魏、晋辨颂,鲜有出辙。陈思所缀,以《皇子》为标;陆机积篇,惟《功臣》最显:其襃贬杂居,固末代之讹体也。③

这段文字列举《赵充国颂》等四篇经典颂作,指出其他不符颂体要求的作品,分别以肯定和否定两种方式,表现自己的颂体观念。扬雄《赵充国颂》、班固《安丰戴侯颂》、傅毅《显宗颂》、史岑《和熹邓后颂》,虽然"深浅不同,详略各异",但在襃赞功德、颂扬形容方面,基本的原则却是一样的,它们或模拟《清庙》,或学习《駉》《那》,故而得到刘勰的称许。从这里可以看到刘勰对于《诗·颂》的推崇,这也是其"宗经"思想的体现。接下来,刘勰批评班固《北征颂》、傅毅《西巡颂》将篇章拉长的作法,认为是"襃过而谬体",实在有违常体。对马融《广成颂》《上林颂》进行否定,指责其卖弄文采而失去颂体的本质④。又批评崔瑗《文学》、蔡邕《樊渠》"致美于序,而简约乎篇",对于这种本末倒置的写法,刘勰并不认可。最后,刘勰对挚虞"不辨旨趣"和陆机《汉高祖功臣颂》"襃贬杂居"的写法表示否定。上述论述中,刘勰多次使用到与正体相对的名称,如"变体""谬体""失质""讹体"。用词不同,体现出刘勰态度的区别。总的来说,这些都是与正体相对的非常态之体,故而可统一以"变体"称之。刘勰对诸多"变体"的态度,体现了他对颂之体式的要求。但客观上看,这些作品的出现也说明了后世颂体创作的多样性。

---

① 关于"四始"的含义,还有其他说法,如《史记·孔子世家》:"《关雎》之乱以为'风'始,《鹿鸣》为'小雅'始,《文王》为'大雅'始,《清庙》为'颂'始。"又孔颖达:"《诗纬泛历枢》云:'《大明》在亥,水始也;《四牡》在寅,木始也;《嘉鱼》在巳,火始也;《鸿雁》在申,金始也。'……《纬》文因金、木、水、火有四始之义,以《诗》文托之。"刘勰所说,本于《毛诗序》。
② 《毛诗正义》卷一,第569页。
③ 《文心雕龙义证》卷二,第324—333页。按"不辨旨趣"原文作"变",据唐写本改,参见下文论述。
④ 马融《广成颂》《上林颂》实为赋体,见本书第二章第一节。

关于"褒过而谬体",詹锳称,班固《北征颂》、傅毅《西征颂》"作法相同,序文较长而有韵,颂仅数语;事实皆叙于序中,故彦和以为非颂之正体"①。实际并非如此。序和引均为文体名,李曰刚云:"序、引,皆文体名,《论说》篇云:'序者次事,引者胤辞。'"②通常而言,颂之序文与正文之间以"颂曰"或"辞曰"相承,然而班固《北征颂》与傅毅《西征颂》并无"颂曰""辞曰"字样,且前后意脉连贯。按刘勰下文总结颂体的写作要求说:"敷写似赋,而不入华侈之区。"即颂之作法不能像赋一样铺排,应该有所节制。所以笔者认为,这里刘勰所谓的"变为序引",其实是批评班固、傅毅以作序、引之法写颂,铺排文辞,过分颂美,失去了颂体典雅简洁的特征。"弄文而失质"是就马融《广成颂》《上林颂》而言,刘勰认为二者含有讽谏意味,违背了颂体的创作要求。"末代之讹体"批评的对象是陆机《汉高祖功臣颂》。《汉高祖功臣颂》虽以褒扬为主,但中间也含有贬义,如称彭越为"谋之不臧,舍福取祸",称韩信为"人之贪祸,宁为乱亡",与马融《广成颂》《上林颂》一样,均违背了颂体"义必纯美"的要求。刘勰对上述诸颂的分析,内容和形式是最为主要的着眼点,诚如刘师培所总结的:"彦和之意,以为颂之体式所宜注意者有三:一、序不可长;二、与赋不同,应分其体;三、义主颂扬,有美无刺。"③可谓简洁扼要,指出了刘勰对颂体的要求。

"敷理以举统"部分:

> 原夫颂惟典懿,辞必清铄。敷写似赋,而不入华侈之区;敬慎如铭,而异乎规戒之域。揄扬以发藻,汪洋以树义。虽纤曲巧致,与情而变。其大体所底,如斯而已。④

此部分是在"选文以定篇"的基础上归纳颂体的创作原则,是从总体规范的角度,对颂体的写作原则提出要求,概括颂体的风格风貌和创作手法。刘勰认为,颂体应该以"典懿"为主,用词"清铄"。典懿指典正雅训,清铄即清丽美好。在写法上,刘勰认为颂应该"敷写似赋,而不入华侈之区",即颂可以如赋那样铺排,但不应过分华艳没有节制。刘师培分析说:"颂主告神美德,与赋之'铺采体物'者有殊。故文必典重简约,应用经诰,以致其雅。在赋如

---

① 《文心雕龙义证》卷二,第328页。
② 转引自《文心雕龙义证》卷二,第328页。
③ 《文心雕龙讲录二种》,第152页。
④ 《文心雕龙义证》卷二,第317—335页。詹锳注引王利器《文心雕龙校证》:"'典懿'原作'典雅',谢校、徐校作'典懿'。案唐写本、《御览》正作'典懿',今从之。"认为"'雅'亦通"。

摘写八句,在颂则四句尽意。盖赋放颂敛,体自各别也。"①由告神的目的决定,颂不能像赋那样铺排,用词应宗法经书,体式收敛简约。刘勰又云,颂"敬慎如铭,而异乎规戒之域"。颂、铭均用于告神或纪功,故须严肃庄重,但铭又可用于规诫,这是二者不同之处。最后,刘勰说,颂"揄扬以发藻,汪洋以树义。唯纤曲巧致,与情而变。其大体所底,如斯而已"。"揄扬"即称扬,"汪洋"指颂的文势深广,具体文辞的使用与不同的文学环境有关,但大体上应是这样。刘师培总结说:"颂之作法:第一,应由雅音,常手为文,音节类不能和雅;试取东汉蔡伯喈所作与常文相较,即可辨其高下之所在。第二,颂虽主形容,但不可死于句下;应以从容揄扬,涵蓄有致为佳。第三,颂文以典雅为主,不贵艰深;应屏退杂书,惟镕式经诰。"②准确地概括了颂体的创作特点。

二、"雅而似赋"的辨体意识

《广成颂》《上林颂》是东汉经学大师马融(79—166)的两篇文学作品,前者见《后汉书·马融传》,后者今亡。二文虽名之曰颂,实则赋体。如前者规模宏大,铺采摛文,篇末寓讽,刘勰说:"马融之《广成》《上林》,雅而似赋,何弄文而失质乎!"对这种模糊文体功能的写作方式提出批评。"雅而似赋"看似文辞浅显,但内涵丰富,关乎刘勰对于颂体的态度。其含义究竟为何,当今学界一直争论不休,故而需要辨明。

《文心雕龙》诸多版本中,此处本无异文,但由于《上林》久佚,加以个人理解的差异,致使后人对其文字产生种种疑问。郭晋稀认为,"雅而似赋"中的"雅""当是颂字之讹,正指《广成》《上林》,用《文章流别论》为说"③。《文章流别论》乃西晋挚虞所作,是产生于《文心雕龙》之前的一部重要文论著作,也是刘勰撰写《文心雕龙》时重点参考的对象。对于《广成》《上林》二颂,其云:"若马融《广成》《上林》之属,纯为今赋之体,而谓之颂,失之远矣。"④很显然,刘勰上述的评论正从此申发而来。郭晋稀的观点是否正确?笔者认为,"颂而似赋"虽于文可通,但一是没有版本依据,二是"雅而似赋"自可解释,不必强加校改。对于"弄文",刘永济校曰:"疑'美文'之伪。"⑤亦值得商榷。杨明照云:"按本书屡用'弄'字:《杂文》篇赞'负文余力,飞靡弄巧',《谐隐》

---

① 《文心雕龙讲录二种》,第152页。
② 《文心雕龙讲录二种》,第153页。
③ [南朝梁]刘勰著,郭晋稀注译:《文心雕龙》卷二,岳麓书社2004年,第77页。
④ [宋]李昉等撰:《太平御览》卷五八八,中华书局1960年,第2647页。
⑤ [南朝梁]刘勰著,刘永济校释:《文心雕龙校释》卷二,中华书局2007年,第29页。

篇'纤巧以弄思',《养气》篇'常弄闲于才锋',其用弄字,义与此同。《议对》篇'若不达政体,而舞笔弄文',正以弄文为言。"①通过本校法,一连举出四例,足证"弄文"不误。

"雅而似赋"中,首先需注意的是"雅"字。"雅"本为鸟名,后引申为雅正之意。《毛诗序》:"雅者,正也。"又云:"至于王道衰,礼义废,政教失,国异政,家殊俗,而变风变雅作矣。"②则"雅"又可为讽谏之意。那么此处的"雅"字究竟作何解释呢?笔者翻阅诸多著作,发现以往学者的观点主要分为两种,一作典雅、雅正解,一作讽谏解。前者如赵仲邑:"语句典雅,可是像赋。"③后者如周振甫注:"雅:正,指讽谏。"④两种不同的解释,体现出了人们对颂体特征的不同认识。

考察"雅而似赋"的内在逻辑,可理解为"雅,而且似赋",也可作"雅,但是似赋"。前者表修饰关系,后者为转折关系。如果这里的雅指文辞或文意典雅,不管哪一种,均与后文"何弄文而失质乎"的批评矛盾。刘勰总结颂的写法说:"敷写似赋,而不入华侈之区。"认为颂虽可铺排,但不能侈华没有节制。而上文的"弄文"即等同于这里的"入华侈之区",意在指责《广成》《上林》卖弄文辞。既然如此,又怎么会是典雅呢?显然这种观点无法成立。如果将"雅"理解为讽谏,则"而"字必表修饰关系,方符合原意。《文心雕龙·诠赋》篇云:"然逐末之俦,蔑弃其本……无贵风轨,莫益劝戒。"⑤刘勰对一味注重文辞而忽视讽谏功用的赋作提出批评,正与此相同。这么看来,把"雅而似赋"中的"雅"理解为讽谏,与文意也不矛盾。

另外,我们还可结合《广成》《上林》颂的创作背景来判断。《后汉书·马融传》载:"邓太后临朝,骘兄弟辅政。而俗儒世士,以为文德可兴,武功宜废,遂寝蒐狩之礼,息战陈之法,故猾贼纵横,乘此先备。融乃感激,以为文武之道,圣贤不坠,五才之用,无或可废。元初二年,上《广成颂》以讽谏。"⑥当时人们普遍认为应该大兴文德、废弃武功,因此朝廷"寝蒐狩之礼,息战陈之法",但这样也导致了一系列治安问题:奸猾纵横,民生不安。对于这种情况,马融颇为愤慨,上颂以讽,指谪国政,主张恢复蒐狩之礼。《上林颂》原文

---

① 黄叔琳注,李详补注,杨明照校注拾遗:《增订文心雕龙校注》卷二,中华书局2000年,第116页。
② 《毛诗正义》卷一,第566页。
③ 赵仲邑译注:《文心雕龙译注》,漓江出版社1982年,第81页。
④ 周振甫:《文心雕龙今译》,中华书局2012年,第87页。
⑤ 《文心雕龙义证》卷二,第307页。
⑥ [南朝宋]范晔撰,[唐]李贤等注:《后汉书》卷六十上,中华书局1965年,第1954页。

虽佚,但《艺文类聚》引《典论》曰:"议郎马融,以永兴中,帝猎广成,融从。是时北州遭水潦、蝗虫,融撰《上林颂》以讽。"①当时灾害连连,民不聊生,而桓帝却游猎上林,马融对此不满,上《上林颂》以讽。可见,马融两次上颂的目的均为指责当权者的过失,与《毛诗序》"至于王道衰,礼仪废……而变风变雅作矣"的精神一致。所以把"雅"字理解为讽谏,无论从文意看,还是从写作背景和意图考察,都是合情合理的。

刘勰比较风、雅与颂的不同说:"风雅序人,事兼变正。"风、雅有正、变之别,说明"雅"具有讽谏的功用,这正好与"雅而似赋"遥相呼应。"雅而似赋"的后一句是"何弄文而失质乎","质"为颂之本质,是决定颂有别于赋的最根本条件,也就是颂体有颂无讽的特性。那么"雅而似赋"中的"雅"字,只有解释为讽谏,才会与"失质"相互照应,若作文意雅正解,上下文的意思便会扞格不通。

辨析"雅而似赋"中"雅"字的含义,对于理解刘勰的颂体观极为重要。刘勰认为,《周颂》《商颂》均用于告神,所以诗义纯美。《鲁颂》为祝颂僖公而作,内容也为颂扬。以后的颂体,秉承这一原则,"沿世并作",尽管从《诗》中脱离出来成为一种独立文体,但颂扬的主旨并未改变。颂在很多方面可以借鉴赋的写法,但作为决定之所以为颂的本质原则,颂不可用于讽谏。马融《广成颂》《上林颂》虽以颂名篇,但违背这一原则,所以失去了颂体的本质。当然,这是从刘勰的角度理解的。倘若结合赋、颂二体关系的发展来看,我们认为,造成这种现象更主要的原因是颂有广义、狭义之分,广义上的颂与诵相通,泛指一切有韵之文,《广成颂》《上林颂》也即"广成诵""上林诵",是赋的另一种称呼,这样便不难理解它们为何用于讽谏了。

三、"不辨旨趣"的批评内涵

《颂赞》篇中,刘勰批评挚虞说:"挚虞品藻,颇为精核,至云'杂以风雅',而不辨旨趣,徒张虚论,有似黄白之伪说矣。"其中的"不辨旨趣"究竟所指为何,尽管研究《文心雕龙》之人众多,但一直未见清晰合理的解释,而这事关刘勰对颂体的态度,也即颂之体式的基本要求,故需详加辨明。为便于论述,我们首先列出挚虞《文章流别论》的相关原文:

> 杨雄《赵充国颂》,颂而似雅,傅毅《显宗颂》,文与《周颂》相似,而杂以风雅之意;若马融《广成》《上林》之属,纯为今赋之体,而谓之颂,

---

① [唐]欧阳询撰,汪绍楹校:《艺文类聚》卷一〇〇,上海古籍出版社1999年,第1730页。

失之远矣。①

这里需要厘清一个版本问题。"不辨旨趣",唐写本作"辨",黄叔琳注本作"变"。陆侃如、牟世金《文心雕龙译注》,周振甫《文心雕龙今译》,赵仲邑《文心雕龙译注》等人径以"变"字解释,认为挚虞所持观点为颂中羼入风雅而旨趣不会改变,以致刘勰对其批评。但细读挚虞原文,这种看法实属对刘勰原文的误读。挚虞认为,《赵充国颂》和《显宗颂》本为颂作,却羼入了风雅的内容,字里行间流露出对这种情况的不满。此处若作"变"字解释,不仅忽略了"不辨旨趣"的异文现象,也违背了挚虞的原意。

其实,这个问题前人早有关注,范文澜注:"孙云唐写本'变'作'辨'。"②詹锳引李曰刚《文心雕龙斠诠》:"若作'变',则系转为扬、傅二家之颂有所辩护,无论于语气辞义,俱嫌脱节,故以改从唐写本为胜。"并云:"唐写本'变'作'辨',按作'辨'字是。"③杨明照亦云:"按'辨'字义长。盖谓挚虞'杂以风雅'之评语过于笼统也。"④笔者认为,此处当作"辨"字无疑。至于"不辨旨趣"的含义,詹锳引《文心雕龙斠诠》:"彦和此节论挚虞《文章流别论》之品藻,虽颇为精核,但……以其语过于空洞,并未说明颂与风雅之旨趣究竟有何不同,使读者难以了解其指归所在,故于'至云杂以风雅'句后,即紧接此断案曰'而不辨旨趣',则其所谓不辨云者,自指挚虞之评语但言其然而未申述其所以然而言。"⑤亦即刘勰因挚虞没有区别清楚颂与风、雅的旨趣,故而对之批判。这种解释从字面上看,似乎可以说得过去,但要联系上下文,则明显存在逻辑不通的问题。笔者通过对原文和相关文献的研读,发现另一种解读方法似乎更为合理。

挚虞对扬雄《赵充国颂》和傅毅《显宗颂》是持批评态度的,因为它们并非纯正颂体的写法,而是掺杂了风和雅的内容。《显宗颂》今已不存,但《赵充国颂》尚在,收录于《昭明文选》卷四十七。根据李善注,文中多处化用《雅》诗的文句,如"汉命虎臣",《大雅·常武》:"进厥虎臣,阚如虓虎。""整我六师,是讨是震",《大雅·常武》:"整我六师。"《大雅·常武》:"徐方震惊。"⑥甚至作者在文中直接说:"诗人歌功,乃列于雅。"对于这种羼雅入颂的写法,挚虞表

---

① 《太平御览》卷五八八,第2647页。
② [南朝梁]刘勰著,范文澜注:《文心雕龙注》卷二,人民文学出版社1958年,第158页。
③ 《文心雕龙义证》卷二,第333页。
④ 《增订文心雕龙校注》卷二,第116页。
⑤ 《文心雕龙义证》卷二,第332—333页。
⑥ 《毛诗正义》卷十八,第1241—1243页。

示不满。但刘勰恰好相反，认为《赵充国颂》和《显宗颂》虽然"浅深不同，详略各异"，但在"褒德显容"方面，与《诗经》中的颂篇并没什么区别，故而仍是正确的作颂之法。由此可以得出结论，刘勰对二颂看法与挚虞的不同，其实也就是他对挚虞进行批评的原因所在。

同时还须注意，刘勰批评挚虞时，用到了"黄白伪说"的比喻，该典故出自《吕氏春秋·别类》篇：

> 相剑者曰："白所以为坚也，黄所以为牣也，黄白杂则坚且牣，良剑也。"难者曰："白所以为不牣也，黄所以为不坚也，黄白杂则不坚且不牣也，又柔则锩，坚则折，剑折且锩，焉得为利剑！"①

前人讨论"不辨旨趣"时，很少联系到这个比喻，但其对于"不辨旨趣"的理解却起着重要作用。白锡和黄铜各有短长，辩难者得出"剑折且锩"的结论，是基于白锡易折，黄铜不够坚硬，把两种金属熔铸在一起，那么各自的缺陷就会掩盖对方的优点，所得之剑只会既容易折断，又不够坚硬。而挚虞认为，颂主告神，风雅用于人事，把本不属于告神之用的风雅羼入颂作，自然会破坏颂之体式。二者恰好具有一致性，均以掺入缺陷来消除自身优点，因此刘勰才会将它们加以类比。由此我们得出结论，文中的"杂以风雅，而不辨旨趣"是指挚虞只注意到《赵充国颂》《显宗颂》中的风雅之意，但是没有对二颂的"旨趣"进行辨析。也即对于《赵充国颂》《显宗颂》羼风雅入颂的做法，挚虞持批评态度，而刘勰认为二颂虽含有风雅，但"褒德显容"的功用未发生改变。所以这里的"旨趣"，指的是《赵充国颂》和《显宗颂》的精神主旨，而不是风雅与颂之间的关系。

我们看到，关于颂之体式的要求，刘勰与挚虞的观点不同。对于掺杂风雅的颂作，他认为，只要其基本旨趣不变，以颂扬功德为目的，就仍符合颂体的要求。事实上，这种杂风雅入颂的作法，早在《鲁颂》的时代就已开始，宋人王柏认为："颂有两体，有告于神明之颂，有期愿福祉之颂。告于神明者，类在《颂》中；期愿之颂，带在《风》《雅》中。《鲁颂》四篇有《风》体，有《小雅》体，有《大雅》体，颂之变体也。"②后世的颂体，也有很多借鉴风雅作法的作品，体现出刘勰思想的通融。刘勰的这个观点，也与"雅而似赋"的颂体思想相对应。前者是从正面对《赵充国颂》和《显宗颂》"褒德显容"的肯定，后者乃从反面对《广成颂》《上林颂》"弄文失质"予以否定，殊途同归，体现出的均

---

① 《吕氏春秋集释》卷二十五，第662页。
② [宋]王柏撰：《诗疑》卷一，清《通志堂经解》本。

是刘勰对颂体颂扬作用的强调。

第二节　颂体的风格及表现

风格指作家或艺术家在作品中表现出的整体格调和特色。作为固定词语，早在西晋就已开始使用，最初指人的品格、气度。刘勰在《文心雕龙》中首次用于文学批评，《议对》篇云："及陆机断议，亦有锋颖，而腴辞弗翦，颇累文骨，亦各有美，风格存焉。"① 但中国古代文学批评中代指风格的词语很多，如体制、气格、气象、风骨等，说明古人对文学风格的关注由来已久。

风格的表现是多方面的，可以时而论、以人而论，亦可以文学体裁而论，即文体风格。吴承学认为，文体风格"即相同或相近的体制、样式的作品所具有的某种相对稳定的独特风貌，是文学体裁自身的一种规定性"②。相比作家的个人气质，文体风格的客观性更强。王元化说："作品的体裁规定了结构的类型，从这种体裁本身出发，要求作家必须顺应它的特定风格，而这种特定风格不以作家的意志为转移，因而是排斥主观随意性的，这是风格的客观因素。"③

颂自汉末魏晋之后，规格样式大体固定，风格日益明确。尽管在不同的时代，不同作家作品的风貌有所区别，但作为一种独立文体，颂展现了其特有的风格特点。对此，历代不少批评家给予了总结，影响最大的是刘勰《文心雕龙·颂赞》篇。其从内容和文辞角度对颂体风格进行了准确、扼要的概括，又从篇章结构的角度归纳了颂体的特点。上述三个方面，是颂体存在的基础，也集中体现了其有别于其他文体的独特风格。

一、内容方面的典正雅训

典雅是颂体的基本风格，东汉时期，王充在《论衡·自纪》中说："深覆典雅，指意难睹，唯赋、颂耳。"④ 后来刘勰又总结说："夫颂惟典懿，辞必清铄。"⑤ 这里"典懿"亦作"典雅"，是"典雅之懿"的省称，谓文章典正雅训，注重从儒家经典中汲取营养。经书在中国古代社会各个方面都占有重要位置，也是

---

① 《文心雕龙义证》卷五，第895页。
② 吴承学：《中国古典文学风格学》，北京大学出版社2011年，第80页。
③ 王元化：《文心雕龙讲疏》，上海三联书店2012年，第147页。
④ 黄晖撰：《论衡校释》（附《刘盼遂集解》）卷三十，中华书局1990年，第1196页。
⑤ 《文心雕龙义证》卷二，第334页。

文章写作的最高典范,刘勰认为,经书乃"象天地,效鬼神,参物序,制人纪,洞性灵之奥区,极文章之骨髓者也"①。这些经书,"义既挺乎性情,辞亦匠于文理,故能开学养正,昭明有融"②。因此,学习儒家经典是写作的重要法则。关于儒家经典对典雅风格的影响,《文心雕龙·定势》篇认为:"模经为式者,自入典雅之懿。"詹锳解释说:"凡是取法儒家经典的作品,自然具有雅正之美。"③《文心雕龙·体性》篇又说:"典雅者,镕式经诰,方轨儒门者也。"④镕式指镕铸、取法,经诰即儒家经典。这两句都说明了典雅是儒家经典本身的固有风格,以模拟经典为创作手法的作品,自然呈现出典雅的风格特点。

  风格的成因是多方面的,作品的思想内容即是重要影响因素。黄侃《文心雕龙札记》曰:"义归正直,辞取雅训,皆入此类。若班固《幽通赋》、刘歆《让太常博士》之流是也。"⑤詹锳认为:"这不仅是学习经典的形式,而更主要的是学儒家经典的思想。"⑥由此可见,典雅风格形成的原因有两个方面,一是内容上的"正直",二是文辞上的"雅训"。这个观点颇有见地。曹丕《与吴质书》:"(徐干)著《中论》二十余篇,辞义典雅,足传于后。"⑦"辞义"指辞采和文义,这是构成典雅的两个方面。颂作为源于《诗经》的文学体裁,无疑会以儒家经典作为立意的标准,并大量引用、化用经书的成句或词语,从而形成典雅的风格。下面我们即从这两个方面加以探讨。

  首先,不少颂会在序文中直接引述经文,《诗》《书》《礼》《易》《春秋》等儒家经典皆是征引的对象。《文镜秘府论·南卷·论体》:"夫模范经诰,褒述功业,渊乎不测,洋哉有闲,博雅之裁也","至如称博雅,则颂、论为其标"。⑧"博雅"指文章广泛征引儒家经典,内容丰富、文义典雅。颂体的韵文部分容量有限,如何做到"博"呢,靠的就是颂序的补充。如东汉边韶《河激颂序》:"昔禹修九道,《书》录其功;后稷躬稼,《诗》列于《雅》。"⑨其中,《尚书·禹贡》记载大禹治水的故事,称其"导河积石,至于龙门……播为九河,同为逆河,

---

① 《文心雕龙义证》卷一,第56页。
② 《文心雕龙义证》卷一,第61页。
③ 《文心雕龙义证》卷一,第117页。
④ 《文心雕龙义证》卷六,第1015页。
⑤ 《文心雕龙札记》,第97页。
⑥ 《文心雕龙义证》卷六,第1015页。
⑦ [晋]陈寿撰:《三国志》卷二十一,中华书局1971年,第602页。
⑧ (日)遍照金刚撰,卢盛江校考:《文镜秘府论汇校汇考》,中华书局2015年,第1373、1380页。
⑨ [北魏]郦道元著,陈桥驿校证:《水经注校证》卷七,中华书局2007年,第191页。

入于海"①。《大雅·生民》记载后稷事迹,记叙他在农业种植方面的贡献:"诞后稷之穑,有相之道……实颖实栗,即有邰家室。"②这两则典故以古代《诗》《书》对大禹和后稷的记载及歌颂,为《河激颂》对当代治理河道的颂扬寻找合理性。蔡邕《祖德颂》为了说明祖德对于后世子孙的庇佑,引用《周易》"积善有余庆"、《诗经》"子孙其保之"③。唐李华《润州丹阳县复练塘颂序》:"大蜡之祭辞曰:'土反其宅,水归其壑。'……崇伯洇五行而殛羽山,台骀障大泽而封汾川,《洪范》首之,《春秋》载之。"④文中的典故分别出自《礼记·郊特牲》《尚书·洪范》《左传·昭公元年》,均为儒家经典中兴修水利的事例。宋晁迥《大顺颂》开篇阐述"大顺"的内涵及渊源,引述《礼记·礼运》:"四体既正,肤革充盈,人之肥也……百姓以睦相守,天下之肥也,是谓大顺。"⑤上述例句有两个特点值得注意。第一,颂体虽源于《诗经》,但颂序引述的范围囊括"五经",甚至一篇序文同时征引多种经典。第二,在引述经书的过程中,颂序常明确标出文字出处,这既是论述需要,也是对颂效法儒家经典的强调。颂序虽不属于正文,却是对正文来源的追溯和正名,也是颂体在思想内容方面取法经典的重要体现。

其次,颂体的正文常直接征引经典的原文、词语,或化用儒家典故(包括语典和事典),这是颂体典雅风格的外在表现。如孙逖《唐济州刺史裴公德政颂》:

> 瞻彼济矣,混混其沚。有斐君子,令闻不已。
> 帝省其方,和銮央央。务穑布常,骏惠于王。
> 我堤既溢,我民既恤。成之不日,有始有卒。
> 黄发番番,饮公之和。矢诗不多,维以遂歌。⑥

其中,征引经典句子的有:"混混其沚"出自《小雅·谷风》,"有斐君子"出自《卫风·淇奥》,"令闻不已"出自《大雅·文王》,"矢诗不多,维以遂歌"出自《大雅·卷阿》。化用经典句子的有:"瞻彼济矣"出自《小雅·瞻彼洛矣》"瞻彼洛

---

① [汉]孔安国传,[唐]孔颖达疏:《尚书正义》卷六,《十三经注疏》本,中华书局2009年,第319页。
② 《毛诗正义》卷十七,第1142—1143页。
③ [汉]蔡邕著,邓安生编:《蔡邕集编年校注》,河北教育出版社2002年,第3页。
④ [清]董诰等编:《全唐文》卷三一四,上海古籍出版社1990年,第1411页。
⑤ [宋]吕祖谦编,齐治平点校:《宋文鉴》卷七十四,中华书局2018年,第1067页。
⑥ [宋]李昉等编:《文苑英华》卷七七九,中华书局1966年,第4083页。

矣"①,"骏惠于王"出自《周颂·维天之命》"骏惠我文王"②。征引经典词语的有:"和銮央央"出自《小雅·出车》"旂旐央央"③,"务稼布常"出自《左传·僖公二十一年》"务稼劝分"④及《左传·昭公二十年》"布常无艺"⑤,"黄发番番"出自《大雅·崧高》"申伯番番"⑥。这些引文以征引、化用《诗经》内容居多,包含《风》《雅》《颂》三部分,尤以《大雅》《小雅》较为突出。究其原因,首先,《诗经》是颂体的源头,无论在经义还是文辞,都对后世颂体的创作产生很大影响,自然也会成为颂体征引的主要对象。其次,将《风》《雅》《颂》比较来看,《风》诗是民间百姓抒情言志之作,方玉润《诗经原始》:"风者,民俗歌谣之诗也……古帝王知其然,故巡狩列国,令太史陈诗以观民风。"⑦这种内容特征,决定了可供选用作颂的诗句并不多。"三颂"内容简短,数量偏少。相对而言,《大雅》《小雅》中存在着大量篇幅宏大、颂扬功德之作,自然成为后世作颂引用的对象。《唐济州刺史裴公德政颂》这种引经特点,广泛存在于后世的颂作中,是形成典雅风格的重要因素之一。

  颂体化用儒家经典的语典和事典,也是颂体"镕式经诰"的重要表现。化用儒家语典者,如东汉《汉故谷城长荡阴令张君表颂》:"《尚书》五教,君崇其宽。《诗》云恺悌,君降其恩。""《诗》云旧国,其命惟新。于穆我君,既敦既纯。"⑧其中"五教"出自《尚书·舜典》:"帝曰:契,百姓不亲,五品不逊,汝作司徒,敬敷五教,在宽。"⑨"恺悌"出自《诗·大雅·泂酌》:"岂弟君子,民之父母。"⑩"旧国"出自《诗经·大雅·文王》:"周虽旧邦,其命维新。"⑪上述三个典故体现了作者对荡阴令张迁教化及爱护百姓的赞颂。化用儒家事典者如东汉蔡邕《五灵颂·麟》:"《春秋》既书,尔来告就。庶士子鉏,获诸西狩。"⑫"《春

---

① 《毛诗正义》卷十七,第1028页。
② 《毛诗正义》卷十九,第1258页。
③ 《毛诗正义》卷九,第889页。
④ [晋]杜预注,[唐]孔颖达疏:《春秋左传正义》卷十四,《十三经注疏》本,中华书局2009年,第3921页。
⑤ 《春秋左传正义》卷四十九,第4546页。
⑥ 《毛诗正义》卷十八,第1223页。
⑦ [清]方玉润撰,李先耕点校:《诗经原始》卷一,中华书局1986年,第69页。
⑧ [清]严可均校辑:《全后汉文》卷一〇九,《全上古三代秦汉三国六朝文》,中华书局1958年,第1038页。
⑨ 《尚书正义》卷三,第274页。
⑩ 《毛诗正义》卷十七,第1172页。
⑪ 《毛诗正义》卷十六,第1083页。
⑫ 《蔡邕集编年校注》,第478页。

秋》既书"指《春秋·哀公十四年》有关麟的记载,"获诸西狩"即《春秋·哀公十四年》"十有四年春,西狩获麟"①。麒麟是古代的仁兽,蔡邕引用《春秋》的记载,说明麒麟现身的意义。又西晋张载《平吴颂序》:"猃狁既攘,出车以兴;淮夷既平,江汉用作:斯故先典之明志,不刊之美事,乌可阙欤?"②"猃狁"两句指《小雅·出车》,"淮夷"两句谓《大雅·江汉》,前者歌颂周宣王讨伐猃狁的显赫战功,后者赞扬宣王命召穆公平定淮夷之功。作者以古颂今,表达对平定吴国的颂扬。

上述例证从不同方面对颂体取法经典进行了分析,最后,我们再以《昭明文选》所选史岑《出师颂》为例,看一下颂体镕铸经典的情况:

> 茫茫上天,降祚有汉。兆基开业,人神攸赞。
> 五曜宵映,素灵夜叹。皇运来授,万宝增焕。
> 历纪十二,天命中易。西零不顺,东夷构逆。
> 乃命上将,授以雄戟。桓桓上将,实天所启。
> 允文允武,明诗悦礼。宪章百揆,为世作楷。
> 昔在孟津,惟师尚父。素旄一麾,浑一区宇。
> 苍生更始,朔风变楚。薄伐猃狁,至于太原。
> 诗人歌之,犹叹其艰。况我将军,穷城极边。
> 鼓无停响,旗不暂褰。泽沾遐荒,功铭鼎铉。
> 我出我师,于彼西疆。天子伐我,路车乘黄。
> 言念伯舅,恩深渭阳。介珪既削,列壤酬勋。
> 今我将军,启土上郡。传子传孙,显显令问。③

其中出自《毛诗》《尚书》《左传》的句子,据《昭明文选》李善注,列表如下:

表2-1 史岑《出师表》李善注征引经典对照表

作品内容	李善注
桓桓上将,实天所启。	《左氏传》,晋侯赐毕万魏,卜偃曰:以是始赏,天启之矣。
允文允武,明诗悦礼。	《毛诗》曰:允文允武,昭格烈祖。《左氏传》赵衰曰:郤縠说礼、乐而敦诗、书。

---

① 《春秋左传正义》卷五十九,第4718页。
② 《全后汉文》卷四十九,第744页。
③ [南朝梁]萧统编,[唐]李善注:《文选》卷四十七,中华书局1977年,第661—662页。以下李善注同。

续表

作品内容	李善注
宪章百揆,为世作楷。	《礼记》曰:仲尼宪章文、武。《尚书》曰:纳于百揆。《礼记》曰:今世行之,后世以为楷。
昔在孟津,惟师尚父。	《尚书》曰:武王伐殷,师渡孟津。《毛诗》曰:维师尚父,时惟鹰扬,谅彼武王。
素旄一麾,浑一区宇。	《尚书》曰:王右秉白旄以麾。
苍生更始,朔风变楚。	《尚书》曰:至于海隅苍生。
薄伐猃狁,至于太原。	《毛诗·小雅》文也。
泽沾遐荒,功铭鼎铉。	《礼记》曰:夫鼎者有铭。
我出我师,于彼西疆。	《毛诗》曰:我出我车,于彼牧矣。
天子饯我,路车乘黄。言念伯舅,恩深渭阳。	《毛诗序》曰:渭阳,康公念母也。我见舅氏,如母存焉。又曰:我送舅氏,曰至渭阳。何以赠之,路车乘黄。
介珪既削,列壤酬勋。	《毛诗》曰:锡尔介珪,以作尔宝。
今我将军,启土上郡。	《尚书》曰:建邦启土也。
传子传孙,显显令问。	《毛诗》曰:假乐君子,显显令德。又曰:令问令望。

在取法经典方面,《出师颂》囊括了征引、化用经文,引用儒家经典的语典、事典等各种方式,非常典型地反映了颂体对经典的效法与借鉴。与《唐济州刺史裴公德政颂》一样,《出师颂》引述的《诗经》经文以"二雅"为主,对《礼记》《尚书》《左传》的征引则以语典和事典为主[①]。这些不同方法的使用,主观上都是为了以儒家经典的权威,增强作品的观点、思想或者表述的准确性和说服力,客观上也使作品与儒家经典的风格相接近,形成典正雅训的特点。

二、文辞方面的清丽美好

"清铄"是刘勰从用词角度对颂体风格的总结。根据现存文献来看,"清铄"第一次在《文心雕龙》中出现,后世也很少使用,故而应是刘勰生造之词。这一判断对理解"清铄"的词义至关重要。倘若"清铄"是旧有词语,我们可结合其他文献的用法综合判断,但既然是首次使用,便不存在这种可能。笔者认为,"清铄"是一个并列结构的形容词,同时包含"清"和"铄"的双重词义。因此,要理解"清铄",就必须首先对"清"和"铄"各自的含义加以分析。

"清"本指水清澈透明,也指代人的品行高洁,后来用于文学批评之中。

---

① 《诗经》四字句式便于直接引用,而其他经书以散句为多,需要适当剪裁方可使用。

曹丕《典论·论文》曰:"文以气为主,气之清浊有体,不可力强而致。"郭绍虞《诗品集解·清奇》:"清,对俗浊言。"①以"清""浊"描述文之气脉,这是非常形象的表达。西晋陆云也用到了"清"字,他评价陆机的《漏赋》"可谓清工"②。"清工"即文章清丽工整。关于"清"的具体释义,胡绍煐注《文选》殷仲文《南州桓公九井作》"爽籁警幽律"很值得我们参考,其曰:"善曰:'尔雅曰,爽,差也。箫管非一,故言爽焉。'按:爽,清也。'爽籁'与'哀壑'对言,'爽籁'犹'清籁'也。今犹云'清爽'。籁清,谓之爽籁,故气清亦谓之气爽。《说文》:'爽,明也。'清、明义同。向注:'爽,清也。'籁,风激物之声也,清风激于幽深之处,起其声律是也。"③胡氏认为,"清"与"爽""明"接近,并以风激物起其声律加以说明。其目的虽不是为了阐释"清",但对于我们理解"清"的内涵颇有参考意义。④

《文心雕龙》中"清"是出现频率很高的一个词语。从构词方法看,可分为两种形式。一是直接以"清"描述作品或其文辞,如:

《诔碑》:"自后汉以来,碑碣云起;才锋所断,莫高蔡邕……清词转而不穷,巧义出而卓立。"

《哀吊》:"自贾谊浮湘,发愤吊屈。体同而事核,辞清而理哀。"

《章表》:"表体多包,情伪屡迁。必雅义以扇其风,清文以驰其丽。"

《体性》:"是以贾生俊发,故文洁而体清。"

《风骨》:"意气骏爽,则文风清焉。"

《才略》:"贾谊才颖,陵轶飞兔,议惬而赋清,岂虚至哉!"⑤

这是一种较为宽泛的概括,总的来看,"清"指一种清新爽朗、质朴文雅的文风。另外,刘勰还用"清"加一字作为后缀,构成双音节的形容词,如:

《明诗》:"至于张衡《怨篇》,清典可味。""若夫四言正体,则雅润为本;五言流调,则清丽居宗。"

---

① [唐]司空图著,郭绍虞集解:《诗品集解》(与《续诗品注》合刊),人民文学出版社1963年,第30页。
② [晋]陆云撰,黄葵点校:《陆云集》,中华书局1988年,第137页。
③ [清]胡绍煐撰,蒋立甫校点,鲍善淳等审订:《文选笺证》卷二十二,黄山书社2007年,第548页。
④ 亦可参考蒋寅《古典诗学中"清"的概念》,《中国社会科学》2000年第1期。
⑤ 以上分别出自《文心雕龙义证》第450、479、844、1024、1048、1773页。

《杂文》:"及傅毅《七激》,会清要之工。"

《镕裁》:"士龙思劣,而雅好清省。"

《声律》:"又诗人综韵,率多清切。"

《才略》:"《王命》清辩,《新序》该练。""魏文之才,洋洋清绮。""乐府清越,《典论》辩要。""张华短章,奕奕清畅。""曹摅清靡于长篇,季鹰辨切于短韵。""温太真之笔记,循理而清通。"①

这些词语除少数意义基本相同外,大都侧重不同方面,或典(典雅)、或丽(华美)、或要(精要)、或省(简洁)、或切(精当)、或辩(明辩)、或绮(绮丽)、或越(悠扬)、或畅(流畅)、或靡(华丽)、或通(通达),但它们有一个共同的构成要素,就是"清"。这说明"清"是《文心雕龙》文学批评中的一个基本理念,也是刘勰推崇的重要文学风格。在"清"的基础上,可以表现为不同的风格倾向。

总之,用于文学批评时,"清"主要包括两层含义,一是语意明朗,没有隐晦之感;二是文辞洁净,没有繁芜之感。"辞必清铄"之"清",应当同时包括这两个方面。颂是歌颂功德之文,为了充分展示颂扬对象的功德,便于读者了解,自然不能晦涩难懂,从而表现为语义的明朗;为了形象地描绘,文辞不能太过枯燥,需要有一定的文采,因此表现为"工"或"丽"。但本质上,颂毕竟是一种实用文体,不能像赋那样过分夸张修饰,应当有所节制,在文辞的选择与使用上,则应注重简洁、传神的效果。

与"清"相比,"铄"的语义较为明朗,其用法最早可追溯至《诗经》,《周颂·酌》:"于铄王师,遵养时晦。"毛传:"铄,美。"②朱熹集传:"铄,盛。"③后来"铄"一直都沿袭此用法,指代美好的人或事物,如蔡邕《太傅胡广碑》"于皇上德,懿铄孔纯"④,曹植《学官颂》"于铄尼父,生民之杰"⑤,曹植《明贤颂》"于铄姜后,光配周宣"⑥,刘义恭《嘉禾甘露颂》"铄矣皇庆,比物竞昭"⑦均是如此。直到南朝刘勰,才开始将"铄"字用在文学批评方面,"清铄"即指文辞的清丽美好。

"铄"还与"烁"通,表明亮、闪烁的意思。不少学者在解释"清铄"时,采

---

① 以上分别出自《文心雕龙义证》第195、210、507、1203、1237、1785、1798、1798、1809、1819、1826页。

② 《毛诗正义》卷十九,第1302页。

③ [宋]朱熹集撰,赵长征点校:《诗集传》卷十九,中华书局1958年,第357页。

④ 《蔡邕集编年校注》,第154页。

⑤ [三国魏]曹植著,赵幼文校注:《曹植集校注》,人民文学出版社1998年,第115页。

⑥ 《曹植集校注》,第530页。

⑦ [南朝梁]沈约撰:《宋书》卷二十九,中华书局1974年,第831页。

用的即是这个词义,如王金凌说:"铄是光采、光耀……这是在丽的基础上,配合褒德显容而表现其光采。"①陆侃如、牟世金《文心雕龙译注》及周振甫《文心雕龙今译》也解释为"光采"。笔者认为,这里还是应当遵循"铄"字的原始意义,解释为"美好"更为合适。首先,"铄"字在《文心雕龙》中一共出现两次,除"清铄"外,还见于《宗经》篇"性灵熔匠,文章奥府。渊哉铄乎,群言之祖"②。与"清铄"用于文学批评不同,此处更加偏重对经书内容的评价,但两处"铄"的使用,均表达了对描述对象的称美。其次,《文心雕龙·颂赞》篇又称:"(颂)揄扬以发藻,汪洋以树义。"③分别从辞藻和文义进行了概括。其中"清铄"显然与"揄扬以发藻"对应,"铄"即"揄扬",是在称赞的同时精心选择表义美好的词汇。

综上所述,我们认为,清铄涵盖了"清"和"铄"两个词的语义,即清丽美好,是在文辞清丽的基础上对颂美内容的强调。那么哪些词语属于清铄的范畴呢?笔者认为,主要是一些修饰性的词语,如燮和(马融《东巡颂》)、茂纯(黄香《天子冠颂》)、桓桓(史岑《出师颂》)、纯懿(蔡邕《胡广黄琼颂》)、穆穆(蔡邕《祖德颂》)、祁祁(王粲《太庙颂》)、贞正(王粲《灵寿杖颂》)、柔嘉(《西狭颂》)、赫赫(《汉成阳令唐扶颂》)、昭晰(曹植《学官颂》)、煌煌(曹植《孔子庙颂》)等。这些词语,词义纯美,言简义丰,生动展现了颂体的颂扬功能和描写对象的品质与特点。

此外,《文心雕龙》对颂体风格的描述还用到了"清丽"一词。《文心雕龙·定势》总结不同文体风格称:"章表奏议,则准的乎典雅;赋颂歌诗,则羽仪乎清丽……此循体而成势,随变而立功者也。"④这里的"势"指风格,即不同文体有不同的风格。王元化认为,这段话"说明不同的体裁具有其本身所要求的不同风格,作家的创作不能违反风格的客观因素"⑤。从文体功能看,章表奏议是上奏给天子的实用文章,故而应当典雅。赋颂歌诗是文学体式,应在典雅的基础上,更加注重文辞的感染力,故而应当清丽⑥。刘勰同时用"清丽"指称赋颂歌诗四种文体,说明这是一种普遍的文学风格,相比之下,"清铄"则特指颂体,是为了凸显颂体"美盛德之形容"的文体功能而表现出的独

---

① 转引自《文心雕龙义证》卷二,第335页。
② 《文心雕龙义证》卷一,第88页。
③ 《文心雕龙义证》卷二,第334页。
④ 《文心雕龙义证》卷六,第1125页。
⑤ 《文心雕龙讲疏》,第145页。
⑥ 曹丕《典论·论文》称:"盖奏议宜雅,书论宜理,铭诔尚实,诗赋欲丽。"(《文选》卷五十二,第720页)刘勰的上述观点,显然与曹丕是一脉相承的。

特风格。

三、篇章结构的雍容宏肆

篇章结构方面，颂也有着自己的特点。早期的颂深受赋体影响，呈现出明显的铺排特征。汉末以降，颂体风格日渐形成并逐步固定下来。邯郸淳在《上受命述表》中称自己所作之文，"欲谓之颂，则不能雍容盛懿，列伸玄妙"①，可以说是对颂体风格的最早概括。从中可以看出，颂作为一种独立文体，在三国时期已褪去了赋体的写作特色，逐渐形成"雍容盛懿"的风格。雍容，指文章舒缓从容，用来形容文风，最早出现在班固《两都赋序》中："或曰，赋者，古诗之流也……神雀五凤甘露黄龙之瑞，以为年纪，故言语侍从之臣……而公卿大臣御史大夫……时时间作，或以抒下情而通讽喻，或以宣上德而尽忠孝，雍容揄扬，著于后嗣，抑亦《雅》《颂》之亚也。"②班固这段话提及两种赋，分别为讽喻和宣德之用，"雍容揄扬"，指从容地颂扬，显系后者。赋和颂均为大型文体，结构一般舒缓不局促，表现为雍容的特点。"盛懿"即宏大美好，一方面与"雍容"相呼应，同时与上文的"铄"一样，都体现出颂体"美盛德之形容"的功能。

陆机《文赋》亦对颂体的风格进行了总结，称："颂优游以彬蔚。"李善注："颂以褒述功德，以辞为主，故优游彬蔚。"说明颂与"优游彬蔚"的关系，但"优游彬蔚"究竟为何，则没有阐述。吕向解释说："颂以歌颂功德，故须优游纵逸而华盛也。彬蔚，华盛貌。"③当代又有刘文典和郭绍虞加以解释，刘氏说："优游由雍容转来，颂陈之大堂之上，故须态度雍容。"《文赋集释》引徐复观《陆机〈文赋〉疏释》："《诗·大雅·卷阿》：'优游尔休矣。'朱熹《集传》：'闲暇之意。'此处，乃从容自然，歌功颂德而不著痕迹。彬是文质相称。《仓颉篇》：'蔚，草木盛貌也。''彬蔚'乃文质均衡而气象茂盛。"④总结上述观点，"优游"基本等同于雍容，谓悠闲从容。"彬蔚"本指草木茂盛，这里谓文采美盛的样子。二者分别从篇体和文辞方面描述了颂体的风格。

《文心雕龙·颂赞》篇虽未直接总结颂体篇章结构的特点，可在将颂与赋相比较时说："(颂)敷写似赋，而不入华侈之区。"⑤"华侈"指过分的华丽奢

---

① 《艺文类聚》卷十，第196页。
② 《文选》卷一，第21—22页。
③ [南朝梁]萧统编，[唐]李善、吕延济、刘良等注：《六臣注文选》卷十七，中华书局2012年，第312页。
④ [晋]陆机著，张少康集释：《文赋集释》，人民文学出版社2002年，第116—117页。
⑤ 《文心雕龙义证》卷二，第334页。

侈。言下之意,颂可以铺排,但应当有所节制。《文镜秘府论·南卷·论体》:"颂明功业,论陈名理,体贵于弘,故事宜博,理归于正,故言必雅之也。"①"体贵于弘"即篇体宏大,侧重篇章结构。颂和论分别用于颂扬功德和论述名理,必须广泛征引儒家经典作为例证,因此篇体规模较为宏大。王应麟在《辞学指南》中引述真德秀对比赞、颂的区别说:"赞者,赞美之辞;颂者,形容功德,然颂比于赞,尤贵赡丽宏肆。"②"赡丽"即富赡华美,形容文辞。"宏肆",宏大舒展、文气充盈,指篇体结构。这种看法,显然源于《文心雕龙·颂赞》篇中对颂、赞二体作的比较:"(赞)古来篇体,促而不广,必结言于四字之句,盘桓乎数韵之辞;约举以尽情,昭灼以送文,此其体也。"③颂、赞文体相似,虽然有些赞文篇幅较长,但总体来看,颂长赞短,这是不争的事实。黄侃说:"四言之赞,大抵不过一韵数言而止,惟《东方画赞》稍长,《三国名臣序赞》及《汉书》偶一换韵。"④说明颂和赞之间篇体规模的差异正在于颂体之"弘"。又明代郎瑛在《七修类稿·诗文·各文之始》中说:"箴、铭、颂、赞,体皆韵语,而义各不同……文则欲其赡丽宏肆,而有雍容起伏之态。"⑤指明了颂体的风格范畴。

综合以上评论,历代评论家都认为,颂体在篇章结构上应当雍容舒缓、宏肆起伏。不能像赋那样"华侈",也不能像赞那样促迫。那么这种特征是如何形成的呢?笔者认为,归根结底,还与颂体的功能密切相关。颂体源于《诗·颂》,自然也受到《诗·颂》简约精深的影响。章潢曰:"颂有颂之体,其词则简,其义味则隽永而不尽也。如《天作》与《雅》之《绵》,均之美太王也,《清庙》《维天之命》与《雅》之《文王》,均之美文王也;《酌》《桓》与《雅》之《下武》,均之美武王也;试取而同诵之,同乎?否乎?盖雅之辞俱昌大,在颂何其约而尽也!颂之体于是可识矣。"⑥这里所谓的颂,指《诗·颂》中的篇章,与《大雅》《小雅》相比,更为简约,显然这个特点影响到了后世颂体的写作。但颂体与《诗·颂》毕竟是不同性质的作品,不能等量齐观。《诗·颂》属于诗歌,可以有音乐的配合,综合表现描写对象。颂体是用于诵读的文章,已经脱离音乐,没有了演唱对篇章规模的束缚,同时为了更好地展现颂扬对象,在篇幅上加以扩充。

---

① 《文镜秘府论汇校汇考》,第1380页。
② [宋]王应麟撰:《玉海》卷二〇四,江苏古籍出版社、上海书店1987年,第3726页。
③ 《文心雕龙义证》卷二,第348页。
④ 《文心雕龙札记》,第75页。
⑤ [明]郎瑛:《七修类稿》卷二十九,中华书局1959年,第442页。
⑥ [明]章潢:《图书编》卷十一,景印文渊阁《四库全书》本,台湾商务印书馆1986年。

篇幅增大后,为了让文章更加有序、自然,就需要精心处理不同内容之间的关系。《文心雕龙·章句》曰:"夫裁文匠笔,篇有小大;离章合句,调有缓急:随变适会,莫见定准。"又称:"搜句忌于颠倒,裁章贵于顺序:斯固情趣之指归,文笔之同致也。"①文章写作需要进行剪裁和组织,并根据不同情况,做出不同的处理。虽然没有一定的标准,但对于宏大和短小两种不同的文章,处理的方法是不一样的。《文镜秘府论·定位》:"凡制于文,先布其位,犹夫行阵之有次,阶梯之有依也。先看将作之文,体有大小(若作碑、志、颂、论、赋、檄等,体法大;启、表、铭、赞等,体法小也);又看所为之事,理或多少(叙人事、物类等,事理有多者,有少者)。体大而理多者,定制宜弘;体小而理少者,置辞必局。须以此义,用义准之,随所作文,量为定限(谓各准其文体事理,量定其篇句多少也)。"②将文章分为体大而理多与体小而理少两类,颂属于前者,自然"定制宜弘",那么在篇章结构上,更应精心布局,方能有条不紊,从容自然。如扬雄《赵充国颂》:

  明灵惟宣,戎有先零。先零猖狂,侵汉西疆。汉命虎臣,惟后将军。整我六师,是讨是震。既临其域,谕以威德。有守矜功,谓之弗克。请奋其旅,于罕之羌。天子命我,从之鲜阳。营平守节,屡奏封章。料敌制胜,威谋靡亢。遂克西戎,还师于京。鬼方宾服,罔有不庭。昔周之宣,有方有虎。诗人歌功,乃列于雅。在汉中兴,充国作武。赳赳桓桓,亦绍厥后。③

此为描写战争之作,倘若采用赋体来写,势必极尽铺排之能。汉代一些相同题材的作品,虽名之为颂,但实为赋体,如班固、傅毅的同名作《窦将军北征颂》。《赵充国颂》显然在体势上比《窦将军北征颂》更为收敛,作者没有刻意描绘战争场面,而是以"营平守节,屡奏封章。料敌制胜,威谋靡亢"加以概括。但如果与大多数的赞体相比,《赵充国颂》显然体势上更加宏肆,注重篇章结构的安排与布局。全篇三十二句,四句一意,包含了"起、承、转、合"不同的段落层次。开篇四句首先交代边疆外族对中原的骚扰,接下来承接开头,写汉帝派兵出征。紧接着文意出现转折,描写当地叛军对汉军的蔑视和无礼,情形转变。这种情况下,赵充国奉命出征,一举破敌。叙事结束,文章转入议论。但作者没有作直接的歌颂,而是先追溯作诗颂功的传统,以古喻

---

① 《文心雕龙义证》卷七,第1253、1262页。
② 《文镜秘府论汇校汇考》,第1401页。
③ 《文选》卷四十七,第660—661页。

今。文章最后,顺理成章地颂扬赵充国,点明主旨,并以"亦绍厥后"体现出颂体的劝奖功用。总的来看,《赵充国颂》长短适中,详略得当,层次清晰,叙事不疾不徐,转折过渡各有所宜,充分体现了颂体雍容宏肆的风格特点。

四、小结

以上分别从内容、用辞、结构三个方面,分析并总结了颂体的风格特点。但我们应注意到,作品风格的形成有客观因素,也有主观因素,并不是一成不变的。不同时代、不同作家,乃至不同题材的作品,风格都可能有所区别,颂体的情况也是一样。这一点,早在《文心雕龙·颂赞》篇中就有所强调,刘勰在概括颂体风格及作法之后说:"唯纤曲巧致,与情而变,其大体所底,如斯而已。"①意思是,颂体的细巧曲达,跟着具体创作情况的不同有所变化,而它的大体要求,便是上面总结的那样。所以,这里所说的颂体风格,只是从总体上作出的概括,不能用于指称所有作品。

第三节　颂体与音乐的分离

从《诗·颂》到颂体的形成,经历了漫长的过程。《诗·颂》属于庙堂文学,用于配乐演唱,颂体则变为诵读之辞。在这一演变过程中,与音乐的分离是颂体确立的一个重要标志。配乐演唱的作品,后世称为乐府,属于诗的范畴。颂体则与赋、赞、铭、诔一样,是不歌而诵的文章。颂本为《诗经》一类,到了后世如何变为文章,这是一个极有意义而且值得深入探讨的问题。

一、《诗·颂》演唱功能在汉代的分流

人们在追溯颂的本义时,通常认为由"容"字演变而来。此外还有一种看法,认为颂本为庸,乃乐器的一种。最早提出这种看法的是汉代的郑玄,他在注《周礼·春官宗伯》"眡瞭,掌凡乐事,播鼗,击颂磬、笙磬"时说:"视瞭播鼗又击磬。磬在东方曰笙,笙,生也;在西方曰颂,颂或作庸,庸,功也。《大射礼》曰……又曰:'西阶之西,颂磬东面,其南钟,其南镈,皆南陈。"郑玄认为,颂也作庸,是一种位于西方的乐器。贾公彦又在郑玄的基础上继续阐发说:"言'或作庸'者,《尚书》云'笙庸以间',孔以庸为大钟,郑云:'庸即《大

---

① 《文心雕龙义证》卷二,第334—335页。

射》颂,一也。'"①引《尚书》孔安国注,将庸解为大钟。此外,《仪礼·大射》亦云:"西阶之西,颂磬东面,其南钟,其南镈,皆南陈。"郑玄注:"言成功曰颂,西为阴中,万物之所成。《春秋传》曰:'夷则所以咏歌九则,平民无贰无射,所以宣布哲人之令德,示民轨义。'是以西方钟磬谓之颂。"②通过郑玄的解释可知,颂表成功之义,而西方乃"万物之所成",所以颂即是"西方钟磬"。

郑玄的观点根据经典申发而来,后世也有不少人认同,如清代李光地说:"愚谓钟有颂钟,有笙钟;磬亦有颂磬,有笙磬。庸即颂也,与磬声相应者也。此庸字亦包钟磬然。"③当代学者张西堂在《诗经的体制》中亦据《仪礼》郑玄注说:"依我看来,颂的得名,也应当与《南》《雅》一样,是由于乐器。这个乐器应当是'镛',就是所谓的大钟,宗教仪式是用钟的,在古代的跳舞也是用钟的……颂之所以得名,是由于庸鼓之'庸'无疑。"④李光地和张西堂虽未说明依据,但显然根据《周礼》及郑玄注而来无疑。此外,陈致又从古文字学角度,论证"庸"的字源及其与"颂"之古音义的关系,对颂、庸相通进行了深入探讨。⑤

由此可见,颂从产生之初,就与音乐关系极为密切。而《诗·颂》作为宗庙乐歌的演唱功能,也被人们广泛认可。《礼记·乐记》云:"《清庙》之瑟,朱弦而疏越,壹倡而三叹,有遗音者矣。"郑玄注:"《清庙》谓作乐歌《清庙》也。朱弦练,朱弦练则声浊,越瑟,底孔也。画疏之,使声迟也,倡发歌句也。"⑥这里虽只提及《清庙》的音乐性,但用于演唱却是"三颂"共有的特征。《礼记·乐记》又云:"宽而静,柔而正者,宜歌《颂》。广大而静,疏达而信者,宜歌《大雅》。"⑦方玉润据此分析雅、颂音乐的不同说:"大约雅音宏而肆,颂音沉而柔。知乎此,则颂之体与用与音,无不燎然于心矣。又颂之于四序近乎冬,冬之为气也,收敛而闭藏,其发而为声也,冲融而隽永,肃穆而沉静。故颂之

---

① [汉]郑玄注,[唐]贾公彦疏:《周礼注疏》卷二十三,《十三经注疏》本,中华书局2009年,第1722页。
② [汉]郑玄注,[唐]贾公彦疏:《仪礼注疏》卷十六,《十三经注疏》本,中华书局2009年,第2224页。
③ [清]李光地撰:《诗所》卷八,景印文渊阁《四库全书》本,台湾商务印书馆1986年。
④ 张西堂:《诗经六论》,商务印书馆1957年,第113—116页。
⑤ 陈致著,吴仰湘、黄梓勇、许景昭译:《从礼仪化到世俗化——〈诗经〉的形成》,上海古籍出版社2009年,第37—60页。
⑥ [汉]郑玄注,[唐]孔颖达疏:《礼记正义》卷三十七,《十三经注疏》本,中华书局2009年,第3313页。
⑦ 《礼记正义》卷三十九,第3349页。

音象之。"①《诗·颂》的乐曲特点究竟为何,如今已不得而知,但其用于歌唱,则是无可置疑的。

随着时间的流逝,到了汉代,《诗经》的演唱之法渐次失传,郑樵《通志·乐府总序》云:"古之诗,今之辞曲也。若不能歌之,但能诵其文而说其义,可乎?不幸腐儒之说起,齐、鲁、韩、毛四家,各为序训而以说相高,汉朝又立之学官,以义理相授,遂使声歌之音湮没无闻。"②认为汉代说《诗》解《诗》风气的盛行,是对《诗经》义理的过分探寻,最终导致《诗经》乐曲的消亡。

此外,颂在汉代也开始出现分流的情况。一种延续了配乐演唱的特点,《汉书·礼乐志》云:"至武帝定郊祀之礼,祠太一于甘泉,就乾位也;祭后土于汾阴,泽中方丘也。乃立乐府,采诗夜诵,有赵、代、秦、楚之讴。以李延年为协律都尉,多举司马相如等数十人造为诗赋,略论律吕,以合八音之调,作十九章之歌。"③武帝时设立乐府,以掌管乐歌,其中不少作品,用于祭祀迎神,如《安世房中歌》十七章、《郊祀歌》十九章,虽不以颂为名,实则就是《诗·颂》在汉代的延续。郭茂倩在《乐府诗集·郊庙歌辞》中,对从《诗·颂》之后到唐代郊庙歌辞的创作进行了条分缕析的梳理,如对汉代郊庙歌辞的总结:

> 两汉已后,世有制作。其所以用于郊庙朝廷,以接人神之欢者,其金石之响,歌舞之容,亦各因其功业治乱之所起,而本其风俗之所由。武帝时,诏司马相如等造《郊祀歌》诗十九章,五郊互奏之。又作《安世歌》诗十七章,荐之宗庙。至明帝,乃分乐为四品:一曰《大予乐》,典郊庙上陵之乐。郊乐者,《易》所谓"先王以作乐崇德,殷荐上帝"。宗庙乐者,《虞书》所谓"琴瑟以咏,祖考来格"。《诗》云"肃雍和鸣,先祖是听"也。二曰雅颂乐,典六宗社稷之乐。社稷乐者,《诗》所谓"琴瑟击鼓,以御田祖"。《礼记》曰"乐施于金石,越于音声,用乎宗庙社稷,事乎山川鬼神"是也。永平三年,东平王苍造《光武庙登歌》一章,称述功德,而郊祀同用汉歌。④

"郊庙歌辞"的创作是为了"接人神之欢",这与《诗·颂》的创作宗旨一致。当然我们也应注意到,后世郊庙歌辞的范围比《诗·颂》要大,郊庙作为礼仪的名称,包含祭祀天地和祭祀先祖两种。《尚书·舜典》"汝作秩宗"孔安

---

① 《诗经原始》卷十六,第575页。
② [宋]郑樵撰,王树民点校:《通志二十略》,中华书局1995年,第883页。
③ [汉]班固撰,[唐]颜师古注:《汉书》卷二十二,中华书局1962年,第1054页。
④ [宋]郭茂倩编:《乐府诗集》卷一,中华书局1979年,第1—2页。

国传:"秩,序;宗,尊也。主郊庙之官。"孔颖达疏:"郊谓祭天南郊,祭地北郊;庙谓祭先祖,即《周礼》所谓天神、人鬼、地祇之礼是也。"①但是总体来说,都是《诗·颂》传统在后世的延续。

与此同时,另有一类颂作,逐渐脱离音乐,成了单纯的诵读之辞。这一点,最早可以从王褒《甘泉宫颂》的表述看出,其云:"坐凤皇之堂,听和鸾之弄。临麒麟之域,验符瑞之贡。咏中和之歌,读太平之颂。"②"歌"用于咏唱,"颂"则用于诵读,显然,王褒所称的颂,已经脱离音乐。《后汉书·刘苍传》载:"帝以所作《光武本纪》示苍,苍因上《光武受命中兴颂》。"刘苍据《光武本纪》作颂以献,歌颂光武帝光复汉室的功绩。这则材料可与《乐府诗集》中记载的刘苍造《光武庙登歌》对比,二者同为歌颂光武帝的作品,但形式是有差异的。《光武受命中兴颂》乃据史而作,属于诵读的文章,《光武庙登歌》则为庙祭作品,用于演唱。两篇作品的不同,说明东汉时期,颂与歌诗已经分为两种文体。

汉代颂体由《诗·颂》变为诵读的文辞,这从《汉书·艺文志》的著录也可以看得出。《汉书·艺文志》"歌诗"类有"《送迎灵颂歌诗》三篇"③,"歌诗"即用于歌唱之诗。根据题目看,这三篇作品可能最初只称为"送迎灵颂",班固(或刘歆)在著录时为了区分类属,特地加上"歌诗"二字作为后缀。它们虽名之为颂,却被归入"歌诗"类,说明和乐而歌的"颂"并非颂体。又《汉书·艺文志》"孙卿赋之属"中,有李思"《孝景皇帝颂》十五篇"④。赋的特点是"不歌而诵",班固将《孝景皇帝颂》归入其中,可见此颂当时与赋一样,已经不再入乐。《送迎灵颂歌诗》与《孝景皇帝颂》,一入"歌诗"类,一入"赋"类,说明在汉代,用于歌唱的"颂"被视为乐府,而脱离乐曲的"颂"则徒为诵读之辞。

这一区别也可从梁代任昉对待王褒作品的态度得到印证。任昉将王褒《圣主得贤臣颂》作为颂体之始,但据《汉书·王褒传》记载,在此之前,王褒已撰写过"颂"。《汉书·王褒传》云:"于是益州刺史王襄欲宣风化于众庶,闻王褒有俊材,请与相见,使褒作《中和》《乐职》《宣布》诗,选好事者令依《鹿鸣》之声习而歌之……褒既为刺史作颂,又作其传,益州刺史因奏褒有轶材。"⑤明确说明王褒"为刺史作颂"。对于"颂"字,颜师古注曰:"即上《中和》《乐

---

① 《尚书正义》卷三,第276页。
② 《艺文类聚》卷六十二,第1115页。
③ 《汉书》卷三十,第1775页。
④ 《汉书》卷三十,第1750页。
⑤ 《汉书》卷六十四下,第2821—2822页。

职》《宣布》诗也。以美盛德,故谓之颂也。"①可见此处之"颂"乃就内容而言,并非文体名。《中和》《乐职》《宣布》用于赞美盛德,也称为"颂",却不被任昉作为颂体之始,究其原因,还在于这三首作品仍然用于歌唱。

如果说上述论述尚有推测之嫌,那么后来元稹在《乐府古题序》中的论述,就更能够说明问题了。他说:

> 《诗》讫于周,《离骚》讫于楚,是后,《诗》之流为二十四名:赋、颂、铭、赞、文、诔、箴、诗、行、咏、吟、题、怨、叹、章、篇、操、引、谣、讴、歌、曲、词、调,皆诗人六义之余,而作者之旨。由操而下八名,皆起于郊祭、军宾、吉凶、苦乐之际。在音声者,因声以度词,审调以节唱……由诗而下九名,皆属事而作,虽题号不同,而悉谓之为诗可也……而纂撰者由诗而下十七名,尽编为《乐录》。②

元稹首先列出周代以后属于"《诗》之流"的二十四名,并对"由操而下八名""由诗而下九名"等多种乐府的功用及起源进行分析,但唯独没有再论及从赋到箴七种。在元稹看来,这七种虽然源于《诗》,但已变为独立的文体,不再属于乐府的范畴。

值得注意的是,唐前仍有些称为颂的作品乃配乐演唱之词,如成书于宋代的《乐府诗集》录有《宋泰始歌舞曲辞》十二首,郭茂倩引《古今乐录》曰:

> 《宋泰始歌舞》十二曲:一曰《皇业颂》,歌自尧至楚元王、高祖,世载圣德,二曰《圣祖颂》,三曰《明君大雅》,四曰《通国风》,五曰《天符颂》,六曰《明德颂》,七曰《帝图颂》,八曰《龙跃大雅》,九曰《淮祥风》,十曰《宋世大雅》,十一曰《治兵大雅》,十二曰《白纻篇大雅》。③

《宋泰始歌舞曲辞》是南朝刘宋时期的作品,作为演唱的歌词,其中有五首称为颂,元稹为何将其排除在乐府之外呢?究其原因,元稹所谓的颂乃针对狭义而言,特指汉代以后变为文体之颂。汉代及以后的赋、铭、赞、文、诔、箴均为有韵之文,但缺乏演唱的功用,元稹把颂与这些文体并列,说明颂也是属于同类文体。《宋泰始歌舞》中的作品如《通国风》《龙跃大雅》《圣祖颂》等,通过诗歌的名称来看,意在承袭《诗经》之风、雅、颂的演唱传统,其中的颂乃就内容而言,与作为文体之颂并不一样。只是这种情况比较少见,故而元稹径

---

① 《汉书》卷六十四下,第2822页。
② [唐]元稹著,冀勤点校:《元稹集》卷二十三,中华书局1982年,第291页。
③ 《乐府诗集》卷五十六,第810页。

直忽略不计。

二、从"诗颂""颂诗"的区别看颂体的不歌而诵

诗颂与颂诗都是古代典籍中的常用词语,二者与颂体都有着密切关系,内涵互有交叉,但在某些方面又区别严格。这是古人在长期使用过程中形成的,体现了他们的文体观念。通过比较二者的含义,也可更好地认识颂体与音乐的关系。

诗颂的第一种含义指《诗经》之颂,即《诗·颂》。这种用法在古代较为广泛,如:

> 陆云《盛德颂》:"臣闻歌咏所以宣成功之烈,诗颂所以美盛德之容。"①
> 《史记·周本纪》"民皆歌乐之,颂其德"司马贞注:"即诗颂云'后稷之孙,实维太王。居岐之阳,实始翦商'是也。"②
> 扬雄《甘泉赋》"奋六经以摅颂"颜师古注:"颂谓诗颂,所以美盛德之形容也。"③

"美盛德之形容"乃《诗大序》对颂的解释,"后稷之孙,实维太王。居岐之阳,实始翦商"出自《鲁颂·闷宫》。故而上引材料中的"诗颂"即《诗·颂》,是对《诗经》中《周颂》《鲁颂》《商颂》的简称和泛称,这一点不难理解。

古代颂、诵经常混用,二者互为假借,诗颂在很多时候即"诗诵",也就是诗,这是诗颂的第二种含义。这里的诗颂既可特指《诗经》,也可指代后世的文人诗。特指《诗经》者,如:

> 袁宏《三国名臣序赞》:"夫诗颂之作,有自来矣。或以吟咏情性,或以述德显功,虽大指同归,所托或乖。"④
> 刘勰《文心雕龙·章句》:"至于诗颂大体,以四言为正;唯'祈父'、'肇禋',以二言为句。"⑤

袁宏以"诗颂"涵盖"吟咏情性"和"述德显功"二类作品,刘勰也以之指称为

---

① 《陆云集》卷六,第113页。
② [汉]司马迁撰:《史记》卷四,中华书局1982年,第115页。
③ 《汉书》卷八十七上,第3540页。
④ 《文选》卷四十七,第671页。
⑤ 《文心雕龙义证》卷七,第1270页。

讽谏而作的《祈父》,显然"诗颂"乃《诗》之别称。指代后世文人诗者,如:

> 《十六国春秋·宋纤传》:"纤注《论语》,及为诗颂数万言,年八十笃学不倦。"①
>
> 《魏书·张湛传》:"湛至京师,家贫不粒,操尚无亏,浩常给其衣食,每岁赠浩诗颂,浩常报答。"②
>
> 《北史·张湛传》:"湛至京师,家贫不立,操尚无亏。浩常给其衣食,荐为中书侍郎;湛知浩必败,固辞。每赠浩诗颂,多箴规之言。"③

以颂扬为主旨的诗歌,通常都有明确的称颂对象,史书在记载时也都会提及。但《十六国春秋》只宽泛地说"为诗颂数万言",则这里应为"诗诵",并非指颂扬之诗。《魏书》《北史》记载的是同一人同一事,《北史》参考《魏书》,是毋庸置疑的。张湛为报答崔浩的知遇之恩,常赠予崔浩"诗颂"。仅凭《魏书》的记载看,张湛所作"诗颂"应为赞颂之诗,但《北史》又称"多箴规之言",显然这里也应当是"诗诵",与颂扬功德并无关系。

诗颂的第三种含义是指用于演唱的歌词,如:

> 《汉书·李延年传》:"延年善歌,为新变声。是时,上方兴天地祠,欲造乐,令司马相如等作诗颂。延年辄承意弦歌所造诗,为之新声曲。"④
>
> 《南齐书·乐志》:"散骑常侍王肃作宗庙诗颂十二篇,不入于乐。"⑤
>
> 北魏张彝《上采诗表》:"(高祖)欲广访于得失,乃命四使,观察风谣。臣时忝常伯,充一使之列……询采诗颂,研捡狱情,实庶片言之不遗,美刺之俱显。"⑥
>
> 《隋书·音乐志》:"汉明帝时,乐有四品……又采百官诗颂,以为登歌。"⑦

上述"诗颂",除王肃的"宗庙诗颂十二篇"外,其他皆入乐。司马相如所作

---

① [北魏]崔鸿撰,[清]汤球辑补,王鲁一、王立华点校:《十六国春秋辑补》,齐鲁书社2000年,第528页。
② [北齐]魏收撰:《魏书》卷五十二,中华书局1974年,第1154页。
③ [唐]李延寿撰:《北史》卷三十四,中华书局1974年,第1265页。
④ 《汉书》卷九十三,第3725页。
⑤ [南朝梁]萧子显撰:《南齐书》卷十一,中华书局1972年,第178—179页。
⑥ 《魏书》卷六十四,第1430—1431页。
⑦ [唐]魏徵、令狐德棻等撰:《隋书》卷十三,中华书局1973年,第286页。

"诗颂",由李延年配乐;汉明帝永平三年(60)所采的"百官诗颂",属于登歌之唱词;张彝所说的"询采诗颂",乃民间歌谣。宗庙诗颂"不入于乐"的原因今已不得而知,但萧子显在记载时,特地强调其"不入于乐"的特点,恰好说明了在当时一般的诗颂皆入于乐,只是这十二篇例外。

诗颂入乐实乃延续了《诗·颂》用于演唱的特点,有时也称之为颂,如上文所举《乐府诗集》所录的《皇业颂》《圣祖颂》《天符颂》《明德颂》《帝图颂》即是。还有一些作品,虽然题目中没有"颂"字,但表现出明显的颂扬之意,如《乐府诗集》所录傅玄《晋宣文舞歌·羽籥舞歌》"圣皇迈乾乾,天下兴颂声"①,晋曹毗《晋江左宗庙歌·歌世祖武皇帝》"野有击壤,路垂颂声"②,南朝齐宋辞《齐西厢乐歌·举食歌》"文武焕,颂声兴"③。这些作品均为郊庙祭祀之用的乐歌。郑樵在《通志·乐府总序》中,将乐府按类编排,其中第二类为:"一曰郊祀,十九章。二曰东都五诗。三曰梁十二雅。四曰唐十二和。凡四十八曲,系之正声,即颂声也。"④颂声即用于演唱的颂扬歌辞,《公羊传·宣公十五年》:"什一行而颂声作矣。"何休注:"颂声者,太平歌颂之声,帝王之高致也。"⑤按照郑樵的分类之法,诗颂当列入"颂声"。

与诗颂一样,颂诗也是古人常用的词语,并且具有多种含义。首先,颂诗也可代指《诗经》之颂,如:

> 郑玄《诗谱序》"及成王周公致大平,制礼作乐,而有颂声兴焉,盛之至也"孔颖达疏:"颂声之兴,不皆在制礼之后也……是颂诗之作,有在制礼前者也。"⑥
>
> 《毛诗注疏·駉序》,孔颖达疏:"僖公之爱民务农,遵伯禽之法……鲁人尊之,以下以诸侯而作颂诗为非常,故说其作颂之意。"⑦

孔颖达所谓的"颂诗",分别用于疏解《周颂》和《鲁颂》,所以指的是《诗经》之"颂"。这种情况较为少见,据笔者查阅的文献,仅为孔颖达所用,当与人们习惯将《诗·颂》简称为诗颂而非颂诗有关。

---

① 《乐府诗集》卷五十三,第770页。
② 《乐府诗集》卷八,第114页。
③ 《乐府诗集》卷十四,第200页。
④ 《通志二十略》,第885页。
⑤ [汉]何休注,[唐]徐彦疏:《春秋公羊传注疏》卷十六,《十三经注疏》本,中华书局2009年,第4965页。
⑥ 《毛诗正义》,第263页。
⑦ 《毛诗正义》卷二十一,第1313页。

颂诗的第二种含义为颂扬之诗,如宋程洵《薛使君生日》诗的部分内容:

使君为德岂但此,念念爱民如爱子。阴功无数只天知,报以长年固其理。青衫短簿人莫知,索米不充方朔饥。香山松鹤举无有,但采民言成颂诗。①

这里的"颂诗"即其所作《薛使君生日》诗。因歌颂薛使君爱民如子,故称颂诗。

颂诗的第三种含义指颂体作品中的韵文部分,这种用法在唐以后极为普遍,如:

宋欧阳修《会圣宫颂》:"臣是以不胜惓惓之心,谨采西人望幸意,作为颂诗,以献阙下。"②
宋吕祖谦《唐太宗两仪殿上寿颂》:"对扬景铄,作此颂诗。"③
宋王应麟《玉海·辞学指南》:"《宋书》曰:'鲍照为《河清颂》,其序甚工。'颂诗有序,亦不可略也。"④
明杨一清《平西夏颂》:"臣作颂诗,莫罄名扬。登之弦歌,以示无疆。"⑤

上述作者在提及自己或他人的颂作时,均以颂诗指代,很明显地说明了这一点。

另外,一些铭文及碑文的韵文部分也可称为颂诗,如:

苏轼《富郑公神道碑》:"宜有颂诗,以昭示来世。"⑥
陆游《塞上》诗:"不应幕府无班固,早晚燕然刻颂诗。"⑦
陆游《洞霄宫碑》:"肆作颂诗,用纪绝殊。"⑧

---

① [宋]程洵撰:《克庵先生尊德性斋小集》卷一,《续修四库全书》本,上海古籍出版社2002年,第140页。
② [宋]欧阳修著,洪本健校笺:《欧阳修诗文集校笺》外集卷八,上海古籍出版社2009年,第1536页。
③ [宋]吕祖谦撰:《东莱集》外集卷四,清胡凤丹辑《金华丛书》本。
④ 《玉海》卷二〇四,第3724页。
⑤ [清]黄宗羲编:《明文海》卷一二四,中华书局1987年,第1324页。
⑥ [宋]苏轼撰,孔凡礼点校:《苏轼文集》卷十八,中华书局1986年,第537页。
⑦ [宋]陆游著,钱仲联校注:《剑南诗稿校注》卷十六,上海古籍出版社1985年,第1252页。
⑧ [宋]陆游撰:《渭南文集》卷十七,《陆放翁全集》,中国书店1986年,第95页。

王安中《定功继伐碑》:"臣作颂诗,以训万方。"①

颂与铭、碑的关系极为密切,三者在很多时候并无区别,仅仅是名称的不同,内容和形式并无二致。这三篇碑文及班固的《燕然山铭》,均为纪功之作,其实也是颂作,故作者径直以颂诗称之。

以上是笔者依据所查询到的文献资料,对诗颂、颂诗的词义所作的分析。可以看出,诗颂与颂诗最大的不同即诗颂是配合音乐演唱的作品,而颂诗则脱离音乐,成为独立文辞,二者在这方面区分甚严。这种区别,不仅是词语语义及用法的不同,反映更多的是《诗·颂》之后颂的分流现象。用于配乐演唱的诗颂,其实就是乐府诗,而脱离音乐的颂诗,则变为颂体文辞。诗颂与颂诗的含义在这方面泾渭分明,互相独立,说明颂体在后世脱离音乐,的确是不争的事实。

三、明清学者对颂体音乐性的再认识

明代以前,人们对颂文体的独立性均无异议,但后来情况却发生了变化。首先在明清时期,颂又被视为诗的一种,明代一些重要古诗总集如《古诗纪》《古诗镜》《古诗归》等,均选入司马相如《封禅文》中的《封禅颂》。这种情况在清代产生一些争议,冯舒反驳说:"颂不为诗,犹之赋也,前例已明。况此颂自'喻以封峦'已下,参散不伦,周诗逸轨,不知何以妄载,《诗纪》袭谬,遂误浅夫!"②认为颂虽出于《诗经》三颂,但在后代与赋一样,都是有别于诗的文体,《古诗纪》的作者沿袭前人错误,从而误导了一些肤浅之人。《封禅颂》究竟是否属于诗,上述两种观点的分歧,其实不是原则问题,主要在于区分标准的不同。通过前面的论述我们知道,颂在汉代之后已成为一种文体,但在后世,人们作颂时也常径直称颂为诗,而进行文体分类时,又算作颂。另外,颂体多为四言韵文,文体形式与四言古诗并无明显区别。倘若从溯源的角度来看,称颂为诗也并无不可。

同时,人们还更进一步,将颂视为乐府。这又分为两种情况,一种是将前代之颂视为乐府,如冯惟讷《古诗纪》将王粲《太庙颂》作为乐府诗收录。另一种情况是将己作之颂视为乐府,如沙张白编撰自己作品为《定峰乐府》十卷,其中即收录《青箱堂颂》(为王熙作)、《修竹颂》(为魏裔介作)两篇作品。明清之人为何将前代的颂体作品看作乐府,他们并未解释,成本璞说:

---

① [宋]王安中撰:《初寮集》卷六,《宋集珍本丛刊》本,线装书局2004年,第250页。
② [清]冯舒撰:《诗纪匡谬》,《丛书集成初编》本,上海商务印书馆1937年,第5页。

"颂者皆乐府也,入庙之乐,纪其先世之功德,协诸歌舞,以诏后世也。"①颂体出于《诗·颂》,《诗·颂》既为乐府,那么颂体似也当为乐府,明清学者的依据或许即是如此。

颂到底是否算作乐府,我们可结合具体作品加以探讨。首先是王粲《太庙颂》。此颂最早见于《初学记》卷十二,作为颂类附于"宗庙"之后。宋章樵《古文苑》亦将《太庙颂》作为颂类收录,并注曰:"《粲集》作'显庙',魏公曹操之祖庙也。是时未敢僭称太庙,故止曰'显庙'。此编目以太庙,后人改之耳。"②可知《太庙颂》乃曹操庙颂。庙颂按照形态的不同,可分为两种。一种是用于歌唱的乐章,最早作品为《周颂·清庙》,后世如《乐府诗集·郊庙歌辞》中收录的《晋宗庙歌》十一首、《晋江左宗庙歌》十三首、《宋宗庙登歌》八首、《宋世祖庙歌》二首、《宋章庙乐舞歌》十五首等,实际就是祭祀先祖的庙颂。这类作品正和《清庙》一样,虽为颂歌,但篇名中并不冠以"颂"字。

庙颂的另一类乃碑铭文。宗庙最初虽也有碑,但只用来拴牲口,后来才用于纪颂功德。这类作品既是碑铭,同时也是颂。《后汉书·傅毅传》称:"毅追美孝明皇帝功德最盛,而庙颂未立,乃依《清庙》作《显宗颂》十篇奏之。"③"未立"即未立颂碑,表明《显宗颂》乃刻碑之用。再如《隶释》所录《魏修孔子庙碑》,在《艺文类聚》中则称《孔子庙颂》,说明庙颂其实就是庙碑。《隶释》又载东汉《王子香庙颂》云:"枝江县有陈留《王子香庙颂》。子香于汉和帝之时,出为荆州刺史……百姓追美甘棠,以永元十八年立庙设祠,刻石铭德。"④明确说明是立于庙中的颂碑。后世这类庙颂如《宝刻丛编》中著录的《唐崔府君庙颂》《唐复舜庙颂》《唐禹庙颂》等,均为刻石之用。王粲《太庙颂》根据篇名看,当为碑铭文,且不为《乐府诗集》收录,更说明了其不入乐的特点。冯惟讷以之为乐府,实在有误。当然,前代颂被明清人当作乐府的并不止《太庙颂》,但《乐府诗集》对之一概不收,其实已经说明了它们不用于演唱。

关于清沙张白《定峰乐府》中的《青箱堂颂》《修竹颂》,《四库全书总目提要》录曹禾跋语曰:

或问:"《青箱堂》《修竹》二颂,何以俱入乐府?"予曰:"子不见郭茂倩全书乎?宋泰始歌舞曲词,其中《皇华颂》《圣祖颂》《天符颂》《明德

---

① [清]成本璞撰:《九经今义》卷六,《通雅斋丛书》本。
② 佚名编,[宋]韩元吉整理,[宋]章樵注:《古文苑》卷十二,《四部丛刊》本。
③ 《后汉书》卷八十上,第2613页。
④ [宋]洪适撰:《隶释》(与《隶续》合刊)卷二十,中华书局1985年,第210页。

颂》《帝图颂》，皆颂也，颂何可不入乐府哉？"①

曹禾以《乐府诗集》所收的五篇颂为证据，认为颂亦可列入乐府。这种观点不免牵强附会，因而遭到了四库馆臣的批评：

> 案禾此说，似乎博洽，而实未详考。如从其始而论，则颂居四诗之一，是为乐府之原本，又何必牵引宋舞曲词，以相附会？如核其派别而论，则律逐调移，词随律变，郊祀、燕享，有殊于鼓吹，平调清商，有殊于吴声，以至舞曲、琴操，体例各殊，郭茂倩书可以覆按，如必混而一之，总归诸乐府。则合而并之，正可总谓之诗，又何乐府之云乎……张白既不知诗乐之分，禾又徒见乐府之用律诗，遂执律诗以为乐府，均失之矣。②

四库馆臣认为，颂为乐府之本原，二者表演形式不同，可以总称为诗，但将颂视为乐府，则并不恰当。这里四库馆臣所说的颂其实还是用于演唱的《诗·颂》。事实上，此前确实有些颂被收入乐府。除《乐府诗集》所录五篇外，还有一些虽未以颂名篇，但的确属于颂。宋陈旸《乐书·圣朝乐章》称："诸宋雅宋颂，被管弦，藏乐府，垂后世，而诏无穷，不亦千载一时，甚盛之举欤？"③又宋黄裳《演山居士新词序》也说："以言乎德则有风，以言乎政则有雅，以言乎功则有颂，采诗之官，收之于乐府，荐之于郊庙。"④二者均认为颂可入乐府。但问题在于，这些颂与颂体并不相同。《皇华颂》等五篇颂被《乐府诗集》收录，因为它们仍然属于演唱的歌词，陈旸和黄裳所称的颂也是如此。《青箱堂颂》《修竹颂》则皆用于颂人功德，颂前冠有长序，并非入乐之辞，所以并不能视为乐府。沙张白首先错误地将《青箱堂颂》《修竹颂》编入《定峰乐府》，本身就没有分清乐府与颂体的区别，曹禾又曲为之解，以颂为乐府，不辨源流，犯了以偏概全的错误。

最后我们还应注意这样一种现象：后世的颂体虽不用于演唱，也不能算作乐府，但人们在创作过程中，却常常表达出以备乐府采纳的愿望。如：

> 陈仁子《儒户免役颂序》："臣窃伏草茅，挂名儒籍，用撰歌颂一首，

---

① ［清］永瑢等撰：《四库全书总目》卷一八二，中华书局1965年，第1651页。
② 《四库全书总目》卷一八二，第1651页。
③ ［宋］陈旸撰：《乐书》卷一五六，景印文渊阁《四库全书》本，台湾商务印书馆1986年。
④ ［宋］黄裳撰：《演山集》卷二十，景印文渊阁《四库全书》本，台湾商务印书馆1986年。

将备乐府之采择。"①

　　石介《庆历圣德颂》:"辄作《庆历圣德颂》一首,四言,凡九百六十字……臣贱,无路以进,姑藏诸家,以待乐府之采焉。"②

　　田锡《武有七德颂》:"小臣献颂,愿播乐府。"③

按照字面意思,陈仁子等人似乎是将自己的颂看作了乐府作品,但实际上,他们只是对颂之功能的强调。我们知道,乐府是汉代模仿古时设立采集民间音乐的机构。《汉书·艺文志》云:"古有采诗之官,王者所以观风俗,知得失,自考正也。"④采诗作为一种体察民情的手段,历来被统治者重视。汉以后的颂体,文体形式和使用方式与乐府均不相同,但创作宗旨则是一致的。颂体"愿播乐府"的愿望,并非真的用于乐府,而是出于对中国传统思想中褒善贬恶精神的继承。这种情况不独出现在颂中,赋中亦可见到,如宋王禹偁《籍田赋序》:"昔潘安仁赋之于晋,岑文本颂之于唐,今王道行矣,王籍修矣,神功帝业,焕其有光。宜畅颂声,以播乐府,谨上《籍田赋》一章,虽不足形容盛德,亦小臣勤拳之至也。"⑤作为"不歌而诵"的文体,《籍田赋》当然不会"以播乐府"。同样,颂中"愿播乐府"也只是一种仪式化的表达,是对采诗传统的致敬。

---

① [宋]陈仁子撰:《牧莱脞语》卷十四,《四库全书存目丛书》本,齐鲁书社1997年,第368页。
② 《宋文鉴》卷七十四,第1076页。
③ [宋]田锡撰:《咸平集》卷二十一,《丛书集成初编》本,上海商务印书馆1937年,第124页。
④ 《汉书》卷三十,第1078页。
⑤ [宋]王禹偁撰:《王黄州小畜集》卷一,《四部丛刊》本。

第三章 颂体的创作

自汉代以来,颂体以其显著的颂扬功能,受到人们的广泛重视。在一些特殊场合,文人以献颂的方式获得赏识和重用。历代君王也下诏命文臣作颂,以彰显功德,达到宣化天下的目的。甚至在宋元时代,朝廷还将作颂作为选士的标准之一。随着创作经验的不断积累,颂体逐渐形成了具有一定规律性的写作方法。颂表、颂序为配合颂的正文而作,也是颂体作品的重要构成部分。由于实际需求,不少同题之作(包括同时同题和异时同题)应运而生,客观上促进了颂体创作的发展。

第一节 颂体创作的三种方式

与具有强烈抒情功效的诗、赋相比,颂体创作的现实应用性更强。虽然被列入"文"(文学作品)的范畴,但同时兼具"笔"(实用文体)的功能。① 从这个角度来说,诗、赋一定程度上属于私人化的写作,颂则表现出明显的公共性,属于典型的"据事而作"。无论献颂还是奉诏作颂,都是对颂体这一特征的彰显。出现于宋朝的试颂,更体现了社会对颂体实用功能的重视。

一、献颂与传统士人的事功心态

"不朽"自古以来就是人们孜孜不倦的追求,对于功德卓著的君王来说,这种想法尤为强烈。"不朽"的方法,除了载之史册,另一个重要途径就是作颂宣扬。在这种观念的感召下,中国古代出现了不少专门颂扬帝德的作品,

---

① 中国古代的文体,常分为"文""笔"两类,如《文镜秘府论·西卷》引《文笔式》云:"制作之道,唯笔与文。文者,诗、赋、铭、颂、箴、赞、吊、诔等是也;笔者,诏、策、移、檄、章、奏、书、启等也。即而言之,韵者为文,非韵者为笔。"(日)遍照金刚撰,卢盛江校考:《文镜秘府论汇校汇考》,中华书局2015年,第1174—1175页。

尤以文臣主动进献的情况居多。虽然歌、诗、赋等都是用于进献的重要文体，但"颂"具备天然的颂扬功能，也是最为集中表现颂扬目的的文学形式。献颂即向君王进献颂作，是君王实现"不朽"的方法，也是献颂者达到现实目的的手段，在颂体创作过程中，起着重要的推动作用。

秦代历时短暂，有确切记载的献颂活动是周青臣向秦始皇献颂，究竟是进献颂文还是口头称颂，已不得而知，且寥寥数句，尚不具备颂体的特征。后世的文章选本，均未将之作为颂体选录。但这件事上承《鲁颂》祝颂僖公之余绪，下开文臣献颂之传统，在颂体发展史上有着重要的示范作用和衔接意义。

《汉书·刘安传》载，刘安入朝时，曾向武帝献《颂德》及《长安都国颂》。这是有关汉代献颂的最早记载，惜二者均已亡佚，无法窥其面貌。《汉书·刘向传》又载，汉宣帝遵循汉武帝的做法，招选名儒俊才陪侍左右，刘向因为善属文辞，与王褒、张子侨等人一同入选，"献赋颂凡数十篇"①。刘向颂今存《汉书·高祖本纪》所引《高祖颂》部分文字，但是否属于献颂，无从得知。东汉时期，献颂活动进一步增多，《后汉书·傅毅传》记载，建初年间，汉章帝博召文学之士，任命傅毅为兰台令史，拜为郎中，与班固、贾逵共典校书。在此期间，傅毅追美孝明帝，作《显宗颂》十篇奏之。作为见证和书写历史之人，每当有大事发生，史官都会及时记录，必要时候还会作颂宣扬。《东观汉记·班固传》载，班固在禁中"每行巡狩，则献赋颂"②，班固现存颂作有《东巡颂》《南巡颂》，即是当时的作品。同时期这类题材的献颂之作，还有崔骃的《四巡颂》四篇，用以歌颂和记述当时的巡狩之礼。其《上四巡颂表》云："臣不知手足之动音声，敢献颂云。"③可知也为进献而作。此外，马融作有《东巡颂》一篇，序称："融本以赞述为官，遂上《东巡颂》。"④也是当时所献。

汉代以后，但凡值得颂扬的事件，很多都可见文臣献颂的情况。或因礼仪而作，如潘尼为太子舍人时，献《释奠颂》；或为祥瑞而作，如梁武帝时期，

---

① [汉]班固撰，[唐]颜师古注：《汉书》卷三十六，中华书局1962年，第1928页。
② [汉]刘珍等撰，吴树平校注：《东观汉记校注》卷十六，中华书局2008年，第675页。
③ [宋]李昉等撰：《太平御览》卷五八八，中华书局1960年，第2648页。《太平御览》原文作"西巡颂表"，按《后汉书·崔骃传》："骃上《四巡颂》以称美汉德。"李贤注："《骃集》有东、西、南、北四巡颂，流俗本'四'多作'西'者，误。"（第1719页）《四巡颂》乃崔骃同时所上，故《太平御览》中"西"亦如李贤所云，为"四"之误。
④ [唐]许敬宗编，罗国威整理：《日藏弘仁本文馆词林校证》卷三四六，中华书局2001年，第108页。

"甘露降士林馆",谢蔺"献颂"①;或以颂功而作,如高允曾跟随北魏显祖拓跋宏北伐,大捷而还,至武川镇,上《北伐颂》,显祖"览而善之"②;或为庆祝宫殿落成而作,如唐朝乾元殿初成,王勃献《乾元殿颂》;或为新帝登基而作,如陈子昂《大周授命颂》四章,竭力为武则天称帝制造声势;或因节日而献颂,如唐德宗贞元五年(789)设立中和节,白居易作《中和节颂》以献;或为庆祝君王生日而作,如宋祁在宋仁宗乾元节生日时上《乾元节颂》。总之,一切值得颂扬的人或事,都可献颂。可见,献颂不仅是一种现实需要,俨然已成为一种仪式。此外,还有不少作品,并无特殊的创作缘由,只是为博得君王关注,如《周书·颜之仪》载,之仪尝献《神州颂》,辞致雅赡。梁元帝手敕报曰:"枚乘二叶,俱得游梁;应贞两世,并称文学。我求才子,鲠慰良深。"③有时为了追求颂扬效果,甚至一次进献数篇,如《玉海·艺文》记载,宋代的夏竦同时进献《平边》《广文》《朝陵》《广农》《周伯星》五颂,以及《大中祥符颂》,明镐曾一次性撰作《真宗颂》四十六篇,由此受到皇帝的嘉奖。这些情况体现了传统士人的事功心态。

  献颂不仅是文学活动,更是一种政治行为。在现实功利的引导下,中国历史上还出现过一些小儿献颂的情况,《南史·张正见传》载,张正见幼时非常好学,才华显著,梁简文帝萧纲尚在东宫时,"正见年十三,献颂,简文深赞赏之"④。又《玉海·郊祀》记录刘宴献颂的情况:"玄宗封泰山,宴始八岁,献颂。"⑤十三岁作颂尚有可能,一个八岁孩童怎能有如此高的政治觉悟?显然,这只是他人借孩童献颂达到政治目的的手段。宋朝陈东所撰的《少阳集·登闻检院三上钦宗皇帝书》还记载,宣和六年(1124)春,上皇亲策进士八百余人,这些人都以献颂、上书为名,特赴廷试。可见无论皇帝还是臣民,都对献颂非常重视。

  构成献颂活动的要素包括主体(献者)、对象(受者)和文本(颂作),三者关系密切,相互作用。就主体来说,献颂是展示才华、提高知名度的重要方式,也是获得君主赏识、实现仕途晋升的绝好方法。中国古代很多文人都因

---

① [唐]李延寿撰:《南史》卷七十四,中华书局1975年,第1846页。
② [北齐]魏收撰:《魏书》卷四十八,中华书局1974年,第1085页。
③ [唐]令狐德棻等撰:《周书》卷四十,中华书局1971年,第719页。
④ 《南史》卷七十二,第1791页。
⑤ [宋]王应麟撰:《玉海》卷九十八,江苏古籍出版社、上海书店1987年,第1790页。

献颂或名声大振，或仕途通达①。如傅毅因上《显宗颂》而"文雅显于朝廷"②。谢蔺也因为献颂而受到梁武帝赞赏，后来武帝又下诏令他撰写《北兖州刺史萧楷德政碑》和《宣城王奉述中庸颂》，并官至散骑常侍，以使者的身份出使北魏。隋开皇十六年(596)，有神雀降于含章闼，许善心作《神雀颂》以献，隋文帝大加夸赞，予以赐物、加官③。献颂的确会带来诸多利处，这是献颂活动的最初起因和直接动力。

就献颂对象来说，献颂同样有着重要意义。颂作为一种典型的庙堂文学，颂扬对象多为当时的君王，他们为了树立形象、维护政权，需要专门的文臣宣扬德业，献颂无疑是非常好的方式。整个环节中，君王虽然是被动的一方，但在心理上却是主动的。《后汉书·刘苍传》载，刘苍曾向汉明帝献《光武受命中兴颂》。这篇作品已经亡佚，据标题可知，歌颂的是光武帝刘秀光复汉室一事。光武帝是明帝的父亲，歌颂其父亲，明帝自然非常高兴，可又因文辞雅奥，特命校书郎贾逵为之训诂。明帝此举的原因，在于《光武受命中兴颂》文辞不够通俗，有碍传播，训诂之后，人们才可以读懂，其功德也才为人所知。

献颂活动也促进了颂体的发展与演变。颂作为一种实用文学，需要一定的客观条件激发人们的创作热情，从而推动颂体的发展，保持作品数量的稳定增长。具体创作中，人们既要遵循旧有的写作规范，也会根据需要因时因势不断变革、发展。东汉以前，颂多表现为赋体的行文风格，序文较少或很短，正文篇体宏肆，铺张扬厉。魏晋以降，赋体的影响逐步消退，颂转变为序文＋正文（四言韵文）的形式。这种区别，体现了颂文体的演变，也是其自身为适应实际应用作出的改变：序文的使用有效增强了颂体的记事功能；正文的部分功能为序文承担后，转为单纯歌颂，篇幅收敛接近于碑志文体，也适应了刻石的需要。其中，献颂活动显然起到了推波助澜的重要作用。

二、奉诏作颂与褒颂功烈的政治需求

出于颂扬功德和政治教化的目的，君王在特定的场合和时机下，会诏令文臣作颂（以下简称"诏颂"），这是除文臣主动献颂之外，颂体创作的另一重

---

① 当然也有特殊情况，《隋书·薛道衡传》记载，隋炀帝继位后不久，道衡"上表求致仕"，并上《高祖文皇帝颂》，颂扬文帝功德。炀帝览之不悦，谓苏威曰："道衡致美先朝，此《鱼藻》之义也。"意为薛道衡借歌颂前朝讥讽自己，后竟赐自尽。见[唐]魏徵、令狐德棻等撰：《隋书》卷五十七，中华书局1973年，第1413页。
② [南朝宋]范晔撰，[唐]李贤等注：《后汉书》卷八十上，中华书局1965年，第2613页。
③ 详见本书第六章第二节。

要方式。与献颂的主动创作不同,诏颂属于被动生成,是君王将作颂的意图传达之后,文臣按照君王的意愿和要求来写作。这类作品,作者虽仍是文臣,但在写作时,更多表达了君王的意志,某种程度上,他们只是君王的代笔人。所作的颂,也是君王政治需求的体现。

据现存史料来看,最早的诏颂作品是汉代王褒作《圣主得贤臣颂》。又《汉书·赵充国传》记载,成帝曾令扬雄作《赵充国颂》。赵充国(公元前137—公元前52),字翁孙,西汉著名将领,汉武帝时曾击退匈奴入侵,平定羌人叛乱。后来羌人再次叛乱,成帝一筹莫展,不禁思念赵充国,于是召扬雄作《赵充国颂》。对于成帝来说,这篇颂的创作,表面是歌颂赵充国,其实是希望通过追美赵充国来鼓舞士气,渴望有人像赵充国那样平定西羌。《赵充国颂》是西汉保存至今为数不多的完整颂体作品,在颂体发展史上有着重要意义,标志着颂体的施用对象首次由君王向功臣转移。

东汉时期,诏颂显著增多。《太平御览》记载,班昭的哥哥班超为西域都护,回来后曾向皇帝献大雀(即鸵鸟),于是诏班昭作颂。此颂已佚,但遥过后世同类作品来看,主要内容应当是通过大雀来歌颂皇帝功德。此外,《论衡》还记载了永平十七年(74)百官作颂之事。这一年,对于汉明帝来说,可谓意义非凡。《后汉书·孝明帝纪》载,当时天下出现了多种祥瑞之物,"甘露仍降,树枝内附,芝草生殿前",更令孝明帝高兴的是,还有一群五色神雀飞集京师,这一切都预示着国力强盛、天下太平。为此,不少的边疆蛮夷前来朝贺,西南夷哀牢、儋耳、僬侥、槃木、白狼、动黏诸多民族,"前后慕义贡献";又有西域诸国"遣子入侍"。盛况之下,公卿百官认为汉明帝"威德怀远,祥物显应"[1],于是大家一起聚集朝堂,奉觞上寿。《后汉书》未载作颂之事,所幸在《论衡》中有所记载。当时汉明帝非常高兴,下诏令群臣作《神爵颂》,"爵"也就是"雀"。百官作颂献上之后,汉明帝逐一阅览,除"班固、贾逵、傅毅、杨终、侯讽五颂金玉"之外,其他人"文皆比瓦石"[2]。这件事影响很大,其他文献也有相关记录,如《东观汉记·贾逵传》:"永平十七年,公卿以神雀五采翔集京师,奉觞上寿。上诏逵敕兰台,给笔札,使作《神雀颂》。"[3]

神雀的出现,代表上苍对天子政绩的肯定,而一群神雀共同降临,更值得庆贺。孝明帝下诏作颂,为的是通过对这件事的宣传,达到颂扬政绩、维护统治地位的目的。《后汉书·孝明帝纪》记载百官向其祝贺时,孝明帝说:

---

[1] 《后汉书》卷二,第121页。
[2] 黄晖撰:《论衡校释》(附《刘盼遂集解》)卷二十,中华书局1990年,第864页。
[3] 《东观汉记校注》卷十五,第628页。

"天生神物,以应王者;远人慕化,实由有德。朕以虚薄,何以享斯? 唯高祖、光武圣德所被,不敢有辞。其敬举觞,太常择吉日策告宗庙。"① 这段话对我们理解皇帝下诏作颂的意义非常重要。上苍降下神雀,孝明帝将这份"成绩"谦虚地归于高祖和光武帝,但这件事却实实在在发生在孝明帝时期,仍然彰显了孝明帝的功德。因此,明帝下诏,要求朝中文臣甚至不善作文的人都要作颂,体现了孝明帝对这件事的重视。

汉代以后,诏颂的情况更是比比皆是,如:

> 《太平御览》:"王赞《梨颂》曰:太康十年,梨树四枝其条与中枝合,生于玄圃园,皇太子令侍臣作颂。"②
>
> 《晋书·左芬传》:"咸宁二年,纳悼后,芬于座受诏作颂,其辞曰:……帝重芬词藻,每有方物异宝,必诏为赋颂,以是屡获恩赐焉。"③
>
> 《南史·钟嵘传》:"时居士何胤筑室若邪山,山发洪水,漂拔树石,此室独存。元简令嵘作《瑞室颂》以旌表之,辞甚典丽。"④

梨树周边的枝条与中间合拢,预示着天下太平、百姓齐心,因而太子令侍臣作颂;方物异宝逢时而出,值得庆贺,于是"诏为赋颂";瑞室遇山洪不倒,甚为奇异,作颂"以旌表之"。这三则文献中,都有明确的作颂缘由,但最终目的还是借以宣扬帝德。甚至君王还会钦点作者,直接以皇权干预创作,《隋书·李德林传》记载:

> 中书侍郎杜台卿上《世祖武成皇帝颂》,齐主以为未尽善,令和士开以颂示德林。宣旨云:"台卿此文,未当朕意。以卿有大才,须叙盛德,即宜速作,急进本也。"⑤

李德林(532—592),字公辅,博陵安平(今河北安平县)人,北朝后期至隋朝最为重要的文臣之一,善于属文,尤长诏令类文书,杨遵彦盛赞其文笔"浩浩如长河东注"。杜台卿献《世祖武成皇帝颂》,本希冀得到奖赏,可北齐后主高纬读后,却认为未能全面彰显武成帝的功德,又下令让文采更为出众的李德林重新撰作,特地强调要叙述盛德,并快速作好上呈。接到诏令后,李德

---

① 《后汉书》卷二,第121页。
② 《太平御览》卷九六九,第4297页。
③ [唐]房玄龄等撰:《晋书》卷三十一,中华书局1974年,第961—962页。
④ 《南史》卷七十二,第1779页。
⑤ 《隋书》卷四十二,第1197页。

林"上颂十六章并序"。果然,"武成览颂善之,赐名马一匹"。杜台卿的行动本为献颂邀功,但后来变为武成皇帝重新下诏作颂,这种转变,直接原因固然在于杜台卿之颂未能令人满意,究其本质,更在于高纬对这篇颂作的看重,说明颂体之于政教的重要性。

如果说献颂是自下而上以文学行为表达政治诉求,那么诏颂则是自上而下以政治权力影响文学写作,二者最终目的都是服务于政治,也都通过作颂得以实现。献颂的主体是文臣,创作的作品却需要反映颂扬对象的意志;诏颂的实施者是君王,可必须凭借作颂主体才能完成。故而,作颂主体与颂扬对象之间常常相互制约、相互影响,并通过作颂的方式表现出来。要言之,献颂与诏颂俱是政治主动作用于文学,也是文学对政治的反映和配合,在客观上均促进了颂体的创作。

三、试颂与中国古代的人才选拔

试颂即通过测试作颂的方式,达到取士目的。试颂最早可追溯到隋朝,当时科举考试尚未开始,《北史·杜正玄传》载,正玄字知礼,少传家业,长于经史,隋开皇十五年(595),举秀才,试策高第。官署认为他的策文水平超过了左仆射杨素,杨素生气说:"周孔更生,尚不得为秀才,刺史何忽妄举此人?可附下考。"[①]将策文扔到了地上。因此杜正玄一直不得晋升。后来负责试策的官员即将任职期满,准备重新禀告杨素,杨素本想找个借口打击杜正玄,"乃手题使拟司马相如《上林赋》、王褒《圣主得贤臣颂》、班固《燕然山铭》、张载《剑阁铭》《白鹦鹉赋》",并说:"我不能为君住宿,可至未进令就。"这些作品都是篇幅宏大的名篇,想短时间完成非常困难,杨素又借口无法为其提供住宿,让他赶快完成,显然是为难杜正玄。谁知杜正玄很快写完了,上呈之后,杨素一连读了好几遍,不禁为其文采折服,惊叹说:"诚好秀才!"[②]于是命官署奏录。这是关于试颂最早的记载。另外,还有人将试颂追溯到汉代。宋代吴泳《鹤林集》载《王迈授秘书省正字江万里授秘书省正字制》称:"兰台给笔札试颂自汉始,逮我先朝犹试词赋。"[③]指的即是《东观汉记》所载汉明帝令贾逵作《神雀颂》之事。试颂是通过给定题目命令文臣作颂,以测试其写作能力,进而达到取士的目的。但汉明帝命贾逵作颂的初衷是宣扬祥瑞,严格说来,并不算试颂。

---

① [唐]李延寿撰:《北史》卷二十六,中华书局1974年,第961页。
② 《北史》卷二十六,第962页。
③ [宋]吴泳撰:《鹤林集》卷七,景印文渊阁《四库全书》本,台湾商务印书馆1986年。

到了唐朝，试颂开始正式出现在科举考试中。《玉海》记载，开元十一年（723）进士考试，试《黄龙颂》，十五年（727）试《积翠宫甘露颂》。贺复徵《文章辨体汇选》说，唐建中（780—783）年间试进士，以箴、论、表、赞代诗赋，当时并无颂题，等到后来复置博学宏词科，则赞、颂二题全都出现了。如果说隋朝杜正玄和开元年间的试颂只是个别现象，那么建中之后在博学宏词科中设置颂体，则是以制度的形式对试颂的正式确立。

宋朝继承唐朝传统，继续在科举考试中试颂。淳化三年（992），杨亿在学士院试《舒州进甘露颂》并及第，自此以后，"试颂尚矣"①。关于北宋时期科举考试的内容，《宋史·选举志二》记载说，"太宗以来，凡特旨召试者，于中书学士舍人院，或特遣官专试，所试诗、赋、论、颂、策、制、诰，或三篇，或一篇"，"中格则授以馆职"。②不少宋代文献都记载了这样的事例，如：

《玉海·艺文》："《端拱秘阁颂》：端拱初新建秘阁，命中书试崔遵度作颂一首，擢著作佐郎。"③

《宋史》："端拱初，转运副使夏侯涛上其勤状，召归，对便坐，因献文自荐。时新建秘阁，命中书试作颂一首，擢著作佐郎。"④

周必大《题苏子美宝奎殿颂帖》："仁宗朝，摹太宗御书大相国寺额于石，即寺为殿而藏之，御飞白名曰'宝奎殿'，舜钦此颂当是召试馆职时所作。"⑤

夏竦《赠太师中书令冀国王公行状》："命宰府召试孝为《德本颂》，授右正言。"⑥

诗、赋考察的是应试者的文学才能，论、颂、策、制、诰等文体，主要侧重实际应用，体现了宋朝统治者对这类文体的重视。

唐宋时期科举试文，对所作文章的字数、样式，也有很明确的要求。《通典·选举五》："进士习业亦请令习《礼记》《尚书》《论语》《孝经》并一史。其杂文请试两首，共五百字以上，六百字以下，试笺、表、议、论、铭、颂、箴、檄等有资于用者，不试诗赋。"⑦明确规定在五百字以上、六百字以下。又《宋会要辑

---

① 《玉海》卷二〇四，第3727页。
② ［元］脱脱等撰：《宋史》卷一五六，中华书局1977年，第3647页。
③ 《玉海》卷六十，第1154页。
④ 《宋史》卷四四一，第13062—13063页。
⑤ ［宋］周必大撰：《文忠集》卷十七，景印文渊阁《四库全书》本。
⑥ ［宋］夏竦撰：《文庄集》卷二十八，《宋集珍本丛刊》本，线装书局2004年，第670页。
⑦ ［唐］杜佑撰，王文锦、王永兴、刘俊文等点校：《通典》卷十七，中华书局1988年，第422页。

稿·选举一二》载:"二年正月九日,礼部言:宏词除诏诰赦敕不试外,今拟立程试考校格……颂如韩愈《元和圣德诗》、柳宗元《平淮夷雅》……以上考试官临时取三题作一场试,其章表、颂、檄书、露布、诫谕、序、记,并限二百字以上成。"①韩愈《元和圣德诗》、柳宗元《平淮夷雅》虽不以颂名篇,可是宋朝官方将之作为考试的范文,说明宋朝试颂,关注的并不是文体本身,而是颂圣的实际功能。

王应麟《辞学指南》引西山先生(真德秀,1178—1235)之语说:"累举以前程文,唯渡江以前之文,如《导洛通汴》《北郊庆成》《大河东流》《绍圣元会》,皆妙绝,不可不熟读。"②程文即科举考试时,由官方撰定或录用考中者所作,作为范例的文章。渡江以前即北宋时期。真德秀这段话的描述,说明在试颂的影响下,已经产生了部分具有典范意义的颂体名篇。章定《名贤氏族言行类稿》载,吴开和他的哥哥、弟弟一同考中进士,并"与兹偕试宏词,并中魁等,士林多传诵之。当时宰相称叹曰:'《北郊大礼庆成颂》《新建尚书省记》,虽使老师宿儒穷年抒思,未必能到也。'"③可见,此处吴开《北郊大礼庆成颂》,与上文所述韩愈《元和圣德诗》、柳宗元《平淮夷雅》,均属于当时的程文。它们的出现,对当时颂体文学的临习和创作都产生了一定的影响。

关于北宋试颂的题目和时间,《玉海》作了记载,现录如下:

绍圣元会绍圣丙子
导洛通汴丁丑
北郊大礼庆成丁丑别试
大河复东流元符戊寅
端诚殿芝草庚辰
皇帝展事于郊丘靖国辛巳
崇宁圣德崇宁癸未
崇宁继述圣政丙戌
大庆殿受八宝大观己丑
尧大章政和癸巳
黄帝封泰山甲午
汉祀雍获一角兽乙未
汉函德殿金芝丙申

---

① 刘琳、刁忠民、舒大刚等校点:《宋会要辑稿》,上海古籍出版社2014年,第5496页。
② 《玉海》卷二〇四,第3728页。
③ [宋]章定:《名贤氏族言行类稿》卷七,景印文渊阁《四库全书》本,台湾商务印书馆1986年。

圆象徽调阁奉安隆鼐丁酉
汉神鱼舞河戊戌
汉三雍宣和己亥
汉开耤田辛丑
汉甘露降未央宫壬寅
汉单于朝甘泉宫甲辰
周成王搜岐阳绍兴壬戌
明道耤田乙丑
皇祐紫宸殿奏大安乐辛未
汉紫坛丁丑
太祖皇帝阅武便殿隆兴癸未
舜韶箾乾道丙戌
唐泾阳受回纥献功壬辰
唐献获大安宫淳熙戊戌
天禧太清楼观书辛丑
皇祐御制明堂乐舞甲辰
绍熙孟春皇帝朝献景灵宫礼成绍熙庚戌
乾德初郊礼成庆元丙辰
景祐高禖坛乙未
汉阙里作六代乐开禧乙丑
舜五乐嘉定甲戌
唐紫微殿受龟兹俘丁丑
汉西域三十六国内属庚辰
唐兴安门受俘绍定壬辰
孝宗皇帝阅武白石端平乙未
皇祐宝岐殿观麦淳祐辛丑
唐突利请入朝庚戌
汉华平宝祐丙辰
汉行飨礼景定壬戌
淳熙焕章阁藏高皇帝御集咸淳乙丑
天圣五色云戊辰[①]

[①]《玉海》卷二〇四,第3728页。

以上共四十四题,均为当时试颂之用,其中不少在《宋会要辑稿·选举一二》中都有详细记载,如:

(绍圣)三年三月,三省言:试宏词开封府开封县主簿、详定军马司敕例删定官林虙,宣德郎、知嘉州峨眉县刘弇,昭庆军节度推官、知舒州望江县滕及。题曰《太史箴》《代宰相以下谢赐重修都城记表》《绍圣元会颂》《诫谕士大夫敦尚名节》。考入次等,各循一资。

四年闰二月二十一日,贡院言:试宏词新授陈州项城县令吴兹,宣义郎周焘,新授杭州余杭县尉王孝迪、瀛州防御推官、知潭州湘潭县丞方叔震。题曰《导洛通汴颂》……同日,别试所言:试宏词澶州司理参军吴开。题曰《北郊大礼庆成颂》……

元符元年四月,贡院言:试宏词宣州泾县主簿邱廓、江宁府右司理参军吉观国、辰州司理参军王天倪。题曰《大河复东流颂》……

三年徽宗即位未改元。三月,三省言:试宏词知河中府录事参军、充兖州州学教授葛胜仲,题曰《瑞成殿芝草颂》……

徽宗建中靖国元年三月,三省言:试宏词新信阳军司理参军虎咏之、敕赐进士出身程量、新颍昌府户曹参军孙宗鉴,题曰《皇帝展事于郊邱颂》……

二年三月,贡院言:试宏词儒林郎、新耀州州学教授祝天辅,登州防御推官、知会州新会县杜林,题曰《崇宁圣德颂》……

五年三月,贡院言:试宏词前衢州司理参军孙近,通仕郎、新虔州赣县令王劢,题曰《崇宁继述圣政颂》……

大观三年三月,贡院言:试宏词将仕郎、保安军司理参军樊察,通仕郎、越州余姚县尉李靰,登仕郎李子奇,题曰:……《大庆殿受八宝颂》……

(政和)三年三月,贡士举院言:试词学兼茂文林郎、隆德府司兵曹事孙傅,题曰……《尧大章颂》……

四年三月二十四日,贡士举院言:试学兼茂将仕郎孙觌、通仕郎王志古、滕庚。题曰……《黄帝封泰山颂》……

五年三月,贡院言:试词学兼茂科儒林郎胡交修、将仕郎李木、张悫。题曰……《汉祀雍获一角兽颂》……

六年二月二十九日,贡士举院言:试词学兼茂科宣义郎曹中、宣教郎艾晟、王谌。题曰……《汉函德殿金芝颂》……

七年三月十六日,贡士举院言:试词学兼茂科迪功郎李正民、薛嘉言、文林郎宋惠直。题曰……《圆象徽调阁奉安隆鼐颂》……

八年三月二十八日，贡士举院言：试词学兼茂科迪功郎、新河中府河东县主簿崔嗣道，奉议郎、前高邮军军学教授宇文彬，从事郎、前越州会稽县丞张守。题曰……《汉神鱼舞河颂》……

宣和元年三月，贡士举院言：试词学兼茂科朝奉郎、海州州学教授陆韶之，从事郎、新冀州州学教授王俊，迪功郎、新泗州司士曹事李长民。题曰……《汉三雍颂》……

三年四月二十一日，贡士举院言：试词学兼茂科承议郎、新详定一司敕令所删定官李公彦。题曰……《汉开耕籍田颂》……

四年三月，三省言：试词学兼茂科文林郎、建州州学教授曾益柔。题曰……《汉甘露降未央宫颂》……

六年三月，贡院言：试词学兼茂科迪功郎何抡、奉试郎袁植。题曰……《汉单于朝甘泉宫颂》……

（绍兴）十二年二月二十七日，礼部贡院言：试博学宏词科右承务郎、新提辖行在杂买务杂卖场洪遵，敕赐同进士出身沈介，右从政郎、新浙西提举茶盐司干办公事洪适。题曰……《周成王搜岐阳颂》……

十五年三月，礼部贡院言：试博学宏词科右从政郎、新建州政和县令汤思退，右朝奉郎、太府寺主簿王曬，右承务郎、新两浙路转运司干办公事洪迈。题曰……《明道籍田颂》……

二十一年四月九日，礼部贡院言：试博学宏词科左迪功郎、监潭州南岳庙莫冲，左迪功郎、临安府钱塘县主簿叶谦亨。题曰……《皇祐紫宸殿大安乐颂》……

二十四年二月十二日，礼部贡院言：试博学宏词科左从事郎、平江府录事参军莫济，左迪功郎、监潭州南岳庙王端朝。题曰……《汉宝鼎神策颂》……

二十七年二月九日，礼部贡院言：试博学宏词科左迪功郎周必大。题曰……《汉紫坛颂》……

寿皇圣帝隆兴元年四月十五日，翰林学士承旨、知制诰洪遵、兵部侍郎周葵，中书舍人张震言："昨知贡举，切见宏词卷仁义张字号所撰《讲武颂》及露布等文字，冠绝一场，偶表制中有疵，因不敢开拆。

五月一日，礼部贡院言：试博学宏词科右迪功郎、新严州桐庐县尉、主管学事吕祖谦，考入下等，上所试文六篇。……《太祖皇帝开便殿颂》……

乾道二年二月十三日，礼部贡院言：试博学宏词科右迪功郎、新绍兴府新昌县尉鲁可宗,考入下等,上所试文六篇。……《舜韶颂》……

八年二月十日,礼部贡院言:试博学宏词科左迪功郎、新建昌军军学教授傅伯寿,右迪功郎、前临安府富阳县主簿汤邦彦,考入下等,上所试文各六篇。题曰……《唐泾阳受回纥献功颂》……

(淳熙)五年二月十日,礼部贡院言:试博学宏词科从政郎、监建康府户部赡军东酒库周洎,从事郎、筠州军事判官倪思,合格,所试六篇。题曰……《唐献获大安宫颂》……

十一年二月八日,礼部贡院言:试博学宏词科从政郎、临安府临安县丞李拱,合格,所试六篇。题曰……《皇祐明堂乐舞颂》……

(庆元四年)……先是,(陈)晦于绍熙元年试博学宏词科,试文六篇:……《绍熙孟春皇帝朝献景灵宫礼成颂》……①

在制度的保证下,试颂成为考试中的重要内容。上述试题中,有些作品保存了下来,如"绍圣元会",刘弇《龙云集》中有《绍圣元会颂》;"端诚殿芝草",葛胜仲《丹阳集》有《端成殿芝草颂》;"黄帝封泰山",魏齐贤《五百家播芳大全文粹》有孙仲益《黄帝封泰山颂》,都是当时应试所作。

宋朝之后,元、明两朝仍有试颂的记录。元耶律铸撰《龙和宫赋》并序:"是除期王道之一,平叙彝伦之斁,斁希虞夏,而轶殷周,延三五而保亨祚,颂河清以纳祥亟,飞诏以延誉。"小字注:"大安元年,河清上下数有里,时试宏词《黄河清颂》。"②明朝董其昌《容台集》中有《万寿无疆颂》,注曰"阁试",黄洪宪《碧山学士集》中有《飞龙在天颂有序》,注曰"阁试第二"。但总体来看,已远不如宋朝那样兴盛。清代的科举中也曾有试颂,如杭世骏《道古堂全集》卷三有《省试河清海晏颂》,但笔者翻阅《清代诗文集汇编》,并未找到其他类似的作品。又《大清会典则例·礼部》记载,为了防止士子"豫先撰拟分送请托致滋弊端"及"进身之始即习为献谀之辞",乾隆四年(1739)明令要求,殿试时,"诸生策内不许用四六颂联,但取文理明通敷陈切当,不必泥于成格,限于字数"③,可能正是这个原因,导致清代的科举很少出现试颂。

作为取士方法之一,试颂以制度的形式确立了颂体在科举考试中的地位,对于颂体的发展有着重要的意义。在写作内容方面,人们或指定前代名篇作品,或指定具体写作题目,这两种方式都促使应试者为了考试成功,主动钻研颂体名篇的优点,研究不同题目的作法,从而客观上加快颂体名作的

---

① 以上见《宋会要辑稿》,第5496—5505页。
② [元]耶律铸撰:《双溪醉隐集》卷一,景印文渊阁《四库全书》本,台湾商务印书馆1986年。
③ [清]官修:《大清会典则例》卷六十六,景印文渊阁《四库全书》本,台湾商务印书馆1986年。

经典化和写作格式的规范化。试颂的出现,也使得颂体的创作由偶然变为常态,由表达政治诉求转为迎合科举取士,这是试颂对颂体影响的显著表现。

第二节　颂体创作中表文与序文的使用

颂体的句法形式,以四言韵文最为常见,篇幅一般不会太长。为了能够容纳更多的内容,往往需要其他文体配合使用,颂表、颂序的出现,即是出于这方面的需要。颂表是向皇帝献颂时用以陈请的文字,颂序的内容比颂表更为广泛,篇幅也更加宏大。文体属性方面,前者为表,后者为序,似乎并不存在多少联系,但二者均由颂体衍生而来,不可避免地在内容上有所交叉。为此,人们在作颂时,有时会省略其一,但更多情况是融合表、序,一文而兼二体,体现了颂表、颂序的合流。

一、颂表的创作及体式

表是上奏君王的文体,产生于宫廷中的奏请仪式,体现了君臣之间的礼仪。最初只是口头陈述,至战国时期改为书面形式,统以"上书"称之。直至汉代,方正式名之为"表"。《文心雕龙·章表》篇:"汉定礼仪,则有四品:一曰章,二曰奏,三曰表,四曰议。章以谢恩,奏以按劾,表以陈请,议以执异。"[1]把"上书"进行分类,其三曰表,用于陈请。关于表的用途,吴讷云:"其用则有庆贺、有辞免、有陈谢、有进书、有贡物,所用既殊,则其辞亦各异焉。"[2]照此分法,颂表应属"进书"一类。《文苑英华》卷六一〇、卷六一一所收表文,标为"进文章"类,颂表亦在其列。

颂表全称"上某某颂表"或"进某某颂表",如萧纲《上大法颂表》、崔融《进洛图颂表》,最早出现于何时,今已无考。刘勰云:"前汉表谢,遗篇寡存。"南朝梁代时期,西汉的表文已很少见,更不必说颂表了。而后刘勰又说:"后汉察举,必试章奏。左雄奏议,台阁为式;胡广章奏,天下第一;并当时之杰笔也。"[3]可见东汉时期章表创作之盛。傅毅《上明帝颂表》及崔骃《上

---

[1] [南朝梁]刘勰著,詹锳义证:《文心雕龙义证》卷四,上海古籍出版社1989年,第826页。
[2] [明]吴讷著,凌郁之疏证:《文章辨体序题疏证》,人民文学出版社2016年,第138页。
[3] 《文心雕龙义证》卷五,第831页。

四巡颂表》是现存最早的颂表①，三国卞兰有《太子颂表》，亦仅存残句②。又赵幼文《曹植集校注》中有《冬至献袜履颂有表》，看似为一篇完整的颂表，但根据内容分析，却颇值得怀疑。其文曰：

  伏见旧仪：国家冬至献履贡袜，所以迎福践长，先臣或为之颂。臣既玩其嘉藻，愿述朝庆。千载昌期，一阳嘉节。四方交泰，万物昭苏。亚岁迎祥，履长纳庆。不胜感节，情系怫惺。拜表奉贺，并献白纹履七量，袜若干副。茅茨之陋，不足以入金门、登玉台也。上表以闻，谨献。

  玉趾既御，履和蹈贞。行与禄迈，动以祥并。南窥北户，西巡王城。翱翔万域，圣体浮轻。③

关于这篇文字，赵幼文引丁晏《曹集铨评》曰："程脱履，依《御览》六百九十七补。《御览》作《贺冬表》。程、张均分表与颂为二，今合之。"④说明在别的版本中，表与颂为分开的两篇文章，丁晏则合二为一。其中的表文部分，《北堂书钞》卷一五六、《初学记》卷四、《太平御览》卷二十八及卷六百九十七均有著录。然而《北堂书钞》《初学记》及《太平御览》所载，不仅文字有所不同，篇名亦有区别。《北堂书钞》题为"冬至献袜表"，《初学记》作"冬至献袜颂表"，《太平御览》引作"冬至献袜颂表"，而卷六九七两次所引均作《贺冬表》，后一次文曰："曹植《贺冬表》曰：'献袜七量。'并为《袜颂》曰：'玉趾既御，履和蹈贞。行与禄迈，动以福并。'"因此，该文共有《冬至献袜表》《冬至献袜颂表》《贺冬表》三个标题。名称不同，所献对象也有所区别。如为"献袜颂表"，则所献为《袜颂》，倘若是"献袜表"或"贺冬表"，所献就应为袜或袜履。按照吴讷的分法，前为"进书"，后为"贡物"，究竟孰是孰非？

  《文章辨体》引真德秀语曰："表中眼目，全在破题。要见尽题意，又忌太露。贴题目处，须字字精确。"⑤强调撰写表文时应紧扣题意。这种要求体现在"进文章"类表文中，就要突出对所献文章的说明。以《文苑英华》卷六一○所收"进文章"类表文为例：

  北朝周庾信《进象经赋表》："臣伏读圣制《象经》……课虚为赋，词

---

① 前者仅存残句，见《文选》曹植《责躬诗》李善注引，后者见《太平御览》卷五八八"文部"引。
② 见《文选》颜延之《宋文皇帝元皇后哀策文》李善注引。
③ ［三国魏］曹植著，赵幼文校注：《曹植集校注》卷三，人民文学出版社1998年，第488—489页。
④ 《曹植集校注》卷三，第489页。
⑤ 《文章辨体序题疏证》，第139页。

非寥亮,学无雕刻,遂敢陈述,诚为厚颜。"

唐上官仪《为李秘书上祖集表》:"臣闻汉朝中叶,陈农求访于图书……今缮写已讫,合若干卷,谨诣阙奉进。"

唐王勃《上九成宫颂表》:"臣闻帝机无联,道洽则时……辄贡《九成宫颂》二十四章,攀紫墀而绝望,叫丹阙而累息。"

王勃《上拜南郊颂表》:"臣伏见总章元年十二月四日诏,既清东寇,将觐南岳,甫资元勋,旋窥大典……贡拜《南郊颂》十章,文不足奇,意有遗美。"

唐崔融《进洛图颂表》:"奉某年月日敕,令臣撰《洛图颂》……今臣斟酌前训,拟议鸿猷,述《洛图颂》一篇并序,谨诣宣议门奉进。"①

以上为该卷所收表文的第一、三、四、五、六篇②。我们看到,"进文章"表文在写作过程中,作者总要对所进文章描述一番,或议论,或抒情,结尾也必要加以强调,这是此类表文体式的要求。对照曹植上表我们发现,文中并未叙及自己所作的《袜颂》,且开头和结尾都在强调"国家冬至献履贡袜""并献白纹履七量,袜若干副",可知献的不是颂而是袜履。该文题为"颂表",可能是后人对《冬至献袜颂》的附会,原题应为《冬至献袜(履)表》或《贺冬表》,丁晏误将两篇文章合到一起。《冬至献袜(履)表》或《贺冬表》当为单独的表文,《冬至献袜颂》应当另有颂表,只是在后世流传的过程中亡佚了。

南北朝时期的颂表保存至今的,有宋何承天《上白鸠颂表》、沈演之《上白鸠颂表》、梁萧纲《上大法颂表》《上南郊颂表》、北魏高闾《上至德颂表》、北魏程骏《上庆国颂表》。唐代的颂表有陈子昂《上大周受命颂表》、王勃《上九成宫颂表》《上拜南郊颂表》、崔融《进洛图颂表》、苏颋《进东岳朝觐颂表》、杨谭《进孝乌颂表》。宋代的颂表有傅察《拟谢赐大晟乐府记并古钟颂表》、宋祁《进藉田颂表》、宋庠《进国阳大报颂表》、田锡《进藉田颂表》《进河清颂表》、杨文公《进承天节颂表》。元明清时期,颂表的创作又开始减少,所见仅零星篇什,如元揭傒斯《进至大圣德颂表》、明朱右《河清颂表》、清黄之隽《上三颂表》等。

总体看来,颂表在整个古代都是非常少的,即便如此,其在写作方面仍呈现出一定的规律性。一般情况下,颂表的内容主要包括三方面:追溯古制说明作颂的缘由和必要,颂扬当今皇帝之德行,陈述自己的欣喜之情及作颂

---

① [宋]李昉等编:《文苑英华》卷六一〇,中华书局1966年,第3160—3161页。
② 其中第二篇题为褚亮《圣制故司空魏徵挽歌词表》,结合文意,并非"进文章"类,《文苑英华》误收。

愿望。如萧纲《上大法颂表》：

> 臣纲言，臣闻至理隆而德音阐，成功臻而颂声作，在乎奚斯考甫。神雀嘉树，或事止乎区中，庆昭乎一物，犹且手舞足蹈，传式方来。况乃道出百王，义高三代，而可搁笔韬词，咏歌不作者也？伏惟陛下，天上天下，妙觉之理独圆，三千大千，无缘之慈普被，慧舟匪隔，法力无垠，躬纡尊极，降宣至理，泽雨无偏，心田受润。是以九围共溺，并识归涯，万国均梦，一旦俱晓，佛法之胜事，国家之至美，稽之上古，未有斯盛，雅颂之作，不可阙也。谨上《大法颂》一首，曹丕从征之赋，刘坦游侍之谈，曾无连类，伏兼悚悢，不胜喜悦之诚。谨遣状诏钟超宝，奉表献颂以闻。①

该文首先以古代作颂的原则考诸今事，说明作颂的必要。从"伏惟陛下"至"稽之上古，未有斯盛"，赞颂当今皇帝对佛法的精熟，继而表达自己上颂心情的迫切及喜悦。《上大法颂表》内容完整、法度谨严，足以代表颂表的基本法式。虽有一些颂表，在结构和内容上有所不同，或于表文前加以记述文字，如揭傒斯《进至大圣德颂表》，或颂扬与陈情前后顺序互换，如杨亿《进承天节颂表》，但不管怎样，其基本的构成要素——颂美和陈情两部分内容则是必不可少的。其中，陈情是一般表文共有的内容，而颂表则因所上为颂文，势必需要借助颂扬帝德来为作颂寻找合适的理由，这是颂表最重要的内容，也是区别于其他表文的突出特点。

二、颂序的功能和特征

颂序又作颂叙，是置于颂前用于交代创作缘由和对正文补充说明的文字。《尔雅》："序，绪也。"张相《古今文综评文》："《说文》：'序为东西墙'，叙为次第。"②这是序的本意。关于序文的最早创作，通常认为源自《毛诗序》。吴讷说："序之体，始于《诗》之《大序》，首言六义，次言风雅之变，又次言二南王化之自。其言次第有序，故谓之序也。"③故而作为文体之序，即正文之前的文字。《诗·颂》之序自然可以视为颂序，但均为后人所加。这里论及的颂序，主要指颂体的序文，即颂从《诗经》中独立成为文体后的序。

现存西汉的颂作全部无序，究竟原本就没有还是流传的过程中亡佚了，

---

① [唐]道宣编：《广弘明集》卷二十，《四部丛刊》本。
② 张相《古今文综评》，转引自《文章辨体序题疏证》，第163页。
③ 《文章辨体序题疏证》，第164页。

今已不得而知。东汉时期,颂前有序的现象非常普遍,如崔骃《南巡颂》《西巡颂》《北巡颂》、崔瑗《南阳文学颂》、崔琦《四皓颂》、马融《东巡颂》、边韶《河激颂》、侯瑾《皇德颂》、蔡邕《祖德颂》《京兆樊惠渠颂》等,均有序文。同时在这一时期,还有一种现象出现,刘勰说:"崔瑗《文学》,蔡邕《樊渠》,并致美于序,而简约乎篇。"①"致美于序"即在序文的写作上下功夫,反而忽视了正文。按照刘勰的意思,颂序应当以"简约"为主。反过来看,刘勰单独对二者提出批评,可见当时的颂序多数仍为传统作法,较为简约。

由于篇幅的限制及体式的要求,颂体正文的容量较为有限,一些不便在正文中出现的内容,作者往往将其移至序文,故而与颂表相比,颂序与正文的联系更加紧密。从序作为文体之一的角度看,我们可以将颂序看作是独立于颂体之外的内容;若从内容关联度考虑,颂序又是正文的有机组成部分。明清时期的别集中,颂表一般独立成篇,颂序则依附颂的正文存在,便说明了这一点。也正因如此,颂序在后世的创作十分常见,大凡作颂,总会冠以序文。同时,后世颂序篇幅扩大,甚至比正文多上几倍的情况,也比比皆是。刘勰批评《南阳文学颂》《京兆樊惠渠颂》中序文写得过长,殊不料后世的颂序大多如此,正如纪昀所评:"此后世通行之格。"②甚至在序中以赋体铺排手法书写者亦不在少数,如鲍照《河清颂》、萧纲《大法颂》《菩提树颂》、李至《大唐纪功颂》、王勃《乾元殿颂序》《拜南郊颂序》《九成宫颂》等,都是极为典型的例子。

关于序文的写法,贺复徵认为:"一体之中,有叙事,有议论,一篇之中,有忽而叙事,忽而议论,第在阅者,分别读之可尔。"③纯为议论的颂序并不多见,多数情况下,都是议论、叙事兼而有之。其中,叙事成分所占比例之大,尤值得注意,如边韶《河激颂序》:

> 惟阳嘉三年二月丁丑,使河堤谒者王诲疏达河川,遹荒庶土。往大河冲塞,侵啮金堤,以竹笼石,葺土而为堨,坏隤无已,功消亿万。请以滨河郡徒疏山采石,垒以为障。功业既就,徭役用息。辛未诏书,许诲立功府卿,规基经始,诏策加命,迁在沇州。乃简朱轩,授使司马登,令缵茂前绪,称遂休功。登以伊、洛合注大河,南则缘山,东过大伾,回流北岸。其势郁蒙涛怒,湍急激疾,一有决溢,弥原淹野。蚁孔之变,害起不测,盖自姬氏之所常虘,昔崇鲧所不能治,我二宗之所劬劳。于

---

① 《文心雕龙义证》卷二,第331页。
② 转引自《文心雕龙义证》卷二,第332页。
③ [明]贺复徵编:《文章辨体汇选》卷二八一,景印文渊阁《四库全书》本,台湾商务印书馆1986年。

是乃跋涉躬亲,经之营之。比率百姓,议之于臣,伐石三谷,水匠致治,立激岸侧,以捍鸿波。随时庆赐,说以劝之,川无滞越,水土通演。役未逾年,而功程有毕。斯乃元勋之嘉课,上德之宏表也。①

这段文字主体部分记载汉顺帝阳嘉年间,黄河泛滥成灾,府卿王诲率领民众不辞辛劳,终于"役未逾年,而功程有毕",典型地反映了颂序的记事功能。

以叙述为主的颂序自汉代以来便层出不穷,征伐颂中对战争始末的记载,明君颂中对君王言行的选录,贤臣颂中对功臣勋绩的褒赞等,都以叙事手法书写。这种写法在后世一直绵延不绝,直至清代康熙、乾隆南巡之颂,序文对所颂之事均有详细记载,反映了颂序的记事功能。诗、赋等文章虽然不少也有序文,但与颂序的作法却不一样。诗主言志,蕴藉含蓄是其主要特点,对于作品的背景内容无须作过多交代,只在特定情况下才会用到序文。赋与颂一样,可用于颂德或记述历史事件,但赋体自身文体容量大,可以不必借助序文。颂的情况和诗、赋大不相同。早期的颂深受赋体影响,文体宏大,很多颂没有序文,或序文较短。东汉以后,颂体日益典重,篇幅缩短,有限的篇幅无法满足实际需求,所以需要用序文弥补这个缺陷。颂序的这种写法,是颂体发展过程中的一种变通,体现了序文、正文之间的依存及互动关系。

三、颂表、颂序的交叉与合流

表的创作是君臣礼仪的体现,同时兼有序文的某些功能,李善认为,表者,"言标著事绪,使之明白"②。吴讷亦云:"按韵书:'表,明也,标也。'标著事绪,使之明白,以告乎上也。"③又序也被解释为绪。徐师曾说:"按《尔雅》云:'序,绪也。'字亦作叙,言其善叙事理,次第有序,若丝之绪也。"④总的来说,表、序都是对陈述对象的补充和说明,以使读者在认识上更加清晰。颂表、颂序虽然分属不同的文体,但由于均与颂体相关,很多情况下,二者无论内容还是形式,都呈现出交叉及合流的情况。概括起来可分为三种:以表为序、以序为表,以及融表于序。

---

① [清]严可均校辑:《全后汉文》卷六十二,《全上古三代秦汉三国六朝文》,中华书局1958年,第812页。
② [南朝梁]萧统编,[唐]李善注:《文选》卷三十七,中华书局1977年,第515页。
③ 《文章辨体序题疏证》,第136页。
④ [明]徐师曾著,罗根泽校点:《文体明辨序说》(与《文章辨体序说》合刊),人民文学出版社1962年,第135页。

如上所述,颂序也是颂的重要组成部分,一篇完整的颂除正文外,也包括序文。中国古代"进文章"类的表文与所进文章常同时进献给皇帝。笔者虽未查询到这方面的文献记载,但从该类表文的文字表述看,应当是这样的。如不少颂表都会在文末出现"谨随表上进以闻""谨以某书随表上进以闻"之类的例言,潘昂霄《金石例》、朱荃宰《文通》甚至视之为表文撰写的基本模式。既然如此,那么表与序就不应该雷同。对于献颂之人来说,在撰写之初,就要避免这种重复。崔骃《南巡颂》《西巡颂》《北巡颂》的表与序,表文陈情,序文记事,二者相得益彰,相辅相成。再如王勃《九成宫颂》《拜南郊颂》的表与序,也均各司其职。但并非所有的表与序都是这样,如陈子昂《大周受命颂》表与序的部分文字:

> 伏惟神圣皇帝陛下,阐玄极,升紫图,光有唐基,以启周室。不改旧物,天下惟新,皇王已来,未尝睹也。(表)
>
> 缅哉有唐,钦崇天命,三祖继统,品物咸章。玄历改元,黄瑞告神皇。出地轴,陟天阶,历轩辕,登太昊,集乎初始之极,以授我皇。符乌之肇,开辟元台。女希氏姓,神功大哉,莫不盛于兹日矣。(序)
>
> 今者凤鸟来,赤雀至,庆云见,休气升,大周受命之珍符也。不稽元命,探秘文,采风谣,挥象物,纪天人之会,以协颂声。(表)
>
> 有凤鸟从南方来,历端门,群鸟数千蔽之。又有赤雀数百,从东方来,群飞映云,回翔紫闼,或止庭树。有黄雀从之者,又有庆云,休光半天,倾都毕见,群臣咸睹。于是众氓云萃,嚣声雷动,庆天应之如响,惊象物其犹神。咸曰:大哉!非至德,孰能睹此?(序)①

上面四段文字中,第一段之于第二段,第三段之于第四段,虽然详略和文词有所不同,但一为颂美大周的建国,一为叙述符瑞的昌盛,颂表与颂序对于这两方面内容的描写并无区别。所以,二者的内容做到互不相涉,并非易事。既然如此,如何解决彼此之间的矛盾呢?

在回答这个问题之前,我们需要注意一个现象,即有不少颂的表与序往往是只存其一。一种情况是有表无序,如南朝宋何承天《白鸠颂》、沈演之《白鸠颂》,北魏高闾《至德颂》、程骏《庆国颂》,均是如此。倘若我们稍微留心就会发现,这四篇表的结尾与其他表文稍有区别:

> 何承天《上白鸠颂表》:"臣不量卑懵,窃慕击壤有作,相杵成讴。

---

① [唐]陈子昂著,徐鹏校:《陈子昂集》,中华书局1960年,第140—143页。

近又豫白鸠之观,目玩奇伟,心欢盛烈。谨献颂一篇,野思古拙,意及庸陋,不足以发挥清英,敷赞幽旨,瞻前顾后,亦各其志。谨冒以闻,其《白鸠颂》曰……"①

沈演之《上白鸠颂表》:"既闻之先说,又亲睹嘉祥,不胜藻抃,上颂一首。辞不稽典,文乏采章,愧不足式昭皇庆,崇赞盛美,盖率舆诵,备之篇末。其颂曰……"②

高闾《上至德颂表》:"昔唐尧禅舜,前典大其成功;太伯让季,孔子称其至德。苟位以圣传,臣子一也。谨上《至德颂》一篇,其词曰……"③

程骏《上庆国颂表》:"臣不胜喜踊,谨竭老钝之思,上《庆国颂》十六章,并序巡狩、甘雨之德焉。其颂曰……"④

一般来说,表文的写作都有固定格式,末尾会有"谨上表以闻""诚惶诚恐""顿首顿首""死罪死罪"之类的例言。然而这四篇均没有此类言语,反倒呈现出序文的体式,即以"颂曰""词曰"结尾。"颂曰""词曰"等词在颂序的结尾出现,只是起到过渡上下文的作用,并不适用于一篇独立文章的末尾。在颂表中使用,说明作者其实是将颂表看成了颂的一部分。但事实上,颂表都是单独成文的。所以上面四篇表文,其实掺杂了序文的作法,我们可称之为"以序为表"。

另一种情况是有序无表,在古代最为多见。通过上文的叙述可知,颂表在古代很少,而颂序的数量却非常多。唐前的颂文由于时代久远,不少都是残篇断句,颂序的保留自然不多。唐代以后的颂大多有序,尤其是纪颂社会重大事件的作品。这种现象提示我们,古人上颂时并非一定要有颂表,而颂序一般都是有的。但问题在于,进献文章、物品时,上表不仅仅是一个程序,更是君臣之间的礼仪要求。既然如此,以何种方式来体现这种礼仪呢?通过分析现存颂序的内容,我们发现,很多时候古人是将颂表与颂序合二为一的,只是最后以序为名罢了。这种情况分为两种形式,首先是"以表为序",即从内容上看是颂表,但名称为序,较有代表性的是班固《东巡颂序》与李华《无疆颂序》:

班固《东巡颂序》:"窃见巡狩岱宗,上稽帝尧,中述世宗,遵奉世

---

① [南朝梁]沈约撰:《宋书》卷二十九,中华书局1974年,第849页。
② 《宋书》卷二十九,第850页。
③ 《魏书》卷五十四,第1197页。
④ 《魏书》卷六十,第1348页。

祖,礼仪备具,动自圣心。是以明神屡应,休征仍降。不胜狂简之情,谨上《岱宗颂》一篇。"①

李华《无疆颂序》:"伏以汉明帝时,徼外蛮、夷槃木、白狼,献诗歌颂德,属事史官。况臣自曾祖至臣,备国家职员。臣又逮事玄宗、肃宗,今以余年,获事陛下,官历御史补阙、尚书郎。命薄多病,不获奔赴阙庭,恐先朝露,同于泥尘,若无歌诗颂德,曾蛮夷不若也。敢述列圣为《无疆颂》,式昭皇家,大庆无穷。谨昧死稽首以闻。"②

两篇颂序在内容上,完全就是颂表的作法。前者云:"谨上《岱宗颂》一篇。"后者称:"谨昧死稽首以闻。"这都是"进文章"类表文的常用表达,体现了二者"以表为序"的写法。

作为处理颂表与颂序关系的作法之一,"以表为序"存在着天然的缺陷,即完全以表文的形式作序,束缚了颂序灵活多变的写作方式,内容上无法充分展开。故而大多数颂序其实采取的是另一种方法,将颂表的内容和形式融入颂序之中,即"融表于序"。这种颂序主体仍是序文,只是会加入一些颂表的内容和形式。如夏竦《广农颂序》:

> 臣闻圣人无土不王,无民不君,有土地则王业兴,有人民则君道立,故先王之建国也,土欲广而不欲隙,民欲众而不欲堕……炎宋功德,陛下教化,垂亿万世,与天无穷,臣生逢圣明,叨观盛事,谨昧死上《广农颂》。③

序文首先记事,中间阐述作颂的根据和一些具体措施,结尾对大宋王朝予以颂扬,表达自己能够亲逢盛朝的喜悦。这篇颂序,兼有表文的内容,形式上也保留了表文的惯用词语,如"臣闻""谨昧死上……"等语句,可以看作是颂表与颂序的融合,但主体仍为颂序。

以上三种处理方法,是对颂表、颂序内容和功能容易重复的一种变通。作者在写作过程中或以序为表,或以表为序,或融表于序,不仅很好地解决了问题,也妥善维护了君臣礼仪。上述三种现象在时间上并无明显的前后承继关系,但数量上则以最后一种居多。明清时期,颂表的创作大量减少。以《清代诗文集汇编》为例,该书是国家清史纂修工程的重要成果,共分八百

---

① [唐]欧阳询撰,汪绍楹校:《艺文类聚》卷三十九,上海古籍出版社1999年,第700页。
② 《文苑英华》卷七七四,第4073页。
③ 《文庄集》卷二十四,第632页。

册,收录清代诗文集四千余种,基本将清代重要人物的诗文集悉数收入。然而笔者翻阅一遍发现,仅见黄之隽上《耕藉颂》《临雍颂》《平青海颂》三颂的颂表一篇。据笔者统计,《清代诗文集汇编》共有颂作四百余篇。这些颂作虽非全为进献所作,也不能排除笔者翻阅时的疏漏、部分颂表的亡佚,或以其他文体名称如"疏"等代替"表",但这仍是极具比较意义的数字,说明了颂表在后世的寥落[①]。究其原因,主要还在于"融表于序"写法的盛行。当然我们也应注意,所谓"融表于序",并非在颂序中出现完整的颂表,而只是一种宽泛的写法,其中表的因素可多可少,甚至是只保留表文的常用词语。

第三节　颂体创作的同题现象

颂体发展过程中,同题共作是一个值得注意的现象。相比其他文体,颂在这方面的表现尤为突出,原因主要为两个方面。首先,中国古代的颂体大多因实际的颂扬和宣传需要而产生,具有显著的针对性和应用性。就上层政权来说,面对同一件事,需要一定数量的作品来制造声势,而下层的文士或官员也要抓住机会及时颂扬,以获得晋升机会。其次,颂体作品的命名方式常表现出高度的一致性,大体说来,主要有两种,一种是"颂扬的对象+颂",如傅毅《显宗颂》;另一种为"颂扬的事件+颂",如班固《东巡颂》,抑或在颂扬的对象或事件前加上限定语,如陆机《汉高祖功臣颂》、班固《窦将军北征颂》等。这种相对简单而固定的命名方式,导致大量同题颂作的产生。

按照出现时间的不同,颂体的同题共作可分为两类:一类是同时同题,即同一时间针对相同主题而作;还有一类,颂扬对象虽然不同,但主题一致,甚至标题也完全一样,即异时同题。[②]颂体创作的同题现象极具典型性,体现了颂作为一种实用文学,与生俱来的"文体使命"。可以说,正是这种"使命",才促使大量同题颂作的出现。反过来,同题共作也加速了颂体的发展及其自身文体形态的确立。

[①] 吴曾祺《涵芬楼文谈·附录》:"表者,明也,义与章同……其初与奏同为言事之作,自唐宋以下,于贺表、谢表之外,惟以进书用者最多。"(王水照编《历代文话》本,复旦大学出版社2007年,第6641页)说明后代进书仍多用表体。

[②] 颂体同题共作的两种情况并非各自独立。同一题材往往既有同时共作的作品,又存在着异代共作的可能,如下文所举历代《河清颂》即是这种情况。

一、颂体同时同题的创作

　　汉代国家统一,国力强盛,颂的创作非常繁荣,王莽曰:"国给民富而颂声作。"①颂声即歌颂赞美之声,这里指以颂扬为目的的文学作品。虽然只是泛称,不过其中应当包含不少颂作。汉代的同题作颂,影响最大的是永平年间群臣共作《神爵颂》②,当时的作品已全部亡佚,但这件事在颂体发展史中有着重要意义。一方面,汉明帝直接采取命题作文的形式诏令群臣作《神爵颂》,而不是"神爵赋"或者"神爵诗",反映了颂体之于皇权的作用;另一方面,如此兴师动众的同题共作,必然会增强人们对颂及其体式的认识,激发他们的创作热情。当时参与创作《神爵颂》的班固、贾逵、傅毅等人,均有其他的颂作,如班固有《高祖颂》《东巡颂》《南巡颂》《安丰戴侯颂》《窦将军北征颂》,贾逵有《永平颂》,傅毅有《显宗颂》《窦将军北征颂》《西征颂》,还有同时代的崔骃作有《明帝颂》《四巡颂》《四皓墟颂》等,可能即与这次汉明帝下诏作颂的感召有关。

　　除了《神爵颂》,上述作品中还有其他的同题之作。班固、傅毅的《窦将军北征颂》及崔骃《北征颂》,均为歌颂大将军窦宪击退匈奴而作。班固的《东巡颂》《南巡颂》及崔骃的《四巡颂》,以恢宏的篇章气势,歌颂东汉明帝、章帝的几次巡狩活动。东汉还有几篇题为《汉颂》的作品,王充《论衡·宣汉篇》曰:"观杜抚、班固等所上《汉颂》,颂功德符瑞,汪濊深广,滂沛无量,逾唐、虞,入皇域。"③根据王充的描述,这些《汉颂》为同一时期的作品,篇幅宏大,内容深广,以颂扬汉德为目的。又《后汉书·王扶传》载:"永平中,临邑侯刘复著《汉德颂》。"④《后汉书·文苑传》:"又有曹朔,不知何许人,作《汉颂》四篇。"⑤这些作品,在当时"宣汉"(宣扬汉德)的风气下产生,以同题共作的形式,对汉朝进行了尽情的讴歌。

　　魏晋南北朝时期,政权分裂,大一统盛世景象不复存在。这种情况下,颂体创作表现出明显的私人化特征,不少作品以称美隐士、描绘草木为主,具有显著的抒情色彩,如孙绰《聘士徐君墓颂》、谢万《八贤颂》、牵秀《黄帝颂》《老子颂》《彭祖颂》《王乔赤松颂》,以及曹植《柳颂》《宜男花颂》、苏彦《女贞颂》、成公绥《菊颂》、辛萧《芍药花颂》《菊花颂》等,集体性的同题创作则不多见。因此,鲍照在《河清颂序》中称:"诗人于是不作,颂声为之而寝,庸非

---

①《汉书》卷九十九中,第4110页。
②《神爵颂》又称《神雀颂》,其创作状况前文已详细叙述,这里不再重复。
③《论衡校释》卷十九,第822页。
④《后汉书》卷三十九,第1296页。
⑤《后汉书》卷八十上,第2617页。

惑欤?"①鲍照极力宣扬刘宋王朝的"业光曩代,事华前德",但分裂时期人们对讴歌国家的兴趣开始减退,的确也是不争的事实。

《宋书·鲍照传》载:"元嘉中,河、济俱清,当时以为美瑞,照为《河清颂》,其序甚工。"②又据《宋书·符瑞志》载:"宋文帝元嘉二十四年二月戊戌,河、济俱清。"③则鲍照《河清颂》当作于447年。该颂今序、颂并存。同时期还有张畅的《河清颂》,只在《初学记》卷六中存留了部分文字④。《水经注·淄水注》记载:"魏太和中,此水复竭,辍流积年,先公除州,即任未期,是水复通,澄映盈川,所谓幽谷枯而更溢,穷泉辍而复流矣。海岱之士,又颂通津焉。"⑤并选录了孙道相和赵嶷的两篇同名作品《通津颂》的部分文字,如前文:"平昌龙民孙道相《颂》曰:惟彼绳泉,竭逾三龄,祈尽珪璧,谒穷斯牲,道从隆替,降由圣明。氂民河间赵嶷《颂》云:敷化未期,玄泽潜施,枯源扬澜,涸川涤陂。北海郭钦曰:先政辍津,我后通洋。"因为"颂广文烦,难以具载",故而只保存了部分文字。

唐朝建立后,此前的乱世局面宣告结束。百姓渴望安定,政府也亟须稳定的局势。这时候,出现了一些以歌颂大唐功德为主题的作品,如李世民《皇德颂》、李治《大唐纪功颂》、李百药《皇德颂》、颜师古《圣德颂》等。这些作品的标题虽不完全相同,但均作于同一时期,以恢宏的笔触歌颂大唐王朝安邦定国、拯救黎民的功业。玄宗时期,国力强盛,《旧唐书·礼仪志》记载,开元十二年(724),文武百官、皇亲国戚及四方文学之士,上书请修封禅,并献赋颂"前后千有余篇"⑥。封禅是一种古老的天子礼仪,强烈的民愿是举办的重要前提。

宋朝的同题颂作,主要是《宋颂》的创作,其中最为著名的首推石介《宋颂》九篇。序文简要叙述宋前帝王的功烈,历述宋朝"太祖武皇帝"(赵匡胤)、"太宗文皇帝"(赵光义)、"真宗章皇帝"(赵恒)、"今皇帝"(赵祯)的诸种功绩,并称:"取太祖、太宗、真宗、陛下功德之尤著见者,为《宋颂》九篇。"每篇各有一个独立标题,分别纪颂一件事情,具体为:

《皇祖》:太祖皇帝初用师泽潞,诛李筠伐扬州;

---

① [南朝宋]鲍照著,钱仲联增补集说校:《鲍参军集注》卷二,上海古籍出版社1980年,第95页。
② 《宋书》卷五十一,第1477—1478页。
③ 《宋书》卷二十九,第872页。
④ 张畅之颂只存正文部分,未载时间。据《宋书·符瑞志》记载,刘宋时期的河清共有三次,分别为元嘉二十四年、孝建三年(456)、大明五年(461),张畅卒于大明元年(457),故而其颂究竟作于447年还是456年,尚难断定。
⑤ [北魏]郦道元著,陈桥驿校证:《水经注校证》卷二十六,中华书局2007年,第624—625页。
⑥ [后晋]刘昫等撰:《旧唐书》卷二十三,中华书局1975年,第891页。

《圣神》:太祖皇帝出师援长沙且假道,遂取荆潭也;

《汤汤》:太祖皇帝收蜀取孟昶也;

《莫丑》:太祖皇帝用周渭之策,命潘美取广州也;

《金陵》:太祖皇帝命师取李煜也;

《圣文》:钱俶以吴越归也;

《六合雷声》:太祖皇帝亲征太原,取刘继元也;

《圣武》:敌犯我疆,至于澶渊,真宗皇帝亲临六师,射杀敌酋,军不得归,乞盟请和也;

《明道》:庄献明肃皇太后崩,今皇帝陛下独临轩墀,听决万几,睿谋圣政,赫然日新也。①

九篇作品虽然内容各自有别,但在思想宗旨上,无一例外都是对大宋王朝的颂扬,因而总名为《宋颂》。此外,还有赵湘的《宋颂》,历叙往代的颂扬传统,歌颂宋朝功德,篇幅宏大,文辞雅奥。又《玉海·艺文》记载张方平作有《宋颂》十五章,杨备作《宋颂》四章。从命名方式看,这些作品显然受到《汉颂》影响较大,俱是对盛世的集体讴歌。

明朝保存至今的同时同题颂作,数量较之前代明显增多,其中最值得关注的,当数明宣宗宣德八年(1433)的《瑞应麒麟颂》。成祖在位期间,政局稳定,国富民强。政府十分重视与其他各国的交往,不断派使者出使他国,也有各国的使者带着奇珍异宝前来朝拜,"麒麟"就是其中之一。麒麟本是中国古代传说中的仁兽,《宋书·符瑞志》称它"含仁而戴义,音中钟吕,步中规矩,不践生虫,不折生草,不食不义,不饮洿池,不入坑阱,不行罗网"②。因此,麒麟也成了象征仁君的祥瑞。《明史》记载,成祖、宣宗、英宗在位时期,均有使臣进献麒麟。第一次是成祖永乐十二年(1414),"榜葛剌贡麒麟"③,次年,"麻林及诸番进麒麟、天马、神鹿"④。第三次是宣宗宣德八年闰七月辛亥,"西域贡麒麟,戊午,景星见"⑤。第四次是英宗正统三年(1438),"榜葛剌贡麒麟,中外表贺"⑥。这几次进献麒麟,均有同名《瑞应麒麟颂》的创作,分别为:永乐十二年沈度作,永乐十三年(1415)王直作,宣德八年杨士奇、王

---

① [宋]石介撰:《徂徕石先生全集》卷一,清康熙五十六年(1717)刻本。
② 《宋书》卷二十八,第791页。
③ [清]张廷玉等撰:《明史》卷七,中华书局1974年,第94页。
④ 《明史》卷七,第95页。
⑤ 《明史》卷九,第124页。
⑥ 《明史》卷十,第130页。

直、孙瑀作,正统四年(1439)杨士奇作。

清代每逢征伐、圣诞、巡狩、祥瑞现等,都会有众多文人集体献颂。其中,清代官修的两部作品总集《皇清文颖》和《皇清文颖续编》即保存了不少作品。《皇清文颖》:

表3-1 《皇清文颖》收录同时同题颂体作品表

作品	作者
《平滇颂》	孙在丰、徐乾学、尤侗、陈维崧
《平蜀颂》	翁叔元、彭孙遹
《南巡颂》	王士禛、李振裕、查昇
《日月合璧五星联珠颂》	张廷玉、励廷仪、田从典、福敏、蔡世远、张廷璐
《河清颂》	朱轼、张廷玉、励廷仪、蔡世远、鄂尔奇、任兰枝、李徽、周学健
《圣驾东巡盛京恭谒祖陵大礼庆成颂》	鄂尔泰、史贻直、彭维新、裘曰修、王太岳

《皇清文颖续编》:

表3-2 《皇清文颖续编》收录同时同题颂体作品表

作品	作者
《平定金川颂》	永瑆、钱陈群、齐召南
《圣驾再巡江浙颂》	梁诗正、邵齐焘
《平定回部颂》	观保、窦光鼐、吴鸿、戈涛、朱筠
《皇上五旬万寿颂》	金甡、翁方纲、戴第元、王文治
《皇上五旬万寿恭颂》	茹棻、孙尔准
《皇太后七旬万寿颂》	梁诗正、王际华、汤先甲、彭绍观
《圣驾三巡江浙颂》	刘星炜、刘埔
《圣驾四巡江浙颂》	刘星炜、李绶、梁同书、张熙纯、庄炘
《皇上六旬万寿颂》	嵇璜、刘星炜、戴第元、钱陈群(名为《圣主六旬万寿千文颂》)
《平定两金川颂》	张焘、孔广森
《皇上七旬万寿颂》	英廉、曹秀先、翁方纲、彭元瑞(名为《古稀颂》)、钱樾
《圣驾东巡恭谒祖陵颂》	翁方纲、谢埔、吴省钦、蒋予蒲、谭光祥、鲍桂星
《圣驾六旬江浙颂》	阿桂、彭元瑞、初彭龄、周爱莲

续表

作品	作者
《临雍讲学颂》	嵇璜、刘墉、翁方纲、朱珪、吴省兰、黄因琏
《皇上八旬万寿颂》	孙士毅、陆锡熊
《幸翰林院颂》	董诰、英和
《圣驾巡幸淀津颂》	帅承瀛、李兆洛

作为清代两部重要的官修总集，《皇清文颖》及《续编》旨在汇集本朝优秀诗文，彰显大清的文治武功，如此之多的同题颂作，尤其反映了这一点。

二、颂体异时同题的创作

颂体异时同题的创作与题材类别关系密切。根据历代作品来看，颂体的题材主要包括皇朝颂、圣君颂、贤臣颂、去思颂（遗爱颂）、符瑞颂、征伐颂、礼仪颂、工程颂、品物颂几大类，其类型及命名方式如表3-3：

表3-3　颂体题材类型与命名方式示例表

类型	命名方式	例文
皇朝颂	朝代名＋颂	《汉颂》《魏颂》《宋颂》
圣君颂	圣君名＋颂	《高祖颂》《显宗颂》《明帝颂》
贤臣颂	贤臣名＋颂	《赵充国颂》《安丰戴侯颂》
去思颂（遗爱颂）	官职＋人名＋颂	《唐东阳令戴公去思颂》《唐济州刺史裴公政颂》《唐故幽州都督河北节度使燕国文贞张公遗爱颂》
符瑞颂	符瑞名＋颂	《神雀颂》《麒麟颂》《甘露颂》
征伐颂	征伐名＋颂	《窦将军北征颂》《北征颂》《出师颂》
礼仪颂	礼仪名＋颂	《东巡颂》《封禅颂》《籍田颂》
工程颂	工程名＋颂	《析里桥郙阁颂》《西狭颂》《石门颂》
品物颂	物名＋颂	《砚颂》《菊颂》《草木颂》

这些题材可分为三类。第一类包括皇朝颂、圣君颂、贤臣颂、工程颂及去思颂。皇朝颂以朝代为歌颂对象，圣君、贤臣颂歌颂的是当代或前代的圣君贤臣，工程颂以各种惠民工程为写作对象。去思颂又叫"遗爱颂""遗德颂"等，主要歌颂离任地方官员的政绩。这些类别的颂作歌颂对象以具体的朝代或人事为中心，具有不可再生性，后世除模拟外，一般不会出现同题现象。第

二类包括礼仪颂、征伐颂。礼仪颂纪颂国家各种礼典,如巡狩、封禅、籍田等,征伐颂主要颂扬战功。这两种颂作,标题的构成通常有两种,即"礼仪/征伐名＋颂"或"修饰语＋礼仪/征伐名＋颂"。当采取前一种命名方式时,歌颂的对象即使不是一时期,也具有同题的可能。如《南巡颂》,汉代班固、崔骃,北魏高允,清代王士禛均有作品流传于世。第三类是符瑞颂、品物颂两类,分别赞颂符瑞及相应的物品,命名方式较为简单,一般直接为"符瑞/物名＋颂",少数会加上限定语(如明朝的《瑞应麒麟颂》)。由于不受时代限制,这些题材出现了不少异时同题的作品,其中尤以符瑞颂的数量居多。

《唐六典·尚书礼部》将中国古代符瑞分为大瑞、上瑞、中瑞、下瑞,并详细列举了不同种类的符瑞名称①。异时同题的符瑞颂中,《嘉禾颂》《甘露颂》及《河清颂》是较为多见的三种。

嘉禾即生长奇异的禾苗,《宋书·符瑞志下》:"嘉禾,五谷之长,王者德盛,则二苗共秀。于周德,三苗共穗;于商德,同本异穟;于夏德,异本同秀。"②嘉禾的出现,是政治清明、天下太平的表现。《宋书·符瑞志》载,元嘉二十四年(447)七月,嘉禾生于华林园及景阳山,得知消息后,太尉江夏王义恭上《嘉禾甘露颂》,中领军吉阳县侯沈演之上《嘉禾颂》,加以歌颂。这两篇作品,以天降祥瑞为契机,对刘宋王朝进行了热情的歌颂。后世的《嘉禾颂》,宋代有吴泳《嘉禾颂》(《鹤林集》卷三八)、商英《嘉禾颂》(《宋宰辅编年录》卷十二,元祐年间)、王义山《赣州嘉禾颂》(《稼村类稿》卷九,咸淳二年),元代有胡翰《嘉禾颂》(《胡仲子集》卷八,元至正戊子秋),明代有解缙《〈嘉禾颂〉有序》(《文毅集》卷二,洪武二十八年秋)、莫如忠《〈嘉禾颂〉有序》(《崇兰馆集》卷十六,洪武二十八年)、亢思谦《瑞应嘉禾颂》(《慎修堂集》卷三,洪武二十七年八月)、李春芳《嘉禾颂》(《贻安堂集》卷二,嘉靖三十七年)、李棪《嘉禾颂》(弘治《偃师县志》卷四),清代有宋敏求《〈嘉禾颂〉有序》(《皇清文颖》卷三十六)、谭莹《〈嘉禾颂〉有序》(《乐志堂文集》卷十五,道光二十九年)。

甘露乃甘美的露水,古人认为,甘露降是天下太平、天子德盛的象征。《老子》曰:"天地相合,以降甘露。"③《宋书·符瑞志》云:"甘露,王者德至大,和气盛,则降。"④作为真实存在的自然现象,甘露出现的频率虽然不是很多,但明显比神雀、黄龙更为真实和普遍,《宋书·符瑞志》便记载了从汉朝到刘

---

① 详见龚世学:《中国古代符瑞文化刍论》,《天府新论》2016年第3期。
② 《宋书》卷二十九,第827页。
③ [三国魏]王弼注,楼宇烈校释:《老子道德经注校释》上篇,中华书局2008年,第81页。
④ 《宋书》卷二十八,第813页。

宋时期大量的甘露现象。因此,历代的《甘露颂》也较为多见,如《南齐书·王融传》载,融上书称自作《甘露颂》"竭思称扬"。《北齐书·邢劭传》:"文宣幸晋阳,路中频有甘露之瑞,朝臣皆作《甘露颂》,尚书符令劭为之序。"①邢劭自己也曾作《甘露颂》,今传于世。《陈书·颜晃传》记载,永定二年(558),高祖幸大庄严寺,其夜降甘露,颜晃献《甘露颂》。明朝的《甘露颂》保存至今的有很多,如刘基《甘露颂并序》(《诚意伯文集》卷一)、何大复《甘露颂》(《何大复先生集》卷三)、韩上桂《柏台甘露颂》(《蓬庐稿选》)、宋濂《天降甘露颂》(《銮坡集》卷一)、张水南《甘露颂》(《张水南文集》卷一)等。清朝的《甘露颂》较少,笔者翻阅《清代诗文集汇编》,仅见清初金堡作有《甘露颂》(《遍行堂集·文集》卷十五)一篇。

　　黄河流经黄土高原,水中黄沙较多,自古以来,黄河少有清时。故而作为难得一见的奇观,黄河水清总会引起很大的轰动。古人将之作为一种重要的祥瑞,认为是天下太平之兆。《唐六典·尚书礼部》将"河水清"列为"大瑞",属于符瑞中的最高等级。因此,一旦出现黄河水清的现象,朝廷都会非常高兴,文臣也纷纷作颂庆贺。鲍照及张畅的《河清颂》是现存最早的作品。宋朝保存至今的只有田锡《河清颂》一篇,序曰:"自陛下临御,十有三载。"②可知此颂作于大中祥符三年(1010)。又《宋史·真宗本纪》载,是年己亥,"陕州黄河清。十二月,陕州黄河再清。庚戌,集贤校理晏殊献《河清颂》"③。此颂目前已经亡佚。元朝有朱右的《河清颂》,序称:"皇元至正二十一年辛丑冬十有二月戊辰,黄河清。"④可知作于1361年。元朝还有王逢《拟河清颂》(《梧溪集》卷四下),通过标题看,只是模拟之作,并非真实发生的事件。据其诗作《谢周侍御伯温跋二十三年所拟河清颂》可知,是颂当作于至正二十三年(1363)。

　　明成祖永乐二年(1404)冬十月,"蒲城、河津黄河清",这时,朱棣刚刚登基不久,为了迎合颂圣的需要,大臣纷纷作文庆贺,其中共有四篇《河清颂》,分别为解缙(《明经世文编》十一)、高得旸(《节庵集》卷一)、夏原吉(《明经世文编》十四)、陈琏(《广东文选》卷五)所作。此外,杨荣的《河清颂》(《文敏集》卷八),可能也作于这一时间。明代《河清颂》还有袁袠作于1527年的作品,以及尹襄、孙承恩的《拟河清颂》(分别出自《巽峰集》卷一及《文简集》卷三十七)。

　　清雍正四年(1726),黄河出现了大规模清流现象,十二月上旬末开始,陕

---

① [唐]李百药撰:《北齐书》卷三十六,中华书局1972年,第478页。
② [宋]田锡撰:《咸平集》卷二十一,《丛书集成初编》本,上海商务印书馆1937年,第199页。
③ 《宋史》卷七,第145页。
④ [元]朱右:《白云稿》卷二,景印文渊阁《四库全书》本,台湾商务印书馆1986年。

西、山西、河南、山东和江苏五省的河水渐清,次年年初仍旧可见①。得到消息后,雍正极为高兴,迅速派人前往景陵告慰祖先,再到黄河祭祀河神。不仅如此,自己还动笔写了两千多字的《河清颂》,命河道总督田文镜在江南清口(今淮阴县西南)建立"御制黄河澄清碑",将自己所作《河清颂》刊刻其上。正所谓上行下效,当时很多文人作有《河清颂》,光是《皇清文颖》收录的作品中,作者就有朱轼、张廷玉、励廷仪、蔡世远、鄂尔奇、任兰枝、李徽、周学健等人,《皇清文颖》未予收录的,还有曹学诗(《香雪文钞》卷八)、甘汝来(《甘庄恪公全集》卷四)、弘昼(题为《圣治光昭瑞应河清颂》,《稽古斋全集》卷五)、兰鼎元(《鹿洲初集》卷四)、李绂(《穆堂类稿》初稿卷一)、汪由敦(《松泉集》文集卷二)、吴高增(《敬斋文集》卷八)、杨椿(《孟邻堂文钞》卷一)等人的作品。

三、同题创作对颂体的影响

作为一种集体创作,同题共作不仅推动了颂体的发展进程,积累了颂体的创作经验,也促成了某些典范作品的确立。从创作的历时性看,后世作者总是希望在遵守前人规则的基础上,结合当下文学风气,能够有所区别与突破;从创作的共时性看,不同作者的作品,也说明了人们创作手法和心理认知的差异。无论同时共作还是异时共作,都体现了人们对颂文体的守正与创新。为了说明这个问题,我们可以历代《河清颂》为例加以分析。

历史上《河清颂》的创作,历经南朝宋、宋、元、明、清等朝代,从447年鲍照创作第一篇《河清颂》,至1726年群臣共作,诚可谓颂体创作史上的一大盛况。就作者构成看,有壮志难酬的文士,有仕途通达的大臣,还有贵为九五之尊的天子;从作品的形式看,有常见的四言韵文,也有五言、七言作品。总之,《河清颂》的创作,无论是历经时间的长度,还是参与作者的丰富性、作品形式的多样性,都是不多见的。

鲍照《河清颂》是最早歌颂河清的颂作。鲍照文采出众,但出身寒族,为了跻身上层,曾向临川王刘义庆献诗言志。《河清颂》也是鲍照为了取悦君王精心结撰而成。作品篇幅宏大,结构严谨,辞藻华美,文意典雅。沈约《宋书·鲍照传》称"其序甚工",并全篇载录序文。杜甫作诗称"词人解撰河清颂",虽不是着眼于文学,但也说明他对这篇作品的关注。清代李兆洛评价:"大抵华腴害骨,然明远采壮,简文思清,固一时之杰也。"②认为

---

① 参见乾隆《陕西通志》及《山西通志》。
② [清]李兆洛选辑:《骈体文钞》卷三,上海书店1988年,第45页。按"简文思清"指梁简文帝《大法颂》等作品。

鲍照《河清颂》辞采壮丽,确是一篇杰作。谭献称:"辟灌之功,光辉斯发。开张工健,无一闲冗之句。"①评价也非常高。

通读鲍照《河清颂》全文我们发现,其文本结构主要从以下方面展开。序文部分:叙述太平盛况,说明作颂理由;列举诸多祥瑞,彰显君王功德;详细阐述君王政绩;引经据典,描绘河清,评价其出现的意义;表达颂圣意愿。正文部分:历叙前代君王政绩;介绍当前君王功绩;以众多符瑞昭示君王功德之盛;描绘并赞美河清之瑞;进一步表达颂扬目的。整篇文章,序文与正文相得益彰,序文作为铺垫,说明作颂的缘由和目的;正文在此基础上,借河清之瑞颂扬帝德。结构有条不紊,思维清晰严密,以致成为后世《河清颂》创作的基本范式,影响极大。后世《河清颂》作品,均受到鲍照的影响。如田锡《河清颂》:

> 臣尝览图牒曰:河千年一清,圣人之大瑞也。考郦元之《水经》,稽《夏书》于《禹贡》,洪河千里一曲,上应云汉。发昆山而疏砥柱,贯中域而注沧溟。骇浪朝宗,通浊泾而一色;灵长荐祉,带清渭之澄澜。所以彰睿圣之乘时,表升平之应运。自陛下临御十有三载,以尧舜之道行风教,以文武之德化要荒,礼让兴而刑罚清,兵革偃而边防静,五星不差于轨道,百谷屡报于丰年。信及豚鱼,应《大易·中孚》之象;仁敷草木,协《国风》《行苇》之诗。谅寿域之可跻,宜华封之来祝。是以功成则《韶》《濩》之音必作,理定则俎豆之事毕修。方洁祀于先农,式告虔于后稷。青坛翠幄,列于国门之东;葱牺缥衡,置彼公田之次。五辂南辕之在驭,三推御耦以将亲。粤若澶渊之滨,雷泽之浒,献岁发春之五日,东风解冱于层冰。初涟漪以成文,旋浩渺以交漾。澄清见底,荣光袭人。沉潜可鉴于游鳞,浮动远涵于瑞日。守土之吏,乘轺之臣,会父老以载观,驰笺章而上达。圣恩宣示,瑶图让德于圜灵;臣下欢呼,金门拜表以称贺。百执事蹈舞以就列,亿兆众歌咏于逢时。岂不以玄德升闻,而象纬呈休;王泽旁流,而山川荐瑞。矧太史钩盘之经渎,桃花竹箭之迅湍。人寿之言,古贤惜其难俟;灵源之异,圣出庆于荣观。与夫《芝房》《宝鼎》之歌,瑶瓮、醴泉之咏,岂同日而言哉?臣忝窃代言,惭非称职。歌时乐圣,合陈薪菲之辞;载笔侍耕,得纪河源之瑞。颂曰:
>
> 圣主千年运,洪河九曲清。地灵储庆异,天意属升平。冰泮赪鲂跃,波摇瑞气生。远通灵沼液,高彻绛河明。汉国惭为带,沧浪愧濯缨。鉴

---

① 转引自《鲍参军集注》卷二,第116页。

人兽爽澈,润物达勾萌。明月兼淮映,荣光向海倾。王正春尚浅,帝甸雪初晴。万国观农祀,千官侍御耕。奏章驰象魏,拜表会公卿。荐祉臻川渎,言祥自水衡。出图同表异,习坎象持盈。珠溅龙门溜,雷奔砥柱声。莹宜清渭合,湛可玉壶盛。更显皇猷洽,弥彰理化行。百王堪让美,三代岂称英。深广源流远,涵濡品汇贞。土膏承积润,水泽效殊祯。群后思东观,吾皇待告成。微臣献诗颂,葵藿比忠诚。①

序文部分引经据典,说明河清的意义。接着,描绘河清的状况,赞颂皇帝功绩,并配以其他祥瑞,表达颂美的意愿。正文部分赞美河清之嘉瑞,称颂太平盛世及皇帝政绩,末尾表达祝颂心情。颂扬的内容和方式,基本不出鲍照作品的范式。其他如朱右《河清颂》,序文首叙河清时间及状况,接着称引典籍说明河清的意义,正文部分描述河清的情景,赞颂皇帝的功德。解缙《河清颂》序文首先介绍明朝"自渡江七年辛丑冬十一月"直至"永乐二年"河清的状况,接着描述其他祥瑞,赞颂皇帝之功德。正文部分赞述河清之瑞,以及皇帝之政绩,配以其他祥瑞,最后表达祝颂之情。以上作品,基本不出鲍照《河清颂》的范畴。这种反复的写作,体现了后人对鲍照作品的推崇,也是鲍照《河清颂》文本经典化的重要过程。

  面对这样一篇优秀的标志性作品,后人在创作《河清颂》时,显然存在着一定的精神压力。他们一面无奈地继承经典作品的作法,同时也在努力创新,推动创作的发展。如上文所引田锡《河清颂》韵文部分,通篇使用五言诗句写就,这在颂体发展史上是前所未有的。颂体发展至宋代已基本定型,这种情况下,田锡的《河清颂》不啻为一次重要尝试。此外还有王逢《拟河清颂》,韵文部分为七言古诗的形式,周伯琦题曰:"予读王逢氏《河清颂》,辞达而意敷,得归美之体,鲍照不得专美于前矣,故为书之。"②周伯琦的评价当然属溢美之词,但也从另一面表明鲍照之颂的地位和影响,以及后人对颂体格式的探索。

  同题共作仿佛是一次文学竞赛,大家竭尽才思,撰写出符合范式而又富有特色的作品。以上作品中,雍正四年(1726)的《河清颂》创作,其作品之多,影响之大,都是罕见的。总体来看,这些作品的写作宗旨都是以河清现象来赞颂雍正的政绩。但具体到不同的作品,写作方式又各有侧重。朱轼称:"自古论治者,以天心仁爱为言。而宋儒又云天地无心而成化。此两言者,皆善言天者也。"继而围绕这两句话,通过长篇文字,论述天与圣人的关

---

① 《咸平集》卷二十一,第199—200页。
② [元]王逢:《梧溪集》卷五,《知不足斋丛书》本。

系,认为河清并非神异,而是上苍对天子勤政的肯定。张廷玉时任四朝国史总裁官,有着强烈的"纪述"意识,其在序文中,详细描述了河清之时的各种情况,说:"维时文学侍从之臣,作为歌诗,纪述盛事,恭进宸览。臣叨掌院篆职,宜敷扬美盛,为群臣先。"表明他的这种史学意识,也体现了这次河清的历史意义。励廷仪的作品开门见山,写道:"臣闻至诚尽性,清宁昭赞化之符,大孝格天,保佑协裁培之理。"首先肯定河清的寓意,接下来用长篇文字赞颂雍正帝的仁孝与勤勉。李徽《河清颂》在结构上与其他作品都不同,序文极短:"皇帝御极之四年冬十有二月九日,陕豫徐淮河清二千里,越五年上月,澄澈如前,斯久道化成之瑞也,用拜手,稽首而献颂曰。"[①]仅简要交代了此次河清的概况,其他内容都在正文中展现出来。我们知道,颂体以四言韵文最为常见,由于形式的限制,难以满足长篇论述的需要,因而很多内容都放在序文之中。但李徽《河清颂》别出心裁,正文部分仍旧采用四言韵文形式,但融入了序文和正文叙述、赞颂的双重功能,形式十分新颖,体现了其高超的写作水平和对《河清颂》创作的探索意识[②]。

  历代《河清颂》创作颇具典型性,非常鲜明地体现了同题创作之于颂体发展的意义。文之为体,从根本上说,就是构成文体的"守正"与"创新"因素的相互博弈。"守正"是文体形成的标志,"创新"是促进文体发展的动力。不管是同时同题还是异时同题的颂作,作品之中既有属于同一文体的共性("守正"),又有因时代和个人的不同而呈现的差异("创新")。在颂体发展的长河中,共性是持久的,也是这些作品称之为颂的最根本原因;差异是个别的,但也是这种文体发展演变最重要的动力。二者关系密切,相辅相成,只有共性缺少个性,文体必然失去活力;只有个性缺乏共性,文体也将不复存在。颂体的同题共作,便很好地体现了这种辩证关系。

[①] 以上所引《河清颂》,见[清]张廷玉、梁诗正等编:《皇清文颖》卷三十七—卷三十八,景印文渊阁《四库全书》本,台湾商务印书馆1986年。

[②] 收入《皇清文颖》的《河清颂》,都是经过官方审读的,无论内容还是形式,都达到了较高水准。至于未能收入《皇清文颖》的作品,也大都中规中矩,体现了人们对颂体创作的认识。但也有因《河清颂》获罪的个别案例。《东华录》记载,邹汝鲁献《河清颂》,中有"旧染维新,风移俗易"两句,雍正读后大怒,曰:"朕御极以来,用人行政,事事效法皇考……所移者何风? 所易者何俗? 旧染者何事? 维新者何政?"最后予以革职,贬湖北荆江。邹汝鲁本要颂扬雍正帝革新之功,但适得其反。这两句仿佛是在批评他改变了康熙朝的既成规矩,且《尚书·胤征》中有"旧染污俗,咸与维新",又好像是在指责康熙朝的污秽习俗。尽管这只是个案,但非常有力地说明了颂体创作中,文辞的丰赡华美并不是最重要的,从哪个角度、如何颂扬才是需要着重思考的问题,借用程章灿师《山围故国》书中一篇文章的标题来形容——"颂圣是个技术活儿"。

第四章 颂与其他文体的关系

余恕诚教授在《唐诗与其他文体之关系》一书的"绪论"中说："我国古代文学,源远流长,各种类型的文体,纷繁多样。与此相应,关于文体的分类和研究,从先秦开始,就受到学者的关注。魏晋至明清,还出现了多种专门性著作。但历代的研究,多从尊体的立场出发,注意各体自身的特征和彼此间的界限,而于文体间的联系和交融,则较少留意。"①立足文体关系的探讨,是《唐诗与其他文体之关系》的一大特色,也是文体研究的重要突破口。颂体功能广泛,与不少文体都有密切联系。其中,尤以与赋、赞、铭、碑间的关系表现最为明显,用于哀悼、颂扬逝者的哀颂,也与哀辞密不可分。从文体关系的角度研究颂,可以更好地把握颂体的形成和演变,加深对其体式的认识,同时可将其置于文体发展史的大环境中,从宏观角度考量其价值和意义。

第一节 赋、颂混称、连称的表现和原因

汉代是中国古代文体发展的关键时期,众多文体在此时发轫并确立。由于文体意识的模糊、文体功能和形式的交融,汉代文体问题也纷繁复杂。赋是汉代最为重要的文学样式,人们常以"一代文学之胜"加以定位。但倘若我们认真翻检汉代文献就会发现,仍有另一种文体与赋常常相伴出现,这就是颂。颂独立成文体的一种,要晚于赋体,但二者之间的关系千丝万缕,乃至从古至今一直争论不断。

总的看来,这些论争主要集中在两点上。一是,赋、颂是否通为一名,也即颂体在当时是否成为与赋体并列的独立文体;二是,汉代多有赋、颂连称现象,其含义如何,导致这种现象的原因又是什么。以下笔者拟在前人研究

---

① 余恕诚、吴怀东:《唐诗与其他文体之关系》,中华书局2012年,第1页。

的基础上,对上述问题展开论述。

一、汉代赋、颂混称现象及成因

《文选》马融《长笛赋序》云:

> 融既博览典雅,精核数术,又性好音,能鼓琴吹笛,而为督邮,无留事,独卧郿平阳邬中。有雒客舍逆旅,吹笛为气出精列相和。融去京师,逾年,暂闻,甚悲而乐之。追慕王子渊、枚乘、刘伯康、傅武仲等箫、琴、笙、颂,唯笛独无,故聊复备数,作长笛赋。①

胡克家在《文选考异》中说:"袁本、茶陵本'赋'作'颂'。案善无注,二本不著校语,无以考也。"②胡本由尤袤本而来,虽然胡克家注意到了"作长笛赋"有异文,但李善无注,不便擅自改动,仍依原文作"赋"。对照日本足利学校藏宋刊明州本六臣注《文选》此处文字,则与"袁本""茶陵本"一样作"长笛颂"③。也即篇名"长笛赋"最初为"长笛颂",《文选》编者改"颂"作"赋"并选入赋类"音乐"中。

关于上述序文,李善注:"王子渊作《洞箫赋》。枚乘未详所作,以序言之,当为笙赋。《文章志》曰:刘玄,字伯康,明帝时,官至中大夫,作《簧赋》。傅毅,字武仲,作《琴赋》。"④李善将"箫、琴、笙颂"一一落实到具体作品。然而我们应注意到,原文称"箫、琴、笙颂",而李善所注全为赋篇。同时翻检文献可知,李善所注之《洞箫赋》,也有写作《洞箫颂》的,《汉书·王褒传》:"太子喜褒所为《甘泉》及《洞箫》颂,令后宫贵人左右皆诵读之。"⑤又《文选·洞箫赋》李善注引《汉书·王褒传》亦作《洞箫颂》。这里我们不禁要问:原文本为颂,何以《文选》编者将其改为《长笛赋》?原文称"箫、琴、笙颂",何以李善所注皆为赋作,且同一篇作品,何以存在赋、颂不同的名称?通过翻检、对校文献可知,这种赋、颂混称的情况并不止于一处,在汉代是非常普遍的现象,如司马相如《大人赋》,《史记》作"相如既作'大人之颂'"⑥;蔡邕《琴赋》,《艺文类聚》卷四四、《北堂书钞》卷一〇九、《初学记》卷一六、《文选·文赋》注引

---

① [南朝梁]萧统编,[唐]李善注:《文选》卷十八,中华书局1977年,第249页。
② 《文选》卷十八,第249页。
③ [南朝梁]萧统选编,[唐]吕延济、刘良、张铣等注:《日本足利学校藏宋刊明州本六臣注文选》卷十八,人民文学出版社2008年,第267页。
④ 《文选》卷十八,第249页。
⑤ [汉]班固撰,[唐]颜师古注:《汉书》卷六十四,中华书局1962年,第2829页。
⑥ [汉]司马迁撰:《史记》卷一一七,中华书局1982年,第3063页。

作此名,而《文选》陆机《拟古诗》李善注引作《琴颂》。西晋时期,这一现象仍然存在,《文选》潘岳《藉田赋》,李善注引臧荣绪《晋书》作《藉田颂》;《艺文类聚》黄伯仁《龙马颂》,《初学记》及《文选·赭白马赋》李善注作《龙马赋》。

这种赋、颂混称的现象在汉代较为普遍,较早注意这一问题的是唐代李周翰,他在《文选·长笛赋序》注中认为:"赋之言颂者,颂亦赋之通称也。"①认为赋可以颂称之,颂乃赋的通称,也即赋包括在颂的范围内。显然,李周翰已注意到了篇名与序文的矛盾,故而加以解释,并将"颂"作为赋体的另一种名称。

元代的祝尧解释潘岳《藉田赋》说:

> 《藉田赋》,赋也,臧荣绪《晋书》以为《藉田颂》,《文选》以为《藉田赋》。要之,篇末虽是颂,而篇中纯是赋,赋多颂义少,当曰赋。马、扬之赋终以风,班、潘之赋终以颂,非异也。田猎、祷祠涉于淫乐,故不可以不风;莫都、藉田国家大事,则不可以不颂。所施各有攸当,凡为台阁之赋,又当知此。②

祝尧立足"赋多颂义少",认为《藉田赋》当为赋而非颂。同时又引申开来,从赋用于讽谏、颂用于颂扬的角度对两种文体加以区分。祝尧从辨体的角度,辨别赋、颂,也即将二者视为两种文体,较之于李周翰显然更加细致。

然而祝尧的观点并未得到多少人的认可,乃至反对意见,如何焯说:

> 祝说非也。古人赋、颂通为一名,马融《广成》所言田猎,然何尝不题曰颂耶?陈思与扬书,岂以辞赋为君子。盖应上文辞赋小道之语,强生区别,即杜撰也。若云风颂异施,扬之《羽猎》固亦有"遂作颂曰"之文,不歌而颂谓之赋,故亦名颂,王褒《洞箫》,《汉书》亦谓之颂。文不高,然颂述典礼,当自为法式,其体源亦出于东都。③

对于祝尧的两个观点,何氏均不赞同,批驳祝尧"强生区别,即杜撰也",认为"赋、颂通为一名",也就是赋、颂虽名称有异,但实为同一种文体。就祝、何二者间的不同看法,《四库全书总目》评价云:

> 何焯《义门读书记》尝讥其论潘岳《藉田赋》,分别赋、颂之非,引马

---

① 《日本足利学校藏宋刊明州本六臣注文选》卷十八,第267页。
② [元]祝尧撰:《古赋辨体》卷五,景印文渊阁《四库全书》本,台湾商务印书馆1986年。
③ [清]何焯著,崔高维点校:《义门读书记》卷四十五,中华书局1987年,第868页。

融《广成颂》为证,谓古人赋、颂通为一名。然文体屡变,支派遂分,犹之姓出一源,而氏殊百族。既云辨体,势不得合而一之。焯之所言虽有典据,但追溯本始,知其同出异名可矣,必谓尧强主分别即为杜撰,是亦非通方之论也。①

何氏"所言虽有典据",但四库馆臣并不赞同其对祝尧的批驳,而是从辨体的角度,认为赋、颂不能合二为一。所言确是,但未从赋、颂关系的角度作出清晰的判断,故而这番言论也未被后人采纳。人们多认同何焯的观点,如王利器说:"《汉志·诗赋略》荀赋类,有李思《孝景皇帝颂》。《文选》潘安仁《藉田赋》,注引臧荣绪《晋书》作《藉田颂》,此并赋颂通称之证。"②詹锳补充:"融作《长笛赋》,序曰:'追慕王子渊、枚乘、刘伯康、傅武仲等,箫、琴、笙颂,唯笛独无,故聊复备数,作《长笛颂》云。'子渊《洞箫赋》,《汉书》谓之颂。《汉志》赋家亦有李思《孝景皇帝颂》十五篇,盖不仅赋颂可通为一名,实亦成于敷布,又皆为不歌而诵之体也。"③均认为"赋颂通为一名"。

对赋、颂关系进行辨别的还有清代浦铣,其《历代赋话》曰:

"颂"之名可通于"赋"。《汉书·王褒传》:"太子喜褒所为《甘泉》及《洞箫颂》。"昭明易"颂"为"赋"入《文选》,唐人遂有汉宫人诵《洞箫赋》。《史记·司马相如传》乃遂就《大人赋》,又曰"相如既奏《大人之颂》"。扬雄《校猎赋》开首有"遂作颂曰"之语,皇甫谧《三都赋序》亦云:"相如《上林》、扬雄《甘泉》、班固《两都》、张衡《二京》、马融《广成》、王生《灵光》,皆近代辞赋之伟也。"唯刘勰《文心雕龙》有"马融之《广成》《上林》,雅而似赋,何弄文而失质"之语。若例以《洞箫》,证以相如《大人》、皇甫《三都序》,《广成》似当列入赋类,非自乱其例也。④

与祝尧、何焯不同,浦氏立论相当谨慎,他列举大量材料,旨在证明"'颂'之名可通于'赋'",即赋体可以颂称之。与李周翰观点大体相同,但论证更加充分。

至此,关于汉代赋、颂关系的主要观点已基本包括在内,可以归纳为以下三方面:一是颂乃赋之通称,以李周翰、浦铣为代表;二是赋、颂各自为体,以祝尧为代表;三是赋、颂实为同一文体,以何焯为代表。上述观点中,尤以

---

① [清]永瑢等撰:《四库全书总目》卷一八八,中华书局1965年,第1708页。
② 王利器校笺:《文心雕龙校证》卷二,上海古籍出版社1980年,第62页。
③ [南朝梁]刘勰著,詹锳义证:《文心雕龙义证》卷二,上海古籍出版社1989年,第330页。
④ [清]浦铣著,何新文、路成文校证:《历代赋话校证》卷三,上海古籍出版社2007年,第24—25页。

后两种影响较大,如侯文学认为,"就汉人(尤其是汉代作家)的识见,'赋''颂'并无明显区别"。①郗文倩云:"赋、颂确是两种不同的文体样式,汉代人之所以常常将二者并称或混称,是因为汉人文体观念模糊宽泛所致。"②

上述观点看似各有道理,然而我们发现,他们在论证的过程中都立足将颂作为一个笼统的概念,或把颂作为一种文体来考察,忽视了颂从出现到后来成为一种独立文体的演变过程及内涵的转变。黄侃曾作细致分析:

> 《周礼·太师》注曰:颂之言诵也,容也;诵今之德,广以美之。是颂本兼诵、容二谊……故《诗·崧高》《烝民》曰:"吉甫作诵。"《国语·周语》:"瞍赋矇颂。"《楚语》曰:"宴居有师工之诵。"《乐师》先郑注云:"敕尔瞽,率尔众工,奏尔悲诵。"此皆颂字之本谊,及其假借为颂,而旧谊犹时有存。故《太卜》其颂千有二百,卜繇也而谓之颂。龠章龡豳颂,风也而谓之颂。瞽矇讽诵诗,后郑曰:讽诵诗,谓廞作柩谥时也。讽诵王治功之诗以为谥,则诔也而亦谓之颂。《九夏》之章,后郑以为颂之类,则乐曲也而亦可谓之颂。此颂名至广之证也。厥后《周颂》以容告神明为体,《商颂》虽颂德,而非告成功;《鲁颂》则与风同流,而特借美名以示异。是则颂之谊,广之则笼罩成韵之文,狭之则唯取颂美功德。至于后世,二义俱行。属于前义者,《原田》《裘鞸》,屈原《橘颂》,马融《广成》,本非颂美,而亦被颂名。属后义者,则自秦皇刻石以来,皆同其致;其体或先序而后结韵,或通篇全作散语。如王子渊《圣主得贤臣颂》是。③

黄侃认为,颂由"诵"字演变而来,但在后世的使用中依然保留了"诵"的含义,故而后世颂有广义和狭义之分,广义者为"诵"之用法,笼罩成韵之文,狭义者唯取颂美功德。由于此段文字涉及问题众多,我们无法对黄侃的所有论断逐一作出辨析,但其认为颂有广义和狭义之分则的确看到了问题所在。以笔者所见,还有另几则材料也可支撑黄先生的观点。《楚辞·九辩》王逸注:"屈原怀忠贞之性,而被谗邪,伤君暗蔽,国将危亡,乃援天地之数,列人形之要,而作《九歌》《九章》之颂,以讽谏怀王。"④《楚辞》王逸《九思序》:"逸与屈

---

① 侯文学:《〈汉志〉"诗赋"内涵辨析》,《学术交流》2011年第2期。
② 郗文倩撰:《中国古代文体功能研究——以汉代文体为中心》,上海三联书店2010年,第246页。又见王长华、郗文倩:《汉代赋、颂二体辨析》,《文学遗产》2008年第1期。
③ 黄侃撰,周勋初导读:《文心雕龙札记》,上海古籍出版社2000年,第71—72页。
④ [宋]洪兴祖撰,白化文等点校:《楚辞补注》,中华书局1983年,第182页。

原同土共国,悼伤之情,与凡有异,窃慕向、褒之风,作颂一篇,号曰《九思》,以禅其辞未有解说,故聊叙训焉。"①则《楚辞》亦可称之曰颂。三国魏夏侯湛《东方朔画像赞》"观先生之祠宇,慨然有怀,乃作颂焉"②,则赞亦可称为颂。《后汉书》班固《西都赋》:"其阴则冠以九嵕,陪以甘泉,乃有灵宫起乎其中,秦、汉之所极观,渊、云之所颂叹,于是乎存焉。"李贤云:"王褒字子泉,作《甘泉颂》,杨子云作《甘泉赋》,故云'泉云颂叹'。"③《西都赋》又被选入《文选》,李善注:"《汉书》曰'王子渊为《甘泉颂》',又曰'扬子云奏《甘泉赋》'。"④以颂代称赋、颂两种文体,也说明了"颂"字概念的宽泛。

黄侃的这一观点,被稍后的学者得以进一步发挥,如刘永济:

《说文》:"诵,讽也。""颂,貌也。"诵之于颂,其义迥别,康成注《诗》《礼》,皆以美盛德之形容者为颂,古无以刺过之诗为颂者,是以彦和论颂,谓"褒贬杂居,故末代之讹体"也。惟诵之为用,止于讽诵,故其为体,得兼美刺,《家父》之诵,诵之刺也,吉甫则美诵矣,其显证也,然诵、颂二名,声近通用,经典多有。后人多闻颂为诗篇之异体,鲜知诵亦乐章之别称,遂习而不察也。⑤

刘氏认为,正因为音近,导致诵与颂的通用。范文澜并以此解释这种赋、颂混称的现象,称:

《孟子·万章》篇"颂其诗",颂诗即诵诗也。故《橘颂》即《橘诵》,亦即《橘赋》,推之汉人所作,尚存此意,王褒《洞箫颂》,即《洞箫诵》,亦即《洞箫赋》。马融《广成颂》,即《广成诵》,亦即《广成赋》,盖诵与赋二者音调虽异,而大体可通,故或称颂,或称赋,其实一也。⑥

赋与诵在汉代常通用,班固云:"不歌而诵谓之赋。"宋玉《招魂》:"人有所极,同心赋些。"王逸注:"赋,诵也。"⑦故而我们认为,正是由于颂具备"诵"的涵义,导致其含义的扩大,而汉代的赋亦被称为"诵",因此两汉时期的赋又被称作颂。也即以颂称赋时,所用乃"诵"的含义。下面我们可以在此基

---

① 《楚辞补注》,第314页。
② 《文选》卷四十七,第669页。
③ [南朝宋]范晔撰,[唐]李贤等注:《后汉书》卷四十上,中华书局1965年,第1339页。
④ 《文选》卷一,第24页。
⑤ [南朝梁]刘勰著,刘永济校释:《文心雕龙校释》,中华书局2007年,第30—31页。
⑥ [南朝梁]刘勰著,范文澜注:《文心雕龙注》卷二,人民文学出版社1958年,第161页。
⑦ 《楚辞补注》,第213页。

础上,对一些具体的篇章进行分析。

首先是王褒《洞箫颂》、马融《长笛颂》。汉代颂的主题主要为颂人、颂事两种。前者如扬雄《赵充国颂》、班固《安丰戴侯颂》、傅毅《显宗颂》,后者如班固《北征颂》、傅毅《西征颂》、马融《东巡颂》等。王褒虽有《甘泉宫颂》《碧鸡颂》,但实为颂德,如《碧鸡颂》:"汉德无疆,廉平唐虞。泽配三皇,黄龙见兮白虎仁,归来可以为伦。归来翔兮,何事南荒。"①汉代颂作仍是在颂圣思想支配下创作的。《洞箫颂》《长笛颂》则纯为描摹音乐,与颂德并无多少关系。其名为颂,实当为"诵",故而《文选》将之改作《洞箫赋》《长笛赋》,刘勰亦云:"子渊《洞箫》,穷变于声貌……凡此十家,并辞赋之英杰也。"②径直将其作为辞赋看待。

其次是马融《广成颂》《上林颂》。这两篇作品名之为颂,却备受争议。究其原因,除形式上与赋体相同之外,最重要的便是《广成颂》《上林颂》的写作目的乃用于讽谏,并非颂美③。从这一点看,二文实为赋体,称之为颂,主要是用了广义上的颂。皇甫谧称:"相如《上林》……马融《广成》……皆近代辞赋之伟也。"④刘知几亦云:"若马卿之《子虚》《上林》……马融《广成》,喻过其体,词没其义,繁华而失实,流宕而忘返,无裨劝奖,有长奸诈……且汉代词赋……"⑤均视《广成颂》《上林颂》为赋体。

但也并非所有以颂称赋的现象都可归结为采用了广义上的颂。潘岳《藉田赋》李善注引臧荣绪《晋书》:"泰始四年正月丁亥,世祖初藉于千亩,司空掾潘岳作《藉田颂》也。"⑥由于材料的缺乏,现在已无从得知该文最初的名称作"赋"还是"颂"。该文以骚体句描摹皇帝藉田的情形,属于典型的赋体写法,且在篇末系颂,亦为汉赋常见的形式。该文与王褒《洞箫颂》、马融《长笛颂》《广成颂》有所不同。后三者的创作目的均非颂德,但《藉田颂》却是典型的有颂无讽之作,故而以颂称赋的原因与上不同。李白《大猎赋序》云:"臣白作颂,折中厥美。"⑦与《藉田颂》一样,也将赋称为颂,并明确说明是要"折中厥美",故而作颂。可知《藉田赋》虽为赋体,实则为颂。这样的作品,汉代并不少见,如崔骃的名作《四巡颂》便是其中的代表,我们可称之为"赋

---

① 《文选》卷四十五,第757页。
② 《文心雕龙义证》卷二,第289页。
③ 详见本书第二章第一节。
④ 《文选》卷四十五,第641页。
⑤ [唐]刘知几撰,[清]浦起龙释:《史通通释》卷五,上海古籍出版社1978年,第124页。
⑥ 《文选》卷七,第115页。
⑦ [清]王琦注:《李太白全集》卷一,中华书局1977年,第59页。

体颂用"。臧荣绪称作《藉田颂》,是就功用和内容而言。

最后,班固将"李思《孝景皇帝颂》十五篇"收入《汉书·艺文志》"诗赋略",也颇值得注意。该颂为组篇形式,据现存赋作看,赋体虽有一题数篇者,如张衡《二京赋》、班固《两都赋》、左思《三都赋》等,但由于赋的篇幅宏大,若一题十五篇显然不现实。颂的篇幅可长可短,故而可以同时一题创作多篇。颂体这种现象在后世非常普遍,如傅毅曾作《显宗颂》十篇。据此可以肯定,《孝景皇帝颂》应文如其名,确为颂作。但缘何被录入赋类,章学诚对此甚为疑惑:"《孝景皇帝颂》十五篇,次于第三种赋内,其旨不可强为之解也……何至杂入赋篇,漫无区别邪?"①周寿昌解释云:"此既名曰颂,以入赋家,或亦偶语谐韵如赋体也。班固《窦车骑北征颂》《东巡颂》《南巡颂》、马融《广成颂》、崔骃《四巡颂》可证,《李思传》亦未注其本末。"②按照周氏所言,《孝景皇帝颂》当与其他诸作一样,铺排如赋,但班固已注明为十五篇,与《显宗颂》一样均为庙颂之作,参照现存同类颂作,绝不可能如此。周中孚曰:"《李思孝景皇帝颂》及成相杂辞、隐书三种,亦附赋类,岂以其体相近耶?"③认为当是文体相近,故而附入。侯文学也曾对"诗赋略"名称进行考证,云:"《汉志》中的'诗赋'并非字面所见'诗'与'赋'两种的简单叠加,而是诗歌、文人诗、赋(颂)等文类的集合。"④所言极是。范围上,赋大颂小,所以颂必须归附于赋,这也是目录分类上的一种省便方式。

二、"赋颂"连称的内涵及原因

"赋颂"连称是古代典籍中一种常见现象,然而究其涵义,却少有人关注。郗文倩认为,汉代文体观念模糊,"赋颂"并称只偏指赋体。郗氏所论只限于汉代,但赋颂连称并非只在汉代才有,且未能注意到"赋颂"的其他涵义,故而有必要对"赋颂"一词重新作源流上的梳理和辨析。

就现存文献来看,"赋颂"连称早在《韩非子·外储说左上》中就已出现:"且先王之赋颂,钟鼎之铭,皆播吾之迹,华山之博也。"其中"赋颂"一词,王先慎《韩非子集解》、梁启雄《韩非子浅解》均未作解释。《韩非子》校注组校

---

① [清]章学诚著,叶瑛校注:《校雠通义》,《文史通义校注》,中华书局1994年,第1066—1067页。
② [清]周寿昌撰:《汉书注校补》卷二十八,《续修四库全书》本,上海古籍出版社2002年,第636页。
③ [清]周中孚撰:《郑堂札记》卷三,《丛书集成初编》本,上海商务印书馆1937年,第24—25页。
④ 侯文学:《〈汉志〉"诗赋"内涵辨析》,《学术交流》2011年第2期。

注、周勋初修订的《韩非子校注》注为"以颂扬为内容的文章或诗歌"①。张觉《韩非子全译》译为"歌功颂德的诗赋"②。赋和颂在汉代以后成为两种文体，但在战国时期则主要是《诗》之"六义"中的两种，所以这里的"赋颂"当指歌功颂德的诗歌，或泛指文学作品。

两汉时期，"赋颂"使用频繁，郗文倩云："汉代虽然有时以颂体代称赋体，却几乎从不反过来以'赋'称'颂'，而且'赋颂'并列时，词语本身明显呈现一个偏意结构，即偏指'赋'体。"③汉人不以赋称颂，原因主要在于颂有广义和狭义之分，广义上的颂"笼罩成韵之文"，当以颂称赋时，使用的正是广义之颂。"赋颂"连称时，不少地方确如郗氏所云偏指赋体，但也并非全是如此。

首先，我们可以对郗氏所举例证重新考察。她以《汉书》中所见"赋颂"连称为例。《刘安传》："每宴见，谈说得失及方技赋颂，昏莫然后罢。"④《严助传》："有奇异，辄使为文，及作赋颂数十篇。"⑤郗氏云："从这些记述看，咏奇异之物……博物诙笑，以佐宴饮。显然，这里的'赋颂'明显偏指'赋'，与颂体了无关涉。"⑥但是这两则材料中的"赋颂"均不能判定偏指赋体。据前所述，刘安在入朝时曾向汉武帝进献《颂德》及《长安都国颂》。《严助传》称严助"作赋颂数十篇"，应指严助的全部作品，并非仅限于"奇异"之文。严助滞留宫中，作为文学侍从，作颂乃其本职。对此，仇兆鳌说："赋、颂皆诗之流也。"⑦说明严助极有可能撰有颂作。郗氏又举《论衡·案书》篇："今尚书郎班固，兰台令杨终、傅毅之徒，虽无篇章，赋颂记奏，文辞斐炳；赋象屈原贾生，奏象唐林谷永，并比以观好，其美一也。"认为"两句之中，上言'赋颂记奏'，下言'赋''奏'，'赋颂'与'赋'的对应关系，更是一目了然"。⑧实际上并非如此，根据上文所引《论衡·佚文》篇载，永平中，神雀群集，孝明诏群臣共作《神爵颂》，当时"百官颂上，文皆比瓦石，唯班固、贾逵、傅毅、杨终、侯讽五颂金玉，孝明览焉"⑨，这些人都曾作颂，与"今尚书郎班固，兰台令杨终、傅毅之

---

① 《韩非子》校注组编写，周勋初修订：《韩非子校注》，凤凰出版社2009年，第311页。
② [战国]韩非原著，张觉译注：《韩非子全译》，贵州人民出版社1995年，第586页。
③ 《中国古代文体功能研究——以汉代文体为中心》，第246页。
④ 《汉书》卷四十四，第2135页。
⑤ 《汉书》卷六十四上，第2790页。
⑥ 《中国古代文体功能研究——以汉代文体为中心》，第246页。
⑦ [唐]杜甫著，[清]仇兆鳌注：《杜诗详注》卷八，中华书局1979年，第652页。
⑧ 《中国古代文体功能研究——以汉代文体为中心》，第247页。
⑨ 黄晖撰：《论衡校释》（附《刘盼遂集解》）卷二十，中华书局1990年，第864页。

徒"恰好可以参照,说明"赋颂记奏"中确有颂作。

以上为郗氏所举之例,另有一些"赋颂"连称的材料郗氏未及引证,同样也不是偏指赋体。《汉书·刘向传》载,刘向曾"献赋颂凡数十篇"①,其颂作至今仍存有《高祖颂》一篇。《东观汉记·班固传》:"固数入读书禁中,每行巡守,辄献赋颂。"②班固现存作品中,以巡守为题材的颂作有《东巡颂》《南巡颂》,显然,这里的"赋颂"包含颂作。

可以看出,两汉时期的"赋颂"涵义极为广泛,总的说来,包括三个方面:一是继承《韩非子》中的用法,泛指歌功颂德的作品;二是实指赋、颂两种文体;三是确如郗氏所称,特指赋作。

汉代以下,赋颂连称的含义,也基本不出上述三个方面。泛指歌功颂德的文学作品,如陶弘景《登真隐诀序》"凡五经子史,爰及赋颂"③,以"赋颂"与经、史、子并列,泛指以韵文为代表的文学作品。《太平广记》"妇人二"所载"牛肃女"条:"初应贞梦裂书而食之,每梦食数十卷,则文体一变,如是非一,遂工为赋颂,文名曰'遗芳'。"④亦是如此。特指赋者,杨修《答临淄侯笺》:"今之赋颂,古诗之流,不更孔公,风雅无别耳。"吕延济注:"植书云:今往仆少小所著词赋一通,相与更经也,修言今植之赋颂,乃与古诗相类,虽不经孔子删定,与诗之风雅无异焉。"⑤又《世说新语》刘孝标注引《续晋阳秋》:"询有才藻,善属文,自司马相如、王褒、扬雄诸贤,世尚赋颂,皆体则《诗》《骚》,傍综百家之言。"⑥则是以"赋颂"代指赋。实指赋、颂二体者,《宋书·王义恭传》:"每有符瑞,辄献上赋颂,陈咏美德。"⑦《隋书·经籍志》著录有《皇德瑞应赋颂》一卷,梁十六卷》⑧,姚振宗云:"不著撰人。按两唐志有《皇帝瑞应颂集》十卷,不著撰人,似即此十六卷之残剩。"⑨集中有赋有颂,显然实为二体。又《南史·王筠传》:"又敕撰《中书表奏》三十卷,及所上赋颂都为一集。"⑩也均指赋、颂二体。另外还有以"赋颂"作动词者,如嵇康《琴赋序》:"然八音之

---

① 《汉书》卷三十六,第1928页。
② [汉]刘珍等撰,吴树平校注:《东观汉记校注》卷十六,中华书局2008年,第675页。
③ [南朝梁]陶弘景著,王京州校注:《陶弘景集校注》,上海古籍出版社2021年,第110页。
④ [宋]李昉等编:《太平广记》卷二七一,中华书局1961年,第2316页。
⑤ 《日本足利学校藏宋刊明州本六臣注文选》卷四十,第616页。
⑥ 余嘉锡撰,周祖谟、余淑宜整理:《世说新语笺疏》,中华书局1983年,第320页。
⑦ [南朝梁]沈约撰:《宋书》卷六十一,中华书局1974年,第1650页。
⑧ [唐]魏徵、令狐德棻等撰:《隋书》卷三十五,中华书局1973年,第1083页。
⑨ [清]姚振宗撰:《隋书经籍志考证》卷四十集部三,《二十五史补编》本,中华书局1956年,第6877页。
⑩ [唐]李延寿撰:《南史》卷二十二,中华书局1975年,第610页。

器,歌舞之象,历世才士,并为之赋颂,其体制风流,莫不相袭。"①《南史》:"主簿刘勰及侍读贺子乔为之赋颂,当时以为美谈。"②上述赋颂的含义,与汉代的用法并无区别。

关于"赋颂"连称的原因,叶幼明认为有两个方面。首先,"赋也有以颂美为其内容的。这种以颂美为内容的赋,自然既可以名之曰赋,亦可以名之曰颂"③。所言甚有道理,惜过于简略。刘熙载云:"言情之赋本于《风》,陈义之赋本于《雅》,述德之赋本于《颂》。"④说明了颂德之赋与颂的关系之密切。王德华《东汉前期赋颂二体的互渗与散体大赋的走向》及易闻晓《论汉代赋颂文体的交越互用》亦有论及,可参看。另外,叶幼明又称,赋颂连称也与"诵"的媒介作用有关,郗文倩亦持此说。⑤叶氏援引上文所引黄侃及范文澜对颂、诵关系辨析的结论,认为:"汉人谓赋为不歌而诵,而诵为颂之本义,因此汉人把赋也叫作颂。"郗氏也从颂、诵、赋三者关系出发,云:"'赋'可读'诵','诵'又通'颂'。因此,汉人有时以'颂'称'赋'就很容易理解了。""汉人以颂(诵)称'赋',恰恰于有意或无意间凸显了赋体的文本特征,'赋颂'其实也就是'赋诵'。"通过上文对汉代"赋颂"词义的梳理我们发现,"赋颂"至少具有三种涵义,用作歌功颂德的文学作品和偏指赋体来讲时,颂的意义较为模糊,不具备独立文体的含义,但当实指赋、颂两种文体时,以"诵"来解释未免扞格不通。笔者认为,"赋颂"连称的原因除上述两点外,还当有以下两个方面。

首先,赋、颂文体的同源性,即赋、颂均为古诗之流。《诗大序》:"诗有六义焉,一曰风,二曰赋,三曰比,四曰兴,五曰雅,六曰颂。"⑥"六义"也称为"六诗"。虽然这里赋与颂仅是作为"六诗"之一,与后来各自独立的赋体与颂体不尽相同,但它们之间却有着密切的源流关系。后代的文学批评家在追溯赋、颂的渊源时,也总是认为始于《诗经》。如挚虞在《文章流别论》中论述赋、颂二体时说:"赋者,敷陈之称,古诗之流也","颂,诗之美者也"。⑦径直

---

① 《文选》卷十八,第255页。
② 《南史》卷四十四,第1114页。
③ 叶幼明:《辞赋通论》,湖南教育出版社1991年,第32页。
④ [清]刘熙载撰,袁津琥校注:《艺概注稿》卷三,中华书局2009年,第410页。
⑤ 叶文见《辞赋通论》第一章第四节"赋与颂的关系",第31—34页。郗文见《中国古代文体功能研究——以汉代文体为中心》第七章第二节"汉代赋颂混称、并称的原因",第250—254页。
⑥ [汉]郑玄笺,[唐]孔颖达疏:《毛诗正义》卷一,《十三经注疏》本,中华书局2009年,第565页。
⑦ [宋]李昉等撰:《太平御览》卷五八八,中华书局1960年,第2647页。

以《诗》为赋、颂的源头。南北朝时期,文章出于五经之说极为盛行,人们对赋、颂进行归类时,通常将二者视为《诗》类,如:

> 《文心雕龙·宗经》:"故论、说、辞、序,则《易》统其首;诏、策、章、奏,则《书》发其源;赋、颂、歌、赞,则《诗》立其本。"①
>
> 《颜氏家训·文章》:"夫文章者,原出五经……歌、咏、赋、颂,生于《诗》者也。"②

这种观点,在后代影响极为深远。如焦竑《国史经籍志》"集类"特列"赋颂"子目,收录楚辞、赋集、颂集三种总集,并云:

> 诗有赋、比、兴,而颂者四诗之一也。后世篇章蔓衍,自开途辙,遂以谓二者于诗文如鱼之于鸟兽,竹之于草木,不复为诗属,非古矣。③

焦竑这里特意强调了赋、颂同源于《诗》,故而将二者合为一类,名曰"赋颂"。又清孙梅云:"文有昔合而今分者,诗与赋、颂是也。后人雅尚才华,好为篡组,侈附庸而蔚成大国,导滥觞而极彼通津,故析诗于赋,而《都》《京》演富于千言;又贰颂于诗,而宫殿缛采于四韵。"④也对赋、颂源于《诗》的特点进行了分析。明清时期很多别集的编纂,都将赋、颂编入一卷,如《清代诗文集汇编》第115册赵士麟《读书堂采衣全集》卷五赋、颂合卷,第271册厉鹗《樊榭山房集》卷一赋、颂合卷。对此,储方庆在《甘霖协应颂序》中说:"盖闻诗有六义,班固以为赋乃古诗之流,颂岂异是哉!"⑤体现了清人对于赋颂关系的认识。当然我们也应注意到,上述材料皆在汉代以后,但并不妨碍我们得出结论。因为无论是"六义"或"六诗"之说的产生年代都在汉代或更早,而后人无非是遵循古人之意将其复述出来罢了,故而仍具有重要的参考价值。

其次,汉代赋体的地位尽管很高,但颂也非常重要,甚至在某些方面的作用并不逊于前者。如王充《论衡·须颂》篇称:"国之功德,崇于城墙;文人之笔,劲于筑蹈。圣主德盛功立,莫不褒颂纪载,奚得传驰流去无疆乎……孝明之时,众瑞并至,百官臣子,不为少矣,唯班固之徒,称颂国德,可谓誉得

---

① 《文心雕龙义证》卷一,第78页。
② [北齐]颜之推著,王利器集解:《颜氏家训集解》卷四,中华书局1993年,第237页。
③ [明]焦宏撰:《国史经籍志》卷五,《丛书集成初编》本,上海商务印书馆1937年,第248页。
④ [清]孙梅著,李金松校点:《四六丛话》卷二十三,人民文学出版社2010年,第435页。
⑤ [清]储方庆:《储遯庵文集》卷八,《清代诗文集汇编》本,上海古籍出版社2010年,第529页。

其实矣。"①"褒颂纪载"即作颂来记载圣主的功德,其中永平中"孝明诏上《神爵颂》",即汉明帝下诏作颂,可见其对颂体的重视。虽然赋体也具备歌颂功能,但并不能完全取代颂体,相反还要依靠颂来申诉颂美之意,不少赋篇在文末系颂,便是这个原因。

　　颂体地位的重要性,通过当时文人的评论也可略见一斑。王延寿《鲁灵光殿赋序》:"物以赋显,事以颂宣,匪赋匪颂,将何述焉?"②将颂的颂扬作用与赋之体物作用并列。邯郸淳《上受述命表》:"臣闻《雅》《颂》作于盛德,典谟兴于茂功。德盛功茂,传序弗忘……臣抱疾伏蓐,作书一篇。欲谓之颂,则不能雍容盛懿,列伸玄妙;欲谓之赋,又不能敷演洪烈,光扬缉熙。故思竭愚,称受命述。"③邯郸淳称其作品达不到颂作的"雍容盛懿,列伸玄妙",也无法像赋篇那样"敷演洪烈,光扬缉熙",因而只能称之为"受命述",体现了颂、赋二体的地位之高,因此将二者连称也是合情合理的。

第二节　"赞颂相似"的表现

　　颂、赞二体关系极为密切,历来备受关注。三国桓范在《赞象》中说:"夫赞象之所作,所以昭述勋德,思咏政惠,此盖《诗·颂》之末流矣。"④赞象即像赞,是为人物画像所作的赞辞。刘勰说:"(赞)发源虽远,而致用盖寡,大抵所归,其颂家之细条乎!"⑤认为赞体源远流长,但使用范围狭窄,只能算颂的支流⑥。后世学者大都持此看法,如姚鼐《古文辞类纂》序目说:"颂赞类者,亦《诗·颂》之流。"⑦吴曾祺称:"赞亦颂类,古者宾主相见,则有赞互相称誉,以致亲厚之意,故文之称人善者,亦以赞为名。"⑧均承继了桓范和刘勰的观点。此外,历代诗文选本如《昭明文选》《文苑英华》《文章辨体汇选》等,也都将颂、赞作为并列的二体选录,说明古人既意识到二者之相似,也承认它们

---

① 《论衡校释》卷二十,第855页。
② 《文选》卷十一,第168页。
③ [唐]欧阳询撰,汪绍楹校:《艺文类聚》卷十一,上海古籍出版社1999年,第196页。
④ [唐]魏徵等编:《群书治要》卷四十七,《丛书集成初编》本,上海商务印书馆1937年,第837页。
⑤ 《文心雕龙义证》卷二,第348—349页。
⑥ 桓范所说的"《诗·颂》之末流"与刘勰所称的"颂家",不能等同于后世独立成体的颂,而是指用于歌功颂德文章的总称。
⑦ [清]姚鼐编:《古文辞类纂》,中国书店1986年,第22页。
⑧ 吴曾祺:《涵芬楼文谈》,王水照编《历代文话》本,复旦大学出版社2007年,第6662页。

为两种不同的文体。

　　关于颂、赞之间的区别,吴承学、刘湘兰从写作对象、篇幅长短和使用场合等方面进行了总结。①朱秀敏又在此之上,从语言风格、内容和文体功能方面加以区分。②此外,二者的源头和使用范围也不相同,颂最初用于告神,赞是歌唱前的发引辞③,《诗·颂》之后的颂体使用范围扩大到人神共用,而赞则一直仅用于人事。东汉刘熙云:"称人之美曰赞。"④宋祝穆也认为:"赞者,称人之美也。"⑤说明二者在使用范围上的不同。

　　颂、赞的原始意义尽管并没有什么联系,但在后来的发展中,逐渐出现了明显的合流现象。这种现象早在东汉时期,也即颂、赞二体刚形成不久便已出现。刘孝绰《昭明太子集序》称:"孟坚之颂,尚有似赞之讥;士衡之碑,犹闻类赋之贬。"⑥同时代的萧绎也在《内典碑铭集林序》中说:"班固硕学,尚云赞颂相似;陆机钩深,犹闻碑赋如一。"⑦班固似赞之颂的具体篇章,今已不可考。⑧以班固之博学,尚难以区分,可见这并非某一特例,而是当时的普遍情况。甚至还有人将它们当作同一种文体,如陈仁子直接说:"赞者,讚也,颂之异名。"⑨径自将赞当作颂的另一名称。此说虽嫌武断,但也表明了后世赞、颂的确不易区分。正如刘师培所说:"赞之一体,三代时本与颂殊途,至东汉以后,界囿渐泯。"⑩说明东汉以后赞、颂二体的合流,二者无论在文体功

---

① 吴承学、刘湘兰:《颂赞类文体》,《古典文学知识》2010年第1期。
② 朱秀敏:《汉末至建安赞颂二体混同辨析》,《兰州教育学院学报》2010年第3期。
③ 《文心雕龙·颂赞》:"赞者,明也,助也。昔虞舜之祀,乐正重赞,盖唱发之辞也。"
④ [汉]刘熙撰:《释名》卷六,《丛书集成初编》本,上海商务印书馆1937年,第101页。
⑤ [宋]祝穆撰:《事文类聚》别集卷八"文章"部,景印文渊阁《四库全书》本,台湾商务印书馆1986年。
⑥ [明]梅鼎祚编:《梁文纪》卷三,景印文渊阁《四库全书》本,台湾商务印书馆1986年。
⑦ [唐]道宣编:《广弘明集》卷二十,《四部丛刊》本。
⑧ 傅刚《昭明文选研究》下编第二章第一节:"班固的颂和陆机的赋,具体是哪一篇,似无可指明。《文章流别论》曾经批评过班固的《安丰戴侯颂》,称与《鲁颂》体意相类,而《鲁颂》据徐师曾《文体明辨序说》:'若商之《那》,周之《清庙》诸什,皆以告神,乃颂之正体也。至于《鲁颂·驷》《閟》等篇,则用以颂僖公,而颂之体变矣。'这是说班固的《安丰戴侯颂》是颂的变体,与萧绎、刘孝绰的批评不合。又《文心雕龙·颂赞》篇批评班固的《北征颂》说:'至于班(固)、傅(毅)之《北征》《西征》,变为序引,岂不褒过而谬体哉!'也与萧、刘所说不合。"中国社会科学出版社2000年,第177页。
⑨ [宋]陈仁子:《文选补遗》卷三十八,景印文渊阁《四库全书》本,台湾商务印书馆1986年。
⑩ 刘师培撰:《文心雕龙讲录二种》,陈引驰编校《刘师培中古文学论集》,中国社会科学出版社1997年,第153页。

能、使用对象、写作题材、篇体形式上,都呈现出很强的一致性。①

一、文体功能的相同

颂本为容的假借,最初表示仪容或容貌,《说文解字》:"颂,仪也。"②郑玄《周颂谱》"颂之言容"孔颖达正义:"颂之言容,歌成功之容状也。"③后又转变为动词,表颂美之意。《周礼·大师》郑玄注:"颂之言诵也,容也,诵今之德,广以美之。"④说明至少在汉代,颂就有了颂美之意。赞本指歌唱之前所作的发引之辞,后来引申为明、助之义,《尚书·皋陶谟》:"益赞于禹曰:'惟德动天,无远弗届。'"孔安国传曰:"赞,佐。"⑤同篇又云:"皋陶曰:'予未有知思,曰:赞赞襄哉。'"孔颖达引郑玄注云:"赞,明也。"⑥刘勰据此总结说:"赞者,明也,助也。"⑦黄侃解释云:"盖义有未明,赖赞以明之。故孔子赞《易》,而郑君复作《易赞》,由先有《易》而后赞有所施,《书赞》亦同此例。"⑧对赞的词义进行了详细解释。到了汉代,"赞"衍生出赞美之意。刘熙云:"赞者,纂也,纂集其美而叙之也。"⑨赞作为文体出现,最早的作品一般认为是司马相如的《荆轲赞》,任昉《文章缘起》即持这种看法,刘勰也说:"至相如属笔,始赞荆轲。"⑩《荆轲赞》今已不存,但其中的赞表示赞美之义却是没有疑问的。可见,颂与赞在汉代均已实现了词义的转变,无论颂扬还是赞美,所陈述的均

---

① 这里所说的赞,并非所有赞体。按照徐师曾的分法,赞体共有三类:"一曰杂赞,意专褒美,若诸集所载人物、文章、书画诸赞是也;二曰哀赞,哀人之殁而述德以赞之者是也;三曰史赞,词兼褒贬,若《史记索隐》(案司马贞《史记索隐》在《史记》每篇后,皆附述赞)、《东汉》、《晋书》诸赞是也。"([明]徐师曾著,罗根泽校点:《文体明辨序说》(与《文章辨体序说》合刊),人民文学出版社1962年,第143页)"杂赞"有褒无贬,哀赞用于悼念亡者。史赞则"词兼褒贬",也即《文选》所录"史述赞"类文章。刘勰认为它们"约文以总录,颂体以论辞,又纪传后评,亦同其名"(《文心雕龙义证》卷二,第342页)。与之相同的还有郭璞《尔雅注》中的系列赞词,刘勰称这些赞"义兼美恶,亦犹颂之变耳"(《文心雕龙义证》卷二,第347页)。虽名之曰赞,但实为论述之辞,并非专主赞美。因此,与颂体联系紧密的赞,实际只有"杂赞"一类。
② [汉]许慎撰,[清]段玉裁注:《说文解字注》八篇下,上海古籍出版社1988年,第406页。
③ 《毛诗正义》卷十九,第1253页。
④ [汉]郑玄注,[唐]贾公彦疏:《周礼注疏》卷二十三,《十三经注疏》本,中华书局2009年,第1719页。
⑤ [汉]孔安国传,[唐]孔颖达疏:《尚书正义》卷四,《十三经注疏》本,中华书局2009年,第288页。
⑥ 《尚书正义》卷四,第293页。
⑦ 《文心雕龙义证》卷二,第338页。
⑧ 《文心雕龙札记》,第74页。
⑨ 《释名》卷六,第101页。
⑩ 《文心雕龙义证》卷二,第342页。

为对象的美德,殊途同归,从而为二者的合流奠定基础。

由于词义相近,人们常以赞训颂,或以颂训赞。前者如萧统《文选序》:"颂者,所以游扬德业,褒赞成功。"①《文镜秘府论·六义》:"王云:'颂者,赞也,赞叹其功,谓之颂也。'"②认为颂乃赞述功德的文体。后者如上文所引桓范对像赞的解释,认为像赞的功用与颂并无多少不同,故而可以算作是《诗·颂》之末流。晋袁宏《三国名臣序赞》说:"夫诗颂之作,有自来矣。或以吟咏情性,或以述德显功。虽大旨同归,所托或乖。若夫出处有道,名体不滞,风轨德音,为世作范,不可废也。"③说明作者在作赞时,秉承的仍是《诗·颂》颂扬德音的精神。通过以上例证可以看到,颂、赞最初的词义虽不完全相同,但在实际运用中,人们更加看重二者颂美作用的一致。

除词义训释外,具体作品中,也常常见到二者互换使用。颂中用赞者如:

> 汉崔骃《南巡颂序》:"愚人作颂,以赞主德。"④
> 三国吴薛综《凤颂》:"赞扬圣德,上下受祚。"⑤
> 南朝宋沈演之《上白鸠颂表》:"辞不稽典,文乏采章,愧不足式昭皇庆,崇赞盛美,盖率舆诵,备之篇末。"⑥
> 《水经注·洛水》"又东过偃师县南":"永平元年二月二十日刻石立颂,赞示后贤矣。"⑦

赞中用颂者如:

> 三国魏缪袭《神芝赞》:"永章遐纪,载之颂声。"⑧
> 晋夏侯湛《东方朔画像赞》:"慨然有怀,乃作颂焉。""仿佛风尘,用垂颂声。"⑨
> 《三国志·杨戏传》:"戏以延熙四年著《季汉辅臣赞》,以其所颂述,

---

① 《文选》,第2页。
② (日)遍照金刚撰,卢盛江校考:《文镜秘府论汇校汇考》,中华书局2015年,第449页。
③ 《文选》卷四十七,第671页。
④ [唐]许敬宗编,罗国威整理:《日藏弘仁本文馆词林校证》卷三四六,中华书局2001年,第102页。
⑤ 《艺文类聚》卷九十九,第1709页。
⑥ 《宋书》卷二十九,第850页。
⑦ [北魏]郦道元著,陈桥驿校证:《水经注校证》卷十五,中华书局2007年,第372页。
⑧ 《艺文类聚》卷九十九,第1703页。
⑨ 《文选》卷四十七,第669页。

今多载于蜀书,是以记之于左。"①

《文苑英华》符载《淮南节度使灞陵公杜佑写真赞》:"太常寺奉礼郎符载作写真赞以颂之。"②

无论颂中用赞,还是赞中用颂,都表明了颂、赞二体功能的相同。

此外,赞颂连用也是二者相通的重要表现。除了表示并列的两种文体外,又分为三种情况。其一,赞颂连用作动词,表作赞或作颂,如:

《三国志·张温传》裴松之注引《文士传》:"温姊妹三人皆有节行,为温事,已嫁者皆见录夺。其中妹先适顾承,官以许嫁丁氏,成婚有日,遂饮药而死。吴朝嘉叹,乡人图画,为之赞颂云。"③

《三国志·麋芳传》裴松之注引《益部耆旧杂记》:"(常播)举孝廉,除郪长,年五十余卒。书于《旧德传》,后县令颍川赵敦图其像,赞颂之。"④

其二,赞颂连用作动词,表颂扬或赞美,如:

《三国志·中山恭王衮传》:"其年,黄龙见邺西漳水,衮上书赞颂。"⑤

《后汉书·杨终传》:"帝东巡狩,凤皇黄龙并集,终赞颂嘉瑞,上述祖宗鸿业,凡十五章。"⑥

其三,赞颂连用作名词,泛指某篇赞或颂,如:

南朝梁萧纲《大法颂》:"皇太子臣纲,视膳东厢,亲承大法,以为西巡东狩,赞颂以兴;柴山望祀,咏歌斯作,况顶开而受露,鞠躬而闻道,敢述盛德之容,以为颂曰……"⑦

唐于邵《进画松竹图表》:"臣则率鄙,思绘松竹图一面,并陈赞颂,愿跻圣祚,伏贡阙庭。"⑧

---

① [晋]陈寿撰:《三国志》卷四十五,中华书局1971年,第1079页。
② [宋]李昉等编:《文苑英华》卷七八三,中华书局1966年,第4140页。
③ 《三国志》卷五十七,第1334页。
④ 《三国志》卷四十六,第1091页。
⑤ 《三国志》卷二十,第583页。
⑥ 《后汉书》卷四十八,第1600—1601页。
⑦ 《广弘明集》卷二十。
⑧ 《文苑英华》卷六一三,第3179页。

赞、颂最初本没有关系,由于词义及文体功能的演变,二者功能及用法日趋相近,导致人们常常将它们连称使用。

二、使用对象的一致

吴承学、刘湘兰总结颂、赞二体的区别说:

> 颂之正体为告神之辞,是对先帝圣王的功绩和美德进行歌颂。相对而言,赞在起始之初,其行文对象就显得平民化。如任昉《文章缘起》认为赞始于司马相如的《荆轲赞》,传赞始于刘歆作的《列女传赞》。荆轲只是一介勇士,而《列女传》中都是女流之辈。这些人物或有奇言伟行,或者志向高洁,尽管没有丰功伟绩,一样能成为赞的抒写对象。后世的赞文大多继承这一传统。虽然后世有一些名臣赞,如三国时期蜀地杨戏的《季汉辅臣赞》,但是极少见到为先帝圣王撰写的赞文。①

该文认为,颂用于君王,而赞主要用于"平民"。根据所举《荆轲赞》和《列女传赞》看,文中所谓"平民"特指无官衔或没有功绩之人。但这种观点只是从大体范围上对颂、赞二体用法的区分,二者的使用对象在很多时候并没有如此明显的不同,甚至在不少情况下是通用的。

颂最初用于祭祀或告神,后又用来歌颂帝王功德,挚虞《文章流别论》云:"颂,诗之美者也。古者圣帝明王,成功治定,而颂声兴,于是史录其篇,工歌其章,以奏于宗庙,告于神明;故颂之所美,则以为名。"②说明颂在最初只是用于歌颂"圣帝明王"的功德,但在后来则发生转变,不再专用于君王。如《诗经》中的《鲁颂》四篇,颂扬对象即由天子变成了诸侯。到了汉代,颂的使用范围又进一步扩大,朝中高官或历史上的高士,凡是有功劳或有贤德者,均可成为歌颂对象,如扬雄《赵充国颂》、班固《安丰戴侯颂》《窦将军北征颂》、梁鸿《安丘严平颂》、崔琦《四皓颂》等。

与颂一样,赞体的兴起与发展也经历了自上而下的过程。赞最初作为"唱发之辞",源于上层社会。刘勰叙述赞的起源说:"昔虞舜之祀,乐正重赞,盖唱发之辞也。及益赞于禹,伊陟赞于巫咸,并飏言以明事,嗟叹以助辞也。"③虞舜、禹、巫咸都不是普通百姓,而是远古时期的君王或上层贵族。像赞是赞中非常重要的一类,桓范在《赞象》中认为,像赞"宜由上而兴,非专下

---

① 吴承学、刘湘兰:《颂赞类文体》,《古典文学知识》2010年第1期。
② 《太平御览》卷五八八,第2647页。
③ 《文心雕龙义证》卷二,第338—340页。

而作也",又称像赞的作用是"上章君将之德,下宣臣吏之忠"。可以看到,像赞最初用于帝王将相,只是后来才广泛应用于民间。至于吴、刘文章中所举《荆轲赞》《列女传赞》的对象乃"一介勇士"或"女流之辈",这只是少数,名臣赞或高士赞才是真正的主流,如《文选》所选夏侯湛《东方朔画赞》与袁宏《三国名臣序赞》,东方朔是汉武帝时期的著名大臣,袁宏之文更无须多说,赞颂者全为三国时期的名臣。再如《文苑英华》所录赞文,根据编者所标识的"帝德""圣贤"两类题材,可知赞扬对象为帝王将相。"帝德"类虽只录《圣应图赞并序》,但这类赞文其实并不在少数,曹植和挚虞很多的赞文,对象便是庖羲、女娲、神农、黄帝、少昊、颛顼、帝喾、尧、舜、禹、汉代皇帝等帝王,庾信《自古圣帝明贤赞》二十七首,也是如此。又权德舆《岁星居心赞》序曰:"微臣伏于草茅之下,沐浴仁圣,敢献《岁星居心赞》一章,以备周诗'由庚由仪'之阙。"①虽被《文苑英华》列入"图像"类,实是颂圣之作。《玉海·郊祀》云:"是日有黄云迎日,若桥梁状,五色云如锦,钱惟演、黄宗旦、宋绶、刘筠、邵焕、晏殊以灵瑞纷集,咸上赞颂,以美盛德。"②表明赞体的确可用于歌颂帝王功德。

总的来说,颂、赞均有颂扬功德的作用,二者在兴起之初,主要用于帝王,后来逐步普及,扩展到普通官员或先贤隐士,适用对象范围自上而下逐步扩大。虽然就整体数量对比看,颂主要用于君王,赞主要用于朝臣或先贤,但从汉代开始,颂便可用于朝臣,赞也施于帝王,二者在使用对象上无疑具有一致性。

三、创作题材的相同

颂、赞有不少相同的题材,如人物、咏物、符瑞、图像等,但颂的适用范围要比赞大很多,即赞体与颂体重合,而又在其范围内属于被包含与包含的关系。正如李曰刚在《文心雕龙斠诠》中所说:"晋左贵嫔有《德柔颂》,又有《德刚赞》,文体如一,而别二名,是知颂赞有相通者,彦和所谓'颂家之细条'也。"③李氏从题材的角度解读刘勰的观点,说明赞乃颂之流。据《太平御览》载录,《左芬集》中还有《纳皇后颂》《杨皇后登阼赞》,亦是同题之作,可以补充李氏的观点。④

---

① 《文苑英华》卷七八四,第4147页。
② [宋]王应麟撰:《玉海》卷九十八,江苏古籍出版社、上海书店1987年,第1791页。
③ 转引自《文心雕龙义证》卷二,第352页。
④ 《太平御览》卷一四五"皇亲部"十一,《左贵嫔集》有《离思赋》、《相风赋》、《孔雀赋》、《松柏赋》、《泣涿颂赋》、《纳皇后颂》、《杨皇后登阼赞》、《芍药花颂》、《郁金颂》、《菊华颂》、《神武颂》、四言诗四首、《武元皇后诔》、《万年公主诔》。

像赞乃赞体中的第一大宗,是古代赞体最常见的题材。为了表达对已故君王或贤臣的思念,人们常在皇宫中悬挂他们的画像寄托哀思,也借以颂扬功德,激励后人。《唐会要·功臣》:"(贞观)十七年二月二十八日诏曰:'自古皇王褒崇勋德,既勒名于钟鼎,又图形于丹青。'"①汉宣帝有麒麟阁功臣画像,唐有凌烟阁画像,说明这种传统由来已久。《孔子家语·观周》载:

  孔子观乎明堂,睹四门墉有尧舜之容,桀纣之像,而各有善恶之状,兴废之诫焉。又有周公相成王,抱之负斧,扆南面以朝诸侯之图焉。②

这是现存材料中对图画君臣的最早记载,从文中可以看出,周代褒赞贤臣大多采取文字记载的方式,唯有对周公是"绘像于明堂之墉",说明最初的图像与文字是分离的。直至汉代,未央宫、麒麟阁中的名臣画像也是如此,或者在画像下方署上官爵、姓名。后来,为了使图画中名臣的功勋得到更好的弘扬,又根据其生前事迹作文以赞,李充《翰林论》云:"容象图而赞立。"③像赞因此出现,如《太平御览》引孙畅之《述画》:"汉灵帝诏蔡邕图赤泉侯杨喜五世将相形像于省中,又诏邕为赞,仍令自书之。"④蔡邕不仅为杨喜五世将相画图像,又为之作赞。其他如王粲《正考父赞》、夏侯湛《东方朔画像赞》、陆云《荣启期赞》等,皆为依画像所作。

与此同时,像颂也在汉代出现。《赵充国颂》便是一个典型例子,《汉书·赵充国传》载,成帝"召黄门郎杨雄即充国图画而颂之",颜师古注:"即,就也,于画侧而书颂。"⑤又《胡广黄琼颂》,《后汉书·胡广传》云:"熹平六年,灵帝思感旧德,乃图画广及太尉黄琼于省内,诏议郎蔡邕为其颂云。"⑥依画像所作之颂,即为像颂。先唐时期的像颂还有《蔡君书像颂》,《太平广记》引《蔡邕别传》:"东国宗敬邕,不言名,咸称蔡君。兖州陈留并图画蔡邕形像而颂之曰:'文同三闾,孝齐参、骞。'"⑦以及杨宣《宋纤画像颂》,《晋书·隐逸·宋纤传》载:"张祚时,太守杨宣画其象于阁上,出入视之,作颂曰:'为枕何石?

---

① [宋]王溥编:《唐会要》卷四十五,中华书局1955年,第801页。
② [清]陈士珂辑:《孔子家语疏证》卷三,上海书店1987年,第72页。
③ 《太平御览》卷五八八引,第2649页。
④ 《太平御览》卷七五〇引,第3331页。
⑤ 《汉书》卷六十九,第2994—2995页。
⑥ 《后汉书》卷四十五,第1511页。
⑦ 《太平广记》卷一六四,第1191页。

为漱何流？身不可见，名不可求。'"①

像赞与像颂无论内容还是形式都不易区分，说到底，二者其实并没有什么本质区别，只是名称不同罢了。这种观点最直接的证据就是，现存典籍中人们常将赞、颂并称，其实只是作赞或作颂。如《太平御览》引《赵岐别传》曰："岐字台卿，年九十余，建安六年卒。先自为《寿藏图》，季札、子产、晏婴、叔向四像居宾位，又自像其像居主位，皆为赞颂。"②由于赵岐原文已佚，具体是赞还是颂已不得而知。但这无关紧要，正是由于赞、颂皆可用于画像题材，功能、形式也没有区别，故而文中才会用"皆为赞颂"来模糊指称。再如《水经注·漯水》"过广阳蓟县北"："俊奇之，比鲍氏骢，命铸铜以图其像，亲为铭赞，镌颂其傍。"③前文称赞，后文称颂，可知原文到底是赞还是颂，已无区别。像赞、像颂之间界限的泯灭，也是赞、颂题材相同的表现。

以人物为对象的赞中，数量最多的当为名贤赞，其中有一部分为画像赞，可以直接从题目中看出题材的如庾信《自古圣帝名贤画赞》，在序中予以说明者如陆云《荣启期赞序》："友人有图其像者，命为之赞。"④还有一部分名贤赞，无论从标题还是序文均无法看出是否为配画之赞。我们不排除其中有部分为画像赞，可能只是作者未加以说明，或者序文在后代亡佚无法辨别。但也有部分与画像无关的作品，较为典型的是司马相如《荆轲赞》，刘师培云："《汉书·艺文志》杂家有《荆轲论》五篇，班固原注曰：'轲为燕刺秦王，不成而死，司马相如等论之。'彦和之言，当本于此。"⑤说明《荆轲赞》与画像并无关系，可以看作是后代有褒无贬之赞的滥觞，故而任昉《文章缘起》视其为赞体之始。这类赞文无须依傍画像，通常与史传相关，如袁宏在《三国名臣序赞》中说："余以暇日，常览国志，考其君臣，比其行事。"⑥赞文即据史传而作，其他像王粲《正考父赞》、挚虞《庖牺赞》至《左丘明赞》十四首⑦、庾阐《孙登赞》、李华《二孝赞》《四皓赞》等，均是如此。

颂中的人物题材，大体可分为三类。其一为碑颂，题名或作碑，或作颂，很多情况下会在序中有"乃作颂曰"之类的标识。其二为像颂，其三即为名

---

① [唐]房玄龄等撰：《晋书》卷九十四，中华书局1974年，第2453页。
② 《太平御览》卷五五九，第2525页。
③ 《水经注校证》卷十三，第325页。
④ [晋]陆云撰，黄葵点校：《陆云集》卷六，中华书局1988年，第120页。
⑤ 《文心雕龙讲录二种》，第154页。
⑥ 《文选》卷四十七，第670页。
⑦ 挚虞之作当为一组赞，可能实际数目不止十四首，但总的名称已佚，严可均根据《初学记》辑录。

贤颂。与赞的创作动机一样,颂中的名贤颂也是因仰慕名贤的品德而作,如《后汉书·梁鸿传》"(鸿)仰慕前世高士,而为四皓以来二十四人作颂"①,《文选·雪赋》注引《安丘严平颂》即为其一。此外还有崔琦《四皓颂》、李充《九贤颂》、谢万《八贤颂》、牵秀《黄帝颂》《老子颂》《彭祖颂》《王乔赤松颂》、潘岳《许由颂》等。名贤颂与名贤赞一样,颂赞的对象均为古代名臣贤士,通常以一组数篇的形式出现,按照时间先后排列,文辞简洁凝练,目的都是颂扬古代名贤的德行。与像赞、像颂一样,这类题材的颂与赞也只是分标二名,实为一体。

最后,颂、赞题材的相似还表现在咏物与符瑞两种题材中。《文心雕龙·颂赞》篇评价颂、赞二体的咏物题材说:"降及品物,炫辞作玩。"②可见以咏物为题材的颂和赞在当时并不在少数。所咏之物,包括花鸟鱼虫及各种玩物,同题之作也有不少,如繁钦一人便作有《砚颂》和《砚赞》,王粲有《灵寿杖颂》,郭璞有《桃杖赞》。以符瑞为题材的赞在古代也较为多见,如缪袭有《神芝赞》,刘宋时期江夏王刘义恭同时作有《嘉禾甘露颂》与《华林四瑞桐树甘露赞》。又《太平御览》引《后魏书》曰:"(崔光)曾于门下省昼坐读经,有鸽飞集膝前,遂入于怀,缘臂上肩,久之乃去,道俗赞咏诗颂者数十人。"③鸽子作为一种祥瑞出现,人们也作赞称贺。此外如《文苑英华》卷七八四所载苏颋《双白鹰赞》、白居易《吴兴灵鹤赞》,都是符瑞赞。

四、篇体形式的相近

刘勰总结赞的篇体特征说:"古来篇体,促而不广,必结言于四字之句,盘桓乎数韵之辞;约举以尽情,昭灼以送文,此其体也。"④认为赞的特点是篇幅短小,句式为四言句。相比之下,颂的体式则要大很多,故而吴承学、刘湘兰将这一点视为赞、颂的区别之一。实际上,刘勰对赞体的总结,只是从大体上进行的概括,并不排除某些赞的篇幅和颂一样长,同样,后世很多的颂也与赞一样短小。总之,二者的篇体区别并非泾渭分明、一成不变的。

赞体在句式上,确如刘勰所说,"必结言于四字之句",很少看到骚体句及六字句的出现。我们或可据此认为,凡是骚体句及六字句的作品就不是赞体,但反过来说,全为四字句的作品却不易区分是赞还是颂。颂在汉代受

---

① 《后汉书》卷八十三,第2766页。
② 《文心雕龙义证》卷二,第352页。
③ 《太平御览》卷九二三"羽族部十"引,第4096页。
④ 《文心雕龙义证》卷二,第348—349页。

到赋体影响较大，篇幅宏大，句式也多种多样。魏晋之后，颂体铺排如赋的写法逐步收敛，文体特征进一步明确，以整饬的四言句式最为常见。虽然骚体句和六字句还会出现在颂体中，但与赞一样，四字句已成了最主要的句式。所以从句式上看，魏晋以后的颂、赞并无多少区别。

篇幅方面，刘勰所总结的颂长赞短，同样不能一概而论。刘师培说："三国之时，颂赞虽已混淆，然尚以篇之长短分之。大抵自八句迄十六句者为赞，长篇者为颂，其体之区别，至为谨严。彦和所谓'促而不广'云云，正与斯时赞体相合。及西晋以后，此界域遂泯。如夏侯湛之《东方朔画像赞》，篇幅增恢，为前代所无。袁弘《三国名臣赞》，与陆机《高祖功臣颂》实无别致，而分标二体。可知自西汉以下，颂赞已渐合为一矣。"① 刘师培认为，三国时期颂体的篇幅仍长于赞，至西晋以后，二者之间的界限就逐渐消失了。这一点，我们可以从两个方面来论证。首先是颂体之中有短如赞者，像薛综《白鹿颂》《赤乌颂》《白乌颂》、李充《九贤颂》（笔者按，今存五首）、谢万《八贤颂》（笔者按，今存二首），每首均四句十六字。其次是赞体之中有长如颂者，如上文刘师培所引夏侯湛《东方朔画像赞》与袁弘《三国名臣序赞》，还有如陆云《荣启期赞》三十六句，沈约《高士赞》三十句、《千佛赞》三十二句，李华《二孝赞》四十七句，白居易《酒功赞》二十六句，刘敞《西汉三名儒赞》三首分别为二十六句、二十八句、二十八句，均与颂体规模相当。所以就篇幅来说，西晋之后，赞颂二体的确没有严格的界限。最后，关于赞颂篇体的对比，还可以《凌烟阁勋臣赞》的异文为例来说明。《凌烟阁勋臣赞》是唐代吕温所作，该文流传甚广，宋人编选《文苑英华》及《唐文粹》时均将其选入，但是标题却稍有区别，前者作"颂"，后者称"赞"。究竟孰对孰错，我们可以通过文章的内容来判断。《文苑英华》中，原文序曰："昔陆机、袁宏为晋人而歌功于汉魏，作者犹或称之，况乎游圣代、观国光、目睇凌烟而颂声不作。某不揣贱劣，有罋然之志，辄尽所蓄各为赞一章，上以见王业之艰难，中以明圣贤之相须，次以朗前哲之光韵，末以耸后人之盛节。"② 文中提到的陆机、袁宏"歌功于汉魏"，即指二人所作《汉高祖功臣颂》与《三国名臣序赞》。然而下文却不免让人疑惑，其首先称"目睇凌烟而颂声不作"，后又云"辄尽所蓄各为赞一章"，两处分别称颂和赞，异文可能即由此产生。通过前文的论述可知，古代不少赞文会自称为颂，如上文所引《三国名臣序赞》"夫诗颂之作，有自来矣。或以吟咏情性，或以述德显功。虽大旨同归，所托或乖。若夫出处有道，名体不滞，

---

① 《文心雕龙讲录二种》，第155页。
② 《文苑英华》卷七七六，第4091页。

风轨德音,为世作范,不可废也。故复撰序所怀,以为之赞云",虽上溯诗颂,但仍称为赞。颂虽在序中自称其文的作用为"赞扬""赞示""崇赞"等,却没有径直称"为赞一章"的话。据此推测,原文应当如序文所言,为《凌烟阁勋臣赞》。其云"颂声不作","颂声"并非特指颂体,而是指具有歌颂功能文章的总称。除了颂,赞同样可以达到这个目的,起到歌颂前贤的作用,二者在很多情况下并无不同,故而作者才在下文自称"各为赞一章"。颂、赞二字形体差异明显,显然不是形近致误。有人称之为赞,有人称之为颂,表明《凌烟阁勋臣赞》不仅符合赞体,与颂体也不矛盾。除了功能和题材上的相同外,《凌烟阁勋臣赞》的这种情况还反映了赞、颂二体在篇体特征方面其实并没有严格的区别。在序文中,作者将歌颂汉、魏的《汉高祖功臣颂》与《三国名臣序赞》并列,表明在其心中,颂、赞作用相同,也说明《凌烟阁勋臣赞》与二文精神的一脉相承。该赞篇幅恢宏,文首冠以长序,正文之中每位勋臣各自为赞,共计二十四首,最短者"长孙邱公顺德"十六句,最长者"李英公"四十六句,与《汉高祖功臣颂》规模相当,完全突破了刘勰总结的"盘桓乎数韵之辞"的特征。

作为两种不同文体,颂、赞的起源各不相同,但随着文体功能的发展和文体特征的演变,二者在诸多方面都呈现出明显的一致性,甚至在画像题材中,颂、赞已没有任何区别,仅是名称不同罢了。纵观颂、赞文体的发展史,二者的不同主要体现在总体特征上,但并没有绝对的衡量标准。明清时期,颂与赞的文体功能日趋固定,颂体越发典重,题材和写法已无创新;赞体则日益平民化,歌颂帝德的作用逐步消失,绝大多数为画像赞和咏物赞,或许这时候,颂、赞二体的区别才真正凸显出来。

第三节 颂与铭、碑的关系

中国古代文体分类的生成方式,郭英德认为不外乎三种途径,"一是作为行为方式的文体分类,二是作为文本方式的文体分类,三是文章体系内的文体分类"①。按照这种分法,铭为行为方式,碑乃文本名称,颂则源出五经,为文章体系之内的文体分类。虽然三者的生成方式各不相同,功能却有着一致之处,以致产生了碑颂、碑铭、铭颂这样兼具两种文体特征的交叉名称。很多作品同属于两种文体的现象,更说明了它们之间关系的密切。

---

① 郭英德:《论中国古代文体分类的生成方式》,《学术研究》2005年第1期。

一、颂、铭、碑三体的交融

颂的特点和功能,前文已有叙及,这里首先对铭和碑作一些必要介绍。铭本意为镂刻,《国语·鲁语下》"故铭其栝曰'肃慎氏之贡矢'"韦昭注:"刻曰铭。"①后引申为刻于器物之上的文辞。对于早期的铭文,刘勰举例说:"昔帝轩刻舆、几以弼违,大禹勒笋簴而招谏;成汤盘盂,著'日新'之规;武王《户》《席》,题必戒之训;周公慎言于《金人》,仲尼革容于欹器,则先圣鉴戒,其来久矣。"②其中黄帝作铭又见蔡邕《铭论》及《后汉书·朱穆传》李贤注,真伪虽已无法辨别,但这种说法广泛流传,说明铭文历史的久远。根据内容的不同,铭文可用于警戒和纪功,侧重前者如扬雄曰:"铭哉!铭哉!有意于慎也。"③强调后者如刘熙云:"铭,名也,述其功美,使可称名也。"④关于这两种功用,刘勰又总结说:"故铭者,名也,观器必也正名,审用贵乎盛德。"⑤"观器"即将铭文刻于器物之上,以示对自己的警戒,"审用"指铭文记述功德之用。

碑本为立于地表的石头,《说文解字》:"碑,竖石也。"⑥后来人们常刻文于其上,故碑又从器物引申为文体名。据现有文献看,最早对这种由器物转变为文体的现象进行解释的是东汉刘熙,他在《释名·释典艺》中说:

> 碑,被也。此本葬时所设也,施其辘轳,以绳被其上,以引棺也。臣、子追述君、父之功美,以书其上,后人因焉。无故建于道陌之头、显见之处,名其文就谓之碑也。⑦

刘熙认为,碑文起源于墓葬所用之石,本是为了便于下棺,后来人们常于其上记录君父功德,因此碑又变为文体名。与刘熙的观点不同,刘勰则将碑文的源头追溯到上古帝王封禅之用:

> 碑者,埤也。上古帝皇,纪号封禅,树石埤岳,故曰碑也。周穆纪迹于弇山之石,亦古碑之意也。又宗庙有碑,树之两楹……自庙徂坟,

---

① 徐元诰撰,王树民、沈长云点校:《国语集解》卷五,中华书局2002年,第204页。
② 《文心雕龙义证》卷三,第388页。
③ 汪荣宝撰,陈仲夫点校:《法言义疏》卷三,中华书局1987年,第88页。
④ 《释名》卷七,第101页。
⑤ 《文心雕龙义证》卷三,第394页。
⑥ 《说文解字注》九篇下,第450页。
⑦ 《释名》卷六,第101—102页。

犹封墓也。①

碑最初用于"纪号封禅",名称由"树石埤岳"引申而来,然后才有宗庙之碑,以及用于墓葬之碑。相比刘熙,刘勰的说法更加具体,注意到了不同类别的碑之间的演变次序。碑文在后代的应用极为广泛,种类也非常多,徐师曾总结东汉以后的碑文类别说:"后汉以来,作者渐盛,故有山川之碑,有城池之碑,有宫室之碑,有桥道之碑,有坛井之碑,有神庙之碑,有家庙之碑,有古迹之碑,有风土之碑,有灾祥之碑,有功德之碑,有墓道之碑,有寺观之碑,有托物之碑。"②这些碑刻以物质的形态呈现,同时以文字的形式广泛传播,最终功用,都可归结于纪念、宣化。

以上是对铭、碑两种文体及特点的简要说明,我们发现,颂、铭、碑三者的关系之所以密切,主要还在于它们共有的颂美功能。关于铭与颂的关系,《礼记·祭统》中的一段话非常重要:

> 夫鼎有铭,铭者自名也,自名以称扬其先祖之美,而明著之后世者也。为先祖者,莫不有美焉,莫不有恶焉。铭之义,称美而不称恶,此孝子孝孙之心也,唯贤者能之。铭者,论撰其先祖之有德善、功烈、勋劳、庆赏、声名,列于天下,而酌之祭器,自成其名焉,以祀其先祖也。③

这段话全面概述了铭文的颂扬功用,其中有两点值得注意:首先,铭"称美而不称恶"的传统恰好与颂"义必纯美"的特性相同;其次,铭文刻于祭器,用于祭祀先祖,这也与颂最初用于祭祀、告神的作用一致。要之,除形式和方式不同外,用于称美先祖之铭的功用与颂别无两样。后世不少文献都可见人们对铭文颂扬功能的强调,如:

《后汉书·窦宪传》:"宪、秉遂登燕然山,去塞三千余里,刻石勒功,纪汉威德,令班固作铭曰……"④

《十六国春秋·夏录》:"勃勃作统万城,义周为之铭,颂其功德曰……"⑤

---

① 《文心雕龙义证》卷三,第443—444页。
② 《文体明辨序说》,第144页。
③ [汉]郑玄注,[唐]孔颖达疏:《礼记正义》卷四十九,《十三经注疏》本,中华书局2009年,第3486页。
④ 《后汉书》卷二十三,第814页。
⑤ [北魏]崔鸿撰,[清]汤球辑补,王鲁一、王立华点校:《十六国春秋辑补》,齐鲁书社2000年,第428页。

《魏书·刘屈子传》："勒铭城南,颂其功德。"①

上述三则文献中的作品,从文体看是铭,但内容则与颂体一样,显示出强烈的纪颂功德的创作目的。

铭、颂并称现象也体现了二者功能的相同。陆云在《与兄平原书》说:"蔡氏所长,唯铭颂耳。铭之善者,亦复数篇,其余平平耳。"②蔡氏即蔡邕,曾撰写很多歌颂功能的铭文和颂文。正因为二者功能的相近,所以陆云将二者并称。铭、颂并称也可泛指兼有两种文体特色的文字,如:

曹植《承露盘铭》:"使臣为颂铭。"③
沈约《齐故安陆昭王碑文》:"乃刊石图徽,寄情铭颂。"④
萧绎《内典碑铭集林序》:"铭颂所称,兴公而已。"⑤
欧阳詹《二公亭记》:"古之制器物,造宫室,咸有铭颂,以昭其义。"⑥
张说《陇州司马杨公神道碑》:"永怀徽烈,思勒铭颂。"⑦

这类刻石文同时具有颂扬的作用,故而合称"铭颂"。

还有一种情况,即一些作品同时被称作铭和颂,从中也可看到二者之间关系的密切。最为典型的是秦始皇刻石,刘勰在《文心雕龙·颂赞》篇中视之为颂,又在《铭箴》篇中认为是铭。再如《艺文类聚》和《初学记》均载录的曹植作品《承露盘铭》,后世又称作《承露盘颂》,正是由于兼具铭与颂的特点,才导致一文二名现象的出现。

关于碑、颂之间的关系,程章灿师在《从碑石、碑颂、碑传到碑文——论汉唐之间碑文体演变之大趋势》一文中,从碑文的题名与文体、作者的自我认定、碑文中铭文部分的引据文体及"碑颂"的内涵四部分着眼,对碑、颂的关系进行了讨论。⑧此外,以下两个方面也在很大程度上体现了二者关系的密切。

---

① [北齐]魏收撰:《魏书》卷九十五,中华书局1974年,第2057页。
② 《陆云集》卷八,第141页。
③ [三国魏]曹植著,赵幼文校注:《曹植集校注》,人民文学出版社1998年,第476页。
④ 《文选》卷五十九,第823页。
⑤ 《广弘明集》卷二十,《四部丛刊》本。
⑥ 《文苑英华》卷八二四,第4353页。
⑦ 《文苑英华》卷九二六,第4897页。
⑧ 程章灿:《从碑石、碑颂、碑传到碑文——论汉唐之间碑文体演变之大趋势》,《唐研究》2007年第13期。

首先,根据古人对碑文功能的界定看,记述功德是其最为重要的方面,如:

  李充《起居诫》:"古之为碑者,盖以述德记功,归于实录也。"①
  袁兴《万年书》:"夫碑铭将以述咏功德,流美千载。"②
  《文心雕龙·诔碑》:"(碑)标序盛德,必见清风之华;昭纪鸿懿,必见峻伟之烈:此碑之制也。"③
  《文赋》"碑披文以相质"李善注:"碑以叙德,故文质相半。"④

以上材料表明,记述功德是刻碑的重要目的,恰好与歌颂功德之颂一致⑤,所以很多碑文径直以颂为名,或虽名之为碑,但行文中又自我认定为颂。

其次,碑文题材丰富多样,大多具备歌颂功德的作用,其中尤以颂德碑最为典型,可以说是颂、碑结合的最佳体现。唐封演《封氏闻见记·颂德》:"在官有异政,考秩已终,吏人立碑颂德者,皆须审详事实,州司以状闻奏,恩敕听许,然后得建之,故谓之颂德碑,亦曰遗爱碑。《书》称'树之风声'者,正此之谓。"⑥可见,树立颂德碑的目的正是纪颂功德。遗爱碑又称作"遗爱碑颂",充分说明了碑文在创作过程中对颂的借鉴和吸收。

颂与铭、碑的关系极为密切,甚至存在同一篇作品以三种文体名称出现的情况,如《类编长安志》录有《后魏温泉铭》,并云:"不著人名氏。作颂者自称曰'孤',其额曰《雍州刺史松滋公元苌温泉颂》,盖苌始立室于泉上,而作此颂碑,古人摩挲光如镜,呼为《颇黎碑》。"⑦碑额作颂,古人称碑,而著录为铭,可知颂、铭、碑三者并无绝对界限,同一篇作品从不同的角度看,也会属于不同的文体。刘勰解释碑、铭关系说:"夫碑实铭器,铭实碑文,因器立名,事光于诔。是以勒石赞勋者,入铭之域;树碑述已者,同诔之区焉。"⑧"赞勋"即指赞颂功德。颂为内容,碑为器物,铭为文辞,三者虽在后世各自独立为文体的一种,但常常是融而不分的。元潘昂霄《金石例》卷一引《事祖广记》云:"《管子》曰:'无怀氏封泰山,刻石记功。'秦汉以来,始谓刻石曰碑,盖因

---

① [唐]虞世南编撰:《北堂书钞》卷一百二十,中国书店1989年,第390页。
② 《北堂书钞》卷一百二十,第390页。
③ 《文心雕龙义证》卷三,第457页。
④ 《文选》卷十七,第241页。
⑤ 《文选》陆机《文赋》"颂悠游以彬蔚"吕向注:"颂以歌颂功德。"
⑥ [唐]封演撰,赵贞信校注:《封氏闻见记校注》卷五,中华书局2005年,第40页。
⑦ [元]骆天骧撰:《类编长安志》卷十,《续修四库全书》本,上海古籍出版社2002年,第138页。
⑧ 《文心雕龙义证》卷三,第457页。

丧礼丰碑之制也。"①刻石作为一种宽泛的名称,既可指碑,也可称铭,而纪功颂德则是其最为突出的内容。后世三者分作三种文体,很多情况下只是名称有所不同,文体特征及内容主旨无多区别。

二、颂体"敬慎如铭"的内涵

刘勰总结颂的文体特征说:颂"敬慎如铭,而异乎规戒之域"②。《文镜秘府论》引作:"恭慎如铭,而异规诫。"③文辞略有不同,文意则没有区别。吴讷和徐师曾均对刘勰的总结表示认同,如后者云:"详味斯言,可以得作颂之法矣。"④关于刘勰的这句话,大多学者都将"敬慎"理解为恭敬慎重或庄重严肃之意,如陆侃如、牟世金译作:"严肃庄重有如'铭',但又和'铭'的规劝警戒意义不同。"⑤周振甫解释为:"庄重谨慎象铭文,但不同于规劝警戒的含意。"⑥此外仍有两种观点值得注意。一是黄侃在《文心雕龙札记》中解释"颂惟典雅"至"汪洋以树义"时所云:

> 陆士衡《文赋》云:颂优游以彬蔚。李善注云。颂以襃述功美,以辞为上,故优游彬蔚。案彦和此文敷写似赋二句,即彬蔚之说;敬慎如铭二句,即优游之说。⑦

认为刘勰的观点源于《文赋》,故而径直将二者等同起来。与上述两种对刘勰观点进行阐发的解释不同,刘师培则对刘勰的说法径直提出异议,他认为:

> 三代之铭,分为二体,一主儆戒,略近于箴;一主颂美,与颂为伍。皆铭刻于器。前者如汤之《盘铭》及《大戴礼·武王践阼》篇之铭十七章;后者如孔悝《鼎铭》是也。彦和此所谓铭,专指近于箴之一体而言,故谓颂应"敬慎如铭,而异乎规戒之域",不知铭中尚有颂美之一体。此句若易铭为箴,则义无不安;以箴铭之作俱宜简敛,而箴则惟有规戒

---

① [元]潘昂霄:《金石例》卷一,王水照编《历代文话》本,复旦大学出版社2007年,第1371页。
② 《文心雕龙义证》卷二,第334页。
③ 《文镜秘府论汇校汇考》,第449页。
④ 《文体明辨序说》,第143页。
⑤ 赵仲邑译注:《文心雕龙译注》,漓江出版社1982年,第175页。
⑥ 周振甫:《文心雕龙今译》,中华书局2012年,第86—87页。
⑦ 《文心雕龙札记》,第73—74页。

之义,无颂美之义也。①

刘师培认为,铭兼有规诫和颂美之意,而箴只有规诫的意思,所以刘勰"敬慎如铭"的论断中,将铭换为箴似乎更加合适。

上述三种观点究竟哪一种更加合理?笔者反复研读《颂赞》篇原文,并综合考虑颂、铭的文体特征,认为陆侃如、牟世金与周振甫的看法更加符合刘勰原意。刘勰称颂与铭一样严肃谨慎,正是看到了这两种文体的共同点,这并无不妥之处。

首先我们来看黄侃的观点。根据上文所引对陆机《文赋》"颂优游以彬蔚"的解释可知,这里的"优游"指从容、和缓之意。"敬慎"一词最早出现在《诗经》中,共有三处,分别是《大雅·民劳》"敬慎威仪,以近有德",以及《大雅·抑》和《鲁颂·泮水》中的句子"敬慎威仪,维民之则"②。又张衡《东京赋》"敬慎威仪,示民不偷",李善注:"敬,宜也。"③"敬慎威仪"指仪容庄重而严肃,刘勰用来指称颂与铭的风格特点,认为它们严肃而慎重,不流于浮华。敬慎与优游的词义并不相同,二者强调的是颂体风格的不同方面,不能完全画等号。故而笔者认为,黄先生的观点失之偏颇。

其次,刘师培的观点也不够准确。他说:"彦和此所谓铭,专指近于箴之一体而言","若易铭为箴,则义无不安"。原因是"箴则惟有规戒之义,无颂美之义也"。分析刘师培的话我们发现,其言下之意即认为"敬慎"之意乃箴及"近于箴之一体"的铭所拥有,而表颂美之义的铭则没有这个特点,所以才会说若将刘勰原文变为"敬慎如箴,而异乎规戒之域",则更为合适。刘师培的观点存在一个假设的前提条件,即首先判定刘勰"不知铭中尚有颂美之一体",但事实并非如此。《铭箴》篇中,刘勰两次强调铭的颂美作用,他首先引用臧武仲论铭之语"天子令德,诸侯计功,大夫称伐",并举出具体作品加以补充,后又在下文称"铭兼褒赞"④,可见,刘勰对铭之颂美功用认识得很清楚。既然如此,自然不能将"敬慎如铭"的说法看作因刘勰不知铭的颂美功用而有此说。

刘勰认为,颂、铭的相同之处是写作过程中表现出的恭敬、谨慎态度,同时又排除了以规劝为宗旨的铭。因为从功能上看,箴及"近于箴之一体"的铭这两种文体,与颂之间并没有什么共同点,前者主规诫,后者为颂扬。而

---

① 《文心雕龙讲录二种》,第152页。
② 分别见《毛诗正义》第1182、1195、1318页。
③ 《文选》卷三,第62页。
④ 《文心雕龙义证》卷三,第420页。

通过上文的分析我们也看到,纪功颂德之铭与颂之间的关系极为紧密,甚至很多情况下二者只是名称不同罢了。正因如此,刘勰才会认为颂与这类铭较为相似,都为恭敬严肃之作,同时为了表达确切,不让读者误解,又进行补充,将用于规诫的铭排除在外。倘若依照刘师培的观点,将铭换为箴,反倒违背了刘勰的初衷。

刘勰在将颂与铭作对比时,正是基于二者共同的"敬慎"特点,而这种特点的成因和表现又是什么呢? 笔者认为,主要与颂、铭的用途有关。颂和铭虽是不同文体,但均源于古代的礼仪制度,使用场合有很多相似之处。概括说来,主要有两个方面:一是均为告神之辞;二是均有明确的现实意义,体现了传统社会的等级制度。以下我们便从这两个方面对颂、铭的"敬慎"特点进行分析。

颂、铭用于告神、祭祀时,是与神灵和先祖的对话,故而文辞须典雅、凝重,不能有浮华和不恭之处,也就是需要庄重而谨慎。关于颂,挚虞在《文章流别论》中说:"古者圣帝明王,功成治定而颂声兴,于是史录其篇,工歌其章,以奏于宗庙,告于鬼神,故颂之所美者,圣王之德也。"①刘勰也认为:"鲁以公旦次编,商以前王追录,斯乃宗庙之正歌,非宴飨之常咏也。"②颂乃用于宗庙之正歌,与描写人事的作品不同,所以必须"敬慎"。正如赵湘在《宋颂序》中所说:"臣湘谨清净心意,盥沐舌发,稽首穹昊,拜手皎日,撰为《宋颂》,以告于神明。"③虽然只是恭谦之辞,但在撰写之前有如此多的仪式,也显示了作者对作颂的重视。铭最初刻于钟、鼎等器物之上。史岑《出师颂》"功铭鼎铉"李善注:"铭者,论撰其先祖之德美、功烈、勋劳,而酌之祭器,自成其名焉。"④说明铭也与颂一样,用于祭祀。同时,铭不仅可以用于称扬先祖,还可起到警示后人的作用。《礼记·祭统》:"夫铭者,壹称而上下皆得焉耳矣。是故君子之观于铭也,既美其所称,又美其所为。为之者,明足以见之,仁足以与之,知足以利之,可谓贤矣。贤而勿伐,可谓恭矣。"⑤表明铭的作用之大及地位之高。将功德刻于鼎上,其目的是传之久远,供后人瞻仰,所以行文须严肃、谨慎。

颂、铭均有着强烈的现实意义和政治需求,二者另一个共同点是用于纪功:一方面以德服人,更好地管理天下;另一方面以刻石的方式进行传播,留

---

① 《艺文类聚》卷五十六,第1018页。
② 《文心雕龙义证》卷二,第317页。
③ [宋]赵湘撰:《南阳集》卷一,《丛书集成初编》本,上海商务印书馆1937年,第7页。
④ 《文选》卷四十七,第661页。
⑤ 《礼记正义》卷四十九,第3487页。

待后人称颂。这两个方面,前者为现实意义,后者为历史价值,意义都很重大,故而需要谨慎对待。另外,颂、铭有着明确的使用对象和场合,倘若没有注意到这些,那便是失礼的表现。《诗经·鲁颂》便是极为典型的例子。秦汉之前,只有天子才可用颂,鲁国国君僖公身为一介诸侯,但是《诗经》中却存留四篇歌颂僖公的颂作。尽管后代不少学者为之辩解,但仍遭到很多人的指责而被斥为"变颂",如宋代的严粲就说:"《鲁颂》,颂之变也……雅、颂,天子之诗也,颂非所施于鲁,况颂其郊乎?考其时则非,揆其礼则诛,汰哉克也,不如林放矣。"①清代的陈仅也认为:"《鲁颂》非颂也,有雅音焉。鲁人以为颂也,功德不足以颂,而强为之,无怪其终不合也,则谓之'变颂'而已。"②《鲁颂》不被后人认可的重要原因就是颂专用于天子,而僖公只是诸侯而已,以诸侯的身份配颂,就是不合礼法。区分如此严格,说明了颂在创作时的谨慎、严肃。宋代张俞《与吴职方书》记载,他曾为人作《讲堂颂》,但对方"谓俞所作《讲堂颂》为叙己之德,于书衔立石,体未便安,俾别为记,闻之惶恐"③,认为以颂体记之不合乎礼仪。尽管张俞在信中举出前代很多的例子进行辩驳,但这恰好从反面说明了颂体在后世的适用对象虽不再限于天子,但仍未能普及,很大程度上体现了社会等级的森严。

与颂一样,铭文在这一方面也有着相同的地方。较为典型的例子如上文所引臧武仲论铭之语,其中说到身份不同,铭刻的内容也不一样,这充分说明了古人对铭文创作的认真及要求之严格。成书于梁代的《文选》收录有陆倕《石阙铭》一文,程章灿师认为,"此篇得以编入《文选》,固然与陆氏曾为'昭明十学士'之一或有关系,而最为重要的原因,乃是这篇文章对梁朝政权所具有的特殊的政治意义",因为从梁武帝即位起,"萧衍及其萧梁政权就面临着正统性的质疑,承受着由此造成的心理焦虑",急需向社会宣示自己的合法性。所以萧衍对《石阙铭》极为重视,并亲自动手润饰,"对于梁武帝来说,撰写《石阙铭》首先是一个政治任务,其次才是一次文学创作"。④这样一篇具有重要政治意义的铭文,无论是陆倕还是萧衍,无疑都需要认真对待,这体现了铭文严肃、谨慎的特点。

---

① [宋]严粲撰:《诗缉》卷三十五,景印文渊阁《四库全书》本,台湾商务印书馆1986年。
② [清]陈仅撰:《诗诵》卷四,《四明丛书》本,清光绪十一年(1885)刻本。
③ [宋]程遇孙辑:《成都文类》卷二十一,景印文渊阁《四库全书》本,台湾商务印书馆1986年。
④ 程章灿:《象阙与萧梁政权始建期的正统焦虑——读陆倕〈石阙铭〉》,《文史》2013年第2辑。

三、"碑颂"的名与实

碑作为一种文体，甫一出现便具备了颂的功用。尽管早期碑文中常常出现"乃作颂曰"之类的句子，但"碑颂"连称作为一个固定词语，则要稍晚一些。《后汉书·郭太传》载："明年春，卒于家，时年四十二。四方之士千余人，皆来会葬，同志者乃共刻石立碑。蔡邕为其文，既而谓涿郡卢植曰：'吾为碑铭多矣，皆有惭德，唯郭有道无愧色耳。'"①《太平御览》卷五八九引此文，"郭有道"后有"碑"字。二者均未见"碑颂"出现。同是《太平御览》，又引《郭子别传》云：

> 林宗秀立高跱，詹然渊渟，蔡伯喈告卢子幹、马日䃅曰："为天下作碑铭多矣，未尝不有惭色，唯郭先生碑颂，无愧色耳。"②

别传是盛行于汉末至东晋时期的传记文体，《郭子别传》未见其他典籍著录，作者及年代不明，然据传主的生活年代推测，大致在三国时期。显然，《后汉书》所载蔡邕之语应从此处而出。另外，《世说新语》"德行第一"刘孝标注引《续汉书》曰："及卒，蔡伯喈为作碑，曰：'吾为人作铭，未尝不有惭容，唯为郭有道碑颂无愧耳。'"③亦可证此处原文当作"碑颂"。这样我们可判定，碑颂作为一个固定词语，最晚在汉末便已出现。

刘勰论述碑、铭之间的关系说："其序则传，其文则铭。"④认为碑中的散文部分属于传记，韵文则为铭。又云："夫碑实铭器，铭实碑文。"⑤与前面将碑、铭均作为文体不同，这里所说的碑、铭属于器物与文辞之间的关系，故而两处的"铭"含义并不一样，前者指碑文中的韵文部分，后者指刻于碑中的所有文辞。与此不同的是，碑颂作为一个固定词语，通常指整篇碑文。徐师曾在"墓碑文"中说："其或曰碑，或曰碑文，或曰墓碑……或曰碑颂，皆别题也。"⑥认为碑颂不过是墓碑文的别称而已。结合具体文献材料我们发现，碑颂一词确如徐氏所说，可作为碑文的别称。除上文所引《郭子别传》及《续汉书》中的"碑颂"外，还有如：

---

① 《后汉书》卷六十八，第2227页。
② 《太平御览》卷三八八，第1794页。
③ 《世说新语笺疏》卷一，第5页。
④ 《文心雕龙义证》卷三，第457页。
⑤ 《文心雕龙义证》卷三，第457页。
⑥ 《文体明辨序说》，第150页。

《后汉书·崔寔传》:"初,寔父卒,剽卖田宅,起冢茔,立碑颂,葬讫,资产竭尽,因穷困,以酤酿贩鬻为业。"①

《后汉书·韩韶传》:"同郡李膺、陈寔、杜密、荀淑等为立碑颂焉。"②

《水经注·睢水注》:"以桥公尝牧凉州,感三纲之义,慕将顺之节,以为公之勋美,宜宣旧邦,乃树碑颂,以昭令德。"③

《晋书·傅祗传》:"祗乃造沈莱堰,至今兖豫无水患,百姓为立碑颂焉。"④

《北史·张文诩传》:"终于家,乡人为立碑颂,号曰张先生。"⑤

立碑颂也即立碑。"立""树"二词,说明树立的对象为碑石,具体来说是含有颂文的碑石,"颂"表明了碑的内容。如果上述材料中"碑颂"的含义还不够明确的话,那么下面的例子则尤为明显:

《史通·因习第十九》:"至于碑颂所勒,茅土定名,虚引他邦,冒为己邑。若乃称袁则饰之陈郡,言杜则系之京邑,姓卯金者咸曰彭城,氏禾女者皆云巨鹿。"⑥

这段文字对妄加攀附之风进行批判,其中"茅土定名,虚引他邦"句指人们常以别邦冒认作自己的家乡,以此表明自己出身名门。显然这些都是碑序的内容,而刘知几在前面以"碑颂"概括,可见这里的"碑颂"应指碑文的全部内容。

除此之外,"碑颂"有时也被用来指碑中除序文之外的韵文部分,这种情况较为少见,故而徐师曾直接忽略过去。较早表示这一含义的是《水经注·河水注》中的一处文字:

魏太平真君三年,刻石树碑,勒宣时事。碑颂云:"肃清帝道,振慑四荒。有蛮有戎,自彼氐羌。无思不服,重译稽颡。恂恂南秦,敛敛推亡。峨峨广德,奕奕焜煌。"⑦

---

① 《后汉书》卷五十二,第1731页。
② 《后汉书》卷六十二,第2063页。
③ 《水经注校证》卷二十四,第569页。
④ 《晋书》卷四十七,第1331页。
⑤ [唐]李延寿撰:《北史》卷七十八,中华书局1974年,第2917页。
⑥ 《史通通释》卷六,第144—145页。
⑦ 《水经注校证》卷三,第80页。

"碑颂"后接以颂辞,则这里的"碑颂"应特指碑文的韵文部分。

直至宋代,我们才真正看到"碑颂"第二种含义的正式出现。《唐文粹》卷二十一、二十二共收录贾至《虔子贱碑颂》、张说《广州都督岭南按察五府经略使宋公遗爱碑颂》、王维《京兆尹张公德政碑颂》、崔祐甫《唐卫尉卿洪州都督张公遗爱碑颂》、刘禹锡《高陵令刘君遗爱碑颂》、陈子昂《中岳体玄先生潘尊师碑颂》、房邺《少华山佑顺侯碑颂》、邵昂《岐邠泾宁四州八马坊碑颂》八篇碑颂作品,除张说一篇外,其他正文标题后均有"并序"一词①。该书卷五十至六十五录有大量碑文,而将碑颂置于颂类。东汉以后的颂大多有序,虽然序与正文关系密切,但通常而言,颂都是指韵文部分,故而无论总集还是别集在收录颂作时,常会在标题下方标明"并序"二字。《唐文粹》所录"碑颂"也在下方标明"并序"②,那么在姚铉看来,碑颂一词应特指除序文以外的韵文部分,也就是代指颂。

传世文献中,明确以"碑颂"代指韵文部分的情况极为少见,据笔者排查,仅见《唐文粹》一例而已,但其却对我们认识碑、颂关系有着重要的意义。碑由序文和铭文两部分构成,有时没有铭文,但序文一般都是有的,也就是说,序文和铭文都是碑的一部分,人们在著录碑文时,篇题前不会添加"并序"一词。而颂则不同,虽然古代很多的颂都有序文,但未必是其内容的必要组成部分,而是附于正文之前,起到补充说明的作用。所以人们在著录颂作时,通常会在题目之后加上"并序"二字。题为"碑颂"的作品,人们一般将其作为碑文看待,所以前面的序文自然无须强调。而《唐文粹》在文章标题下加"并序"一词,从而将序文排除在"碑颂"之外,也就是把"碑颂"视为颂体。从这里可以看到,碑颂兼具碑、颂两种文体特色,既是碑文,也是颂体。如《唐文粹》收录的王维《京兆尹张公德政碑颂》一篇,在《王右丞集》、《文章辨体汇选》和《全唐文》中,均题作《京兆尹张公德政碑》。姚铉《唐文粹》将其当作颂体,其实是从另一个角度对碑颂文体属性进行的界定。

与"碑颂"相对的是"颂碑"。就出现次数看,"碑颂"显然比"颂碑"多了不少。很多情况下,"颂碑"并不是作为一个独立词语出现,而是"某某颂碑",如李白《武昌宰韩君去思颂碑》、吕向《述圣颂碑》等,从标题词语的组合看,颂与其前面的词语关系更为密切。也即其首先是颂,其次才因为刻碑的缘故,被称为某某颂碑。如元结《大唐中兴颂》为其原题,刻石之后又被称作

---

① [宋]姚铉编:《唐文粹》,《四部丛刊》本。
② 只有张说《广州都督岭南按察五府经略使宋公遗爱碑颂》没有"并序"二字,可能因为流传过程中脱落导致。

《中兴颂碑》。可见,"颂碑"中的"颂"与"碑"并不构成词语的固定搭配关系。现存典籍中二者连称的情况也极为少见,除上文所引《后魏温泉铭》中所云"盖苌始立室于泉上,而作此颂碑"外,还有《闲适剧谈》:"祁阳浯溪,唐元结所辟也,颂碑旁石隙一小石可鉴,谓之镜石涵辉,为一景。"①但除此之外,笔者便没有再搜寻到其他的这种用法。从构词方式来看,二者也有明显的差异。碑颂的核心词是颂,碑是用以表明材质的限定语。而颂碑的主语是碑,颂是用以表现内容的限定语。这种区别,体现了人们对二者内涵的区分。但总的来说,不论是碑颂还是颂碑,它们都具有相同的地方,即内容是颂,载体为碑。从文体发展的角度看,均反映了碑、颂二体的融合。

第四节 哀颂:哀辞与颂体的融合

哀颂又称哀颂辞,内容有哀有颂,为哀祭文与颂体的结合。哀颂最早出现在三国时期,但后世的创作却屈指可数,且主要集中在元明时期,可见其使用范围是非常有限的。即便如此,哀颂在内容和形式上仍表现出较强的文体特征,体现了颂体与哀祭文的融合。故而任昉在《文章缘起》中将其单列一类,可见其文体意义。哀颂兼具颂体与哀祭文体的特色,反映了哀祭文对颂体的借鉴,也体现出颂体使用范围之广泛。

一、哀颂的缘起与创作

哀颂作为文体名,最早见于任昉《文章缘起》:"哀颂,汉会稽东郡尉张纮作《陶侯哀颂》。"②然《陶侯哀颂》原文早就亡佚,现已无法窥其面貌。作者张纮(169—229),字子纲,广陵人。少游学洛阳,入太学,事博士韩宗,治京氏《易》、欧阳《尚书》,又于外黄从濮阳闿受《韩诗》及《礼记》《左氏春秋》。汉献帝初,避难江东,依孙权,任会稽东部都尉。黄龙元年(229)建议孙权迁都建业,并于是年卒,生平见《三国志·吴书》。至于这篇哀颂的对象陶侯,由于原文的亡佚,今已无法考证。

虽然哀颂出现时间很早,但元代以前,除《陶侯哀颂》之外,并未见

---

① [明]邓球撰:《闲适剧谈》卷四,明万历邓云台刻本。
② [南朝梁]任昉著,[明]陈懋仁注:《文章缘起注》,王水照编《历代文话》本,复旦大学出版社2007年,第2535页。

其他哀颂作品的记载和传世,也未见当时批评家有关哀颂文体的阐释。直至明代徐一夔作《哀颂序》一文,才开始对哀颂的起源和作用予以描述,其文曰:

> 呜呼,哀颂之作,其始于秦人所赋《黄鸟》者乎? 魏晋而降,《七哀》《八哀》之赋,盖皆权舆于此,然不徒作也,必其人节谊之高、文学之懿、政治之美,有足以起人思慕之心而后作也。余观仁和之士,颂其县令于既殁之后,非所谓起人思慕之心而后作者乎?①

这是徐一夔为他人所作哀颂的序文。徐氏认为,哀颂的源头可溯源至《诗经·秦风·黄鸟》。《左传·文公六年》载:"秦伯任好卒,以子车氏之三子奄息、仲行、鍼虎为殉,皆秦之良也。国人哀之,为之赋《黄鸟》。"②《黄鸟》描写秦穆公死时以子车氏三兄弟殉葬,抒发对他们的哀悼之情,也表达了对惨无人道的殉葬制度的愤怒。由于早期的哀颂已亡佚,无法进行比较,但根据明以后的哀颂来看,其在内容上有哀有颂,仍保留了颂体"义必纯美"的特色。而《黄鸟》则表现出强烈的刺时精神,如诗序曰:"《黄鸟》,哀三良也。国人刺穆公以人从死而作是诗也。"③虽然有"哀"的成分,但并无颂扬目的。所以徐一夔将哀颂的源头追溯至《黄鸟》,并不合适。但这段文字准确揭示了哀颂的创作缘由,认为哀颂的对象必然是在某方面值得称颂之人,这是哀颂的创作缘由,也是最基本的特征。

除《文章缘起》外,《陶侯哀颂》一直未见其他文献记载。《三国志·张纮传》云:"纮著诗、赋、铭、诔十余篇。"④又《隋书·经籍志四》著录有"后汉讨虏长史《张纮集》一卷,梁二卷,录一卷"⑤。可知《张纮集》梁代尚存两卷,而至隋代时就已散佚过半,只是《陶侯哀颂》是否存留尚不明确。但此后的目录著作如《旧唐书·经籍志》和《新唐书·艺文志》,均未见有关《张纮集》和《陶侯哀颂》的著录。作为唐前最为重要的文学选本,《文选》未予选录,被誉为"体大思精"的《文心雕龙》亦未曾言及哀颂的相关内容。南北朝末期,社会动荡不安,很多书籍都毁于一旦,《张纮集》可能即亡于此时。至于《陶侯哀颂》的存佚,明代的朱荃宰说:"又有哀颂,则任昉所称汉张纮初作《陶侯哀颂》是

---

① [明]徐一夔著,徐永恩校注:《始丰稿校注》卷五,浙江古籍出版社2008年,第125页。
② [晋]杜预注,[唐]孔颖达疏:《春秋左传正义》卷十九上,《十三经注疏》本,中华书局2009年,第4002—4003页。
③ 《毛诗正义》卷六,第793页。
④ 《三国志》卷五十三,第1246页。
⑤ 《隋书》卷三十五,第1058页。

已。今其文虽未及见,而窃意大体与哀赞略同。"[1]朱荃宰生活的时期即已不见《陶侯哀颂》,说明至少在明代《陶侯哀颂》就应该亡佚了。

元明时期,以哀颂为体的创作又重新出现。笔者所见,分别有以下作品:

表4-1 元明时期哀颂作品一览表

篇名	作者	出处
《吴先生哀颂辞序》	元 戴良	《九灵山房集补编》卷下
《白云先生许君哀颂辞》	元 吴莱	《渊颖集》卷七
《田居子黄隐君哀颂辞》	吴莱	《渊颖集》卷八
《真丘郡主哀颂》	明 黄省曾	《五岳山人集》卷三六
《哀颂序》	明 魏骥	《南斋先生魏文靖公摘稿》卷五
《蓉峰处士宋公哀颂》	明 徐一夔	《始丰稿》卷四
《哀颂序》	徐一夔	《始丰稿》卷五
《天镜禅师哀颂序》	徐一夔	《始丰稿》卷十二
《少詹事刘公哀颂》	明 杨守陈	《杨文懿公文集》卷六
《刑部郎中郑公哀颂辞》	杨守陈	《杨文懿公文集》卷七
《赠侍讲学士吕公哀颂辞》	杨守陈	《杨文懿公文集》卷九
《东鲁许先生哀颂辞》	明 杨守阯	《碧川文选》卷八

以上作品,算上有序无辞的,共十二篇。就作者来说,元代二人,明代五人。其中,从标题上看,称为"哀颂序"或"哀颂辞序"的是仅存颂序之作;称为"哀颂辞"的,乃仅存正文之作;称为"哀颂"的,则序文和正文同时保留了下来。哀颂与常见的颂体一样,后世大多为有序之作,只不过有的作品序文丢失了。从东汉开始,哀颂的创作就十分有限。笔者将《清代诗文集汇编》翻检一遍,竟未查得一篇哀颂,可知哀颂在清代的确非常稀见。

二、哀颂的文体属性

《文章缘起》共录各体文章八十四题,虽按诗、赋、文等一一排列,但就所录文体之间的关系来说,又并非各自独立。关于哀颂,《文章缘起》将其单列

---

[1] [明]朱荃宰:《文通》卷八,王水照编《历代文话》本,复旦大学出版社2007年,第2799页。

为一种文体,但其究竟是独立文体还是从属于其他文体,任昉并未说明。表4-1所列元明时期的哀颂,根据其所在别集的文体分类看,有两种情况:一种是直接标为"哀颂",如《真丘郡主哀颂》;另一种是归入"颂"类,如《蓉峰处士宋公哀颂》。可知哀颂具有双重属性,既可作为一种独立文体,也可从属于颂体这一大类。

吴讷《文章辨体》收录"哀辞"文体,并选入徐大章(一夔)《蓉峰处士宋公哀颂》一文。后来贺复徵《文章辨体汇选》延续了吴讷的这一做法,并增补蔡邕《议郎胡公夫人哀赞》一文入"哀辞"类。①哀辞,或作哀词,挚虞《文章流别论》解释:"哀辞者,诔之流也。崔瑗、苏顺、马融等为之,率以施于童殇夭折不以寿终者。"②《文心雕龙·哀吊》引《逸周书·谥法》"短折曰哀"③,又云:"以辞遣哀,盖不泪之悼,故不在黄发,必施夭昏。"④说明哀辞最初主要用于哀悼夭殇的孩童。全祖望又称:"哀词之见于古者,大都伤其德之未成,或才之未展,或名之未达,故稍近乎失意之人。"⑤说明哀辞还可用于抱负未及施展而死亡之人。从内容看,哀辞主要侧重抒发作者的哀伤之情,挚虞《文章流别论》云:"哀辞之体,以哀痛为主,缘以叹息之辞。"⑥但哀赞和哀颂与此不同,二者在抒发哀伤之情的同时,更强调称赞逝者的德行,故而才会在文体名中冠以"赞"或"颂"。如:

> 蔡邕《议郎胡公夫人哀赞》:"议郎夫人赵氏,字曰永姜,允有令德,秉心塞渊,舒详闲雅,仪节孔备,女师四典,窈窕德象,罔不习熟,以供妇道。"⑦

> 杨守陈《少詹事刘公哀颂》:"古之抱德艺而艰屯夭折,为世之所悲怜者,当时德人艺士必著辞以哀之,尚矣。今詹事府少詹事刘公秩登从四,寿余六十,且有子登甲科矣,而其卒也,众咸哀之。若哀前所云者,盖公方以德行、文章为储皇之所倚毗,后进之所矜式,而仅止于下寿,此所以为众之所哀也。"⑧

---

① [明]贺复徵编:《文章辨体汇选》卷七四三,景印文渊阁《四库全书》本,台湾商务印书馆1986年。
② 《太平御览》卷五九六,第2687页。
③ 《文心雕龙义证》卷三,第464页。
④ 《文心雕龙义证》卷三,第464页。
⑤ [清]全祖望撰:《鲒埼亭集外编》卷四十七,清嘉庆十六年(1811)刻本。
⑥ 《太平御览》卷五九六,第2687页。
⑦ [汉]蔡邕著,邓安生编:《蔡邕集编年校注》,河北教育出版社2002年,第385页。
⑧ [明]杨守陈:《杨文懿公文集》卷六,明弘治十二年(1499)杨茂仁刻本。

殁时可赞可颂之人,显然绝非孩童或普通的"失意之人"。因此,哀赞、哀颂与哀辞虽同属哀伤之作,但无论内容还是使用对象,都有所不同。《文章缘起》把"哀颂"与"哀词"并列,也说明了二者相对独立,各有不同。因此严格来说,《文章辨体》及《文章辨体汇选》将"哀颂"列入"哀辞"类是不够准确的。

  当然,吴讷与贺复徵之所以如此安排,可能是基于哀颂极为少见,单独作为一类,似与其他文体的数量不成比例。对比《文章辨体》及《文章辨体汇选》我们又可发现,贺复徵对于这个问题的处理显然比吴讷更为谨慎。吴讷在《文章辨体凡例》中称:"每类自为一类。"但从其将"哀颂"并入"哀辞"来看,他未能完全做到这一点。而贺复徵《文章辨体汇选》"以吴讷《文章辨体》所收未广,因别为搜讨,上自三代,下逮明末,分列各体为一百三十二类"①。可知"求大求全"是《文章辨体汇选》的一大特色,该书不仅延续了吴讷将《蓉峰处士宋公哀颂》列入"哀辞"类的做法,同时将蔡邕《议郎胡公夫人哀赞》一并采录。但与吴讷又有所区别,贺复徵注意到了哀赞、哀颂与哀辞的不同,只是限于哀赞、哀颂数量较少,不便单列一体,故而暂入"哀辞"类。同时他也采取了特殊的办法进行弥补,《文章辨体汇选》中"哀辞"类共四卷,前三卷分别为十一首、八首、九首,而最后一卷仅为《议郎胡公夫人哀赞》和《蓉峰处士宋公哀颂》两首,可以看出,作者乃有意将二者与上述哀辞予以区分。不仅如此,贺氏还特地在该卷卷首注明"赞、颂"二字,显示出与上文所录"哀辞"的不同。所以在处理哀颂类属的问题上,贺复徵比吴讷要细致、谨慎,其分类方法不仅照顾了全书的体例,而且凸显了哀颂的文体特性。

三、哀颂的特点和功用

  由于古代哀颂作品罕见,后世学者未能亲见原文,故而对哀颂功用和使用场合的分析,也仅限于推测,如清全祖望《答沈东甫征君文体杂问》云:

> 哀词、哀赞、哀颂皆起于东汉,本不过伤逝之作,而间有以充碑版之文者。蔡中郎为胡夫人作哀赞曰:"仰瞻二亲,或有神诰灵表之文。作哀赞,书之于碑。"是竟以当墓碑也。南丰作《老苏哀词》曰:"将以镵诸墓上。"是竟以当墓表也。庐陵作《胥夫人墓志》曰:"为哀词一篇以吊,而藏诸墓。"则又以哀词当墓志之铭也。推此则张纮之哀颂亦其类也。②

---

① 《四库全书总目》卷一八九,第1723页。
② 《鲒埼亭集外编》卷四十七。又见叶元垲《睿吾楼文话》卷八引,王水照编《历代文话》本,复旦大学出版社2007年,第5496—5497页。

全祖望认为，哀颂与哀词、哀赞一样，均可充当墓碑文。他又在《奉答谢石林侍御论碑版故事帖子》云："碑碣之变称，考之汉人文字，有曰神道阙铭、曰墓阙铭、曰墓石柱文、曰墓幢记、曰冢阙铭、曰穿中柱文、曰殡表、曰灵表、曰神诰、曰哀赞、曰哀颂、曰哀辞，皆金石例所未备也。"①也将哀颂列为碑碣的一种变体。但现存文献中，并无哀颂用于碑版之例，所以无法判断《陶侯哀颂》究竟是否用于墓葬。

哀颂在《文章缘起》中的排列次序，前有行状、哀策，后有墓志、诔、碑文、祭文、哀词、挽词，可知其亦为伤逝之作。明陈懋仁曰："扬厉其盛德而思念之也。"②认为哀颂的作用是颂扬死者功德，这显然是根据哀颂之名推测而来。哀颂的使用对象为德行高尚之人，虽不无虚美成分，但也大体不差，诚如徐一夔所云："必其人节谊之高、文学之懿、政治之美，有足以起人思慕之心而后作也……故其殁也，人皆思慕之，而哀颂之所由以作欤？"据明朱荃宰的观点，哀颂"大体与哀赞略同"。哀赞不见于《文章缘起》，现存最早的为蔡邕《议郎胡公夫人哀赞》，前有序文，叙述胡夫人生平事迹，正文为韵语，抒发对胡夫人离世的哀痛和对其品德的赞美。则早期的哀颂也应如此，正如明魏骥云："及其没也，而人又哀之、颂之如是之至。"③说明哀颂的内容主要包含"哀之""颂之"两方面。

元明时期的哀颂分为有序和无序两种，一般序文为散体，颂文作韵语。哀颂序文的作法较为灵活多变，徐一夔《哀颂序》以历史的眼光追溯哀颂之缘起，然后切入正题；《吴先生哀颂辞序》介绍逝者名字、履历，以及与逝者之间的关系，较为简略；《白云先生许君哀颂辞》从古代经师之难得写起，转而叙述许谦的学问之深、教化之广；《田居子黄隐君哀颂辞》则以长篇文辞详述田景昌在天文学与文学上的建树。

不仅序文的写法丰富多变，哀颂的正文部分也不拘一格，有作四言韵语者如《蓉峰处士宋公哀颂》，有作骚体者如《东鲁许先生哀颂辞》，有作散体者如《田居子黄隐君哀颂辞》，形式可谓纷繁多样。但倘若将之与颂体相比我们又会发现，哀颂的创作形式仍在传统的颂体范围之内。至于其独特之处，则在于功能的拓展和使用对象的不同。据上文所述，哀颂用于抒发生者的哀伤之情，赞颂逝者的德行之美，融合了哀祭文与颂两种文体的内容，故而我们可以将其看作是二者互渗的结果。下面我们以《文章辨体》和《文章辨

---

① 《鲒埼亭集外编》卷四十六。
② 《文章缘起注》，第2535页。
③ ［明］魏骥撰：《南斋先生魏文靖公摘稿》卷五，明弘治十一年（1498）刻本。

体汇选》均选录的《蓉峰处士宋公哀颂》为例,对哀颂的这一特征进行说明:

  今上初天下既定,会材兴治,以建丕图,首起今内翰宋公濂于金华山中。即不得辞,乃戒装来觐。上置诸帷幄,以备访问。已而职教东朝,旋载笔后省,日见向用。公之立朝,雄辞巨笔,足以名世,而不自以为高;博物洽闻,足以服众,而不自以为足。故自上以及在廷之臣,莫不加敬,不欲一日去左右。而公之先府君蓉峰处士,年则八帙矣。自念身备朝著而亲年日高,远违晨昏之奉,人谓斯何? 恒不自安,乃力恳于上。上怜之,予告归养。于是公之去其亲于兹三年矣。既抵家,日奉觞为寿,父子欢然。居无几何,处士竟以遘疾,遂弃荣养,殆若有待者,则公之急于乞养,亦岂偶然哉? 是其至诚恻怛之心,有以感致如此。不然使不得奉汤药于其亲垂殁之时,而其终天之憾为何如也? 一夔未尝获拜处士,而亲炙其德容辞气,及考潜德之一二,与其所以垂祥而委祉者,辄自诵曰:金华宋氏与眉山苏氏相类。苏氏自赠职方君,序以高行,弗用于世。至其子秘书洵,遂以文章擅名天下。今处士无愧职方君,以公视秘书,亦莫能或之先后。其有不同者,彼当宋室全盛之时,而此属更化之初,稍有差耳。呜呼! 处士之死,可谓有不死者矣。公哀不自已,既自为阡表以述先德,复请大夫君子为文辞以相其哀。辱不鄙余而亦有请,敢撮其概而为之颂焉。处士讳文昭,字文霆。蓉峰处士,前集贤院所锡号也,颂曰:

  猗嗟处士,葆贞毓醇。气冲以肃,貌和以仁。孝以事亲,诚以接物。暴以义摧,邻以恩恤。维孝则纯,维诚则壹。恩匪勉强,义匪矫激。

  猗嗟处士,美集于躬。宜耀于时,而啬其逢。其蓄既厚,其发斯丰。是生令子,蔚为儒宗。

  猗嗟处士,人孰不死。相其攸终,与草木比。惟处士之死,令闻不已。令闻不已,惟曰有子。

  宝婺之墟,有岿蓉峰。仰止令德,与峰俱崇。于惟小子,曷克形容。于以播之,用慰孝衷。①

作者徐一夔(1319—1398),字惟精,又字大章,号始丰,浙江天台县人,博学善属文,擅名于时。根据文中所说"今上初天下既定"推测,该文当作于明初。序文首先赞颂宋濂之孝道,从宋濂在朝廷中的威望写起,叙述其告老归

---

① 《始丰稿校注》卷四,第81页。

乡奉汤药于其亲之事,继而将笔锋转至其父蓉峰处士,说明创作缘由。正文歌颂蓉峰处士贞、肃、仁、孝、诚、义、恩等方面的高洁品质,表达对他教子有方、终成大儒的赞美。最后抒发哀伤、赞颂孝义,可谓深得曲折之美。与常见的颂体不同,《蓉峰处士宋公哀颂》的主要特点在于将哀、颂两部分合二为一,这是所有名为哀颂文章的共性,也是哀颂文体命名的原因所在。韵文前半部分颂扬,最后进行哀叹,这是《蓉峰处士宋公哀颂》的文本结构,也是哀颂文体的基本特征。

四、余论

中国古代因丧葬礼仪而产生的文体很多,以《文心雕龙》所述为例,铭、诔、碑、哀、吊即是最为常见的文体。这类文体在创作过程中,几乎都会或多或少与颂产生关系。如诔文,刘勰称:"详夫诔之为制,盖选言录行,传体而颂文,荣始而哀终。"[①]刘师培解释说:"前半叙死者之功德,后半叙时人之悲哀。"累列逝者生时的各种行迹加以歌颂,这是诔文最重要的内容。再如吊文,刘勰云:"固宜正义以绳理,昭德而塞违,剖析褒贬,哀而有正,则无夺伦矣。"[②]"昭德"即昭明善德。吊文的这种结构,与哀颂比较相似。为了表达对逝者的敬意,需要对其生前事迹加以歌颂,这是丧葬文体都会涉及的内容。虽然未必会像哀颂这样直接出现"颂"字,但颂体的影响却是显而易见的。某种程度上说,颂表现出的这种影响,已经超越了文体,更多体现为一种颂扬精神。斯人虽逝,但其留下的精神和品质,永远值得后人缅怀和学习。这不仅是对逝者的尊重和肯定,更是对生者的激励和劝勉。简言之,作为文体,颂有着明确的体式特征和文体功用;作为一种精神,颂则体现出了人们对美好品质的追求和向往,这也正是众多文体与颂产生关系的根本原因所在。

---

① 《文心雕龙义证》卷三,第442页。
② 《文心雕龙义证》卷三,第485页。

下篇　思想文化研究

第五章　儒家思想与颂体的精神意蕴

颂在后世虽然变为一种独立文体,但歌颂功德的宗旨并未改变,仍然继承了《诗·颂》"美盛德之形容"的创作目的。不管哪个朝代、何种题材,颂体的创作都鲜明体现了实际的颂扬需要。由《诗经》作为儒家经典的特性决定,后世的颂体作品不可避免地体现出儒家思想的深远影响。从汉代开始,中国历代一直将儒家思想作为主导,而颂作为一种思想载体,恰恰可以满足统治者褒颂功德、辨证名分、教化百姓的实际需求。

第一节　儒家德政思想与颂体的颂德主旨

"德"是一个意义十分复杂的词语,既有作为哲学术语的深层内涵,又有作为道德品行的显性表现。两千多年来,"德"被人们屡屡提及,不断阐释、演绎,乃至成为中华民族思想文化的根源之一。"德"不仅是道德层面的评价标准,更是统治阶层的政治手段,"德政"表达的即是这方面的内容。无论对于统治阶层还是下层百姓,"德政"都有很好的"市场效应",它完美契合了二者的心理需求,是儒家"仁政"的重要基础。先秦时期,颂德风气兴盛,所颂之"德",不仅是个人品德,更多体现为对"德政"的推崇和期待,这在《诗·颂》中有很好的体现。颂体出现之后,仍然延续这种风气,成为儒家德政思想的重要载体和传播媒介。

一、"德"的基本内涵及在儒家思想中的地位

作为一种哲学概念,"德"与"道"常相伴出现。《管子·心术上》:"德者,道之舍,物得以生。"尹知章注:"谓道因德以生物,故德为道舍。"① 道乃宇宙万物的本源,是一种幽隐无形的规律性东西,虽然看不见、摸不着,但在冥冥之

---

① 黎翔凤撰,梁运华整理:《管子校注》卷十三,中华书局2004年,第770页。

中主宰着世界。既然无形无声,那么这种控制力是如何体现的呢?依靠的便是"德"。《老子》第五十一章:"道生之,德畜之,物形之,器成之。"张岱年解释:"一物由道而生,由德而育,由已有之物而受形,由环境之情势而铸成。道与德乃一物之发生与发展之根本根据。"冯友兰说:"老子认为,万物的形成和发展,有四个阶段。首先,万物都由'道'所构成('道生之'),依靠道才能生产出来。其次,生出来以后,万物各得到自己的本性,依靠自己的本性以维持自己的存在('德畜之')……"①作为一个成长体系,由道及器是完整的生成过程,德是其中不可或缺的内容,道因德而显现,物以德而生长。可以说,"德"是沟通"道"与万事万物的媒介。先秦其他典籍中还有不少关于"道""德"关系的表述,如《庄子·天地》:"通于天地者,德也;行于万物者,道也。"②《韩非子·解老》:"德者,道之功。"③侧重点虽有不同,但都体现出"德"与"道"的这种依存关系。总之,万物虽然源于"道",但必须通过"德"产生关联,也可以说,"德"才是万物生产的起点,具有孕育万物的功能。《易·乾》:"夫大人者,与天地合其德,与日月合其明。"姚配中注:"化育万物谓之德,照临四方谓之明。"④"大人"即身居高位的王公贵族,这里指天子。作为上苍授命之人,天子理所应当承担着化育万民的使命。再如《庄子·天地》:"物得以生,谓之德。"⑤《淮南子·天文训》:"日冬至则斗北中绳,阴气极,阳气萌,故曰冬至为德。"高诱注:"德,始生也。"⑥冬至之后,天气回暖,万物复苏,体现了"德"的生长之能。

除哲学术语外,"德"常见的解释为品德、品行之义。《周易·升》:"地中生木,升;君子以顺德,积小以高大。"孔颖达曰:"君子象之,以顺其德,积其小善以成大名。"⑦君子顺应德的特点,不断提升、积累,终至于高尚。"德"又训为"得",《管子·心术上》:"德者,得也。得也者,其谓所得以然也。"⑧《说文解字》"彳"部段玉裁注认为"升"当作"登",并引《公羊传》"公曷为远而观鱼,登来之也"何休注:"登读言得,得来之者,齐人语也。齐人名求得为得来,作登

---

① 参见陈鼓应:《老子注译及评介》,中华书局2009年,第255页。
② 王先谦撰:《庄子集解》(与《庄子集解内篇补正》合刊)卷三,中华书局1987年,第99页。
③ 《韩非子》校注组编写,周勋初修订:《韩非子校注》,凤凰出版社2009年,第152页。
④ [清]姚配中撰:《周易姚氏学》卷一,光绪三年(1877)湖北崇文书局刻本。
⑤ 《庄子集解》卷三,第103页。
⑥ 何宁撰:《淮南子集释》卷三,中华书局1998年,第208页。
⑦ [三国魏]王弼等注,[唐]孔颖达疏:《周易正义》卷五,《十三经注疏》本,中华书局2009年,第120页。
⑧ 《管子校注》卷十三,第770页。

来者,其言大而急,由口授也。"①认为齐人所谓的"登",就是"得"。得即获得、得到。事实上,不管是"升"还是"得",都由"德"的哲学概念演变而来,这是一种向上向善的变化过程,体现出"德"化育万物的作用。此外,《论语·述而》:"志于道,据于德。"朱熹注:"德者,得也,得其道于心而不失之谓也。"②在朱熹看来,得道即为德。由此,"德"引申为道德、品德之意,《周礼·地官·师氏》:"以三德教国子。"郑玄注:"德行,内外之称,在心为德,施之为行。"③内在之德即侧重精神层面的道德、品德,与外在的行互为表里,这是有别于作为哲学术语"德"的第二种词义。

德的这种用法在先秦非常普遍,尤以儒家典籍最为突出。如《易·乾》:"君子进德修业。"孔颖达曰:"德谓德行,业谓功业。"④《诗·大雅·烝民》:"民之秉彝,好是懿德。"⑤"懿德"即美德。《左传·襄公二十四年》:"太上有立德,其次有立功,其次有立言,虽久不废,此之谓不朽。"孔颖达曰:"立德,谓创制垂法,博施济众,圣德立于上代,惠泽被于无穷。……立功,谓拯厄除难,功济于时。"⑥立功主要是解除当代的厄难,立德则泽被无穷,具有深远的影响。《论语》中也多处可见关于个人品德的讨论。如《里仁》篇"君子怀德,小人怀土"⑦,"德不孤,必有邻"⑧;《述而》篇"德之不修,学之不讲,闻义不能徙,不善不能改,是吾忧也"⑨,"天生德于予,桓魋其如予何?"⑩体现了儒家对进德修身的重视。古人还将"德"进一步具体化,总结为不同方面的表现,有"九德""三德""六德"几种说法。《尚书·皋陶谟》关于"九德"的解释为:"宽而栗,柔而立,愿而恭,乱而敬,扰而毅,直而温,简而廉,刚而塞,强而义。"⑪"九德"即上述九种优良品德。《尚书·洪范》:"三德,一曰正直,二曰刚克,三曰柔

---

① [汉]许慎撰,[清]段玉裁注:《说文解字注》二篇下,上海古籍出版社1988年,第76页。
② [宋]朱熹撰:《四书章句集注》卷四,中华书局1983年,第94页。
③ [汉]郑玄注,[唐]贾公彦疏:《周礼注疏》卷十四,《十三经注疏》本,中华书局2009年,第1573页。
④ 《周易正义》卷一,第27页。
⑤ [汉]郑玄笺,[唐]孔颖达疏:《毛诗正义》卷十八,《十三经注疏》本,中华书局2009年,第1224页。
⑥ [晋]杜预注,[唐]孔颖达疏:《春秋左传正义》卷三十五,《十三经注疏》本,中华书局2009年,第4297页。
⑦ 《四书章句集注》卷二,第71页。
⑧ 《四书章句集注》卷二,第74页。
⑨ 《四书章句集注》卷四,第93页。
⑩ 《四书章句集注》卷四,第98页。
⑪ [汉]孔安国传,[唐]孔颖达疏:《尚书正义》卷四,《十三经注疏》本,中华书局2009年,第292页。

克。"①又《周礼·地官》："六德：知、仁、圣、义、忠、和。"②"六德"指大司徒教民的六项道德标准。作为一种内在精神，"德"可以说是一切优良品质的总称，包含着丰富的思想内容。上述对德的总结，是先民集体意志的体现，表达了人们对善和美的认识及追求。

  根据阶层的不同，"德"的内涵也有所区别，对于一般士人来说，"德"可以理解为内在修养；对于上层统治者来说，"德"关乎更多的则是治国理政的方针。③《礼记·大学》："古之欲明明德于天下者，先治其国；欲治其国者，先齐其家；欲齐其家者，先修其身……身修而后家齐，家齐而后国治，国治而后天下平。"④对此，后人总结为"修身、齐家、治国、平天下"。"明德"是后面诸种行为的终极目标，也是最高的精神境界。"明德"也如同明灯，指引着后面的行为。"修身"是从小的范围着眼，强调自身境界的提高。"治国、平天下"则从大处着眼，强调的是"明德"对于国家、社会的影响，其实就是一种政治理想。《韩非子·五蠹》："上古竞于道德，中世逐于智谋，当今争于气力。"⑤《墨子》："古者，圣王之为政，列德而尚贤。"这两处的"德"，在字面意思上是品德之意，但根据文意看，强调更多的是"圣王"之"德"，即"德"是作为"为政"的指导思想而出现，本质是为政治服务的。如《韩非子》记载，"舜之时，有苗不服"，大禹准备讨伐，舜认为"上德不厚而行武，非道也"，于是"修教三年，执干戚舞"，如此则"有苗乃服"⑥，体现了"德"作为一种政治手段的重要性。春秋末期，王权衰微，诸子百家纷然兴起，班固在《汉书·艺文志》中评价说："皆起于王道既微，诸侯力政，时君世主，好恶殊方，是以九家之术蜂出并作，各引一端，崇其所善，以此驰说，取合诸侯。"⑦后人将这种观点总结为"诸子出于王官"，不断阐释、演绎，影响极大。虽然争议颇多，但诸子与王官的关系是不言而喻的，其核心思想均是一种政治观点。在各家思想学说中，"德"均占有重要位置，而真正将"德"贯穿于政治之中明确阐述的，只有儒家。

  为政须以德为中心，孔子认为："为政以德，譬如北辰，居其所而众星共

---

① 《尚书正义》卷十二，第404页。
② 《周礼注疏》卷十，第1523页。
③ 梁启超将"德"分为私德与公德两种，认为"人人独善其身者，谓之私德；人人相善其群者，谓之公德"（《论公德》）。从这个方面看，一般士人以"私德"为主，统治阶层则体现"公德"的成分更多一些。
④ ［汉］郑玄注，［唐］孔颖达疏：《礼记正义》卷六十，《十三经注疏》本，中华书局2009年，第3631页。
⑤ 《韩非子校注》，第551页。
⑥ 《韩非子校注》，第551页。
⑦ ［汉］班固撰，［唐］颜师古注：《汉书》卷三十，中华书局1962年，第1746页。

之。"朱熹解释:"言众星四面旋绕而归向之也。为政以德,则无为而天下归之。"①刘宝楠正义:"为政以德,则本仁以育万物,本义以正万民,本中和以制礼乐,亦实有宰制,非漠然无为也。"②"北辰"即北极星,处于众星围拱之位置。"为政"的办法多种多样,但"德"是核心,倘若能以"德"来处理各种政事,就可以成为万民所归了。《论语》另外几处及其他儒家经典中的文字也有类似的表达,如《为政》:"道之以政,齐之以刑,民免而无耻。道之以德,齐之以礼,有耻且格。"③《泰伯》:"周之德,其可谓至德也已矣。"④《季氏》:"故远人不服,则修文德以来之。"⑤"德"指礼乐教化,与"武功"相对。又《周易·小畜》:"君子以懿文德。"⑥《礼记·月令》:"命相布德和令,行庆施惠,下及兆民。"郑玄注:"德,谓善教也。"⑦这些都体现了"德"在"为政"中的重要作用。

　　根据现存文献看,"德政"一词最早在《左传·隐公十一年》中出现:"既无德政,又无威刑。"⑧这里将德政与威刑对举,显然是指一种以"德"为指导思想的政治举措。先秦典籍中关于"德"的论述,很多针对的是统治阶层之德。底层士人道德败坏,受伤害的只是少部分人,一旦统治者失德,危害的则是整个邦国。因此,统治阶层之德更加重要,也更值得关注。德政作为体现统治者道德的政治思想,也因此成为儒家最为看重的内容。到了汉代,董仲舒正式向朝廷主张"任德而不任刑",他在《元光元年举贤良对策》中认为:"天道之大者在阴阳。阳为德,阴为刑;刑主杀而德主生。是故阳常居大夏,而以生育养长为事;阴常居大冬,而积于空虚不用之处。以此见天之任德不任刑也。天使阳出布施于上而主岁功,使阴入伏于下而时出佐阳;阳不得阴之助,亦不能独成岁。终阳以成岁为名,此天意也。王者承天意以从事,故任德教而不任刑。"⑨这段话主要是借用"君权神授"的思想来劝诫天子应该施行仁政,不应一味任用刑法。在董仲舒看来,天之道在于化育万物,因此"任德","王者"为上天所任命,也应该顺应天意而施政,因此任德教而不任刑罚。董仲舒作为汉代大儒,在"罢黜百家,独尊儒术"中发挥了重要作用,

---

① 《四书章句集注》卷一,第53页。
② [清]刘宝楠撰,高流水点校:《论语正义》,《十三经清人注疏》本,中华书局1990年,第39页。
③ 《四书章句集注》卷一,第54页。
④ 《四书章句集注》卷五,第108页。朱熹引范氏曰:"文王之德,足以代商。天与之,人归之,乃不取而服事焉,所以为至德也。"
⑤ 《四书章句集注》卷八,第170页。
⑥ 《周易正义》卷二,第52页。
⑦ 《礼记正义》卷十四,第2935页。
⑧ 《春秋左传正义》卷四,第3770页。
⑨ 《汉书》卷五十六,第2502页。

他的这种观点进一步发挥了孔子"为政以德"思想,从而巩固了德政在儒家思想中的地位。

二、《诗·颂》与先秦颂德风气

美、刺是《诗经》的两种基本功能,《诗经·召南·甘棠》序"美召伯也"唐孔颖达疏:"至于变诗美刺,各于其时,故善者言美,恶者言刺。"①当统治者有德时,人们作诗颂扬;统治者失德时,人们又会作诗讽刺。中国历史上,大凡有作为的君王,都会为人歌颂,传颂不衰。这一方面出于下层百姓对统治者的由衷赞颂,另一方面也是对政治润饰与传播的需要。《论衡·须颂》曰:"古之帝王建鸿德者,须鸿笔之臣褒颂纪载,鸿德乃彰,万世乃闻。"②"鸿德"就是大德,将恩德施之于天下,泽被百姓。相较于普通百姓,作为君王之"大德",有更大的作用空间。又鲍照《河清颂》序"泽浸群生,国富刑清,鸿德也"③,即展现了在君王德政的治理下,国家富强、刑法清明、百姓安居乐业的和平景象。因此,统治者的"德",往往体现为他的政治举措。对帝王之德的歌颂,也就是对儒家"为政以德"的推崇。

中国颂扬帝德的传统由来已久。《论语·泰伯》记载,孔子称颂尧曰:"大哉尧之为君也!巍巍乎!唯天为大,唯尧则之。荡荡乎!民无能名焉。"④孔子认为,尧在管理百姓方面能够顺应天命,这是一种大爱。百姓受其恩惠,应当歌颂、赞扬尧的功德。《论衡·须颂》载,孔子曾在路上遇见老人做击壤的游戏,有人有感而发,说:"大哉!尧之德也。"击壤者说:"吾日出而作,日入而息,凿井而饮,耕田而食,尧何等力?"⑤这个故事同时见于《论衡》的《惑虚》《艺增》,文字稍有不同,其原始出处已不可考,但应当是有所依据。其中的"尧何等力",《艺文类聚》作"帝何力于我哉",《乐府诗集》《古诗纪》同,《初学记》作"帝力何有于我哉",《太平御览》作"帝何德于我哉"。这里的"帝力"与"帝德"一样,都是尧作为一位贤君对天下的有效管理。故事中,只从事农业生产、关注自己生活的老者,并不明白当前的和平生活不仅依赖自己的勤勉劳作,更是因为有尧这样一位贤君的治理。《史记·五帝本纪》称,尧"能明驯德,以亲九族。九族既睦,便章百姓。百姓昭明,合和万国"⑥,即能

---

① 《毛诗正义》卷一,第604页。
② 黄晖撰:《论衡校释》(附《刘盼遂集解》)卷二十,中华书局1990年,第847页。
③ [南朝宋]鲍照著,钱仲联增补集说校:《鲍参军集注》卷二,上海古籍出版社1980年,第96页。
④ 《四书章句集注》卷四,第107页。
⑤ 《论衡校释》卷二十,第850页。
⑥ [汉]司马迁撰:《史记》卷一,中华书局1982年,第15页。

任用贤人,族人和睦,百官政绩显著,邦国和合。因此,王充认为,孔子和称颂尧德的人才真正知晓尧之功德,并进而论曰:"涉圣世不知圣主,是则盲者不能别青黄也;知圣主不能颂,是则喑者不能言是非也。"①表达了对如击壤老人一样不了解圣人功德之人的批评。后人对这个故事有不同看法,有人赞美击壤老人自食其力,有人批评他愚昧无知,但无论如何,都表明了其时尚有一些人能够关注到尧的功德,说明中国古代颂扬帝德风气的悠久。当然,这里主要为一种口头上的颂扬,而影响更大并直接关乎到《诗·颂》出现的,则是古代颂德乐舞的创作。

乐是中国传统文化的重要组成内容,体现出儒家的教化目的。其中,以乐来颂扬、传播功德,是历代统治者都很重视的事情。乐与德关系非常密切,《史记·乐书》多有表述,如"乐者,所以象德也"②,"乐章德"③,"德者,性之端也。乐者,德之华也"④。简言之,"乐"可以描述和彰显"德",对德的内容起到阐发和发扬作用,是德的形象化表达。德与乐关系之密切,集中体现在"德音"一词上。《礼记·乐记》:"天下大定,然后正六律,和五声,弦歌诗颂,此之谓德音,德音之谓乐。"郑玄注曰:"此有德之音,所谓乐也。"⑤天下安定之后,就需要通过制作礼乐来教化百姓,礼是指从行为上加以规范,乐则指从思想方面进行感化。"德音"即朝廷所定的庙堂之乐,体现了统治者的仁爱之心,核心思想乃是颂德。《乐记》又以《大雅·皇矣》为例,阐释说:"莫其德音,其德克明。克明克类,克长克君。王此大邦,克顺克俾。俾于文王,其德靡悔。既受帝祉,施于孙子。"郑玄注:"德正应和曰莫,照临四方曰明,勤施无私曰类,教诲不倦曰长,庆赏刑威曰君,慈和遍服曰顺。"⑥说明"德音"具有重要的教化功用,有助于统治者政权的巩固。《乐记》又举子夏答文侯"溺音何从出"之论:"郑音好滥淫志,宋音燕女溺志,卫音趋数烦志,齐音敖辟乔志。此四者皆淫于色而害于德,是以祭祀弗用也。"郑、宋、卫、齐之音皆有害于德,因而不为祭祀所用,这也从反面说明人们对"德音"的重视。

《礼记·乐记》曰:"王者功成作乐。"这句话有两个方面值得注意:第一,所作之乐是为王者服务,自然要反映王者的思想志趣;第二,功成之后作乐,自然要歌颂功德。这里的乐不同于民乐,而是有助于人伦教化、颂扬功德的

---

① 《论衡校释》卷二十,第850页。
② 《史记》卷二十四,第1200页。
③ 《史记》卷二十四,第1201页。
④ 《史记》卷二十四,第1214页。
⑤ 《礼记正义》卷三十九,第3339页。
⑥ 《礼记正义》卷三十九,第3339页。

"德音"。从文献记载来看,"功成作乐"并非一朝一代的做法,而是有着悠久的历史传统。《乐记》说:"五帝殊时,不相沿乐。"中国各个朝代,均有自己的"德音"。因时代久远,不同的文献记载稍有区别,这里我们可以《周礼·春官·大司乐》"以乐舞教国子舞《云门》《大卷》《大咸》《大磬》《大夏》《大濩》《大武》"郑玄注为例:

> 此周所存六代之乐,黄帝曰《云门》《大卷》,黄帝能成名万物,以明民共财,言其德如云之所出,民得以有族类。《大咸》《咸池》,尧乐也。尧能殚均刑法以仪民,言其德无所不施。《大磬》,舜乐也。言其德能绍尧之道也。《大夏》,禹乐也。禹治水傅土,言其德能大中国也。《大濩》,汤乐也。汤以宽治民,而除其邪,言其德能使天子得其所也。《大武》,武王乐也。武王伐纣以除其害,言其德能成武功。①

根据郑注来看,不同帝王的功德不同,乐曲的内容和形式也不一样。但作为功成之后创作的乐曲,颂德的核心思想是一以贯之的。如关于《韶》乐,《尚书·益稷》:"《箫韶》九成,凤皇来仪。"孔传:"《韶》,舜乐名。"②《礼记·乐记》:"韶,继也。"郑玄注:"韶之言绍也,言舜能继绍尧之德。"③又《汉书·董仲舒传》:"孔子曰:'《韶》,尽美矣,又尽善也。'"颜师古曰:"《韶》,舜乐也,孔子嘉舜之德,故听其乐而云尽善尽美矣。"④可见《韶》乐在颂扬"德音"的思想内容上,古人并没有疑义。"德音"在后世的沿袭,也就是《诗经》中的《商颂》、《周颂》和《鲁颂》。如郑玄《周颂谱》"天子之德,光被四表,格于上下,无不覆焘,无不持载"⑤,明确说明《周颂》乃颂扬帝德所用。关于《鲁颂》的创作时间,一说作于僖公生时,一说为追颂僖公所作,不管哪种,《鲁颂》"皆颂僖公之美德也"⑥。又关于《商颂》,孔颖达《毛诗正义》:"又问曰:周太师何由得商颂?曰:周用六代之乐,故有之。正义曰:以周用六代之乐,乐章固当有之,故得有商颂也。"⑦认为《商颂》直接采用六代之乐而作,表明《商颂》乃上古"德音"之流。

至于《周颂》的创作背景,《周颂谱》称:"《周颂》者,周室成功致太平德洽

---

① 《周礼注疏》卷二十二,第1701页。
② 《尚书正义》卷五,第302页。
③ 《礼记正义》卷三十八,第3325页。
④ 《汉书》卷五十六,第2509页。
⑤ 《毛诗正义》卷十九,第1253页。
⑥ 《毛诗正义》卷十九,第1312页。
⑦ 《毛诗正义》卷十九,第1338页。

之诗。其作在周公摄政、成王即位之初。"孔颖达曰:"言致太平德洽,即成功之事。据天下言之为太平德洽,据王室言之为功成治定。王功既成,德流兆庶,下民歌其德泽,即是颂声作矣。然周自文王受命,武王伐纣,虽屡有丰年,未为德洽。及成王嗣位,周公摄政,修文王之德,定武王之烈,干戈既息,嘉瑞毕臻,然后为太平德洽也。"① "德洽"即帝王之德惠及百姓,《尚书·大禹谟》:"好生之德,洽于民心。"孔颖达疏:"洽,谓沾渍优渥。洽于民心,言润泽多也。"②文王受命、武王伐纣之时,天下尚未安定,直至成王继位,在周公的辅佐下,天下太平,百姓安居,这时候方可称为"德洽"。"德洽"作为太平盛世的表现,不仅是天下太平、国富民强,更多的是以德治国执政理念的体现,即采用德政的结果。因此,《诗经》尤其"三颂"之中,许多篇章都对统治者的"德洽"予以颂扬。据笔者翻检,仅在诗句中直接带有"德"的就有多篇,如《周颂》:

　　《清庙》:"济济多士,秉文之德。"
　　《维天之命》:"于乎不显,文王之德之纯。"
　　《烈文》:"不显维德,百辟其刑之。"
　　《敬之》:"示我显德行。"③

上述描述的均为帝王之德。古人认为,人的品德与他所处地位应当一致,也即只有道德高尚之人才可以拥有至高无上的地位。同样,拥有至高无上地位之人,品德也应高尚。天子作为普天之下的至尊,其"德"理所应当是高于众人的。周王朝的开创者,率领百姓推翻了商朝的暴政,建立起一个富强、稳固的王朝,令百姓过上安居乐业的生活,因此需要颂扬。中国古代,大凡值得歌颂的对象,或是德盛,或是功高,或者二者兼有。对于天下的百姓而言,《诗·颂》歌颂的主要为周王室对百姓的恩泽,这是"德"的表现。对于周王室本身来说,这又是"功"的体现。"功"表现为一种现实意义中的功劳和业绩,是一种客观存在。相对来说,"德"体现更多的是一种思想,或者是一种治国策略。《诗·颂》所颂之德,其实就是作为治国方法的"德",体现了儒家德政的观念。

---

　　① 《毛诗正义》卷十九,第1253页。
　　② 《尚书正义》卷四,第285页。
　　③ 《毛诗正义》卷十九,第1257、1258、1262、1290页。

三、颂体中德政思想的表现

从《诗·颂》到颂体,虽然文体形式、表现方式乃至时代内容都发生了很大变化,但颂德主旨却是一以贯之的。尤其是汉武帝时期,在"罢黜百家,独尊儒术"政治思想的影响下,"德政"在社会上得到更多人的认可。班固认为,儒家"游文于六经之中,留意于仁义之际,祖述尧、舜,宪章文、武,宗师仲尼,以重其言,于道最为高"[①],表明儒家继承的是尧、舜、周文王、周武王的思想,孔子是集大成者,从尧、舜、文王、武王到孔子,相同之处均在于对德的推崇。颂作为源于《诗·颂》的重要文体,担负着弘扬儒家德政思想的重任,体现出明显的颂德倾向。

在颂作中,"德"是出现频率极高的一个词语,但具体到不同的对象,"德"的内涵又有所区别。颂体主要用于歌颂天子,故而颂作中的"德"首先指天子之德,这正与《诗·颂》一脉相承。如班固《东巡颂》"肆修厥德,宪章丕烈"[②],黄香《天子冠颂》"惟永元之盛代,圣皇德之茂纯"[③],崔骃《南巡颂》"惟林蒸之鸿德,允天覆而无遗"[④],都是如此。随着功能和使用对象范围的扩大,颂体作品中颂德对象也发生转变,不再特指天子之德,但凡有功德之人,均可颂扬。其中,有颂文武大臣之德者,如班固《窦江军北征颂》"文武炳其并隆,威德兼而两信"[⑤];颂地方长官之德者,如仇靖《析里桥郙阁颂》"克明俊德,允武允文"[⑥]、《司隶校尉杨孟文石门颂》"勒石颂德,以明厥勋"、《汉成阳令唐扶颂》"吏服其德,民归其恩";颂皇后之德者,如韦诞《皇后亲蚕颂》"御坤德之大辂,翳翠葆以扬旌"[⑦];颂祖德者,如蔡邕《祖德颂》"其德克明,惟懿惟醇"[⑧],庾峻《祖德颂》"烈祖勤止,其德允荒"[⑨];颂先贤之德者,如张超《尼父颂》"德被八荒,名充遐外"[⑩],李充《九贤·陈太丘颂》"懿矣太丘,惟德之

---

① 《汉书》卷三十,第1728页。
② [唐]欧阳询撰,汪绍楹校:《艺文类聚》卷三十九,上海古籍出版社1999年,第700页。
③ [唐]杜佑撰,王文锦、王永兴、刘俊文等点校:《通典》卷五十六,中华书局1988年,第1573页。
④ [唐]许敬宗编,罗国威整理:《日藏弘仁本文馆词林校证》卷三四六,中华书局2001年,第102页。
⑤ 佚名编,[宋]韩元吉整理,[宋]章樵注:《古文苑》卷十二,《四部丛刊》本。
⑥ [明]梅鼎祚编:《东汉文纪》卷二十七,景印文渊阁《四库全书》本,台湾商务印书馆1986年。
⑦ 《艺文类聚》卷十五,第279页。
⑧ [汉]蔡邕著,邓安生编:《蔡邕集编年校注》,河北教育出版社2002年,第3页。
⑨ 《艺文类聚》卷二十,第375页。
⑩ 《艺文类聚》卷二十,第360页。

纪"①；颂瑞兽之德者，如薛综《麟颂》"德以卫身，不布牙角"②，《驺虞颂》"敛威扬德，恺悌之风"③；乃至颂花草之德者，如左芬《郁金颂》"明德惟馨，淑人是钦"④；颂仙道之德者，如《王乔赤松颂》"含精握气，灵德是绥"⑤。这种情况的出现与作者所处的时代风气有密切的关系。但不管如何，颂体颂德的宗旨是不变的。⑥

我们也应看到，颂德必须依赖于具体的对象，或据勋劳，或因政绩，没有依据、单纯颂德的作品非常少见，这种作品也只会流于空洞，显得苍白无力。与先秦"德音"一样，在颂体的创作中，作为治理国家的儒家思想准则，"为政以德"不仅是封建社会善政的重要标准，也是颂体作品的主要内容。中国古代国家的政治主体包括天子和大臣两类，前者是政策的制定者和决策者，对于德政思想的确立起着决定性作用；后者是德政思想的贯彻者和执行者，也影响着德政思想的确立。这种关系，正如王褒在《圣主得贤臣颂》中所说："圣主必待贤臣而弘功业，俊士亦俟明主以显其德。"⑦总之，天子与贤臣俱是"为政以德"思想的参与者和执行者，自然都是颂扬的对象。历代颂作虽然题材不一，但很多作品都表达了对天子和贤臣德政思想和施政举措的颂扬。

对于天子来说，德政是一种指导思想，但具体到不同方面，表现也各不一样。如三国傅嘏《皇初颂》："遵阳春以行施，揆四时以立信。运聪明以

---

① ［唐］徐坚等撰：《初学记》卷十七，中华书局2004年，第412页。
② 《艺文类聚》卷九十八，第1706页。
③ 《艺文类聚》卷九十八，第1716页。
④ 《艺文类聚》卷八十一，第1394页。
⑤ 《艺文类聚》卷七十八，第1340页。
⑥ 《酒德颂》虽以颂为名，但后世不少学者认为其无论是文体特点还是写作对象均不符合颂体的要求，径直将其归为赋。这种归类自有一定道理，却失之偏颇。一方面，讨论者未能充分探究作者称之为"颂"的原因；另一方面，也忽视了对篇名中"德"之内涵的审视。在刘伶《酒德颂》之前，"酒德"指让人迷乱之物，《尚书·周书·无逸》："无若殷王受之迷乱，酗于酒德哉！"《吕氏春秋·先职》："商王大乱，沉于酒德。"但在六朝时期，情况发生了变化，刘伶从名士的认知角度，颂扬酒德的作用，其注重的即为"德"字。中国古人认为，万物皆有德，如乐德，《周礼·春官·大司乐》："以乐德教国子中、和、祗、庸、孝、友。"琴德，嵇康《琴赋》："愔愔琴德，不可测也。"文德，刘勰《文心雕龙》："文之为德也大矣，与天地并生何哉！"此外还有常见的水德、火德、土德等。后来颜延之《陶征士诔》："心好异书，性乐酒德。"显然历代典籍并未一致否定"酒德"。所以，《酒德颂》颂扬的并非一般意义上符合礼法的道德、品行，而是一种"越名教而任自然"的名士之"德"，是以名士的思想赋予"德"新的内涵。关于《酒德颂》的文体辨析，可参看赵俊玲《刘伶〈酒德颂〉的文体学意义》，《天中学刊》2019年第1期。
⑦ 《汉书》卷六十四下，第2827页。

举善,宣柔惠以养人。"①"皇初"指魏国建立初年,作品歌颂了曹丕顺时而为、察举贤人、以仁惠休养百姓的善政。西晋王沈《辟雍颂》"唐虞三代,咸崇辟雍,养老之制也。亲降万乘之贵,而执子弟之礼"②,歌颂皇帝实施养老制度,以及对老者的尊重。潘尼《后园颂》"黍稷既登,货财既丰。仁风潜运,皇化弥隆。征夫释甲,战士罢戎。遐夷慕义,绝域望风"③,歌颂在皇帝的治理下,天下太平,国家富强,停息征战,百姓丰衣足食,边境之人翘首企羡。上述现象都是在德政思想指导下的不同表现,体现出"天下太平颂声兴"的传统,也集中表明了德政的良好效果。

德政思想在颂扬贤臣的作品中最突出的表现是德政颂这一颂体类型的出现。此类颂作出现在东汉年间,以歌颂地方长官的德政为创作目的。到了唐朝,德政颂的创作非常盛行,为了表达永久的纪念,还要刻石树碑,如陈子昂《临邛县令封君遗爱碑》"故凭其实录,寄之为颂"④、《汉州雒县令张君吏人颂德碑》"乃甿谣而作颂曰"⑤、《九陇县独孤丞遗爱碑》"乃作颂曰"⑥。这些作品从载体看是碑文,但内容则是颂体。

正所谓"在其位谋其政",身份不同,谋政的内容、方法及歌颂的侧重点也不一样。天子是德政思想的制定者,但不负责具体事务。因此,颂作对天子德政的歌颂主要作高度概括,而不作具体描绘。大臣作为中国古代政治的重要参与者,也是德政思想的执行者。因此,颂作对大臣德政的歌颂主要是具体描绘,而不是高度概括。唐代的德政颂非常多,如孙逖《唐济州刺史裴公德政颂》《唐故幽州都督河北节度使燕国文贞张公遗爱颂》、李华《平原公遗德颂》《润州丹阳县复练塘颂》、李阳冰《龚邱县令庾公德政碑颂》、李白《赵公西侯新亭颂》、李大亮《昭庆令王璠清德颂碑》、独孤及《唐故开府仪同三司试太常卿兼怀州刺史赠太子少傅杨公遗爱碑颂》、崔甫《卫尉卿洪州都督张公遗爱碑颂》、于邵《唐检校右散骑常侍容州刺史李公去思颂》、王佑《成德军节度使开府仪同三司检校尚书右仆射兼御史大夫恒州刺史充管内度支营田使清河郡王李公纪功载政颂》、陆长源《唐东阳令戴公去思颂》、张濛《镇国军节度使李公功德颂》、李罕《唐检校右散骑常侍兼御史中丞容州刺史李公去思颂》等,都鲜明表达了对地方长官政绩的颂扬,以及

---

① 《艺文类聚》卷十,第189页。
② [唐]虞世南编撰:《北堂书钞》卷八十三,中国书店1989年,第392页。
③ 《艺文类聚》卷六十五,第1164页。
④ [唐]陈子昂著,徐鹏校:《陈子昂集》,中华书局1960年,第97页。
⑤ 《陈子昂集》第105页。
⑥ 《陈子昂集》第106页。

对他们离任的留恋。写法上,这些颂作以序言详细记述颂扬对象的政绩,后接韵文加以概括。为了凸显离任长官的政绩,这些颂作的标题往往会标明"功德""清德""德政""遗德""遗爱""去思"。如孙逖《唐故幽州都督河北节度使燕国文贞张公遗爱颂》,序文详细描写张说在地方上的政绩:

> 命卝人采铜于黄山,使兴鼓铸之利;命杦人斩木于燕岳,使通林麓之财;命圉人市骏于两蕃,使颁质马之政;命廪人搜粟于塞下,使循平籴之法。物有其官,官赡其事,如川之至,以莫不增。一年而财用肃给,二年而蓄聚饶羡,军声武备,百倍于往时矣。犹以为不一劳者不久逸,不暂费者不永宁,既庶且富,人可用也。于是堑山泽,起亭障,塞鸡鸣之厄,守阜陵之冲,遮大夏之路,距卢龙之口。延袤千里,横绝一方,以顺天地之心,且为华夷之限。命下之日,修塞之后,人到于今赖焉。夫戎狄远却,暴禁矣;货食滋至,财丰矣;封守以固,人安矣;师徒不劳,兵戢矣。武有七德,我其四焉。①

在张说的治理下,当地物阜民丰,武备雄厚,社会安定,百姓祥和。因此,作者在正文部分总结说:"德被塞翁,恩深召父。"塞翁指忘身物外、不以得失为怀的人,这里泛指当地百姓。召父指西汉召信臣,为南阳太守,有善政,使人民得以休养生息、安居乐业,这里借指张说。张说作为地方长官,可以说上述政绩都是在德政思想指导下的结果。作者希望创作此颂,"琢彼遗爱,传于终古"。同时我们还应看到,虽然这些颂作有具体署名,但往往是在百姓乞求之下的一种共同创作愿望,是集体意志的反映,也是对德政最好的评价。因此这篇颂作的序文说:"蓟县父老某乙等,感之所致,久而益思,远诉不才,追书盛德。"②如果说德政是长官对百姓的恩赐,那么颂德则是百姓对长官的回报,这种相互的官民往来,在德政颂中得到了充分的体现。

第二节　儒家天命思想与颂体的政治诉求

古人认为,天不仅是一种客观存在,更具有主观能动性,可以主宰世间万物,由此形成天命思想。不同流派的学术思想,对"天命"内涵的阐释也不尽相同。道家的"天命"多指宿命、命运,法家则指君王意志,儒家的"天命"

---

① [宋]李昉等编:《文苑英华》卷七七五,中华书局1966年,第4083—4084页。
② 《文苑英华》卷七七五,第4083—4084页。

则为代表上天旨意的意念。这种意念表现为一种非物质状态,通过各种玄妙的媒介为人感知,是人、神沟通的重要内容。天命思想为历代统治者利用,成为实现政治目的、巩固政治地位的有效手段和重要学说。为了传播天命思想,人们不断推衍、发展,"天人感应""君权神授""奉天伐罪"都是天命思想的具体表现。作为典型的庙堂文学,颂体本质是为统治阶级服务的,自然成为天命思想的重要载体和传播媒介。

一、太平之符:天人感应的显性表达

"天人感应"是中国古代关于天人关系的重要思想学说,指天意与人事的交感相应,认为天能干预人事、预示灾祥,人的行为也能感应上天,从而达到相互沟通的效果。作为一个完整的词语,"天人感应"最早在司马懿等人《太史丞许芝上符命事议》中出现,其云:"殿下践阼,至德广被,格于上下,天人感应,符瑞并臻,考之旧史,未有若今日之盛。"①但相关的意思早在《尚书》中就已出现,《尚书·洪范》"八庶征":"曰休征:曰肃、时寒若;曰乂,时旸若;曰晢,时燠若;曰谋,时寒若;曰圣,时风若。曰咎征:曰狂,恒雨若;曰僭,恒旸若;曰豫,恒燠若;曰急,恒寒若;曰蒙,恒风若。"②这段话表明,君主的施政态度与天气直接相关,不同的天气代表上天不同的旨意。这种观念在先秦很多典籍中都有体现,如《春秋公羊传·僖公十五年》云:"季姬归于鄫。己卯,晦,震夷伯之庙。晦者何?冥也。震之者何?雷电击夷伯之庙者也。夷伯者,曷为者也?季氏之孚也。季氏之孚则微者,其称夷伯何?大之也。曷为大之?天戒之,故大之也。何以书?记异也。"③认为出现"晦,震夷伯之庙",是上天"戒之"的表现。再如《中庸》:"国家将兴,必有祯祥;国家将亡,必有妖孽。见乎蓍龟,动乎四体。"④国家的兴亡本源于人事,但作者将之与"祯祥""妖孽"联系,原因在于"祯祥""妖孽"可以预示上天的旨意。董仲舒在春秋学的基础上,将"天人感应"思想进一步发展。他吸收墨家"爱人利人者,天必福之,恶人贼人者,天必祸之"的天惩观点,继承《公羊传》灾异之说,形成了儒家独特的神学观念。

"天人感应"分为两个方面:当君王有德时,天降祥瑞以表嘉奖;君王失德时,天现灾异以示惩罚。《春秋繁露·同类相动》说:"美事召美类,恶事召恶

---

① [晋]陈寿撰:《三国志》卷二,中华书局1971年,第66页。
② 《尚书正义》卷十二,第406—407页。
③ [汉]何休注,[唐]徐彦疏:《春秋公羊传注疏》卷十一,《十三经注疏》本,中华书局2009年,第4895页。
④ 《四书章句集注》,第33页。

类,类之相应而起也。如马鸣则马应之,牛鸣则牛应之。帝王之将兴也,其美祥亦先见;其将亡也,妖孽亦先见。"①"美祥"代表褒奖,"妖孽"表示惩罚,二者都是天、人之间感应的媒介。这种观点早在先秦就已出现,如《尸子·仁意》篇曰:"尧为善而众美至焉,桀为非而众恶至焉。"②只是至董仲舒,才将其发扬光大。当然,不论是尸子还是董仲舒,都是从上天的能动性考虑的。反过来,君王如何体现其政权的合法性及治理天下的成效呢?最为首要的就是须获得上天的认可。上天作为超乎人世的自然存在,与人类并无直接的感应关系,但通过统治者附会,将自然现象神化,从而达到"天人感应"的效果。

符瑞又称为"祥瑞""瑞应""祯祥""符应""嘉瑞""嘉祥""休征"等,是古代帝王受命执政、功德卓著的征兆,多为自然界罕见或虚构的动物、植物及自然现象。符瑞出现时间很早,上文所引《尚书》《春秋》中的异常自然现象,便是早期的符瑞。符瑞的出现是文臣借机表现的绝好机会,也是为皇权正名的重要时机。汉代以后,每有符瑞出现,文臣往往作文褒赞。创作中涉及的文体主要有诗、乐府、赋、颂、赞、表等,其中,颂无论是在数量还是在出现频率方面都十分显著。文臣作颂,一方面颂扬君王功德、树立皇权,另一方面也进一步宣扬"天人感应"思想,达到稳固政权的目的。如何晏《瑞颂》,该文目前仅存《艺文类聚》节选的一段:

> 若稽古帝魏武,濬哲钦明文思。馨民生之俊德,懿前烈之极休。先天而天弗违,后天而奉天时。聿迪明命,肇启皇基。夫居高听卑,乾之纪也;靡德不酬,坤之理也。故灵符频繁,众瑞仍章。通政辰修,玉烛告祥。和风播烈,景星扬光。应龙游于华泽,凤鸟鸣于高冈。麒麟依于囿籍,虓虎类于坰疆。鹿之麌麌,载素其色。雉之朝雊,亦白其服。交交黄鸟,信我中雷。倏倏嘉苗,吐颖田畴。③

这篇作品作于曹丕称帝之时,以各种祥瑞的降临来称颂文帝功德。古人认为,符瑞的多少与功德的大小密切相关。《宋书·符瑞志》记载,黄帝时期,"天下既定,圣德光被,群瑞毕臻"④。王莽称帝时,张纯等人皆曰:"圣瑞毕溱,太

---

① [清]苏舆撰,钟哲点校:《春秋繁露义证》,中华书局2015年,第351—352页。
② [战国]尸佼著,[清]汪继培辑,朱海雷撰:《尸子译注》,上海古籍出版社2006年,第34页。
③ 《艺文类聚》卷九十八,第1696页。
④ [南朝梁]沈约撰:《宋书》卷二十九,中华书局1974年,第760页。

平已洽。帝者之盛莫隆于唐虞,而陛下任之。"①符瑞越多,功德越大。作品虽以符瑞为名,实是借符瑞歌颂帝德,借天降祥瑞体现君王政权的合理性。直接以符瑞为名的颂作,还有如汉代杜笃《众瑞颂》②、三国何晏《瑞颂》、唐代张说《皇帝在潞州祥瑞颂》、崔禹锡《河渎纪瑞颂》③等。

历史上,"群瑞毕臻"的情况毕竟少数,大多时候符瑞都单独出现,自然现象类如"河清""嘉禾""甘露"等,动物类如"白鹿""白乌""神雀""麒麟"等。这些符瑞均为太平盛世的征兆,宜作颂宣扬。如南朝宋刘义恭《嘉禾甘露颂表》:

> 臣闻居高听卑,上帝之功;天且弗违,圣王之德。故能影响二仪,甄陶万有。鉴观今古,采验图纬,未有道阙化亏,而祯物著明者也。自皇运受终,辰曜交和,是以卉木表灵,山渊效宝。伏惟陛下体乾统极,休符袭逮。若乃凤仪西郊,龙见东邑,海酋献改缁之羽,河祇开俟清之源。三代象德,不能过也。有幽必阐,无远弗届,重译岁至,休瑞月臻。前者躬藉南亩,嘉谷仍植,神明之应,在斯尤盛。四海既穆,五民乐业,思述汾阳,经始灵囿。兰陵甫树,嘉露频流,板筑初就,祥穟加积。太平之符,于是乎在。④

古代大臣进文时,需要上表阐明目的,通常与所进之文一同呈上。因此,这种表文其实也承担着序文的功能。《嘉禾甘露颂表》认为,上天的职责在于"居高听卑",洞察人世,而人间的君王要顺应天意;接下来,阐述上天与圣王的关系,认为圣王之德可与天地相呼应,化育万物。古今图纬表明,圣王有德时,祥瑞方才出现。接着表文又叙述当前各种祥瑞的出现,"嘉谷仍植,神明之应"与"兰陵甫树,嘉露频流"均是自然界的"太平之符",体现了上天对君王的认可。再如南朝宋何承天《白鸠颂表》:

> 谨考寻先典,稽之前志,王德所覃,物以应显。是以玄扈之凤,昭帝轩之鸿烈,鄷官之雀,征姬文之徽祚。伏惟陛下重光嗣服,永言祖武,洽惠和于地络,烛皇明于天区。故能九服凒心,万邦含爱,圆神降

---

① 《汉书》卷九十九上,第4072页。
② 已佚,仅存《文选·雪赋》李善注所引"千里遥思,辗转反侧"。
③ 已佚,见《宝刻丛编》卷二十著录。
④ 《宋书》卷二十九,第830页。

祥,方祇荐裕,休珍杂沓,景瑞毕臻。①

作者认为,如今天子德合天地,海内一心,因此各种祥瑞纷纷出现。与上文祥瑞的出现昭示着帝德隆盛的思维方式相反,该文将祥瑞出现的原因归结为"王德"的感召。二者均是"天人感应"思想的体现,但这篇颂作更加强调君王的主观能动性,体现了对帝德的颂扬。

《白虎通·封禅》云:"天下太平,符瑞所以来至者,以为王者承天统理,调和阴阳,阴阳和,万物序,休气充塞,故符瑞并臻,皆应德而至。"②同时列举帝德涉及的不同方面,如天、地、文表、草木、鸟兽、山陵、渊泉、八方等,说明符瑞乃"天人感应"的重要表现。以上两篇表文,或以祥瑞宣示帝德,或为帝德感召祥瑞。不管哪一种,均阐述了祥瑞与帝德的关系,这也是古代各种符瑞颂创作最常见的两种思维方式。帝德作为一种抽象事物,本为内在的精神品质,可以感知而无法触视。只有通过物化的方式,令其从隐性到显性,从抽象到具体,方可直观呈现。而符瑞颂的创作,也正是借符瑞之名,为皇权寻求名分。

二、受命之符:君权神授的神秘暗示

古代帝王继位时,每有"受命于天"之说。《论语·尧曰》篇记载,尧禅位于舜时说:"咨!尔舜!天之历数在尔躬。允执其中。四海困穷,天禄永中。"关于"历数",朱熹注:"帝王相继之次第,犹岁时气节之先后也。"③舜因为品德高尚,才能卓著而获得尧的禅让,但尧却将之归结于"天之历数",而非人意,以此为舜的登基树立权威。《庄子·德充符》称:"受命于地,唯松柏独也在,冬夏青青;受命于天,唯舜独也正。"郭象注:"下首唯有松柏,上首唯有圣人。"④这里的"受命于天"与"天之历数在尔躬"一样,均表示帝王的权力来自上天所赐。又《吕氏春秋·知分》记载,禹巡视南方时,曾仰视天而叹曰:"吾受命于天,竭力以养人。"⑤天并非单纯的自然,而是具有独立意志、可以左右人类命运的主宰者。因此,这里的天即后世所谓的"神","受命于天"类似于西方所谓的"君权神授",既是为现行政权的巩固确立名分,也为夺取、建立政权制造舆论。如《尚书·汤誓》记载汤讨伐夏桀时说:"格尔众庶,悉听朕

---

① 《宋书》卷二十九,第849页。
② [清]陈立撰,吴则虞点校:《白虎通疏证》卷六,中华书局1994年,第283页。
③ 《论语章句》卷十,《四书章句集注》本,第193页。
④ 《庄子集解》卷二,第48页。
⑤ 许维遹撰,梁运华整理:《吕氏春秋集释》卷二十,中华书局2009年,第554页。

言。非台小子,敢行称乱;有夏多罪,天命殛之……予惟闻汝众言,夏氏有罪,予畏上帝,不敢不正。"①借助天命增加征讨夏桀的合理性,以此激发士气,获取胜利。

《诗经》中也有不少有关"受命"观念的篇章,尤其以《周颂》最为显著,如《维天之命》郑玄笺:"文王受命,不卒而崩,今天下太平,故承其意而告之。"《昊天有成命》郑玄笺:"'有成命'者,言周自后稷之生而已有王命也。"《桓》:"天命匪解,桓桓武王。"郑玄笺:"天命为善不解倦者以为天子,我桓桓有威武之武王,则能安有天下之事,此言其当天意也。"《赉》:"时周之命,于绎思。"郑玄笺:"劳心者,是周之所以受天命,而王之所由也。"②《尚书》为上古帝王言论的记录,《周颂》则是以文学形式对天命的咏叹,二者俱体现了当时天命思想的流行。所受之"命",其实就是执掌朝政的权力,也即《论语》中记载尧所说的"历数",是一种不以人的意志而改变的秩序。

与"天人感应"一样,符瑞也是君权神授思想最为重要的表现方式之一。为了彰显天命观,这类符瑞往往被称为"受命之符",汉代的董仲舒在回答汉武帝"三代受命,其符安在"的疑问时说:"臣闻天之所大奉使之王者,必有非人力所能致而自至者,此受命之符也。天下之人同心归之,若归父母,故天瑞应诚而至。《书》曰'白鱼入于王舟,有火复于王屋,流为乌',此盖受命之符也。周公曰'复哉复哉',孔子曰'德不孤,必有邻',皆积善累德之效也。"③受命之符非人力所能左右,君王如果能够爱民如子,积累善行,受命之符自然就会出现。董仲舒这段话的目的是希望规劝汉武帝施行德政,一方面认为君权来自上天的授予,另一方面又将受命之符的出现归结于君王道德的修行,具有强烈的现世效应。此后,受命之符的说法就在各类典籍中广泛出现。如司马相如《难蜀父老》:"且夫王事固未有不始于忧勤,而终于佚乐者也。然则受命之符,合在于此矣。"④汉哀帝《改元大赦诏》:"皇天降非材之佑,汉国再获受命之符。"⑤《后汉书·光武帝纪》记载群臣劝刘秀称帝曰:"受命之符,人应为大。"⑥《三国志·魏书·文帝纪》裴松之注引许芝劝曹丕代汉曰:"七月四日戊寅,黄龙见,此帝王受命之符瑞最著明者也。"⑦上述受命之

---

① 《尚书正义》卷八,第338页。
② 以上见《毛诗正义》卷十九第1258、1266、1304、1304页。
③ 《汉书》卷五十六,第2500页。
④ 《史记》卷一一七,第3052页。
⑤ 《汉书》卷十一,第340页。标题依《文馆词林》卷六六八。
⑥ [南朝宋]范晔撰,[唐]李贤等注:《后汉书》卷一,中华书局1965年,第21页。
⑦ 《三国志》卷二,第63页。

符或用于安抚民心,或用于自我标榜,或用于劝进登基,均是君权神授思想具体用途的体现。

  颂体中君权神授思想的表达主要有两种方式。一是直接在作品中展现出来,如史岑《出师颂》"茫茫上天,降祚有汉。兆基开业,人神攸赞"①,蔡邕《祖德颂》"昔文王始受命,武王定祸乱"②,高闾《至德颂》"乃眷有魏,配天承命"③,程骏《庆国颂》"于皇大魏,则天承祜"④。从《诗·颂》到后世的颂体,虽然篇体形式和颂扬对象有所不同,但二者俱为宫廷文学,为统治者政权服务的性质并未改变。上述君权神授思想的提出,均位于颂作开头,目的就是开篇确立天命基调,为下文的颂扬内容提供依据。二是利用符瑞来宣扬君权神授思想。这类受命之符简称"符命",即上天预示帝王受命的符兆。符命在汉代非常兴盛,《汉书》中即有很多记载,如《汉书·扬雄传赞》:"莽既以符命自立,即位之后欲绝其原以神前事。"⑤汉代的符命还演变为一种述说符瑞以颂扬帝王受命于天的文体,《汉书·扬雄传赞》引京师之语:"惟寂寞,自投阁;爰清静,作符命。"这里的符命显然是文章之名。为此,《昭明文选》特列符命类,选录司马相如《封禅文》、扬雄《剧秦美新》、班固《典引》。一种文体的确立,须有一定数量在内容和形式上呈现出相同特点的作品,其成型的过程也体现了符命思想的流行。不仅如此,符命思想在其他文体之中也经常出现,颂体作品表现尤为明显。如鲍照《河清颂》:"素狐玄玉,聿彰符命。"⑥关于"素狐玄玉",《宋书·符瑞志》记载,大禹梦见自洗于河,以手取水饮之,"又有白狐九尾之瑞","治水既毕,天赐玄圭,以告成功"⑦。二者均为帝王受命之征兆。《河清颂》又称:"自我皇宋之承天命也,仰符应龙之精,俯协河龟之灵。君图帝宝,粲烂瑰英。固以业光曩代,事华前德矣。"⑧《宋书·符瑞志》:"黄龙者,四龙之长也。不漉池而渔,德至渊泉,则黄龙游于池"⑨,"灵龟者,神龟也。王者德泽湛精,渔猎山川从时则出"⑩。"承天命"不能仅仅自我标榜,更要以符瑞降临来体现。又如陈子昂《大周受命颂》:"臣闻大人

---

① [南朝梁]萧统编,[唐]李善注:《文选》卷四十七,中华书局1977年,第661页。
② 《蔡邕集编年校注》,第3页。
③ [北齐]魏收撰:《魏书》卷五十四,中华书局1974年,第1197页。
④ 《魏书》卷六十,第1348页。
⑤ 《汉书》卷八十七下,第3584页。
⑥ 《鲍参军集注》卷二,第94页。
⑦ 《宋书》卷二十七,第763页。
⑧ 《鲍参军集注》卷二,第94页。
⑨ 《宋书》卷二十八,第796页。
⑩ 《宋书》卷二十八,第800页。

升阶,神物绍至,必有非人力所能存者,上招飞鸟,下动泉鱼。古之元皇,祗承上帝,所以协人祉,匹天休,卓哉神明,昭格上下,莫不以之矣。"①新兴政权的建立,往往意味着旧政权的结束。这种新旧轮回不仅需要用武力解决,还要以符命观念为新政权的确立树立权威,这样才能获得世人的认可与支持。

　　君权神授与天人感应均以祥瑞作为媒介,关系极为密切。可以说,前者是后者的重要目的,后者则是达到前者的基本条件。《宋书·符瑞志》讨论符瑞与天人感应、君权神授的关系说:"夫龙飞九五,配天光宅,有受命之符,天人之应。"②神龙的出现,既体现了君权由上天所授,也表明了天人之间的交互感应。颂体作品中,不少都以符瑞作为载体,同时包含了天人感应、君权神授两种思想。如三国傅嘏在《皇初颂》开篇说道:"寻盛德以降应,著显符于方臻。积嘉祚以待期,储鸿施于真人。昔九代之革命,咸受天之休祥。匪至德其焉昭,匪至仁其焉章。"③该颂作于魏国建立初期,政权的合法性亟须得到证明。"降应"即天降祥瑞,"革命"指实施变革以应天命。王者受命于天,改朝换代是天命变更,因称"革命"。作者认为,之所以出现这种现象,是由于君王"盛德"的感召,从上古时期的君王以来皆是如此,如果没有"至德""至仁",又怎会出现祥瑞? 符瑞的出现体现了魏国的建立乃顺应天意民心。要言之,符瑞代表着上天的旨意,体现了上天对皇权的肯定。在天与人之间,符瑞是一种双向的媒介:当君王功德隆盛之时,符瑞降临以示上天对君王的肯定,从而体现天人感应;当君王希望自己的政权得到世人认可时,也会主动借用符瑞来"传达"上天的意志,体现君权神授。前者是"太平之符",后者为"受命之符"。不论哪一种,都值得庆贺,需作文颂扬。

三、正义之战:奉天伐罪的舆论宣导

　　奉天伐罪指奉持天命,讨伐无道,即"天讨"。《尚书·皋陶谟》:"天讨有罪,五刑五用哉。"④又《后汉书·光武帝纪》:"神旌乃顾,递行天讨。"⑤中国是礼仪之邦,两军交战,讲究出师有名,《汉书·高帝纪上》记载新城三老董公说汉王曰:"兵出无名,事故不成。"颜师古注引苏林曰:"名者,伐有罪。"⑥为了占据道德制高点,首先需要舆论宣传。上天具有至高无上的地位,奉天伐罪

---

① 《陈子昂集》卷七,第141页。
② 《宋书》卷二十七,第759页。
③ 《艺文类聚》卷十,第188页。
④ 《尚书正义》卷四,第292页。
⑤ 《后汉书》卷一,第87页。
⑥ 《汉书》卷一,第34页。

既是为征伐寻找正当理由,也是一种攻心战术。

奉天伐罪在中国古代尤其易代之际非常普遍,如上文所引《尚书·汤誓》载商汤讨伐夏桀,再如武王伐纣,打出的旗帜均是奉天伐罪。《史记·周本纪》记载,周武王听闻商纣王残暴不仁,"杀王子比干,囚箕子",于是遍告诸侯说:"殷有重罪,不可以不毕伐。"乃率领大军"以东伐纣"。从孟津渡河之后,作《太誓》,告于众人:"今殷王纣乃用其妇人之言,自绝于天,毁坏其三正,离遏其王父母弟,乃断弃其先祖之乐,乃为淫声,用变乱正声,怡说妇人。故今予发维共行天罚。勉哉夫子,不可再,不可三!"①《太誓》也作《泰誓》,即出发前的誓师,主要揭示商纣王的罪行。"自绝于天"即违背天命,"天罚"即顺应天意、替天行道。所以,奉天伐罪也就是在天命思想支配下的战争观念。

儒家向来讲究忠君爱国,但所伐之"罪"有时也会直指国君或者诸侯王。当君王昏乱时,是继续尽忠还是勇于讨伐?对此,古人早有讨论,《孟子》中记载齐宣王问孟子:"汤放桀,武王伐纣,有诸?"孟子对曰:"于传有之。"齐宣王又问:"臣弑其君,可乎?"孟子曰:"贼仁者谓之'贼',贼义者谓之'残'。残贼之人谓之'一夫'。闻诛一夫纣矣,未闻弑君也。"孟子认为,破坏仁爱、道义的只是"一夫",不再是百姓爱戴的君王。正如朱熹所说:"害仁者,凶暴淫虐,灭绝天理,故谓之贼。害义者,颠倒错乱,伤败彝伦,故谓之残。一夫,言众叛亲离,不复以为君也。《书》曰:'独夫纣。'盖四海归之,则为天子;天下叛之,则为独夫。"孟子的这段话合理地化解了奉天伐罪与忠君之间的矛盾,为奉天伐罪找到了合理的解释。王勉又说,"惟在下者有汤武之仁,而在上者有桀纣之暴则可",不然,只会背上"篡弑之罪"。②王勉的解释让我们注意到,奉天伐罪必须满足一个条件:对方是非正义的,且己方为正义的,即须以"有道"伐"无道"。倘若是"无道"伐"有道",或"无道"伐"无道",都是违背天命的,不能称为奉天伐罪。

奉天伐罪思想在战争前后以文学形式广泛传播,檄文与颂文是应用最多的文体。前者如东汉陈琳所撰《檄吴将校部曲文》,站在朝廷立场讨伐孙权,首先以赋笔列举孙权之恶行:"孙权小子,未辨菽麦,要领不足以膏齐斧,名字不足以污简墨,譬犹鹫卵,始生翰毛,而便陆梁放肆,顾行吠主,谓为舟楫足以距皇威,江湖可以逃灵诛。"接着颂扬皇帝的圣明:"圣朝宽仁覆载,允信允文,大启爵命,以示四方。"通过对比,阐明双方一是无道,一为有道。接下来,开始描绘对无道的讨伐:"丞相衔奉国威,为民除害,元恶大憝,必当枭

---

① 《史记》卷四,第121—122页。
② 《四书章句集注》卷二,第221页。

夷。"① 以揭露对方罪恶,壮大自己声威。檄文主要为战前作准备,颂文则主要用于战后的民心安抚,二者相互配合,共同体现奉天伐罪思想在战争前后的作用。同时,二者侧重点不同,檄文作于战前,主要是"揭露";颂体作于战后,在颂扬的同时,还对战况加以描绘。如秦始皇二十九年(公元前218)《之罘刻石》:"六国回辟,贪戾无厌,虐杀不已。皇帝哀众,遂发讨师,奋扬武德。"②秦始皇三十二年(公元前215)《碣石门刻石》:"遂兴师旅,诛戮无道,为逆灭息。"③秦刻石文虽不是严格意义上的颂体,但极大影响了颂体的创作。后世颂体继承了秦始皇刻石文的这种写法,既要指出对方的罪恶,还要体现出自己的正义。如西晋张载《平吴颂》:

  上哉仁圣,曰惟皇晋。光泽四表,继天垂胤。帝道焕于唐尧,义声邈乎虞舜。蠢尔鲸吴,凭山阻水。肆虐播毒,而作豺虺。菁茅阙而不贡,越裳替其白雉。正九伐之明典,申号令之旧章。布亘地之长罗,振天网之修纲。制征期于一朝,并箕驱而慕张。尔乃拔丹阳之峻壁,屠西陵之高堞。日不移晷,群丑率从。望会稽而振铎,临吴地而奋旅。众军竞趣,烽飙具举。挫其轻锐,走其守御。④

这篇颂作首先树立西晋政权的正义形象,认为西晋皇帝是顺应天命的天子,将吴国描写成为害一方、作恶多端的贼匪。为了解救百姓,讨伐"群丑",因而大举征伐。再如北魏高允《北伐颂》:

  皇矣上天,降鉴惟德,眷命有魏,照临万国。礼化丕融,王猷允塞,静乱以威,穆民以则。北虏旧隶,禀政在蕃,往因时故,逃命北辕。世袭凶轨,背忠食言,招亡聚盗,丑类实繁。敢率犬羊,图纵猖獗,乃诏训师,兴戈北伐。⑤

《魏书·高允传》记载,高允随显祖北伐,大捷而还,至武川镇,上《北伐颂》。与《平吴颂》一样,该颂首先将北魏描述为上天授命的正义王朝,将北方其他政权形容为作恶多端、背信弃义的"丑类",通过对比体现北伐的正义性及必要性;获胜归来之后,"六军克合,万邦以协,义著春秋,功铭玉牒,载兴颂声,

---

  ① 《文选》卷四十四,第619—621页。
  ② [清]严可均校辑:《全秦文》卷一,《全上古三代秦汉三国六朝文》,中华书局1958年,第123页。
  ③ 《全秦文》卷一,第123页。
  ④ 《艺文类聚》卷五十九,第1073页。
  ⑤ 《魏书》卷四十八,第1085页。按"故"字脱,据《文馆词林》补。

播之来叶"①,对北伐的意义作进一步的肯定。上述两段文字都是颂作的开头的部分,借助天命,为战争寻求名分。

张载《平吴颂》与高允《北伐颂》都是以战争为题材的征伐颂,是儒家奉天伐罪思想的重要表现方式和传播载体。这类作品有很多,如东汉班固《窦将军北征颂》、傅毅《窦将军北征颂》《西征颂》、崔骃《北征颂》、史岑《出师颂》,西晋挚虞《太康颂》,唐朝李世民《皇德颂》、李治《大唐纪功颂》、李百药《皇德颂》、张九龄《开元纪功德颂》、杨炎《灵武受命宫颂》《凤翔出师纪圣功颂》《大唐河西平北圣德颂》、于邵《唐剑南东川节度使鲜于公经武颂》、韩云卿《平蛮颂》、张濛《镇国军节度使李公功德颂》,宋朝宋祁《皇帝神武颂》等②。明清时期,不仅出现了大量的征伐颂,而且还有很多的同题之作,尤以清代为最,如毛奇龄、王鸿绪、孙在丰、徐乾学、尤侗、陈维崧、徐秉义、潘耒等人的《平滇颂》,徐乾学、尤侗、黄与坚、翁叔元、徐釚、彭孙遹等人的《平蜀颂》。还有标题稍异、主题相同者,如方苞《圣主亲征漠北颂》《北征颂(二篇)》、赵士麟《北征颂》、徐秉义《北征荡平颂》、杜臻《圣驾亲征荡平漠北颂》、熊赐履《北征荡平颂》、张永铨《平北寇颂》、王鸿绪《永清漠北颂》、徐旭旦《平北颂》、陆奎勋《平北颂》等。为了树立正统形象,清初每有征伐,必会出现大量歌功颂德之作。和前代一样,这些颂作都以奉天伐罪为旗帜,把清朝皇帝描述为"受命于天"的天子,将清军刻画为符合儒家思想的正义之师,认为征伐对象为作恶多端的乱臣贼子。

征伐颂的写作目的不在于描绘战争,而是突出战争的合理性和必要性。但无论如何,战争都是残酷的,因此,需要加以美化,最好的办法就是从道德上凸显战争的正义,消解残酷,这样才能得到百姓的理解和支持。具体创作中,天人感应、君权神授、奉天伐罪这几种思想与前文的为政以德并非各自独立,往往互有关涉、交合出现,共同营造皇权的正义与权威。如颜师古《圣德颂》开头的一部分文字:

> 缅寻遐代,详观往册。五胜质文,三正沿革。乱多化鲜,明寡晦积。炎精既沦,大运斯斁。茫茫率土,黯焉已夕。皇矣大圣,诞受天符。云飞九域,电击八区。共工愿毙,涿鹿妖除。枝换斯撤,挽枪靡余。建武戢刃,偃伯衅车。蠲苛削密,求瘼恤隐。琴瑟更张,衔策俱尽。满堂已乐,声诵犹轸。扇暍垂仁,泣辜流悯。吏勉端洁,民归愿

---

① 《魏书》卷四十八,第1085页。
② 上述颂作,部分直接以征伐为题,还有一部分虽然不以征伐为题,但仍然蕴含奉天伐罪的主旨。

谨。肃恭禋祀,祗事上天。永唯孝享,式备吉蠲。外崇耆耋,内睦亲姻。岁时缲纩,春秋醴馔,茕嫠是恤,疴瘵斯痊。间阎外户,马牛内厩。畎亩相移,康庄交让。勿用桴鼓,无虞亭障。赆纳鲛人,朔班狼望。至诚感庆,休气致祥。驯扰一角,栖集五章。华平挺干,朱草曜芳。①

《圣德颂》作于唐朝建立之初,有着显著的政治意义。这段文字可以分为四个部分,分别体现了上述几种思想,从开头至"诞受天符"为"君权神授",至"衔策俱尽"为"奉天伐罪",至"朔班狼望"为"为政以德",至"朱草曜芳"为"天人感应"。作品首先简要叙述往代的历史沿革,强调唐王朝的建立乃顺应天命,以君权神授确立皇权的合法性;描写唐王朝秉承天命,剪灭祸患,拯救黎民,即奉天伐罪。政权确立之后,皇帝崇尚为政以德,以仁义治天下,百官清廉,人民安康,社会稳定,四海和睦。社会呈现出繁盛的局面,以致感动上苍,各种符瑞争相出现,验证了天人感应思想。该颂内容丰富,气势恢宏,结构谨严,过渡自然,结合多方面的描绘展现并赞颂了大唐王朝的功德。因此,一个王朝无论是建立之初,还是后来政权的巩固,无时不要以天命来正名。要言之,奉天伐罪与天人感应、君权神授,都是在天命思想的笼罩下对"德"的弘扬,是道义的体现。顺应天命,就是符合道义,也只有讲求道义,才能顺应天命。

第三节　儒家教化思想与颂体的社会功用

一、儒家教化思想的内涵

教化是中国儒家思想的内容之一,对封建社会巩固朝廷政权、维持社会秩序、促进社会发展具有重要作用。中国的教化观念起源甚早,从周公开始就已出现。梁漱溟认为:"中国数千年风教文化之所由形成,周孔之力最大。举周公来代表他以前那些人物;举孔子来代表他以后那些人物;故说'周孔教化'。周公及其所代表者,多半贡献在具体创造上,加礼乐制度之制作等。孔子则似是于昔贤制作,大有所悟,从而推阐其理以教人。"②教化不为儒家独有,却在儒家思想中发扬光大。究其原因,还在于儒家建立了一整套完善

---

① 《初学记》卷九,第213页。
② 梁漱溟:《中国文化要义》,上海人民出版社2011年,第99页。

的礼乐体系,能够将教化贯彻到社会的各个方面。《汉书·艺文志》曰:"儒家者流,盖出于司徒之官,助人君顺阴阳明教化者也。"①明确说明儒家具备教化功能。

"教化"作为一个完整词语,在先秦诸子著作中多次出现。如《列子·天瑞》:"故天职生覆,地职形载,圣职教化,物职所宜。"②《文子·精诚》:"法省不烦,教化如神;法宽刑缓,囹圄空虚。"③《荀子·王制》:"论礼乐,正身行,广教化,美风俗,兼覆而调一之,辟公之事也。"④关于"教化"的含义,《毛诗序》云:"《风》之始也,所以风天下而正夫妇也。故用之乡人焉,用之邦国焉。风,风也,教也,风以动之,教以化之。"⑤以"教"释"风","教以化之"也即教化。关于"风""教"的内涵及关系,孔颖达云:"上言风之始,谓教天下之始也。《序》又解名教为风之意,风训讽也、教也,讽谓微加晓告,教谓殷勤诲示。讽之与教,始末之异名耳。言王者施化先依违讽喻以动之,民渐开悟乃后明教命以化之,风之所吹无物不扇,化之所被无往不沾,故取名焉。"⑥简言之,教化即劝讽、晓喻,如同微风一样,可以开启百姓的心灵,是君王布政的重要方法。

汉代以后,随着儒学成为国家的指导思想,儒家教化思想的地位也日益升高,尤其经过董仲舒的系统阐发后,更为当时的统治者重视。董仲舒在《对贤良策》中认为,汉武帝贵为天子,富有四海,算得上是一位"谊主","然而天地未应而美祥莫至者",为什么呢?原因就在于"教化未立"。接下来,他解释教化的功能说:"夫万民之从利也,如水之走下,不以教化堤防之,不能止也。是故教化立而奸邪皆止者,其堤防完也;教化废而奸邪出,刑罚不能胜者,其堤防坏也。古之王者明于此,是故南面而治天下,莫不以教化为大务。"⑦董仲舒认为,民心如同流水,倘若不加以教化,就会出现各种奸邪之人,从而扰乱社会治安,不利于朝廷治理。可见,教化是一种政教行为,是出于政治目的的社会管理方式。董仲舒又说:"天令之谓命,命非圣人不行;质朴之谓性,性非教化不成;人欲之谓情,情非度制不节。是故王者上谨于承天意,以顺命也;下务明教化民,以成性也。"⑧这句话阐述了上天、天子、百姓

---

① 《汉书》卷三十,第1728页。
② 杨伯峻撰:《列子集释》卷一,中华书局1979年,第9页。
③ 王利器撰:《文子疏义》卷二,中华书局2009年,第83页。
④ 王先谦撰,沈啸寰、王星贤点校:《荀子集解》卷五,中华书局1988年,第170-171页。
⑤ 《毛诗正义》卷一,第562页。
⑥ 《毛诗正义》卷一,第563页。
⑦ 《汉书》卷五十六,第2503页。
⑧ 《汉书》卷五十六,第2515页。

之间的关系。法度是约束百姓的准绳,是一种行为举止的规范。只有教化才能提高内在人性修养。

教化与礼仪关系密切,很多时候教化表现为一种礼仪形式。《礼记·经解》篇在论述礼的重要性,历数具体礼仪的作用后说:"故礼之教化也微,其止邪也于未形。"①认为礼可以从细微之处教化人心,防止淫邪的发生。《汉书·礼乐志》对礼乐的教化功能进行了强调,周朝之所以"教化浃洽,民用和睦",原因就在于"礼文尤具,事为之制,曲为之防"②,认为礼制是教化的基础,教化是礼制的表现。正因如此,董仲舒说:"古之王者,莫不以教化为大务,立大学以教于国,设庠序以化于邑。教化已明,习俗已成,天下尝无一人之狱矣。"③"大学""庠序"都是用于教化的,只有教化昌明,习俗才会改善,天下才会太平,而这一切都归功于礼制的完备。汉成帝时,犍为郡在水边得到古磬十六枚,人们以为是好的征兆。这时,刘向因势利导上书说:"宜兴辟雍,设庠序,陈礼乐,隆雅颂之声,盛揖让之容,以风化天下。如此而不治者,未之有也……夫教化之比于刑法,刑法轻,是舍所重而急所轻也。且教化,所恃以为治也,刑法所以助治也。今废所恃而独立其所助,非所以致太平也……故曰:'导之以礼乐,而民和睦。'"④认为应该大兴学校"风化天下",这样社会才会安定。教化比刑法更为重要,教化是天下太平的根本,刑法只是用于佐助太平。刘向的这篇上疏本论述教化的意义,可最后却归结于礼乐,原因就在于礼乐具有教化功能,是教化的重要内容和根本法则。

作为有效的社会管理方式,教化是一种由内而外、自上而下的行为,许慎《说文解字》:"教,上所施,下所教也。"认为所谓"教",就是统治阶级做出示范,下层百姓进行模仿。第二个"教"为"效"的假借词,指效仿的意思。⑤其中的"上",指社会上层的统治阶级,包括君王、公卿大夫及地方官员,还有主管学务的学官。"下"指接受教化的下层百姓。《汉书·武帝纪》:"以百姓之未洽于教化,朕嘉与士大夫日新厥业,祗而不解。"⑥中国古代等级森严,知识文化为上层社会把控,整个社会的伦理道德、礼仪制度也由他们制定。教化的过程中,他们自然占据主导地位。而百姓只能被动接受来自上层的知识

---

① 《礼记正义》卷五十,第3495页。
② 《汉书》卷二十二,第1029页。
③ 《汉书》卷二十二,第1032页。
④ 《汉书》卷二十二,第1033—1034页。
⑤ 《韩非子·难势》:"尧教于隶属而民不听,至于南面而王天下,令则行,禁则止。"陈奇猷集释:"教,借为效……尧教于隶属而民不听,谓尧与隶属相仿则民不听其令也。"
⑥ 《汉书》卷六,第171页。

传递,成为统治者的教化对象。这种从上至下的顺序,形成了教化的行为方向。

君王是教化思想的决定者和推动者,但国家疆域广大,事务繁多,须众多官员群策群力,才可更好地实施教化。这集中反映在元朔元年(公元前128)汉武帝的一篇诏书中:

> 公卿大夫,所使总方略,壹统类,广教化,美风俗也。夫本仁祖义,褒德禄贤,劝善刑暴,五帝三王所由昌也。朕夙兴夜寐,嘉与宇内之士臻于斯路……二千石官长纪纲人伦,将何以佐朕烛幽隐、劝元元、厉蒸庶、崇乡党之训哉?且进贤受上赏,蔽贤蒙显戮,古之道也。其与中二千石、礼官、博士议不举者罪。①

这篇诏书主要论述教化的必要性,认为教化乃上古时期的五帝、三王所倡导,自己作为一代君王,也将其视为己任。同时,汉武帝还要求,朝中大臣公卿大夫等需要佐助自己教化百姓,还需要举荐贤良,否则将予治罪。中国古代各个朝代都曾设有专门掌管教化的官员,简称教官或学官。《周礼·地官·司徒》:"惟王建国,辨方正位,体国经野,设官分职,以为民极。乃立地官司徒,使帅其属而掌邦教,以佐王安扰邦国。"接下来,《周礼》又详细列出从大司徒、小司徒开始的各类教官,贾公彦疏:"自此以下至藁人,总六十官,皆是教官之属。"②说明从周朝开始,教化之官的相关制度就已非常完备。佐助君王教化的官员中,三老是非常重要的专门掌管教化之人,乡、县、郡均曾设置。《礼记·礼运》:"故宗祝在庙,三公在朝,三老在学。"③司马迁《史记·高祖本纪》"三老董公遮说汉王"张守节正义引《百官表》云:"十里一亭,亭有长。十亭一乡,乡有三老,三老掌教化。"④《汉书·高帝纪上》:"举民年五十以上,有修行,能帅众为善,置以为三老,乡一人。择乡三老一人为县三老,与县令丞尉以事相教。"⑤此外,汉代开始设置的五经博士、博士祭酒,西晋设置的国子祭酒、博士、助教,宋以后的提学、学政和教授、学正、教谕等,都是教官之属。

教化的内容主要为礼仪、道德等思想方面。《尚书·舜典》:"汝作司徒,敬

---

① 《汉书》卷六,第166—167页。
② 《周礼注疏》卷九,第1501页。
③ 《礼记正义》卷二十二,第3087页。
④ 《史记》卷八,第370页。
⑤ 《汉书》卷一,第33—34页。

敷五教。"郑玄注:"布五常之教。"①《左传·文公十八年》:"举八元,使布五教于四方,父义、母慈、兄友、弟共、子孝。"②这里的"五教"指五常之教,包括父义、母慈、兄友、弟恭、子孝五种伦理道德的教育。《汉书·武帝纪》载,元朔元年(公元前128)武帝下诏,谈及自己的政绩说:"故旅耆老,复孝敬,选豪俊,讲文学,稽参政事,祈进民心,深诏执事,兴廉举孝,庶几成风,绍休圣绪。"③这是汉武帝德教的表现。学校是教育的场所,古代的学校称呼不一,包括庠序、辟雍等。《孟子·梁惠王上》"谨庠序之教,申之以孝悌之义"赵岐注:"庠序者,教化之言也,殷曰序,周曰庠,谨修教化,申重孝悌之义。"④《孟子·滕文公上》"设为庠序、学校以教之"赵岐注:"以学习礼教化于国。"⑤董仲舒认为:"养士之大者,莫大乎太学;太学者,贤士之所关也,教化之本原也。"⑥桓宽《盐铁论·授时》:"是以王者设庠序,明教化,以防道其民。"⑦上引文献均说明了学校之于教化的重要性。

二、儒家教化思想在颂体中的体现

作为一种国家治理方法,教化既要有具体的传播内容,还要有行之有效的宣传载体,即礼乐的配合。教化与礼仪的关系,上文已作阐释。乐之于教化的作用,集中反映在《乐记》之中。其文曰:"治世之音安以乐,其政和;乱世之音怨以怒,其政乖;亡国之音哀以思,其民困。声音之道,与政通矣。"⑧体现了乐与政教的关系。"故乐也者,动于内者也;礼也者,动于外者也。乐极和,礼极顺,内和而外顺,则民瞻其颜色而弗与争也,望其容貌而民不生易慢焉。故德辉动于内,而民莫不承听,理发诸外,而民莫不承顺。"⑨礼是外在的行为规范,乐是内在的情志感发,二者互相配合,共同完成对百姓的教化。同时我们还应注意到,古人所谓的"乐",不单是我们听到的声音,刘勰说:"诗为乐心,声为乐体,乐体在声,瞽师务调其器;乐心在诗,君子宜正其

---

① 《尚书正义》卷三,第274页。
② 《春秋左传正义》卷二十,第4042—4043页。
③ 《汉书》卷六,第166页。
④ [汉]赵岐注,[宋]孙奭疏:《孟子注疏》卷一下,《十三经注疏》本,中华书局2009年,第5810页。
⑤ 《孟子注疏》卷五上,第5877页。
⑥ 《汉书》卷五十六,第2512页。
⑦ 王利器校注:《盐铁论校注》卷六,中华书局1992年,第422页。
⑧ 《礼记正义》卷三十七,第3311页。
⑨ 《礼记正义》卷三十九,第3347页。

文。"①《毛诗序》孔颖达疏也有相同的表述②,表明"诗"和"声"共同构成"乐"。"声"为"乐之体",依靠听觉感知;"诗"为"乐之心",凭借心力感受。

《诗经》作为礼乐文化的载体,具有重要的教化功能。《毛诗序》称:"正得失,动天地,感鬼神,莫近于诗。先王以是经夫妇,成孝敬,厚人伦,美教化,移风俗。"③这种教化作用的发挥,需要凭借"声"的感官形式,同时更需要"诗"的内心感化。《诗·颂》主要用于歌颂帝王功绩,以演唱的形式教化百姓。不仅如此,《诗·颂》还在内容上对帝王的教化功绩加以颂扬,如《周颂·思文》,诗曰:"思文后稷,克配彼天。立我烝民,莫匪尔极。贻我来牟,帝命率育。无此疆尔界,陈常于时夏。"歌颂后稷教人耕稼,百姓因此得以教化。方玉润曰:"时烝民阻饥,教化不得施,无以立人之道。后稷播种,民人率育。"④关于"陈常于时夏",朱熹解释:"陈其君臣父子之常道于中国。"方氏也认同此说:"愚谓烝民阻饥久矣,失其常性,今方率育,无此疆而尔界,则有常产者有常性,即五常之道亦于是乎大立矣。"⑤二人解释虽有不同,但均认为社会伦理道德的确立得益于后稷的教化。再如《鲁颂·泮水》,《毛诗序》谓:"颂僖公能修泮宫也。"泮宫乃周朝的诸侯之学,因此孔颖达说:"是修泮宫崇礼教也。"⑥体现出了《诗·颂》对教化的颂扬。

总的来看,由于《诗·颂》用于庙堂祭祀,每篇都有着明确的用途,加之篇幅简短,故而对先王教化的颂扬在其中并不突出。后世颂体与音乐脱离,依靠"声"来实现教化已不再可能。但与此同时,颂体篇幅扩大,一篇颂体作品往往从不同方面颂扬君王的功德,从而在内容方面对《诗·颂》加以扩充。教化作为一种政教合一的统治方法,从历代政权兴亡的经验来看,可谓是行之有效的善政,因而成为颂体创作的重要题材。如:

> 程骏《庆国颂》:"德从风穆,教与化津。千载昌运,道隆兹辰。"⑦
> 邢劭《甘露颂》:"深微禹,业隆作周,英华内积,文教外修。"⑧

---

① [南朝梁]刘勰著,詹锳义证:《文心雕龙义证》,上海古籍出版社1989年,第251页。
② 《毛诗序》:"诗者,志之所之也,在心为志,发言为诗。"孔颖达疏:"诗是乐之心,乐为诗之声,故诗乐同其功也。"
③ 《毛诗正义》卷一,第565页。
④ [清]方玉润撰,李先耕点校:《诗经原始》卷十六,中华书局1986年,第595页。
⑤ 《诗经原始》卷十六,第595—596页。
⑥ 《毛诗正义》卷二十,第1311页。
⑦ 《魏书》卷六十,第1348页。
⑧ 《艺文类聚》卷九十八,第1698页。

> 许善心《神雀颂》:"武义乃武,文教惟文。"①
> 李世民《皇德颂》:"既富而教,讼息刑清。明明天子,令闻不已。"②

"文教"与"武功"相对,后者是顺时革命、平定天下之武事,而当天下安定之后,出于巩固政权的考虑,必须施行教化。上文中的"文教"指礼乐法度、文章教化,是以礼乐文化为核心的政治手段,旨在安抚百姓,使之顺应礼教、接受管理。作为天子治理天下的重要参与者,各类官员也积极教化百姓。这在一些颂作之中也有所体现,如:

> 高允《征士颂》:"纳众以仁,训下以孝,化被龙川,民归其教。"③
> 孙逖《唐济州刺史裴公德政颂》:"初,公以甲子岁秋八月,莅于是邦,祗通明命,宏敷令典,教之诲之,养之育之。"④
> 于邵《唐检校右散骑常侍容州刺史李公去思颂》:"修其教化,被以威德。贼害既除,祸灾斯息。"⑤
> 符载《新广双城门颂》:"贞元十四年,我常侍钟陵之政成,繇赋均调,法令修理,男女大小,祗承教化,土地千里,蚩蚩浩浩,莫不刿心,化为端良。"⑥

《征士颂》是高允晚年怀念应征入朝的为官之人所作,歌颂了这些人包括教化在内的政绩。德政颂颂扬的是有政绩的地方长官。如果说天子是教化的倡导者,那么他们则是具体的实施者和参与者,因而也成为颂扬的对象,《唐济州刺史裴公德政颂》《唐检校右散骑常侍容州刺史李公去思颂》《新广双城门颂》均是这方面的作品,着重强调了被歌颂者的教化之功。为了扩大影响,这些颂体还常用于刻石树碑,唐李华《平原公遗德颂》:"刻颂之义,发乎心,播乎声,施事为教,感哀为德。"⑦为有政绩的地方官员作颂刊刻,不仅可以传扬美名,同时这种行为本身就是一种教化。

上述所引文献片段主要对政教的施用加以颂扬,但只是作为整篇作品的一部分出现。下面这些以明堂、辟雍、礼官、孔子、孔庙等为主题的作品,

---

① [唐]魏徵、令狐德棻等撰:《隋书》卷五十八,中华书局1973年,第1426页。
② 《初学记》卷九,第214页。
③ 《魏书》卷四十八,第1083页。
④ 《文苑英华》卷七七五,第4082页。
⑤ 《文苑英华》卷七七六,第4090页。
⑥ 《文苑英华》卷七七八,第4104页。
⑦ 《文苑英华》卷七七五,第4087页。

则从意义、价值等方面集中表达了对儒家教化的颂扬。南朝齐虞通之《明堂颂》:"绵绵教枢,翳翳化纪。声沉五都,风晦千祀。"①明堂乃教化的枢纽,是古代帝王宣明政教的地方。凡朝会、祭祀、庆赏、选士、养老、教学等大典,都在此举行。辟雍为西周天子所设大学,也用于养老,圆形,围以水池,前门外有便桥,建造的目的在于施行教化。班固《白虎通·辟雍》:"辟者,璧也,象璧圆,以法天也。雍者,雍之以水,象教化流行也。"②南朝王沈《辟雍颂》、徐伯阳《辟雍颂》③等均表达了对辟雍的颂扬。明堂和辟雍作为古代施行政教的场所,有着重要作用,《汉书·平帝纪》:"安汉公奏立明堂、辟雍。"应劭注:"明堂所以正四时,出教化……辟雍者,象璧圜,雍之以水,象教化流行。"④因此,颂扬明堂、辟雍,也就是颂扬教化。

礼官乃掌管礼仪教化之官,周朝开始设立。对礼官的歌颂如崔瑗《南阳文学颂》,虽为残篇,但仍可窥见其作文之意。其序云:"昔圣人制礼乐也,将以统天理物,经国序民,立均出度,因其利而利之,俾不失其性也。故观礼则体敬,听乐则心和,然后知反其性,而正其身焉。取律于天以和声,采言于圣以成谋,以和邦国,以谐万民,以序宾旅,以悦远人。其观威仪,省祸福也,出言视听,于是乎取之。"⑤首先叙述圣人制礼作乐的目的在于教化百姓、治理天下。正文又称:"民生如何,导以礼乐,乃修礼官,奋其羽籥。"可知篇名中的"文学"即为礼官之属。百姓天生是淳朴的,因而需要统治者以礼乐来引导和规范,这样就需要设立礼官,令教化得以深入开展。在礼官的教化之下,"我国既淳,我俗既敦,神乐民别,嘉生乃繁"。这体现了教化之于百姓的作用。

歌颂孔子、孔庙、阙里的作品如曹植《学官颂》《孔子庙颂》。孔子作为儒家学派的创始人,被奉为万世师表,在礼乐文明的创建、儒家教化的实施过程中,起着重要的推动作用,因此曹植《学官颂》称:"自五帝典绝,三皇礼废,应期命世,齐贤等圣者,莫高于孔子也。"⑥该颂仅存残篇,无法确定其宗旨是歌颂孔子还是以孔子为代表的后世学官,但无论如何,都表达了对教化的颂扬。曹植的另一篇《孔子庙颂》则借修建孔庙表达对教化的推崇。该颂作于

---

① 《初学记》卷十三,第330页。
② 《白虎通疏证》卷六,第259页。
③ 该颂已佚,《陈书·徐伯阳传》:"十一年春,皇太子幸太学,诏新安王于辟雍发《论语》题,仍命伯阳为《辟雍颂》,甚见嘉赏。"
④ 《汉书》卷十二,第357页。
⑤ 《艺文类聚》卷三十八,第692页。
⑥ [三国魏]曹植著,赵幼文校注:《曹植集校注》卷一,人民文学出版社1998年,第115页。

曹魏建立之初,序文开头说:"维黄初元年,大魏受命,胤轩辕之高纵,绍虞氏之遐统。应历数以改物,扬仁风以作教。于是辑五瑞,班宗彝,钧衡石,同度量,秩群祀于无文,顺天时以布化。"①说明孔庙的建造是为了推行教化。孔子"生乎鲁卫之朝,教化乎汶泗之上",为后世统治者推崇。因此,建造孔庙祭祀孔子也成为弘扬教化的重要举措。

阙里是孔子曾经讲学之地,历来被视为儒学圣地而备受重视。历史上很多君王、太子都巡幸阙里,或祭祀,或讲学、释奠,以此弘扬教化、敦崇儒学。明代陈镐所撰《阙里志》对此作了全面记载,并于卷九、卷十《撰述》载录了很多与阙里相关的作品,从文体来看,有碑、记、铭、赞、颂、诗、纪事、赋等。清代之后,天子频繁巡幸阙里,出现了不少相关颂作,如陈梦雷《拟驾幸阙里释奠颂》、陈廷敬《幸阙里颂》、徐元正《圣驾幸阙里颂》、彭孙遹《幸阙里颂》、徐乾学《圣驾幸阙里颂》、王原《幸鲁颂》、程景伊《圣驾幸鲁颂》《圣驾东巡临幸阙里躬谒孔林秩祀泰岱省方布泽礼成恭颂》等。清代帝王以正统自居,他们大张旗鼓地多次举行祭拜仪式。祭孔作为一种传统礼仪,很早就已开始,但以"阙里"作为颂体之名,则在清朝才大量出现。帝王巡幸阙里时,不仅有礼官一同前往,而且还有文臣跟随。陈廷敬《幸阙里颂》记载康熙帝对他说:"事先师礼重且严,汝廷敬实惟余旧讲臣,其与议所宜行。"②目的就是让他及时对礼仪进行记载、颂扬。作品中,清代帝王们被塑造为广布教化的仁君,如彭孙遹《皇上释奠于阙里颂》称:"窃以为,皇帝德化媲于唐虞,道统承于洙泗,以圣合圣,以心契心。"③体现了清王朝对于营造正统形象的急切心理。

三、儒家教化思想的礼仪表达与文学传播

学校是施教的重要场所,在教化过程中发挥着重要作用。《礼记·学记》:"君子如欲化民成俗,其必由学乎?"孔颖达疏:"天子诸侯及卿大夫,欲教化其民,成其美俗,非学不可,故云其必由学乎?学则博识多闻,知古知今,既身有善行,示民轨仪,故可以化民成俗也。"④教学是"示民轨仪""化民成俗"的重要过程。对于统治阶层而言,需要将自身的善行教给百姓;对于百姓而言,要通过学达到"知古知今",以"成其美俗"。教与学是同一过程的两

---

① 《曹植集校注》卷二,第337页。按该颂又作《制命宗圣孔羡奉家祠碑》《鲁孔子庙碑》,《艺文类聚》作《孔子庙颂》。
② [清]张廷玉、梁诗正等编:《皇清文颖》卷三十四,景印文渊阁《四库全书》本,台湾商务印书馆1986年。
③ 《皇清文颖》卷三十五。
④ 《礼记正义》卷三十六,第3296页。

种行为，均在学校展开。为了崇尚教学、宣扬教化，朝廷会在学校举办专门的释奠礼，以体现尊师重教之道。同时，历代皇帝或太子也会定期或不定期亲临辟雍视学，由此形成临雍之礼。所谓礼，乃社会中的行为准则、道德规范或各种礼节。释奠和临雍由行为确立为礼制，体现了人们对教化的重视，是儒家教化思想的礼仪表达①。

释奠又称舍奠，是一种古老的礼仪。其功能有二，一是王者会见诸侯或外出征伐归来后，于祖庙陈设酒食告祭先祖。如《周礼·春官·大祝》："大会同，造于庙，宜于社，过大山川则用事焉，反行舍奠。"②又《礼记·王制》："出征执有罪，反释奠于学，以讯馘告。"二是古时在学校设置酒食奠祭先圣先师的一种教学典礼。《礼记·文王世子》："凡学，春官释奠于其先师，秋冬亦如之。凡始立学者，必释奠于先圣先师。"郑玄注："释奠者，设荐馔酌奠而已。"③后世所谓的释奠，通常指在学校举行的崇儒尊孔的释奠礼。学宫之中，春夏秋冬四时有定期的释奠。释奠属于古代的吉礼，是宣扬教化的重要方式，其对象为先圣、先师。如元王沂《真定路饶阳县主簿吕君遗爱碑颂》："春秋释奠，以宣教化。"④再如明薛甲《信丰县重修儒学记》开篇论述说："夫人有血气而形生，有知觉而情生，有礼义而伦生。其形弗端，其情弗和，则其伦弗明，圣人所忧也，而教生。教也者，所以明伦而正其形达其情者也。教必有师，于是乎有释奠之礼。"⑤人生而不知礼，必须加以教化，方可明晓人伦、情义。释奠礼仪的设置彰显了教师的重要性，也体现了人伦教化的现实意义。

辟雍为古代的学校，具有弘扬教化的作用，《通典·大学》："辟，明也；雍，和也。以明、和为名，化道天下之人，使之成士。"⑥辟雍之中有专门的师氏教导学子。至于教学内容，据《通典》记载，分别有"三德""三行"，前者包括至德、敏德、孝德，后者包括孝行、友行、顺行，均有关人伦教化。教学是为朝廷育才的重要方式，历代统治者都非常重视，《礼记·学记》："玉不琢不成器，人不学不知道，是故古之王者建国，君民教学为先。"⑦相比释奠礼，临雍礼形成较晚，《东观汉记》《后汉书》虽记载了多次天子亲临辟雍之事，但《白虎通》

---

① 上文的巡幸阙里虽也被视为礼，但并没有独立的礼仪行为，需要以祭祀先师（释奠）和视学讲学（临雍）来完成，严格来说并非具体的礼仪。
② 《周礼注疏》卷二十五，第1752页。
③ 《礼记正义》卷二十，第3043—3044页。
④ ［元］王沂撰：《伊滨集》卷二十二，景印文渊阁《四库全书》本，台湾商务印书馆1986年。
⑤ ［明］薛甲撰：《艺文类稿》卷五，明隆庆刻本。
⑥ 《通典》卷五十三，第1460页。
⑦ 《礼记正义》卷三十六，第3296页。

《通典》等著作并未将其视为固定礼制。出土于1931年的"大晋龙兴皇帝三临辟雍皇太子又再莅之盛德隆熙之颂碑"(简称"西晋辟雍碑"),记载了晋武帝设立学官、兴办太学,亲临辟雍视察讲演,以及皇太子再来之事①。题中的"临辟雍"虽有礼仪之实,但仍未成为固定的礼仪门类。南朝徐陵作有《皇太子临辟雍颂》,亦只是将这次临雍作为具体事件来歌颂。清朝以来,天子视学讲学频繁,临雍逐渐成为固定礼仪。《清通典·临雍》:"杜《典》于吉礼释奠之前,立太学一门,凡临雍典礼悉入之,今从大清通礼之例,以临雍入嘉礼。"②严格来说,杜佑并未将临雍视为典礼,《清通典》此说只是为设立临雍礼寻找依据。清朝的皇帝非常看重临雍之礼,如雍正曾说:"帝王临雍大典,所以尊师重道,为教化之本也。"③临雍从具体行为变为固定礼制,体现了清政府对教化的重视。

释奠和临雍作为两种礼仪,本质是将崇学尊儒的教化思想以具体的仪式固定化、可视化,强化传播的效果。为此,释奠和临雍举行过程中需要有人观看、学习,人数越多,越能体现教化之广。《北史》记载隋文帝参加释奠礼时,"天子乃整万乘,率百僚,遵问道之仪,观释奠之礼"④,又《清通典》记载的一次临雍讲学,观者"凡三千余人,靡不涵咏圣涯,沐浴教泽"⑤。但礼仪的传播倘若只局限于视觉和听觉,是十分有限的,因此需要文学作品,以文字描述的形式,扩大传播的范围。在这方面,颂体担负着重要作用,如描写释奠礼的有傅玄《皇太子释奠颂》、挚虞《释奠颂》、温峤《释奠颂》、潘岳《释奠颂》、何承天《释奠颂》、徐伯阳《皇太子释奠颂》、赵秉文《驾幸宣圣庙释奠颂》、彭孙遹《皇帝释奠于阙里颂》等作品。临雍与颂的关系较为密切,《隋书·音乐志》载,汉明帝时,乐有四品,"二曰雅颂乐,辟雍、飨射之所用焉。则《孝经》所谓'移风易俗,莫善于乐'者也"⑥,说明行临雍礼时,可以演奏雅颂之乐,这也为后世临雍颂的创作奠定了基础。清代之前,以临雍为主题的颂作很少。清代之后,随着临雍正式成为礼制,相关的颂作也逐渐增多,有黄之隽《临雍颂》、方苞《圣主亲诣太学颂》、陈仪《临雍视学颂》、张廷玉《圣驾亲诣大学大礼庆成颂》《圣主临雍礼成颂》、蔡世远《圣主亲诣太学颂》、王叶滋《圣主亲诣太学颂》、汪由敦《圣主临雍礼成颂》、王峻《圣驾临雍颂》、陈兆仑《圣驾临雍

---

① 参见汤淑君:《西晋辟雍碑》,《中原文物》1993年第3期。
② 《清通典》卷五十五,景印文渊阁《四库全书》本,台湾商务印书馆1986年。
③ 《清通典》卷五十五。
④ [唐]李延寿撰:《北史》卷八十一,中华书局1974年,第2707页。
⑤ 《清通典》卷五十五。
⑥ 《隋书》卷十三,第286页。

礼成颂》、杨度汪《圣驾临雍颂》、沈廷芳《临雍颂》等作品。

释奠与临雍均以崇儒尊孔为主旨，释奠经常在辟雍举办，皇帝临雍时也常会举行释奠之礼。清代不少临雍颂中记录了释奠之礼，甚至还出现了一些集释奠、临雍于一体的颂作，如蔡新《皇上肇建辟雍释奠讲学礼成颂》，体现了二者思想主旨的一致性。可以说，释奠与临雍都是以礼制形式对儒家教化思想的强调和体现。以颂体来歌颂、宣传，更体现了其意义之大。为了说明这一点，下面我们以具体作品为例进行分析。

元康三年(293)西晋惠帝时期，皇太子在太学举行过一次大型的释奠礼，潘尼时任太子舍人，作《释奠颂》[①]，完整地记载了礼仪过程。皇太子与太傅、太保一众来到太学。准备工作完毕，太子开始享祭孔子，行释奠礼。同时，"天子乃命内外郡司、百辟卿士、蕃王三事，至于学徒国子，咸来观礼"。作为一种古老的吉礼，释奠礼举行过程中，需要有音乐和舞蹈相配合。序文称："金石箫管之音，八佾六代之舞，铿锵閫阖，般辟俯仰，可以澄神涤欲，移风易俗者，罔不毕奏。抑淫哇，屏《郑》《卫》，远佞邪，释巧辩。"礼仪举行过程中，要选择典正高雅的音乐和舞蹈，摒弃《郑》《卫》等靡靡之音，方可荡涤情志、改善风俗，体现了释奠礼的教化目的。同时，序文还描述了释奠礼的影响："是日也，人无愚智。路无远迩，离乡越国，扶老携幼，不期而俱萃。皆延颈以视，倾耳以听，希道慕业，洗心革志，想洙泗之风，歌来苏之惠。"人不分贤愚，路不分远近，大家纷纷前来观礼，体现了此次释奠礼的影响，也说明了在举行释奠礼的过程中，倘若观看人数太少的话，无法达到较好的教化目的，只有具备足够的观众，教化的作用才能充分发挥。观看释奠礼之俗由来已久，《通典·释奠》："天子视学，大昕鼓征，所以警众也。众至，然后天子至，乃命有司行事，兴秩节，祭先师先圣焉。"[②]以击鼓的方式召唤众人，这不仅是礼仪的程序之一，而且是扩大礼仪影响的需要。因此，序文说："然后知居室之善，著应乎千里之外；不言之化，洋溢于九有之内。"教化的方式有二：一是直接的现场观礼，二是以文学的形式加以渲染。有的人虽然未能现场观看，但通过阅读作品，仍然可以达到教化的目的，这也是《释奠颂》创作的原因。

《释奠颂》的结构非常清晰，序文主要介绍礼仪过程，正文以颂扬为主，核心内容为崇尚儒学、歌颂教化。首先从西晋建立开始，以"道济群生，化流率土"歌颂朝廷的教化。接下来，开始歌颂太子勤奋勉学，以"崇圣重师"点

---

① [唐]房玄龄等撰：《晋书》卷五十五，中华书局1974年，第1510—1512页。以下引自此颂者不再详注。

② 《通典》卷五十三，第1471页。

明此次释奠礼举行的目的。在概括礼仪的内容之后,着重歌颂了释奠的教化作用。其中"学犹莳苗,化若偃草","莳苗"即栽种秧苗,比喻培养人才;"偃草"出自《论语·颜渊》,季康子问政于孔子,孔子对曰"子为政,焉用杀? 子欲善而民善矣。君子之德风,人小之德草,草上之风,必偃"[①],比喻道德教化如同风吹草动一样立刻见效。颂文又云:"丝匪玄黄,水罔方圆。引之斯流,染之斯鲜。若金受范,若埴受甄。上好如云,下效如川。"这段话强调了教化的作用。丝本来没有颜色,水也无所谓方圆,对其引导就会流动,进行渲染则色彩鲜明,就仿佛金属和黏土须在一定的模具中才会成型一样,只有上层予以教导,下层才能响应。正文最后称:"昔在周兴,王化之始。曰文曰武,时惟世子。"周朝是教化之始,但在当时,得益于太子的影响,社会教化才更加兴隆。释奠即祭奠先圣先师,圣人和老师乃教化开展的重要主体。因此,《释奠颂》虽名为歌颂释奠,其实是借释奠来倡导教化。

  与释奠颂一样,临雍颂的创作过程也非常重视对辟雍的教化功能的阐扬。《国子监志·艺文二》收录了多篇临雍颂,鄂尔泰《圣主临雍颂》即是其中的一篇[②]。据序文记载,皇帝诣太学的目的是"明教养相维用究道化"。在举行释奠礼之后,皇帝幸彝伦堂,召集儒臣,"阐扬尧典及中庸首章之旨",前来观看、旁听的人达到万人之多。面对这一盛况,作者自述作颂目的:"臣恭际盛典,睹穆穆于上、明明于下,于以导扬圣德、助流教化,其何敢后? 爰忭舞而系之以颂,伏候采览。""导扬圣德、助流教化"即宣扬圣上之德,协助流布教化,体现了作者的作颂目的。"伏候采览"即等候他人采录、观览。虽是一种程式化的写作,但也的确表达了作者希望作品为他人关注的愿望。"采览"的结果不仅是颂作的流传,更多的则是承载的圣德及蕴含的教化思想得以扩散。这种传播愿望在其他临雍颂中也有所体现,如同为《国子监志·艺文二》收录的张廷玉《圣主临雍礼成颂》。其序文记载,天子到达彝伦堂后,"命儒臣进讲经书,王言昭示广大精微",当时观看之人,"自王公卿尹以及六馆生徒、四氏十哲子孙环列拱听,莫不愉怿鼓舞"。其后又云:"臣幸得亲随灌献之末,恭承圣诲,用敢质言所见,作为歌诗,纪述美盛,非徒袭扬扢之具文,实将以昭式多士,流示无穷。"作者认为,自己作文不是为了一味颂美,而是通过颂文的写作,将此次的临雍之礼昭示众人,让后人知道。这体现了颂体对儒家教化思想的传播作用。

  无论释奠还是临雍,都是儒家教化思想的仪式化表达。文学作品尤其

---

① 《论语集注》卷六,《四书章句集注》本,第138页。
② [清]梁国治撰:《国子监志》,景印文渊阁《四库全书》本,台湾商务印书馆1986年。以下引自此颂者不再详注。

是颂体的参与创作,扩大了释奠与临雍的影响,增强了对儒家教化思想的宣传效果。其中,颂体承担的不仅是记录、颂扬礼仪的作用,更多地体现为一种宣传手段,是以文学的形式对儒家教化思想的有力传播。

第六章　史家职责与颂体的纪颂功能

颂与史的关系非常密切，二者的渊源最早可以追溯到《诗经》中的"史克作颂"。作为文体的一种，颂的写作对象为社会中的重要人物和重大事件，虽然不无夸张虚美成分，但必须依据基本史实，在一定程度反映了历史的真实。"三颂"是《诗经》的一部分，属于"经"的内容，体现了王权的至高无上。而独立成为文体之颂，不仅是一种文学样式，更是记述历史的手段。从这个角度来看，颂与经、史、集三部均有关联，是一种跨越多个领域的综合文体。前人在总结杜甫诗歌特征时，喜以"诗史"强调其对当时历史的反映。同样，颂体在这方面的作用也十分突出，堪称"颂史"。

第一节　颂体与史书的关系

《诗经》由《风》《雅》《颂》三部分构成，按照文章源出"五经"的说法，后世的颂体常被认为出自《诗经》，这是古代最为通行的观点。然而元代的郝经却别出心裁，他在《续后汉书·文章总叙》中把颂与国史、碑、墓碑、谏、铭、符命、箴、赞、记、杂文十一种列于"春秋类"中。郝经当然明白《诗经》含有"三颂"，为何他会有如此不同的分法呢？我们首先来看他对颂的描述：

> 颂者，称美之辞。不歌而颂谓之赋，既诵而歌谓之颂。又，颂者，容也，形容其美也，本《诗》之一义，故《大序》曰："颂者，美盛德之形容，以其成功告于神明者也。"然未命篇为文，至《离骚》《楚辞》而有《橘颂》，汉王褒为《圣主得贤臣颂》，扬雄为《赵充国颂》，其后亦有序有颂，其铭诗为颂，与碑等矣。①

这段文字简要叙述了颂的定义、由来、功用以及流变。郝经认为，《诗经》中

---

① [元]郝经撰：《续后汉书》卷六十六，商务印书馆1958年，第689页。

的颂只是《诗经》中的"四诗"之一,还没有自成一体,所以《诗·颂》与后世作为文体之颂是有区别的。郝经并未说明将颂归于"春秋类"的原因,但在这段文字的末尾,他将后世有序之颂与碑等同。关于碑,郝经解释:

> 碑者,褒述功烈,夸示天下,后世自期于不朽之文也。夫史官记注谓之实录,不虚美,不隐恶,功过并载,至其殊勋异烈,各当其时,书旅常,著钟鼎,昭示后世,传之子孙,则义存劝戒,非直为称美也。①

这里郝经强调了碑记述功德的作用,并将其与"史官记注"相提并论,说明了他将碑归属于"春秋类"的原因。由此可知,郝经将颂归属于"春秋类",同样是出于对颂记述功能的看重。

郝经这样的分类方法的确有一定的道理。通过对传世文献的寻绎我们发现,颂、史之间的确存在着诸多联系。史臣作颂是从先秦至清代持续不断的传统,取材史事是颂体创作的重要方式。就文体功用来说,颂具备很强的记述功能,可以在某种程度上弥补史书的不足。这三个方面都说明了颂与史的关系密切。

一、史家"褒述功烈"的职责及史官作颂的传统

司马谈在弥留之际曾对司马迁讲到史官的职责:

> 自获麟以来四百有余岁,而诸侯相兼,史记放绝。今汉兴,海内一统,明主贤君忠臣死义之士,余为太史而弗论载,废天下之史文,余甚惧焉,汝其念哉!②

后来司马迁在与上大夫壶遂对话时,也称:

> 余闻之先人曰:"伏羲至纯厚,作《易》八卦。尧舜之盛,《尚书》载之,礼乐作焉。汤武之隆,诗人歌之。《春秋》采善贬恶,推三代之德,褒周室,非独刺讥而已也。"汉兴以来,至明天子,获符瑞,建封禅,改正朔,易服色,受命于穆清,泽流罔极,海外殊俗,重译款塞,请来献见者,不可胜道。臣下百官力诵圣德,犹不能宣尽其意。且士贤能而不用,有国者之耻;主上明圣而德不布闻,有司之过也。且余尝掌其官,废明

---

① 《续后汉书》卷六十六,第689页。
② [汉]司马迁撰:《史记》卷一三〇,中华书局1982年,第3295页。

圣盛德不载，灭功臣世家贤大夫之业不述，堕先人所言，罪莫大焉。①

司马谈父子都认为，记述是史官的重要职责，对于明主、贤君、忠臣死义之士，要记载并颂扬，供后人瞻仰膜拜，倘若没能做到，那便是"罪莫大焉"了。这种观念集中表现在他们对《春秋》的评价上，司马迁认为《春秋》"采善贬恶，推三代之德，褒周室"，并非只有刺讥一种功能。"采善"与"贬恶"属于史官"论载"的两种表现，与《诗经》"美刺"精神一致。而《诗经》中的"三颂"正突出表现了"美"的作用。

关于这一点，前人也有所强调，如唐于邵《唐检校右散骑常侍容州刺史李公去思颂序》云："且夫有美焉，有刺焉，诗人之义也；善善而褒之，恶恶而绌之，《春秋》之事也。使贤士大夫之事业不没于后，太史公之制也。以余尝修史记而为训辞，缘人之怀心而颂之。"②"采善"即"美"，"贬恶"为"刺"，二者虽表现方式不同，最终的功用却别无二致。唐孙逖《唐济州刺史裴公德政颂序》也说："卢县父老某乙等，怀公之惠，不可弭忘，思欲铭德颂美，计功称伐，以予国之史臣也。学于《春秋》褒贬之义，乃因邑子校书郎卫凭，假词不能，征拙于我，事则详实，言多遗恨。"③孙逖认为，作颂的目的是"以予国之史臣"，而《春秋》褒贬之义"也直接促使其作颂称美，表现了颂、史之间相辅相成的关系。又如，李林甫在《嵩阳观纪圣德感应颂序》中说："微臣预《春秋》之徒，忝申甫之地。上清事隐，非鲁册之可征；大洞功成，岂《周颂》之能纪？"④同样将《春秋》与《周颂》并列，表现了二者功能的一致。

以上例子表明，颂、史尽管分属两种写作形式，但在褒德显容方面有着相同的作用。颂依赖史书流传，而史书也常以颂作为依据。颂、史之间这种密切的关系，体现了二者内在精神的会通。要让明君贤臣的功德传于后世，除了载入史册外，作颂宣扬无疑是最好的办法。这种传统早在先秦就已出现，最典型的莫过于史克作颂。

史克作颂最早见于《毛诗·鲁颂·駉》小序："駉，颂僖公也。僖公能遵伯禽之法，俭以足用，宽以爱民，务农重谷，牧于坰野。鲁人尊之，于是季孙行父请命于周，而史克作是颂。"僖公勤政爱民，深受鲁人爱戴，因而季孙行父请命周天子，令史克为之作颂。关于史克，孔颖达云："史克名见于传，则克于文公之时为史官矣。"认为史克是鲁国的史官。古人常以职业冠于名前，按

---

① 《史记》卷一三〇，第3299页。
② [宋]李昉等编：《文苑英华》卷七七六，中华书局1966年，第4090页。
③ 《文苑英华》卷七七五，第4083页。
④ [明]傅梅撰：《嵩书》卷二十，景印文渊阁《四库全书》本，台湾商务印书馆1986年。

照这种传统,则"史"为其官,"克"为其名。《诗小序》只云《駉》为史克所作,孔颖达又进一步推断,认为《鲁颂》四篇皆为史克作:

> 《駉颂序》云:"史克作是颂。"广言作颂,不指《駉》篇,则四篇皆史克所作。《閟宫》云:"新庙奕奕,奚斯所作。"自言奚斯作新庙耳,而汉世文人班固、王延寿之等,自谓《鲁颂》是奚斯作之,谬矣。故王肃云:"当文公时,鲁贤臣季孙行父请于周,而令史克作颂四篇以祀。"是肃意以其作在文公之时,四篇皆史克所作也。①

史克究竟只作了一篇《駉》,还是四篇皆为其作,甚至史克作颂之说是否只是后人的猜测,这里并不重要。值得注意的是,这种说法对后世的影响极为深远,并形成了史官作颂的传统,意义已远远超过探讨史克作颂的真实性。后人在作颂时,常会提及史克,表示对其精神的继承,如:

> 南朝陈徐陵《皇太子临辟雍颂》:"臣抑又闻之,《鲁颂》聿兴,史克宣其懿;晋雍大启,王廙逞其词,所以述休平之风,扬君上之德。"②
> 唐孙逖《唐济州刺史裴公德政颂》:"著循吏之传,愿守文翁;述《马野》之诗,惭非史克。"③
> 唐郗昂《岐邠泾宁四州八马坊颂》:"古者有劳于国则纪之,有功于人亦纪之。里克赋在《駉》之颂,燕公篆监牧之作。吾从二史臣之后,安敢坠于斯文?"④

在古人看来,作颂是一种传统,而史克正是这种传统的肇始之人。除此之外,史官作颂的例子在古代颂体作品中极为普遍,也说明了史克作颂对后世的影响。这种情况可分为两类,一类是史官直接献颂,如:

> 唐张九龄《龙池圣德颂序》:"史臣不敏,敢献颂曰……"⑤
> 元虞集《青宫受宝颂序》:"史臣作颂,丕昭盛德。"⑥
> 明苏伯衡《节妇黄氏旌门颂序》:"夫推明圣意而播诸声诗者,史氏

---

① [汉]郑玄笺,[唐]孔颖达疏:《毛诗正义》卷二十,《十三经注疏》本,中华书局2009年,第608页。
② [南朝陈]徐陵撰,许逸民校笺:《徐陵集校笺》,中华书局2008年,第210页。
③ 《文苑英华》卷七七五,第4083页。
④ [宋]姚铉编:《唐文粹》卷二十二,《四部丛刊》本。 按,里克即史官里克之省称。
⑤ 《文苑英华》卷七七三,第4070页。
⑥ [元]苏天爵编:《元文类》卷十八,《四部丛刊》本。

之职也,因不辞而为之颂。"①

清张英《至德弘仁颂序》:"前史纪载,罕觏斯盛。臣忝居惇史之班,敢对扬休美,恭献颂曰……"②

上述颂作中,作者均刻意突出自己史官的职位,既是基于"《春秋》褒贬之义"的感召,也是对史克作颂传统的追溯和效仿。

史官作颂的另一类情况是皇帝直接下诏,命其作颂,如:

《后汉纪·孝章皇帝纪上》:"上美防功,令史官为之颂。"③

《后汉书·邓皇后纪》:"宜令史官著《长乐宫注》《圣德颂》,以敷宣景耀,勒勋金石,县之日月,摅之罔极,以崇陛下烝烝之孝。"④

唐来鹄《圣政纪颂》:"由是诏史职,执史笔立于庭之下,录君臣腑句之必行,载刚毅进退之敢议,题其篇目曰《圣政纪》也。"⑤

皇帝命史官而非其他官员作颂,是因为作颂乃史官职责之所在。王充说:"《诗》之颂言,右臣之典也。"⑥"右臣"即右史之意⑦,"典"作职责解。王充认为,《诗·颂》由史官撰写,正好与史克作颂之说相印证。由其文体功能决定,颂记述的多为郊祀、巡守、释奠、征伐等国家大事。王充将作颂列为"右臣之典",说明史官作颂是当时的普遍现象。又《通典·职官·著作郎》载:"龙朔二年,改著作郎为司文郎中,佐郎为司文郎。咸亨初复旧。初,著作郎掌修国史及制碑颂之属,分判局事。佐郎贰之,徒有撰史之名,而实无其任,其任尽在史馆矣。"⑧著作郎的职务是编修国史和撰写碑颂,颂、史由同一官员负责,可见二者关系之密切。

颂最初用于告神,但后世适用范围扩大,上自君主,下至人臣,凡有功德者,均可作颂以宣。颂记述功德的作用在后世愈发突出,甚至远远超过其最初祭祀和告神之用。修史是史官的基本职责,而古代的史书大都藏于皇室,普通官员和百姓难以阅览。颂由于具备短小精练、便于诵读的特点,所以比

---

① [明]苏伯衡撰:《苏平仲集》卷二,《四部丛刊》本。
② [清]张英撰:《文端集》卷三十八,景印文渊阁《四库全书》本,台湾商务印书馆1986年。
③ [晋]袁宏撰:《后汉纪》卷十一,《四部丛刊》本。
④ [南朝宋]范晔撰,[唐]李贤等注:《后汉书》卷十,中华书局1965年,第426页。
⑤ 《唐文粹》卷二十。
⑥ 黄晖撰:《论衡校释》(附《刘盼遂集解》)卷二十,中华书局1990年,第850页。
⑦ 《论衡校释》引吴检斋语:"此云'右臣',盖即'右史'也。"第850页。
⑧ [唐]杜佑撰,王文锦、王永兴、刘俊文等点校:《通典》卷二十六,中华书局1988年,第737页。

史书更容易传播。从这个角度考虑,颂可以看作是对史书的补充,或是另一种方式的历史书写。而从作者角度来说,史官对所颂对象了解最为充分,掌握史料最为全面,所以最合适作颂。

二、颂的记述功能及对史事的记载

李彪是北魏时期的史学家,《魏书》本传记载,他在世宗拓跋恪即位时,曾上表言修史之事:

> 臣闻龙图出而皇道明,龟书见而帝德昶,斯实冥中之书契也。自瑞官文而卑高陈,民师建而贱贵序,此乃人间之绳式也。是以《唐典》篆钦明之册,《虞书》铭慎徽之篇,《传》著夏氏之《箴》,《诗》录商家之《颂》,斯皆国史明乎得失之迹也。逮于周姬,鉴乎二代,文王开之以两经,公旦申之以六联,郁乎其文,典章大略也。故观《雅》《颂》,识文武之丕烈;察歌音,辨周公之至孝。是以季札听《风》而知始基,听《颂》而识盛德……①

这段文字从儒家经典谈起,论述修史的重要性。其中《唐典》之语指《尚书·尧典》"曰若稽古帝尧,曰放勋,钦明文思安安,允恭克让"②,《虞书》之语指《尚书·舜典》"慎徽五典,五典克从"③,《传》之语乃《虞人箴》,《诗》之语为《商颂》,李彪认为这些都是"明乎得失之迹"的"国史"。这种观点极富创见,可以看作清代章学诚"六经皆史"观点的滥觞。《尚书》《左传》称史,古来有之,而李彪将《商颂》也看作史,充分说明了他对《商颂》记述帝德的重视。不仅如此,李彪还从实用角度出发,将《诗经》中的《风》《雅》《颂》都当作史料看待,对它们的功用进行分析。这种看法无疑是很有道理的,可如果从后世三者的演变来说,汉代以降,《风》化为乐府,《雅》变为文人诗,《颂》则脱离《诗》的束缚,成为独立文体。由于功能的特殊和篇幅的扩充,颂的记述作用较之《诗·颂》时期更加突出。古人在强调颂体的功用时,多喜用"纪""述""载"等词,说明他们对颂体记述功能的重视。

《诗经》中的《周颂》《商颂》用于祭祀和告神,以赞颂为主要写作手法,无法掺入过多的叙述成分。《鲁颂》虽然篇幅较长,但仍以赞颂为主,体式特征

---

① [北齐]魏收撰:《魏书》卷六十二,中华书局1974年,第1394页。
② [汉]孔安国传,[唐]孔颖达疏:《尚书正义》卷二,《十三经注疏》本,中华书局2009年,第249页。
③ 《尚书正义》卷三,第264页。

接近于风、雅,没有什么情节可言。而在后世,颂逐渐演变为一种应用文字。相较于《诗·颂》,颂的篇幅日益扩大,由抒情转而为以叙述、抒情并重。作为庙堂文学,颂的使用对象多为上层贵族,描写的是巡狩、征伐、籍田等国家大事,同时深受汉赋影响,篇幅变长,容量增大,这样便导致其记述作用日益凸显。今存日藏弘仁本《文馆词林》卷三四六至三四八中,收录的崔骃《四巡颂》、曹毗《伐蜀颂》、张载《平吴颂》等作品,章法严密,叙述清晰,表明颂在东汉及以后记述功能的增强。下面我们以傅毅、班固的同名作《窦将军北征颂》进行说明。

汉和帝永平年间,大将窦宪出兵北击匈奴,历时两年大破之,《后汉书》本传载,当时"虏众崩溃,单于遁走,追击诸部,遂临私渠比鞮海。斩名王已下万三千级,获生口马牛羊橐驼百余万头。于是温犊须、日逐、温吾、夫渠王柳鞮等八十一部率众降者,前后二十余万人"①。当时傅毅为窦宪府中的司马,班固为中护军。②二人皆作有《窦将军北征颂》,记录了此次北伐的成功。傅毅之颂云:

> 何獯鬻之桀虐,自上世而不羁?哀昏庆之习性,阻广汉之荒垂。命窦侯之征讨,蹑卫、霍之遗风。奉圣皇之明策,奋无前之严锋。采伊吾之城壁,蹈天山而遥降。曝名烈于禹迹,奉旗鼓而来旋。圣上嘉而襃宠,典禁旅之戎兵。③

作品交代北征背景,描绘征伐过程和最后军队凯旋并受到圣上嘉赏,是对这段历史的记述。如果说傅毅的描写尚显粗略,那么班固之作可谓委曲详尽了:

> 亲率戎士,巡抚疆城。勒边御之永设,奋轊橹之远径,闵退黎之骚狄,念荒服之不庭。乃总三选,简虎校,勒部队,明誓号。援谋夫于末言,察武毅于俎豆;取可杖于品象,拔所用于仄陋。料资器使,采用先务,民仪响慕,群英影附。羌戎相率,东胡争骛,不召而集,未令而谕。于是雷震九原,电曜高阙。金光镜野,武旗冒日。云黯长霓,鹿走黄碛。轻选四纵,所从莫敌……④

---

① 《后汉书》卷二十三,第814页。
② 《后汉书·傅毅传》:"永元元年,车骑将军窦宪,复请毅为主记室,崔骃为主簿。及宪迁大将军,复以毅为司马,班固为中护军。宪府文章之盛,冠于当世。"
③ [唐]欧阳询撰,汪绍楹校:《艺文类聚》卷五十九,上海古籍出版社1999年,第1073页。
④ 佚名编,[宋]韩元吉整理,[宋]章樵注:《古文苑》卷十二,《四部丛刊》本。

这段描写只是征伐场景中的一部分,虽然用的是文学笔法,但明显渗入了作者强烈的作史意识,叙述之细致实不亚于《窦宪传》的记载。

傅毅和班固均为东汉人,这一时期的颂受到赋体影响极大,极尽铺排之能,二人的《窦将军北征颂》明显体现了这一点。魏晋之后,赋对颂的影响开始减弱,但颂的记述功能并未因此减弱。从题材上看,在唐代极为常见的"清德""德政""去思""遗爱"等颂作,记述地方官员的政绩,内容十分详尽,成为后代编撰史书时的重要来源。另外,唐代还出现了不少以"纪功德"为篇名的颂,如李治《大唐纪功颂》、张九龄《开元纪功德颂》、杨炎《凤翔出师纪圣功颂》、吕向《述圣颂》、张巡《华山述圣颂》、来鹄《圣政纪颂》、崔损《述圣颂》。无论是"纪"还是"述",体现的都是对圣德的记载,也是历史撰述的一种。

除了正文外,颂体记述功能的另一表现便是颂序的广泛使用。颂的正文多为韵文,篇幅有限,主要是勾勒事件的梗概。为了更详尽地记载,作者往往用序文加以弥补。如杨炎《大唐河西平北圣德颂》,正文仅"诏虎臣兮殪天狐,载火旗兮耀昆吾,霾尘垒兮被戎都"三句,但序文却缕述肃宗至德二年(757)北伐的原因、时间、地点、人物、经过、结果,让人觉得序才是这篇颂的正文,而韵文部分不过是序的点缀罢了。这样的颂虽然极为少见,却非常典型地反映了颂序的重要作用。后世颂序较长,通常为正文篇幅的数倍之多。一些不便在正文中出现的内容,作者会在序中予以说明。正文记录的事件较为简略,作者便凭借序文详加记录。因此,颂序的作用正在于以灵活多变的形式弥补正文的不足。

从《诗·颂》到后世之自成一体,颂记述功能增强的原因,还在于其承载着记述历史、歌功颂圣的使命。为了增加颂的可信度,人们会对其真实性加以强调。如清徐乾学《平滇颂序》"臣不胜葵藿之忱,谨作颂以献。凡十有六章,皆指事实录,以明彰皇上聪明睿智,神圣文武"①,强调自己的颂为"实录"和"纪实",以求取信于人,并为史官采录。为了得到赏识,人们对作颂非常重视。纪昀《恩纶颂》由三十六篇组成,每篇均详载所记之事的时间,强化纪实特征,其序称:"臣备员薇省,每伏读诏令,辄私心抃庆,窃作颂声。自春徂夏,成三十六篇,敬题曰《恩纶颂》,用昭盛美,而抒下忱。每篇皆恭绎谕旨,约举提纲,并详纪日月,编次先后,见词必有征,政皆纪实,非前代儒臣浮文粉饰者比。"②三十六篇逐一读过,我们确实可以发现该颂对历史记载的翔

---

① [清]徐乾学撰:《憺园文集》卷一,《续修四库全书》本,上海古籍出版社2002年,第332页。
② [清]董诰等编:《皇清文颖续编》卷二十九,景印文渊阁《四库全书》本,台湾商务印书馆1986年。

实,如其首篇:

> 乾隆四十三年十月初六日谕,巡幸江浙,阅视河工海塘。尧曦丽霄,四瀛咸炳。黄屋凝神,鉴周遐憬。帝聪胥达,衢谣犹省。太乙南临,川纡途永。春祺喈喈,膏露苕颖。泽忆四巡,慕觊五幸。微植熙阳,葵忱胥秉。绿章吁闻,丹纶俞请。导水缵禹,司銮诏丙。德邮捷传,迅流鹄影。江瀎海陬,骈趾引领。①

作者首先以简洁的语言概括纪颂之事以及时间、地点等。然后描述其中的具体巡幸环节,在一定程度上反映出历史的真实,表明作者的良苦用心。

颂所记述的大都是重大事件,于史有征。上文所引傅毅、班固《窦将军北征颂》和纪昀《恩纶颂》,可与《后汉书》及《清史稿》的记述相互印证。而其他正史中还有如下记载:

> 《陈书·颜晃传》:"永定二年,高祖幸大庄严寺,其夜甘露降,晃献《甘露颂》,词义该典,高祖甚奇之。"②
> 《魏书·高允传》:"皇兴中,诏允兼太常⋯⋯后允从显祖北伐,大捷而还,至武川镇,上《北伐颂》。"③
> 《南史·王暕传》:"中大通三年,野谷生武康,凡二十二处,自此丰穰。暕制《嘉谷颂》以闻,中诏称美。"④

因甘露降而献《甘露颂》,北伐成而上《北伐颂》,逢丰穰而制《嘉谷颂》。以上作品,溢美之词自然不可避免,但总的来看,都依史而作。《北齐书·张宴之传》还记载:

> 张宴之,字熙德⋯⋯后行北徐州事,寻即真,为吏人所爱。御史崔子武督察州郡,至北徐州,无所案劾,唯得百姓所制《清德颂》数篇。乃叹曰:"本求罪状,遂闻颂声。"⑤

崔子武本要案劾张宴之,没能确定罪名,却找到当地百姓所作《清德颂》若干篇,他无可奈何,唯有顺从民愿。从这里也可看出颂在一定程度上能够反映

---

① 《皇清文颖续编》卷二十九。
② [唐]姚思廉撰:《陈书》卷三十四,中华书局1972年,第456页。
③ 《魏书》卷四十八,第1085页。
④ [唐]李延寿撰:《南史》卷五十二,中华书局1975年,第1303页。
⑤ [唐]李百药撰:《北齐书》卷三十五,中华书局1972年,第468—469页。

历史的真实性,具有独特的史料价值。此外,一些不见于史籍记载的事件,人们作颂记之,恰好可以弥补史书之阙,这也是用颂体记载历史的表现。如赵湘《宋颂》以恢宏的篇幅,纪颂宋朝自建国以来的文治武功,并在最后称:"百世之后,实流其奇。史官既良,康哉具书。古有吉甫,为宣王诗。是故臣湘,作夫颂辞。圣德形容,神明告兹。狂斐恐慑,少颂史遗。"①意思是,大宋的这些功德,史官都有记载,但仍然不够;自己作《宋颂》不仅是为了效仿尹吉甫,也是对史书遗漏的史实加以颂扬,明确说明了颂体补益史书的作用。

三、颂、史之间的取材与利用

颂尽管有不少虚美成分,但大都建立在一定的历史真实之上。正如刘师培所说:"扬雄《赵充国颂》将充国一生战功皆括于内,最为切题。盖作颂以根据事实为主,不宜流于浮泛。如其人功德行事有足称述,则为之作颂,应将其实在之美德或事实之源委确切写出之;若徒作空泛之语,美则美矣,而于形容之义何关乎?"②可见颂体的创作对史实是有要求的。再如陆云说:"索度是淫鬼,无缘在此中,故不可作颂。"③陆云斥索度为淫鬼而不为其作颂,说明他作颂时,心中秉持是非的标准,并非盲目颂扬。这虽只是具体事例,体现的则是后世颂体创作的普遍心态。颂、史之间经常相互取材与利用,一方面,人们作颂直接从史书中获得材料,作为颂扬的依据;另一方面,史书中也会直接引证颂作,体现二者之间相辅相成的关系。

根据史书作颂是颂体创作的方式之一。这类作品中,较为典型的当数《列女传颂》。《列女传》是刘向所著的一部史书,记载了从娥皇、女英至西汉著名妇女的事迹,共计104篇。该书对后世影响较大,不仅正史中出现了《列女传》,而且衍生作品也特别多,《列女传颂》即是根据《列女传》所作。据《隋书·经籍志》记载,《列女传颂》共有两种。一为刘歆作,今《四部丛刊》景明本《列女传》每传后所附之颂即是④。《列女传颂》散见于《列女传》每篇之后,属于典型的据传作颂。其写法"可以分为三种,一种是纯叙事,即将篇中的故事简略地复述一遍,相当于一种缩写;另一种是在叙事的同时,加入简单的评论;第三种则因为在一篇传记中包含有两个以上的故事情节,因此,篇尾

---

① [宋]赵湘撰:《南阳集》卷一,《丛书集成初编》本,上海商务印书馆1937年。
② 《左庵文论》,见《文心雕龙义证·颂赞》引,卷二,第324页。
③ [晋]陆云撰,黄葵点校:《陆云集》卷八,中华书局1988年,第140页。
④ 关于今本《列女传颂》的作者,《颜氏家训》《隋书·经籍志》记载为刘歆,宋人则认为是刘向,今人多认为是刘歆。参见陈丽平:《〈列女颂〉创作的文体背景及其价值——兼及〈列女颂〉作者考辨》,《中国社会科学院研究生院学报》2008年第2期。本书即采纳其观点。

的颂是对几个故事总体的概括"。其特点亦有三种,除了形式整齐、易于诵读外,另外两种是"以叙事为主,评论为辅,其中一半以上的颂为纯粹叙事,含有评论的颂主体上也是叙事","尽管每篇颂篇幅短小,但大部分能够保证情节的完整性,少部分则是对多个故事情节的概括"。①由此可知,《列女传颂》的内容主要是对史实的概括,而这种因传作颂的创作方式,其实与传统的史书体例密切相关。刘知几云:"马迁《自序传》后,历写诸篇,各叙其意,既而班固变为诗体,号之曰述。范晔改彼述名,呼之以赞。"②《列女传》每篇传后附颂的形式与史赞并无区别。张涛甚至认为:"刘向《列女传》颂与史赞的出现有着较为密切的关联,他在形式上、内容上对范晔撰写史赞,并使其成为《南齐书》《北齐书》《晋书》和《旧唐书》等纪传体史书所沿袭的一种体例,产生过不小的影响。换言之,《列女传》颂当是史赞的一个重要来源。"③因传作颂的方式在后世十分普遍,《后汉书·刘苍传》记载,汉明帝以所作《光武本纪》示苍,苍因上《光武受命中兴颂》,便是典型的例子。陆云在给其兄陆机的信中称:"省《登遐传》,因作《登遐颂》,须臾便成。"④说明了颂对史传的利用。明代学者黄省曾作有《高士传颂》,也与《列女传颂》成书的方式一样。这种颂一定程度上属于传记的附属品,体现了颂对史传的取材与利用。

与《列女传颂》的创作方式一样,来鹄《圣政纪颂》乃据史官所录《圣政纪》而作。当时百官建议唐穆宗李恒置史官于庭下,随时记录穆宗和朝臣的言行。于是,穆宗征召史官,"录君臣胪句之必行,载刚毅进退之敢议",并题名为《圣政纪》,也是史学著作的一种。来鹄根据《圣政纪》及《穆宗实录》的记载,创作《圣政纪颂》,歌颂穆宗的功绩。

为了增加可信度,人们在作颂时还会从史书中选择史料,将史事融入颂作。如张说《上党旧宫述圣颂》,序曰:"惟开元十有一祀正月,皇帝展义于河东,挟右太行,留宴上党。"该颂即此时所作,颂文历叙唐玄宗在潞州时的功绩及各种祥瑞,并表达赞颂的愿望:"若元贶集而不彰,则神心不悦;鸿业成而不赞,则祝告无闻:是掩天休而盖圣德也,臣子之罪,将何解焉?"张说认为,玄宗功德如此之高而不赞颂,当为臣子之罪。在得到玄宗的许可后,"约乎旧史,敢颂成绩"⑤,明确说明该颂根据旧史而作。序中所说的"旧史"原文今已不见,唯《旧唐书·玄宗本纪》载:"景龙二年四月,(玄宗)兼潞州别驾。

---

① 史常力:《论〈列女传〉中颂的性质》,《理论界》2009年第5期。
② [唐]刘知几撰,[清]浦起龙释:《史通通释》卷四,上海古籍出版社1978年,第83页。
③ 张涛:《史赞来源小考——读刘向〈列女传〉颂札记》,《文献》1995年第2期。
④ 《陆云集》卷八,第140页。
⑤ 《唐文粹》卷十九上。

十二月,加银青光禄大夫。州境有黄龙白日升天。尝出畋,有紫云在其上,后从者望而得之。前后符瑞凡一十九事。"①说明当时确有奇异之事。《上党旧宫述圣颂》据旧史记录这些祥瑞,以颂扬玄宗的功德。另外,张说还撰有《皇帝在潞州祥瑞颂》十九首,乃奉敕所作,每首皆有小序,列述景龙元年至三年(707—709)出现的十九种祥瑞的名称、时间、地点。倘若没有史志作为参考材料,是不可能记录如此详尽的,这也印证了张说"约乎旧史"的说法。

反过来,史书的撰写也会引征颂作,以丰富作品的内容,增加可信度。如《汉书·高祖纪》赞曰:"刘向云:战国时刘氏自秦获于魏。秦灭魏,迁大梁,都于丰,故周市说雍齿曰'丰,故梁徙也'。是以颂高祖云:'汉帝本系,出自唐帝。降及于周,在秦作刘。涉魏而东,遂为丰公。'丰公,盖太上皇父。其迁日浅,坟墓在丰鲜焉。"②班固以刘向之语概述刘氏家族的发展源流,又引刘向《汉高祖颂》为证。再比如,《后汉书·郡国志》第十九"长陵故属冯翊"李贤注引蔡邕作《樊陵颂》云:"前汉户五万,口有十七万,王莽后十不存一。永初元年,羌戎作虐,至光和,领户不盈四千,园陵、蕃卫、粢盛之供,百役出焉。民用匮乏,不堪其事。"③《樊陵颂》详细记载了长陵当时的人口与社会状况,真正起到了补史的作用。《宋书·礼志》在叙述汉以后各朝对待郊祀之礼的态度和遵行情况时,不仅征引了《魏文帝诏》《汉郊祀志》《白虎通》《尚书大传》《晋武帝诏》等权威材料,还援用东吴陈融上奏的《东郊颂》来证明"吴时亦行此礼也"④。《宋书·礼志》还记载:"周礼,王后帅内外命妇,蚕于北郊。汉则东郊,非古也。魏则北郊,依周礼也。晋则西郊,宜是与籍田对其方也。魏文帝黄初七年正月,命中宫蚕于北郊。按韦诞《后蚕颂》,则于时汉注已亡,更考撰其仪也。"⑤文中所云韦诞《后蚕颂》,《艺文类聚》和《初学记》称为《皇后亲蚕颂》,沈约以此颂说明魏国对汉代亲蚕礼仪的遵守。

第二节　太平盛世的赞述:以许善心《神雀颂》为例

王充在《论衡·宣汉》篇中说:"夫太平以治定为效,百姓以安乐为符。孔

---

① [后晋]刘昫等撰:《旧唐书》卷八,中华书局1975年,第165—166页。
② [汉]班固撰,[唐]颜师古注:《汉书》卷一下,中华书局1962年,第81页。
③ 《后汉书》卷一〇九,第3404页。
④ [南朝梁]沈约撰:《宋书》卷十四,中华书局1974年,第349页。
⑤ 《宋书》卷十四,第355页。

子曰:'修己以安百姓,尧、舜其犹病诸!'"①太平盛世是古代君王治国理政的最高目标,也是历代百姓心驰神往的理想社会。国家的和谐稳定、百姓的安居乐业是太平盛世最重要的表现。为了实现这个目标,古代很多君王都殚精竭虑、勤于政事。但实现真正的太平盛世何其难也,甚至连上古的圣君尧、舜都难以完全达到。为此,中国古代曾经出现的辉煌盛况,一直为后人津津乐道,如西汉的"文景之治"、隋朝的"开皇之治"、唐朝的"贞观之治""开元盛世"、清朝的"康乾盛世"便是著名的例子。正所谓"天下太平,颂声作"②,为了表达对太平盛世的赞美,人们常常以各种方式加以颂扬,献颂便是其中的一种。"夫治人以人为主,百姓安,而阴阳和;阴阳和,则万物育;万物育,则奇瑞出"③,符瑞的出现,正是对太平盛世的验证。汉代以后,每逢太平时期,总会出现不少符瑞颂。这些作品以符瑞为名,颂扬太平,不仅是对盛世的颂歌,更是以恢宏凝练的笔法,对当时的历史加以记述。许善心作于隋朝"开皇之治"时期的《神雀颂》,便是这样一篇典型的作品。

一、许善心与《神雀颂》的创作

许善心(558—618),字务本,祖籍高阳新城(今河北蠡县北),隋代著名学者、文人。其祖许懋、父许亨,皆为梁、陈间文人。《隋书》本传载,许善心自幼"聪明,有思理,所闻辄能诵记,多闻默识,为当世所称"④。作为一名早慧儿童,他十五岁便长于属文,曾作书与徐陵,陵阅后大奇之,谓人曰:"才调极高,此神童也。"⑤许善心著述颇丰,曾"放阮孝绪《七录》更制《七林》,各为总叙,冠于篇首"⑥。大业四年(608),撰《方物志》。又奉炀帝之命,与崔祖濬撰《灵异记》十卷。其父许亨撰《梁史》未完而殁,善心续成之,合为七十卷。《隋书·经籍志》不载其文集,当已亡佚。其作品保存至今者极少,逯钦立《先秦汉魏晋南北朝诗》辑诗四首,严可均《全隋文》辑文六篇。幸运的是,《隋书》本传全文收录其《神雀颂》,许善心也凭此扬名后世。人们在阅读此文时,每每赞叹善心作文之速、才华之高。而倘若从历史的角度对其分析,我们又会发现《神雀颂》不仅是出色的文学作品,更是一种政治诉求的独特

---

① 《论衡校释》卷十九"百姓以安乐为符"黄晖校释:"疑当作'以百姓安乐为符'。符为太平之符。下文云:'百姓安者,太平之验也。'是其证。"(第815页)
② 《论衡校释》卷二十,第847页。
③ 《论衡校释》卷十九,第815页。
④ [唐]魏徵、令狐德棻等撰:《隋书》卷五十八,中华书局1973年,第1424页。
⑤ 《隋书》卷五十八,第1424页。
⑥ 《隋书》卷五十八,第1427页。按"放"当为"仿"之误。

表达,很好地记录了当时的历史和政治。

祯明二年(588),许善心作为聘使由陈入隋,恰遇隋文帝伐陈。聘礼结束后,善心屡次上表请辞,但隋文帝为了收拢人才,并未答应他的请求,而是一直将其扣留宾馆。陈朝灭亡后,高祖派人告诉他,以断绝他的回陈之念。当时善心"衰服号哭于西阶之下,藉草东向"。第二日高祖召见,善心仍"哭尽哀,入房改服复出,北面立,垂涕再拜受诏"。直至正式上朝时,善心还伏泣于殿下,悲不能兴,既然无家可回,只好暂留于隋。隋文帝非常看重许善心的才华,曾颇为得意地谓左右曰:"我平陈国,唯获此人。既能怀其旧君,即是我诚臣也。"善心在陈朝初为新安王法曹,后任度支郎中,转侍郎,补撰史学士,聘隋时的身份是通直散骑常侍。为了表示安抚,正式归顺隋朝后,文帝也授予他通直散骑常侍一职,又"敕以本官直门下省,赐物千段,草马二十匹。从幸太山,还授虞部侍郎"①。隋文帝对他的重视可见一斑。

开皇十六年(596),有神雀降于含章闼,高祖大喜,召百官赐宴,告以此瑞。许善心当即于座请纸笔作,以敏捷的才思迅速完成《神雀颂》一文。文帝阅后龙颜大悦,说:"我见神雀,共皇后观之。今旦召公等入,适述此事,善心于座始知,即能成颂。文不加点,笔不停豪,常闻此言,今见其事。"②高度称赞了善心的才华,并赐物二百段,第二年又除秘书丞。仁寿元年(601),摄黄门侍郎。二年(602),加摄太常少卿,与牛弘等议定礼乐,又除秘书丞、黄门。直至文帝驾崩,许善心的仕途都一帆风顺。

以上是笔者根据《隋书·许善心传》对其由南入北的经历和撰写《神雀颂》③过程的简要概括。粗略看来,似乎并无特别之处,但实际值得留心的问题并不在少数。《神雀颂》的撰写是偶然还是必然?文帝称赞《神雀颂》是否只是因为许善心才思敏捷?而最首要的一个问题是,《神雀颂》乃典型的骈体文风,这恰好是隋文帝所反对的,其背后究竟有何深意?

许善心早在聘隋之前便声名显赫,诗文创作方面深受南朝雕琢华丽文风的影响。祯明二年使隋时,他年届三十,创作风格形成已久,《神雀颂》尤为明显地表现了这一点。《神雀颂》由序和颂组成,序是六朝通行的骈文,颂乃四言韵文。虽是急就之章,但通篇文辞华丽、对仗工整、用典丰富、音韵和谐,显示出许善心卓越的文学才华。为了更好地说明这一点,下面我

---

① 《隋书》卷五十八,第1425页。
② 《隋书》卷五十八,第1427页。
③ 《神雀颂》全文见《隋书》卷五十八《许善心传》,第1425—1427页。以下引自本文者不再详注。

们以颂中对仗句法的使用为例,进行分析。

关于对仗的基本类型,刘勰在《文心雕龙·丽辞》篇中概括说:"丽辞之体,凡有四对:言对为易,事对为难,反对为优,正对为劣。"①并解释道:"言对者,双比空辞者也;事对者,并举人验者也;反对者,理殊趣合者也;正对者,事异义同者也。"②刘勰旨在对四种对仗的优劣进行评判,而事实上,句法的兼收并蓄与巧妙使用更能体现作者驾驭语言的能力。上述四种对句在《神雀颂》中均可寻见。"言对"如"就望体其尊,登咸昌其会"。"就望"乃祭祀时"就望燎位"之省称,"登咸"即同于五帝、超于三王的"登三咸五"之意,二者只是用于说明文帝功德之高,无明确比附对象。"事对"如"汉集泰畤之殿,魏下文昌之宫"。此指汉、魏二朝神雀的出现。关于前者,《宋书·符瑞志》云:"元康四年三月,神雀五采以万数,飞过集长乐、未央、北宫、高寝、甘泉泰畤殿。"③后者暂无考。"反对"如"黑羽升坛,青鳞伏皂"。黑龙升而青鳞伏,正好相反。"正对"如"山祇吐秘,河灵孕宝"。山祇、河灵均为神灵,吐秘、孕宝均指符瑞的出现。此外,《神雀颂》中还有一些其他的对句,颜色对如"白爵主铁豸之奇,赤爵衔丹书之贵",数字对如"一见雍丘之祠,三入平东之府",联绵对如"节节奇音,行行瑞迹",扇对如"雨施云行,四时所以生杀;川流岳立,万物于是裁成""上庠养老,躬问百年;下土字民,心为百姓""玉锤玉斗而降,金版金縢以传""武义乃武,文教惟文",充分体现了许善心对作文修辞的看重。

对仗句的使用只是《神雀颂》文风的一方面,但足以表明《神雀颂》华丽雕琢的特点。从具体篇章来看,这是《神雀颂》的创作特色;若就当时文坛而言,又体现了南朝文学的整体状况。这种工巧的文风,正与隋文帝倡导的观点截然相反。隋文帝文学修养不高,《隋书》本纪直接说他"素无学术""不悦诗书"④,《隋书·刑法志》也称其"素不悦学"⑤。《隋书·文学传》总结说:"高祖初统万机,每念斫雕为朴,发号施令,咸去浮华。"⑥说明了隋文帝对浮华文风的反对。他在政治文化上任用南朝文士,但对南朝文风则颇为不满。开皇

---

① [南朝梁]刘勰著,詹锳义证:《文心雕龙义证》卷七,上海古籍出版社1989年,第1304页。
② 《文心雕龙译注》译为:"所谓'言对',只是文辞上的对偶;所谓'事对',是用两种前人故实组成的对偶;所谓'反对',是事理相反而旨趣相合的对偶;所谓'正对',是事虽有异而意义相同的对偶。"陆侃如、牟世金译注,齐鲁书社1995年版,第440页。
③ 《宋书》卷二十九,第869页。
④ 《隋书》卷二,第54页。
⑤ 《隋书》卷二十五,第713页。
⑥ 《隋书》卷七十六,第1730页。

四年(584),隋文帝下诏天下,要求"公私之翰,并宜实录"。同年九月,泗州刺史司马幼因"文表华艳"而遭治罪①。后来李谔上书对齐梁"竞一韵之奇,争一字之巧"的文风公开批判②,也得到了文帝的认同。文帝将李谔上书公示天下,于是,"四海靡然向风,深革其弊"③。文帝改革文风的决心,收到了较为显著的效果。

根据《隋书·许善心传》记载,文帝读过《神雀颂》后甚为高兴,大加称赞。认真分析隋文帝的反应可以发现,整个过程他对《神雀颂》的内容和形式只字不提,只是一味夸奖许善心作文之速。实际上,文帝的夸赞只是一种托辞,更深层的原因在于,许善心以敏捷的文思在恰当的场合写出《神雀颂》,对文帝进行恰如其分的颂扬。无论如何,这是符合文帝政治需要的。

二、《神雀颂》内容与史实的关系

神雀又称神爵,作为符瑞的一种,一般认为指凤,冯衍《显志赋》:"神雀翔于鸿崖兮,玄武潜于婴冥。"李贤注:"神雀,谓凤也。"④古籍中对神雀形象的描述,以《宋书·符瑞志》最为具体,其云:"蛇头燕颔,龟背鳖腹,鹤颈鸡喙,鸿前鱼尾,青首骈翼,鹭立而鸳鸯思。首戴德而背负仁,项荷义而膺抱信,足履正而尾系武。"⑤神雀负有德、仁、义、信、正、武等文化象征,它的出现,当然值得庆贺。《宋书·符瑞志》分析神雀出现的意义说:"唯凤皇为能究万物,通天祉,象百状,达王道,率五音,成九德,备文武,正下国。"⑥神雀的出现,意味着天下太平、王道大备。许善心《神雀颂》即据此颂扬隋文帝的功德。

许善心对符瑞颇有研究。《隋书·经籍志》载,他曾撰《符瑞志》十卷,故关于神雀的典故能信手拈来,这为其迅速完成《神雀颂》提供了保障。颂中,他对神雀的特征、出现的次数以及意义均进行了详细描述,其云:"夫瑞者符也,明主之休征;雀者爵也,圣人之大宝。谨案《考异邮》云:'轩辕有黄爵赤头,立日傍。'占云:'土精之应。'又《礼稽命征》云:'祭祀合其宜,则黄爵集。'"通过征引《考异邮》《礼稽命征》之类的纬书,确认神雀乃明主出现的征兆。《神雀颂》又称:"抑又闻之,不刳胎剖卵,则鸾凤驯鸣;不漉浸焚原,则螭龙盘蜿。是知陛下止杀,故飞走宅心,皇慈好生,而浮潜育德。"说明文帝仁

---

① 《隋书》卷六十六,第1545页。
② 《隋书》卷六十六,第1544页。
③ 《隋书》卷六十六,第1546页。
④ 《后汉书》卷二十八下,第999页。
⑤ 《宋书》卷二十八,第792页。
⑥ 《宋书》卷二十八,第793页。

慈好生,神雀自然出现。他接着详细描述此次的神雀降临,并与汉、魏二朝相比较:"班固《神爵》之颂,履武戴文,曹植《嘉爵》之篇,栖庭集牖。未若于飞武帐,来贺文槐,刷采青蒲,将翱赤罽。……昔汉集泰畤之殿,魏下文昌之宫,一见雍丘之祠,三入平东之府,并旁观回瞩,事陋人微,奚足称矣。""班固《神爵》之颂"即永平中汉明帝令群臣作《神雀颂》一事①。"曹植《嘉爵》之篇"虽已无考,但亦是关于神雀之文。许善心认为,汉、魏二朝的神雀降临,仅仅是"栖庭集牖",不如此次的"于飞武帐",通过对比神雀降临的方式,强调隋文帝的功德已超越汉、魏。

《神雀颂》序文总结文帝的功德,颂文在此基础上,以天降祥瑞为主题,进一步颂扬文帝。具体来说,主要包括以下几方面:兵不血刃,取得政权;治礼作乐,重视教化;体恤下民,宽厚仁慈;平定边疆,统一天下;拒绝封禅,谦逊克让。通过逐一核对史籍我们发现,《神雀颂》的颂扬虽然有所夸大,但内容均有史可依,这也是隋文帝读后大悦的重要原因。

隋文帝本为北周重臣和外戚。宣政元年(578),北周宣帝继位,立杨坚长女丽华为皇后,以坚为上柱国、大司马,不久又迁大前疑(古代天子四辅之首)。宣帝每次出巡,常命坚留守京城。北周宣帝是一个荒淫无度的暴君,整日沉湎酒色,大兴土木,滥用刑罚,《周书》本纪评价云:"穷南山之简,未足书其过;尽东观之笔,不能记其罪。"②宣帝只知一味享乐,二十一岁便崩于后宫,时年七岁的太子宇文阐(静帝)即位。当时静帝年幼,未能亲理政事,内史上大夫郑译、御正大夫刘昉认为杨坚乃皇后之父,众望所归,遂入总朝政,管理内外诸军事。这种情况下,杨坚位望日隆,迅速掌握了国家政权。当时相州总管尉迟迥起兵反抗,宇文胄、石逊、席毗、毗弟叉罗纷纷响应,但很快被消灭。又雍州牧毕王贤及赵、陈等五王作乱,随即也被杨坚消灭。颂文中所说"不言行焉,摄提建指,不肃清焉,喉铃启闭",即指未经战争杀戮建立政权。隋朝的建立,虽然也有军事斗争的经过,但较为短暂,相比大规模的残酷杀戮,这确实算是以较为和平的方式改朝换代。百姓免受战争之苦,自然需要歌颂。

隋朝建立初期,文帝对于礼乐文化并不重视。开皇九年(589),太常牛弘上书请修缉雅乐,高祖答道:"制礼作乐,圣人之事也,功成化洽,方可议之。今宇内初平,正化未洽。遽有变革,我则未暇。"③认为天下初定,未有闲

---

① 详见本书第三章第一节。
② [唐]令狐德棻等撰:《周书》卷七,中华书局1971年,第126页。
③ 《隋书》卷十五,第351页。

暇。后杨广再次奏请,文帝方许之。同年十二月,文帝又下诏搜访知音律之人,曰:"朕祗承天命,清荡万方。百王衰敝之后,兆庶浇浮之日,圣人遗训,扫地俱尽,制礼作乐,今也其时。"①命太常牛弘、通直散骑常侍许善心、秘书丞姚察、通直郎虞世基等议定作乐。开皇十四年(594)四月,又下诏施用雅乐。仁寿二年(602)闰十月,下诏修定五礼,强调礼的重要性,诏曰:"礼之为用,时义大矣。黄琮苍璧,降天地之神,粢盛牲食,展宗庙之敬,正父子君臣之序,明婚姻丧纪之节。故道德仁义,非礼不成,安上治人,莫善于礼。"②《神雀颂》云:"无体之礼,威仪布政之宫,无声之乐,缀兆总章之观。"正是对隋文帝礼乐建设的高度概括。

文帝在位期间,颇关心民生疾苦。开皇五年(585)八月,河南诸州水灾,文帝"遣民部尚书邳国公苏威赈给之"③。八年(588)秋八月,河北诸州饥荒,又"遣吏部尚书苏威赈恤之"④。十年(590)五月,下诏曰:"魏末丧乱,宇县瓜分,役车岁动,未遑休息。兵士军人,权置坊府,南征北伐,居处无定。家无完堵,地罕包桑,恒为流寓之人,竟无乡里之号。朕甚愍之。"⑤十二年(592),又下诏减免租调:"既富而教,方知廉耻,宁积于人,无藏府库。河北、河东今年田租,三分减一,兵减半,功调全免。"⑥十五年(595)春正月,"车驾次齐州,亲问疾苦"⑦。对于文帝的这些举措,《神雀颂》总称为"上庠养老,躬问百年,下土字民,心为百姓",确非虚美之言。

文帝勤政爱民,在他的治理下,政局稳定,国力强盛,周边民族纷纷表示臣服。文帝平陈后,南方的林邑族派遣使者献方物,后朝贡遂绝。文帝派兵讨伐,乃"遣使谢罪,于是朝贡不绝"⑧。经过数次战役,北部的突厥也每年遣使朝贡,当时"突厥部落大人相率遣使贡马万匹,羊二万口,驼、牛各五百头"⑨,表示臣服。《隋书·东夷列传》载,开皇初年,频有高丽使臣入朝。及平陈之后,高丽国王汤大惧,预备治兵积谷,对抗隋朝。十七年(597),文帝赐汤玺书,表示只要臣服,就不会进兵讨伐。汤王得书后奉表陈谢,不久病卒。

---

① 《隋书》卷二,第34页。
② 《隋书》卷二,第48页。
③ 《隋书》卷一,第23页。
④ 《隋书》卷二,第31页。
⑤ 《隋书》卷二,第35页。
⑥ 《隋书》卷二十四,第683页。
⑦ 《隋书》卷二,第39页。
⑧ 《隋书》卷八十二,第1833页。
⑨ 《隋书》卷八十四,第1870页。

其子元嗣立。高祖命使臣拜元为上开府、仪同三司,袭爵辽东郡公,赐衣一袭。元奉表谢恩,请求封王,高祖亦许之①。《隋书·东夷列传》又载,"靺鞨,在高丽之北,邑落俱有酋长,不相总一……自拂涅以东,矢皆石镞,即古之肃慎氏也"②。开皇初年,靺鞨各部落相率遣使贡献,高祖诏其使曰:"朕闻彼土人庶多能勇捷,今来相见,实副朕怀。朕视尔等如子,尔等宜敬朕如父。"③对曰:"臣等僻处一方,道路悠远,闻内国有圣人,故来朝拜。既蒙劳赐,亲奉圣颜,下情不胜欢喜,愿得长为奴仆也。"④与高丽一样,也表示愿意臣服隋朝。这些记载正如《神雀颂》所云,"月栖日浴,热坂寒门,吹鳞没羽之荒,赤蛇青马之裔,解辫请吏,削衽承风。岂止呼韩北场,颇勒狼居之岫;熄慎南境,近表不耐之城"。"热坂寒门"指炎热的南方和寒冷的北方,"熄慎"即息慎、肃慎,"不耐之城"指高丽国。可见隋朝国力的强盛,不论南蛮、北狄还是东夷,均进贡表示臣服。

　　文帝功德如此之盛,群臣纷纷上疏请求封禅。开皇九年(589),"时朝野物议,咸愿登封"⑤。而他却谦而不许,秋七月丙午,下诏曰:"岂可命一将军,除一小国,遐迩注意,便谓太平。以薄德而封名山,用虚言而干上帝,非朕攸闻。而今以后,言及封禅,宜即禁绝。"⑥明确拒绝封禅。但群臣仍不甘心,同年"冬十一月壬辰,考使定州刺史豆卢通等上表,请封禅"⑦,而文帝仍不许。开皇十四年(594),群臣又奏请封禅,文帝还是不采纳。于是晋王杨广率百官上表固请,文帝乃命牛弘、辛彦之、许善心、姚察、虞世基等创定其仪,但仍然表示犹豫,曰:"此事体大,朕何德以堪之。但当东狩,因拜岱山耳。"⑧次年至泰山下,于南郊为坛行礼,终究不升山而返。对于此事,《神雀颂》曰:"而登封盛典,云亭伫白检之仪,致治成功,柴燎靡玄珪之告。虽奉常定礼,武骑草文,天子抑而未行,推而不有。允恭克让,其在斯乎?"高度赞扬了文帝的谦虚品德。

---

　　① 见《隋书》卷八十一《高丽传》,第1813—1817页。
　　② 《隋书》卷八十一,第1821页。
　　③ 《隋书》卷八十一,第1282页。
　　④ 《隋书》卷八十一,第1282页。
　　⑤ 《隋书》卷二,第33页。
　　⑥ 《隋书》卷二,第33页。
　　⑦ 《隋书》卷二,第34页。
　　⑧ 《隋书》卷七,第140页。

三、《神雀颂》:"开皇之治"的颂歌

隋朝是继秦汉之后又一个大一统国家,它的建立结束了东汉末年至南北朝近四百年的分裂局面。《隋书·高祖本纪》评价说:"于时蛮夷猾夏,荆、扬未一,勉劳日昃,经营四方。楼船南迈,则金陵失险,骠骑北指,则单于款塞,《职方》所载,并入疆理,《禹贡》所图,咸受正朔。虽晋武之克平吴会,汉宣之推亡固存,比义论功,不能尚也。"①高度称赞隋文帝,认为其功德之高超过晋武、汉宣二王。统一天下后,隋文帝着手进行国家建设。他励精图治,"躬节俭,平徭赋",以致"仓廪实,法令行,君子咸乐其生,小人各安其业,强无凌弱,众不暴寡,人物殷阜,朝野欢娱。二十年间,天下无事,区宇之内晏如也"②,这便是历史上著名的"开皇之治"。而根据史籍记载可知,隋文帝建设隋朝的重要举措在开皇十六年(596)之前已基本完成,开皇之治的鼎盛局面至许善心撰写《神雀颂》时业已形成。

从汉代开始,突厥就一直是中原王朝的隐患。隋朝建立初期,突厥数次南下,但均被击败。据《隋书·高祖本纪》载,开皇二年(582)四月,大将军韩僧寿破突厥于鸡头山,上柱国李充破突厥于河北山;六月,上柱国李充破突厥于马邑。三年(583)四月,卫王爽破突厥于白道;五月,行军总管李晃破突厥于摩那渡口,行军元帅窦荣定破突厥及吐谷浑于凉州。经过多次战役,突厥只得俯首称臣。四年(584)二月,突厥苏尼部男女万余人来降;二月,突厥可汗阿史那玷厥率其属来降。五年(585)七月,突厥沙钵略上表称臣。③统一北方后,文帝又于开皇八年(588)命晋王杨广、秦王杨俊、清河公杨素并为行军元帅讨伐陈国。次年,贺若弼败陈师于蒋山,擒获其将萧摩诃。韩擒虎进师入建康,擒获其将任蛮奴和皇帝陈叔宝。④同年,琉球群岛也归降隋朝。至此,隋文帝统一南北,结束了东汉至南北朝长期混乱的局面,为开皇之治奠定了稳定的社会基础。

北周官制遵循《周礼》,繁多冗杂,不利于政策的有效实行。隋朝建立后,文帝参酌汉魏,有所损益,进行了一系列政治体制改革。《隋书·百官制》云:"高祖既受命,改周之六官,其所制名,多依前代之法。置三师、三公及尚书、门下、内史、秘书、内侍等省,御史、都水等台,太常、光禄、卫尉、宗正、太

---

① 《隋书》卷二,第55页。
② 《隋书》卷二,第55页。
③ 详见《隋书》卷一《高祖本纪》,第16—21页。
④ 详见《隋书》卷一《高祖本纪》,第31—32页。

仆、大理、鸿胪、司农、太府、国子、将作等寺，左右卫、左右武卫、左右武侯、左右领、左右监门、左右领军等府，分司统职焉。"①其中，国家政务实权为内侍省、秘书省、门下省、内史省和尚书省掌握。内侍省为宦官机构，负责宫中事务。秘书省掌管书籍律历，事务较少。真正在国家政务中起重要作用的是门下、内史、尚书三省，这便是后来被唐朝继承的三省制。三省之间互相牵制，避免了丞相一人专权，从而加强了中央集权制。这些改革都在开皇初年便已完成，此后仅稍有改动。如《隋书·百官制》载："十六年，内侍省加置内主事员二十人，以承门阁。十八年，置备身府。二十年，改将作寺为监，以大匠为大监，初加置副监。"②这些改动涉及的多为无关大局的个别官职。开皇初年这些政治体制的改革，为开皇之治的到来提供了政治保障。

鉴于东汉末年至南北朝长达三百多年之久的民生困苦，国库空虚，自开皇九年（589），隋文帝确立以富国为首要目标，轻徭薄赋以缓解民困，确保国家赋税收入的同时稳定民生。隋文帝生活朴素，提倡节俭，《隋书·食货志》云："六宫咸服浣濯之衣。乘舆供御有故敝者，随令补用，皆不改作。非享燕之事，所食不过一肉而已。有司尝进干姜，以布袋贮之，帝用为伤费，大加谴责。后进香，复以毡袋，因笞所司，以为后诫焉。由是内外率职，府帑充实。"③文帝励精图治，以身作则，改变南北朝皇室的奢靡之风，这也是开皇盛世出现的重要因素之一。同时，文帝还废除不必要的徭役和杂税，《隋书·食货志》载："开皇三年正月，帝入新宫。初令军人以二十一成丁。减十二番每岁为二十日役。减调绢一匹为二丈。"④又接纳司马苏威建议，罢盐、酒专卖及入市税，"先是尚依周末之弊，官置酒坊收利，盐池盐井，皆禁百姓采用。至是罢酒坊，通盐池盐井与百姓共之，远近大悦"⑤。经过数年的苦心经营，隋朝终于富强起来，《隋书·食货志》载："时百姓承平日久，虽数遭水旱，而户口岁增。诸州调物，每岁河南自潼关，河北自蒲坂，达于京师，相属于路，昼夜不绝者数月。"⑥频遭水旱而户口不减，可知当时百姓仓廪充足。《隋书·食货志》又载："帝以江表初定，给复十年。自余诸州，并免当年租赋。十年五月，又以宇内无事，益宽徭赋。百姓年五十者，输庸停防。"⑦能够为新平定的

---

① 《隋书》卷二十八，第773页。
② 《隋书》卷二十八，第793页。
③ 《隋书》卷二十四，第682页。
④ 《隋书》卷二十四，第680页。
⑤ 《隋书》卷二十四，第681页。
⑥ 《隋书》卷二十四，第681—682页。
⑦ 《隋书》卷二十四，第682页。

江南地区减免赋税十年之久,并进一步宽减徭役赋税,表明当时国力确实达到了空前的强盛。

开皇十二年(592),官吏向文帝汇报,国家仓库皆满,文帝甚为不解,问曰:"朕既薄赋于人,又大经赐用,何得尔也?"对曰:"用处常出,纳处常入。略计每年赐用,至数百万段,曾无减损。"于是文帝乃令新建仓库储存,并下诏曰:"既富而教,方知廉耻,宁积于人,无藏府库。河北、河东今年田租,三分减一,兵减半,功调全免。"又进一步减轻河北、河东的赋税。这样到了开皇十七年(597),"户口滋盛,中外仓库,无不盈积。所有赉给,不逾经费,京司帑屋既充,积于廊庑之下"①。于是,高祖停止收缴当年的赋税,以之赏赐百姓。

隋朝的盛世气象逐渐呈现。正因如此,隋文帝分别在开皇十四年(594)的十二月和十五年(595)的三月,两次东行巡狩,并"望祭五岳海渎"②。天下太平是举行巡狩的重要条件。《白虎通》曰:"王者所以太平乃巡守何?王者始起,日月尚促,德化未宣,狱讼未息,近不治,远不安,故太平乃巡守也。"③隋文帝选择此时巡狩,正是为了告示神灵,宣扬成功。

巡狩只是宣告成功的方式之一,作颂同样也是不可或缺的手段。从《诗·颂》开始,这种传统一直为后世沿袭。随着文体功能的不断丰富,后世颂体在颂扬的同时,也兼具记载的作用。隋朝在中国历史上有着重要意义,是继汉代之后又一个大一统国家,而且在较短的时间内,形成了开皇之治的盛世局面。这种情况本应有颂作加以歌颂,但根据现有文献记载看,从隋朝建立至开皇十六年(596),并未有过一篇颂④。文帝身为隋朝的缔造者,并在短时间内实现了社会稳定、国家兴旺,所以对于歌颂大业的赋颂之作,他自是满心期待。

文帝对符瑞之说深信不疑,《隋书》本纪称其"雅好符瑞"⑤,他自己在开皇三年(583)的诏书中也说:"王者承天,休咎随化,有礼则祥瑞必降,无礼则妖孽兴起。"⑥又《隋书》本纪载,开皇元年(581),"高平获赤雀,太原获苍乌,

---

① 《隋书》卷二十四,第672页。
② 《隋书》卷二,第40页。
③ [清]陈立撰,吴则虞点校:《白虎通疏证》卷六,中华书局1994年,第298页。
④ 在歌颂功德方面,赋、颂功能相同,但据笔者翻检现存资料,并未见开皇时期颂德赋的留存。
⑤ 《隋书》卷二,第55页。
⑥ 《隋书》卷四十七,第1278页。

长安获白雀,各一。宣仁门槐树连理,众枝内附"①;六年(586),"甘露降于华林园"②,但均未见进献赋颂的记载。这对于隋文帝来说,未免是个遗憾。所以在开皇十六年(596),当有神雀降于含章闼时,隋文帝非常高兴,召集百官大摆筵席,并将此祥瑞公布于众。文帝之所以如此,除了证明自己的努力得到了上天肯定之外,还希望百官作文以纪颂。他虽然没有明说,但根据前代的传统,这一点是显而易见的,汉明帝就是一个典型的例子。明帝令百官作《神雀颂》,意在借神雀出现的机会颂扬大汉功德。如今文帝亦将此祥瑞告于群臣,他们对于这种暗示当然不会不知,但限于时间,只能在宴席散后作颂献上。许善心才思敏捷,又深谙符瑞之说,随即索要纸笔,作《神雀颂》以献,在恰当的场合讴歌赞颂,极大地满足了文帝的心理需要。要言之,《神雀颂》的创作,以史实为根据,赞述开皇之治的盛世景象,是时代的需要,也是历史的必然。

第三节 重大事件的纪颂:以宋濂《平江汉颂》为例

颂是据事而作的文体,很多颂作呈现出一定的史学价值,即以文学作为渲染手段的同时,还采用征实的写法,记载社会重大事件,为后世留下珍贵的史料。在这方面,宋濂《平江汉颂》即是一个典型例子。作为较早记录"鄱阳湖之战"的文章,《平江汉颂》塑造了朱元璋的明君形象。作者宋濂更以史学家的意识,记录了这一具有转折意义的战役。正因如此,《平江汉颂》不再是一篇单纯的文学作品,其寄寓了更多的政治目的,具有重要的史学价值,在明朝的文章中具有不可忽视的地位和意义。

一、宋濂与《平江汉颂》的创作

宋濂(1310—1381),字景濂,号潜溪,祖籍金华,后迁至浦江,元末明初著名文学家、史学家。著有《宋学士文集》七十五卷,并与王祎(1321—1373)编纂《元史》二百一十卷,流传于世。作为一代通儒,宋濂在当时的文学、史学、礼仪制度等领域都有很大的影响。《明史》本传载,"在朝,郊社宗庙山川百神之典,朝会宴享律历衣冠之制,四裔贡赋赏劳之仪,旁及元勋巨卿碑记

---

① 《隋书》卷一,第14页。
② 《隋书》卷一,第24页。

刻石之辞,咸以委濂,屡推为开国文臣之首"①,可见其地位之高。

元至正二十三年(1363)七月至八月,朱元璋亲率大军与陈友谅在鄱阳湖进行了一场著名的以少胜多的战役,史称"鄱阳湖之战"。战争结束后,宋濂撰《平江汉颂》②,对这一战役进行了及时的记载和歌颂。《平江汉颂》具有多方面的价值。首先,它是一篇以战争为题材的文学作品,气势磅礴,叙事生动。选编目的在于"成一代之言"(程敏政《明文衡序》)的《明文衡》将其收录,《明文在》《文章辨体》《文章辨体汇选》等书亦收录此颂,即看重《平江汉颂》的文学价值。其次,《平江汉颂》对战争记载翔实可信,后世常将其作为史料看待,如周圣楷在《楚宝·丁普郎传》中曰:"我太祖高皇帝癸卯鄱阳之捷,血战凡五昼夜,友谅伏弢,其神功骏烈,具载宋濂《平江汉颂》中。"③再次,作为一篇为明代皇权制造声势的颂作,《平江汉颂》具有显著的政治意义。成书于明末、以经世致用为宗旨的《明经世文编》(又称《皇明经世文编》、陈子龙、徐孚远、宋徵璧等选编),首列《平江汉颂》,并于题名下以小字注"平陈友谅"。鄱阳湖之战的胜利为明朝平定天下奠定了基础,书中首列《平江汉颂》,自是着眼于此役的重要性,也是基于该颂的社会影响力。

顾祖禹说:"混一海内之业,肇于鄱阳一战。"④鄱阳湖之战对大明王朝的建立起着至关重要的作用。对于这场战役,不仅需记于史册,更要以文学的形式歌颂宣传。宋濂在《平江汉颂》中将鄱阳湖之战与赤壁之战、淝水之战进行比较说:

> 曹操治水军八十万来攻孙权,而周瑜、黄盖败之于赤壁;苻坚发长安戎卒六十余万、骑二十七万以侵晋,而谢玄、谢安石败之于淝水。然赤壁不过一焚而走,淝水亦不过军乱而奔,初未尝大战也。史臣且书之,以为千古美谈。矧今湖口之捷,血战累日,天地为之晦冥,日月为之无光,山河为之震荡。其神功骏烈,炳耀铿鍧,与天无极。较之二国,未足多让,而歌咏不作,非甚阙典欤?

在宋濂看来,赤壁之战、淝水之战虽声势浩大,但都没有大规模的战争场面,而鄱阳湖之战则血战数日,尤为惨烈,故而需要歌颂。虽然宋濂出于自己的

---

① [清]张廷玉等撰:《明史》卷一二八,中华书局1974年,第3787—3788页。
② 《平江汉颂》全文见黄灵庚编辑校点《宋濂全集》卷一,人民文学出版社2014年,第5—8页。以下引自本文者不再详注。
③ [明]周圣楷撰:《楚宝》卷二十六,《续修四库全书》本,上海古籍出版社2002年,第132页。
④ [清]顾祖禹撰,贺次君、施和金点校:《读史方舆纪要》卷八十三,中华书局2005年,第3886页。

政治目的,对这一点有些夸大,但鄱阳湖之战对于明朝的建立,确实极为重要。

元结《大唐中兴颂序》云:"若今歌颂大业,刻之金石,非老于文学,其谁宜为?"①认为关乎国事的恢宏大作,只有文坛宿耆才有资格撰写。这虽是元结的自负之语,但也反映了颂作的重要社会意义及对作者要求的苛刻。根据当时情况看,有资格撰写《平江汉颂》之人除宋濂外,还有刘基。刘基(1311—1375),字伯温,青田(今属浙江省文成县)人,著名军事家、政治家、文学家,明朝开国元勋。《明史》本传载,其"所为文章,气昌而奇,与宋濂并为一代之宗"②。至正二十年(1360),朱元璋"下金华,定括苍,闻基及宋濂等名,以币聘"③,此后均为其所用。刘基当时以军师身份陪伴朱元璋左右,"暇则敷陈王道。帝每恭己以听,常呼为老先生而不名,曰:'吾子房也。'又曰:'数以孔子之言导予。'"④从朱元璋以币相聘开始,刘基一直献计献策,未曾离开,甚至其母亲去世,也"值兵事未敢言",战争结束后方请还葬。或许是军务繁忙,鄱阳湖之战胜利后,刘基并未撰有颂作。于是这一重要使命就落在了宋濂身上。

宋濂在朱元璋身边有双重身份,除长于文学外,还是著名的儒者。《明史》本传载:"(濂)幼英敏强记,就学于闻人梦吉,通《五经》,复往从吴莱学。已,游柳贯、黄溍之门,两人皆亟逊濂,自谓弗如。"⑤闻人梦吉精通儒学,宋濂自幼就学于他,并与柳贯、黄溍交游,打下坚实的儒学基础。朱元璋攻婺州后,"命知府王显宗开郡学,因以濂及叶仪为《五经》师",次年"除江南儒学提举,命授太子经"。与"雄迈有奇气"的刘基相比,宋濂"自命儒者"。当时,"基佐军中谋议,濂亦首用文学受知,恒侍左右,备顾问"⑥。宋濂成为朱元璋身边重要的文学侍从。朱元璋曾召其讲解《春秋左氏传》,濂曰:"《春秋》乃孔子褒善贬恶之书,苟能遵行,则赏罚适中,天下可定也。"⑦宋濂秉承儒家道义,以之作为处理国家事务的原则。此外,宋濂强烈的史学意识也促使他撰写了《平江汉颂》。宋濂长于史学,明朝建立后,他曾两次奉命纂修《元史》,任总裁官;洪武六年(1373)又参修国史,其成就之大,以至时人皆以"太史

---

① [唐]元结撰,孙望编校:《新校元次山集》卷七,台湾世界书局1984年,第106页。
② 《明史》卷一二八,第3782页。
③ 《明史》卷一二八,第3778页。
④ 《明史》卷一二八,第3782页。
⑤ 《明史》卷一二八,第3784页。
⑥ 《明史》卷一二八,第3784页。
⑦ 《明史》卷一二八,第3784—3785页。

公"称之。最初,元朝曾以国史编修征召,但宋濂推辞不就。鄱阳湖大战时,宋濂虽不是史官,但具有强烈的史学意识,自觉承担起了史官职责。正因为载于史册,赤壁之战、淝水之战才成为千古美谈;而《平江汉颂》的撰写,不仅可以使鄱阳湖之战"流鸿绩于无穷",还可便于"太史氏之采录"。总之,宋濂出色的文学水平为撰写这样一篇诗史性的颂作提供了保障,其秉持的《春秋》"褒善贬恶"的态度正与颂体创作精神契合,而史官的意识更使他自觉担当起撰写《平江汉颂》的使命。

《平江汉颂》对鄱阳湖之战进行了详细描述,但文中未交代具体创作时间,以至后人对此颂作于何时说法不一。明佚名《秘阁元龟政要》将之系于至正二十三年(1363)九月,即战役结束后不久。清朱兴悌《宋文宪公年谱》则在"二十三年癸卯先生五十四岁"条下曰:"七月,明太祖大战陈友谅于鄱阳湖。八月撰《平江汉颂》。"①当代学者徐永明采纳后者观点,亦系于八月。②根据对鄱阳湖之战史料的分析可知,八月作颂的观点显然有误。《平江汉颂》的叙事时间止于朱元璋军队得胜归来,"舳舻相衔,旌旗飞翻,不疾不徐,委蛇而来。万姓欢迎,俯伏道左,山川草木,皆有喜色。告庙饮至,行赏论功。赐达、遇春田若干,永忠田若干,其余将士赉金缯有差"记述了大军回到应天府后的庆功赏赐活动。《明史·太祖本纪》也记载说:"九月,还应天,论功行赏。"③既然《平江汉颂》已明确提及九月凯旋,则绝不会作于八月。

那么《平江汉颂》是否就一定作于九月呢?明茅元仪在《暇老斋杂记》中提出怀疑说:"高皇平陈友谅,尚未正尊号,宋文宪《平江汉颂》语必称上,此犹吴人称大帝为至尊故事,至首句'天命皇上,为亿兆主'何也?岂文成于后耶?殆不可考。"④鄱阳湖大战时,朱元璋尚未称帝,但奇怪的是,颂中称朱元璋为皇上,茅元仪据此推测颂作可能作于明朝建立后,但也无确论。这种怀疑有一定的道理,却不符合颂体创作的传统。中国古代颂体的创作均有具体的背景,除用于祭祀的庙颂外,一般颂作在事后不久即作,目的是迅速地宣扬出去,具有鲜明的时效性。鄱阳湖之战发生在1363年,而朱元璋于1368年称帝,前后相距五年之久。很难想象战役过去了五年,宋濂方始作颂。而且根据宋濂在序中的叙述,也不应为五年后的口吻。首先,他将鄱阳湖之战与赤壁之战、淝水之战对比时称"矧今湖口之捷",则"今"应为战后不

---

① [清]朱兴悌撰:《宋文宪公年谱》,《宋文宪公全集》本,中华书局1920年。
② 徐永明:《宋濂年谱》,浙江大学出版社2011年,第98页。
③ 《明史》卷一,第12页。
④ [明]茅元仪撰:《暇老斋杂记》卷十二,清李文田家抄本。

久。其次,序文又云:"臣谨备著其事,撰为词颂一通,以流鸿绩于无穷,以俟太史氏之采录云。"《平江汉颂》最突出的特征就是叙事详细,目的是为史家修史提供参考。若撰于五年后,很多细节不会记得如此清晰,事后追述也会在很大程度上减弱其史料价值。因此,《平江汉颂》不可能撰于明朝建立后。明雷礼《国朝列卿纪》载:"七月,命(宋濂)为江南等处儒学提举。陈友谅平,乃撰《平江汉颂》,上大录赏。十月,奉旨入内,授皇太子经。"①虽未明说《平江汉颂》的撰写时间,但根据行文顺序,当在十月之前无疑,即九月作颂。其称朱元璋读《平江汉颂》后大为赞赏,也应有所依据。因此,笔者认为《平江汉颂》的创作时间的确应是至正二十三年(1363)九月。至于颂中为何会称朱元璋为皇上,笔者推测,这当是宋濂在明朝建立后对颂文所作的改动。

二、《平江汉颂》的史学价值

考察《平江汉颂》的创作时间对我们研究其价值有着重要意义。作为现存最早及时详载鄱阳湖之战的作品,《平江汉颂》具有独特的史料价值。明代史籍中除《平江汉颂》外,还有《太祖实录》、童承叙《平汉录》、高岱《鸿猷录》等三部史籍也详细记录了鄱阳湖之战,但成书均在《平江汉颂》之后。②《鸿猷录》为纪事本末体,成书于嘉靖三十六年(1557),卷三"克陈友谅"集中记载了鄱阳湖之战。该书内容多取材于前代杂史、笔记、方志、文集等,但距鄱阳湖之战将近二百年。故而这里需要注意的是前两种著作。

《太祖实录》,二百五十七卷,前后凡三修,《明史·艺文志》云:"建文元年,董伦等修。永乐元年,解缙等重修。九年,胡广等复修。起元至正辛卯,讫洪武三十一年戊寅,首尾四十八年。"③清人徐乾学指出:"《太祖实录》凡三修……成祖为亲隐讳,故于重修时尽去之。其实太祖御制诰令、文集未尝讳也。今观此书疏漏舛误,不可枚举。"④鄱阳湖之战虽然与朱棣"为亲隐讳"无甚关系,但如此多的反复增删改动,很难保证内容的准确度。

童承叙,字汉臣,一字士畴,明代湖北沔城漕河人,文学家、史学家,明正德十五年(1520)进士,嘉靖皇帝老师。所著《平汉录》一卷,记录太祖平陈友谅事,"首载宋濂《平江汉颂》一首,次即载史臣赞一首,而以《友谅兴灭本末》

---

① [明]雷礼撰:《国朝列卿纪》卷十九,周骏富辑《明代传记丛刊》本,台湾明文书局1991年,第314页。
② 刘辰(1341—1418)撰《国初事迹》也记载了鄱阳湖之战,成书较早,但叙事粗略,故不在本书关注范围内。
③ 《明史》卷九十七,第2377页。
④ 《憺园文集》卷十四,第486页。

附于其后,谓之外传"①。《明史·艺文志》亦予著录。此书或被误为宋濂所撰。黄灵庚《宋濂全集》附录二《潜溪录·经籍考》中有《平汉录》一卷,曰:"《平汉录》一卷,《浦江县志》载此书,而刊本罕睹。惟明刊《纪录汇编》有之,后附《平江汉颂》一首,广信府同知邹潘推官方重校正付梓。"②然检今本《纪录汇编》③,所载《平汉录》实为童承叙作。《澹生堂藏书目》云:"《平汉录》一卷,宋濂,附《平江汉颂》一卷。"④《雍正浙江通志》:"《平汉录》,《纪录汇编》,宋濂撰。"⑤均为以讹传讹。今存《平汉录》称朱元璋为"太祖",可知该书撰于朱元璋去世后。而宋濂则先于朱元璋十七年去世,《平汉录》绝无可能为宋濂所撰。至于二人是否均作有《平汉录》,而宋濂所著过早亡佚？笔者认为,不排除这种可能。但据现有资料看,关于宋濂作《平汉录》的著录均在童承叙生活年代之后,之前未见任何记载,所以《澹生堂藏书目》《雍正浙江通志》应是将童承叙误作了宋濂。

与《太祖实录》《平汉录》《鸿猷录》相比,《平江汉颂》叙述虽然简略,却是现存记录鄱阳湖之战的最早材料。《平江汉颂》由序和正文构成,叙事特征最为突出。宋濂认为,以鄱阳湖之战的重要性,日后定为史书载录。因此他并未像传统作颂之法那样从议论入手,而是对战事详加记载。如序文中的部分文字:

> 七月癸酉,上躬擐甲胄,祃纛龙江,帅楼船数百,蔽江而上。陈虏大惊,解围而逃。
> 丁亥,与我师遇鄱阳湖之康郎山。
> 戊子,上分舟师为十二屯,命达、遇春、永忠突入虏阵,呼声动天地,矢锋雨集,炮声雷銗,波涛起立,飞火照耀,百里之内,水色尽赤。焚溺死者动一二万,流尸如蚁,满望无际。
> 己丑,焚伪平章舟,刘戮余二千。辛卯,复酣战,虏将张定边素号枭猛,上亲御之,将士皆死战。历一二时,遇春等左右夹击,杀士卒无算。张中矢百余而退,潜保鞋山,不敢吐气。我师亦移据湖口,扼彼喉衿,列栅南北江岸,置火筏中流,水陆严戒,以候其发。

---

① [清]永瑢等撰:《四库全书总目》卷五十三,中华书局1965年,第480页。
② 《宋濂全集》附录二,第2717页。
③ [明]沈节甫编:《纪录汇编》,民国二十七年(1938)上海商务印书馆涵芬楼据明万历刊本景印元明善本丛书十种之一。
④ [明]祁承爜编:《澹生堂藏书目》,《绍兴先正遗书》本,清光绪十八年(1892)刻本。
⑤ [清]嵇曾筠编:《雍正浙江通志》卷二四三,景印文渊阁《四库全书》本,台湾商务印书馆1986年。

八月,虏食尽,遣舟五百艘掠粮都昌,又为我大将所获。
　　壬戌,虏计穷,冒死突出,将上趋九江。上命诸将一时俱合,其大战如戊子,自辰达酉,督战益急。友谅中飞矢,毙于舟中。
　　癸亥,降其众五万,上命释之,不戮一人。

这段文字以时间为顺序,详细记述了每个时间段战争的过程、参与人物以及结果,无一处含糊,完全是史书的叙事模式。

《平江汉颂》以记述之翔实为后世史官重视,也因传播之广泛为后世史官修史所取资。鄱阳湖之战前后持续一月有余,直接奠定了朱元璋统一江南的基础。如此重要的战争,除口头传播外,当时定有各类史书记载。但作为官方资料,它们通常深藏内阁,并不容易获得。相比之下,宋濂身为重要文臣,其作品自然受到人们的重视,再加上朱元璋对《平江汉颂》的称赞,这就使得《平江汉颂》的流传更为普遍。后人在记述这段历史时,也常常直接征引《平江汉颂》作为史料来源和文献依据。《平汉录》将《平江汉颂》置于卷首,即说明了这一点。明廖道安《楚纪》卷一《皇运内纪前篇》中,作为对朱元璋功德的记载和歌颂,采录《平江汉颂》全文,也是着眼于其记述之全面。钱谦益明天启年间撰写的《国初群雄事略》卷四《汉陈友谅》中,在记载鄱阳湖之战时,征引的典籍有《太祖实录》《平江汉颂》《元史》、权衡《庚申外史》、叶子奇《草木子》、刘辰《国初事迹》,其中仅《平江汉颂》为文学作品,而征引次数却多达三次,仅次于《太祖实录》,说明钱谦益对《平江汉颂》史学价值的重视。

此外,通过逐一对比可发现,《平江汉颂》与《太祖实录》《平汉录》《鸿猷录》等书内容大部分相同,表明《平江汉颂》不仅是对鄱阳湖大战的真实记录,而且对历史著述也有显著影响。而其存留的相异之处,同样值得我们注意。《国朝群雄事略》中,钱谦益将宋濂所撰关于鄱阳湖之战的三篇文章《平江汉颂》《开平神道碑》《铁冠子传》与《太祖实录》对比,指出相互间的抵牾之处,其中称:"按《实录》纪戊子之战,张定边直犯御舟,中矢百余而走,《平江汉颂》之序则系于辛卯,相去凡四日……三文皆出宋学士手笔,不知何以与国史错互如此,更相考之。"①关于此处的不同记载,二文分别如下:

　　辛卯,复酣战,虏将张定边素号枭猛,上亲御之,将士皆死战。历一二时,遇春等左右夹击,杀士卒无算。张中矢百余而退,潜保鞋山,

---

① [清]钱谦益撰:《国朝群雄事略》卷四,王有立主编《中华文史丛书》之九,台湾华文书局股份有限公司1968年。

不敢吐气。(《平江汉颂》)

> 戊子……友谅骁将张定边奋前欲犯上舟,舟适胶浅,我军格斗,定边不能近,遇春从旁射中定边,定边舟始却。通海来援,舟骤进水涌,上舟遂脱。永忠随以飞舸追定边,定边走,身被百余矢,士卒多死伤。(《太祖实录》)①

检《平汉录》《鸿猷录》等史籍,此处均从《实录》。二者究竟孰是孰非,这里并无可靠证据,但我们可以通过常理进行推断。《太祖实录》曾两次提及张定边,除戊子日外,还有两天后的辛卯日:"友谅遂夺气,张定边自以战不利,欲挟友谅退保鞋山,为我师所扼不得出,乃敛舟自守,不敢更战。"②张定边在戊子日身中一百多箭,虽然不死,也应受重伤,但时隔二日却又冲锋陷阵,于理不通。《平江汉颂》中,张定边在辛卯日负伤后,就再也没有出现,显然更加符合常理。此外,宋濂洪武二年(1369)所撰《常遇春神道碑》中,对张定边中箭时间的记录也与《平江汉颂》一致。碑文称:"八月,遇友谅于彭蠡湖之康郎山,王与之联舟大战,呼声动天地,无不一当百。纵火焚伪平章舟,风急火炽,十里之间,湖水尽赤。敌将张定边,素号枭猛,奋前迎战,王射之,定边中矢走,友谅乃退保鞋山。"③常遇春中张定边与"纵火焚伪平章舟"是发生于同一天的战争,所以也是八月辛卯。宋濂在时隔六年后依然坚持此说,表明对这一说法的坚定。

最后,《平江汉颂》还记录了陈友谅残兵投降的时间与细节,这些都是其他史书所没有的。其序曰:"癸亥,降其众五万,上命释之,不戮一人,凯歌而旋。"颂亦称:"大憝既除,余不能丑。递相告言,我诚不振。我革我顽,我归至仁。谁谓培塿,可高嶙峋。再拜稽首,来降来臣。皇曰俞哉,汝俘予受。宥汝弗刘,予汝父母。汝冻予衣,汝饥予哺。昔何昏迷,今始撤蔀。"对于陈友谅的降兵,朱元璋不戮一人,后世史籍《太祖实录》《平汉录》《鸿猷录》《明史·太祖本纪》均未提及这一细节。由此可见《平江汉颂》对鄱阳湖之战记载的全面,也极大彰显了其作为一手材料的史学价值。

三、《平江汉颂》的政治意义

《平江汉颂》以纪实的笔法叙述这段历史,同时作为一篇文学作品,又有

---

① [明]董伦等撰:《明太祖实录》卷十二,上海书店1990年。
② 《明太祖实录》卷十二。
③ 全名为《大明敕赐银青荣禄大夫上柱国中书平章军国重事兼太子少保鄂国常公赠翊运推诚宣德靖远功臣开府仪同三司上柱国太保中书右丞相追封开平王谥忠武神道碑铭》。

着与史书不同的特点,即在尊重基本史实的前提下,美化朱元璋,将其塑造为乱世中的仁君形象,从而达到鼓舞士气、收拢人心的目的。颂中,宋濂用"蠢尔小丑,敢仇大邦""翘其虫臂,当吾车辙"形容陈友谅的侵犯,表明此举实是逆天之行、以卵击石,结果也必败无疑。《平江汉颂》以道德评判的标准褒善贬恶,显示出重要的舆论导向作用,为日后的统一天下做好准备,达到宣化天下的目的。

元朝末年,朝纲废弛,民不聊生,各地的农民起义如火如荼。至正十一年(1351),刘福通领导的红巾军高举义旗,反抗元朝暴政,各地纷纷响应。次年,郭子兴起兵占据濠州(今安徽凤阳县)。郭子兴死后,朱元璋继续领导这支义军,势力日渐壮大。江南地区,徐寿辉于蕲水、黄冈一带起兵,攻取武昌,继而占领江西、湖南、浙江、四川等地。至正二十年(1360),部将陈友谅杀死徐寿辉并称帝,控制了长江中游地区。至正二十二年(1362),徐寿辉的另一部将明玉珍在四川称帝,控制巴蜀地区。另外,方国珍于庆元(今浙江宁波)起义,占据浙东地区。张士诚于平江(即苏州)起兵,自称吴王,控制长江下游地区。

相互的征伐吞并中,逐步形成了以张士诚、陈友谅、朱元璋三支力量鼎足而立的局面。至正十六年(1356),朱元璋攻取集庆,改集庆路为应天府,作为都城。当时,东有张士诚,西有陈友谅,皆为劲敌。《明史·张士诚传》称当时张士诚的势力"南抵绍兴,北逾徐州,达于济宁之金沟,西距汝、颍、濠、泗,东薄海,二千余里,带甲数十万"①,张士诚以盐商起家,又占据江南富庶之地,势力不可小觑。《明史·陈友谅传》载,当时友谅"尽有江西、湖广之地"②,兵多将广,亦是朱元璋的心腹大患。后来徐达、常遇春东征张士诚时,朱元璋对他们说:"江南乱雄,西有陈友谅,东有张士诚,皆连地千里,拥众数十万。吾介乎二人之间,相与抗者十余年。"③表现出了深深的忧患意识。

朱元璋攻占金华、括苍(今浙江丽水东南)后,听闻刘基与宋濂的大名,乃重金聘请二人。面对天下三分的局势,朱元璋向刘基征询意见,刘基说:"士诚自守虏,不足虑。友谅劫主胁下,名号不正,地据上流,其心无日忘我,宜先图之。陈氏灭,张氏势孤,一举可定。然后北向中原,王业可成也。"④认为陈友谅乃当前最大的敌人。确如刘基所言,当时陈友谅正伺机东下,企图

---

① 《明史》卷一二三,第3694页。
② 《明史》卷一二三,第3689页。
③ [明]吴宽撰:《平吴录》,[明]袁褧编《金声玉振集》本。
④ 《明史》卷一二八,第3778页。

消灭朱元璋。陈友谅陷太平,"谋东下,势张甚,诸将或议降,或议奔据钟山"①,至正二十年(1360),友谅又"约士诚合攻应天,应天大震"②。鄱阳湖大战前夕,即至正二十三年(1363)二月,"友谅将张定边陷饶州。士诚将吕珍破安丰,杀刘福通……夏四月壬戌,友谅大举兵围洪都。乙丑,诸全守将谢再兴叛,附于士诚。五月……友谅分兵陷吉安,参政刘齐、知府铢叔华死之。陷临江,同知赵天麟死之。陷无为州,知州董会死之"③。陈友谅当时军力强盛,步步紧逼。鄱阳湖大战时,"友谅兵号六十万,联巨舟为阵,楼橹高十余丈,绵亘数十里,旌旗戈盾,望之如山"④,而朱元璋只有二十万军队⑤,可见当时的形势十分危急。

但《平江汉颂》在交代战争背景时,故意隐去双方实力的差距,文中不仅未提双方的人数对比,而且还将朱元璋的军队描绘成雄壮浩大的形象,如"天命皇上为亿兆生民主,旌麾所向,悉臣悉庭。初以军旅之师,兴濠泗间,遂抚淮南,平江东,攻浙东西下之,版图所入,方数千里。定都江左,发政施仁"(序),"长淮既归,江左攸属。浙之东西,树侯置牧。乃建国家,以奠南服。以怀中原,以控西蜀"(颂)。宋濂将朱元璋描绘成秉承天命拯救黎民的天子,大军所到之处,人们争相归附。实际上,朱元璋当时的身份只是吴国公,但是颂文却称其"乃建国家",以此壮大声威。对于陈友谅的侵犯,颂曰:"蠢尔小丑,敢仇大邦。集其凶顽,锋猬斧蟒。轻涉我疆,以跳以踉。"将陈友谅比作跳梁小丑。

写法上,《平江汉颂》以序文记事,以正文颂扬,二者分工明确,各有所司。前者作为史实记述,为后者的文学渲染作铺垫,后者则是对前者的总结和升华。为了突出朱元璋军队的英勇善战,宋濂以文学的夸饰之法描写当时的战争。如大军前行部分,"袀牙江滨,皇秉巨钺。以誓以戒,以速其发。纪律精明,飙火奋激,旂旆扬扬,艅艎将将。矛戈洸洸,铠胄明明。载怒载厉,载飞载飚。雄威所吞,已无荆湘","速""奋"体现其士气之高,"扬扬""将将""洸洸""明明"描写队伍的威严整齐、纪律严明。描写战斗的过程,如"既与虏逢,大呼冲击。药腾藜驳,星流火戟。虐焰电奔,巨轰雷劈。杀气冥蒙,不辨咫尺。矢锋所贯,什伍联联。纵横交纽,命殒弗颠。攒桅凑帆,笋束猬

---

① 《明史》卷一二八,第3778页。
② 《明史》卷一,第8页。
③ 《明史》卷一,第10—11页。
④ 《明史》卷一,第11页。
⑤ 《明太祖实录》至正二十三年(1363)"秋七月戊辰朔":"是日,会师袀蘩于龙江舟,师凡二十万,俱发。"

编"。这一段是对火攻场面的概括，作者以"电奔""雷劈"的场景烘托将士之英勇、战斗之激烈。又描写敌军受挫之后的再次决战，如"越历四旬，飞走途穷。将冒万死，以绝其冲。我师见之，千舻如龙。似兔之走，而鹰之从。酣战六时，由辰达酉。仆姑一发，殪此酋首。贯睛及颅，仆若枯柳"。此时的陈友谅已成强弩之末，而朱元璋大军则越战越勇，宋濂以鹰、兔对比，突出二者实力悬殊。陈友谅本人中箭身亡，"仆若枯柳"表明这位"酋首"的灭亡，体现出鲜明的政治立场。总体看来，颂文对战争的描写，正体现了其在序中所概括的"天地为之晦冥，日月为之无光，山河为之震荡"的特点，而周圣楷所说"神功骏烈，具载宋濂《平江汉颂》中"也正由此体现。

《平汉江颂》还根据政治需要将朱元璋刻画为一位仁爱宽厚之君。序文描写朱元璋统治地区的人民云："戴白之叟，垂髫之童，涵泳至化，皞皞熙熙，如承平时。"元末军阀混战，民不聊生，而在朱元璋统治地区则呈现出一派祥和安宁的景象。颂中称，剿灭陈友谅也是不得已而为之。如战前朱元璋告将士语：

> 陈虏不道，敢屡予侮。昔者荡摇我边方，侵轶我姑熟，伺侦我金陵，赖尔一二臣邻之力，攻而败之。予亦亲覆其穴巢，中宵窜走，假息武昌。予不忍追歼之，冀其悔祸，以自逭于天刑。癸卯之夏，乃复围我豫章，是其凶德无厌，自取殄灭。此天亡之时，天之明威，予不敢不顺。唯尔熊罴之臣、不二心之士尚弼予，以成厥功。

陈友谅屡次侵犯，朱元璋攻而败之，不忍歼灭，放其生路，可陈友谅不知悔改，反而变本加厉，所以这次战争也是其咎由自取。朱元璋消灭他，不仅是为了自保，更是出于奉天伐罪之故。

根据上文所述，鄱阳湖之战结束后，朱元璋不戮降者一人，这正是突出朱元璋宽厚仁爱的绝好材料。《平江汉颂》不仅详加叙述，还特地记录了朱元璋对降敌的一番教诲，如"宥汝弗刘，予汝父母。汝冻予衣，汝饥予哺"，不仅不杀，还令他们亲人团聚，并提供衣食。颂文最后，宋濂对朱元璋形象进行总结说："惟皇神武，动则克之。群策尽屈，四方式之。惟皇宽慈，降则释之。义声动荡，畴能敌之。惟皇明断，遇事即决。洞见千里，不隔一发。所以四征，成此骏烈。"突出朱元璋"神武""宽慈""明断"的特点，正因如此，才会成就鄱阳湖之战这样的丰功伟绩。

《平江汉颂》以文学的笔法刻画这段历史，着重突出了朱元璋大军的锐不可当和朱元璋的英明宽厚。鄱阳湖之战结束后，宋濂第一时间作颂加以宣扬，不仅是出于"以流鸿绩于无穷，以俟太史氏之采录"的需要，更有着直接的政治目的。陈友谅大军压境时，朱元璋统治的不少地方出现叛乱，当时民心摇荡，岌岌可危。鄱阳湖之战的胜利，彻底改变了这一现状。《平江汉颂》将战争过程详细刻画，广泛传播，有助于树立朱元璋在百姓心目中的救世主形象。虽然当时最大的敌人陈友谅已被消灭，但元朝尚未灭亡，各地军阀割据不断。《平江汉颂》的创作，正可以扩大朱元璋的影响力，威慑其他军阀，收拢人心，为日后的统一大业做好舆论准备。《平江汉颂》序文记事，侧重对重大历史事件"纪"之功用；正文以赞颂为主，描写朱元璋的英明与仁慈，突出了"颂"之主题。二者相辅相成，共同体现了《平江汉颂》的纪颂宗旨。

第七章　刻石传统与颂体的主旨及留传

刻石是中国古代文章创作的重要方式,具有显著的颂扬功能。除碑、铭等文体外,颂体与刻石的关系也非常密切,乃至出现了"颂石"这样兼具颂扬内容和石刻载体的词语。中国古代的颂体作品不仅见诸纸本,还常常凭借刻石留存。石刻作为重要的媒介,深深影响着颂体的传播方式和传播效果。相比纸本,刻石形式更为直观,更能体现出颂体创作的公共性;石材的坚固也使颂作流传更为久远。

第一节　颂石与石刻的颂扬主题

颂是用于刻石较多的一种文体,这主要与古代刻石纪功的传统密切相关。很多刻石之作为了彰显颂扬效果,直接以颂名篇,或者虽不以颂名篇,内容则表现出强烈的颂扬倾向。为了表达喜爱之情,从汉末开始,人们赋予石刻种种美称,"颂石"一词的出现,更体现了石刻的颂扬主题。颂体与石刻相辅相成,一方面,颂体作为刻石的内容,表现了刻石的纪颂目的;另一方面,刻石也与颂体相互配合,共同达到纪功的效果。

一、中国古代刻石颂功的传统

"金石"作为一个专有名词,具有丰富的涵义。翻阅《汉语大词典》我们发现,金石的具体释义达九种之多,其中一种指古代镌刻文字、颂功纪事的钟鼎碑碣之属,如《吕氏春秋·求人》说:"得陶、化益、真窥、横革、之交五人佐禹,故功绩铭乎金石,著于盘盂。"高诱注曰:"金,钟鼎也;石,丰碑也。"[1]这是金石极为常见的一种含义。钟鼎为古代祭祀所用的彝器,施蛰存说:"钟和鼎是古代青铜器中体积最大的,可以铸刻较长篇的铭文,因此就用'钟鼎'来

---

[1] 许维遹撰,梁运华整理:《吕氏春秋集释》卷二十二,中华书局2009年,第615页。

代替一切青铜器。但这个名词现在不用了,一般已改称为彝器。钟鼎上铸刻的文字,其内容大多是记述功绩的,字体都是小篆以前的大篆,或称籀书。这种文字,从前称为钟鼎文,现在称为金文。"①丰碑即高大的石碑,本是古代天子或诸侯殓葬时用以下棺的工具,后来用以记述功德,如《隋书·杨素传》:"夫铭功彝器,纪德丰碑,所以垂名迹于不朽,树风声于没世。"②在古人看来,世上最坚固的物质莫过于金属与石材,汉代河上公注《老子》说:"至柔者水也,至坚者金石也。"③蔡邕《铭论》又称:"钟鼎,礼乐之器,昭德纪功,以示子孙。物不朽者,莫不朽于金石,故碑在宗庙两阶之间。"④钟鼎是礼乐场合所用的祭器,宗庙之碑也是纪念先祖的重要载体,二者被广泛使用,就在于它们坚固的材质特性。因此,古人认为只有将功德刻于金属或石材之上,功德才会传之久远,为后人所知。正如《墨子·兼爱下》所说:"吾非与之并世同时,亲闻其声,见其色也。以其所书于竹帛,镂于金石,琢于盘盂,传遗后世子孙者知之。"⑤了解先人,重要的方法就是阅读前代遗留下来的文字。"书于竹帛"考虑的是其便于携带、易于传播的特点,而"镂于金石,琢于盘盂"凭借的则是金石坚固久远的特性。上引文献说明了镂刻金石的确是将功德事迹"传遗后世子孙"的重要方法。

在钟鼎之上铭刻文字的历史非常久远,后逐渐演变为一种礼仪形式。身份不同,镌刻的内容也有区别。《左传·襄公十九年》载:"季武子以所得于齐之兵作林钟,而铭鲁功焉。"臧武仲认为这种做法不合礼仪,对季武子说:"非礼也。夫铭,天子令德,诸侯言时计功,大夫称伐。今称伐则下等也;计功则借人也;言时则妨民多矣,何以为铭?且夫大伐小,取其所得,以作彝器,铭其功烈,以示子孙,昭明德而惩无礼也。"⑥这段话将天子、诸侯、大夫铭刻的内容加以区分,说明铭刻金石具有等级差异性。詹锳解释说:"天子铭德不铭功,诸侯举动得时而有功可以铭,大夫讨伐别人有功,也可以铭。总之,这种铭都是当时贵族纪念所谓'功德'的。"⑦刘勰在《文心雕龙·铭箴》篇中又举例说:"夏铸九牧之金鼎,周勒肃慎之楛矢,令德之事也;吕望铭功于

---

① 施蛰存:《金石丛话》,中华书局2013年,第1页。
② [唐]魏徵、令狐德棻等撰:《隋书》卷四十八,中华书局1973年,第1292页。
③ 王卡点校:《老子道德经河上公章句》,中华书局1993年,第173页。
④ [汉]蔡邕著,邓安生编:《蔡邕集编年校注》,河北教育出版社2002年,第483页。
⑤ [清]孙诒让撰,孙启治点校:《墨子间诂》卷四,中华书局2001年,第121页。
⑥ [晋]杜预注,[唐]孔颖达疏:《春秋左传正义》卷三十四,《十三经注疏》本,中华书局2009年,第4273页。
⑦ [南朝梁]刘勰著,詹锳义证:《文心雕龙义证》卷三,上海古籍出版社1989年,第378页。

昆吾,仲山镂绩于庸器,计功之义也;魏颗纪勋于景钟,孔悝表勤于卫鼎,称伐之类也。"这段话大意为:"夏朝(大禹)把九州贡献的金属铸成金属鼎;周朝在肃慎氏进攻的楛木箭上刻字,这是颂扬美德的事;吕望把他的大功刻在冶工昆吾铸的金属板上,仲山甫把他的大功刻在纪功的器物上,这是计算大功的事;魏颗把他的功绩刻在景钟上,孔悝把他的勤劳刻在卫鼎上,这是称说劳绩的事。"①上述均是镂刻钟鼎以纪功德的例证。有的虽属传说,真实性尚待考证,但也表明了铭刻钟鼎的确历史久远。

与钟鼎作铭相比,刻石的历史也极为久远。《穆天子传》曰:"天子五日观于春山之上,乃为铭迹于县圃之上,以诏后世。"郭璞注:"谓勒石铭功德也,秦始皇、汉武帝巡守登名山所在,刻石立表,此之类也。"②王应麟在《玉海·兵捷·纪功碑铭附》中予以征引,作为刻石颂功的事例。《穆天子传》中记载的周天子登山刻石,实际属中国古代的巡狩之礼,刻石纪功是其中非常重要的一项内容。尽管后世也有学者对其真实性表示怀疑③,但这种刻石纪功的方式作为中国古代的一种悠久传统,则是没有疑义的。

由于制作钟鼎的青铜材料颇为珍贵,铸造工艺相对复杂,而石料取材便捷,镌刻容易,所以到了后世,石刻逐渐取代钟鼎,成了纪颂功德的重要载体。正如《文心雕龙·诔碑》所说,"庸器渐缺,故后代用碑,以石代金,同乎不朽"④。朱剑心说:"三代之间,有金而无石;秦、汉以后,石多而金少,而金亦无足甚重。"⑤程章灿师也认为:"石刻的出现,至少其受到广泛重视并被大量采用,实际上是晚于彝器的。这一历史顺序似乎还提示我们,石刻继彝器而兴,不仅在各种场合逐渐取代了原来由彝器所承担的任务,而且越来越流行,在记载和传播文献方面,其功用较彝器有过之而无不及。"⑥都指出了后世石盛金衰的现象。笔者所见历代颂作中,刻石数量极多,而铭之钟鼎者却非常少。故而比较而言,颂体与石刻的密切程度远远超过钟鼎。

石鼓文是迄今发现先秦时期最早的刻石纪功之作,共计十枚,高约三

---

① 周振甫:《文心雕龙今译》,中华书局2012年,第102页。
② 王贻梁、陈建敏选:《穆天子传汇校集释》卷二,华东师范大学出版社1994年,第110页。
③ 如欧阳修《集古录跋尾》曰:"《穆天子传》云:'穆天子登赞皇以望临城,置坛此山,遂以为名。'癸巳志其日也。图经所载如此,而又别有四望山者,云是穆王所登者。据《穆天子传》,但云登山,不言刻石,然字画亦奇怪。"
④ 《文心雕龙义证》卷十二,第444页。"庸器"即用以纪功的铜器,《周礼·春官·序官》:"典庸器。"郑玄注:"庸,功也。郑司农云:'庸器,有功德者铸器铭其功。'"
⑤ 朱剑心:《金石学》,浙江人民美术出版社2015年,第15页。
⑥ 程章灿:《从金到石 从廊庙到民间——石刻的兴起与文化背景》,《中国典籍与文化》1995年第4期。

尺,径约二尺,每一鼓分别刻有大篆四言诗一首,共十首,描述了秦国君王与大臣们出猎的场面,反映了当时的社会政治、经济、文化状况。石鼓文每鼓一事,均为歌颂功德之作。如《马荐》诗篇歌颂的是秦祖非子牧马建秦、复续嬴氏祀之事,《汧殹》诗篇歌颂的是秦襄公封侯始国之事,《霝雨》诗篇歌颂的是秦文公伐戎迁汧建都之事,《虞人》诗篇歌颂的是秦穆公用贤乃至称霸西戎之事,《作原》诗篇歌颂的是秦孝公变法和迁都咸阳之事,《銮车》诗篇歌颂"天子致伯"秦孝公之事,《田车》诗篇歌颂秦惠文王使张仪取陕打开东扩要道之事,《而师》诗篇歌颂"天子致胙"秦惠文王以及嗣王武王始国之事,《吾车》诗篇歌颂秦昭襄王定蜀之事,《吾水》诗篇歌颂始皇帝统一天下,"收天下之兵,聚之咸阳,销以为钟镰,金人十二",至天下太平之事。①

秦始皇于公元前221年统一天下之后,为了宣扬功德、维护天下的安定,开始遵循中国古代天子巡狩礼仪,分别到达不同地方,留下七处颂扬功德的石刻,分别为峄山刻石(公元前219)、泰山刻石(公元前219)、琅琊刻石(公元前219)、之罘刻石(公元前218)、东观刻石(公元前218)、碣石刻石(公元前215)和会稽刻石(公元前210)。这些秦刻石的内容,前文已有描述,此处不再重复。

汉代之后,刻石纪功逐渐增多,《玉海·兵捷·纪功碑铭附》中便记录了大量这样的事例。如汉代部分:

"汉封狼居胥山"条:"去病与左贤王战,斩获首虏七万余级,封狼居胥山乃还。注:师古曰:登山纪天,筑土为封,刻石纪功,以彰汉功。"

"汉勒功燕然山"条:"宪秉遂登燕然山,去塞三千余里,刻石记功,纪汉威德,令班固作铭。"

"汉班超纪功碑"条:"《唐姜确传》:出伊州距柳谷百里,其处有汉班昭纪功碑。"

"汉江陵刻石纪功"条:"《冯绲传》:延熹五年,绲击武陵蛮夷荆州,平定振旅还京师,于江陵刻石纪功。"②

以上为汉代及以前刻石颂功的情况,至于汉代以后就更多了。《玉海》中记载了汉以后到唐代的作品,如《魏玄都山刻石纪功》《晋岘山纪绩碑》《隋林邑刻石纪功》《唐贞观纪功业碑铭》《唐可汗山铭》《唐克高昌纪功》《唐驻跸山纪功》《唐灵州勒石》《唐龟兹朝石纪功》《唐平蛮颂碑》《唐汜水刻石立颂》《唐西域纪圣德碑》《唐封禅碑勒石》《唐姚辞道立石著功》《唐碎叶城刻石纪功》

---

① 参见沙存友:《〈石鼓文〉文学、书法价值探微》,《中国书法》2018年第10期。
② [宋]王应麟撰:《玉海》卷一九四,江苏古籍出版社、上海书店1987年,第3554—3557页。

《唐纪功大度山》《唐太原刻石纪功》《唐纪圣德神功碑》《唐凤翔出师纪功》《唐河西圣德颂》《唐东渭桥纪功碑》《唐韦皋破吐蕃纪功碑》《唐鹿头山纪功》《唐剑门铭》《唐平淮西纪功》《唐淄青纪绩碑》《唐卢龙纪圣功》《元丰理戎碑》《定功继伐碑》《平蛮碑》。① 这些作品有以铭为名的，有以碑为名的，还有以颂为名的，虽然名称不同，但都是刻石纪功的重要表现。

从作用来看，刻石在于让后世子孙记住祖先的功德，同时还是一种重要的颂扬方式。"纪"的目的在于颂扬，而颂扬也正通过"纪"的方式加以实现，这一点与后世颂体文学的作用是一致的。从文体形式来看，刻石文主要为四言韵文，也与后世颂体文学的形式一致。而后世的刻石之颂也表现为对刻石颂功传统的追溯和效仿。后世人们常常将颂体用于刻石，以期不朽，如边韶《河激颂序》："夫不惮劳谦之勤，夙兴厥职，充国惠民，安得湮没而不章焉。故遂刊石记功，垂示于后。"② 将功德刻石，示以后人，显然与刻石纪功传统有着密切的关系。

二、颂石：颂体与石刻的结合

石刻取材便捷，制造简易，广泛应用于生活的各个方面。用来制作碑铭时，人们常会赋予其种种美称，如乐石、贞石、贞碑、贞刻、贞铭、贞碣、贞琬、贞珉、嘉石、玄石等，以表达对记述对象的称颂。出现于唐代的颂石一词，则更进一步突出了石刻的颂扬功能。下面我们以乐石、贞石、玄石、颂石等词为例，加以说明。

乐石一词最早出现在秦始皇《绎山刻石文》中，辞曰："群臣诵略，刻此乐石，以著经纪。"③ 关于乐石的含义，颜师古据《说文解字》"磬，乐石也"解释说："乐石即磬也。"又进一步引证云："《禹贡》称徐州峄阳孤桐泗滨浮磬言：'泗水之滨有石，可以为磬。'盖秦之所刻即是磬石，近泗滨，故谓之乐石尔。所以独峄山之文以称之，他刻石文则无此语也。"④ 认为《绎山刻石文》因刻于可制作乐器的泗滨之石上，故称乐石。宋章樵也持此说："石之精坚堪为乐器者，如泗滨浮磬之类。"⑤ 乐石本为制作乐器的石料，而始皇选择乐石刻颂，或许正是暗含以磬石乐器宣扬德音之意。《绎山刻石文》中乐石的用法对后

---

① 《玉海》卷一九四，第3557—3565页。
② [清]严可均校辑：《全后汉文》卷六十二，《全上古三代秦汉三国六朝文》，中华书局1958年，第812页。
③ 佚名编，[宋]韩元吉整理，[宋]章樵注：《古文苑》卷一，《四部丛刊》本。
④ [唐]颜师古撰：《匡谬正俗》卷八，《丛书集成初编》本，上海商务印书馆1937年，第104页。
⑤ 《古文苑》卷二。

世影响很大,唐代大兴刻石,乐石一词也在此时被频繁使用:

> 独孤及《阮公啸台颂序》:"墟中之人,方诵公遗尘,叹元风芜没,议乐石以旌朽壤。"①
>
> 高适《同观陈十六史兴碑》诗序:"楚人陈章甫继《毛诗》而作《史兴碑》,远自周末,迫乎隋季,善恶不隐,盖风之流。未藏名山,刊在乐石。"②
>
> 李华《淮南节度使尚书左仆射崔公颂德碑铭》:"阳和起蛰,乃求乐石。乐石爰立,刊之颂之。介福攸集,州人斯及。"③
>
> 柳宗元《故殿中侍御史柳公墓表》:"刊乐石,篆遗德。延休烈,垂宪则。"④

对此,颜师古批评说:"近代文士遂总用碑碣之事,盖失之矣。"⑤认为这是对乐石的滥用。实际上,唐人用此词别有寓意。乐石属于"石之精坚者",以之代指碑石或碑碣,不仅是出于对乐石的喜爱,也是对记载对象的称美。只有精坚如乐石者,才能更好地表现称颂对象,被称颂者之功德才可传之久远。

贞石是人们对碑碣的另一种美称,最早为汉末蔡邕使用,其《司徒袁公夫人马氏碑铭》云:"睹文感义,采石于南山,咨之群儒,假贞石以书焉。"⑥关于贞石的内涵,刘良曰:"贞,坚也。"⑦认为贞石即坚石。实际上,"贞"字含义比较复杂。很多时候,贞石并不专指坚石,或者说坚石只是其中的一种。《尚书·太甲》:"一人元良,万邦以贞。"孔安国传:"一人,天子。天子有大善,则天下得其正。"⑧所以"贞"也指中正美好之意,以贞石为碑碣,即是对主人品质的肯定。其他以"贞"为名的美称,如贞碑、贞刻、贞铭、贞碣、贞琬、贞珉,均有此意。另外,碑铭之中,人们还常将"贞"作动词用,如韩愈《故幽州节度判

---

① [唐]独孤及撰:《毗陵集》卷七,《四部丛刊》本。
② [唐]高适著,孙钦善校注:《高适集校注》,上海古籍出版社1984年,第129页。
③ [宋]李昉等编:《文苑英华》卷八六九,中华书局1966年,第4587页。
④ [唐]柳宗元撰,《柳宗元集》点校组点校:《柳宗元集》卷十二,中华书局1979年,第314—315页。
⑤ 《匡谬正俗》卷八,第104页。
⑥ 《蔡邕集编年校注》,第334页。
⑦ [南朝梁]萧统选编,[唐]吕延济、刘良、张铣等注:《日本足利学校藏宋刊明州本六臣注文选》卷五十九,王中《头陀寺碑文》"胜幡西振,贞石南刊"注,人民文学出版社2008年,第895页。
⑧ [汉]孔安国传,[唐]孔颖达疏:《尚书正义》卷八,《十三经注疏》本,中华书局2009年,第832页。

官赠给事中清河张君墓志铭》"我铭以贞之,不肖者之咀也"①,姚燧《国子司业滕君墓碣》"短者已而,其长斯存,何以贞之,石有谍言"②。以碑碣"贞之"即刻石称美,这也从另一方面说明了贞石称颂功德的功用。与乐石一样,贞石的大量使用也在唐代,如:

独孤及《唐太府少卿兼万州刺史贺若公故夫人河南郡君元氏墓志铭》:"贞石有磷,德音罔极。"③

符载《新广双城门颂序》:"小子愚陋,赘述铭颂,请刻于贞石之阴,使新门之绩也皇皇然。"④

卢虔《御史中丞晋州刺史高公神道碑》:"思公遗爱,铭颂贞石。"⑤

贾至《虑子贱碑颂》:"年代邈殊,精诚暗亲。再表贞石,颂声惟新。"⑥

上述作品中的贞石总与功德紧密相连。尤其是独孤及之铭,认为再美好的石料都有瑕疵,铭刻其上的德音却永垂后世,明显是将贞石作为碑石的美称。

蔡邕作品中还有用玄石指称碑碣,这一用法在后世广泛流传。其《王子乔碑》云:"乃会长史边乾,访及士隶,遂树玄石,纪颂遗烈,俾志道者有所览焉。"⑦玄石早在《山海经·中山经》中就已出现:"又北三十里,曰婴梁之山,上多苍玉,镎于玄石。"郭璞曰:"言苍玉依黑石而生也。"⑧将玄石解释为黑色之石。那么指称碑碣的玄石是否也为此意呢? 王俭《褚渊碑文》:"方高山而仰止,刊玄石以表德。"李周翰注:"玄者,石之色也。"⑨"玄"字表示颜色时只指黑色。很明显,李周翰这里遵循郭璞的说法,认为玄石即黑石。但实际上,玄石还可作其他解释。"玄"字除了指黑色外,还与上天相关。《周易·

---

① [唐]韩愈著,刘真伦、岳珍校注:《韩愈文集汇校笺注》卷二十四,中华书局2010年,第2605页。
② [元]姚燧撰:《牧庵集》卷二十六,《四部丛刊》本。
③ 《毗陵集》卷十二。
④ 《文苑英华》卷七七八,第4105页。
⑤ 《文苑英华》卷九二三,第4861页。
⑥ [宋]姚铉编:《唐文粹》卷二十一,《四部丛刊》本。
⑦ 《蔡邕集编年校注》,第104页。
⑧ 袁珂校注:《山海经校注》卷五,上海古籍出版社1980年,第148页。
⑨ 《日本足利学校藏宋刊明州本六臣注文选》卷五十八,第887页。

坤》:"天玄而地黄。"孔颖达疏:"天色玄,地色黄。"①那么据此,我们也可将玄石解释为代表上天旨意之石。蔡邕作文时的依据今已不得而知,但结合后世具体作品看,玄石在表示碑碣时与乐石、贞石一样,都蕴含着人们的祝颂或赞美之意。除上引《王子乔碑》和《褚渊碑文》外,还有如:

  《水经注·汳水》"又东至梁郡蒙县":"国相东莱王璋,字伯仪,以为神圣所兴,必有铭表,乃与长史边乾遂树之玄石,纪颂遗烈。"②
  徐陵《东阳双林寺傅大士碑》:"亦有扬雄弟子,郑玄门人,俱述清猷,载刊玄石。"③
  韩愈《凤翔陇州节度使李公墓志铭》:"孝由忠立,爵名随之。铭此玄石,维昧之诒。"④
  柳宗元《南岳云峰和尚塔铭》:"即玄石兮垂文章,学者慕兮哀无疆。"⑤

上述材料中的玄石,分别用于"纪颂遗烈"、记载"清猷""维昧之诒"、"垂文章"。无可置疑,这些玄石中"玄"的黑色之义已虚化,更多是玄妙玄深之义,体现的是对纪颂对象的称美。

  作为代指碑碣之用,乐石、贞石、玄石都被赋予美好愿望,作者希冀凭借石刻之坚固、贞祥,将记述对象的功德传于后世,供人颂扬。为了突出这一点,人们也常以"颂"字进行强调,如《史记·封禅书》记载秦始皇泰山封禅:"与鲁诸儒生议,刻石颂秦德。"⑥"颂"为动词,表示刻石的目的。这种用法在后世较为普遍,如:

  《三国志·郑浑传》:"民赖其利,刻石颂之。"⑦
  《后汉书·姜肱传》:"弟子陈留刘操追慕肱德,共刊石颂之。"⑧

  到了唐代,这种用法又发生转变。人们新造"颂石"一词,使"石"的颂扬

---

① [三国魏]王弼等注,[唐]孔颖达疏:《周易正义》卷一,《十三经注疏》本,中华书局2009年,第34页。
② [北魏]郦道元著,陈桥驿校证:《水经注校证》卷二十三,中华书局2007年,第559页。
③ [南朝陈]徐陵撰,许逸民校笺:《徐陵集校笺》,中华书局2008年,第1231页。
④ 《韩愈文集汇校笺注》卷二十,第2150页。
⑤ 《柳宗元集》卷七,第166页。
⑥ [汉]司马迁撰:《史记》卷六,中华书局1982年,第262页。
⑦ [晋]陈寿撰:《三国志》卷十六,中华书局1971年,第511页。
⑧ [南朝宋]范晔撰,[唐]李贤等注:《后汉书》卷五十三,中华书局1965年,第1750页。

功用得以进一步突显。颂石相当于碑石,或者说是从碑石变化而来,但更侧重立碑石颂德之义。据现有文献看,颂石最早出现在张说作品中:

《郑国夫人神道碑》:"颂石光华,千载后兮。"①
《故括州刺史赠工部尚书冯公神道碑》:"唯德音与颂石,传不朽于人间也。"②

稍晚的杨炎也使用了这一词语:

《河西节度使杜公碑》:"徘徊颂石,永代作好。"③
《安州刺史杜公神道碑》:"苍苍颂石,万世遗尘。"④

与"刻石颂之"中"石""颂"分属两个词语不同,颂石合二为一,成为一种固定搭配。具体作品中,颂石的使用虽不如乐石、贞石、玄石那样频繁,但它的出现充分说明了人们对石刻颂扬功能的认可。

颂石与乐石、贞石、玄石都可指代碑石,但在词语内涵和构成方面与后三者并不一样。乐石、贞石、玄石在碑文中出现时,指尚未镌刻文字之石,偏重其作为石材的一面。这时它们的成分比较单纯,只是代表碑文(或颂文)的物质载体,尚不具备内容指向性。虽然有用"贞""玄"等词进行修饰,但只是就石材本身而言,故而需要"刊之颂之",对"铭颂贞石""铭此玄石"的过程加以强调。而颂石一词则同时包含石材和颂文,指刊刻后的成品文本形态,是形式和内容的合二为一。当然,我们也应看到,颂石并不是唯一具备这个特点的词语,前面提到的贞刻、贞铭也兼有文本的特性,但颂石则在贞刻、贞铭的基础上,更加突出石刻的颂扬目的,体现了颂与石刻之间关系的密切。为了称述方便,以下将刻石之颂简称"颂石"。

第二节　颂石的主旨:以《大唐中兴颂》碑为例

据上所述,颂石的产生源于古老的刻石纪功传统。与普通的颂作相比,颂石显然更加突出"纪"这一作用,元结撰、颜真卿书《大唐中兴颂》碑即是一

---

① 《文苑英华》卷九三四,第4914页。
② 《文苑英华》卷九二一,第4850页。
③ 《文苑英华》卷八七四,第4610页。
④ 《文苑英华》卷九二三,第4858页。

个典型例子。我们通过对其主旨的分析,可以更好地了解颂石的功能。

《大唐中兴颂》是元结在唐肃宗上元二年(761)八月撰写的一篇著名颂作,歌颂了唐肃宗平定安史之乱的丰功伟绩。颂成之后,由颜真卿书写,大历六年(771)刻于永州祁阳(今湖南祁阳县)浯溪入湘江口的石崖上。元结之文、颜真卿之书在唐代均享有盛誉。此碑在后世一直为人关注,评价极高,如:

> 欧阳修:"书字尤奇伟,而文辞古雅,世多模以黄绢为图障。"[1]
> 王象之:"次山文章遒劲,鲁公笔画雄伟,皆有以惊动人耳目,故《中兴颂》宝之中州士夫家。"[2]
> 董逌:"(结)自以老于文学,故颂国之中兴。颂成,乞书颜太师,太师以书名时,而此尤瑰玮,故世贵之。"[3]

《大唐中兴颂》碑的撰文者和书写者皆为当世名家,因此成为中国文学史和书法史上不可多得的杰作。从宋代开始,人们也展开了对此碑主旨的讨论。碑文究竟是褒是贬,人们各执己见,争论不休。这场论争旷日持久,参与学者众多,有的分析深刻、发人深思,但有的也牵强附会、阐释过度。这不仅体现了人们对《大唐中兴颂》碑的重视,也表明人们对这段历史的浓厚兴趣。

一、古今学者关于《大唐中兴颂》碑主旨的争论

北宋年间的一天,黄庭坚乘船来到湖南浯溪。他在《大唐中兴颂》碑下徘徊良久,写下《书摩崖碑后》一诗,记录读《大唐中兴颂》之感。诗曰:

> 春风吹船著浯溪,扶藜上读《中兴碑》。平生半世看墨本,摩挲石刻鬓成丝。明皇不作苞桑计,颠倒四海由禄儿。九庙不守乘舆西,万官已作鸟择栖。抚军监国太子事,何乃趣取大物为?事有至难天幸尔,上皇跼蹐还京师。内间张后色可否,外间李父颐指挥。南内凄凉几苟活,高将军去事尤危。臣结《春陵》二三策,臣甫《杜鹃》再拜诗。安知忠臣痛至骨,世上但赏琼琚词。同行野僧六七辈,亦有文士相追

---

[1] [宋]欧阳修撰:《集古录跋尾》卷七,《历代碑志丛书》本,江苏古籍出版社1998年,第73页。
[2] [宋]王象之撰:《舆地碑记目》卷二,《历代碑志丛书》本,江苏古籍出版社1998年,第25页。
[3] [宋]董逌撰:《广川书跋》卷八,《丛书集成初编》本,上海商务印书馆1937年,第93页。

随。断崖苍藓对久立,冻雨为洗前朝悲。①

其中"臣结《舂陵》二三策"四句,指的是元结《舂陵行》与杜甫《杜鹃行》诗②。黄庭坚由碑文联想到当时的历史情形,认为后人只知欣赏《大唐中兴颂》的精工词句,而忽视了元结的怨恨之情。

自此之后,关于《大唐中兴颂》主旨的讨论便纷至沓来。其中尤以范成大和洪迈最具代表性。如范成大《题中兴碑诗后》诗序曰:

> 颂者,美盛德之形容,以其成功告于神明者也。《商》《周》《鲁》之遗篇可以概见。今次山乃以鲁史笔法,婉辞含讥,盖之而章。后来词人复发明呈露。则磨崖之碑,乃一罪案,何颂之有?③

在范成大看来,元结并非不知颂称美盛德的功能,而是特意以春秋笔法贬斥肃宗的行为,所以《大唐中兴颂》并非颂扬,实是一桩"罪案"。但随后不久,他在《骖鸾录》中对这一观点进行了修正。他说:

> 始余读《中兴颂》,又闻诸缙绅先生之论,以为元子之文,有《春秋》法,谓如天子幸蜀,太子即位于灵武,书法甚严。又如古者盛德大业,必见于歌颂,若今歌颂大业,非老于文学,其谁宜为,则不及盛德。又如"二圣重欢"之语,皆微词见意。夫元子之文,固不为无微意矣。而后来各人,贪作议论,复从旁发明呈露之,鲁直诗至谓"抚军监国太子事,何乃趣取大物为",又云"臣结舂陵二三策,臣甫杜鹃再拜诗,安知忠臣痛至骨,后来但赏琼琚词"。鲁直即倡此论,继作者靡然从之,不复问歌颂中兴,但以诋骂肃宗为谈柄,至张安国极矣,曰"楼前下马作奇崇,中兴之功不当罪",岂有臣子方颂中兴,而傍人遽暴其君之罪,于体安乎?

> 夫颂者,美盛德之形容,以成功告于神明者也,别无他意,非若《风》《雅》之有变也。《商》《周》《鲁》三诗,可以概见。今元子乃以笔削

---

① [宋]黄庭坚撰,[宋]任渊等注,刘尚荣校点:《黄庭坚诗集注》,中华书局2003年,第689—690页。
② 任渊注"舂陵"或作"春秋",非是。"元结《舂陵行序》曰:漫叟授道州刺史。道州旧四万余户,经贼已来,不满四千。到官未五十日,承诸使征求符牒二百余封。吾将守官,静以安人,待罪而已。此州是舂陵故地,故作《舂陵行》,以达下情。《孟子》曰:吾于武成取二三策,此借用。杜甫《杜鹃行》曰:我见常再拜,重是古帝魂。《北征诗》曰:臣甫愤所切。"《黄庭坚诗集注》,第690页。
③ [宋]范成大撰,周汝昌点校:《范石湖集》卷十三,上海古籍出版社1981年,第171页。

之法，寓之声诗，婉词含讥，盖之而章。使真有意邪？固已非是，诸公噪其傍又如此，则中兴之碑乃一罪案，何颂之有？观鲁直"二三策"与"痛至骨"之语，则诚谓元子有讥焉。余以为是非善恶，自有史册，歌颂之体，不当含讥。譬如上寿父母之前，捧觞善颂而已。若父母有阙遗，非奉觞时可及。《磨崖颂》大业，岂非奉觞时邪？元子既不能无误，而诸人又从傍诋诃之不恕，何异执兵以诟人之父母于其子孙为寿之时者乎，乌得为事体之正？①

这两段话较长。大意是，自己曾经在前人的误导下，将《中兴颂》理解为以春秋笔法对唐肃宗的讥讽，实际并非如此。理由是颂与风、雅不同，不可用于讽谏，而《大唐中兴颂》中"婉词含讥"其实是元结的失误，并非有意为之。但从黄庭坚开始，人们就抓住这一点不放，将其作为元结诋骂肃宗的证据，故意加以放大，实在有违元结的本意。

与范成大的观点不同，洪迈则坚决认为《大唐中兴颂》是对肃宗的贬斥，他在《容斋五笔》"诸公论唐肃宗"条中说：

> 唐肃宗于干戈之际，夺父位而代之，然尚有可诿者。曰："欲收复两京，非居尊位，不足以制命诸将耳。"至于上皇还居兴庆，恶其与外人交通，劫徙之西内，不复定省，竟以怏怏而终，其不孝之恶，上通于天。是时，元次山作《中兴颂》，所书天子幸蜀，太子即位于灵武，直指其事。殆与《洪范》云"武王胜殷杀受"之辞同。其词曰："事有至难，宗庙再安，二圣重欢。"既言重欢，则知其不欢多矣。杜子美《杜鹃》诗："我看禽鸟情，犹解事杜鹃。"伤之至矣。颜鲁公《请立放生池表》云："一日三朝，大明天子之孝；问安视膳，不改家人之礼。"东坡以为彼知肃宗有愧于是也。黄鲁直《题磨崖碑》尤为深切："抚军监国太子事……世上但赏琼琚词。"所以揭表肃宗之罪极矣。②

洪氏认为，唐肃宗乘乱篡位，事亲不孝，《大唐中兴颂》"天子幸蜀"即暗指此事；根据"二圣重欢"，可知二人此前不欢，矛盾颇深。最后，洪迈又将黄庭坚《书摩崖碑后》作为证据，认为元结撰写《中兴颂》实是为了揭露肃宗的罪状。

时至今日，人们对《大唐中兴颂》主旨的探讨争论仍未结束。1993年，陈文华教授撰写《〈大唐中兴颂〉非"罪案"论》一文，否认《大唐中兴颂》为一纸

---

① [宋]范成大撰，孔凡礼点校：《范成大笔记六种》，中华书局2002年，第57—58页。
② [宋]洪迈撰，孔凡礼点校：《容斋随笔》，中华书局2005年，第850页。

"罪案"的看法。陈氏认为,《大唐中兴颂》究竟是为歌颂还是一纸"罪案",不能只看宋人的评论便妄下结论,因为唐宋之交是中国思想的重要转变时期,宋人的伦理观念和政治观念已与唐人有很大的不同。陈教授又认为,对于明皇奔蜀和肃宗灵武即位这两件事,唐人诗文中涉及的非常多,但是全都一致称颂,没有认为是讽刺的。至于上文所引杜甫的《杜鹃行》,陈文华认为,《杜鹃行》是"婉刺肃宗还京后不能终修子道,与灵武即位事无关,不能混为一谈"。唐五代时期,都是以"孝莫大于继德,功莫盛于中兴"(《旧唐书·肃宗本纪》)作为评判此事的标准,而不以肃宗擅立为罪。宋朝以后,儒家思想处于绝对的统治地位,而宋人的道统观念和理学思想较强,他们动辄以君臣、父子之大伦律人,"他们哪里知道,在元结的时代,人们本不以肃宗自立为罪,倒是以中兴为功的,'功不赎罪'说,乃后人之发明"。①

陈文华一反宋人观点,认为《大唐中兴颂》"罪案"论是宋人以自己的伦理道德标准评判唐人,实属强加附会,之所以出现这种现象,是由于唐宋思想的转变。所以,他认为元结此颂实是文如其名,以歌颂中兴为目的。

2012年,邓小军教授发表《元结撰、颜真卿书〈大唐中兴颂〉考释》一文,力主"罪案"一说。他认为,元结的《大唐中兴颂》歌颂了唐朝平定安史之乱和收复两京的中兴业绩,以微言的形式揭露了玄宗、肃宗之际政治变局的真相,整篇作品其实是一首贬天子之微言诗。对于颜真卿书写《大唐中兴颂》为何采取左行正书,邓小军认为,这是为了隐喻和宣示孝道,并配合《大唐中兴颂》的正文贬天子的不孝。整幅作品,就是一篇"创造性的微言书法"。

对于《大唐中兴颂》的内涵,邓小军教授认为包含了三个微言:第一个微言是"二圣重欢"暗示的前提,即"二圣失欢";第二个微言是"事有至难"暗示的结局,即"二圣重欢"从来没有发生过,可是史实完全相反,玄宗、肃宗二帝之间的关系是以悲剧结局;第三个微言是"事有至难,二圣重欢"由用典所暗示的原因,元结"事有至难,二圣重欢"之句用了荀悦"为善、立业之至难,莫难于人主"的典故,是为了表示事有至极之难,"二圣"未能重欢的原因在于肃宗不能向善,不能为善,不能善待玄宗。

除了对内容进行分析之外,邓小军教授还注意到《大唐中兴颂》碑左行书写的特点。对于采取这种书写方式的原因,他解释说,颜真卿左行正书的《大唐中兴颂》,蕴含了《说文解字》中"子,人所生也,男左行三十,立于巳"之义,即采取了"左行者子道也"之义,以象征为人子者应行子道之义;并采取正书这种端正的字体,来宣示孝道。最后,邓小军教授又总结说,颜真卿左

---

① 参见陈文华:《〈大唐中兴颂〉非"罪案"论》,《唐代文学研究》1993年第4辑。

行正书《大唐中兴颂》,"是以书法左行象征为人子者应行孝道之义,来配合贬天子的微言诗《大唐中兴颂》,配合'事有至难,宗庙再安,二圣重欢'揭露肃宗不孝其父上皇,批评肃宗毁灭人伦伦理以及政治伦理"。①

同年,邹志勇发表了《元结〈大唐中兴颂〉创作意图考论》一文。他认为《大唐中兴颂》确实文如其名,为颂扬之作,并无讽刺含义,并总结了以下几个原因。第一,从内容看,元结使用了"瑞庆""沄沄"等许多古典雅洁的词语,极尽颂扬之能事,没有任何讽刺之意。第二,元结由于亲身参与了平叛及乱后重建,对战乱带给人民的巨大灾难有着深刻的体会,因此对肃宗平叛寇乱和复兴唐室的功绩,怀有由衷的感激与钦佩。第三,肃宗聪明博学,倘若元结之颂有讥讽的意思,那么涉及这样敏感的内容,肃宗怎么会察觉不到?朝臣又怎能不议?事实上,肃宗在宝应元年(762),还追赠元结父延祖为左赞善大夫。如果元结此颂暗寓讥讽,那么他在身前身后恐怕不会有这样的荣光。第四,颂是一种有褒无贬的文体,古人对于文体功能的认识非常明确,各自的用途不同,要求也各不相同。元结在此颂中以"老于文学"自许,更是深谙颂体的创作之道,而他的赞颂之情又是发自内心,这样他创作此颂,必然也是符合颂体要求的。②

2016年,莫砺锋教授发表《论北宋末年的五首题〈中兴颂〉诗》一文,本是为了分析张耒、李清照、黄庭坚、潘大临等人题咏《大唐中兴颂》碑的诗作,其中也表达了对《大唐中兴颂》主旨的看法。他赞同邓小军教授的观点,认为此颂开头几句回顾安史之乱的发生和经过,语气沉痛,含有强烈的贬斥之意;认为有关肃宗的描写,只是表面颂扬,实为讽刺。③2020年,周裕锴教授刊发《破碎的摩崖:北宋诗人对〈中兴颂碑〉的多元演绎》,也表达了对《大唐中兴颂》碑主旨的见解。与邓、莫二人观点相反,他认为邓小军之文"对元结颂词的内容和颜真卿的书法作了牵强附会的解说",只是限于论文写作主题,未能展开论述。④

元结可能没有想到,自己颇为得意的《大唐中兴颂》,竟然引起后人如此聚讼纷纭。颜真卿可能也没想到,自己左行书写《大唐中兴颂》,竟被赋予如此深微的含义。《大唐中兴颂》究竟是褒是贬?其实如陈文华、邹志勇已经作了解释。但有些问题仍未解决。同时,邓小军的文章又使这一论争重新陷

---

① 参见邓小军:《元结撰、颜真卿书〈大唐中兴颂〉考释》,《晋阳学刊》2012年第2期。
② 参见邹志勇:《元结〈大唐中兴颂〉创作意图考论》,《甘肃高师学报》2012年第6期。
③ 参见莫砺锋:《论北宋末年的五首题〈中兴颂〉诗》,《社会科学战线》2016年第5期。
④ 参见周裕锴:《破碎的摩崖:北宋诗人对〈中兴颂碑〉的多元演绎》,《四川大学学报(哲学社会科学版)》2020年第1期。

入僵局。笔者认为,《大唐中兴颂》的确是有褒无贬之作,颜真卿左行书写,也并非对元结贬斥肃宗的配合。下面笔者拟从《大唐中兴颂》的文体属性和刻石特征来阐释这一问题。

二、从文体属性看《大唐中兴颂》碑的主旨

辨体意识是中国古代文章创作与批评的重要原则,即认为不同文体的作用、作法不同。古人对此非常重视,诚如吴承学教授在《中国古代文体学研究》中所引诸多前人观点:"文章以体制为先,精工次之""先体制而后文之工拙""论诗文当以体制为先,警策为后"等。元结自诩"老于文学",不可能不知这一点。我们在判断《大唐中兴颂》是否为一桩"罪案"时,其文体属性是不可忽视的方面。

颂作为《诗经》的一种,主要用于祭祀和告神,没有讽谏的作用;独立为文体之后,也仍然用于歌颂,而不是讽谏。邓小军教授分析《大唐中兴颂》中的文辞说"'噫嘻前朝',是指玄宗后期,昏庸失政;'孽臣奸骄,为昏为妖',是指宰相李林甫、杨国忠乱政,边将安禄山叛乱",从而认为《大唐中兴颂》是对玄宗朝"主昏于上,官乱于下"的讥讽。实际并非如此。

以王朝更替、中兴以及征伐为对象的颂作,出于颂扬的需要,通常首先要叙述前代王朝的罪恶,这样才能凸显颂扬对象的功德。这种传统早在秦始皇刻石就已出现,如《之罘刻石》的句子:"六国回辟,贪戾无厌,虐杀不已。"要宣扬始皇功德,就须揭露六国的贪虐。这类题材的颂存在固定的写作模式,通常先贬斥前朝之乱,以此称颂当今君王平定天下之功。《大唐中兴颂》即是如此,要称颂肃宗之功,就须以前朝的混乱局面为对照,这样才能显示肃宗的英明神武。很显然,《大唐中兴颂》的这种写法只是限于文体形式的要求,目的是揭露李林甫等人的罪恶,为下文的颂扬作好铺垫,并非指斥玄宗"主昏于上"。

另外,《大唐中兴颂》中"事有至难,宗庙再安,二圣重欢"句也是后人争论的焦点。洪迈说:"既言重欢,则知其不欢多矣。"邓小军教授也认为,"二圣"指上皇和肃宗;"重欢"是重归于好,潜在前提是"不欢",并由此得出结论——"此显然已经就是微言呈现"。这种看法显然将"重欢"一词含义限定得过于绝对化。据现存文献,"重欢"一词最早见于鲍照《伤逝赋》,文曰:"身先物而长辞,岂重欢而可睹?"①感叹自己与妻子的阴阳两隔。很显然,这里

---

① [南朝宋]鲍照著,钱仲联增补集说校:《鲍参军集注》卷一,上海古籍出版社1980年,第10页。

的"重欢"并没有此前"不欢"的含义,只是感于以前的欢乐,所以才说是"重欢"。洪迈、邓小军认为《大唐中兴颂》中"重欢"的潜在前提是"不欢",并不符合原文主旨。

至于邓小军教授所说:"从肃宗抢夺皇位到解除上皇从兵武装、囚禁上皇、直到上皇离奇之死,哪有过'二圣重欢'?"也是没有考虑到颂体文学创作的方式。颂与诗、赋一样,是文学体裁的一种,常根据历史事件而作,但不可避免地存在美化成分,我们不能将颂中记述的事情完全看作是真实发生的。元结之所以说"二圣重欢",完全是出于颂体写作的需要,是对事实的虚化和美化,并非春秋笔法。

黄庭坚、洪迈还认为,《大唐中兴颂》与元结《舂陵行》、杜甫《杜鹃》诗(或是《杜鹃行》)、颜真卿《乞御书天下放生池碑额表》等作品主旨相同,均意在讥讽肃宗。后来邓小军进行了系统总结。他说,杜甫的《北征》《洗兵马》《曲江对雨》《杜鹃行》、颜真卿《天下放生池碑铭并序》《乞御书天下放生池碑额表》《乞御书题额恩敕批答碑阴记》,以及元结撰、颜真卿书写的《大唐中兴颂》,是在玄宗、肃宗之际政治变局时期中,出现的"同等重要的贬天子大手笔"。事实上,这里仍涉及文体功能各有不同的问题。

《舂陵行》属于诗歌,可以寄寓讽谏。《乞御书天下放生池碑额表》属于章表,用于陈言,也可用于直言进谏。而《大唐中兴颂》作为颂体,显然与二者不同。正因如此,其他诸作都没有提到中兴或不以中兴为主题,唯独《大唐中兴颂》用于歌颂中兴。元结其他作品含有讽谏,并不代表《大唐中兴颂》也是一样。换言之,即使元结心怀讥讽,也不必以颂的方式表现。题材和主旨不同,表现方式也有区别。何时该讽,何时该颂,古人自有他们的分寸。对于上述作品,万不可混为一谈。

三、从石刻特征看《大唐中兴颂》碑的主旨

从文体形式看,《大唐中兴颂》属于颂体;从承载材质来说,又属于刻石的碑文或铭文。这一点也直接关系《大唐中兴颂》的主旨。可惜的是,前人也未能给予重视。

金、石质地坚硬,为了让功德能够流传久远,人们通常将其刻于金属或石材之上。从这个角度来说,刻石与纪功有着极为密切的关系。从现实作用看,刻石可以起到宣扬功德的作用;从历史意义上说,又有着纪念与记忆的效果。① 《大唐中兴颂》在很多方面都表现出了刻石文的特点。其序曰:

---

① 关于后者,参看程章灿:《汉唐石刻:中国式的纪念与记忆》,《图书馆杂志》2012年第2期。

"若今歌颂大业,刻之金石……"颂的末尾又说:"湘江东西,中直浯溪,石崖天齐。可磨可镌,刊此颂焉,何千万年!"可见,元结在创作的时候,就希望此颂能够通过刻石的方式流传后世。另外,《大唐中兴颂》与唐代不少碑刻一样,三句一韵,这也是源于秦始皇刻石文的写作特点。宋代程大昌云:"元结《浯溪颂》,每三句一更韵,此秦皇会稽颂德之体也。其体少有用者,元好古,特法之,其辞亦瑰杰相称也。"①清代沈德潜也认为,《大唐中兴颂》"三句一转,秦皇《峄山碑》文法也,元次山《中兴颂》用之,岑嘉州《走马川行》亦用之"②。

然而,当代一些学者未能注意到这层关系。如邓小军教授甚至称:《大唐中兴颂》全诗句句押韵、三句一换韵的韵型与《诗经》不同,倒是类似于岑参的《走马川行》,可《走马川行》为七言诗,而非四言诗;所以可以说,《大唐中兴颂》的文体,是以《诗经》四言诗为句型,以《走马川行》句句押韵、三句一换韵为韵型的创体。邓小军教授未能意识到,在押韵方面,《大唐中兴颂》与秦始皇刻石文是一致的;换言之,即未能注意到《大唐中兴颂》其实是对秦刻石颂功传统的继承。清代学者沈可培在《泺源问答》中说:"碑碣,李斯造,宜始于峄山之刻耳,此磨崖颂德盛于秦者也,嗣后唐之《太山碑》、元结《浯溪中兴颂》,皆效此。"③明确说明《大唐中兴颂》源于峄山刻石,正是考虑到二者颂扬功德精神的一致,以及体式上的承续关系。

既然《大唐中兴颂》源于古老的刻石纪功传统,那就不可能是斥责肃宗的一纸"罪案"。元结不会如此激愤,将肃宗的罪状公布于众尚不解恨,还要以刻石的方式传于后世"何千万年"。倘若他真有此意,肃宗也绝不会浑然不觉。实际上,后世大多数人仍将《大唐中兴颂》视为颂扬之作。如宋周紫芝作有《大宋中兴颂》,明丁鸿儒作有《大明中兴颂》,二者均刻于永州,俱为摩崖石刻,根据名称和刻石地点看,显然是受到《大唐中兴颂》的影响,体现出鲜明的颂扬倾向。又清代钱陈群《平定侗部武成颂》,明确称己作是"恭仿元结《中兴颂》体",并在序中强调:"结所撰颂体,专用平韵,守韵极严……臣不揣鄙陋,前于金川大捷,曾仿其体进呈,蒙选入方略卷末,今之歌咏鸿勋,亦仿此作颂。"④虽然只是模拟《大唐中兴颂》三句一韵的形式,但亦是一种

---

① [宋]程大昌撰:《演繁露续集》卷四,景印文渊阁《四库全书》本,台湾商务印书馆1986年。
② [清]沈德潜撰:《说诗晬语》卷上,王夫之等撰《清诗话》下册,上海古籍出版社1978年,第537页。
③ [清]沈可培撰:《泺源问答》卷十二,《续修四库全书》本,上海古籍出版社2002年,第766页。
④ [清]钱陈群撰:《香树斋诗续集》卷十三,《清代诗文集汇编》本,上海古籍出版社2010年,第295页。

评价的方法，也表现出对其颂扬主旨的肯定。

邓小军教授判定《大唐中兴颂》并非颂扬主题的另一重要切入点是其碑刻书法左行的特点。他说，颜真卿左行书写《大唐中兴颂》是据《说文解字》"子，人所生也，男左行三十，立于巳"，采取"左行者子道也"之义；从而得出结论，认为颜真卿左行正书《大唐中兴颂》，是为了以书法左行象征为人子者应该行孝道之义，来配合贬天子的微言诗《大唐中兴颂》，揭露肃宗不孝其父玄宗，并批评肃宗毁灭人伦伦理的做法。这种对《大唐中兴颂》碑左行书写的分析，是为了与对颂文本分析的结论保持一致，不免求之过深。事实上，书法左行并非颜真卿独创，这一点邓小军教授也已经注意到。晚清著名金石学家叶昌炽在《语石》卷九"左行"一则中即举出大量石刻左行之例。对此，邓小军教授解释说：这些石刻都是题名诗刻、佛教塔铭经幢等，而没有如功德碑、墓碑、墓志等传统主要石刻文体，"至于述及阙铭因东西两阙相对，而分为一阙右行、一阙左行，显然不能简单地归于左行。这些例外，并不能改变中国书法及石刻文字以右行为主的传统"。确如其言，叶昌炽所举均为题名诗刻、佛教塔铭经幢的作品，但不能以此否定功德碑、墓碑、墓志没有左行之例。

除《大唐中兴颂》碑外，叶昌炽还在《语石》卷二中说："唐代刻石，其文类多左行。余所见，大者如《韦君靖碑》、咸通十二年重修《北岩院记》，小者如《集州开元寺塔记》《资州王师闵诗》，皆如此。"① 其中《韦君靖碑》即为墓碑，属于典型的纪功石刻。此碑又见于清赵之谦《补寰宇访碑录》卷三著录《光禄大夫静南军使扶风县开国男韦君靖碑》："正书左行，胡密文，乾宁二年二月癸未朔十九日。"显然，《大唐中兴颂》左行书写的特点并非特例。对于左行的缘由，叶昌炽说："古人不拘恒式如此，故笔法能极其工也。"② 或许正是为了打破常规，颜真卿才使用题名诗刻、佛教塔铭经幢等石刻中左行的书写方式，为自己的作品增色。

总之，我们认为，前人所论《大唐中兴颂》乃一桩"罪案"的证据均不可靠。他们忽略颂体文体特点的同时，不顾《大唐中兴颂》刻石纪功的传统，主观上对文中的词句过度阐释，从而违背了元结作颂的初衷。《大唐中兴颂》碑左行书写的特点，并非其所独有，不能视为颜真卿对元结贬斥肃宗的配合。所以，《大唐中兴颂》的确文如其名，乃颂扬之作。作为刻石之颂，《大唐中兴

---

① [清]叶昌炽撰，柯昌泗评，陈公柔、张明善点校：《语石》（与《语石异同评》合刊）卷二，中华书局1994年，第104页。

② 《语石》卷九，第515页。

颂》较为典型地体现出颂石的主旨特征,既继承颂体有颂无讽的内容特点,又凸显了刻石文的纪功作用。

四、小结

吴承学说:"中国是礼仪之邦,凡事皆讲究'得体'。所谓'得体',便是在特定的事境与语境之中恰当地表现或反映。无论从语源学还是文化学的角度来看,'体'(體)与'礼'(禮)都是密不可分的。《礼记·礼器》说:'礼也者,犹体也。体不备,君子谓之不成人。'此语已经明确指出'礼'与'体'的相似性和相关性……从礼学之'得事体'到文章学的'得文体'是一种理所当然的延伸。必须注意到,中国古代文体学具有礼学的基础和背景,这也许正是中国文体学固有之特色之一。"①从源头上讲,颂石的创作源于刻石纪功的传统,正是中国古代的一种古老礼仪。从文体上看,颂体"义必纯美"的颂美作用,也是其区别于其他文体的重要体现。无论如何,作为一篇典型的颂石作品,《大唐中兴颂》都不可能以诋毁君王为创作目的,这是《大唐中兴颂》碑作为颂圣作品的基本要求,也是颂石最为重要的文体特性和悠久传统。

第三节　颂石的留传:以汉唐间颂石作品为例

石刻作为重要的物质载体,为颂体的留存提供了保障。同时,刻石也是重要的传播方法,对于颂体在当时和后世的影响起着重要的媒介作用。颂石自汉代出现,经过长期的发展,至唐朝达到鼎盛,很多题材的颂作皆可刻石,从而形成独特的颂石文化,在中国文学、艺术和文化史上有着重要意义。这里我们以汉唐间的颂石为例,梳理其创作及存留状况,揭示传播的途径、方法及特点。

一、汉魏六朝的颂石

西汉建立以后,没有延续秦代的刻石制度。欧阳修《集古录》无西汉文字,赵明诚《金石录》仅录《郑三益阙》一种,虽然叶昌炽在《语石》中又增补了"欧、赵所未见"的几种西汉石刻②,但数量仍然很少。现存西汉时期的颂作,均非刻石之用。东汉开始,碑刻增多,与此同时,刻石之颂的创作也日渐繁

---

① 吴承学:《中国古代文体学研究》,人民出版社2011年,第6—7页。
② 《语石》卷一,第5页。

盛起来。但由于历史久远,当时很多颂石都未能保存下来,叶昌炽称:"东汉以后,门生故吏,为其府主伐石颂德,遍于郡邑。然以欧、赵诸家校郦道元《水经注》所引,十仅存四五而已。以兰泉、渊如诸家校欧、赵著录,及洪文惠《隶释》《隶续》,十仅存二三而已。"[1]东汉"伐石颂德"的作品中有许多都是颂石。虽然有的在后世称为碑、铭,但根据作者的自我命题及内容属性看,其实就是颂。按照题材区分,主要有工程、德政、庙颂三种。

工程颂为纪颂路桥、水利等当时惠及民生的工程而作,如著名的东汉摩崖"三颂",包括《汉故司隶校尉犍为杨君颂》(简称《石门颂》)、《汉武都太守汉阳阿阳李翕西狭颂》(简称《西狭颂》)、《析里桥郙阁颂》(简称《郙阁颂》),还有《河激颂》及《京兆樊惠渠颂》,也属于这类作品。其中前三种为摩崖石刻,后两种原石已不存,形式不详。这类作品兼具纪念和歌颂的双重作用。序文记述,突出史事;颂文颂扬,表达赞美,借用石材的坚固以传之久远,更以摩崖的形式,让颂扬对象的功德得到更好的传播。上述作品尤其是东汉摩崖"三颂",年代相近,题材相同,不仅是书法史上的杰出作品,也是颂体作品中的重要篇章。

《石门颂》刻于建和二年(148),汉中太守王升撰文、书佐王戎书丹,是现存最早的东汉工程类颂石,记述并歌颂了司隶校尉杨孟文上疏请求修褒斜道及修通褒斜道的事迹。《石门颂》原刻于陕西省褒城县(今汉中市汉台区)古褒斜道的南端、东北褒斜谷之石门隧道的西壁上,古称褒斜栈道,地势险要,开凿难度极大。据序文介绍,石门地区道路艰险,严重影响当地百姓的生活。故司隶校尉犍为杨孟文力排众议,多次上奏请求开凿石门,成功建造了这个工程。建和二年,汉中太守王升为了表彰其功德,创作了《石门颂》这幅摩崖石刻。颂文高度称赞了杨孟文的功劳,认为其开凿石门是继承了大禹的功绩,栈道贯通四海,方便了商人行旅及当地百姓。《西狭颂》亦称《李翕颂》《黄龙碑》,是建宁四年(171)的摩崖石刻,位于甘肃省成县天井山鱼窍峡,歌颂武都太守李翕为民修复西狭栈道的政绩。根据序文记载,李翕作为一位地方长官,政绩卓著,"动顺经古,先之以博爱,陈之以德义,示之以好恶;不肃而成,不严而治,朝中惟静,威仪抑抑"[2]。在他的治理下,百姓安居乐业,物阜民丰。然而郡属西狭中道,艰险异常,于是李翕下令修筑道路。百姓感恩戴德,刊石作颂,表达了对李翕的爱戴与颂扬。《析里桥郙阁颂》亦是建宁五年(172)为纪念太守李翕修剑阁栈道而作的摩崖石刻,由仇靖撰

---

[1]《语石》卷一,第6—7页。

[2]《全后汉文》卷一〇二,第1021页。

文、仇绋书丹,原在陕西略阳县嘉陵江西岸,现存于略阳县灵岩寺。汉代"三颂"之中,《郙阁颂》是破损最多的作品,不少文字已经漫漶不清,但内容大体可知。郙阁在汉代又称析里,在今陕西略阳县西二十里嘉陵江边。当时此地水势迅疾,每逢秋雨连绵之时,交通就会受阻。李翕在此建析里大桥,方便了百姓的出行。人们为了宣扬李翕的政绩,"勒石示后",创作了《郙阁颂》。这三篇作品,题材相同,创作年代相近,俱为摩崖石刻,并以杰出的书法成就为后人关注,也是东汉时期最具代表性的颂石作品。

  德政是颂体的重要题材。古代凡是政绩卓著的地方长官离任,当地百姓往往立石作颂,表达爱戴和不舍之情。这类颂作的名称颇多,常见的有德化颂、遗爱颂、清德颂、善政颂、去思颂等。据承载材质,又可称之为碑。东汉时期,虽然这些名称尚未出现,但此类颂石已经形成,标题的命名方式通常为"职官名＋人名＋颂"或"人名＋颂",如《汉成阳令唐扶颂》、《汉故谷城长荡阴令张君表颂》(即《张迁碑》)、《藁长蔡湛颂》等。这些作品以颂扬地方长官的德政为主。如《汉成阳令唐扶颂》叙述唐扶的履历和政绩:"承先圣之弘轨,见赞像之高踪,遂兴无为之治,优贤扬历,表善绌恶,遵九德以绥民,崇晏晏之惠康,风移俗易,莫不革心。"在他的治理下,当地民风淳朴,社会安宁。唐扶任期满后将调任昌阳令,"吏民慕恋,士女惟艰,捺牵君车,轮不得行。君臣流涕,道路琅玕"。为了表彰唐扶的政绩,当地乡绅"共刊石树颂,歌君之美"①。从内容上看,这类作品其实就是后来的德政颂。为了突出立碑的形式,作者在颂序的末尾常会加以说明,如《藁长蔡湛颂》"立碑起颂,刊斯后焉"。作颂的目的是歌颂,通过树石立碑,令颂扬对象的政绩流传长久。

  经过大一统时期的汉代,魏晋南北朝政权更迭频繁,不同时期,对于刻石的规定也各不相同。建安十年(205),曹操有感于"汉以后,天下送死奢靡,多作石室石兽碑铭等物",下令不得厚葬,又禁立碑。魏高贵乡公甘露二年(257),大将军参军太原王伦卒,伦兄俊作《表德论》,以述伦遗美,"祗畏王典,不得为铭,乃撰录行事,就刊于墓之阴云尔"②。这时"碑禁尚严",后来有所松缓。晋武帝咸宁四年(278)又下诏禁碑,然而仍有一些私自立碑的情况。东晋义熙年间,尚书祠部郎中裴松之议禁断。总之,由于屡次禁碑,三国两晋时期的碑刻较少,到了南北朝时期,碑刻方才大兴。据《金石录》记载,魏晋南北朝时期,明确以"颂"为题的有:

---

① 《全后汉文》卷一〇四,第1035页。
② [南朝梁]沈约撰:《宋书》卷十五,中华书局1974年,第407页。

第二百八十三《晋北岳祠堂颂》泰始六年
第三百四《晋青山君神颂》永安元年九月
第三百七《金乡长薛君颂》
第三百五十二《后魏刘使君德化颂并碑阴》熙平三年十一月
第三百五十七《后魏定州刺史崔亮颂》神龟三年五月
第三百七十四《后魏御史台双塔颂》永熙二年
第三百九十七《东魏敬君像记颂》武定七年
第四百《汉茹君颂》字画似后魏时人
第四百二《后魏松滋公兴温泉颂》
第四百十《北齐东兖州须昌县玉像颂》天保八年十二月
第四百十七《北齐石像颂》皇建元年
第四百十九《后周延寿公碑颂》武帝保定元年三月
第四百三十七《北齐陇东王感孝颂》武平元年正月
第四百六十一《北齐赫连子悦清德颂》
第四百七十七《隋临漳赵令清德颂》开皇六年
第四百八十七《隋九门县令李公清德颂》开皇十一年二月
第四百九十《隋董明府清德颂》开皇十二年二月

此外，还有在1931年出土的《西晋辟雍碑》，碑额为"大晋龙兴皇帝三临辟雍皇太子又再莅之盛德隆熙之颂"，立碑纪颂晋武帝司马炎及皇太子司马衷亲临辟雍视察之事。又《水经注·河水注》记载，崔浩于魏太平真君三年(442)作《广德殿碑颂》，以"勒宣时事"①。北魏和平二年(461)，北魏高宗文成皇帝拓跋濬东出平城，巡视太行山东麓诸州。"灵丘南有山，高四百余丈，乃诏群官仰射山峰，无能逾者。帝弯弧发矢，出山三十余丈，过山南二百二十步，遂刊石勒铭"，即《皇帝南巡之颂》碑，《水经注》著录为《御射碑》②。

南北朝时期佛教大兴，出现了不少以弘扬佛法为主题的颂作。就现存作品而言，刻石之颂全部作于北朝时期，体现了北朝崇佛风气的兴盛，这也是北朝颂石题材的开拓。铁山刻石是位于山东邹城铁山的摩崖石刻，北周大象元年(579)刊刻。上方刻巨龙、云气、佛光图案，右侧刻佛教《大集经》，左侧刻《石颂》。颂文记述了刻经的位置及周围环境、经主家世、刻经年代，特别赞美了刻经书法艺术的精妙。《石颂》为典型的魏碑书体，自清乾嘉之际

---

① 《水经注校证》卷三，第80页。
② 此碑毁于21世纪20年代，现有残碑10块，石龟碑座1尊。

为著名金石学家黄易发现后,方才引起人们重视,并给予了高度评价。在佛教思想的影响下,为了给生人、亡人祈福,多有于僧寺或崖壁间,或镌石成像,或以木石造塔,在石像或石塔上镌刻颂文以弘扬佛法。《金石录》中著录的《后魏御史台双塔颂》《东魏敬君像记颂》《北齐东兖州须昌县玉像颂》《北齐石像颂》,以及严可均《全上古三代秦汉三国六朝文》中所辑佚名《季洪演造像颂》《朱昙思等造塔颂》《洛阳合邑诸人造像铭颂》《邑义造丈八大像颂》等,均是这类作品。

二、唐代的颂石

唐朝碑刻大兴,颂石创作也开始繁荣起来,数量远超前代。以《金石录》为例,其中著录明确以颂名篇的作品,唐前共二十三首,唐代则有六十七首。而且《金石录》对唐前颂石的著录已较为完备,于唐代的作品却有不少遗漏。其他如《集古录》《金石文字记》《广川书跋》《宝刻丛编》等金石著作,也都著录了不少唐代的颂石,可以补充《金石录》之阙。总体上看,唐代颂石呈现出如下特点。

首先,唐代颂石的题材极为广泛,几乎所有类型的颂都可刻石。除前代的工程、德政、庙颂、造像之外,还有以下几类,今各举一例列表如下:

表7-1 唐代颂石题材示例表

题材	作者	篇名	出处
帝德	张说	《上党宫述圣颂》	《金石录》
祥瑞	崔禹锡	《同州河渎纪瑞颂》	《金石录》
圣贤	张之宏	《兖公之颂》	《金石文字记》
封禅	苏颋	《东封朝觐颂》	《金石文字记》
冠礼	赵滔	《东川节度使李幼明冠冕颂》	《六艺之一略》
宫殿	陆沉	《城门楼颂》	《宝刻丛编》
道家	刘同升	《玄元灵应颂》	《金石文字记》
释氏	景初阳	《大云寺石灯台颂》	《金石录》
神怪	李谭	《妒神颂》	《金石录补》

颂体发展到了唐朝,尽管在题材上没什么创新,但用以刻石之颂的题材却大大超越前代,几乎涵盖了颂体的所有题材类型,可见唐代颂石的丰富多样。其中,李谭《妒神颂》是较为独特的一篇。

《妒神颂》①以颂扬妒神为题材,在中国古代极为罕见。关于妒神的故事,颂序记载:介子推遇火身亡后,其妹认为子推涉嫌要挟晋文公,"身非令终",于是"冬至之后,日积一薪,烈火焚之,为其易俗"②;死后化为水怪,百姓"顺之则风雨应期,违之则雷雹伤物"③。妒神的源头最早可追溯至任昉《述异记》的记载:"并州妒女泉,妇人不得艳装彩服至其地,必兴云雨。一云是介推妹。"④《魏书·地形志》亦载,"有井陉关、苇泽关、董卓城、妒女泉及祠"⑤,可见妒女泉古已有之。而早在北魏之前,人们已为其建祠祭祀。妒神的故事在唐代流传较广。《唐会要》记载,调露元年(679),唐高宗幸并州,以度支郎中狄仁杰为知顿使。当时,并州长史李冲元途经妒女祠,民间流传"盛服过者,必致风雨雷雹之灾",于是发动数万人另开御道,狄仁杰则认为:"天子之行,千乘万骑,风伯清尘,雨师洒道,何患妒女之害?"⑥遂令罢之。

以神怪为题材的颂作极为少见,朱彝尊称:"异哉妒神之有颂也……且夫妒,恶德也,宜为众所共恶,而神乃以是致颂,此不虞之誉也。"⑦按照传统,颂体的书写对象通常是神圣严肃的真实人物或事件,但对有"恶德"的妒神竟然也会作颂,乃至刻石,朱彝尊为此感到奇怪。实际上,妒女虽妒,却并非为害一方,李谭称其"性惟孤直,虚见授于妒名;行本坚贞,实堪垂于仙范",又说"凡有异行,宗之曰神。匪害于物,实利于人"。正因如此,李谭尊其为神,歌颂了妒神庇佑百姓的行为。从这一点可见唐人思想的开放与包容,这也是唐代颂石繁盛的内在原因。

其次,作者方面,唐代的颂石出现了序与正文分由两人撰写的情况,如邢令均《王仁恭祭岳颂》,严浚撰序;无名氏《唐胶水令徐公德政颂》,封利建撰序;吕向《唐述圣颂》,达奚珣撰序。这种两人合撰的情况,在唐代较为普遍。叶昌炽称"古人此体甚多"⑧,将其进行分类,并列举大量例证,其中不

---

① 《山右石刻丛编》详细记载了《妒神颂》的碑刻形态:"碑高四尺六寸七分,广二尺七寸三分。前刻序,颂二十四行,行五十三字。后列职名七行,行三十九字。行书。今在平定州东北九十里娘子关,介之推庙。"[清]胡聘之撰:《山右石刻丛编》卷七,《历代碑志丛书》本,江苏古籍出版社1998年,第483页。
② [清]董诰等编:《全唐文》卷四〇八,上海古籍出版社1990年,第1848页。
③ 《全唐文》卷四〇八,第4176页。
④ [南朝梁]任昉撰:《述异记》卷上,《丛书集成初编》本,上海商务印书馆1937年,第10页。
⑤ [北齐]魏收撰:《魏书》卷一〇六上,中华书局1974年,第2468页。
⑥ [宋]王溥编:《唐会要》卷二十七,中华书局1955年,第517页。
⑦ [清]朱彝尊撰:《曝书亭集》卷四十九《平定州唐李谭妒神颂跋》,世界书局1937年,第590页。
⑧ 《语石》卷六,第391页。

少即为颂石。另外，唐代的帝王还亲自参与颂石的创作，如上文所举唐玄宗撰《唐上党启圣宫颂》《鹡鸰颂》①。《鹡鸰颂》墨迹本今尚存于台北"故宫博物院"，但石本则已不传。欧阳修曾寻获石本，称："当皇祐至和之间，余在广陵，有敕使黄元吉者，以唐明皇自书《鹡鸰颂》本示余，把玩久之，后二十年获此石本于国子博士杨褒，又三年来守青州，始知刻石在故相沂公宅。"②可知北宋时石碑尚存于世。帝王亲自作颂并刻石的情况还见于《玉海》记载："高宗显庆二年十月幸郑州，壬子次泛水，以先帝于泛水抚窦建德，因平王世充，于是刻石立颂，以纪功烈，帝自为颂文。"③又云："开元十一年，（玄宗）幸并州，以为太原府。上亲制《起义堂颂》及书，刻石纪功于太原府之南街。"④这种情况反映了当时社会对颂体刻石纪功的重视。

再次，书写方面，唐代颂石深受唐碑影响，以正书和八分（隶书）为主。叶昌炽云："隋以前碑无行书，以行书写碑自唐太宗《晋祠铭》始。"⑤开元年间，颂石开始出现行书作品。《金石录》中记载最早的是杨仲昌《唐傅菩萨戒颂》，沙门温古书写，开元二十五年（737）立。唐以前的颂石很少留下书写者姓名，而唐代的则大都有明确记载。这些颂石的书写者颇有特点。据《金石录》记载，由撰者亲自书写的，就有薛稷《周福昌县令张君清德颂》、徐峤之《唐永丰陂堰颂》、李琚《唐真定令杜府君遗爱颂》、吕向《唐述圣颂》、李邕《唐灵岩寺颂》、卫包《唐灵台观金箓斋颂》《唐灵台观修三方功德颂》、唐玄宗《唐上党启圣宫颂》《鹡鸰颂》等九篇。上述七人在《书史会要》中均有记载，如吕向"工草隶，小楷尤妙。能以一笔环写百字，若萦发然，世号连绵书"⑥。其《唐述圣颂》碑，明代郭宗昌见时就已毁坏，"尚存块石，岿然如山"，仅存"尚余"两字，郭氏称赞为"径数寸，甚奇伟飞动，恍如龙翔凤舞"⑦，给予了高度评价。

唐代颂石的书丹者中还有一位女性书家，即房璘妻高氏，曾为《唐安公美政颂》《唐石壁寺铁弥勒像颂》书丹。据《金石录》记载，前者立于开元二十九年（741）三月，后者立于同年六月。欧阳修描述前者："其笔画遒丽，不类

---

① 《金石录》载："《鹡鸰颂》，明皇撰并行书。"［宋］赵明诚撰，金文明校证：《金石录校证》卷七，广西师范大学出版社2005年，第135页。
② 《集古录跋尾》卷六，第65页。
③ 《玉海》卷一九四，第3561页。
④ 《玉海》卷一九四，第3562页。
⑤ 《语石》卷一，第33页。
⑥ ［明］陶宗仪：《书史会要》卷五，上海书店1984年，第186页。
⑦ ［明］郭宗昌撰：《金石史》卷下，景印文渊阁《四库全书》本，台湾商务印书馆1986年。

妇人所书。余所集录亦已博矣,而妇人之笔著于金石者,高氏一人而已。"①又在后者的跋语中说,"余所集录古文,自周秦以下迄于显德,凡为千卷,唐居其十七八。其名臣显达,下至山林幽隐之士所书,莫不皆有",以欧阳修搜罗之宏富,"而妇人之书,惟此高氏一人尔。然其所书,刻石存于今者,惟此颂与《安公美政颂》尔"。②欧阳修的跋语体现了对高氏女性身份的重视,只可惜二颂均未能保存下来。明赵崡详细描述了《唐弥勒佛颂》刻石三毁于火的过程,并对高氏石刻的遭遇表示同情。叶昌炽也记载了二碑的流传情况,称《美政颂》"已佚",《弥勒佛颂》"毁于火"。③尽管如此,作为唐代及以前唯一的女性书丹者,高氏仍具有独特地位。

综上所述,唐代的颂石在总体数量和题材多样性方面都远超前代,不少单篇颂作也很有特点,体现了唐人的创新。唐代刻石的书撰人更加清晰,参与者众多,体现了当时社会对颂石的重视。而大量的颂作凭借刻石得以流传后世,也表明了刻石在保存颂体方面所起的重要作用。

三、颂石的传播

传播是文字的基本功能,写作的产生很大程度上与传播的需求密切相关。但文体不同,传播的方式和程度也不一样。诗词歌曲等文学体裁主要用于抒发情感,更多是作者的私人化写作。章表奏议等实用文体有着固定的读者群体,表现为信息的定向传递。此外还有一类文体,它们的内容关乎到社会的集体意志,渴望被更多的人阅读。无论是写作的主体还是客体,都希望传播信息、表达观念,实现其文本价值,从而表现出强烈的公共色彩,如赋、颂、碑、铭、赞等。其中,赋、碑、铭、赞尚有部分私人化的写作,如六朝抒情小赋、墓碑、器物铭、画像赞等,只在有限的范围内传播;相对来说,颂体更为集中地体现了社会的主流意识,传播的功能和目的更加突出④。如江伟《襄邑令傅浑颂》"君有遗爱,民有余思。敢扬斯颂,垂之来志"⑤,强调这篇颂的创作是为了让后人知道傅浑的政绩。类似这样的表达在颂体作品中屡见不鲜。当然,我们无法确定在实际阅读中其传播效果究竟如何,但至少在写作之初,作者就表达了明确的传播目的,这是毋庸置疑的。

---

① 《集古录跋尾》卷六,第67页。
② 《集古录跋尾》卷六,第67页。
③ 《语石》卷八,第490页。
④ 高允《征士颂序》认为,颂"亦可以长言寄意"。但纵观整个颂体发展来看,抒发个人情感的颂体作品很少,基本都是用于"美盛德之形容"的公共作品。
⑤ [唐]欧阳询撰,汪绍楹校:《艺文类聚》卷五十,上海古籍出版社1999年,第911页。

颂甫一出现就与传播结下了密切关系。无论是最初作为乐器的一种，还是庙堂乐曲，颂都与音乐密不可分，是传播音乐的密切参与者和重要表现内容。尽管在后来演变为独立文体，演唱功能消失，但其与生俱来的传播功能依然存在，只是换了一种方式而已，即由乐曲的演奏变为徒口诵读。可以说，只有通过传播，让更多的人知道，才可以更好地称颂。汉语"传颂""颂扬"这两个词语中，"传""扬"均是传播的意思，极为明显地体现了传播与颂扬之间的密切关系。另外，古人还利用其他办法增强传播效果，令其物质化、持久化，刻石无疑是极好的办法。很多的颂作正是依赖石材的坚固长久，后人才得以观览、著录、拓印、抄录。因此，石刻不仅是颂体赖以保存的载体，也是传播的重要方式和媒介。颂石属于石刻的一种，要分析颂石的传播，首先就得了解石刻的传播特点。

传播的方向有横向和纵向两种，前者表现为对当时社会的影响，后者则强调了在后世的历史影响。石刻的形态包括摩崖石刻和碑刻，在传播的方向、手段和效果方面，二者的侧重点不同，可以说各有特点，互有所长。关于前者，程章灿师说，"从视觉效果上说，摩崖依托山崖的高大雄伟之势，容易凸显宏大雄浑的效应，借助山崖水滨的自然地势，容易产生景观审美的效果"，"从文化意义上说，摩崖刻石融山川自然与人工镌刻于一体，通过这样一种特殊的石刻形式，表达一种恢宏、庄严的政治或文化主题，不仅能够体现内容与形式的和谐，而且具有某种得天独厚、天人合一的象征意义"。[①]摩崖石刻通过视觉的冲击增强传播力，因较少受到人为破坏而比单体碑石保存时间更为长久，但也因山高水远、地势险要而影响传播的范围。碑刻虽没有摩崖石刻的视觉优势，但摆放较为便捷，可以置于露天或者台榭之内，既减少了风雨的侵蚀，又便于人们观览，在横向和纵向两个方面都提高了颂石的传播效果。

与纸本相比，石刻虽然不够便捷，但也有纸本没有的优势，即景观性更加突出，从而决定了其传播的效果更加显著。另外，纸本的私密性较强，要想获得阅读的机会，就必须与其主人建立关系，因此，并非任何人都有机会阅读纸本，这就影响了其传播范围。相比之下，石刻则呈现出明显的公共性，自被生产出来以后，就与作者脱离关系，成了一种独立的客观存在。法国文论家罗兰·巴特在《作者之死》一文中曾提出著名的"作者死亡"观念，认为作品创作出来之后，作家在文学活动中便失去作用。这个观点有一定

---

① 程章灿：《方物：从永州摩崖石刻看文献生产的地方性》，《武汉大学学报（哲学社会科学版）》2021年第1期。

的局限性,但用在阐释石刻创作方面,却再合适不过。不仅作者"死了",石刻的拥有者也不复存在,甚至可以说石刻压根就不曾有过主人,因为刻石的初衷就是为了让更多人有机会阅读。这里的"更多人"包括两个方面,一是更多同时代的人,二是更多后代的人,体现了刻石传播的广泛与持久。通过这种方式,无论是摩崖还是碑刻,都大大加强了传播力度。此外,石刻较之纸本的优势还在于,纸质作品在传抄过程中容易出现错误,而石刻可以避免这个问题。钱大昕《关中金石记序》云:"盖以竹帛之文,久而易坏;手钞板刻,展转失真。独金石铭勒,出于千百载以前,犹见古人真面目,其文其事,信而有征,故可宝也。"①历史上一些作品最初只是单纯文字创作,后又加以刻石,就是希望借助石刻的这种优势,确保信息传播的准确。

  石刻的传播有多种方式,除原本的物质形态外,还有拓片传播、抄写传播和重新摹刻。拓片属于纸质媒介,却直接源于石刻,是石刻的再生产,属于石刻与纸质的结合。由于石刻不易移动,其传播的便捷性大打折扣,而拓片的出现则有效解决了这个问题,让传播的范围得到扩展。抄写与拓印一样,也是石刻传播的重要衍生手段,是实现石刻转化为其他形态、载体从一到多的重要方式。与拓印相比,抄写更容易致误,但也更加方便,不需要那么多的工具和程序。而且抄写可以不必依赖原始石刻,即便原始石刻毁坏,仍然可以借助其他传抄的文本进行传播。总之,石刻作为重要的传播方式,具备天然的物质优势,而拓印、抄写又进一步丰富了其传播的方式。

  颂石作为石刻的类别之一,具备上述石刻所有的物质属性和传播方法。颂体刻石,就是希望依靠石材的坚固增强传播效果,这在很多颂石文本中都有体现。如"勒石示后"(《郙阁颂》)、"刊石立表,以示后昆"(《汉故谷城长荡阴令张君表颂》)、"高山达节,景慕紫颦,式凭不朽,永播衣巾"(北齐申嗣邕《陇东王感孝颂》)、"强铭琬炎,永播乾坤"(李林甫《嵩阳观纪圣德感应颂》)、"固宜书其已往,播于将来,贞石既磨,斯文可作"(李谞《妒神颂》)、"刊此颂焉,何千万年"(元结《大唐中兴颂》)。颂作的纸本传播主要着眼于当世,是一种横向传播。而上述所引文字更关注未来,是一种典型的纵向传播。颂石的制作一旦完成,就不易更改,因此,颂石也比纸本更加权威。如唐张濛《镇国军节度使李公功德颂》:"一年而人知禁,二年而人知惠,三年而人知爱,四年而人知诵。夫然,又安可使懋功昭德,沉隐无闻者欤!愿听华人,篆

---

① [清]钱大昕撰:《潜研堂文集》卷二十,陈文和主编《嘉定钱大昕全集》本,江苏古籍出版社1997年,第396页。

之乐石。制曰'可'。于是……乃约奏章,以纂成绩。"①功德颂的刻石必须经过朝廷批准,表明了人们对颂石的重视,也体现了颂石的权威性。

  颂石的内容由记述和颂扬两部分构成,记述是为了更好地颂扬,颂扬的过程也须有记述的参与,"纪颂"一词便鲜明地体现了二者的这种关系。同时,二者也都与传播有密切关系。一篇颂石作品,往往既有记述的成分,又有传播的手段,从而共同服务于颂扬宗旨。通常来说,颂石的创作目的主要有两个:一是宣扬功烈,维护社会安定;二是阐扬道德,美化人伦风俗。前者如唐代桂林铁封山唐《平蛮颂》碑。大历年间,桂林象郡西原蛮潘长安起兵造反,自称安南王。随后陇西县男李昌巙持节招讨,大获全胜。这极大地震慑了其他的造反者,他们纷纷"俯首请罪,愿为臣妾"。为了表彰李昌巙,代宗于次年下令刊石纪功,创作《平蛮颂》,铭于桂林镇南峰(今铁封山)。这是一种政治需要,借助颂石宣化天下。颂文最后称"铭之岭门,用垂无疆"②,即体现了这个目的。后者如北齐《陇东王感孝颂》,为称颂汉代孝子郭巨的孝行而立。陇东王胡长仁游览遗迹,"慨贤胜之多弊,嗟至德而无纪"③,于是命申嗣邕作颂、梁恭之书写,以刻石的形式弘扬孝行。上述两篇作品,刻石不仅是一种外在形式,而且兼具传播介质和传播手段的双重特性,从而能更为恒久、有效地实现颂扬目的。

  美国学者哈罗德·拉斯维尔在《传播在社会中的结构与功能》一文中认为,传播的过程包括五个基本要素,分别是传者、受者、信息、媒介、效果。对照这一观点我们发现,颂石兼具信息和媒介的性质,在信息的公开性与开放性、媒介的时效性与持久性方面的表现都十分显著。同时,颂石也是联系传者、受者,并达到特定传播效果的重要物质载体。一般而言,传播的信息必须具有普遍性,即以大众为诉求对象,体现出大众的爱憎,这样传播的效果才会增强;传播的内容必须不同寻常,或值得颂扬,或需要批判。"流芳百世"和"遗臭万年"这两个成语便鲜明体现了这一点。相比之下,对美的颂扬要比对丑的批判更具传播价值,后者是一种否定性传播,前者则体现出鲜明的主观能动性。人们更愿意主动接受、传播美好的事物,因此刻石作品多以颂扬为主。可以说,颂石不仅具备石刻载体的传播特点,而且集中表现了颂的内容优势,是一种重要的传播形式。

---

① 《全唐文》卷一一七,第2761页。
② 杜海军辑校:《桂林石刻总集辑校》,中华书局2013年,第9页。
③ [清]严可均校辑:《全北齐文》卷八,《全上古三代秦汉三国六朝文》,中华书局1958年,第3870页。

第八章 礼仪制度与颂体的仪式化书写

颂源于礼乐文化,方玉润引苏辙之语曰:"《周颂》皆有所施于礼乐,盖因礼而作《颂》,非如《风》《雅》之诗有徒作而不能用者也。文武之世,天下未平,礼乐未备,则《颂》有所未暇。至周公、成王,天下既平,制礼作乐,而为诗以歌之;于是颂声始作。"①与风、雅不同,颂诗皆用于礼乐,乃因礼作颂。后世的颂体虽已不再入乐,但作为礼仪的记录方式和传播载体,仍然发挥着重要作用。《初学记》著录古代礼仪十七种,其中选录颂题作品者即有十一种,而实际数目还不止这些,颂体中也有以"祭祀"和"封禅"为主题的作品。总体来看,古代的"五礼"(吉礼、嘉礼、宾礼、军礼、凶礼)中除凶礼外,其他四种均可作颂,可见颂体与礼仪关系的密切。

第一节 巡狩礼仪中的赋、颂书写传统

赋、颂作为两种文体,不仅篇章形式和功能指向有着千丝万缕的联系,在巡狩题材上的关系也极为微妙。汉代巡狩颂虽以赋笔创作,但不以赋名篇,原因为何?唐代开始出现巡狩赋,明清时期逐渐增多,又是什么原因导致了这种变化?以下笔者拟对这些问题进行研究。

一、巡狩礼与汉代巡狩颂的创作

巡狩又称巡守,是中国古代一种重要的天子礼。巡狩起源甚早,《周易·坤》:"先王以省方观民设教。"②"省方"即天子巡视四方,与巡狩意同。关于

---

① [清]方玉润撰,李先耕点校:《诗经原始》卷十六,中华书局1986年,第575—576页。
② [三国魏]王弼等注,[唐]孔颖达疏:《周易正义》卷三,《十三经注疏》本,中华书局2009年,第73页。

巡狩的意思,孔安国云:"诸侯为天子守土,故称守。巡,行之。"①又,《孟子·梁惠王下》引晏子语:"天子适诸侯曰巡狩,巡狩者,巡所守也。"②简言之,巡狩就是天子巡察四方诸侯。关于巡狩的意义,《白虎通》云:"王者所以巡狩者何?巡者,循也。狩者,牧也。为天下巡行守牧民也。道德太平,恐远近不同化,幽隐不得所者,故必亲自行之,谨敬重民之至也。考礼义,正法度,同律历,叶时月,皆为民也。"③天子通过亲自巡幸四方,达到了解民情、绥靖边疆的目的。

由于古代交通不便,巡狩一般历时较长,其中涉及的各种活动也颇为繁多。概括起来,主要为以下几方面:

一是燔柴祭天。《礼记·郊特牲》:"天子适四方,先柴。"关于燔柴的目的,郑玄注:"所到必先燔柴,有事于上帝也。"④《白虎通》亦云:"本巡狩为天,祭天所以告至也。"⑤即通过燔柴向上天禀报天子的到来。

二是望祀山川。《礼记·王制》:"柴而望祀山川。"根据时间和方位的不同,祭祀的山川也有区别。《礼记·王制》:"岁二月东巡守,至于岱宗……五月南巡守,至于南岳……八月西巡守,至于西岳……十有一月北巡守,至于北岳。"⑥《白虎通》又据《尚书大传》将南方的霍山也算在内,并称"五岳";以江、河、淮、济为"四渎",一并作为祭祀的对象。⑦

三是会见诸侯、长者,了解民情。"望祀山川"之后,《礼记·王制》紧接着写道:"觐诸侯,问百年者就见之;命大师陈诗,以观民风;命市纳贾,以观民之所好恶,志淫好辟;命典礼,考时月定日,同律、礼、乐、制度、衣服,正之。"⑧这是巡狩中最重要的活动,也是天子最关心的内容。《孟子·梁惠王下》亦引晏子语曰:"天子适诸侯曰巡狩……春省耕而补不足,秋省敛而助不给。"⑨可见巡狩并非一般的巡行游览,而是管理国家、安抚边疆的重要方式。

---

① [汉]孔安国传,[唐]孔颖达疏:《尚书正义》卷三,《十三经注疏》本,中华书局2009年,第268页。
② [汉]赵岐注,[宋]孙奭疏:《孟子注疏》卷二上,《十三经注疏》本,中华书局2009年,第5819页。
③ [清]陈立撰,吴则虞点校:《白虎通疏证》卷六,中华书局1994年,第289页。
④ [汉]郑玄注,[唐]孔颖达疏:《礼记正义》卷二十五,《十三经注疏》本,中华书局2009年,第3140页。
⑤ 《白虎通疏证》卷六,第292页。
⑥ 《礼记正义》卷十一,第2875页。
⑦ 《白虎通疏证》卷六,第301页。
⑧ 《礼记正义》卷十一,第2875页。
⑨ 《孟子注疏》卷二上,第5819页。

秦汉以降,以巡狩为题材的文学作品主要有诗、赋、颂三类,但出现时间颇不相同。《汉书·艺文志》"诗赋略"著录的"出行巡狩及游歌诗十篇"①,当是最早的巡狩诗。按王先谦的说法,"盖武帝《瓠子》《盛唐》《枞阳》等歌,汉《铙歌·上之回曲》当亦在内"②。《瓠子歌》见《史记·河渠书》:"天子既临河决,悼功之不成,乃作歌曰……"③关于《盛唐》《枞阳》,《汉书·武帝纪》载:"(建元)五年冬,行南巡狩,至于盛唐,望祀虞舜于九嶷……舳舻千里,薄枞阳而出,作《盛唐》《枞阳》之歌。"④除《瓠子歌》外,上述作品都已亡佚。它们虽均作于巡狩出游途中,却未必都以巡狩和出游为题材。汉代巡狩颂今存八篇,均为东汉时期作品。

班固《东巡颂》《南巡颂》。《后汉书·章帝纪》载,元和二年(85)二月丙辰,"东巡狩……辛未,幸太山,柴告岱宗。有黄鹄三十从西南来,经祠坛上,东北过于宫屋,翱翔升降"⑤。班固《东巡颂》曰:"窃见巡狩岱宗……是以明神屡应,休徵仍降。"⑥《东巡颂》当作于元和二年。《后汉书·章帝纪》又云:章和元年(87)"八月癸酉,南巡狩"⑦。章帝南巡于是年十月还宫,《南巡颂》当作于此后不久。

崔骃《四巡颂》。《后汉书·崔骃传》载:"元和中,肃宗始修古礼,巡狩方岳。骃上《四巡颂》以称汉德,辞甚典美。"⑧《四巡颂》包括《东巡颂》《西巡颂》《南巡颂》《北巡颂》四篇。章帝分别于元和元年(84)、二年、三年南巡、东巡、北巡,唯独没有西巡。而崔骃《西巡颂序》云:"惟元和三年八月己丑,行幸河东。"⑨按《章帝纪》云:"(三年)秋八月乙丑,幸安邑,观盐池。九月,至自安邑。"⑩安邑即河东,位于洛阳西部,《西巡颂》所云即指此次出行。

马融《东巡颂》、刘珍《东巡颂》。《后汉书·马融传》:"太后崩,安帝亲政,召还郎署,复在讲部。出为河间王厩长史。时车驾东巡岱宗,融上《东巡

---

① [汉]班固撰,[唐]颜师古注:《汉书》卷三十,中华书局1962年,第1754页。
② 陈国庆编:《汉书艺文志注释汇编》,中华书局1983年,第179页。
③ [汉]司马迁撰:《史记》卷二十九,中华书局1982年,第1413页。
④ 《汉书》卷六,第196页。
⑤ [南朝宋]范晔撰,[唐]李贤等注:《后汉书》卷三,中华书局1965年,第149页。
⑥ [唐]欧阳询撰,汪绍楹校:《艺文类聚》卷三十九,上海古籍出版社1999年,第700页。
⑦ 《后汉书》卷三,第157页。
⑧ 《后汉书》卷五十二,第1718页。
⑨ [唐]许敬宗编,罗国威整理:《日藏弘仁本文馆词林校证》卷三四六,中华书局2001年,第104页。
⑩ 《后汉书》卷三,第156页。

颂》,帝奇其文,召拜郎中。"①安帝亲政期间只有延光三年(124)甲子春二月东巡,三月车驾还京师,故《东巡颂》应作于此时。同时,刘珍亦作《东巡颂》,其文明确说明"省方以时巡"的时间乃"岁在延光"。

汉代赋体盛行,但现存汉赋中并未见以巡狩为题的赋作,唯《东观汉记》记载,班固读书禁中,每有巡狩,"辄献赋颂"。然其现存作品中,除《东巡》《南巡》二颂外,并无巡狩赋,可见《东巡颂》《南巡颂》皆因以赋体作颂,而被笼统称为"赋颂"。此外,《艺文类聚·礼部中·巡守》将扬雄《甘泉赋》《河东赋》作为巡狩赋选录,但二赋只是创作背景与皇帝郊祠甘泉泰畤、汾阴后土有关,其主题并非巡狩。

《汉书·扬雄传》曰:"孝成帝时,客有荐雄文似相如者,上方郊祀甘泉泰畤、汾阴后土,以求继嗣,召雄待诏承明之庭。正月,从上甘泉,还奏《甘泉赋》以风。"②首先,甘泉即甘泉宫,原为秦林光宫,位于今陕西省淳化县西北甘泉山,距离洛阳非常近。而通常情况下,巡狩之地多路途遥远。其次,《甘泉赋序》已明确说明成帝到甘泉宫乃"郊祀甘泉泰畤、汾阴后土,以求继嗣",求子嗣并非巡狩的内容,在城郭外不远处祭祀也与巡狩祭祀礼不合。再次,《甘泉赋》极力夸耀宫室之美、车骑之众,以示讽谏。张震泽解释说:"成帝郊祀太一,又常带着宠妃赵昭仪。扬雄受诏作赋,欲谏则非时,欲默则不能已,故夸张宫室之美,盛言车骑之众,又言'屏玉女,却宓妃',以示微讽。这是扬雄作赋的心理,结果是劝百讽一。"③从上文对巡狩内容的介绍看,巡狩是为了祭祀天地山川,观民风、知民俗,以示天子勤政爱民之德,自然不适合对其进行讽谏。故从这方面看,《甘泉赋》也不属于巡狩主题。《文选》将其收录并列入"郊祀"类,是比较合理的。

《汉书·扬雄传》又载:"其三月,将祭后土,上乃帅群臣横大河,凑汾阴。既祭,行游介山,回安邑,顾龙门,览盐池,登历观,陟西岳以望八荒,迹殷周之虚,眇然以思唐虞之风。雄以为临川羡鱼,不如归而结网,还,上《河东赋》以劝。"④后土即土神,《周礼·春官·大宗伯》:"王大封,则先告后土。"郑玄注:"后土,土神也。"⑤关于汉代祭后土礼,张震泽称:"周秦为社祭之,至汉武帝元鼎四年(公元前113)十一月甲子,立后土祠于汾阴脽上,帝亲望拜如上帝礼。

---

① 《后汉书》卷六十上,第1971页。
② 《汉书》卷八十七上,第3522页。
③ [汉]扬雄著,张震泽校注:《扬雄集校注》,上海古籍出版社1993年,第43—44页。
④ 《汉书》卷八十七,第3535页。
⑤ [汉]郑玄注,[唐]贾公彦疏:《周礼注疏》卷十八,《十三经注疏》本,中华书局2009年,第1648页。

成帝建始二年(公元前31),一度移祠长安北郊,永始三年(公元前14)恢复汾阴后土,至是复祭。"①据此可知,《河东赋》记述的只是一次普通祭祀活动,与巡狩并无关系。赋中,扬雄以夸饰手法铺叙成帝车驾之盛,对祭祀行礼过程仅以"灵祇既乡,五位时叙,絪缊玄黄,将绍厥后"简略概括,然后描写成帝游览介山、龙门等地,如"于是灵舆安步,周流容与,以览乎介山。嗟文公而愍推兮,勤大禹于龙门,洒沉灾于豁渎兮,播九河于东濒。登历观而遥望兮,聊浮游以经营。乐往昔之遗风兮,喜虞氏之所耕。瞰帝唐之嵩高兮,眽隆周之大宁"②。终其始末,作为巡狩最核心的内容,"觐诸侯,问百年""观民风、察民所好""补不足""助不给"等并未出现。所以,《河东赋》记述之礼也非巡狩。

二、"征圣""宗经"思想与汉代巡狩颂的命题

据上所述,严格意义上,汉代并没有以巡狩为主题的赋作,而成熟较晚、总体数量远不相及的颂作却有八篇。同时,分析这八篇颂的文体特征我们又会发现,它们虽名曰颂,却又以赋的手法创作。万光治说:"汉代是赋文学的时代,但汉代的赋又不都是以赋名篇的。诸如颂、赞、箴、铭,因其较注重句式的整饬和用韵、换韵,不独可与赋同入韵文的范畴,而且大多数篇章文辞繁富,重在铺陈,与赋实为同体异用。"③所谓"同体异用",即以赋的铺排笔法创作颂、赞、箴、铭等文体。万先生这里所说是一种广义上的赋,颂、赞、箴、铭虽然不是赋体,但在创作时借鉴赋之铺排手法,表现出突出的赋文体特征。汉代的巡狩颂在这方面即是典型的例子。班固、马融的巡狩颂今已残缺,从其仅存的部分文字仍可看出明显的赋体痕迹,如班固《东巡颂》:

> 曰若稽古,在汉迪哲。聿修厥德,宪章丕烈。翻六龙,较五辂,齐百僚,陶质素。命南重以司历,厥中月之六辰,备天官之列卫,盛舆服而东巡。④

这仅是部分内容,而从文辞的铺排、不同句式的参差互用,依稀可以想见其宏大的篇体规模。崔骃《四巡颂》在中土早已亡佚,仅《艺文类聚》《初学记》《太平御览》保存少量残句。清末《文馆词林》从日本传回国内,其中便全文

---

① 《扬雄集校注》,第72页。
② 《汉书》卷八十七,第3538页。
③ 万光治:《汉赋通论》(增订本),华龄出版社、中国社会科学出版社2005年,第101页。又见其《汉代颂赞铭箴与赋同体异用》,《社会科学研究》1986年第4期。
④ 《艺文类聚》卷三十九,第700页。

收录了《四巡颂》。与班固《东巡颂》一样,这些颂也均为赋体,如《南巡颂》开头部分:

> 惟林蒸之鸿德兮,允天覆而无遗。班云行之博惠兮,淑雨施于庶黎。建皇极以制中兮,协乾元之大和。体陶唐之晏晏兮,革历载而承嘉。思保人于赤子兮,悼狱犴之有逋。屡宽刑以宥愆兮,振囹圄而恤辜。陶万国以至孝兮,躬有虞之蒸蒸。右文王之享岐兮,左枌榆之旧里。伊年在仲秋兮,百卉斯殍。感霜露之凄怆兮,怀圣灵乎祖始。①

这种整齐精致的骚体句最初从《楚辞》发展而来,后在汉赋中广泛使用,成为有别于其他文体的独特句式。《四巡颂》中骚体句的大量使用,不能简单视为对赋体的借鉴,而是直接以赋体作颂的结果。

我们不免要问,这些作品以赋体写就,却又都以颂来名篇,原因究竟何在?据前文所述,汉代以颂称赋的原因主要是颂有广义和狭义之分,以及赋体颂用。但汉代以颂称赋仅为少数现象,上述八篇作品一概称为颂,无论在当时还是后代均无异议,显然这两个原因不足以解释这种现象。笔者认为这主要与当时文学创作中的"征圣""宗经"思想有关。

"征圣"就是向圣人学习创作的经验。刘勰在《文心雕龙·征圣》篇中总结"征圣"的优点说:"夫鉴周日月,妙极机神;文成规矩,思合符契。或简言以达旨,或博文以该情;或明理以立体,或隐义以藏用。"②在此基础上,刘勰又称:"征之周、孔,则文有师矣","若征圣立言,则文其庶矣"。③进一步强调了征圣的益处。与"征圣"一样,"宗经"也是作文的法则之一。儒家经典不仅可以作为处理国家事务的依据,亦为后世作文的不竭源泉。《文心雕龙·宗经》篇总结说:"若禀经以制式,酌《雅》以富言,是即山而铸铜,煮海而为盐也。"④指出经典实乃文章创作的取资对象。对此,前文已经阐明,这里不再重复。

"征圣""宗经"思想虽由刘勰系统总结,但早在汉代就已形成。《孟子·尽心下》"圣人,百世之师也"⑤,《礼记·文王世子》"凡始立学者,必释奠于先圣先师"⑥,均强调向圣人学习。再如桓谭《新论·正经》篇"《易》……《古文尚

---

① 《日藏弘仁本文馆词林校证》卷三四六,第102页。
② [南朝梁]刘勰著,詹锳义证:《文心雕龙义证》卷一,上海古籍出版社1989年,第38页。
③ 《文心雕龙义证》卷一,第45、52页。
④ 《文心雕龙义证》卷一,第82页。
⑤ 《孟子注疏》卷十四上,第6037页。
⑥ 《礼记正义》卷二十,第1406页。

书》……《礼记》……古《论语》……古《孝经》……盖嘉论之林薮,文义之渊海也。"①,视儒家经典为文章的源泉。那么可想而知,《诗经·周颂》中的《时迈》和《般》作为儒家经典,自然是后世宗法的对象。

《时迈》由周公所作,古今皆无异议。《国语·周语》云:"是故周文公之颂曰:载戢干戈,载櫜弓矢。我求懿德,肆于时夏,允王保之。"韦昭注:"文公,周公旦之谥也。颂,《时迈》之诗也。武王既伐纣,周公为作此诗。"②孔颖达也说:"周公既致太平,追念武王之业,故述其事而为此歌焉。宣十二年《左传》云:'昔武王克商,作颂曰:载戢干戈。'明此篇武王事也。"武王克商,建立周朝,周公作诗颂之。关于《时迈》的内容,《毛诗序》云:"《时迈》,巡守祭告柴望也。"孔颖达解释:"谓武王既定天下,而巡行其守土诸侯,至于方岳之下,乃作告至之祭,为柴望之礼。柴祭昊天,望祭山川。巡守而安祀百神,乃是王者盛事……经之所陈,皆述巡守告祭之事。"③武王巡狩方国,祭祀天地山川,《时迈》记述的即为这些内容。

《般》全文曰:"于皇时周!陟其高山,嶞山乔岳,允犹翕河。敷天之下,裒时之对。时周之命。"《毛诗序》称:"巡守而祀四岳河海也。"明确说明乃巡狩作品。孔颖达又进一步申发说:"《般》诗者……谓武王既定天下,巡行诸侯所守之土,祭祀四岳河海之神,神皆飨其祭祀,降之福助。至周公、成王太平之时,诗人述其事而作此歌焉。经称'乔岳'、'翕河',是祀河、岳之事也。"④可知与《时迈》一样,《般》亦为巡狩题材。

作为巡狩颂的最早篇章,《时迈》《般》对后世影响极大,其中前者的影响尤为明显。刘勰云:"《时迈》一篇,周公所制;哲人之颂,规式存焉。"⑤认为周公以"哲人"的身份创作《时迈》,为后世之颂树立了典范,正体现了其作文须"征圣""宗经"的思想。因是周公所作,故须征圣;又因位列经文,亦当宗之。在篇体形式上,《时迈》对后世之颂并无多少影响,重要的是以颂表现巡狩内容,从这方面可见《时迈》的先导作用。《文馆词林》是一部成书于唐代的文章总集,其编排体例遵循《文选》"次文之体,各以汇聚"的特点,而规模则远远过之,达到千卷之巨。对于收录较多的文体,该书也同样秉承"体既不一,又以类分。类分之中,各以时代相次"的宗旨。其中第三百四十六卷所收巡狩

---

① [汉]桓谭撰,朱谦之校辑:《新辑本桓谭新论》,中华书局2009年,第38页。
② 徐元诰撰,王树民、沈长云点校:《国语集解》卷一,中华书局2002年,第2页。
③ [汉]郑玄笺,[唐]孔颖达疏:《毛诗正义》卷十九,《十三经注疏》本,中华书局2009年,第1268页。
④ 《毛诗正义》卷十九,第1304—1305页。
⑤ 《文心雕龙义证》卷二,第317页。

颂中,首篇即为《时迈》。《时迈》的文体属于诗,这没有疑问,但《文馆词林》却将其收入颂类,说明《时迈》在巡狩颂中的典范意义。

受到《时迈》《般》等作品的影响,汉代巡狩颂的内容也以"美盛德之形容"为主旨。在这方面,崔骃《四巡颂》由于保存最为完整,篇幅广大,表现也最为突出。崔骃《上四巡颂表》云:"臣闻阳气发而鸧鹒鸣,秋风厉而蟋蟀吟,气之动也。唐虞之世,樵夫牧竖,击辕中韶,感于和也。"①以唐虞之世媲美肃宗时期,表达了对章帝的颂美。不仅如此,作者又在颂序中进一步申明,如《南巡颂序》"乃追录古人之嘉褒贬……愚人作颂,以赞主德"②,《西巡颂序》"若夫声管不发,雅颂罔记,则令王之流,孰施乎兹"③,强调作颂的颂扬意义。此外,作者还在文中多处表达了对经典的继承。如《东巡颂》:"颂有山乔之征,典有徂岳之巡,时迈其邦,人斯是勤,不亦宜哉。"④"山乔之征""徂岳之巡"分别出自《周颂·时迈》中的"及河乔岳"和《尚书·舜典》中的"岁二月,东巡守","时迈其邦"乃《时迈》原文,表明了作者对经典的继承。又《南巡颂》云:"昔周人逾岐,而漆沮作颂,汉济江沔,胥度此邦,同基王迹,爰即大中。"⑤"漆沮作颂"指《诗经·大雅·绵》:"古公亶父,来朝走马,率西水浒,至于岐下。"⑥虽是《雅》诗,但以歌颂周朝太王为内容,所以也称为颂。可见,《四巡颂》的创作宗旨秉承儒家经典,以圣人篇章为准则。汉代其他四篇以巡狩为题材的颂作,都强烈表达了这种颂圣的愿望。由此笔者认为,汉代八篇巡狩颂不以赋名篇的原因即在于"征圣""宗经"创作思想的影响。

三、后世巡狩赋、颂并存的现象及原因

《通典》记载唐以前历代帝王之巡狩云:

> 魏明帝凡三东巡狩,所过存问高年,恤疾苦,或赐谷帛,有古巡幸之风焉。齐王正始中,巡洛阳县,赐高年、力田,各有等差。
> 晋初新礼,巡狩方岳,柴望告、设墠宫如礼。
> 宋文帝元嘉四年二月,东巡狩,至于丹徒,告觐园陵。
> 后魏文成帝和平元年正月,东巡狩,历桥山,祀黄帝;形辽西,遥祀

---

① [宋]李昉等撰:《太平御览》卷五八八,中华书局1960年,第2648页。
② 《日藏弘仁本文馆词林校证》卷三四六,第102页。
③ 《日藏弘仁本文馆词林校证》卷三四六,第104页。
④ 《日藏弘仁本文馆词林校证》卷三四六,第99页。
⑤ 《日藏弘仁本文馆词林校证》卷三四六,第103页。
⑥ 《毛诗正义》卷十六,第1097页。

无间山。

　　隋炀帝自文帝山陵才毕,即事巡游,乃慕秦皇、汉武之事,西征东幸,无时暂息。①

这一时期的巡狩颂,有北魏高允《南巡颂》、宋孝武帝《巡幸旧宫颂》二篇,均载于《文馆词林》。前者序曰:"维和平二年春二月辛卯,皇帝巡狩,观于方岳,灵运之所钟也。"②乃北魏文成帝和平二年(461)南巡时所作。此外,山西灵丘县还存有同年文成帝所立《皇帝南巡之颂》碑,惜已破碎残缺,文字漶漫难辨。③《巡幸旧宫颂》则由于序文亡佚,创作时间不易确定。《南巡颂》《巡幸旧宫颂》的文体特征与当时颂体的发展相契合,皆为四言韵文,篇幅收敛,已摆脱赋的影响,完全呈现出颂的体式特征。

《续通典》又载唐、五代、宋、辽、金、元、明时期的巡狩礼仪曰:

　　唐玄宗开元二十年十月,如潞州。
　　晋高祖天福二年十一月,中书门下奏:"车驾巡幸,所在州县官人见在驾前祇承者,赐会并同京官。"
　　宋因唐制,车驾巡幸,有告至肆觐考制度之仪。太祖开宝九年春,幸西京。
　　辽太宗天显四年,西巡。
　　金熙宗皇统中,车驾如东京。
　　元世祖中统二年二月,车驾幸开平。
　　明成祖永乐六年诏:"明年二月巡北京,改定巡狩仪。"④

由《通典》《续通典》的记载可见,汉代以后巡狩礼仪的举行仍十分频繁,然而,由唐到明的巡狩颂却极为少见。

清朝建立后,顺治帝意识到,虽可通过武力征服中原,但最终还需要以儒家思想来有效治理。为此,他亲自制定清代巡狩之制,并对内容详加规定。此后,康熙、乾隆二帝多次巡狩,"康熙曾四巡盛京,六巡江浙,六巡山西,五上五台,数十次巡幸京畿,建立了木兰围场,几乎逐年不虚地举行秋狝

---

① [唐]杜佑撰,王文锦、王永兴、刘俊文等点校:《通典》卷五十四,中华书局1988年,第1504—1505页。
② 《日藏弘仁本文馆词林校证》卷三四六,第112页。
③ 详见靳生禾、谢鸿喜:《北魏〈皇帝南巡之颂〉碑考察报告》,《山西大学学报(哲学社会科学版)》1994年第2期;《北魏〈皇帝南巡之颂〉碑考察清理报告》,《文物季刊》1995年第3期。
④ [清]嵇璜撰:《续通典》卷五十四,台湾商务印书馆1935年,第1458—1459页。

大典。乾隆执政六十年间,四方巡幸较乃祖更为频繁。他曾东巡盛京四次,南巡江浙六次,巡幸五台山六次、八谒曲阜孔府,巡幸京畿、秋狝木兰更指不胜屈"①。为了招贤纳才,清代巡狩尤为注重召试地方才俊。《清史稿·巡狩礼》:"皇帝省方观民,特举时巡盛典……召试献词赋者,拔尤授官。"②这一举措极大刺激了清代巡狩文学的兴盛。③

《皇清文颖》作为有清一代重要的官修诗文总集,选录顺治元年(1644)至乾隆九年(1744)一百年间的作品,旨在标举"春容大雅,泂泂乎治世之音"④,体现清王朝的昌盛繁荣。嘉庆十五年(1810),董诰等又奉旨撰成《皇清文颖续编》,进一步延续此项文化工程。作为润色鸿业的官修总集,《皇清文颖》及《续编》收录了大量巡狩颂作,如:

表8-1 《皇清文颖》收录巡狩颂作品一览表

作者	篇名	作者	篇名
陈廷敬	《幸阙里颂》	徐潮	《圣德十颂》
陈元龙	《幸鲁颂》	李振裕	《南巡颂》
励杜讷	《圣德同天颂》	查升	《南巡颂》
彭孙遹	《皇帝释奠于阙里颂》	汤右曾	《泽园御试纪恩颂》
徐乾学	《圣驾幸阙里颂》	鄂尔泰	《圣驾东巡盛京恭谒祖陵大礼庆成颂》
颜光敩	《敕修阙里孔子庙告成颂》	史贻直	《圣驾东巡盛京恭谒祖陵大礼庆成颂》
王士禛	《南巡颂》	彭维新	《圣驾东巡盛京恭谒祖陵大礼庆成颂》
李天馥	《南巡圣德颂》	裘曰修	《圣驾东巡盛京恭谒祖陵大礼庆成颂》
王鸿绪	《南巡治河布德施恩颂》	王太岳	《圣驾东巡盛京恭谒祖陵大礼庆成颂》
王九龄	《皇帝省方圣政颂》		

---

① 刘欢萍:《乾隆南巡与江南文学文化》,南京大学2013年博士学位论文,第8—9页。
② 赵尔巽等撰:《清史稿》卷八十九,中华书局1976年,第2653页。
③ 清代巡狩文学的文体类别主要是诗、赋、颂三种,数量巨大,体制多样,关于这些作品的研究,可参看刘欢萍《乾隆南巡与江南文学文化》(南京大学2013年博士学位论文)。本书所关注的问题仍然为巡狩礼仪中的赋、颂关系,因此暂不涉及诗歌。
④ [清]永瑢等撰:《四库全书总目》卷一九〇,中华书局1965年,第1728页。

表 8-2 《皇清文颖续编》收录巡狩颂作品一览表

作者	篇名	作者	篇名
刘统勋	《圣驾东巡颂》	翁方纲	《圣驾东巡恭谒祖陵颂》
朱珪	《圣驾南巡颂》	谢墉	《圣驾东巡恭谒祖陵颂》
梁诗正	《圣驾再巡江浙颂》	吴省钦	《圣驾东巡恭谒祖陵颂》
邵齐焘	《圣驾再巡江浙颂》	蒋予蒲	《圣驾东巡恭谒祖陵颂》
刘星炜	《圣驾三巡江浙颂》	阿桂	《圣驾六巡江浙颂》
刘墉	《圣驾三巡江浙颂》	彭元瑞	《圣驾六巡江浙颂》
刘星炜	《圣驾四巡江浙颂》	初彭龄	《圣驾六巡江浙颂》
李绶	《圣驾四巡江浙颂》	周爱莲	《圣驾六巡江浙颂》
梁同书	《圣驾四巡江浙颂》	谭光祥	《圣驾东巡恭谒祖陵颂》
张熙纯	《圣驾四巡江浙颂》	鲍桂星	《圣驾东巡恭谒祖陵颂》
庄炘	《圣驾四巡江浙颂》	帅承瀛	《圣驾巡幸淀津颂》
汪廷玙	《圣驾巡幸天津颂》	李兆洛	《圣驾巡幸淀津颂》
钱陈群	《圣驾东巡颂》		

这些作品规模宏大，剪裁有度，文辞典雅，显系精心结撰而成。作者以儒家经典为依据，将清帝描绘成理想的圣主明君形象。

据上所述，汉代以赋体写成的巡狩作品均以颂名篇。而六朝以降，巡狩赋也开始出现，如唐张友正以汉顺帝时期八位使者代君巡狩为题创作了《八使出巡赋》。但清代以前，巡狩赋的数量极少[①]。据笔者翻检文献所见，明前仅有《八使出巡赋》，明代的巡狩赋也只寥寥数篇。明武宗南巡，赵文华作有《大驾南巡赋》；嘉靖九年（1530）明世宗南巡，夏言作有《大驾南巡赋》；范守己《皇明肃皇外史》记载："时侍讲学士廖道南居忧在家，以绯衣朝帝，献《南巡江汉赋》及《景云颂》四章。"[②]直至清代，康熙、乾隆多次巡狩并召试诗赋，巡狩赋才大量出现。这里我们仍以《皇清文颖》及《续编》收录作品为例：

---

① 查阅范围包括《全上古三代秦汉三国六朝文》《全汉赋》《全魏晋赋》《全唐文》《全唐文补编》《全唐赋》《全宋文》《全宋赋》《全元文》《四库全书》收录的明代别集、总集，及清陈元龙《历代赋汇》。
② ［明］范守己撰：《皇明肃皇外史》卷十九，《四库全书存目丛书》本，齐鲁书社1996年，第143页。

表8-3 《皇清文颖》收录巡狩赋作品一览表

作者	篇名	作者	篇名
徐乾学	《圣驾时巡赋》	吴襄	《圣驾三巡塞北荡平赋》
徐嘉炎	《大驾南巡赋》	张鹏翀	《圣驾东巡盛京恭谒祖陵大礼庆成赋》
励杜讷	《东巡赋》		

表8-4 《皇清文颖续编》收录巡狩赋作品一览表

作者	篇名	作者	篇名
永璇	《敬拟东巡赋》	秦大成	《圣驾四巡江浙赋》
绵恩	《东巡赋》	吴省钦	《圣驾四巡江浙赋》
刘统勋	《圣驾南巡赋》	吴省兰	《圣驾四巡江浙赋》
郑虎文	《圣驾南巡赋》	吴省钦	《圣驾巡幸天津赋》
窦光鼐	《圣驾南巡赋》	毕沅	《圣驾东巡恭谒祖陵赋》
钱维城	《圣驾南巡赋》	刘跃云	《圣驾东巡恭谒祖陵赋》
董邦达	《圣驾东巡恭谒祖陵赋》	江德量	《圣驾东巡恭谒祖陵赋》
纪昀	《圣驾东巡恭谒祖陵赋》	李尧栋	《圣驾六巡江浙赋》
齐召南	《圣驾三巡浙江赋》	戴衢亨	《圣驾六巡江浙赋》
刘星炜	《圣驾三巡江浙赋》	陈万青	《圣驾六巡江浙赋》
观保	《圣驾四巡江浙赋》	文宁	《圣驾东巡恭谒祖陵赋》
德保	《圣驾四巡江浙赋》	蔡之定	《圣驾巡幸淀津赋》
汪廷玙	《圣驾四巡江浙赋》		

上述情况表明,从唐代开始,赋的主题范围已逐步扩展到巡狩礼仪,至清代康熙、乾隆时期,巡狩赋方才大量出现。这里我们不禁要问,导致这种变化的原因为何?后人在创作巡狩题材的赋、颂时,是否已不再受"征圣""宗经"思想的支配?关于这个问题,清人吴省钦在其作品《圣驾四巡江浙赋》及《圣驾巡幸天津赋》的序言中作了解释。

吴氏《圣驾四巡江浙赋序》说:"考颂之《时迈》《般》,体颂义赋,絫赓弗喧。刘向言:'赋者,不歌而颂。'班固以'赋者,古诗之流'敷陈德仪,斯綮亮已。"①吴省钦认为《时迈》《般》虽为颂名,但均为赋之笔法;同时,又取"赋者,

---

① [清]董诰等编:《皇清文颖续编》卷四十三,景印文渊阁《四库全书》本,台湾商务印书馆1986年。

不歌而颂"之说,认为赋的作用乃"敷陈德仪",因此也可用于巡狩礼。《汉书·艺文志》云:"传曰:'不歌而诵谓之赋,登高能赋可以为大夫。'言感物造端,材知深美,可与图事,故可以为列大夫也。"① 又《文选》皇甫谧《三都赋序》:"古人称不歌而颂谓之赋。"李善注引《汉书》:"传云:不歌而颂谓之赋。"② 二者分别作"诵"与"颂",吴氏取其后者,强调赋的颂扬功用。其弟吴省兰《圣驾四巡江浙赋序》中也有同样表述:"窃取不歌而颂之义,作赋一篇。"③

吴省钦又在《圣驾巡幸天津赋序》云:"臣伏诵周之颂巡狩者,有《时迈》诸诗,体皆主赋,左思谓'升高能赋者,颂其所见',是赋与颂其实不异用。"④《诗集传》中,朱熹注《时迈》"时迈其邦,昊天其子之"云"赋也"⑤,训释《般》亦曰"赋也"⑥。赋即铺陈,朱熹云:"赋者,敷陈其事而直言之者也。"⑦ 吴省钦的观点即源于此。同时,吴氏又援引左思《三都赋序》中的观点,认为后世赋体虽从《诗》中独立,其功用仍是颂扬。所以从这一点看,赋与颂的用途并无区别。

清人巡狩赋的大量创作,彻底改变了不将赋体用于或很少将其用于巡狩题材的情况。吴省钦从源头和功用上为赋颂同源、同用正名,亦是当时普遍的看法。从吴氏的两次解释也可见,他急于为巡狩赋正名,正表明了以赋命名巡狩作品在当时的确是一个重要的转折点。作为文学变革,巡狩赋要想被人认可,不仅需要具体作品的创作,还要有相关理论的支撑。巡狩赋的出现并非打破传统,而是从另一个角度对传统进行诠释和利用。而最具说服力的莫过于立足儒家经典,以新的视角重新诠释。

第二节　封禅礼仪与封禅颂的使用

一、封禅礼与相关文体的创作

封禅是中国古代非常重要的一种礼仪。《白虎通》解释封禅的意义说:"王者易姓而起,必升封泰山何?报告之义也。始受命之日,改制应天。天

---

① 《汉书》卷三十,第1755页。
② [南朝梁]萧统编,[唐]李善注:《文选》卷四十五,中华书局1977年,第641页。
③ 《皇清文颖续编》卷四十三。
④ 《皇清文颖续编》卷四十四。
⑤ [宋]朱熹集撰,赵长征点校:《诗集传》卷十九,中华书局1958年,第226页。
⑥ 《诗集传》卷十九,第236页。
⑦ 《诗集传》卷一,第3页。

下太平功成,封禅以告太平也。"①表明封禅主要用于两种情况:一是新王朝建立之初,向上苍及天下宣布政权的建立;二是国泰民安之时,封禅以示太平。封与禅本属两种礼仪,袁宏说:"崇其坛场,则谓之封;明其代兴,则谓之禅。"②张守节又曰:"此泰山上筑土为坛以祭天,报天之功,故曰封。此泰山下小山上除地,报地之功,故曰禅。"③前者指在泰山上筑土为坛以报天,后者于梁甫辟场祭地,以报地之德。二者为先后顺序,故合称封禅。

  封禅出现时间较早,但历代举行的次数并不多,司马迁解释说:"虽受命而功不至,至梁父矣而德不洽,洽矣而日有不暇给,是以即事用希。"④说明君王功德隆盛、时间充裕,在很大程度上决定着封禅礼仪的举行。正因如此,每一次封禅的间隔通常较为久远,以致博闻如司马迁者也不得不承认"其仪阙然湮灭,其详不可得而记闻云"。关于举行封禅礼仪的上古君王,《史记》引管仲语曰:"古者封泰山禅梁父者七十二家,而夷吾所记者十有二焉。昔无怀氏封泰山,禅云云;虙羲封泰山,禅云云;神农封泰山,禅云云;炎帝封泰山,禅云云;黄帝封泰山,禅亭亭;颛顼封泰山,禅云云;帝喾封泰山,禅云云;尧封泰山,禅云云;舜封泰山,禅云云;禹封泰山,禅会稽;汤封泰山,禅云云;周成王封泰山,禅社首:皆受命然后得封禅。"⑤七十二位君王封禅只是传说,即便是管仲明确列出的十二位亦真伪难辨。历史上有确切记载的是公元前219年秦始皇封禅,《史记·秦始皇本纪》云:"二十八年,始皇东行郡县,上邹峄山。立石,与鲁诸儒生议,刻石颂秦德,议封禅望祭山川之事。乃遂上泰山,立石,封,祠祀。下,风雨暴至,休于树下,因封其树为五大夫。禅梁父。"⑥自秦以降,后世举行封禅者如表8-5所列:

表8-5 自秦以降后世举行封禅的情况

人物	时间
汉武帝刘彻	元封元年(公元前110)
汉光武帝刘秀	建武三十二年(56)
唐高宗李治	麟德二年(665)

① 《白虎通疏证》卷六,第278页。
② 《通典》卷五十四,第1513页。
③ 《史记》卷二十八,第1355页。
④ 《史记》卷二十八,第1355页。
⑤ 《史记》卷二十八,第1361页。
⑥ 《史记》卷六,第242页。

续表

人物	时间
顺圣皇后武则天	证圣元年(695)
唐玄宗李隆基	开元十三年(725)
宋真宗赵恒	大中祥符元年(1008)

以上包括秦始皇在内共计七位,可见古代封禅者之少。

封禅作为一种祭祀大礼,无论是前期的筹划商讨,还是具体的实施操作,过程都极为复杂。而在繁复冗长的程序中,也出现了大量相关文书及图画创作。除往来商讨的诏书与章表奏疏外,主要有两类。一类本身即为礼仪的组成部分,包括刻石文、乐曲、玉牒文。刻石文如秦始皇《泰山刻石文》便因礼仪中的刻石需要而产生,此后历代封禅碑铭均是如此。封禅中用于演唱的乐曲如宋真宗时期的《祥符封禅乐章》。玉牒文出现在汉武帝封禅时,最初埋于祭祀坛内,秘而不宣。唐玄宗认为,封禅"皆为苍生祈福,更无秘请",故而"将玉牒出示百僚"[1],以示开诚布公。从唐玄宗开始,封禅结束后又为封祀坛、社首坛、朝觐坛立碑作颂,用以记述封泰山、禅社首、朝觐群臣礼仪。《旧唐书》载,玄宗封禅后,"于是中书令张说撰《封祀坛颂》、侍中源乾曜撰《社首坛颂》、礼部尚书苏颋撰《朝觐坛颂》以纪德"[2]。宋真宗封禅后,也命王钦若、王旦、陈尧叟作颂刻石以记。另一类属于封禅的相关作品,包括:奏请封禅者如司马相如《封禅文》;规定封禅礼仪的仪注,如隋开皇十四年(594)牛弘、辛彦之、许善心等创定的仪注文;封禅结束用以记述礼仪过程的记文,如光武帝封禅后马第伯所作《封禅仪记》;封禅结束后,群臣进献诗歌赋颂等以表祝贺,如《玉海》记载唐玄宗封禅后在汴州诏李邕"献辞赋"[3]。

封禅时为了便于流程的操作,还会用图画的形式加以明确。汉武帝封禅时,周霸"属图封禅事"[4]。大中祥符元年(1008),"太子中舍夏侯晟上《汉武帝封禅图》"[5]。宋真宗封禅后,"三司使丁谓、翰林学士李宗谔等上《泰山登封社首山降禅朝觐坛图》《三祥瑞图》百五十二,昭宣使刘承珪又上《天书仪仗图》"[6],即是以图画的形式记录封禅礼。

---

[1] [后晋]刘昫等撰:《旧唐书》卷二十三,中华书局1975年,第898页。
[2] 《旧唐书》卷二十三,第904页。
[3] [宋]王应麟撰:《玉海》卷九十八,江苏古籍出版社、上海书店1987年,第1790页。
[4] 《史记》卷二十八,第1397页。
[5] 《玉海》卷九十八,第1791页。
[6] 《玉海》卷九十八,第1793页。

因封禅产生的图文之多，在中国古代礼仪中是不多见的。而在这一过程中，颂的作用尤其值得注意。如果将整套礼仪流程分为封禅前的准备、封禅中的运作、封禅后的庆贺与记录，那么相比诗、歌、赋、赞等韵文作品，颂则因其自身"美盛德之形容"的功能指向，在仪式中出现最为频繁。封禅前，颂用于称颂功德、奏请封禅；封禅中的"刻石纪号"，内容均为纪颂功德，虽称为碑铭，但亦为颂体；封禅结束后，群臣献颂庆贺，皇帝也会下诏作颂，用以刻石。在与封禅有关的图文中，没有任何一种文体像颂这样全程参与。这些颂为封禅而作，又因应用程序的不同，内容和形式也有所区别。颂如何表现封禅，封禅又如何影响颂的创作？以下笔者拟从上述三个过程加以阐述。

二、封禅前的颂圣德、陈符瑞

封禅虽是帝王的特权，但并非任何皇帝都有资格举行。袁宏说：

> 夫揖逊受终，必有至德于天下；征伐革命，则有大功于万物……然则封禅者，王者开务之大基也。德不周洽，不得擅议斯事；功不弘济，不得仿佛斯礼，旷代一有，其道至高。故自黄帝、尧、舜至三代，各一得封禅，未有中修其礼者也。①

封禅的基本条件有二：有"至德于天下"的"易姓之王"，或者太平盛世的功勋隆盛之君。历史上很多帝王都有过封禅的愿望，但真正实现者却寥寥无几。《通典》载："魏明帝时，中护军蒋济请封禅。帝虽拒济议，而实使高堂隆草封禅仪，以天下未一，不欲便行大礼。会高堂隆卒，不行。"②贞观六年（632），群臣上言请封泰山，唐玄宗谦虚不许，但禁不住群臣的劝诱，又私下"问礼官两汉封山仪注，因遣中书侍郎杜正伦行太山上七十二帝坛迹"③，最终由于是年"两河水潦"被迫中止。朝臣去世与自然灾害都能影响封禅，使之无法举行，说明了封禅要求之高。

此外，符瑞的出现也是封禅的重要条件之一。符瑞又称祥瑞，作为天命思想的构成要素，代表了上天的旨意。很多不同的礼仪场合，都须有符瑞的出现，封禅尤其如此。封禅需要符瑞的协助，这种观念很早就已出现。《史记》载，管仲为了阻止齐桓公封禅，首先陈述古代君王"皆受命然后得封禅"之义，但无济于事，齐桓公大力宣扬自己功德之高，并反问管仲："昔三代受

---

① 《玉海》卷九十八，第1779页。
② 《通典》卷五十四，第1514页。
③ 《旧唐书》卷二十三，第882页。

命,亦何以异乎?"不得已,管仲又设符瑞之说,曰:"古之封禅,鄗上之黍,北里之禾,所以为盛;江淮之间,一茅三脊,所以为藉也。东海致比目之鱼,西海致比翼之鸟,然后物有不召而自至者十有五焉。今凤皇麒麟不来,嘉谷不生,而蓬蒿藜莠茂,鸱枭数至,而欲封禅,毋乃不可乎?"①符瑞乃上天之命,天意不许,齐桓公自然也无话可说。王钦若为了规劝宋真宗封禅,首先说:"唯有封禅泰山,可以镇服四海,夸示外国。然自古封禅,当得天瑞希世绝伦之事,然后可尔。"既而又云:"天瑞安可必得?前代盖有以人力为之者,惟人主深信而崇之,以明示天下,则与天瑞无异也。"②为了达到天降祥瑞的目的,不惜以"人力为之"制造假象,表明符瑞对于封禅的必要性。

封禅既是祭祀天地,又表示对君王政绩的肯定。为了表示谦虚,封禅通常由群臣奏请而行。除直接上表进言外,进献诗歌赋颂也是极为重要的方式。而其具体内容,即以颂功德、陈符瑞的方式规劝皇帝封禅。司马相如去世前著《封禅文》一篇,劝诱武帝封禅,可以视为这种传统的滥觞。刘勰概括《封禅文》的内容说:"尔其表权舆,序皇王,炳玄符,镜鸿业,驱前古于当今之下,腾休明于列圣之上,歌之以祯瑞,赞之以介丘。"③指出《封禅文》最核心的内容正是颂帝德与陈符瑞。

《封禅文》首先说明封禅的开始,历叙古代封禅之君,继云:"是以业隆于襁褓,而崇冠于二后。揆厥所元,终都攸卒,未有殊尤绝迹,可考于今者也。然犹蹑梁父,登泰山,建显号,施尊名。"④认为前代君王的遗迹已不可考,但他们却以登封泰山的方式流传美名,从而为汉武帝封禅寻找理由,以此劝诱汉武帝。接下来,司马相如便开始铺叙武帝功德:

> 大汉之德,逢涌原泉,沕潏曼羡,旁魄四塞,云布雾散,上畅九垓,下溯八埏。怀生之类,沾濡浸润,协气横流,武节猋逝,迩狭游原,遐阔泳末,首恶郁没,晻昧昭晳,昆虫闿泽,回首面内。⑤

然后罗列符瑞之盛:

> 囿驺虞之珍群,徼麋鹿之怪兽,导一茎六穗于庖,牺双觡共抵之兽。获周余珍,放龟于岐,招翠黄乘龙于沼。鬼神接灵圉,宾于闲

---

① 《史记》卷二十八,第1361页。
② [元]脱脱等撰:《宋史》卷二八二,中华书局1977年,第9544页。
③ 《文心雕龙义证》卷五,第804页。
④ 《文选》卷四十八,第676页。
⑤ 《文选》卷四十八,第676—677页。

馆。①

正因具备上述两方面的条件,司马相如又说:"钦哉,符瑞臻兹,犹以为德薄,不敢道封禅。盖周跃鱼陨航,休之以燎。微夫此之为符也,以登介丘,不亦恧乎!"②即"天子"在符瑞如此之盛的情况下仍不封禅,那么周武王仅以白鱼入舟行此大礼,岂不惭愧吗?并趁机又托以大司马的口吻进谏封禅。最后"天子"改变主意,"乃迁思回虑,总公卿之议,询封禅之事,诗大泽之博,广符瑞之富"③。司马相如力陈盛德、符瑞,终于令"天子"改变主意,决定封禅。

《封禅文》意在劝诱武帝封禅,最突出的特点就是颂扬功德之高、陈述符瑞之盛。这种特点的形成完全出于礼仪的需要。关于《封禅文》的文体属性,刘勰单列一类,《文选》则将其与扬雄《剧秦美新》、班固《典引》算作一类,名为"符命"。从内容看,将《封禅文》算作颂类更为合适。章学诚云:"若夫《封禅》《美新》《典引》,皆颂也。称符命以颂功德,而别类其体为'符命',则王子渊以《圣主得贤臣》而颂嘉会,亦当别其体为'主臣'矣。"④认为其实质是颂,大可不必另立"符命"一类。詹锳亦云:"刘勰虽然对它的规格要求非常严格,其实封禅不能算作一种独立的文体,把《封禅文》归入颂赞一类,还是比较合适的。"⑤在此之后,每逢封禅之初,总有这类作品的出现,其中尤以颂作为多,如:

《旧唐书·礼仪志》:"玄宗开元十二年,文武百僚、朝集使、皇亲及四方文学之士,皆以理化升平,时谷屡稔,上书请修封禅之礼并献赋颂者,前后千有余篇。"⑥

《玉海》:"刘晏,玄宗封泰山,晏始八岁献颂。"⑦

《文献通考·郊社》:"宋太宗皇帝太平兴国八年,泰山父老千余人诣阙,请东封。上谦让不允,中外群臣献歌颂称功德请封禅者,不可胜计。"⑧

---

① 《文选》卷四十八,第677页。
② 《文选》卷四十八,第677页。
③ 《文选》卷四十八,第677—678页。
④ [清]章学诚著,叶瑛校注:《文史通义校注》卷一,中华书局1994年,第81页。
⑤ 《文心雕龙义证》卷五,第795页。
⑥ 《旧唐书》卷二十三,第891页。
⑦ 《玉海》卷九十八,第1790页。
⑧ [元]马端临撰:《文献通考》卷八十四,中华书局1986年,第769页。

这类作品虽然形式不同,但内容均继承《封禅文》颂圣德、陈符瑞的特点。宋夏竦尝献《景德五颂》及《大中祥符颂》,就分别是这两种功用的表现。前者云:"景德,纪号也;五颂,美盛德形容之有五也。"①后者称:"皇帝陛下即位之十二年春正月乙丑,《大中祥符》三篇降于左承天门。书,瑞应也,以日者,谨天命也;以地者,大灵贶也。"②二者一颂功德,一陈符瑞,最终目的还在于请求真宗封禅。

三、封禅中的"刻石纪号"

由于旷代不修,间隔久远,封禅中的很多礼仪都无可遵循。《史记·封禅书》载,秦始皇召集诸儒生博士议封禅事,彼此之间的讨论便"各乖异,难施用",说明封禅的具体礼仪在秦代已变得陌生。汉武帝时期,"封禅用希旷绝,莫知其仪礼"。其中,"刻石纪号"却一直是不可简省的步骤。《白虎通·封禅》:"(封禅)皆刻石纪号者,著己之功迹以自劝也。"③说明"刻石纪号"的重要性。关于所刻内容,前人看法并不一致。孔颖达说:"刻石纪号也者,谓刻石为文,纪录当代号谥。"④径直将"号"解释为"号谥"。事实上,"号谥"只是其中一部分,记录功德才是主要内容,也即班固所说的"著己之功迹"。清陈立也举例说:"今所传李斯泰山石刻、《吴天玺纪功碑》,即秦皇、孙皓封禅时所刻石纪号者。"⑤另外,《风俗通义·正失》亦称:"刻石纪号,著己绩也。"⑥均说明了"刻石纪号"中的"号"乃功绩之意。

"刻石纪号"作为封禅礼仪的一个环节,又直接促使碑铭文的产生。陈立所举二例中,李斯泰山刻石是有史记载最早的"刻石纪号"之文,《吴天玺纪功碑》即著名的《天发神谶碑》。《三国志·吴书》载:"(天玺元年八月)鄱阳言历阳山石文理成字,凡二十,云'楚九州渚,吴九州都,扬州士,作天子,四世治,太平始'。"⑦吴国君孙皓因天降祥瑞而大喜,"刻石立铭,褒赞灵德,以答休祥"⑧。所以《天发神谶碑》并非为封禅而作,陈立误。

汉武帝封禅刻石文,《史记》未载,《汉书·郊祀志》云:"上因东上泰山,泰

---

① [宋]夏竦撰:《文庄集》卷二十四,《宋集珍本丛刊》本,线装书局2004年,第631页。
② 《文庄集》卷二十四,第637页。
③ 《白虎通疏证》卷六,第279页。
④ 《礼记正义》卷二十四,第3119页。
⑤ 《白虎通疏证》卷六,第279页。
⑥ [汉]应劭撰,王利器校注:《风俗通义校注》卷二,中华书局1981年,第68页。
⑦ 《三国志》卷四十八,第1171页。
⑧ 《三国志》卷四十八,裴松之注引《江表传》,第1172页。

山草木未生,乃令人上石立之泰山颠。"①亦未提及具体内容。其文今见《风俗通义》引《续汉书》:"刻石纪绩也,立石三丈一尺,辞曰:'事天以礼,立身以义,事父以孝,成民以仁。四海之内,莫不为郡县;四夷八蛮,咸来贡职。与天无极,人民番息,天禄永得。'"②汉光武帝封禅时的刻石文乃张纯所作,《后汉书·张纯传》:"(建武)三十年,纯奏上宜封禅……中元元年,帝乃东巡岱宗,以纯视御史大夫从,并上元封旧仪及刻石文。"③其文见于《后汉书·祭祀志》。

唐高宗封禅时的刻石文,新、旧《唐书》皆未提及。《金石录》著录的《登封纪号文》,即为此次的刻石文。其文分刻二处,有大字摩崖碑及小字碑。赵明诚云:"《唐登封纪号文》,凡两碑,皆高宗自撰并书。其一大字,磨厓刻于山顶;其一字差小,立于山下,然世颇罕传。政和初,余亲至泰山,得此二碑入录焉。"④惜今已不传。又《唐文粹》载有《唐高宗天皇大帝封禅文》,文中未言及刻石,其叙述口吻更像封禅时皇帝宣读的文书,不当为"刻石纪号"之文。⑤证圣元年(695),武则天封禅嵩山,并改年号为"万岁登封"。其刻石文,新、旧《唐书》皆未提及,《金石录》著录:"《周封中岳碑》,书、撰人姓名残缺,类薛稷正书,万岁登封元年十二月。"⑥当为此次所刻。玄宗封禅时,"制《纪太山铭》,御书勒于山顶石壁之上"⑦,其文为《旧唐书·祭祀志》所录。

宋真宗封禅,亲著《登泰山谢天书述二圣功德铭》,刻于泰山。《续资治通鉴长编》云:"戊午,上出《登泰山谢天书述二圣功德铭》及九天司命保生天尊、周文宪王等赞、《玉女象记》示辅臣。"⑧《登泰山谢天书述二圣功德铭》全文见于清毕沅《山左金石志》卷十五及清王昶《金石萃编》卷一二七。

从文本形式看,刻石文属于碑铭,而在内容上,则可以看作颂。《玉海》引

---

① 《汉书》卷二十五上,第1234页。
② 《风俗通义校注》卷二,第68页。
③ 《后汉书》卷三十五,第1197页。
④ [宋]赵明诚撰,金文明校证:《金石录校证》卷二十四,广西师范大学出版社2005年,第441页。
⑤ 《唐文粹》载《唐高宗天皇大帝封禅文》,未署作者名,《全唐文》作侯喜。劳格《读书杂识》卷八:"侯喜《唐高宗天皇大帝封禅文》,元宗《明皇帝封泰山玉牒文》,二首俱见《唐文粹》三十一下,有《唐德宗神武皇帝降诞节献寿文》注并,疑衍侯喜。此据之。案,侯喜,德宗时人,与高宗、元宗时代不合,玉牒文又见《通典》五十四,《旧书·礼仪志》三,非喜文明甚,二首当改入缺名。"
⑥ 《金石录校证》卷四,第74页。
⑦ 《旧唐书》卷二十三,第901页。
⑧ [宋]李焘撰:《续资治通鉴长编》卷七十一,中华书局1995年,第1606页。

袁宏语曰："是故王者初基,则有封禅之事,以其成功告于神明者也。"①很明显,袁宏这里对封禅的解释乃援引了《毛诗序》"颂者,美盛德之形容,以其成功告于神明者也"的定义。又《汉书·武帝纪》"夏四月癸卯,上还,登封泰山"颜师古注引孟康曰:"王者功成治定,告成功于天。"②同样也与郑玄关于《周颂》的解释"周颂者,周室成功致太平德洽之诗"类似。封禅与作颂均发生在"功成治定"之时,虽然表现形式不同,但精神主旨却别无二致。

与用于奏请的封禅文不同,刻石文是为了将功德报告天地,即"以其成功告于神明"。所以"刻石纪号"的内容以叙述本朝或前朝君王功业为主。如汉光武帝泰山刻石文,首先描写王莽时期社会动荡不安、民不聊生的惨状:"宗庙隳坏,社稷丧亡,不得血食,十有八年。扬、徐、青三州首乱,兵革横行,延及荆州,豪杰并兼,百里屯聚,往往僭号。北夷作寇,千里无烟,无鸡鸣犬吠之声。"然后纪颂光武帝平定天下之功:"皇天眷顾,皇帝以匹庶受命中兴,年二十八载兴兵,以次诛讨,十有余年,罪人斯得。"紧接着,又赞颂光武帝时期的繁盛景象:"黎庶得居尔田,安尔宅。书同文,车同轨,人同伦。舟舆所通,人迹所至,靡不贡职。建明堂,立辟雍,起灵台,设庠序。同律度量衡。修五礼五玉三帛二牲一死贽。吏各修职,复于旧典。"③这些内容,即向天地汇报成功之义。

还有两点需要注意。首先,这些刻石文大都为皇权制造舆论,宣扬其权威性和合理性。其中,秦始皇泰山刻石文在这方面表现最为突出。文章首先以"皇帝临位,作制明法,臣下修饬"开头,后接以"二十有六年,初并天下,罔不宾服",体现了秦始皇"威服天下"的目的。"治道运行,诸产得宜,皆有法式",从而规范社会秩序;"大义休明,垂于后世,顺承勿革",告诫臣民要服从皇帝的统治。接下来又颂扬秦始皇的文治之功:"皇帝躬圣,既平天下,不懈于治。夙兴夜寐,建设长利,专隆教诲。"并严格区分社会等级和伦理:"贵贱分明,男女礼顺,慎遵职事。"最后以"化及无穷,遵奉遗诏,永承重戒"④结尾,重申皇权的崇高和不可冒犯。同样,汉武帝泰山刻石文也表现了明显的政治目的,"事天以礼,立身以义,事父以孝,成民以仁"强调了礼、义、孝、仁的重要性,体现其以儒家思想治理国家的特点;"四守之内,莫不为郡县;四夷八蛮,咸来贡职"⑤则说明了汉武帝大一统的政治理念。

---

① 《通典》卷五十四,第1513页。
② 《汉书》卷六,第151页。
③ 《通典》卷五十四,第1512页。
④ 《史记》卷六,第243页。
⑤ 《风俗通义校注》卷二,第68页。

其次，为百姓祈福也是"刻石纪号"的重要内容。汉武帝刻石文云："人民蕃息，天禄永得。"希望人民可以繁衍生息，永远得到上苍赐予的福禄。唐玄宗在《纪泰山铭序》中说："朕统承先王，兹率厥典，实欲报玄天之眷命，为苍生而祈福，岂敢高祝千古，自比九皇哉！"明确说明此次封禅的目的是替苍生祈福。不仅如此，玄宗又在铭文中重申："钦若祀典，丕承永命，至诚动天，福我万姓。"①表现出一代君王胸怀天下的气魄。祈福语在刻石文中并非主要内容，不少情况下只是作为套语在文末顺便提及。尽管如此，其作为中国传统民本思想的重要体现，却是一个不可简省的步骤。从西周时期的"敬德保民"，到春秋战国时期儒家、法家提倡的"以人为本""民贵君轻"，历代思想家都没有放弃过对黎民百姓地位的强调。作为一国之君，当然有义务和责任在封禅时为黎民祈福。

四、封禅后的作颂纪德

"刻石纪号"作为封禅中的仪式之一，最初只是勒功泰山。而后人们又添加新的内容，即封禅后树碑于所祭之坛，纪颂圣德。

中国古代祭祀中，祭坛出现极早，《尚书·金縢》云："公乃自以为功，为三坛同墠。为坛于南方北面，周公立焉。"孔安国传："坛，徒丹反，筑土也。"②封禅作为祭祀天地之礼，祭坛乃必要组成部分。根据张守节对"封"字的解释："泰山上筑土为坛以祭天，报天之功，故曰封。"封禅中"封"字即由此而来。历代封禅对祭坛的使用并不相同。《史记·封禅书》记载始皇封禅："上自泰山阳至巅，立石颂秦始皇帝德，明其得封也。"③未言及筑坛之事。汉武帝时，"封泰山下东方，如郊祠太一之礼。封广丈二尺，高九尺，其下则有玉牒书，书祕"④。其中第二个"封"字，即筑土为坛之意。《后汉书·祭祀志》对光武帝封禅之坛的形制、数量未作具体描述。唐太宗虽因故未能封禅，但《旧唐书》却全面记载了当时制定的封禅仪式，其中对所用祭坛名称、形制、功用均有详细描述。如昊天上帝坛："设坛以祀上帝，以景皇帝配享。坛长一十二丈，高一丈二尺。"泰山上圆坛："四出开道，坛场通义，南面入升，于事为允。今请介丘上圆坛广五丈，高九尺，用五色土加之。四面各设一阶。"又议设告至坛曰："既至山下，礼行告至，柴于东方上帝，望秩遍礼群神。今请其坛方八

---

① 《旧唐书》卷二十三，第903页。
② 《尚书正义》卷十三，第196页。
③ 《史记》卷二十八，第1366—1367页。
④ 《史记》卷二十八，第1398页。

十一尺,高三尺,陛仍四出。"①此后唐高宗、宋真宗封禅所设祭坛,虽名称有变,但大体如此。

自汉光武帝封禅,始为祭坛立碑。《后汉书·祭祀志》云:"又用石碑,高九尺,广三尺五寸,厚尺二寸,立坛丙地,去坛三丈以上,以刻书。"②但未载立碑祭坛的名称,碑刻的内容和功能也不详。至唐太宗时,乃重新制定仪注,增加新的内容:"勒石纪号,显扬功业,登封、降禅、肆觐之坛,立碑纪之。"③明确说明立碑于登封、降禅、肆觐三坛。唐太宗虽未能封禅,但其创立的封禅仪注却对后世影响很大,封禅结束后的"立碑纪之"即是其一。此后封禅均沿袭成礼,如唐高宗封禅后,"诏立登封、降禅、朝觐之碑,各于坛所"④;武则天封禅嵩山时,武三思撰《大周封祀坛碑》;唐玄宗封禅后,"中书令张说撰《封祀坛颂》、侍中源乾曜撰《社首坛颂》、礼部尚书苏颋撰《朝觐坛颂》以纪德"⑤;宋真宗封禅结束,诏王旦撰《封祀坛颂》,王钦若撰《社首坛颂》,陈尧叟撰《朝觐坛颂》。可见后世所立石碑均遵循唐太宗时期的仪注。

坛颂的撰写时间与封禅时的"刻石纪号"不同,后者属于礼仪程序之一,在封禅前就已镌刻完工,而祭坛立碑是在礼仪完全结束后,是为记录之用。《后汉书·祭祀志》云光武帝封禅"事毕,皇帝再拜,群臣称万岁。命人立所刻石碑,乃复道下";玄宗封禅后,诏张说撰《登封坛颂》,刻之泰山,均明确说明刻石立颂是在封禅后。关于宋真宗时期的封禅,《玉海》云:"(大中祥符元年四月)甲寅,命宰臣王旦撰《封祀坛颂》,王钦若撰《社首坛颂》,陈尧叟撰《朝觐坛颂》……(二年)七月丁卯,王旦、钦若上《封祀》《社首坛》颂,甲戌,陈尧叟上《朝观坛颂》。"⑥这段文字分别在封禅之前与之后两次提及王旦、王钦若、陈尧叟作颂,说明真宗在封禅前下诏要求三人作颂,结束后王旦、王钦若、陈尧叟方撰写完毕,故而是在结束后作颂以献。

在封禅结束后撰写坛颂是为了记录当时的典礼。后世史志在叙述这些坛颂时也特地突出其"纪"的目的和功能,如"立碑纪之""以纪德"等,这是坛颂与封禅前敷圣德、陈符瑞,封禅中"刻石纪号"之颂的不同所在。根据祭坛的不同,纪颂的内容也有区别。《封祀坛颂》记录登封泰山之仪,《社首坛颂》记录降禅社首之仪,《朝觐坛颂》记录群臣朝觐之仪。清王昶在《金石萃编》

---

① 《旧唐书》卷二十三,第882—884页。
② 《后汉书》卷九十七,第3164页。
③ 《旧唐书》卷二十三,第884页。
④ 《旧唐书》卷二十三,第888页。
⑤ 《旧唐书》卷二十三,第904页。
⑥ 《玉海》卷九十八,第1791页。

中为王旦《封祀坛颂碑》作跋云:"按《泰山志》,封祀礼本行于岳顶,真宗命名曰'太平顶',而御书刻石即在唐磨崖之东。此下三坛碑文皆从祀大臣奉敕所撰,故各就其坛之所在,以纪述巨典。"①说明了不同坛颂之间内容的区别。

上述坛颂中流传至今者有唐武三思《大周封祀坛碑》、张说《封祀坛颂》、苏颋《朝觐坛颂》、宋王旦《封祀坛颂》、王钦若《社首坛颂》、陈尧叟《朝觐坛颂》。由记述礼仪的需要决定,坛颂的特征突出表现为大段使用叙述笔法。除张说《封祀坛颂》外,这些颂作均为四言韵文,限制较多,所以描写礼仪的任务便由序文承担,正文仍以赞颂帝德为主。而张说《封祀坛颂》则全为散体。其首先论述封禅的条件和意义,认为"封禅之义有三,帝王之略有七",并云:"是谓与天合符,名不死矣。有一不足,而去封禅,人且未许,其如天何?"说明封禅之于君王的作用。在此基础上,作者又铺叙玄宗之功德,表达群臣对封禅的渴望。最后,玄宗终于被说动,并"撰巡狩之仪,求封禅之故",开始了封禅之行。《封祀坛颂》对封禅的描写由两部分组成。第一部分叙述队伍前往泰山途中的行进过程,以及百姓夹道欢迎的盛况,如:"历郡县,省谣俗,问百年,举百祀,兴坠典,葺阙政。攸徂之人,室家相应,万方纵观,千里如堵,城邑连欢,丘陵聚舞。其中垂白之老,乐过以泣,不图蒿里之魂,复见乾封之事。"第二部分乃颂文的核心内容,是对封禅礼仪的具体记述:

> 于是乎以天正上元,法驾徐进,屯千乘于平路,留群臣于谷口。皇帝御六龙,陟万仞,独与一二元老执事之人,出天门,临日观,次沆瀣,宿巘岩,赤霄可接,白云在下。庚寅,祀高祖于上封,以配上帝,命众官于下位,以享众神。皇帝冕裘登坛,奠献俯偻,金奏作,佾羽舞,撞黄钟,歌大吕,开阊阖,与天语,清将信公,奉斗布度,懋建皇极,勤恤苍生,昭假乎未兆,禳灾乎未萌。上下传节,而礼成乐遍,福寿同归,而帝赐神策,乃捡玉牒于中顶,扬柴燎于高天,庶忠诚之上达,若凭焰而驾烟。日昃方旋,神心余眷,五色云起,拂马以随人,万岁山呼,从天而至地。②

这段文字描述了唐玄宗封禅时参与的人员、举行的时间和程序,可谓细致而详尽。现存张说颂作除《封祀坛颂》外,尚有《圣德颂》《皇帝在潞州祥瑞颂》十九首、《起义堂颂》《上党旧宫述圣颂》《开元正历握乾符颂》,共六题二十

---

① [清]王昶撰:《金石萃编》卷一二七,《历代碑志丛书》本,江苏古籍出版社1998年,第3页。
② [宋]姚铉编:《唐文粹》卷十九下,《四部丛刊》本。

四首,唯《封祀坛颂》为散体。究其原因,当是为了更好地表现封禅礼仪,特意为之。可能在他看来,记述礼仪乃颂的核心内容,倘若置于序中似不够突出和庄重,故以散体记之。可见坛颂在记述礼仪的同时,其具体形式也受到礼仪影响而相应发生变化。

第三节 上寿礼仪与上寿颂的产生及普及

一、上寿礼与相关文体的使用

长寿自古就是人们孜孜不倦的追求,《尚书·洪范》云:"五福:一曰寿,二曰富,三曰康宁,四曰攸好德,五曰考终命。"①寿位于五福之首,可见其在人们心目中的地位之高。为了延年益寿,人们常在生日当天举行典礼,以示庆贺。唐代之前,生日又被视为"母难日"②,意为自己的出生给母亲带来了灾难,正如尤侗所说:"凡人生日,乃母难日也,为人子者,必有凄怆怵惕之心。若父母既亡,倍宜哀感,同于忌日不乐。"③因此一般不会有庆祝活动。这种风气后来逐步发生转变,《旧唐书·玄宗本纪》载:"八月癸亥,上以降诞日,宴百僚于花萼楼下。百僚表请以每年八月五日为千秋节,王公已下献镜及承露囊,天下诸州咸令宴乐,休暇三日,仍编为令,从之。"④此后,这种习俗便逐步推广开来。⑤皇帝的生日自然与庶民不同,称为"圣节"。玄宗以后,很多皇帝都有圣节,并有特殊的名目,如唐文宗"庆成节"、后晋高祖"天和节"、后

---

① 《尚书正义》卷十二,第408页。
② 关于"母难日",俞樾在《茶香室丛钞》引《孙子算经》云:"今有孕妇,行年二十九,难九月,未知所生。答曰:生男。术曰:置四十九加难月,减行年,所余以天除一,地除二,人除三,四时除四,五行除五,六律除六,七星除七,八风除八,九州除九,其不尽者,奇则为男,耦则为女。"并称:"按此于理殊不可解,而其以孕月为难月,则母难之说由来久矣。"《孙子算经》是南北朝时期的一部算书,据此可知"母难日"之说当不晚于此时期。
③ [清]尤侗撰,李肇翔、李复波整理:《艮斋杂说续说》卷四,中华书局1992年,第79页。
④ 《旧唐书》卷八,第193页。
⑤ 人们通常认为生日祝寿始于唐玄宗,宋吴曾在《能改斋漫录》卷二中进行纠正:"至于生日祝寿,始见于唐明皇,然识者以为非,何者? 梁孝元帝少时,每以载诞之辰,辄斋素讲经,阮修容殁后,此事乃绝。唐太宗亦以降诞日,谓长孙无忌曰:'今日是朕生日,世俗皆为欢乐,在朕翻成感伤。'泣数行下,群臣皆零涕。故唐封演谓孤露之后,不宜以此日为欢,可谓达理矣。明皇建节,虽出于源乾耀、张说之议,然中宗常以降诞日,宴侍臣内戚于内庭,与学士联句柏梁体诗,以是知循习久矣。"按吴说不误,但对后世影响较大而能起到移风易俗作用的生日祝寿,则确从唐玄宗开始。

汉隐帝"嘉庆节"、后周太祖"永寿节"。宋代的圣节更是繁多,除皇帝外,太后也有自己的圣节。《宋史》载:"仁宗以四月十四日为乾元节,正月八日皇太后为长宁节。"①为此,《宋史·嘉礼》特地载录"圣节"之礼,可见宋代庆生风气之盛。

与圣节相关的是系列朝贺礼仪,新、旧《唐书》皆未提及,《续通典》云:"唐开元礼有千秋节朝贺仪,前史未详其制,故杜《典》不载。"②宋仁宗为皇太后设立长宁节后,又"诏定长宁节上寿仪";"徽宗以十月十日为天宁节,定上寿仪"③。上寿礼最初在皇帝的私人会所举行,宋代移至朝议正殿,《续通典》云:"五代时间举上寿故事,宋世圣节上寿,或在紫宸殿,或在垂拱殿,已御正衙,非开元时御楼之比。"④上寿仪的确立和举行地点的转换,说明上寿礼仪正逐步受到人们的重视,由最初的私人活动变为公开的庆祝礼仪。

圣节举行当天,文武百官都要进京朝贺,进献礼物及诗文等。所进物品主要为珍奇玩物,皇帝也会随行赏赐作为还礼。《宋史》载,宋真宗"承天节仪"当天,节度使、观察使"以金酒器、银香合、马、袖表为献","宰相率百官上寿,赐酒三行,皆用教坊乐,赐衣一袭"。⑤除此之外,圣节当日,群臣还要上表祝寿,这在《宋史·圣节》中就多次提及。上表是最为普遍、灵活的祝寿方式,甚至在战争、灾害等特殊情况下,不再举行具体礼仪时,仍可"拜表称贺",《宋史》云:"神宗以熙宁元年四月十日为同天节,以宅忧罢上寿,惟拜表称贺……明年,以大旱罢同天节上寿,群臣赴东上阁门表贺。"⑥即表明了这一点。

如果说"拜表称贺"只是上寿礼的一种程序,那么进献诗文则是以文学的形式渲染喜庆氛围及表达祝福。历代上寿诗文主要有诗、赋、颂、词、序等形式。诗是最早用到的文体,《旧唐书·玄宗本纪》载,千秋节当天,"上赋八韵诗,又制《秋景诗》"⑦,此为玄宗自作。《玉海》云:"祥符八年十二月戊寅承天节,群臣及契丹西戎高丽注辇女真使上寿。壬午,王钦若作《献寿歌》,上和之。"⑧此为群臣献诗。与王钦若同时,晏殊上《承天节述圣赋》,杨亿献《承

---

① 《宋史》卷一一二,第2673页。
② 《续通典》卷六十八,第1541页。
③ 《宋史》卷一一二,第2674页。
④ 《续通典》卷六十八,第1541页。
⑤ 《宋史》卷一一二,第2672页。
⑥ 《宋史》卷一一二,第2673页。
⑦ 《旧唐书》卷八,第193页。
⑧ 《玉海》卷七十四,第1372页。

天节颂》。"(圣元)五年八月,赵良规上《乾元节祝圣寿赋》"①,宋祁也在宋仁宗乾元节时上《乾元节颂》,此为群臣进献赋颂的记载。寿词早在唐五代就已出现,如敦煌曲子词《感皇恩》(当今圣寿比南山)、王涯《献寿辞》、张说《舞马词》等,而真正流行则在宋代。据刘尊明对《全宋词》(含孔凡礼《全宋词辑补》)统计,"仅从词题、词序中标明'祝寿'、'庆诞辰'、'生日作'等语词,经判读可确定为寿词的,有1860首;在题、序中没有'寿'等语词标示,或没有题、序的作品中,通过含'生日''寿诞''诞辰'等字词句的检索,经判读可确定为寿词的,约有694首。两项加起来,其全部寿词总数竟达2554首,约占《全宋词》作品总数(21055)的12.13%。"②寿序最初为寿诗之序,从明代开始独立自成一类。归有光《周翁七十寿序》云:"古之人无有以为文者……宋之季年,始以诗词俪语相投赠;及今世,更益以所谓序者。"③明清寿序数量极大,如归有光一人就有76篇,这也反映了当时祝寿风气的昌盛。

上寿礼中诗、赋、词、序的使用范围极广,上自君王,下至百姓,数量巨大,因此较早为人关注。而寿颂则由于其特殊的文体,一开始就呈现出鲜明的贵族色彩,属于典型的宫廷文学。正因如此,寿颂的数量有限,同时又被后人视为谄媚之作,不受重视。但上寿颂其实是一种具有丰富文化内涵的作品,自有其独特的价值。宋代的上寿颂全为皇帝庆生而作,存留极少。明清的上寿颂存留较多。从使用范围看,明清上寿颂可分为民间与宫廷两种,前者篇幅短小,形式单调;而后者多由文学修养较高的文人所作,同时又为进献皇室之用,自然在创作上更加雕琢,追求出新,颇值得关注。

二、上寿颂的形成及内容

上寿颂至宋代方才出现,但早在先秦时期,祝寿行为就与颂密切相关。祝寿作为祈祷活动的一种,目的是向神灵寻求庇佑。从这个角度说,祝寿文即是祝文的一类。关于祝,《说文解字》云:"祭主赞词者。从示。从儿口。"段玉裁注:"此以三字会意。谓以人口交神也。"④可见祝与颂一样,俱为与鬼神沟通之词。大祝是周代春官宗伯的属官,作为祝官之长,《周礼·春官》称其"掌六祝之辞,以事鬼神示,祈福祥,求永贞"⑤,即以六种祈祷文辞向鬼神

---

① 《玉海》卷七十四,第1372页。
② 刘尊明:《宋代的祝寿风气与寿词创作》,《文史知识》1998年第3期。
③ [明]归有光著,周本淳校点:《震川先生集》卷十四,上海古籍出版社1981年,第325页。
④ [汉]许慎撰,[清]段玉裁注:《说文解字注》一篇上,上海古籍出版社1988年,第2页。
⑤ 《周礼注疏》卷二十五,第1746页。其中"六祝"分别为"一曰顺祝,二曰年祝,三曰吉祝,四曰化祝,五曰瑞祝,六曰筴祝"。

祈福。刘勰在《文心雕龙·祝盟》篇中对"六祝"的具体内容进行总结,其中有云:"'夙兴夜处',言于祔庙之祝。"①"夙兴夜处"出自《仪礼·士虞礼》,"祔庙"指将后死者合于先祖之庙。刘勰认为"夙兴夜处"是在祔庙中举行的祝祷活动。又《孔丛子·儒服》云:"祝、史告于社稷、宗庙、邦域之内名山大川。"②可见祝的场合多在宗庙,这点与颂一致。

颂与祝性质相近,施用的对象和地点均相同,以致很多场合下二者常被相提并论。《礼记·檀弓下》:

> 晋献文子成室,晋大夫发焉。张老曰:"美哉轮焉,美哉奂焉。歌于斯,哭于斯,聚国族于斯。"文子曰:"武也,得歌于斯,哭于斯,聚国族于斯,是全要领以从先大夫于九京也。"北面再拜稽首,君子谓之善颂善祷。③

关于"善颂善祷",孔颖达云:"善颂,谓张老之言;善祷,谓文子之言。""张老之言"乃其对宫殿"美哉轮焉,美哉奂焉"的夸赞,"文子之言"谓其"全要领以从先大夫于九京"的祈祷。面对新落成的宫殿,张老与文子一颂一祷,虽然角度不同,但都寄寓了美好祝愿。再如《孔子家语·冠颂》卷八:

> 冠成王而朝于祖,以见诸侯亦为君也。周公命祝雍作颂曰:"祝王达而未幼。"祝雍辞曰:"使王近于民,远于年,啬于时,惠于财,亲贤而任能。"其颂曰:"令月吉日,王始加元服,去王幼志,服衮职,钦若昊命,六合是式,率尔祖考,永永无极。"此周公之制也。④

这段记载又见于《大戴礼·公冠》及《说苑·修文》,文辞稍有区别。与《礼记·檀弓下》中颂、祷由二人所为不同,这里的祝、颂则由祝雍一人完成。祝雍奉周公之命,对成王先祝后颂。严可均将其看作两篇,正是看到了前后内容的区别⑤。但反过来说,二者均由祝雍作于同一场合,也可见祝、颂行为关系的密切。

祝寿辞作为祝文的一种,早在西周时期就与颂相伴出现。祝文篇幅有限,文辞简短,无法掺入过多内容;颂则更易于容纳祝意,故而二者的融合也

---

① 《文心雕龙义证》卷二,第363页。
② 傅亚庶撰:《孔丛子校释》卷四,中华书局2011年,第298页。
③ 《礼记正义》卷十,第1315页。
④ [清]陈士珂辑:《孔子家语疏证》卷八,上海书店1987年,第199页。
⑤ 《全上古三代秦汉三国六朝文》中,严可均将二者分别命名为《成王冠祝》和《成王冠颂》。

主要体现在颂作中。《周颂·雍》是目前所见周代最早含有祈寿之意的作品。该颂首先歌颂文王功德:"有来雍雍,至止肃肃。相维辟公,天子穆穆。于荐广牡,相予肆祀。假哉皇考!绥予孝子。宣哲维人,文武维后。"然后祝祷子孙繁盛及寿命长久:"燕及皇天,克昌厥后。绥我眉寿,介以繁祉,既右烈考,亦右文母。"①《雍》作为兼含祝祷之意的颂,可谓一体二用,为以后上寿颂的出现奠定了基础。

"三颂"之中,"商、周之颂为庙颂,惟天子有之",而"《鲁颂》多变而为颂其君上"。②《鲁颂》虽不再属于庙颂,但仍然延续了《雍》兼有祝意的特点。如《閟宫》,其中祝祈福寿之辞比比皆是:"降福既多,周公皇祖,亦其福女","俾尔炽而昌,俾尔寿而臧。保彼东方,鲁邦是尝。不亏不崩,不震不腾。三寿作朋,如冈如陵","天锡公纯嘏,眉寿保鲁。居常与许,复周公之宇。鲁侯燕喜,令妻寿母。宜大夫庶士,邦国是有。既多受祉,黄发儿齿"。③关于《閟宫》的主旨,方玉润引严粲《诗缉》称:"《春秋》不书,则知其非大工役。"并云:"史臣张大其事,而为颂祷之辞。"④径直认为《閟宫》乃祝颂僖公之用。可见《閟宫》中的祝祷成分已远远超过《雍》。

《诗经》中还有一些具有祈寿之意的作品。《小雅·天保》的主旨即为"祝君福也"。其他如《秦风·终南》"君子至止,黻衣绣裳。佩玉将将,寿考不亡"⑤,乃祝福襄公之作。《豳风·七月》:"跻彼公堂,称彼兕觥,万寿无疆。"郑玄笺:"群公皆升彼公堂之上……群臣于是庆君,祝君万寿无疆。"⑥一般认为是豳公祝祷之辞。《小雅·南山有台》:"南山有台,北山有莱。乐只君子,邦家之基。乐只君子,万寿无期。"郑玄笺:"人君既得贤者……得寿考之福。"⑦亦为祝颂国君之用。这些作品虽属风、雅二体,但主旨皆为颂扬,与《雍》《閟宫》一样,也对后世上寿颂的创作产生了很大影响。

秦汉以降,颂中含祝的现象仍较为普遍,如:

> 东汉黄香《天子冠颂》:"咸进酌于金罍,献万年之玉觞。"⑧

---

① 《毛诗正义》卷十九,第1284—1285页。
② 《诗经原始》卷十八,第630页。
③ 《毛诗正义》卷二十,第1328、1332页。
④ 《诗经原始》卷十八,第639页。
⑤ 《毛诗正义》卷六,第793页。
⑥ 《毛诗正义》卷八,第836页。
⑦ 《毛诗正义》卷十,第897页。
⑧ [唐]徐坚等撰:《初学记》卷十五,中华书局2004年,第353页。

> 晋左芬《武帝纳皇后颂》:"长享丰年,福禄永绥。"①
> 南朝梁元帝萧绎《大法颂》:"伊臣稽首,万寿无疆。"②
> 萧绎《菩提树颂》:"穆穆明后,万寿如天。"③
> 北魏佚名《巨鹿太守吕显颂》:"愿寿无疆,以享长龄。"④
> 唐颜师古《圣德颂》:"万寿无疆,永延遐算。"⑤
> 唐独孤及《庆鸿名颂》:"永锡多祜,万寿无期。"⑥

这些作品的主题各不相同,但在颂扬功德的同时均致以祝意,实是对《诗经》传统的继承。

上寿礼尽管在唐代就已出现,但到了宋代,这种庆生风气才逐步普及。同时,在宋代颂、祝的结合也更加紧密,这主要表现在两方面。其中一个表现是颂祝、祝颂、颂祷等词语开始出现,并广泛使用于庆生场合,如颂祝:

> 崔敦诗《皇帝进奉太上皇后生辰功德疏》:"爰申颂祝,益馨斋明。"⑦
> 陆游《天申节进奉银状》:"效颂祝于万年,适逢盛际;备贡输于九牧,敢竭微诚"⑧

祝颂:

> 崔敦礼《代江东漕臣贺皇帝降嫡皇孙表》:"臣喜际休嘉,惟勤祝颂。不显亦世,子孙更茂于亿千;于万斯年,历数岂惟于八百。"⑨
> 郭印《张持道生辰》之二:"应笑盈庭争祝颂,儿童犹复咏松椿。"⑩

颂祷:

---

① 《艺文类聚》卷十五,第280页。
② [唐]道宣编:《广弘明集》卷二十,《四部丛刊》本。
③ 《广弘明集》卷十五。
④ [北齐]魏收撰:《魏书》卷五十一,中华书局1974年,第1137页。
⑤ 《艺文类聚》卷九,第213页。
⑥ 《玉海》卷六十,第1153页。
⑦ [宋]崔敦诗撰:《崔舍人玉堂类稿》卷十九,《续修四库全书》本,上海古籍出版社2002年,第177页。
⑧ [宋]陆游撰:《渭南文集》卷一,《陆放翁全集》,中国书店1986年,第1页。
⑨ [宋]崔敦礼撰:《宫教集》卷四,《宋集珍本丛刊》本,线装书局2004年,第396页。
⑩ [宋]郭印撰:《云溪集》卷十一,景印文渊阁《四库全书》本,台湾商务印书馆1986年。

卫泾《瑞庆节贺表》:"西江水远,但溯海以朝宗;南浦朝飞,惟望云而颂祷。"①

华镇《贺兴隆节表》:"第虔颂祷,永固明昌。"②

古人认为,德乃寿之本,《礼记·中庸》云:"故大德……必得其寿。"③这个观点,同样也可反过来说,高寿者通常也是至德之人。早期上寿礼的施用对象一般是皇室及上层社会之人,具有崇高的社会地位与威望。在祝寿时,对于这些人,不仅要祝福,同时还须颂扬。正因如此,颂也与祝、祷连用,形成了颂祝、祝颂、颂祷等词语。

颂、祝联系紧密的另一个表现是上寿颂的正式出现。上寿颂最早出现在宋代,除上文所举杨亿《承天节颂》、宋祁《乾元节颂》外,还有宋庠《乾元节祝圣寿颂》、强至《上文相公生辰颂》、卫宗武《德寿颂》三篇。又,朱长文《墨池编》卷六著录彭年撰并书《石川张公六十寿颂》。但总的来看,宋代上寿文学作品多表现为诗、词等形式,颂作并不多见。

上寿颂以进献皇上、皇后者居多,形式和内容较为程式化。一般而言,序言以陈述圣人降诞意义开头,铺叙君王功德,并强调献颂的意义;正文则由颂、祝两部分构成,表达对君王的颂赞和祝福。如杨亿《承天节颂》中的正文部分:

> 惟民树君,惟天生圣。实天之子,惟民司命。神灵在躬,岐嶷成性。载诞之辰,生民之庆。乃建佳节,其惟承天。惟天为大,惟帝法焉。惟帝合德,罔有后先。承之伊何,终日乾乾。帝谟广被,天瑞浃至。乾符坤珍,纷纶总萃。玉帛骏奔,饮食饫赐。外薄四海,敢有贰事。龟巢于莲,其叶田田。蒙庄大椿,春秋八千。山声响答,河色漪涟。如日之旦,亿万斯年。煌煌老人,腾辉南极。昭昭辰星,垂象于北。如松之茂,如柏之直。万寿无疆,自天永锡。华封之祝,属于帝尧。中和之颂,升于汉朝。王泽下济,德音孔昭。为之声诗,无愧采樵。④

作者首先说明圣人之于天、人的意义之大,以此显示建立并庆祝圣节的重要性。从"惟帝合德"开始,作者赞颂真宗功德之大及符瑞之盛,认为只有功德

---

① [宋]卫泾撰:《后乐集》卷七,景印文渊阁《四库全书》本,台湾商务印书馆1986年。
② [宋]华镇撰:《云溪居士集》卷二十七,《宋集珍本丛刊》本,线装书局2004年,第336页。
③ 《礼记正义》卷五十二,第3533页。
④ [宋]杨亿撰:《武夷新集》卷六,《宋集珍本丛刊》本,线装书局2004年,第242页。

隆盛者,才有资格获得神灵的庇佑及万民的祈祷。接下来,作者连用与长寿相关的数种典故,其中"龟巢于莲"出自《史记·龟策列传》"龟千岁乃游莲叶之上","蒙庄大椿"谓《庄子·逍遥游》中"上古有大椿者,以八千岁为春,八千岁为秋",老人星与松柏更是长寿的象征,以此祝福真宗"万寿无疆",表明该颂的祝寿用途。最后,作者又援古证今,说明真宗获得祝颂的原因在于其功德之盛,以此使颂、祝两部分内容紧密相连,浑融一体。

前代颂作中的祝寿之词,只是作为一种通行的写作惯例出现在文末,并非颂文的主要部分。而上寿颂的出现,则将祝寿提升到与颂德并重的高度,二者相互依存,互为因果。王充云:"圣人禀和气,故年命得正数。气和为治平,故太平之世,多长寿人。"①故而祝寿其实也是颂德的一种表现。又归有光《周翁七十寿序》云:"诗人祝颂之语,始曰眉寿,曰寿考,曰万年,曰万寿云者,亦因其德之所取,而致其爱慕无已之情。"②认为诗人祝颂之语乃因德之崇高,而这在上寿颂中体现得尤为明显。颂德既是目的,也是祝寿赖以存在的基础。祝寿与颂德并重,这正是上寿颂区别于以往颂作的地方所在。

三、明清上寿礼的盛行与上寿颂的创作

明清时期,祝寿风气极为昌盛。朱国祯记载,罗洪先六十岁时,门人为他祝寿,他推辞说:"今世风俗,凡男妇稍有可资,逢四五十谓之满十,则多援显贵礼际以侈大之。为之交游亲友者皆曰:'某将满十,不可无仪也。'则又醵金以为之寿。至乞言于名家,与名家之以言相假者,又必过为文饰以传之,而其名益张。凡此皆数十年以来所甚重,数十年以前无有是也……"③这段话表明,唐宋时期主要流行于帝王将相之间的庆生礼,至明代已在社会中普遍流行开来,这也极大促进了上寿颂的创作。

明代上寿颂逐渐在民间普及,呈现出平民化的特点,数量远远超过前代。从对象上看,有为朝臣所作如陈子龙《楚抚大中丞方公五十寿颂》(《安雅堂稿》卷一),为居士所作如于慎行《如是居士寿颂》(《谷城山馆文集》卷三十四),为节妇所作如范允临《屠亲母陈孺人节寿颂》(《输寥馆集》卷六),为乡贤所作如方凤《贞庵寿颂》(《改亭存稿》卷四),为己母所作如邵经济《天保祝亲颂》(《泉厓文集》卷一),为友人之父所作如刘玉《椿庭荣寿颂》(《执斋先生文集》卷一),为友人之母所作如秦夔《潘母范硕人寿颂》(《五峰遗稿》卷二十

---

① 黄晖撰:《论衡校释》(附《刘盼遂集解》)卷一,中华书局1990年,第33页。
② 《震川先生集》卷十四,第325页。
③ [明]朱国祯著,缪宏点校:《涌幢小品》卷十七,文化艺术出版社1998年,第380页。

二),为夫妇二人所作如孟思《双寿颂》(《孟龙川文集》卷十九),为一家四人所作如邵经济《重庆四寿颂》(《泉厓文集》卷一)。此外,还有阁试之作如董其昌《万寿无疆颂》(《容台集》文集卷五),代他人作如孟思《代人寿严介溪太师颂》(《孟龙川文集》卷十九),这都反映了明代上寿颂的盛行。

  清朝建立后,在礼乐方面多以汉族为借鉴对象,设圣节便是其中一个方面。据《清通典·圣节朝贺礼》载,皇太极、顺治、康熙、雍正、乾隆等均设有自己的圣节。清代上寿颂数量较多,其中尤以乾隆时期为盛。据《清通典》载,乾隆十六年(1751),皇太后六十圣寿,"上亲制《慈圣万寿九如颂》一篇以献"①。上行下效,乾隆的这一举措也推动了当时上寿颂的创作。《皇清文颖续编》中收录颂作七十六篇,作于乾隆时期者即有二十三篇,占总数的近三分之一。清朝的上寿颂整体水平较高,呈现出鲜明的创作特点。其中形制新颖、构思巧妙之作,更是极大拓展了颂体创作的艺术空间。

  首先是"九如颂"的盛行。《小雅·天保》乃祝颂君王之诗,关于其内容和用意,方玉润解释说:"其祝颂且多复笔,亦略无规讽意,不已近于谀乎?岂知臣之颂君,非但君也,实为民耳。盖君之福即民之福,君一人受天地神祇之福,即天下臣民亿万众同享天地神祇之福,其所系不綦重舆?"②为君王祈福,也即为黎民祈福,所以不厌其烦。为此,作者连用九种比喻:"天保定尔,以莫不兴。如山如阜,如冈如陵,如川之方至,以莫不增……如月之恒,如日之升。如南山之寿,不骞不崩。如松柏之茂,无不尔或承。"这种铺排的比喻手法在后世影响深远,致使"九如"成了祝颂的专有词语。

  九如颂最早出现在明代,顾名思义,乃据《小雅·天保》祝颂之法推衍而成。如上文所举邵经济《天保祝亲颂》,序曰:"某不敏,谨藉手按图,折简声之颂言,以衍《天保》之章,以代我诸士民之祝,以宣少冈遜违遥致之忱。"明确说明是敷衍《天保》而作。作法上,《天保祝亲颂》以《天保》九种比喻为中心,敷衍其意,连缀成文。如其中"如月之恒"部分:

    猗惟夜光,太阴之精。普照万有,莹彻千灵。贞明含辉,融洁不翳。顾兔在腹,蟾蜍容裔。金虎西戾,玉羊东驰。皓彩就盈,质日以亏。我祝我母,如月之恒。③

作者紧紧围绕"如月之恒",以铺排之法列出月亮的种种内涵,尾句点明主

---

① 《清通典》卷五十一,景印文渊阁《四库全书》本,台湾商务印书馆1986年。
② 《诗经原始》卷九,第338页。
③ [明]邵经济撰:《西浙泉厓邵先生文集》卷一,《续修四库全书》本,上海古籍出版社2002年,第459页。

题,表达对母亲的祝颂之意。

清代九如颂大量出现,作法也更加丰富多样。其所用比喻已不再局限于《天保》中的九种,如戴第元《皇上五旬万寿颂序》云:

> 夫颂君之辞,莫古于华封人之三祝,其最著者,则莫如《天保》之诗。臣尝诵诗至"如山如阜,如冈如陵"诸章,往复讽咏,见其效祝于君者,比物连类,不一而足,其意缠绵而不已,其辞繁而不嫌。于复一篇之中,言如者九,盖皆感于君德,而忠爱之诚之所出也……臣猥以庸末,备员史馆,幸遭逢兹盛,敬援九如之诗,广其义于天地四时,备拟形容,为颂九章。①

序文阐释了九如之辞体现的颂君之情,在此基础上,"广其义于天地四时",以九种新的比喻祝颂乾隆。九种比喻分别是"天子寿兮,如天之不覆兮""丕丕哉,如地之无不载""惟我皇翊运,譬如四时之错行""如日之升,扶桑初耀,以为天下文明""圣寿如何?如月之恒""天子万岁,德洋恩溥,浩兮无际,如川之方至""如松柏之茂,伊下民之祝""我后思文,重华复旦,郁郁彬彬,如竹箭有筠""永言保之矣,于斯万年,如南山之寿矣"。《天保》作为祝寿之文,其比喻紧扣长寿之意,而《皇上五旬万寿颂》除了祝寿,还用于颂德,故而选用的比喻还须凸显乾隆的圣明。

九章模式也是九如颂的特点之一。《皇清文颖续编》所收二十三首上寿颂中,九章结构者共有十首,其比例如此之高,显然不是偶然,而是与《天保》九种比喻相对应的结果。很多作品中,作者都明确表示对《天保》的效仿。翁方纲《皇上五旬万寿颂序》云:"敬托诗人'九如'之义,作颂九章,谨拜手稽首以献。"彭绍观《皇太后七旬万寿颂序》:"谨撰颂九章,窃效《天保》'九如'之义。"但具体内容中并未像邵经济《天保祝亲颂》、戴第元《皇上五旬万寿颂》那样出现明确的比喻对象。很多情况下,作者所谓效"九如之义",只是像《天保》那样,从九个方面表达祝颂之意。如李中简所作《万寿无疆颂》和《皇太后万寿无疆颂》,便明确标出九章的题目,前者为"景命""法祖""大孝""勤政""睿文""圣武""繁祉""宝瑞""效法"九题,后者乃"景祺""至德""大孝""嗣徽""本支""陛廷""浃宙""天声""万年"九题,以此为太后祝寿。

除了九如颂,集句颂的出现也是颇值得关注的现象。集句文学在中国起源甚早,傅咸《七经诗》是最早的集句诗,陈绎曾说:"晋傅咸作《七经诗》,

---

① 《皇清文颖续编》卷二十三。

其《毛诗》一篇,略曰……此乃集句诗之始。或谓集句起于王安石,非也。"①宋代集句诗历经王安石、孔平仲、葛次仲与林震的推动,已成为一种重要的文学创作方式。②但总的来说,集句文学主要以诗、词、曲等短篇作品为主。清代集句文学在前人的基础上进一步发展,并尝试将集句方法用于颂体创作。笔者收集到清代集句颂共计六篇,其中五篇用于祝寿。乾隆二十六年(1761),清世宗孝圣宪皇后钮祜禄氏七十寿辰,钱大昕献《圣母皇太后七十万寿颂》,序文及正文皆集《五经》之文而成。三十五年(1770),乾隆皇帝六十大寿,王嘉曾上《进文恭祝皇上六旬万寿颂》,颂的正文集自经、传,序文集自《文选》。郭沛霖五十寿辰时,刘毓崧献同名作《淮扬观察前署两淮都转郭公五十寿颂》三篇,内容分别集自李德裕《会昌一品集》、韩愈文及其他唐代文章,皆有序。

由于创作难度较大,前代一直未见有集句颂的流传。清代集句颂虽然也不多见,但充分体现了清人在上寿颂创作上的探索精神。钱大昕、王嘉的集句颂以经传为本,目的是以经传的崇高,凸显皇帝、太后身份的尊贵。刘毓崧是一位集句高手,其诗文集《通义堂文集》中共有寿颂、寿序十一篇,其中八篇为集句之作,且全部集自唐文。三篇《淮扬观察前署两淮都转郭公五十寿颂》均以长序记述郭公生平,正文抒发祝颂之意,内容虽区别不大,但在同一场合连集三篇,反映了其对唐文的熟悉,这也是从不同方面对集句颂创作的尝试。

追求篇幅的恢宏壮大是清代上寿颂的特征之一,而进献皇室的作品尤为明显。乾隆六十寿辰时,钱陈群献《圣主六旬万寿千文颂》。作者本着"以理数之自然符合者,衍绎其旨"的思想,首先从"稽古三皇,斟元太始。万八千年,为一甲子"的时空变换入题,叙述满族的发源及"历选列辟"的历史。然后以"我皇之生,诞膺天祚"转入正题,赞述乾隆的"徇齐敦敏"。接着又由"主器有托,卜世延洪。前光允迪,治开郅隆。我皇握符,建其有极"开始颂扬乾隆功德,从文治、武功两方面彰显其治理天下之功、教化万民之德。这是颂文的重点,也是作者着墨最多之处,如颂扬"武功"部分:

> 文德洽矣,武功其成。印笼之役,番碯悉平。准夷内讧,师出以贞。和阗贡玉,拔达成城。拓疆二万,西旅戬宁。蛮荒遐邈,慑我威棱。虞阶舞羽,洱海洗兵。凡此远猷,握铃独断。缵绪求宁,拯涂戡

---

① [元]陈绎曾撰:《诗谱》,丁福保辑《历代诗话续编》本,中华书局1983年,第623页。
② 参见张明华、李晓黎:《集句诗嬗变研究》,中国社会科学出版社2011年。

乱。鹣鲽纷来,赆琛毕献。①

这段文字历述数次平叛边疆之役。如此长的篇幅中,本可以赋笔铺陈其事,但作者显然刻意收敛笔墨,简洁凝练,字斟句酌,确实达到了刘勰所云"敷写似赋,而不入华侈之区"的作颂要求。文章最后以祈寿之辞结束,表达了一位老臣的由衷祝颂,同时也是对文章主题的回归。总体看来,《圣主六旬万寿千文颂》气势磅礴,汪洋恣肆,虽长达千言之多,但法度谨严,开合有度,体现了有清一代的盛世之象。

除千言颂外,清代的上寿颂更有长达万言之作,梁章钜《浪迹续谈》载:

《千字文》,人所熟知,问以《万字文》,皆瞠目矣。按《万字文》,隋满徽撰,去周兴嗣作《千字文》时,年代殊非悬绝,而传世独罕,当是因其繁多之故耳。近年有重编《千字文》为祝嘏之辞者,始于彭文勤师。时吾乡游彤卣侍御亦集赋一首,皆一时极思,可称杰作,此在乾隆庚戌八旬庆典时。至嘉庆庚辰叶东卿兵部志诜献《万寿颂》册,重编《千字文》十首,名为《万言颂》,则更度越前人矣。②

彭文勤(元瑞)重编《千字文》用于祝嘏,而嘉庆二十五年(1820),叶东卿则以《千字文》十首集为《万言颂》,汇为一册,煌煌大观,的确可以称作上寿颂中的一大创举。

又张维屏《国朝诗人征略》载:

嘉庆己卯,先生(笔者按,指吴鼒)入都祝嘏,将出都,偶于友人处见屏代阁部师撰《万寿颂》百章,谓友人曰:"此手笔大近孟坚《典引》、中郎《释诲》。"③

刘勰曰:"《典引》所叙,雅有懿采;历鉴前作,能执厥中,其致义会文,斐然余巧。"④又论蔡邕《释诲》:"体奥而文炳。"⑤均为较高评价。而此《万寿颂》能以百章之篇幅与二文"手笔大近",殊为难得。

同样长达百章的,还有嘉庆十四年(1809)嘉庆帝五十寿辰时,茹棻所献《皇上五旬万寿恭颂》。乾隆四十九年(1784),茹棻状元及第,授翰林院修

---

① 《皇清文颖续编》卷二十六。
② [清]梁章钜撰,陈铁民点校:《浪迹丛谈 续谈 三谈》,中华书局1981年,第369—370页。
③ [清]张维屏编:《国朝诗人征略》卷五十四,台湾明文书局1995年,第327页。
④ 《文心雕龙义证》卷五,第809页。
⑤ 《文心雕龙义证》卷三,第501页。

撰,旋即授三通馆纂修兼提调,编辑《六书略》《七音略》。正因精通音韵,他以《平水韵》中的一〇六韵为依据,创作了《皇上五旬万寿恭颂》,序曰:"(臣)忝以文章为职,曾何足仰窥高深于万一?谨就闻见所及,纪实陈辞,依四声全韵,敬成《圣寿颂》一百六章,章八句,用附衢歌巷舞之末云尔。"[①]作者按照一〇六韵的顺序,有条不紊,从满族的发源写起,对清朝的礼乐教化、武功征伐、典章制度、农业生产、赋税徭役、灾祥灵异、周遭边疆等都进行了描述,俨然是一部浓缩的清朝社会史。这样一篇作品,已经完全超越了祝寿的功用,而是以祝寿为名,对有清以来社会的全面回顾和热情赞颂。

[①]《皇清文颖续编》卷三十五。

结　语

　　"文笔之辨"是南朝文章学的重要内容，同一种文体依据不同的分类方法，文类属性也会有所区别。押韵与否是当时区分文笔最常见的标准，《文心雕龙·总术》："今之常言，有文有笔，以为无韵者笔也，有韵者文也。""文"押韵而"笔"无韵，这不仅是刘勰的个人观点，也是当时的普遍看法。还有另一种观点，萧绎在《金楼子·立言》中说："至如文者，惟须绮縠纷披，宫征靡曼，唇吻遒会，情灵摇荡。"认为"文"可以动人心魄，"笔"只是单纯的应用文字。颂乃有韵之文，可入"文"类，同时因强烈的现实功能，又可归为"笔"类。从实际创作和文体使用两个方面来看，颂确实是一种兼有文学色彩和实用功能的文体。这里我们可融合两种观点，称之为"实用文学"，或许更为合适。在两千多年的发展中，颂逐渐形成了独特的文体特色，积淀了厚重的文化意蕴，在众多文体中占有不可忽视的地位，无论是文体的形式、功能还是内涵，都具有十分重要的研究价值。

　　文体形式方面，颂自成一体，具有独特的创作风格。颂又与其他文体相互交织。很多时候，颂与诗、赋、赞、铭、碑并不容易区分，原因就在于彼此之间功能和体式的相似。这一点提示我们，在研究一种文体时应当从大处着眼，将研究对象放在整个文体发展史中，这样才能全面而透彻。如此，不仅可以很好地把握研究对象的体式特色、发展流变，同时对其他文体的研究也大有裨益。

　　文体功能方面，颂最主要的作用是润色鸿业、纪颂功德，这也导致其内容经常充斥着大量的浮夸之辞，常被认为是阿谀奉承，弃而不论。但倘若透过表层文辞，重新回到作颂的历史现场，我们发现，颂体仍在一定程度上反映了历史真实。作为"古诗之流"，后世颂体一直秉持着"美盛德之形容"的颂扬宗旨，天下太平则颂声兴，天下淆乱则颂声无。这种情况提示我们，颂体的创作具有明确的现实背景，反映了一定的历史现象，是一种重要的历史文献。

文体内涵方面,颂体蕴含着丰富的思想文化,是中华传统文化的重要载体。在颂体作品中,我们可以看到仁君胸怀天下的英伟,名将冲锋陷阵的勇猛,忠臣殚精竭虑的赤诚;可以看到儒家对德政和教化的推崇,圣主与贤臣的相互渴慕,廉吏与百姓的鱼水之情;我们还可以看到人民对天下统一的期盼,对国富民强的自豪,对安居乐业的追求。总之,一切美好的人和事在颂体作品中均有体现,都可以成为颂体创作的对象。从这个角度看,颂不仅是书写善与美的文学样式,更多地体现了一种精神品质,即民众对美好生活的追求和赞美。

颂体属于古代社会的文学样式,但在当下仍具有重要的借鉴意义。通过研究颂体,不仅可以更好地了解过去,亦有益于当前精神文明建设。时代在变迁,社会在进步,但褒扬功德、树立楷模、劝奖先进、垂范将来的优秀风气仍是不可或缺的。党的二十大报告指出:"中华优秀传统文化源远流长、博大精深,是中华文明的智慧结晶,其中蕴含的天下为公、民为邦本、为政以德、革故鼎新、任人唯贤、天人合一、自强不息、厚德载物、讲信修睦、亲仁善邻等,是中国人民在长期生产生活中积累的宇宙观、天下观、社会观、道德观的重要体现,同科学社会主义价值观主张具有高度契合性。"通过对颂体的研究,可以继承和发扬中华民族优秀品质,弘扬中华优秀传统文化,引导人们树立正确的历史观、民族观、国家观,推动当代社会公德、职业道德、家庭美德和个人品德的建设,促使社会的文明化进程。

当然,任何事物都有两面性,我们在肯定颂体的积极作用时,也应留意其中存在的糟粕。颂体创作的动机非常复杂,有的是由衷赞颂,有的则别有用心,这就导致其内容斑驳不纯,价值高下不一。有所选择,有所扬弃,这不仅是我们研究的态度,也是阅读时需要注意的地方。

附录：历代颂体批评资料辑存

凡 例

一、选录资料以辨体为主，无关辨体但涉及颂扬主题者，亦酌情收录。

二、为保证资料原貌，选录原文时径录不改；标点有误者，径改，不再说明。

三、选录资料仅注明出处，版本情况参见本书参考文献。

汉 代

《毛诗序》：

颂者，美盛德之形容，以其成功告于神明者也。

——《毛诗正义》，卷一，第568页

按，《毛诗序》成于何时，学界尚无定论，作者有孔子弟子子夏、东汉卫宏等说法，今暂归于汉代。

王充：

古之帝王建鸿德者，须鸿笔之臣褒颂纪载，鸿德乃彰，万世乃闻。问说《书》者："'钦明文思'以下，谁所言也？"曰："篇家也。""篇家谁也？""孔子也。"然则孔子鸿笔之人也。自卫反鲁，然后乐正，《雅》《颂》各得其所也。鸿笔之奋，盖斯时也。或说《尚书》曰："尚者，上也；上所为，下所书也。""下者谁也？"曰："臣子也。"然则臣子书上所为矣。问儒者："礼言制，乐言作，何也？"曰："礼者上所制，故曰制；乐者下所作，故曰作。天下太平，颂声作。"方今天下太平矣，颂诗乐声可以作未？传者不知也，故曰拘儒。卫孔悝之鼎铭，周臣劝行。孝宣皇帝称颍川太守黄霸有治状，赐金百斤，汉臣勉政。夫以人主颂称臣子，臣子当褒君父，于义较矣。虞氏天下太平，夔歌舜德；宣王惠周，《诗》颂其行；召伯述职，周歌棠树。是故《周颂》三十一，《殷颂》五，《鲁颂》四，凡《颂》四十篇，诗人所以嘉上也。由此言之，臣子当颂，明矣。

儒者谓汉无圣帝，治化未太平。《宣汉》之篇，论汉已有圣帝，治已太平；《恢国》之篇，极论汉德非常实然，乃在百代之上。表德颂功，宣褒主上，《诗》之颂言，右臣之典也。舍其家而观他人之室，忽其父而称异人之翁，未为德也。汉，今天下之家也；先帝、今上，民臣之翁也。夫晓主德而颂其美，识国奇而恢其功，孰与疑暗不能也？孔子称"大哉！尧之为君也！唯天为大，唯尧则之。荡荡乎民无能名焉！"或年五十击壤于途，或曰："大哉！尧之德也。"击壤者曰："吾日出而作，日入而息，凿井而饮，耕田而食，尧何等力？"孔子乃言"大哉！尧之德"者，乃知尧者也。涉圣世不知圣主，是则盲者不能别青黄也；知圣主不能颂，是则暗者不能言是非也。然则方今盲暗之儒，与唐击壤之民，同一才矣。夫孔子及唐人言大哉者，知尧德，盖尧盛也；击壤之民云"尧何等力"，是不知尧德也。夜举灯烛，光耀所及，可得度也；日照天下，远近广狭，难得量也。浮于淮、济，皆知曲折；入东海者，不晓南北。故夫广大从横难数，极深，揭厉难测。汉德酆广，日光海外也。知者知之，不知者不知汉盛也。汉家著书，多上及殷、周，诸子并作，皆论他事，无褒颂之言，《论衡》有之。又《诗》颂国名《周颂》，杜抚、班固所上《汉颂》，相依类也。宣帝之时，画图汉列士，或不在于画上者，子孙耻之。何则？父祖不贤，故不画图也。夫颂言非徒画文也。如千世之后，读经书不见汉美，后世怪之。故夫古之通经之臣，纪主令功，记于竹帛；颂上令德，刻于鼎铭。文人涉世，以此自勉。

汉德不及六代，论者不德之故也。地有丘洿，故有高平，或以镬锸平而夷之，为平地矣。世见五帝、三王为经书，汉事不载，则谓五、三优于汉矣。或以论为镬锸，损三、五，少丰满汉家之下，并为平哉？汉将为丘，五、三转为洿矣。湖池非一，广狭同也，树竿测之，深浅可度。汉与百代，俱为主也，实而论之，优劣可见。故不树长竿，不知深浅之度；无《论衡》之论，不知优劣之实。汉在百代之末，上与百代料德，湖池相与比也，无鸿笔之论，不免庸庸之名。论者好称古而毁今，恐汉将在百代之下，岂徒同哉！

谥者，行之迹也。谥之美者，成、宣也；恶者，灵、厉也。成汤遭旱，周宣亦然。然而成汤加"成"，宣王言"宣"，无妄之灾，不能亏政，臣子累谥，不失实也。由斯以论尧，尧亦美谥也，时亦有洪水，百姓不安，犹言尧者，得实考也。夫一字之谥，尚犹明主，况千言之论，万文之颂哉？

船车载人，孰与其徒多也？素车朴船，孰与加漆采画也？然则鸿笔之人，国之船车、采画也。农无强夫，谷粟不登；国无强文，德暗不彰。汉德不休，乱在百代之间，强笔之儒不著载也。高祖以来，著书非不讲论汉。司马长卿为《封禅书》,文约不具。司马子长纪黄帝以至孝武,杨子云录宣帝以至哀、平。陈平仲纪光武。班孟坚颂孝明。汉家功德,颇可观见。今上即命,未有褒载,《论衡》之人,为此毕精,故有《齐世》《宣汉》《恢国》《验符》。

龙无云雨,不能参天。鸿笔之人,国之云雨也。载国德于传书之上,宣昭名于万世之后,厥高非徒参天也。城墙之土,平地之壤也,人加筑蹈之力,树立临池。国之功德,崇于城墙;文人之笔,劲于筑蹈。圣主德盛功立,莫不褒颂纪载,奚得传驰流去无疆乎?人有高行,或誉得其实,或欲称之不能言,或谓不善,不肯陈一。断此三者,孰者为贤?五、三之际,于斯为盛。孝明之时,众瑞并至,百官臣子,不为少矣,唯班固之徒,称颂国德,可谓誉得其实矣。颂文谲以奇,彰汉德于百代,使帝名如日月,孰与不能言,言之不美善哉?秦始皇东南游,升会稽山,李斯刻石,纪颂帝德。至琅琊亦然。秦,无道之国,刻石文世,观读之者,见尧、舜之美。由此言之,须颂明矣。当今非无李斯之才也,无从升会稽、历琅琊之阶也。

弦歌为妙异之曲,坐者不曰善,弦歌之人,必息不精。何则?妙异难为,观者不知善也。圣国扬妙异之政,众臣不颂,将顺其美,安得所施哉?今方板之书在竹帛,无主名所从生出,见者忽然,不卸服也。如题曰"甲甲某子之方",若言"已验尝试",人争刻写,以为珍秘。上书于国,奏记于郡,誉荐士吏,称术行能,章下记出,士吏贤妙。何则?章表其行,记明其才也。国德溢炽,莫有宣褒,使圣国大汉有庸庸之名,咎在俗儒不实论也。

古今圣王不绝,则其符瑞亦宜累属。符瑞之出,不同于前,或时已有,世无以知,故有《讲瑞》。俗儒好长古而短今,言瑞则渥前而薄后。《是应》实而定之,汉不为少。汉有实事,儒者不称;古有虚美,诚心然之。信久远之伪,忽近今之实。斯盖三增九虚所以成也,《能圣》《实圣》所以兴也。儒者称圣过实,稽合于汉,汉不能及。非不能及,儒者之说,使难及也。实而论之,汉更难及。谷熟岁平,圣王因缘以立功化,故《治期》之篇,为汉激发。治有期,乱有时。能以乱为治者优,优者有之。建初孟年,无妄气至,圣世之期也。皇帝执德,救备其灾,故《顺鼓》《明雩》,为汉应变。是故灾变之至,或在圣世,时旱祸湛,为汉论灾。是故《春秋》为汉制法,《论衡》为汉平说。

从门应庭,听堂室之言,什而失九,如升堂窥室,百不失一。《论衡》之人,在古荒流之地,其远非徒门庭也。日刻径重千里,人不谓之广者,远也。望夜甚雨,月光不暗,人不睹耀者,隐也。圣者垂日月之明,处在中州,隐于百里,遥闻传授,不实。形耀不实,难论。得诏书到,计吏至,乃闻圣政。是以褒功失丘山之积,颂德遗膏腴之美。使至台阁之下,蹈班、贾之迹,论功德之实,不失毫厘之微。武王封比干之墓,孔子显三累之行。大汉之德,非直比干三累也。道立国表,路出其下,望国表者,昭然知路。汉德明著,莫立邦表之言,故浩广之德,未光于世也。

——《论衡校释》,卷二十《须颂》,第847—859页

王延寿《鲁灵光殿赋序》:

嗟乎！诗人之兴,感物而作。故奚斯颂僖,歌其路寝,而功绩存乎辞,德音昭乎声。物以赋显,事以颂宣,匪赋匪颂,将何述焉？

——《文选》,卷十一,第168页

三　国

邯郸淳《上受命述表》:

臣闻《雅》《颂》作于盛德,典、谟兴于茂功,德盛功茂,传序弗忘。是故竹帛以载之,金石以声之,垂诸来世,万载弥光。陛下以圣德应期,龙飞在位,其有天下也,恭己以受天子之籍,无为而四海顺风。若乃天地显应,休征祥瑞,以表圣德者,不可胜载,铄乎焕显,真神明之所以祚命世之令主也。凡自能言之类,莫不讴叹于野,执笔之徒,咸竭文思,献诗上颂。臣抱疾伏蓐,作书一篇。欲谓之颂,则不能雍容盛懿,列伸玄妙；欲谓之赋,又不能敷演洪烈,光扬缉熙。故思竭愚,称受命述。

——《艺文类聚》,卷十,第196页

曹丕《答卞兰教》:

赋者,言事类之所附也；颂者,美盛德之形容。故作者不虚其辞,受者必当其实。兰此岂吾实哉？昔吾丘寿王,一陈宝鼎,何武等徒以歌颂,犹受帛之赐。兰事虽不谅,义足寿也。今赐牛一头。

——《艺文类聚》,卷十六,第298—299页

晋　代

陆机《文赋》:

诗缘情而绮靡,赋体物而浏亮。碑披文以相质,诔缠绵而凄怆。铭博约而温润,箴顿挫而清壮。颂优游以彬蔚,论精微而朗畅。奏平彻以闲雅,说炜晔而谲诳。虽区分之在兹,亦禁邪而制放。要辞达而理举,故无取乎冗长。

——《文选》,卷十七,第241页

陆云《与兄平原书》：

云再拜：《祠堂颂》已得，省兄文，不复稍论常佳。然了不见出语，意谓非兄文之休者。前后读兄文，一再过便上口语，省此文虽未大精，然了无所识。然此文甚自难，事同又相似，益不古，皆新绮，用此已自为洋洋耳。（书之四）

云再拜：《二祖颂》甚为高伟。云作虽时有一佳语，见兄作又欲成贫俭家，无缘当致兄此谦辞，又云亦复不以苟自退耳。然意故复谓之"微多民不辍叹"一句，谓可省。武烈未得有吴说桓王之事，而云建其孤，恐大祖不得为桓王之孙。云前作此颂及信以白兄，作《游仙诗》故自能。《刘氏颂》极佳，但无出言耳。二颂不减复过所望，如此已欲解此公之半。（书之五）

云再拜：……兄文自为雄，非累日精拔，卒不可得言。《文赋》甚有辞，绮语颇多，文适多体便欲不清，不审兄呼尔不？《咏德颂》甚复尽美，省之恻然。（书之八）

云再拜：《祠堂赞》甚已尽美，不与昔同，既此不容多说，又皆一事，非兄亦不可得。见吊少明殊复胜前，吊蔡君清妙不可言，《汉功臣颂》甚美，恐吊蔡君故当为最。使云作文，好恶为当，又可成耳。（书之九）

云再拜：顷得张公封禅事，平平耳；不及李氏其文无比。恐非其所作。欲见此公《刘氏世颂》，有信愿付。云顷又为辅吴奋威作颂，欲愈前颂。然意并不以快。遣信当送《九愍》三赋，脱然谓可举意。假彼颂便有怯处，想无又间便可耳。大类不便作四言、五言。（书之十四）

云再拜：疏成高作未得去，省《登遐传》，因作《登遐颂》，须臾便成，视之复谓可行，今并送之，尚未定利及比信。今更有何所损益？后八人了无事，合会之才得二篇耳。索度是淫鬼，无缘在此中，故不可作颂。（书之十六）

云再拜：诲颂兄乃以为佳，甚以自慰。文章当贵经绮，如谓后颂语如漂漂，故谓如小胜耳。（书之十七）

云再拜：……《登楼》名高，恐未可越尔。杨四公《黄胡颂》，恐此不得见比。闻兄此诲，若有喜惧交集。《祖德颂》无大谏语耳。然靡靡清工，用辞纬泽，亦未易，恐兄未熟视之耳。（书之十八）

云再拜：一日会公大钦，欣命坐者皆赋诸诗，了不作备；此日又病极，得思惟立草，复不为。乃仓卒退还，犹复多少有所定，犹不副意。与颂虽同体，然佳不如颂，不解此意可以不？（书之二十五）

云再拜：一日视伯喈《祖德颂》，亦以述作宜褒扬祖考为先，聊复作此颂，今送之，愿兄为损益之。欲令省，而正自辄多，欲无可如省，碑文通大悦愉有似赋。愚谓小复质之为佳。（书之二十七）

云再拜：诲颂兄意乃以为佳，甚以自慰。今易上韵，不知差前不？不佳

者,愿兄小为损益。今定下云灵斾电挥,因兄见许,意遂不恪。不知可作蔡氏《祖德颂》比不?(书之三十二)

——《陆云集》,卷八,第135—146页

挚虞《文章流别论》:

文章者,所以宣上下之象,明人伦之叙,穷理尽性,以究万物之宜者也。王泽流而诗作,成功臻而颂兴,勋德立而铭著,嘉美终而诔集。

——《艺文类聚》,卷五十六,第1018页

颂,诗之美者也。古者圣帝明王,成功治定而颂声兴,于是史录其篇,工歌其章,以奏于宗庙,告于神明。故颂之所美,则以为名,或以颂形,或以颂声,其细已甚,非古颂之意。昔班固为《安丰戴侯颂》,史岑为《出师颂》《和熹邓后颂》,与《鲁颂》体意相类,而文辞之异,古今之变也。杨雄《赵充国颂》,颂而似雅,傅毅《显宗颂》,文与《周颂》相似,而杂以风雅之意;若马融《广成》《上林》之属,纯为今赋之体,而谓之颂,失之远矣。

——《太平御览》,卷五八八,第2647页

孙绰《聘士徐君墓颂》:

夫讽谣生于情托,雅颂兴乎所钦,匪于咏述,孰寄斯怀。

——《艺文类聚》,卷三十六,第649页

南朝宋

谢灵运《山居赋》:

诗以言志,赋以敷陈。箴铭诔颂,咸各有伦。

——《宋书》,卷六十七,第1170页

南朝梁

刘勰:

故论、说、辞、序,则《易》统其首;诏、策、章、奏,则《书》发其源;赋、颂、歌、赞,则《诗》立其本;铭、诔、箴、祝,则《礼》总其端;纪、传、盟、檄,则《春秋》为根:并穷高以树表,极远以启疆,所以百家腾跃,终入环内者也。

——《文心雕龙义证》,卷一《宗经》,第78—79页

四始之至,颂居其极。颂者,容也,所以美盛德而述形容也。昔帝喾之世,

咸墨为颂,以歌《九韶》。自《商》已下,文理允备。夫化偃一国谓之风,风正四方谓之雅,雅容告神谓之颂。风雅序人,事兼变正;颂主告神,义必纯美。鲁以公旦次编,商人以前王追录,斯乃宗庙之正歌,非宴飨之常咏也。《时迈》一篇,周公所制;哲人之颂,规式存焉。夫民各有心,勿壅惟口。晋舆之称"原田",鲁民之刺"裘鞸",直言不咏,短辞以讽,邱明、子高,并谓为诵。斯则野诵之变体,浸被乎人事矣。及三闾《橘颂》,情采芬芳,比类寓意,又覃及细物矣。至于秦政刻文,爰颂其德;汉之惠景,亦有述容;沿世并作,相继于时矣。若夫子云之表充国,孟坚之序戴侯,武仲之美显宗,史岑之述熹后,或拟《清庙》,或范《駉》《那》,虽浅深不同,详略各异,其褒德显容,典章一也。至于班、傅之《北征》《西征》,变为序引,岂不褒过而谬体哉!马融之《广成》《上林》,雅而似赋,何弄文而失质乎!又崔瑗《文学》,蔡邕《樊渠》,并致美于序,而简约乎篇。挚虞品藻,颇为精核,至云"杂以风雅",而不辨(原文为"变",据唐写本改)旨趣,徒张虚论,有似黄白之伪说矣。及魏、晋辨颂,鲜有出辙。陈思所缀,以《皇子》为标;陆机积篇,惟《功臣》最显:其褒贬杂居,固末代之讹体也。

原夫颂惟典懿,辞必清铄。敷写似赋,而不入华侈之区;敬慎如铭,而异乎规戒之域。揄扬以发藻,汪洋以树义。唯纤曲巧致,与情而变,其大体所底,如斯而已。

赞者,明也,助也。昔虞舜之祀,乐正重赞,盖唱发之辞也。及益赞于禹,伊陟赞于巫咸,并扬言以明事,嗟叹以助辞也。故汉置鸿胪,以唱拜为赞,即古之遗语也。至相如属笔,始赞荆轲。及迁《史》固《书》,托赞褒贬;约文以总录,颂体以论辞,又纪传后评,亦同其名。而仲洽《流别》,谬称为"述",失之远矣。及景纯注《雅》,动植必赞,义兼美恶,亦犹颂之变耳。

然本其为义,事生奖叹,所以古来篇体,促而不广,必结言于四字之句,盘桓乎数韵之辞;约举以尽情,昭灼以送文,此其体也。发源虽远,而致用盖寡,大抵所归,其颂家之细条乎!

赞曰:容体底颂,勋业垂赞。镂彩摘文,声理有烂。年积愈远,音徽如旦。降及品物,炫辞作玩。

——《文心雕龙义证》,卷二《颂赞》,第313—352页

章表奏议,则准的乎典雅;赋颂歌诗,则羽仪乎清丽;符檄书移,则楷式于明断;史论序注,则师范于核要;箴铭碑诔,则体制于弘深;连珠、七辞,则从事于巧艳。此循体而成势,随变而立功者也。

——《文心雕龙义证》,卷六《定势》,第1125页

萧统《文选序》:

颂者,所以游扬德业,褒赞成功。吉甫有"穆若"之谈,季子有"至矣"之

叹,舒布为诗,既言如彼。总成为颂,又亦若此。

——《文选》,第2页

萧子显:

显宗之述傅毅,简文之摘彦伯,分言制句,多得颂体。

——《南齐书》,卷五十二《文学传》,第908页

萧绎《内典碑铭集林序》:

铭颂所称,兴公而已。夫披文相质,博约温润,吾闻斯语,未见其人。班固硕学,尚云赞颂相似;陆机钩深,犹闻碑赋如一。

——《广弘明集》,卷二十

北　魏

高允《征士颂序》:

夫颂者,美盛德之形容,亦可以长言寄意。不为文二十年矣,然事切于心,岂可默乎?遂为之颂。

——《魏书》,卷四十八,第1081页

北　齐

颜之推:

夫文章者,原出《六经》:诏命策檄,生于《书》者也;序述论议,生于《易》者也;歌、咏、赋、颂,生于《诗》者也;祭祀哀诔,生于《礼》者也;书奏箴铭,生于《春秋》者也。

——《颜氏家训集解》,卷四"文章",第237页

唐　代

李周翰《长笛颂》注:

"唯笛独无",谓未有赋颂,"备数"谓备古人之数也。赋之言颂者,颂亦赋之通称也。

——《日本足利学校藏宋刊明州本六臣注文选》,卷十八,第267页

孙逖《唐济州刺史裴公德政颂序》：

卢县父老某乙等，怀公之惠，不可弭忘，思欲铭德颂美，计功称伐，以予国之史臣也。学于《春秋》褒贬之义，乃因邑子校书郎卫凭，假词不能，征拙于我，事则详实，言多遗恨。著循吏之传，愿守文翁；述《马野》之诗，惭非史克。

——《文苑英华》，卷七七五，第4083页

李隆基《鹡鸰颂序》：

夫颂者，所以揄扬德业，褒赞成功，顾循虚昧，诚有负矣。

——《全唐文》，卷二十，第234页

元稹《乐府古题序》：

诗之流为二十四名：赋、颂、铭、赞、文、诔、箴、诗、行、咏、吟、题、怨、叹、章、篇、操、引、谣、讴、歌、曲、词、调，皆诗人六义之余。

——《元稹集》，卷二十三，第254页

遍照金刚：

至如称博雅，则颂、论为其标。颂明功业，论陈名理，体贵于弘，故事宜博，理归于正，故言必雅也。

——《文镜秘府论汇校汇考》，第1380页

凡制于文，先布其位，犹夫行阵之有次，阶梯之有依也。先看将作之文，体有大小。若作碑、志、颂、论、赋、檄等，体法大；启、表、铭、赞等，体法小也。又看所为之事，理或多少。叙人事、物类等，事理有多者，有少者。体大而理多者，定制宜弘；体小而理少者，置辞必局。须以此义，用义准之，随所作文，量为定限。谓各准其文体事理，量定其篇句多少也。

——《文镜秘府论汇校汇考》，第1401页

宋　代

吴处厚：

人臣作赋，颂赞君德，忠爱之至也。故前世司马相如、吾丘寿王之徒，莫不如此，而本朝亦有焉。吕文靖公、贾魏公则尝献《东封颂》，夏文庄公则尝献《平边颂》《广文颂》《朝陵颂》《广农颂》《周伯星颂》《大中祥符颂》《灵宝真文颂》，庞颖公则尝献《肇禋庆成颂》。今元献晏公宣献宋公，遭遇承平，嘉瑞来还，所献赋颂，尤为多焉。

——《青箱杂记》，卷六，第62页

高承：

《诗序》"六义"，其六曰"颂"。盖颂者，美盛德之形容，以其成功告于神明者也。《诗》有《商》《周》《鲁》三颂。《文心雕龙》："昔帝俈之世，咸黑为颂，以歌九招。"则颂起于帝誉也。

——《事物纪原》，卷四，第193页

张俞《答吴职方书》：

俞顿首。二三月至导江，遂入山，复归治弊庐，加以人事，久不启讯辱。四月二十七日书，良释思仰之劳，相示府公，谓俞所作《讲堂颂》为叙己之德，于书衔立石，礼未便安，俾别为记闻之。惶恐。俞游天下二十余年，知识士人甚众，然未尝以文字求卿大夫之知。去年十二月，何侍郎语仆曰："府公兴学，大作《讲堂颂》为之记。"及行，又云："记成，愿示其文。"今年二月醇翁见语，亦如何侯，自李伯永、赵先之，及诸士大夫，累累相问，讲堂记如何？因念国家大兴学校三十年来，凡作孔子庙记、州学记者遍天下，殆千百数烂漫甚矣，古未尝有也。且蜀郡之学最古，又世传其文翁讲堂久坏，今府公复作之，高明宏壮，上可坐五百人，非列郡之可拟。苟欲作记，则土木尚未足称也，且记之名又不足铺扬，讲堂之义，唯歌颂可以传于无穷。文既成，投于府公，辱书云："求记若铭尔，今以颂为贶顾，何德以堪之，奚可轻示于人？"仆窃思之，以文辞浅陋邪不示于人，实惠之大者也。苟以府学不可为颂邪？则古人作之者多矣。自汉至唐，文章大手皆采风人之旨，以为赋颂。凡宫室、苑囿、鸟兽、草木、君臣图像，及歌乐之器，意有所美，莫不颂之，不独主于天子乃名为颂。晋赵文子室成，张老贺焉，曰："歌于斯，哭于斯，聚国族于斯。"君子曰"善颂"。汉郑昌上书，颂盖宽饶，颜师古曰："颂谓称美之。"班固、皇甫谧皆曰："古人称不歌而颂谓之赋。"王延寿曰："物以赋显，事以颂宣，匪赋匪颂，将何述焉？"马融《长笛赋序》曰："追慕王子渊、枚乘、刘伯康、傅武仲等箫琴笙颂，作《长笛颂》。"嵇康《琴赋序》亦曰："自八音之器，歌舞之象，历代才士并为之赋颂。"又若扬雄有《赵充国画颂》，史岑有《邓骘出师颂》，蔡邕有胡广、黄琼画颂，杨戏有《季汉辅臣颂》，夏侯湛有《东方朔画颂》，陆机有《汉高祖功臣颂》，袁宏有《三国名臣颂》，刘伶有《酒德颂》，马稜为广汉太守，吏民刻石颂之，蔡邕美桓彬而颂之，崔寔为父立碑颂之。至若袁隗之颂崔寔，刘操之颂姜肱、李膺，陈实之颂韩韶，郭正之颂法真，赵岐之颂季札，若此之类，史传甚众，略举数者以明体要。又沈约之徒，文章冠天下，其所博见通达，古今皆为颂述，以美王侯。至唐文章最高者，莫如燕、许、萧、李、梁、肃、韩愈、刘禹锡辈，未有不歌颂称贤人之德，美草木之异者。仆故取其体而述《讲堂颂》焉，则颂之义岂有嫌哉？且郡府之有学校，学校之有讲堂，乃刺史为国家行教化、论道义之所，又非刺史之所自有也，其于义可颂乎，不可颂乎？与夫颂一贤人，美一草木，其旨如何？且自汉已来千数百年，通大贤、文人、史官，未有以颂不可施于人、美于物而有非之者。俞窃惟府公谦恭畏让，以颂名为嫌，应以郑康成、孔颖达解《鲁颂》之义也，故未敢以书自陈。今足下见教，果以府公之言谓体未便安，而云重撰一记，鄙人岂敢复欲妄作以取戾乎？况夫《讲堂颂》者，始称国朝文章之盛，次述府公兴劝之由，遂明学者讲劝之义，终美宣布之职，振天声于无穷，庶乎词义有可采者也，至于郑康成、孔颖达云："《鲁颂》咏僖公功德，才如变风之美者。颂者，美诗之名，非王者不陈，鲁诗以其得用天子之礼，故借天子美诗之名改称作颂，非《周颂》之流也。孔子以其同有颂名，故取备'三颂'。"又曰："成王以周公有太平之勋，命鲁郊祭天，如天子之礼，故孔子录其诗之颂同于王者。"之后又曰："颂者，美盛德之形容。今鲁侯有盛德，成功虽不可上比圣王，足得臣子追慕，借其嘉称以美其人，故称颂。"凡孔、郑之说支离牴牾如此，昔郑伯以璧假许田，《春秋》非之，晋侯请隧，襄王弗许。于奚请曲县繁缨以朝，仲尼曰："唯名与器不可以假人。"武子作钟而铭功，臧武仲谓之非礼。季氏舞八佾于庭，孔子曰："是可忍也，孰不可忍也？"子路欲使门人为臣，孔子以为欺天。孔、郑既谓鲁不当作颂，而曰："借天子美诗之名而称颂，是名器可以假人也。"孔子曾无一言示贬，反同二颂为经，孰谓孔子不如林放乎？噫！颂而可僭，则僭莫大焉，乱莫甚焉，非圣人删《诗》作《春秋》之意也。且孔、郑解经时多谬妄，此之妄作何其甚哉？传曰："夫子没而微言绝，七十子丧而大义乖。"盖章句之徒，守文拘学，各信一家之说，曲生异义，古之作者，固无取焉。仆亦取焉，足下以为如何？忽因起予，遂答来谕，非逞辩而好胜，亦欲释千载之惑，用资抚掌解颐，且假一言，介于府公可乎？如曰未安，愿复惠教。

——《成都文类》，卷二十一

叶适：

《庆历圣德颂》，后世莫能定其是非。按《烝民》《韩奕》《嵩高》《江汉》，皆指一人为一诗，其词优游，无克厉迫切之意，故曰："人亦有言，柔则茹之，刚则吐之；惟仲山甫，柔亦不茹，刚亦不吐，不侮鳏寡，不畏强御。"抑扬予夺，至此极矣。仲淹方有盛名，举世和附，一旦骤用，出人主意，比仲山甫宜若无愧，颂之可也。而介所讲未详，乃以二十年间否泰消长之形，与当时用舍进退之迹，尽于一颂，明发机键以示小人，而导之报复，《易》所谓"翩翩不富""城复于隍"，若合契符，宜其不足以助治，而徒以自祸也。介死最为欧阳氏所哀，序《外制》，视颂语不稍异，然则修所见亦与介同者耶？

——《习学记言序目》，卷四十九，第732页

方大琮《歌颂刻金石赋》：

咏播歌颂，美归帝王。刻金石以具载，亘古今而不忘。眷兹圣明之隆，声诗备写，勒在坚刚之质，德业弥彰。盖闻诗章，有所托而存圣治，著无穷之迹。盖揄扬不尽，加以纪述，使绵历愈久，尚存赫奕。观自古帝王之盛者，在《诗》《书》，宜当时歌颂之文，刻于金石。制不沿袭，治同泰和，在尧曰谣，在舜曰戒，诵武者《酌》，诵汤者《那》，既均侈一时之盛，可无纪万世之歌？以累朝仁圣之休，永言不足，自今日雕镂之后，终古难磨。想夫镌功之时，皆劝戒之功，纪德之初，即形容之德。原庙有铭，丕绪世守，岐阳有鼓，中兴绩勒。乃知历世以辉映，皆自此时之雕刻。法度之彰，礼乐之著，扬厉不穷，版牒所镂，匮室所藏，流传罔极。大抵诗所由作，皆发越于盛德，事无可纪，特揄扬于一时。卫功足铭，且以铸鼎，唐绩可勒，犹为立碑。况此《南风》《庆云》之作，《烈文》《有瞽》之诗，兹以颠以刻，成绩如是，信不钻不唐，何时泯之。何晋史昧之，雅第同和之述，宜唐臣知此，业陈必见之辞。或者谓镂金而祀，可以为汉之夸，立石而封，可以侈秦之丽。然何德可歌而配以三代，何功可颂而过于五帝，兹后世人主犹不废于纪述，则先王伟绩当若何而扬厉。乐陈《有濩》，想夏王作鼎之时，奏备《咸池》，在黄帝封山之际。非不知播永言之歌，而依磬犹石，发思文之颂，则间镛以金。然古者犹勒于镌刻，想当时不尽于讴吟，绩著于古，咏流至今。想虞庙著铭，纪当日赓歌之戒，南山有甸，播曩时利用之心。虽然，古有大德，至悠久以难忘，铭在群心，于雕镂而奚用？载歌数语，历世不坠，三叹遗音，于今可诵。若是者，不为金石而存亡，自有人心之歌颂。

——《铁庵集》，卷二十三，第260页

范成大《题中兴碑诗后》诗序：

颂者，美盛德之形容，以其成功告于神明者也。《商》《周》《鲁》之遗篇可以概见。今次山乃以鲁史笔法，婉辞含讥，盖之而章。后来词人复发明呈露。则磨崖之碑，乃一罪案，何颂之有？

——《范石湖集》，卷十三，第171页

范成大《骖鸾录》：

始余读《中兴颂》，又闻诸缙绅先生之论，以为元子之文，有《春秋》法，谓如天子幸蜀，太子即位于灵武，书法甚严。又如古者盛德大业，必见于歌颂，若今歌颂大业，非老于文学，其谁宜为，则不及盛德。又如"二圣重欢"之语，皆微词见意。夫元子之文，固不为无微意矣。而后来各人，贪作议论，复从旁发明呈露之，鲁直诗至谓"抚军监国太子事，何乃趣取大物为"，又云"臣结春陵二三策，臣甫杜鹃再拜诗，安知忠臣痛至骨，后来但赏琼琚词。"鲁直即倡此论,继作者靡然从之,不复问歌颂中兴,但以诋骂肃宗为谈柄,至张安国极矣,曰"楼前下马作奇祟,中兴之功不当罪",岂有臣子方颂中兴,而傍人遽暴其君之罪,于体安乎?

夫颂者,美盛德之形容,以成功告于神明者也,别无他意,非若风雅之有变也。《商》《周》《鲁》三诗,可以概见。今元子乃以笔削之法,寓之声诗,婉词含讥,盖之而章。使真有意邪?固已非是,诸公噪其傍又如此,则中兴之碑乃一罪案,何颂之有?观鲁直"二三策"与"痛至骨"之语,则诚谓元子有讥焉。余以为是非善恶,自有史册,歌颂之体,不当含讥。譬如上寿父母之前,捧觞善颂而已。若父母有阙遗,非奉觞时可及。《磨崖颂》大业,岂非奉觞时邪?元子既不能无误,而诸人又从傍诋诃之不恕,何异执兵以诟人之父母于其子孙为寿之时者乎,乌得为事体之正?

——《范成大笔记六种》,第57—58页

王应麟:

西山先生曰:"赞颂皆韵语,体式类相似。赞者,赞美之辞;颂者,形容功德,然颂比于赞,尤贵赡丽宏肆。须铺张扬厉,以典雅丰缛为贵。昌黎《圣德诗》,徂徕《庆历颂》,此正格也。其用事造语,最忌尘俗,须熟读《三百》篇,博观司马相如、扬雄诸赋,与夫汉《郊祀歌》《文选》所载《二京》《三都》《七启》《七发》之类,及韩柳韵语文字,则下笔自然丰矣。"

——《玉海》,卷二○四,第3726页

序云云。"颂曰"云云。绍圣试格,如韩愈《元和圣德诗》、柳宗元《平淮夷雅》之类。

《诗》有六义,六曰颂。《庄子》曰:"黄帝张《咸池》之乐,有焱氏为颂。"《文心雕龙》曰:"帝喾之世,咸墨为颂,以歌《九韶》。"商周及鲁皆有颂,所以游扬德业,褒赞成功。隋杜正玄举秀才,拟《圣主得贤臣颂》,唐开元十一年进士试《黄龙颂》,十五年试《积翠宫甘露颂》,宋朝淳化三年,杨亿于学士院试《舒州进甘露颂》,遂赐及第,则试颂尚矣。宋书曰:"鲍照为《河清颂》,其序甚工。"颂诗有序,亦不可略也。有终篇同韵者,如《元和圣德诗》,有四句换韵者,如《平淮西碑》,箴铭赞仿此。

西山先生曰:见赞类。"累举以前程文,唯渡江以前之文,如《导洛通汴》《北郊庆成》《大河东流》《绍圣元会》,皆妙绝,不可不熟读。"

《文心雕龙》曰:"拟《清庙》,范《驷》《那》。""崔瑗《文学》,蔡邕《樊渠》,并致美于序,而简约乎篇。""取镕经意,自铸伟词。"又曰:"贾谊、枚乘,两韵则易;刘歆、桓谭,百句不迁:亦各有其志也。昔魏武论诗,嫌于积韵,而善于贸代,陆云亦称四言转句,以四句为佳。"《金楼子》曰:"班固硕学,尚云赞颂相似。"

癸未,陈自修试《阅武颂》及露布,冠绝一场。表中有瑕疵,不取;知举言"文词警拔",诏注教官。

王器之《汉西域三十六国内属颂》序云:"小国二十有七,九次大国。纪述其事,备于班固《列传》;列叙其国,见于荀悦《汉纪》;总而名以内属,则有范晔所著本传存焉。"叙事之法。

——《玉海》,卷二〇四,第3727—3728页

元　代

郝经:

颂者,称美之辞。不歌而颂谓之赋,既诵而歌谓之颂。又,颂者,容也,形容其美也,本《诗》之一义,故《大序》曰:"颂者,美盛德之形容,以其成功告于神明者也。"然未命篇为文,至《离骚》《楚辞》而有《橘颂》,汉王褒为《圣主得贤臣颂》,扬雄为《赵充国颂》,其后亦有序有颂,其铭诗为颂,与碑等矣。

——《续后汉书》,卷六十六,第689页

陈绎曾:

颂宜典服和粹,乐宜古雅谐韶,赞宜温润典实,箴宜谨严切直,铭宜深藏切实,碑宜雄浑典雅。

——《文说》,第1340页

祝尧:

《橘颂》:此章以颂名,虽曰颂橘之德,其实则比赋之义。原盖有感于逾淮为枳之说,自比其志节如橘之不可移,篇内意皆放此。然此一章宜作两节,前一节是形容其根叶、华实之纷缊,后一节是称美其本性、德行之高洁。两节发端,皆以不迁难徙为言,原之深情在此也。而后一节尤展转咏叹,岂专颂橘也哉?

——《古赋辨体》,卷二"楚辞体"下

《藉田赋》,赋也,臧荣绪《晋书》以为《藉田颂》,《文选》以为《藉田赋》。要之,篇末虽是颂,而篇中纯是赋,赋多颂义少,当曰赋。马、扬之赋终以风,班、潘之赋终以颂,非异也。田猎、祷祠涉于淫乐,故不可以不风;奠都、藉田国家大事,则不可以不颂。所施各有攸当,凡为台阁之赋,又当知此。

——《古赋辨体》,卷五"三国六朝体"上

明　代

徐一夔《哀颂序》：

呜呼,哀颂之作,其始于秦人所赋《黄鸟》者乎？魏晋而降,七哀八哀之赋,盖皆权舆于此,然不徒作也,必其人节谊之高,文学之懿,政治之美,有足以起人思慕之心而后作也。余观仁和之士,颂其县令于既殁之后,非所谓起人思慕之心而后作者乎？

——《始丰稿校注》,卷五,第125页

吴讷：

《诗大序》曰："诗有六义,六曰颂。颂者,美盛德之形容,以告神明者也。"尝考庄子《天运》篇称："黄帝张《咸池》之乐,燊氏为颂。"斯盖寓言尔。故颂之名实出于《诗》。若《商》之《那》、《周》之《清庙》诸什,皆以告神为颂体之正。至如《鲁颂》之《駉》《駜》等篇,则当时用以祝颂僖公,为颂之变。故先儒胡氏有曰："后世文人献颂,特效《鲁颂》而已。"《文心雕龙》云："颂须铺张扬厉,而以典雅丰缛为贵。敷写似赋,而不入华奢之区；敬慎如铭,而异乎规谏之域。"谅哉！

——《文章辨体序题疏证》,第202－206页

李东阳《匏翁家藏集序》：

言之成章者为文,文之成声者则为诗。诗与文同,谓之言,亦各有体而不相乱。若典、谟、训、诰、誓、命、爻、象之谓文,风、雅、颂、赋、比、兴之为诗。变于后世,则凡序、记、书、疏、箴、铭、赞、颂之属,皆文也,辞、赋、歌什、吟谣之属,皆诗也。

——《怀麓堂集》,卷六十四,第668－669页

唐顺之《颂辩》：

陈休斋云："颂者,序其事美其形容以告于神明,是其诗专用于郊庙,盖鬼神之事。战国以下失之矣！管仲有《国颂》,屈原有《橘颂》,秦人刻石颂功德。汉有《圣主得贤臣颂》,唐有《磨崖中兴颂》,以鬼神之事加之生人,其弊如此。"余谓此说不然。盖颂者,美其君之功德而已,何以告神明乎？既以敬之为戒,成王《小毖》,为求助与夫？《振鹭》《臣工》《闵予小子》,皆非告神明而作也。不惟天子用之,诸侯之臣子祝颂其君者亦得用,故僖公亦有颂。后世扬雄之颂充国,陆机之颂汉功臣,韩愈之颂伯夷,郑颂子产之不毁乡校,盖有是焉。《礼记》载："美哉轮焉,美哉奂焉。"君子称其善、颂其祷亦犹是也。凭

《诗序》之言而疑后世作颂之过,非的论也。

——《荆川稗编》,卷八

郎瑛:

箴、铭、颂、赞,体皆韵语,而义各不同。箴者,规戒之辞,如箴之疗疾铭者,名器自警;赞者,称扬赞美;颂则形容功德。皆起于三代,惟赞始于汉之班固,《辨体》论之详矣,文则欲其赡丽宏肆,而有雍容起伏之态。

——《七修类稿》,卷二十九,第442页

徐师曾:

按《诗》有"六",其六曰"颂"。颂者,容也,美盛德之形容、以其成功告于神明者也。若商之《那》、周之《清庙》诸什,皆以告神,乃颂之正体也。至于《鲁颂》《駉》《駜》,则用以颂僖公,而颂之体变矣。后世所作,皆变体也。其词或用散文,或用韵语,今亦辨而列之。又有哀颂,则任昉所称"汉张竑初作《陶侯哀颂》"者是已。今其文虽未及见,而窃意大体与哀赞略同。姑识以俟博闻者。

刘勰云:"颂之为体,典雅清铄,揄扬汪洋。敷写似赋,而不入华奢之区;敬慎如铭,而异乎规戒之域。"详味斯言,可以得作颂之法矣。

——《文体明辨序说》,第142—143页

王世贞:

天地间无非史而已。三皇之世,若泯若没。五帝之世,若存若亡。噫!史其可以已耶?《六经》,史之言理者也。曰编年,曰本纪,曰志,曰表,曰书,曰世家,曰列传,史之正文也。曰叙,曰记,曰碑,曰碣,曰铭,曰述,史之变文也。曰训,曰诰,曰命,曰册,曰诏,曰令,曰教,曰札,曰上书,曰封事,曰疏,曰表,曰启,曰笺,曰弹事,曰奏记,曰檄,曰露布,曰移,曰敦,曰喻,曰尺牍,史之用也。曰论,曰辨,曰说,曰解,曰难,曰议,史之实也。曰赞、曰颂、曰箴、曰哀、曰诔、曰悲,史之华也。虽然,颂即"四诗"之一,赞、箴、铭、哀、诔,皆其余音也。附之于文,吾有所未安,惟其沿也,姑从众。

——《艺苑卮言》,卷一,《历代诗话续编》本,第963页

梅鼎祚《三命合寿颂》:

夫颂者,所以美盛德之形容,阐休嘉之砰隐,征诸燕喜,泳之穆如,具在诗已。

——《鹿裘石室集》,卷十六,《续修四库全书》本,第328页

焦竑:

诗有赋、比、兴,而颂者四诗之一也。后世篇章蔓衍,自开途辙,遂以谓二者于诗文如鱼之于鸟兽,竹之于草木,不复为诗属,非古矣。

——《国史经籍志》,卷五,第248页

朱荃宰：

哀颂：汉会稽东郡尉张纮作《陶侯哀颂》，扬厉其盛德而思念之也。

——《文通》，卷十七，《历代文话》本，第2897页

谭浚：

颂者，美盛德之形容。敷写似赋，不入于华奢；敬慎如铭，略异于规戒。《咸池》张乐，有焱作颂，见《庄子·天运》。成王始冠，祝雍作颂，见《家语》《大戴礼》。谈天雕龙，齐人作颂，见《史记·荀卿》。汉董子颂山川，王褒颂贤臣。刘伶《酒德》，变为文词，班、傅《北征》《西征》，变为序引。马融《广成》《上林》，杂而似赋。此挚虞品藻之精核也。

——《言文》，卷下，《历代文话》本，第2400—2401页

茅元仪《春酒十二颂序》：

颂者，"四诗"之一也。臣以颂其君，不闻子以颂其亲。然宗庙之乐奏颂宗庙者，天子诸侯主七鬯，臣下特助祭焉，则谓子以颂其亲，亦孰曰不然？三代而后，诸侯无宗庙之乐，故颂之义久废。然乐者，所以和神人、协上下也。臣而誉其君，不可以为训，故至宗庙而义始彰。子而媚其亲，苟可以怡颜养志，即斑衣之舞，亦所不惜，又何不于承欢燕喜时，一申其无尽之情哉？吾友顾所建，镇远小侯也，礼得以备乐，时得于及亲，故于将母之日为颂十二，先得我同一至斯乎？然所建又不直致其颂，而借胜于地，借乐于时，一唱三叹，若显若晦，以曲写其不自已之情，亦何心哉，我知之矣。夫《诗》有兴、比、赋，赋足以尽《诗》，而《诗》之意不尽于赋。故特以兴、比扬其情，□□□□□为赋，极其宏博之思，而失其悠扬之到，古今人之不相及如此。今所建学能与古今人骋博，独约之为颂，取体于兴、比，不欲以矜高之心，而失其低徊之志。观人于辞，可以见其孝矣，故表而出之。

——《石民四十集》，卷十二，第180页

贺复徵：

后世所作诸颂，皆变体也，其体不一，有谣体，有赋体，有骚体，有箴铭体，有散文体，不能各分。

——《文章辨体汇选》，卷四五六

清　代

冯舒：

司马相如《封禅颂》：颂不为诗，犹之赋也，前例已明。况此颂自"喻以封

峦"已下，参散不伦，周诗逸轨，不知何以妄载，《诗纪》袭谬遂误，浅夫！

——《诗纪匡谬》，第5页

杜浚：

辞以寄情，贵情深而语缓；赋以体物，贵详尽而文切；颂以颂美，贵形容盛美；雅以咏政，贵铺张正大；风以动物，贵情直而语婉。

——《杜氏文谱》，卷二，《历代文话》本，第2449页

王之绩：

王懋公曰：《礼·少仪》云："颂而无谄。"此作颂法也。至论后世之颂，源于《诗》之"三颂"，谁不知之？然而"三颂"正不容无辨。予观史迁有言：宋襄公之时，修行仁义，欲为盟主，其大夫正考父美之，故追道契汤高宗殷所以兴，作《商颂》。而《孔子世家》又云："正考父佐戴武宣公。"及以宋谱系考之，则宣公之后，凡历数君而后至于襄，子长不亦自相矛盾耶？有谓戴公时，正考父得《商颂》十一篇于周太师，归以祀其先王。庶几得之。必如襄公时云云，是周、鲁之颂在前，而《商颂》其后出矣。至于《周颂》三十一篇，多周公所定，而亦或有康王以后之诗。或谓成王以周公有大勋劳，因赐伯禽以天子礼乐，鲁乃有颂以为庙乐。其后又自作诗以美其启，亦谓之颂。此颂体正变所由分也。汉宣帝时，王褒颂《圣主得贤臣》，虽为散文，而已趋于排偶，不足法。惟元次山《大唐中兴颂序》简洁可喜，而于"德业"二字又辨别不少假借，大有董狐笔意，亦可谓变体中之矫矫者矣

王懋公曰："王元美谓：'颂即四诗之一，赞箴铭哀诔皆其余音也，附之于文，吾有所未安。'予谓推而言之，赋亦诗六义之一，今已入文类矣，何独不安于颂？世既曰颂曰赋，则亦赋其文、颂其文而已。虽然，此意不可执，而其说亦不可不存也。"

王懋公曰："散文如汉王褒《圣主得贤臣颂》，韵语如杨雄《赵充国颂》。"

——《铁立文起》，前编卷八，《历代文话》本，第3710—3711页

唐彪：

《诗》有"六义"，其六曰"颂"。颂者，容也，美盛德之形容，以其成功告于神明者也。若商之《那》，周之《清庙》诸式，皆以告神。后世所作，不尽告神，或止形容美善耳。其词或用散文，或用韵语。刘勰云："颂之为体，典雅清铄，揄扬汪洋，敷写似赋，而不入华奢之区；敬慎如铭，而异乎规戒之体。"详哉，作颂之法乎！

——《读书作文谱》，卷十一，《历代文话》本，第3568页

仇兆鳌注杜甫《寄岳州贾司马六丈巴州严八使君两阁老五十韵》：

按《助传》云："作赋颂十数篇。"赋、颂皆诗之流也，一字一句皆有来历

如此。

——《杜诗详注》，卷八，第652页

何焯：

潘安仁《藉田赋》：祝氏云："臧荣绪《晋书》以为《藉田颂》，《文选》以为《藉田赋》。要之，篇末虽是颂，篇中纯是赋，赋多颂少，当为赋也。马、扬之赋终以讽，潘、班之赋终以颂，非异也。田猎祷祀，涉于淫杀，故不可以不讽，奠都藉田，国家大事，不可不颂。所施各有当也。"祝说非也。古人赋、颂通为一名，马融《广成》所言田猎，然何尝不题曰颂耶？陈思与扬书，岂以辞赋为君子。盖应上文辞赋小道之语，强生区别，即杜撰也。若云风颂异施，扬之《羽猎》固亦有"遂作颂曰"之文，不歌而颂谓之赋，故亦名颂，王褒《洞箫》，《汉书》亦谓之颂。文不高，然颂述典礼，当自为法式，其体源亦出于东都。

——《义门读书记》，卷四十五"《文选·赋》"，第867—868页

王子渊《圣主得贤臣颂》：工用相得也，屡提得字。故世必有"圣智之君"二句，一绾。休征自至末，因之讽喻。《汉书》："是时，上好神仙，故褒对及之。"文各有体，此固颂也，不得以浮靡薄之。

扬子云《赵充国颂》：百余字耳，叙致详赡，可为后人法戒，所以为作者。

史孝山《出师颂》：文虽曰颂，其实刺也。隋先败冀西，再败平襄，辱国数奔，议弃凉州，称引古烈，所以愧之。太后临朝，不加之罪，反迎拜为大将军，失政刑矣。末又深著天子笃念渭阳，使自知其非据，而思所以善其后也。

刘伯伦《酒德颂》：撮庄生之旨，为有韵之文，仍不失潇洒自得之趣，真逸才也。

陆士衡《汉高祖功臣颂》：平阳乐道，亚迹萧公，爰渊爰嘿，谓清净宁一也。从学问说到武功，结句收转亚迹萧公，即位次而相业亦自在其内。

——《义门读书记》，卷四十九"《文选·杂文》"，第963—964页

张谦宜：

颂主美君父，亦可移赠尊行、畏友，及自写己怀。前有序正，词必四字，用韵以庄雅为贵，亦有不用韵序者，如《圣主得贤臣颂》是也。然亦是铺张华丽之语。有高人自写己怀，如《酒德颂》《桂酒颂》，或长或短，不拘一例，其期于典则一也。

——《茧斋论文》，卷三，《历代文话》本，第3893页

储大文《平北颂序》：

臣闻殷伐荆楚，高宗深入，周伐淮徐，尝再命将。往宣王卒，自将平之，而是时，诗人爰著《殷武》《常武》之章，以扬厉伟绩。然后二代之业，炳耀铿锵，永永无极。汉京继建，文颂聿兴，而《封禅》《典引》，词虽工而道不叶。若

乃嗣殷周之轨，总雅歌之文，事核旨懿，模楷百代者，独唐右庶子韩愈《平淮西碑》一章，虽不名颂，而义实宗之。然铲石未久，卒用言者划去，盖文章之振难矣。宋室百年，古文再振，然自中书舍人曾巩外，诗人之义胥无闻焉。明逮成宏，铙歌庙乐，士大夫间能拟作，然多袭汉魏之遗响，而不折衷于道，盖文章寝衰，而功烈之不竞，亦以甚矣。

伏惟皇帝陛下，继天体物，圣神文武，自即位以来，平三孽、建台湾、属国宾、服六合，清谧而顷，以厄鲁特噶尔旦之蹢我边氓也，怙恶不悛，然后决意亲征，六飞三驾，犁其庭，俘其子。曾不烦寸镞之遗，斗粮之费，而噶尔旦望风澶裁，族属顿首请命。此虽黄帝征涿鹿，帝舜格有苗，何以尚焉？如殷武、常武之所歌，恐不足以望清光、仰末尘，而况自汉以下，泯泯纷纷，无得而纪者哉！盖昔诗人著颂，而姬尹史闵皆以公卿大夫勒简比弦。今文学之臣，上则宰辅侍从，下则宿儒杰师，瑰玮相望，其能作为文章深醇典质，以轶两京元和嘉祐之词，而复今之横吹凯奏于殷周之隆，虽更仆数之未易殚竭。臣山野末学，不谙朝廷典故，凡山川陇塞，兵略进止之宜，举无能与闻。然犹得与时鸟、候虫同鸣太平。窃见国家文洽武克，度越千古，无任踊跃，谨著《平北颂》一篇，缮写上进，虽自知芜陋，摹画天功，罪难擢发，而卒无敢自止以斟酌前代，庶几于诗人扬厉之义，此则臣之尤惓惓者也。

——《存砚楼文集》，卷一

储大文《圣寿无疆颂序》：

《诗大序》曰："颂者，美盛德之形容，以告成功者也。"盖六义奥指，于斯为盛。自汉以降，始与箴、铭、赞辞并列杂文，限于古律而不能骋者，又多仿序议格，去诗旨浸远，其义亦日以放失，独黄门郎扬雄、议郎蔡邕奉敕颂功臣，最为斟酌于古。自汉季文弊，六朝沿习俳语，尤喜著颂。至唐史部侍郎韩愈、礼部员外郎柳宗元，始用古文辞振之，然古者形容盛德之旨，遂以希阔寥简，而愈、宗元诸杂文，要不为不深于诗者。有宋士大夫不深考其源流，一以晓畅事理为宗，于是古文词与诗画然为二。而周汉金石筦弦铿锵鼓舞之遗，盖略尽矣。然则六朝之于词，宋之于义，要为得失参半，至明而词义胥失焉。岂惟扬厉之旨阙而不讲，此亦有事于经者之所宜拳拳也。臣窃不自揆，尝撰《平北颂》，略发斯旨，今伏闻皇帝陛下驻跸吴中，适会万寿节，虽山农野老，皆得躬面天颜，奉觞上寿，无任懂怍。谨复撰颂一首，并先述其源流如右，以俟宗工杰儒通经而深于知言者，决择可否，且以寓臣区区忠爱之诚焉。

——《存砚楼文集》，卷一

全祖望《答沈东甫征君文体杂问》：

哀词、哀赞、哀颂皆起于东汉，本不过伤逝之作，而间有以充碑版之文者,蔡中郎为胡夫人作哀赞曰:"仰瞻二亲,或有神诰灵表之文。作哀赞,书之于碑。"是竟以当墓碑也。南丰作《老苏哀词》曰:"将以镵诸墓上。"是竟以当墓表也。庐陵作《胥夫人墓志》曰:"为哀词一篇以吊,而藏诸墓。"则又以哀词当墓志之铭也。推此则张纮之哀颂亦其类也。

——《鲒埼亭集外编》,卷四十七

马荣祖《文颂序》:

颂居"六义"之后,而"四始"之前。"三颂"伟矣,变而为骚,始创《橘颂》。晋刘伶乃颂《酒德》,缘物导意,模彷遂滋。若陆机之颂《功臣》,才华闪烁,而予夺错互,自紊其体。善乎梁刘勰之论曰:"敷写似赋,而不入华侈之区;敬慎如铭,而异乎规戒之域。"斯颂体也。《雕龙》上辨体裁,下穷笔术,而风气不越齐梁间。反覆古人缔造,所由钩摹情状,都来可得百例,视勰所列,殆于倍之。夫一物之细,犹或拟诸形容,而载道行远之文,歌颂千古,寂寥阙如,斯亦翰墨之耻也。用据所窥测,创立文颂,虚空追摄,幻等结风,而曩所尝试,利钝曲折之故,往往来会。岂夙世薰习,藉手冥谢古人?抑聊附正则、伯伦之后,而因以补彦和所未及,庶几离形得似之旨乎?正声不绝,来者难诬,下上茫茫,唱然阁笔。

——《文颂》,《历代文话》本,第4014页

唐秉钧:

颂者,容也,美盛德之形容,以告神明者也。考颂之名,实出于《诗》。《诗》有"六义",六曰"颂"。若《商》之《那》,《周》之《清庙》诸什,皆以告神,颂体之正也。后世所作,不尽告神,或止形容美善耳。至如《鲁颂》之《駉》《駜》等篇,则当时用以祝诵僖公,为颂之变,故胡氏有曰:"后世文人献颂,特效鲁颂而已。"庄子《天运篇》称:"黄帝张《咸池》之乐,焱氏为颂。"斯盖寓言尔。刘彦和云:"颂须铺张扬厉,而以典雅丰缛为贵。"其词或用散文,或用韵语敷写,似赋而不入华侈之区,敬慎如铭而异乎规谏之词,此作颂之法也。

——《文房肆考图说》,卷六,第369页

戴第元《皇上五旬万寿颂序》:

夫颂君之辞,莫古于华封人之三祝,其最著者,则莫如《天保》之诗。臣尝诵诗至"如山如阜,如冈如陵"诸章,往复讽咏,见其效祝于君者,比物连类,不一而足,其意缠绵而不已,其辞繁而不嫌。于复一篇之中,言如者九,盖皆感于君德,而忠爱之诚之所出也。

臣伏见圣寿之年,上瑞频臻迩者,畿辅内外,五日而和风至,及旬而甘露零。既沾既足,书大有秋,盖天知我皇上无日不以生民为念,多方顺应,丕用降康,所以娱圣人之心,而锡之仁寿,诚未有艾焉已矣。臣猥以庸末,备员史

馆,幸遭逢兹盛,敬援九如之诗,广其义于天地四时,备拟形容,为颂九章,以献切愧不文之辞,难名帝德。若夫欢欣和悦,以尽群下之情,微臣窃愿附于拜扬之末焉。

——《皇清文颖续编》,卷二十三

孙梅：

颂者,四始之一,诗教之隆。昔元音畅而雅乐正,民气乐而颂声作。宣其纯懿,既异于风;纪彼铿锵,复殊于雅。所以美盛德之形容,告成功于郊庙,颂有颂之声焉。故笙曰颂笙,琴曰颂琴。曳履歌《商》,声若出于金石。歔《豳》息蜡,音并合于籥章。颂有颂之义焉。穆如之风既作,静正之人宜歌。《勺》《桓》《赉》《般》,事取止戈之《武》;《駉》《驱》《泮》《閟》,美则遂荒于东。诚以扬厉无前,式崇殷荐;和声依永,搏拊克谐。乐体心声,互臻其极尔。周季辙东,迹熄声寝。至于汉初郊祀,乐章全体颂音,而独不迨三颂而踵奚斯,应《九韶》而继咸墨。岂以宫商协下管之盛,而茅黍忝升中之锡乎？谦让未遑,美备斯阙。王褒《得贤》,论也,而以颂名,义虽协而音未谐,出诗入文,滥觞于此矣。马融《广成》,赋也,而以颂名,既不歌,而多敷布,化颂为赋,名义滋紊矣。扬雄之于《充国》,史岑之于《出师》,褒显名臣,赞述良将。来归饮镐,有颉颃群雅之思;维岳降神,得风正四方之意。以合雅者为投颂,固知似是而不同。《九章》有《橘颂》,刘伶颂《酒德》,覃及庶草,同乎放言。山榛隰苓,拟佩芳于之子;倾罍酌觥,写隐忧于硕人。以嘉颂而亚歌风,自是支歧之别出也。许善心《神雀》一篇,染濡立就,博丽非常,然考其词藻,不出王、颜《曲水》之章;核其情文,大似祢、张《羽族》诸赋。厥后王子安《乾元》《九成》二颂,洒洒万言,实循斯轨。集腋而成粹白,积材而构凌云。浅夫怖其汪洋,深识讥其泛骛也。惟相如《封禅》,笔既高华,颂复渊妙。文园绝笔,雄视百代。厥后于唐,则有《中兴颂》焉。次山老于文学,事属当仁,以《舂陵》彻婉之作,值皇舆反正之年。大笔淋漓,摩苍崖之嶙崒,清音激越,韵浯水之琮琤。惟促节三韵,斯为创体。于宋则有《咸淳内禅颂》焉。山松英年蹈厉,惊采琳琅。力追中文,心仪帝则,有聱牙之硬语,无涩体之纤声。子厚《贞符》,同其旁魄;曼卿《皇雅》,逊彼精纯。然则后之作者,必声谐金奏,义媲肇禋。美圣学必窥于宥密缉熙,述武功则陈夫释思于铄。乔皇数典,有堕山禽河之观;揖让修容,多载弁丝衣之盛。然后五篇比于珠玉,四巡蔚其英声。于以追公旦之多材,订考父所诵述。则为之歌颂曰："盛哉乎德,侯其祎而。"叙《颂》第八。

——《四六丛话》,卷十六,第333—334页

彭绍观《皇太后七旬万寿颂序》：

臣又按王充《论衡》曰：圣人禀和气，气和为治平，故太平之世，多长寿，皇帝行庆推泽，储材乐育，登选俊造，懋赏施仁，湛恩汪濊，嘉与天下同寿，眉梨鲞鲐，济济廊庙，履道尚齿之俦，奔走诣阙。爰命绘图。宸章焕采。合三寿之数，二千余岁，申祝慈祜。所谓气和而多寿。于斯为至。若夫毛宗羽族，采鳞皓质诸福之物，曷以加焉？唐哉皇哉！焜耀无极者已，臣不揆芜陋，谨撰颂九章，窃效《天保》"九如"之义，颂曰：

——《皇清文颖续编》，卷二十五

章学诚：

赋先于诗，骚别于赋，赋有问答发端，误为赋序，前人之议，《文选》犹其显然者也。若夫《封禅》《美新》《典引》，皆颂也。称符命以颂功德，而别类其体为"符命"，则王子渊以《圣主得贤臣》而颂嘉会，亦当别其体为"主臣"矣。

——《文史通义校注》，卷一，第81页

《四库提要·定峰乐府》：

国朝沙张白撰，张白原名一卿，号定峰，江阴人。是集皆所作乐府，或用古题，或自制新题，曹禾为之评点。第五卷中有为王熙作《青箱堂颂》，为魏裔介作《修竹颂》。禾跋其后曰：或问《青箱堂》《修竹》二颂，何以俱入乐府？予曰：子不见郭茂倩全书乎？宋泰始歌舞曲词，其中《皇华颂》《圣祖颂》《天符颂》《明德颂》《帝图颂》，皆颂也，颂何可不入乐府哉？不独颂也，自六朝至唐，凡古七言律诗、绝句、排律，无不入乐府者，俱取其声律格调，非可执一论也云云。

案禾此说似乎博洽，而实未详考。如从其始而论，则颂居"四诗"之一，是为乐府之原本，又何必牵引宋舞曲词以相附会？如核其派别而论，则律逐调移，词随律变，郊祀燕享，有殊于鼓吹；平调清商，有殊于吴声，以至舞曲、琴操，体例各殊，郭茂倩书可以覆按。如必混而一之，总归诸乐府，则合而并之，正可总谓之诗，又何乐府之云乎？

——《四库全书总目》，卷一八二，第1651页

《四库提要·古赋辨体》：

何焯《义门读书记》尝讥其论潘岳《藉田赋》，分别赋、颂之非，引马融《广成颂》为证，谓古人赋、颂通为一名。然文体屡变，支派遂分，犹之姓出一源，而氏殊百族。既云辨体，势不得合而一之。焯之所言虽有典据，但追溯本始，知其同出异名可矣，必谓尧强主分别即为杜撰，是亦非通方之论也。

——《四库全书总目》，卷一八八，第1708页

吴省钦《圣驾巡幸天津赋谨序》：

臣闻古天子岁见畿内吏民，又修堤防达沟渎，与夫布德行惠，诸大政具载春令，厥施至隆，炳耀无极。我皇上勤恁民旅，在遹犹迩，惟天津近处，左辅甸南，四巡川邮，弗逮比岁，厘举水政乃涓。丁亥二月，吉展銮郊宫，履视淀河提湉，咸有培浚，既清既平，十赉绎如返自林苑。臣伏诵周之颂巡狩者，有《时迈》诸诗，体皆主赋，左思谓"升高能赋者，颂其所见"，是赋与颂其实不异用，是穷竭蓑芮，敷陈原委，以纪上仪，以对扬皇帝之德于万一。

——《皇清文颖续编》，卷四十四

朱珪《御制盛京颂恭跋》：

臣闻颂之言容，天子之德，光被四表，格于上下，无不覆帱持载，此之谓容。于是和乐兴焉，颂声乃作，功大可不美报乎？所以显神明，昭至德也。

臣谨案，赋者，敷陈其事而直言之。颂者，美盛德之形容，皆非比兴之体，超乎风雅之正。然商鲁颂作于正考父史克，周颂作于周公旦，皆非王者所自为也。洪惟高宗之赋，我皇上之颂，圣作圣述，先后合揆，则从古所未有也。臣窃以《周颂·清庙》之什，递释之如此。

——《知足斋集》，卷二

浦铣：

"颂"之名可通于"赋"。《汉书·王褒传》："太子喜褒所为《甘泉》及《洞箫颂》。"昭明易"颂"为"赋"入《文选》，唐人遂有汉宫人诵《洞箫赋》。《史记·司马相如传》乃遂就《大人赋》，又曰"相如既奏《大人之颂》"。扬雄《校猎赋》开首有"遂作颂曰"之语，皇甫谧《三都赋序》亦云："相如《上林》、扬雄《甘泉》、班固《两都》、张衡《二京》、马融《广成》、王生《灵光》，皆近代辞赋之伟也。"唯刘勰《文心雕龙》有"马融之《广成》《上林》，雅而似赋，何弄文而失质"之语。若例以《洞箫》，证以相如《大人》、皇甫《三都序》，《广成》似当列入赋类，非自乱其例也。

——《历代赋话校证》，卷三，第24—25页

李兆洛：

史孝山《出师颂》：薄于子云，劲于中郎。

班孟坚《窦车骑北伐颂》：但颂车骑之功，而不归美命将之人，殊失立言之体，宜昭明不之录也。然其词奥美，且可以备颂之别格。

挚仲恰《太康颂》：此专为平吴而作，词有限断，故不为空绮。

潘正叔《释奠颂》：有典有则，义兼箴诲，异乎铺张之词。

鲍明远《河清颂》有序：大抵华腴害骨，然明远采壮，简文思清，固一时之杰也。

梁简文帝《大法颂》并序:《大法》《马宝》,题皆不经,而文之华腴,不下颜、鲍。且裁章宅句,弥近弥平,斯固后来所取法,故亦不能阙焉。

高伯恭《北伐颂》:格高而气卑,意厚而语薄,时为之也。然以视齐梁繁响,则此固为雅奏。

薛元卿《隋高祖颂》有序:炀帝见而衔之,以为是《鱼藻》之义。然今其托讽之处,亦殊不可得。

——《骈体文钞》,卷二,第20—40页

王子渊《圣主得贤臣颂》:此非颂体,后人亦遂无效之者。

——《骈体文钞》,卷三,第45页

周寿昌:

李思《孝景皇帝颂》十五篇:此既名曰颂,以入赋家,或亦偶语谐韵如赋体也。班固《窦车骑北征颂》《东巡颂》《南巡颂》、马融《广成颂》、崔骃《四巡颂》可证,《李思传》亦未注其本末。

——《汉书注校补》,卷二十八,第636页

王兆芳:

颂者,容也,六诗之一也。《诗序》曰:"美盛德之形容,以其成功告于神明者也。"主于形容王功,轶风、雅而兼赋、比、兴。源出有焱氏为颂,见《庄子·天运》。流有三颂,祝融《成王冠颂》及汉董子《山川颂》,《文选》《古文苑》《文粹》列"颂"。挚虞曰:"若马融《广成》《上林》之属,纯为今赋之体,而谓之颂,失之远矣。"

——《文章释》,《历代文话》本,第6286—6287页

近现代

王先谦《骈文类纂序例·颂赞类二》:

颂体权舆,并出周世。鲁祀文公,奚斯有作,臣下褒扬于兹,托始仲山出祖,吉甫赠言《诗·大雅》:"吉甫作诵。"《潜夫论》引作"颂",盖三家异同。朋友归美,亦其肇端。考父述商,首阐前代之懿,三闾玩橘,爰及品物之微。后来作者云兴,约归四例:士龙颂汉,奏章通情,斯属文之别调也。赞之于颂,名异实同,孝若东方画赞,序谓慨然作颂,末称用垂颂声,固已混同一致。彦和有云:"结言于四字之句,盘桓于数韵之辞,其颂家之细条乎?"余谓自来赞文,先以论序,前敷宣于以罄绪,不害为烦;后约举以胜词,故不伤其促,末世俪之颂文,施用弥广。子山诸赞,尤存古质,《雕龙》文赞,洋洋乎词林之盛

美,非凡品所庶几焉。

——《虚受堂文集》,卷十五,第505—506页

刘师培《论文杂记》：

箴、铭、碑、颂,皆文章之有韵者也。然发源则甚古。

颂者,古人揄扬之词也。《庄子》有言："黄帝张《咸池》之乐,有焱氏为颂。"而《史记·乐书》亦曰："黄帝有《龙衮颂》。"而帝喾之世,咸墨为颂,以歌《九韶》。见《文心雕龙》。《诗有》六义,其六曰颂;《周颂》《鲁颂》《商颂》皆载《诗经》。则颂体亦始于五帝矣。

——《历代文话》本,第9487页

刘师培《述颂篇》：

颂者,四始之一。诗教之隆,昔元音畅而雅乐正,民气乐而颂声作,宣其纯懿,既异于《风》,纪彼铿锵,复殊于雅,所以美盛德之形容,告成功于郊庙。颂有颂之声焉,故笙曰颂笙,琴曰颂琴,曳履歌商,声若出于金石,歈、幽、息、蜡,音并合于籥章。颂有颂之义焉,穆如之风既作,静正之人宜歌,勺、桓、赉、般,事取止戈之武,驷、驰、泮、閟,美则遂荒于东,诚以扬厉无前,式从殷荐,和声依咏,搏拊克谐,乐体心声,互臻其极。而踵夔斯应《九韶》,而继成墨,岂以宫商协下管之盛,而茅黍忝升中之锡乎？谦让未遑,美备斯阙,王褒《得贤》,论也,而以颂名,义虽谐而音未谐,出诗入文,滥觞于此矣。马融《广成》,赋也,而以颂名,既不歌而多敷布,化颂为赋,名义滋紊矣。扬雄之于《充国》,史岑之于《出师》,褒显名臣,赞述良将。来归饮镐,有頍颁之雅之思;维岳降神,得风正四方之意,以合雅者为投颂,固知似是而不同。《九章》有《橘颂》,刘伶颂《酒德》,覃及庶草,同乎放言。山榛隰苓,拟佩芳于之子;倾罍酌兕,写隐忧于硕人。以嘉颂而亚歌风,自是支歧之别出也。许善心《神雀》一篇,染濡立就,博丽非常,然考其辞藻,不出王、颜《曲水》之章,覆其情文,大似祢、张《羽族》诸赋。厥后王子安《乾元》《九成》二颂,洒洒万言,实循斯规。集腋而成粹白,积材而构凌云。浅夫怖其汪洋,深识讥其泛惊也。惟相如《封禅》,笔既高华,颂复渊妙,文园绝笔,雄视百代。厥后于唐则有《中兴颂》焉。次山老于文学,事属当仁,以《舂陵》微婉之作,值皇舆反正之年,大笔淋漓,摩苍崖之崷崒,清音激越,韵浯水之琤琤,惟促节三韵,斯为创体。于宋则有《咸淳内禅颂》焉。山松英年蹈厉,惊采琳琅,力追中文,心仪帝则,有聱牙之硬语,无涩体之纤声。子厚《贞符》,同其旁魄;曼卿《皇雅》,逊彼精纯。然则后之作者,必声谐金奏,义媲肇禋。美圣学必窥于宥密缉熙,述武功则陈夫绎思于铄。禴皇数典,有堕山蠡河之观;揖让修容,多载弁丝衣之盛。然后五篇比于珠玉,四巡蔚其英声。于以追公旦之多财,订考父所诵

述，则为之歌颂曰：盛哉乎德，侯其祎而。

——《国粹学报》，第59期

刘师培《〈文心雕龙〉讲录二种·颂赞篇》：

颂之本源盖出于诗。六义四始，颂并厕焉。《诗序》云："颂者，美盛德之形容，以其成功告于神明者也。"祈其涵义，第一重美。彦和云："风雅序人，事兼变正；颂主告神，义必纯美。"是风雅可有美刺，颂则有美无刺也。其次重形容。《说文》："颂，皃（貌）也。"（即形容之容字，"容"本为包含之义，与形容之义无涉。）古代诗歌，皆可入乐。乐者，备兼歌舞；故形容盛德必舞与声相应以方物之也。又次重告神明。颂之最古者，推《商颂》五篇，其词率皆祭礼祖宗所用。即《周颂》三十余篇，非祭祀天神地祇，即为祭宗庙之文：是知告于神明乃颂之正宗也。逮及《鲁颂》，多美僖公，不皆祭神之词，是颂体之渐变。两汉以降，但美盛德，兼及品物，非必为告神之乐章矣。

颂者，容也。

郑康成以容为包容之义，故《诗谱》云："颂之言容，天子之德，光被四表，格于上下，无不覆焘，无不持载，此谓之容。"（《周颂谱》）与《诗序》不合。今案《说文》："颂，皃也。"则仍当从《诗序》形容之义。

昔帝喾之世，咸墨为颂，以歌《九韶》。

彦和以咸墨（当依唐写本作咸黑）之颂为最古，今考《庄子》谓，黄帝张乐洞庭，有焱氏作颂。（见《天运篇》）当又在前。又，《古诗纪》引有黄帝时之《衮龙颂》，谓见《史记·乐书》。案《史记》无此文，第见于晋王嘉《拾遗记》，真伪尚不可定。

斯乃宗庙之正歌。

此语义殊未备。因告于神明，括有郊祀天地社稷宗庙而言；非仅限于宗庙也。

《时迈》一篇，周公所制。

《国语》引《时迈》，谓为周文公之颂。（《周语》上）彦和之言，盖本于此。

"夫民各有心"至"浸被乎人事矣"。

此节彦和羼诵于颂,实为失考。案《说文》:"诵,讽也。"与颂义别。如所引《左传》僖公二十八年:晋舆人之诵,及《孔丛子》载鲁人谤诵孔子之词(见《陈士义篇》),并皆百姓之歌谣;乃讽诵之诵,而非风、雅、颂之颂。

"及三闾《橘颂》"至"又覃及细物矣"。

此节推论颂体之渐变。颂之本源,用于容告神明;降及战国,称美物类者,亦可以称为颂。议其正变,则《汉书·礼乐志》之《郊祀歌》及唐山夫人《安世房中歌》,皆以祭神为主,与《商颂》《周颂》相同,实为颂之正宗。至于屈平《九章》之《橘颂》,美及细物,乃颂之变体矣。汉魏之际,此类最多。如《菊花颂》等篇,与三代之颂殊途,然亦颂之一体。盖虽非述德告神,而与"美"之旨弗悖焉。三代之时,赋颂二体,皆诗之附庸;自兹而后,蔚为大国。汉魏之四言诗虽与颂相近,而于文体中称诗不称为颂;《赵充国颂》等篇虽四言似诗,而于文体中称颂不称为诗,其区分盖皆起于三代后也。

至于秦政刻文,爰颂其德。

秦之刻石与三代之颂不同。颂之音节虽无可考;然三代之诗皆可入乐,颂为诗之一体,必可被至管弦。秦刻石则恐皆不能谱入乐章。故三代而后,颂与诗分,此其大变迁也。

汉之惠景,亦有述容。

《汉书·艺文志·诗赋略》有李思《孝景皇帝颂》十五篇。安世乐即惠帝时所作。

子云之表充国。

扬雄《赵充国颂》将充国一生战功皆括于内,最为切题。盖作颂以根据事实为主,不宜流于浮泛。如其人功德行事有足称述,则为之作颂,应将其实在之美德或事实之源委确切写出之;若徒作空泛之语,美则美矣,而于形容之义何关乎?

武仲之美显宗,史岑之述熹后。

傅毅《明帝颂》,史岑《和熹颂》,俱见《全后汉文》。

至于班、傅之《北征》《西巡》,变为序引。

《西巡》或作《西逝》，误。《艺文类聚》引有傅毅《西巡》《北巡》《东巡》诸颂。《后汉书》有班固之勒石燕然山铭（见《窦宪传》），即《北征颂》也。（案《古文苑》十二，《艺文类聚》九十六均引有班固《车骑窦将军北征颂》）此二篇之作法相同：序文较长而有韵；颂仅数语；事实皆叙于序中。（《北征颂》用"兮"调仅寥寥五句而已，而序中叙窦宪之事实甚详。《西巡颂》序文与《典引》相近，颂亦甚短。）故彦和以为非颂之正体。然后世亦颇不乏祖述之者，陆士龙、鲍明远皆有此体，是序长颂短之篇，于六朝时亦正多也。

马融之《广成》《上林》，雅而似赋。

《广成》之下，疑脱二字，或当作"体拟《上林》"。观下文云："敷写似赋，而不入华奢之区。"则此或谓《广成颂》摹拟《上林》，非体之正也。颂文见《后汉书·融本传》。前有序文，与司马相如、扬雄之《上林》《羽猎》无殊；又，句不限于四言，三言与五言杂出，直为赋体。案彦和以为赋颂本为二体，不能相谋；故《广成》之类，实非其正。然东汉之时，赋、颂不甚区分；如马融《长笛赋》称为"颂曰"，是直与《长笛颂》相同，亦足征二体之混淆矣。

"又崔瑗《文学》"至"简约乎篇"。

崔瑗《南阳文学颂》，蔡邕《樊惠渠颂》并见全文。彦和以此二篇别为一节，与班、傅之《北征》《西巡》分别言之者，缘彼二篇序亦有韵，此二篇序无韵，颂亦较长；惟序文终较颂为长耳。推舍人之意，以为颂之正文既以叙事为主，序文仍叙事，则有叠床架屋之弊。故序不宜"致美"，而以《赵充国颂》等篇为正也。

"其褒贬杂居"二句。

此专就陆士衡《汉高祖功臣颂》而言，与陈思王《皇太子生颂》无涉。

总上彦和之意，以为颂之体式所宜注意者有三：一、序不可长；二、与赋不同，应分其体；三、义主颂扬，有美无刺。

"颂惟典雅"至"而不入华奢之区"。

颂主告神美德，与赋之"铺采摛物"者有殊。故文必典重简约，应用经诰，以致其雅。在赋如摛写八句，在颂则四语尽意。盖赋放颂敛，体自各别也。

"敬慎如铭"二句。

三代之铭,分为二体,一主儆戒,略近于箴;一主颂美,与颂为伍。皆铭刻于器。前者如汤之《盘铭》及《大戴礼·武王践阼》篇之铭十七章;后者如孔悝《鼎铭》是也。彦和此所谓铭,专指近于箴之一体而言,故谓颂应"敬慎如铭,而异乎规戒之域",不知铭中尚有颂美之一体。此句若易铭为箴,则义无不安;以箴铭之作俱宜简敛,而箴则惟有规戒之义,无颂美之义也。

汪洋以树义。

汪洋有涵蓄之义。

颂之作法:第一,应由雅音,常手为文,音节类不能和雅;试取东汉蔡伯喈所作与常文相较,即可辨其高下之所在。第二,颂虽主形容,但不可死于句下;应以从容揄扬,涵蓄有致为佳。第三,颂文以典雅为主,不贵艰深;应屏退杂书,惟镕式经诰。观汉人所传之颂,皆文从字顺,自然而工,正不赖僻典诂字,以致奥远。(颂中若如《法言》《典引》及赋之用字,即为讹体。)可以知已。

后世之颂,大抵摹拟陆士衡《汉高祖功臣颂》者为多。斯篇文固细密,作法亦中准绳。惟取格宜高,以此为法,恐易流于板滞。(后世之颂,即使体裁去古未远,然决不能如古人之简约,以乏疏朗之致,而有涂附之弊也。)今欲作颂,姑舍《周颂》《商颂》,以去高远;其切而近者,自应以陆士衡《功臣颂》为式,而参以汉人之疏朗,以矫其板滞,再求音节和雅,即可得其体要矣。

——《刘师培中古文学论集》,第149—153页

林纾:

颂者,"敷写似赋,而不入华奢之区;敬慎如铭,而异乎规戒之域"。赞者,"约举以尽情,昭灼以送文"。盖颂之为言,容也;赞之为言,明也。

《商颂》《鲁颂》,用之以告神明,若《原田》《裦韢》,一出诸野夫之口,一用为刺讥之辞。至训"颂"为"诵",此颂之变体也。三闾《橘颂》,则罩及细物,又为寓怀之作,非颂之正体。于是子云、孟坚,用之以美赵充国、窦融,已移以颂显人,晋而上之颂天子矣。此颂之源流也。益赞禹,伊陟赞巫咸,刘勰谓之"扬言以明事,嗟叹以助辞",此赞体之初立者也。迁、固二书,始托赞以褒贬,而郭景纯以注《雅》,虽植物亦有赞焉。景纯之赞植物,由诸灵均之颂橘,均为变体。

综言之,颂赞之词,非泽于子书、精于小学者,万不能佳。二体均结言于四字之句,不能自镇则近佻,不能自敛则近谶,累句相同,不能变换,则近沓;

前后隔阂，不相照应，则近塞。过艰恶涩，过险恶怪，过深恶晦，过易恶俚。必运以散文之杼轴，就中变化，文既古雅，体不板滞，自非发源于苞经，则选词不韵；赋色于子书，则取材不精。下字必严，撰言必巧，近之矣。

陆士衡为《汉高祖功臣颂》，皇皇大观也。然篇中如"抬代如遗，偃齐犹草""身与烟销，名与风兴"等句，此扬子云所万万不为者。观子云为《赵充国颂》，无一语不经心，亦无一语不伤于纤弱，则极意摹古，由其读古书多，故发声亦洪而肃，此不能以浅率求也。

韩昌黎之《元和圣德诗》，厥体如颂，其曰："取之江中，枷脰械手。妇女累累，啼哭拜扣，求献阙下，以告庙社。周示城市，咸使观睹。解说挛索，夹以砧斧。婉婉弱手，赤立伛偻，牵头曳足，先断腰膂。"读之令人毛戴。子由以为"李斯颂秦所不忍言，而退之自谓'无愧于《风》《雅》'，何其陋也！"南轩曰："盖欲使藩镇闻之，畏罪惧祸不敢叛。"愚谓南轩之言，不期失笑。魏博传五世，至田弘正入朝，十年复乱，更四姓，传十世，有州七。成德更二姓，传五世，至王承元入朝；明年，王庭凑反，传六世，有州四，卢龙更三姓，传五世，至刘总入朝；六月，朱克融反，传十二世，有州九。淄青传五世而灭。宣武传四世而灭，有州四；彰义传三世而灭，有州三。泽潞传传三世而灭，有州五。叛逆至于数世，而魏博最久，此岂畏罪惧祸？鄙意终以昌黎之言为失体。盖昌黎蕴忠愤之气，心怒贼臣，目睹俘囚伏辜，振笔直书，比期伤雅，非复有意为之。但观《琴操》之温醇，即知昌黎非徒能为此者也。

——《春觉斋论文》，第51—52页

周祺：

《文心雕龙》曰："颂者，容也，所以美盛德而述形容也。"帝喾之世，咸墨为颂，此歌颂之始。宗庙有颂，始自商人；朝廷有颂，始自祝雍。若《原田》之颂，颇类隐语；《裘鞸》之颂，直为谤辞，背颂义矣。而屈原《橘颂》，刘伶颂酒，比类寓意罩及微物，滥颂例矣。充国之颂似《雅》，显宗之颂似《风》，《广成》《上林》之颂似赋，《圣主得贤臣》之颂似论，失颂体矣。惟刘勰谓"颂惟典雅，词必清铄。敷写似赋，而不入华奢之区；敬慎如铭，而异乎规戒之域"，乃为切合。

——《国文述要·文体辨要·颂》，《历代文话续编》本，第1014页

吴曾祺：

"述十"小字注：邯郸淳有《魏受命述》，入之"符命"内，乃颂体，非记体也。与《九辨》之不为辨、《典引》之不为引，体例略同。

颂赞类第十一：

颂为四诗之一，盖揄扬功德之词。其初本臣子施于君上，后则自敌以

下,亦相与为之。其以称古人以寓仰止之意为更多,甚至器物禽兽之微,亦藉以见意。盖文人游戏之作,非正体也。亦有名为颂而实非颂者,如韩退之《伯夷颂》是也。赞亦颂类,古者宾主相见,则有赞互相称誉,以致亲厚之意,故文之称人善者,亦以赞为名。然至史家之体,每传必有赞,则其中贤否不一,亦时有贬词焉,非其正体本如是也。叙颂赞类第十一,为目五:曰颂,曰赞,曰雅,曰符命,曰乐语。

颂一:

古之为颂者,多用以刻石,如《史记·秦本纪》"刻石颂秦功德"是也。此与碑铭相近,宜入之碑铭类。西汉人所传各颂,则多不入石。又颂必用韵,而亦有不用韵者,如王子渊《圣主得贤臣颂》是也。

赞二:

自史家以外,鲜有作赞者。司马相如作赞以美荆轲,此赞之最古者。赞有二种:有用韵者,有不用韵者。班《书》中已分为二,《文选》因之,今以无韵者为赞上,有韵者为赞下。

雅三:

柳子厚有《平淮夷雅》一篇,乃歌咏武功之盛,比于《江汉》《常武》诸篇,故名曰雅。乐府有"铙歌",与此亦相近,但音节不同耳。

符命四:

古者帝王受命,其臣作为文字,铺张功德之隆盛,旁及瑞应,以奢上天眷佑之意。《诗》之《玄鸟》《生民》,即此类也。《文选》特设"符命"一体,以收此种文字,其体与颂相近,故附入焉。

乐语五:

自宋以来,凡遇宫廷演剧,则命词臣为乐语,使伶人歌之,大都道太平之盛,故亦为应制之作。然民间寻常宴聚,亦兼有之。先为骈语,后媵以诗,亦有不为诗者,又名致语。

——《涵芬楼文谈·附录》,《历代文话》本,第6661—6663页

姚华《论文后编·目录上》:

诗有六义,颂居其一,六义之颂,用诸郊庙。颂者,容也,美盛德之形容,以其成功告于神明者也。是故颂以扬励休功,而美述盛德,其始也必告于神明,其变也徒颂功德而已。王褒以来,于文有颂(《圣主得贤臣颂》)。颂之似者曰赞,扬言明事而嗟叹以助辞也,司马相如始作以赞荆轲,后人祖之,体更加繁。颂兼哀乐,赞亦相同。汉会稽东郡尉张纮作《陶侯哀颂》,见任昉《文章缘起》,赞亦有哀赞。

——《弗堂类稿·论著甲·论文后编·目录上第二》

姚永朴：

颂赞类者，姚氏云："亦《诗·颂》之流，而不必施之于金石者也。"《文心雕龙·颂赞》篇云："颂者，容也，所以美盛德而述形容也。""赞者，明也，助也。昔虞舜之祀，乐正重赞，盖唱发之辞，及益赞于禹，伊陟赞于巫咸，并扬言以明事，嗟叹以助辞也。"

——《文学研究法》，卷一，《历代文话》本，第6871页

黄侃：

《周礼》太师注曰：颂之言诵也，容也；诵今之德，广以美之。是颂本兼诵、容二谊。以今考之，诵本其谊，颂为借字，而形容颂美，又缘字后起之谊也。详大司乐以乐语教国子，兴、道、讽、诵、言、语。注曰：倍文曰讽，以声节之曰诵。疏曰：讽是直言无吟咏，诵则非直背文，又为吟咏，以声节之。又瞽矇讽诵诗。注曰：谓暗读之，不依咏也。盖不依咏者，谓虽有声节，而仍不必与琴瑟相应也。然则诵而不依咏，即与歌之依咏者殊，故《左传》襄十四年云：卫献公使太师歌《巧言》之卒章，师曹请为之，公使歌之，遂诵之。又廿八年《传》云：叔孙穆子食庆封，使工为之诵《茅鸱》。又《毛诗·郑风·子衿》传云：古者教以诗乐，诵之歌之，弦之舞之。据此诸文，是诗不与乐相依，即谓之诵。故《诗·崧嵩》《烝民》曰："吉甫作颂。"《国语·周语》："腹赋朦颂。"《楚语》曰："宴居有师工之诵。"《乐师》先郑注云："敕尔瞽，率而众工，奏尔悲诵。"此皆颂之本谊，及其假借为颂，而旧谊犹时有存。故《太卜》其颂千有二百，卜繇也而谓之颂。龠章龡豳颂，风也而谓之颂。瞽矇讽诵诗，后郑曰：讽诵诗，谓廞作柩谥诗也。讽诵王治功之诗以为谥，则谥也而亦谓之颂。《九夏》之章，后郑以为颂之类，则乐曲也而亦可谓之颂。此颂名至广之证也。厥后《周颂》以容告神明为体，《商颂》虽颂德，而非告成功；《鲁颂》则与风同流，而特借美名以示异。是则颂之谊，广之则笼罩成韵之文，狭之则唯取颂美功德。至于后世，二义俱行。属于前义者，《原田》《裘绊》，屈原《橘颂》，马融《广成》，本非颂美，而亦被颂名。属后义者，则自秦始皇刻石以来，皆同其致；其体或先序而后结韵，或通篇全作散语。如王子渊《圣主得贤臣颂》是。又或变其名而实同颂体，则有若赞，彦和云：颂家之细条。有若祭文，彦和云：中代祭文，兼赞言行。有若铭，《左传》论铭云：天子令德，诸侯计功，大夫称伐。又始皇上泰山刻石颂秦德，而彦和《铭箴》篇称之曰铭。有若箴，《国语》云：工诵箴谏。有若诔，彦和云：传体而颂文。有若碑文，彦和云：标序盛德，昭纪鸿懿，此碑之制也。汉人碑文多称颂，如《张迁碑》名表颂，此施于死者。蔡邕《胡公碑》云：树石作颂。《胡夫人灵表》称颂曰：此施之于死者。有若封禅，彦和云：颂德铭勋，乃鸿绩耳。其实皆与颂相类似。此则颂名至广，

用之者或以为局,颂类至繁,而执名者不知其同然,故不可以不审查也。

——《文心雕龙札记》,第71—72页

章太炎:

三颂之外,秦碑亦颂之类也。刻石颂德,斯之谓颂也。惟古代之颂,用于祭祀。生人作颂,始于秦碑,及后人作碑亦称"颂曰"是也。柳子厚作《平淮西雅》,其实颂也。颂与雅,后世不甚分耳。要以优游炳蔚为贵。

——《国学讲演录》,第256页

高步瀛:

《说文》曰:"颂,皃也。"段氏注曰:"古作'颂皃',今作'容皃',古今字之异也。容者,盛也,与颂义别。六诗,一曰颂,《周礼》注云:'颂之言诵也,容也,诵今之德广以美之。'《诗谱》曰:'颂之言容,天子之德,光被四表,格于上下,无不覆焘,无不持载,此之谓容。于是和乐兴焉,颂声乃作。'此皆以容受释颂,似颂为容之假借字矣。而《毛诗序》曰:'颂者,美盛德之形容,以其成功告于神明者也。'此与郑义无异而相成。郑谓德能包容,故作颂;《序》谓颂形容其德,但以形容释颂,而不作形颂,则知假容为颂,其来已久。以颂字专系之六诗,而颂之本义废矣。"

步瀛案:段说甚确。朱丰芑谓六诗之颂,为"诵"之假借字,《说文通训定声·丰部》。恐不然也。

挚仲治《文章流别论》曰:"颂,诗之美者也。古者圣帝明王,功成治定,而颂声兴,于是史录其篇,工歌其章,以奏于宗庙,告于神明。故颂之所美,则以为名,或以颂声,其细已甚,非颂之意。昔班固为《安丰戴侯颂》,今佚。史岑为《出师颂》《文选》卷四十七。《和熹邓后颂》,今佚。与《鲁颂》体意相类,而文辞之异,古今之变也。杨雄《赵充国颂》,《文选》卷四十七。颂而似雅。傅毅《显宗颂》,《全后汉文》卷四十三。文与《周颂》相似,而杂以风雅之意。若马融《广成》《全后汉文》卷十八。《上林》佚。之属,纯为今赋之体,而谓之颂,失之远矣。"

刘彦和《文心雕龙》曰:"四始之至,颂居其极。颂者,容也,以美盛德而述形容也。昔帝喾之世,咸黑为颂,以歌《九招》,《吕氏春秋·古乐》篇。自商已下,文理允备。颂主告神,故义必纯美。鲁以公旦次编,郑康成《鲁颂谱》。商以前王追录,《商颂谱》。斯乃宗庙之正歌,非飨燕之常咏也。《时迈》一篇,周公所制,《周语》上。哲人之颂,规式存焉。夫民各有心,勿壅惟口。晋舆之称原田,《左·僖二十八年》。鲁民之刺裘鞞,《孔丛子·陈士义》篇'鞞'作'带',《吕氏春秋·乐成》篇作'鞞'。直言不咏,短辞以讽,邱明、子高,黄崑圃曰:'此子顺述孔子之事,非子高也。子高,孔穿之子。'并牒为诵。斯则野诵之变体,浸被乎人事矣。

及三闾《橘颂》,《楚辞·九章》。情采芬芳,此类寓意,又覃及细物矣。至于秦政刻文,爰颂其德。《史记·秦始皇本纪》。汉之惠、景,亦有述容。《汉书·礼乐志》曰:'《房中祠乐》,高祖唐山夫人所作也。孝惠二年,使乐府令夏侯宽备其箫管,更名曰《安世乐》。'又曰:'孝景采《武德舞》,以为《昭德》,以尊太宗庙。'《艺文志·赋家》有李思《孝景皇颂》十五篇。沿世并作,相继于时矣。若夫子云之表充国,孟坚之序戴侯,武仲之美显宗,史岑据《文选》,当称其字为孝山。之述熹后,或拟《清庙》,或范《駉》《那》,虽浅深不同,详略各异,其褒德显容,典章一也。至于班、傅之《北征》《西征》《全后汉文》卷二十六,又四十三,变为序引,岂不褒过而谬体哉! 马融之《广成》《上林》,此与《文章流别论》合,黄崑圃疑《上林》当作《东巡》,非也。雅而似赋,何弄文而失质乎! 又崔瑗《文学》、《全后汉文》卷四十五。蔡邕《樊渠》,本集卷六。并致美于序,而简约乎篇。挚虞品藻,颇为精核,至云"杂以风雅",而不变旨趣,徒张虚论,有似黄白之伪说矣。及魏、晋杂颂,鲜有出辙。陈思所缀,以《皇子》为标;本集卷六。陆机积篇,惟《功臣》最显。《文选》卷四十七有陆士衡《汉高祖功臣颂》。其褒贬杂居,固末代之讹体也。原夫颂惟典雅,辞必清铄。敷写似赋,而不入华侈之区;敬慎如铭,而异乎规戒之域。揄扬以发藻,汪洋以树义,虽纤巧曲致,与情而变。其大体所底,如斯而已。"《颂赞》篇。

案:彦和此说,最为精要。纪晓岚曰:"陆士衡云'颂优游以彬蔚'不及此之切合颂体。"《文心雕龙评》。是也。至其讥马季长《广成颂》似赋,本于挚仲洽,其辨甚晰。然王子渊褒《圣主得贤臣颂》,《文选》卷四十七。实开其先,特词气浑穆,殆所谓不入华奢者乎? 又子渊《洞箫赋》,《文选》卷四十七。《汉书·王褒传》称为《洞箫颂》《文选》卷十七。马季长《长笛赋》,同上。其序亦称为《长笛颂》:岂以赋、颂通名,而其体遂以不别耶?

六朝以来,日趋藻丽,鲍明远《河清颂》,本集卷十。史家称其序甚工。《宋书·临川王刘道规传》附《鲍照传》。今观其序,犹有班、杨之余烈,铭词亦矜创,在六朝文中为首出。颜延年《赤槿》《碧芙蓉》等颂,《全宋文》卷三十七。盖屈子《橘颂》之支流;又特文多阙逸,不能窥其全豹;即其所存者观之,雕词琢句,明秀可观;然不过六朝常制而已。梁简文《南郊》《大法》《宝马》诸颂,《全梁文》十二。经营藻艳。李申耆曰:"《大法》《宝马》,题皆不经,而文之华腴,不下颜、鲍;且裁章宅句,弥近弥平,斯固后来所取法,故亦不能阙焉。"《骈体文钞》评。高伯恭允《北伐颂》,《全后魏文》卷二十八。申耆谓其"格高而气卑,意厚而语薄,时为之也"。亦《文钞》评。即此数篇,可略见当时之风气矣。隋薛元卿道衡《隋高祖颂》,《全隋文》卷十九。词藻丰腴,仍沿齐梁之体。至唐"四杰"更极力恢张,王子安勃《乾元殿颂》,本集卷十四。繁声竞弹,重屋迭起,故不免词于意之讥;而惊才绝艳,殆亦如萧相国之营未央,谓其壮丽,无令后世有加者欤？陈伯玉子昂力屏六朝，心希两汉，《大周受命颂》，本集卷七。比迹杨、马，具体而微。元次山结《大唐中兴颂》，本集卷六。仿秦琅琊刻石体，磨涯书之，故选文者录入碑志类中，然亦颂之一体也。韩退之《子产不毁乡校颂》，本集卷十三。纵横跌宕，自成一体。宋欧阳永叔《会圣宫颂》，《外集》卷八。用韵亦仿《中兴颂》，词意渊雅，然拟以子云、退之等制，则弘纤厚薄，迥乎不侔。后有作者，更无事枚举矣。

——《文章源流》，第四篇《词章》，《历代文话续编》本，第1587—1590页

张相：

彦和有云："容底斯颂，勋业垂赞。盖四始之一至，颂居其极，而赞之为体，亦颂家之细条。"姚惜抱云："颂赞类者，《诗·颂》之流，而不必施之于金石者也。"兹合为一章述之。

（甲）颂：

《释名》："颂，容也，叙说其成功之形容也。"彦和云："容告神明谓之颂。"是故《那》诗、《清庙》，皆以告神，自《鲁颂·駉》《駜》，致美僖公，其体始变，则滥觞乎后世之为矣。

（一）无韵之颂：

大抵颂赞箴铭祭吊哀诔之八事者，韵文居多，皆为辞赋之流。姚惜抱谓《渔父》及《楚人以弋说襄王》、宋玉《对王问》，皆辞赋类。辞赋固当有韵，然古人亦有无韵者，以义在托讽，亦谓之赋。窃本此旨，推而阐之，颂赞以下八事，均有无韵之作。故悉以有韵无韵，对举为目，既以审其体要，亦以尽其流变。总述于此，后不复赘也。录无韵之颂凡三首。

（二）有韵之颂：

此彦和所谓"颂惟典雅，辞必清铄，敷写似赋，而不入华奢之区；敬慎如铭，而异乎规戒之域"者也。曰人物，曰武功，曰上仪，曰德政，曰休祥，曰杂事物。凡六目。

（乙）赞：

字亦作讚。《释名》："讚，纂也，纂集其美而叙之也。"《尚书大传》云："舜为宾客，禹为主人，乐正进赞。"盖古者为唱发之辞。故彦和云："汉置鸿胪，唱拜为赞，即古之遗语也。"迄司马相如为《荆轲赞》，其文不传，然奖叹之言，遂同颂体，则后世之为矣。

（一）无韵之赞：

曰史赞，曰杂赞，析为二目。

（子）史赞：

其体与史论同。彦和云："迁《史》固《书》，托赞褒贬。"盖赞本训助，助以

发明传意,故不论善恶,皆得曰赞,与夫壹意赞美者,稍稍殊矣。录八首。

(丑)杂赞:

纪述事迹,尚论人物,要亦扬言以明事,嗟叹以助辞者也。录二首。

(二)有韵之赞:

此彦和所谓"结言于四字之句,盘桓乎数韵之辞,约举以尽情,昭灼以送文"者也。曰人物,曰山水,曰名理,曰图画,曰杂物,凡六目。

——《古今文综评文》,第六部第二章,《历代文话》本,第8869—8872页

张傅斌:

《诗大序》云:"颂者,美盛德之形容,以其成功,告于神明也。"若《商颂》之《那》,祀成汤之乐也;《周颂》之《清庙》,祀文王之乐也;是皆用以告神,非称美当时之君也。至《鲁颂·駉》《閟》等篇,用以颂僖公而体变矣。其后作者,遂以《鲁颂》为式,或颂时君之德,或美功臣之烈。其词皆用韵语,其有用散语者,非颂之正体也。盖颂之为体,贵能形容盛德;若褒过其实,或稍涉托讽,皆为失之。刘彦和所谓"敷写似赋,而不入华奢之区;敬慎如铭,而异乎规戒之域",明乎此,即可知作颂之法矣。

——《文辞释例》,《历代文话续编》本,第2067页

徐昂:

颂始于《诗》,赞源于《书》,体虽有别,而褒美其意,赡丽其词,固相同也。颂大半揄扬国家,赞多称誉人事,义别广狭,此微异耳。颂、赞称美之词须当其量,不宜溢分,如推崇极至,轻发而妄施,则虚浮无征矣。颂、赞皆或先之以序,有叙述者,有参以议论者。赞与传赞相通,惟传赞体由散句而整句而协韵,颂赞之赞或四言整句,或散句,无不节以韵者。颂词亦然。骈俪之体或不协韵,如汉王褒《圣主得贤臣颂》是也。

——《文谈》,卷三,《历代文话》本,第9046页

唐恩溥:

景仰古人,序列其事而赞美之,谓之赞。游扬德业,褒赞成功,谓之颂。赞颂之文,则贵其铺张而扬厉也。

——《文章学》下篇,《历代文话》本,第8738页

来裕恂:

颂者,形容美德也。始于黄帝时焱氏《咸池》之类,若商之《那》,周之《清庙》等篇,皆以告神,无关人事。若《左传》所载舆人之颂"诵"同,则近乎讥刺。《孔丛子》所载麛裘之颂,则近乎谤毁,此颂之变体,而用之于人者也。若屈原《橘颂》,又用之于物者也。至秦皇刻石颂德,则专事形容美善矣。后世用斯体者,亦有二:一用以告神,二用以颂德。如傅毅依《清庙》作《显宗颂》

十篇,告神也;李思《孝景皇颂》十五篇,颂德也。然班、傅之《北征》《西巡》,流而为序,马融之《广成》《上林》,变而为赋,韩愈《伯夷颂》,又似乎论,其流别不无少异焉。

——《汉文典·文章典》,卷三,《历代文话》本,第8645—8646页

刘永济:

马融《广成》名颂而实赋者,何焯云:"古人赋颂,通为一名。马融《广成》所言者田猎,然何尝不题曰颂?扬之《羽猎》,亦有'遂作颂曰'之文。"按融作《长笛赋》,序曰:"追慕子渊、枚乘、刘伯康、傅武仲等箫、琴、笙颂,笛独无,故聊复备数,作《长笛颂》云。"子渊《洞箫赋》,《汉书》谓之颂。《汉志》赋家亦有李思《孝景皇帝颂》十五篇,盖不仅赋颂可通为一名,实亦成于敷布,又皆为不歌而诵之体也。《上林》旧校疑作《东巡》,据《融传》,无《上林》也。然挚虞《文章流别论》亦谓:"《广成》《上林》,纯为今赋之体,而谓之颂。"则似果有《上林颂》者。《艺文类聚》一百引《典论》曰:"议郎马融,以永兴中,帝猎广成,融从,是时北州遭水潦蝗虫,撰《上林颂》以讽。"今检《广成颂序》,有"虽尚颇有蝗虫"之言,又似《上林》即《广成》。旧文阙佚,疑不能明,姑记于此,以俟详考。

颂、诵、赋三名,汉人混用。余撰《屈赋通笺叙论》,曾详著其说。兹摘录其与此篇相涉者于下:"至后人追称,不名曰诵,亦有三故。一者,《说文》曰:'诵,讽也。''颂,皃也。'诵之于颂,其义迥别。康成注《诗》《礼》,皆以美盛德之形容者为颂,古无以刺过之诗为颂者。是以彦和论颂,谓'褒贬杂居,故末代之讹体'也。惟诵之为用,止于讽诵,故其为体,得兼美刺。《家父》之诵,诵之刺也,吉甫则美诵矣,其显证也。然诵、颂二名,声近通用,经典多有。后人多闻颂为诗篇之异体,鲜知诵亦乐章之别称,遂习而不察也。二者,赋、诵同为不比琴瑟之歌,同兼称美讥过之用,故义为最近。自诵通作颂,汉世文士,遂以三名混为一体。屈子之诵,既蒙赋名,于是赋行而诵废,后人乃并古有名诵之诗而不知矣。"

——《文心雕龙校释》,第30—31页

参考文献

一、古籍(按四部分类排列)

经部:

[1] [三国魏]王弼等注,[唐]孔颖达疏:《周易正义》,《十三经注疏》本,中华书局,2009年。

[2] [清]姚配中撰:《周易姚氏学》,光绪三年(1877)湖北崇文书局刻本。

[3] [汉]孔安国传,[唐]孔颖达疏:《尚书正义》,《十三经注疏》本,中华书局,2009年。

[4] [汉]郑玄笺,[唐]孔颖达疏:《毛诗正义》,《十三经注疏》本,中华书局,2009年。

[5] [宋]朱熹集撰,赵长征点校:《诗集传》,中华书局,1958年。

[6] [宋]严粲撰:《诗缉》,景印文渊阁《四库全书》本,台湾商务印书馆,1986年。

[7] [宋]王柏撰:《诗疑》,清《通志堂经解》本。

[8] [清]姚际恒著,顾颉刚标点:《诗经通论》,中华书局,1958年。

[9] [清]李光地撰:《诗所》,景印文渊阁《四库全书》本,台湾商务印书馆,1986年。

[10] [清]方玉润撰,李先耕点校:《诗经原始》,中华书局,1986年。

[11] [清]陈仅撰:《诗诵》,《四明丛书》本,清光绪十一年(1885)刻本。

[12] [汉]郑玄注,[唐]贾公彦疏:《周礼注疏》,《十三经注疏》本,中华书局,2009年。

[13] [汉]郑玄注,[唐]贾公彦疏:《仪礼注疏》,《十三经注疏》本,中华书局,2009年。

[14] [汉]郑玄注,[唐]孔颖达疏:《礼记正义》,《十三经注疏》本,中华书局,2009年。

[15] [晋]杜预注,[唐]孔颖达疏:《春秋左传正义》,《十三经注疏》本,中华书局,2009年。
[16] [汉]何休注,[唐]徐彦疏:《春秋公羊传注疏》,《十三经注疏》本,中华书局,2009年。
[17] [清]苏舆撰,钟哲点校:《春秋繁露义证》,中华书局,2015年。
[18] [清]成本璞撰:《九经今义》,《通雅斋丛书》本。
[19] [汉]赵岐注,[宋]孙奭疏:《孟子注疏》,《十三经注疏》本,中华书局,2009年。
[20] [清]刘宝楠撰,高流水点校:《论语正义》,《十三经清人注疏》本,中华书局,1990年。
[21] [宋]朱熹撰:《四书章句集注》,中华书局,1983年。
[22] [宋]陈旸撰:《乐书》,景印文渊阁《四库全书》本,台湾商务印书馆,1986年。
[23] [汉]许慎撰,[清]段玉裁注:《说文解字注》,上海古籍出版社,1988年。
[24] [汉]刘熙撰:《释名》,《丛书集成初编》本,上海商务印书馆,1985年。

史部：

[1] [汉]司马迁撰:《史记》,中华书局,1982年。
[2] [汉]班固撰,[唐]颜师古注:《汉书》,中华书局,1962年。
[3] [清]周寿昌撰:《汉书注校补》,《续修四库全书》本,上海古籍出版社,2002年。
[4] [南朝宋]范晔撰,[唐]李贤等注:《后汉书》,中华书局,1965年。
[5] [晋]陈寿撰:《三国志》,中华书局,1971年。
[6] [唐]房玄龄等撰:《晋书》,中华书局,1974年。
[7] [南朝梁]沈约撰:《宋书》,中华书局,1974年。
[8] [南朝梁]萧子显撰:《南齐书》,中华书局,1972年。
[9] [唐]姚思廉撰:《陈书》,中华书局,1972年。
[10] [北齐]魏收撰:《魏书》,中华书局,1974年。
[11] [唐]李百药撰:《北齐书》,中华书局,1972年。
[12] [唐]令狐德棻等撰:《周书》,中华书局,1971年。
[13] [唐]魏徵、令狐德棻等撰:《隋书》,中华书局,1973年。
[14] [唐]李延寿撰:《南史》,中华书局,1975年。
[15] [唐]李延寿撰:《北史》,中华书局,1974年。
[16] [后晋]刘昫等撰:《旧唐书》,中华书局,1975年。

[17] [宋]欧阳修、宋祁撰:《新唐书》,中华书局,1975年。
[18] [元]脱脱等撰:《宋史》,中华书局,1977年。
[19] [清]张廷玉等撰:《明史》,中华书局,1974年。
[20] 赵尔巽等撰:《清史稿》,中华书局,1976年。
[21] [晋]袁宏撰:《后汉纪》,《四部丛刊》本。
[22] [宋]李焘撰:《续资治通鉴长编》,中华书局,1995年。
[23] [汉]刘珍等撰,吴树平校注:《东观汉记校注》,中华书局,2008年。
[24] [宋]郑樵撰,王树民点校:《通志二十略》,中华书局,1995年。
[25] [元]郝经撰:《续后汉书》,商务印书馆,1958年。
[26] [明]范守己撰:《皇明肃皇外史》,《四库全书存目丛书》本,齐鲁书社,1996年。
[27] 徐元诰撰,王树民、沈长云点校:《国语集解》,中华书局,2002年。
[28] [明]吴宽撰:《平吴录》,[明]袁褧编《金声玉振集》本。
[29] [明]董伦等撰:《明太祖实录》,上海书店,1990年。
[30] [明]雷礼撰:《国朝列卿纪》,周骏富辑《明代传记丛刊》本,台湾明文书局,1991年。
[31] [明]周圣楷撰:《楚宝》,《续修四库全书》本,上海古籍出版社,2002年。
[32] [清]朱兴悌撰:《宋文宪公年谱》,《宋文宪公全集》本,中华书局,1920年。
[33] [清]钱谦益撰:《国朝群雄事略》,王有立主编《中华文史丛书》本,台湾华文书局股份有限公司,1968年。
[34] [清]张维屏编:《国朝诗人征略》,台湾明文书局,1995年。
[35] [北魏]崔鸿撰,[清]汤球辑补,王鲁一、王立华点校:《十六国春秋辑补》,齐鲁书社,2000年。
[36] [北魏]郦道元著,陈桥驿校证:《水经注校证》,中华书局,2007年。
[37] [元]骆天骧撰:《类编长安志》,《续修四库全书》本,上海古籍出版社,2002年。
[38] [明]张鸣凤撰,李文俊注:《桂故校注》,广西人民出版社,1988年。
[39] [明]傅梅撰:《嵩书》,景印文渊阁《四库全书》本,台湾商务印书馆,1986年。
[40] [清]顾祖禹撰,贺次君、施和金点校:《读史方舆纪要》,中华书局,2005年。
[41] [清]嵇曾筠编:《雍正浙江通志》,景印文渊阁《四库全书》本,台湾商务印书馆,1986年。
[42] [清]梁国治撰:《国子监志》,景印文渊阁《四库全书》本,台湾商务印

书馆,1986年。
[43] [唐]杜佑撰,王文锦、王永兴、刘俊文等点校:《通典》,中华书局,1988年。
[44] [宋]王溥编:《唐会要》,中华书局,1955年。
[45] 刘琳、刁忠民、舒大刚等校点:《宋会要辑稿》,上海古籍出版社,2014年。
[46] [元]马端临撰:《文献通考》,中华书局,1986年。
[47] [清]嵇璜撰:《续通典》,台湾商务印书馆,1935年。
[48] [清]官修:《大清会典则例》,景印文渊阁《四库全书》本,台湾商务印书馆,1986年。
[49] [清]官修:《清通典》,景印文渊阁《四库全书》本,台湾商务印书馆,1986年。
[50] 陈国庆编:《汉书艺文志注释汇编》,中华书局,1983年。
[51] [明]焦宏撰:《国史经籍志》,《丛书集成初编》本,上海商务印书馆,1937年。
[52] [明]祁承煠编:《澹生堂藏书目》,《绍兴先正遗书》本,清光绪十八年(1892)刻本。
[53] [清]永瑢等撰:《四库全书总目》,中华书局,1965年。
[54] [清]姚振宗撰:《隋书经籍志考证》,《二十五史补编》本,中华书局,1956年。
[55] [宋]欧阳修撰:《集古录跋尾》,《历代碑志丛书》本,江苏古籍出版社,1998年。
[56] [宋]赵明诚撰,金文明校证:《金石录校证》,广西师范大学出版社,2005年。
[57] [宋]洪适撰:《隶释》(与《隶续》合刊),中华书局,1985年。
[58] [宋]王象之撰:《舆地碑记目》,《历代碑志丛书》本,江苏古籍出版社,1998年。
[59] [明]赵崡撰:《石墨镌华》,《历代碑志丛书》本,江苏古籍出版社,1998年。
[60] [明]郭宗昌撰:《金石史》,景印文渊阁《四库全书》本,台湾商务印书馆,1986年。
[61] [清]胡聘之撰:《山右石刻丛编》,《历代碑志丛书》本,江苏古籍出版社,1998年。
[62] [清]洪颐煊撰:《平津读碑记》,《历代碑志丛书》本,江苏古籍出版社,1998年。
[63] [唐]刘知几撰,[清]浦起龙释:《史通通释》,上海古籍出版社,1978年。
[64] [清]章学诚著,叶瑛校注:《文史通义校注》,中华书局,1994年。

子部：

[1] [清]陈士珂辑：《孔子家语疏证》，上海书店，1987年。
[2] 傅亚庶撰：《孔丛子校释》，中华书局，2011年。
[3] 王利器撰：《文子疏义》，中华书局，2009年。
[4] 王先谦撰，沈啸寰、王星贤点校：《荀子集解》，中华书局，1988年。
[5] 汪荣宝撰，陈仲夫点校：《法言义疏》，中华书局，1987年。
[6] [汉]桓谭撰，朱谦之校辑：《新辑本桓谭新论》，中华书局，2009年。
[7] 王利器校注：《盐铁论校注》，中华书局，1992年。
[8] [汉]刘向撰，向宗鲁校证：《说苑校证》，中华书局，1987年。
[9] [北齐]颜之推著，王利器集解：《颜氏家训集解》，中华书局，1993年。
[10] 黎翔凤撰，梁运华整理：《管子校注》，中华书局，2004年。
[11] 《韩非子》校注组编写，周勋初修订：《韩非子校注》，凤凰出版社，2009年。
[12] [宋]董逌撰：《广川书跋》，《丛书集成初编》本，上海商务印书馆，1937年。
[13] [明]陶宗仪：《书史会要》，上海书店，1984年。
[14] [清]刘熙载撰，袁津琥校注：《艺概注稿》，中华书局，2009年。
[15] [清]叶昌炽撰，柯昌泗评，陈公柔、张明善点校：《语石》（与《语石异同评》合刊），中华书局，1994年。
[16] [清]孙诒让撰，孙启治点校：《墨子间诂》，中华书局，2001年。
[17] 许维遹撰，梁运华整理：《吕氏春秋集释》，中华书局，2009年。
[18] [战国]尸佼著，[清]汪继培辑，朱海雷撰：《尸子译注》，上海古籍出版社，2006年。
[19] 何宁撰：《淮南子集释》，中华书局，1998年。
[20] [清]陈立撰，吴则虞点校：《白虎通疏证》，中华书局，1994年。
[21] 黄晖撰：《论衡校释》（附《刘盼遂集解》），中华书局，1990年。
[22] [汉]应劭撰，王利器校注：《风俗通义校注》，中华书局，1981年。
[23] [南朝梁]萧绎撰，许逸民校笺：《金楼子校笺》，中华书局，2011年。
[24] [唐]颜师古撰：《匡谬正俗》，《丛书集成初编》本，上海商务印书馆，1937年。
[25] [唐]封演撰，赵贞信校注：《封氏闻见记校注》，中华书局，2005年。
[26] [宋]吴处厚撰，李裕民点校：《青箱杂记》，中华书局，1985年。
[27] [宋]高承撰，[明]李果订，金圆、许沛藻点校：《事物纪原》，中华书局，1989年。
[28] [宋]程大昌撰：《演繁露续集》，景印文渊阁《四库全书》本，台湾商务印书馆，1986年。

[29] [宋]范成大撰,孔凡礼点校:《范成大笔记六种》,中华书局,2002年。
[30] [宋]洪迈撰,孔凡礼点校:《容斋随笔》,中华书局,2005年。
[31] [宋]谢采伯撰:《密斋笔记》,景印文渊阁《四库全书》本,台湾商务印书馆,1986年。
[32] [明]唐顺之撰:《荆川稗编》,景印文渊阁《四库全书》本,台湾商务印书馆,1986年。
[33] [明]郎瑛:《七修类稿》,中华书局,1959年。
[34] [明]章潢撰:《图书编》,景印文渊阁《四库全书》本,台湾商务印书馆,1986年。
[35] [明]邓球撰:《闲适剧谈》,明万历邓云台刻本。
[36] [明]沈节甫编:《纪录汇编》,上海商务印书馆,1938年。
[37] [明]朱国桢著,缪宏点校:《涌幢小品》,文化艺术出版社,1998年。
[38] [明]茅元仪撰:《暇老斋杂记》,清李文田家抄本。
[39] [清]尤侗撰,李肇翔、李复波整理:《艮斋杂说续说》(与《看鉴偶评》合刊),中华书局,1992年。
[40] [清]何焯著,崔高维点校:《义门读书记》,中华书局,1987年。
[41] [清]沈可培撰:《泺源问答》,《续修四库全书》本,上海古籍出版社,2002年。
[42] [清]周中孚撰:《郑堂札记》,《丛书集成初编》本,上海商务印书馆,1937年。
[43] [清]梁章钜撰,陈铁民点校:《浪迹丛谈 续谈 三谈》,中华书局,1981年。
[44] [隋]杜台卿撰:《玉烛宝典》,《续修四库全书》本,上海古籍出版社,2002年。
[45] [唐]虞世南编撰:《北堂书钞》,中国书店,1989年。
[46] [唐]欧阳询撰,汪绍楹校:《艺文类聚》,上海古籍出版社,1999年。
[47] [唐]徐坚等撰:《初学记》,中华书局,2004年。
[48] [唐]魏徵等编:《群书治要》,《丛书集成初编》本,上海商务印书馆,1937年。
[49] [唐]林宝撰,岑仲勉校记:《元和姓纂》,中华书局,1994年。
[50] [宋]李昉等撰:《太平御览》,中华书局,1960年。
[51] [宋]李昉等编:《太平广记》,中华书局,1961年。
[52] [宋]祝穆撰:《事文类聚》,景印文渊阁《四库全书》本,台湾商务印书馆,1986年。
[53] [宋]王应麟撰:《玉海》,江苏古籍出版社、上海书店,1987年。

[54] 袁珂校注:《山海经校注》,上海古籍出版社,1980年。

[55] 余嘉锡撰,周祖谟、余淑宜整理:《世说新语笺疏》,中华书局,1983年。

[56] [唐]道宣编:《广弘明集》,《四部丛刊》本。

[57] 陈鼓应:《老子注译及评介》,中华书局,2009年。

[58] 王卡点校:《老子道德经河上公章句》,中华书局,1993年。

[59] [三国魏]王弼注,楼宇烈校释:《老子道德经注校释》,中华书局,2008年。

[60] 王先谦撰:《庄子集解》(与《庄子集解内篇补正》合刊),中华书局,1987年。

[61] 杨伯峻撰:《列子集释》,中华书局,1979年。

集部:

[1] [宋]洪兴祖撰,白化文等点校:《楚辞补注》,中华书局,1983年。

[2] [汉]扬雄著,张震泽校注:《扬雄集校注》,上海古籍出版社,1993年。

[3] [汉]蔡邕著,邓安生编:《蔡邕集编年校注》,河北教育出版社,2002年。

[4] [三国魏]曹植著,赵幼文校注:《曹植集校注》,人民文学出版社,1998年。

[5] [晋]陆云撰,黄葵点校:《陆云集》,中华书局,1988年。

[6] [南朝宋]鲍照著,钱仲联增补集说校:《鲍参军集注》,上海古籍出版社,1980年。

[7] [南朝梁]陶弘景著,王京州校注:《陶弘景集校注》,上海古籍出版社,2021年。

[8] [南朝陈]徐陵撰,许逸民校笺:《徐陵集校笺》,中华书局,2008年。

[9] [唐]陈子昂著,徐鹏校:《陈子昂集》,中华书局,1960年。

[10] [清]王琦注:《李太白全集》,中华书局,1977年。

[11] [唐]高适著,孙钦善校注:《高适集校注》,上海古籍出版社,1984年。

[12] [唐]杜甫著,[清]仇兆鳌注:《杜诗详注》,中华书局,1979年。

[13] [唐]元结撰,孙望编校:《新校元次山集》,台湾世界书局,1984年。

[14] [唐]独孤及撰:《毗陵集》,《四部丛刊》本。

[15] [唐]柳宗元撰,《柳宗元集》点校组点校:《柳宗元集》,中华书局,1979年。

[16] [唐]韩愈撰,[宋]廖莹中集注:《东雅堂昌黎集注》,上海古籍出版社,1993年。

[17] [唐]韩愈著,刘真伦、岳珍校注:《韩愈文集汇校笺注》,中华书局,2010年。

[18] [唐]元稹著,冀勤点校:《元稹集》,中华书局,1982年。

[19] [唐]白居易撰,顾学颉校点:《白居易集》,中华书局,1979年。

[20] [宋]赵湘撰:《南阳集》,《丛书集成初编》本,上海商务印书馆,1937年。
[21] [宋]王禹偁撰:《王黄州小畜集》,《四部丛刊》本。
[22] [宋]田锡撰:《咸平集》,《丛书集成初编》本,上海商务印书馆,1937年。
[23] [宋]杨亿撰:《武夷新集》,《宋集珍本丛刊》本,线装书局,2004年。
[24] [宋]石介撰:《徂徕石先生全集》,清康熙五十六年(1717)刻本。
[25] [宋]夏竦撰:《文庄集》,《宋集珍本丛刊》本,线装书局,2004年。
[26] [宋]欧阳修著,洪本健校笺:《欧阳修诗文集校笺》,上海古籍出版社,2009年。
[27] [宋]华镇撰:《云溪居士集》,《宋集珍本丛刊》本,线装书局,2004年。
[28] [宋]苏轼撰,孔凡礼点校:《苏轼文集》,中华书局,1986年。
[29] [宋]黄庭坚撰,[宋]任渊等注,刘尚荣校点:《黄庭坚诗集注》,中华书局,2003年。
[30] [宋]郭印撰:《云溪集》,景印文渊阁《四库全书》本,台湾商务印书馆,1986年。
[31] [宋]黄裳撰:《演山集》,景印文渊阁《四库全书》本,台湾商务印书馆,1986年。
[32] [宋]王安中撰:《初寮集》,《宋集珍本丛刊》本,线装书局,2004年。
[33] [宋]崔敦礼撰:《宫教集》,《宋集珍本丛刊》本,线装书局,2004年。
[34] [宋]吕祖谦撰:《东莱集》,清胡凤丹辑《金华丛书》本。
[35] [宋]崔敦诗撰:《崔舍人玉堂类稿》,《续修四库全书》本,上海古籍出版社,2002年。
[36] [宋]范成大撰,周汝昌点校:《范石湖集》,上海古籍出版社,1981年。
[37] [宋]程洵撰:《克庵先生尊德性斋小集》,《续修四库全书》本,上海古籍出版社,2002年。
[38] [宋]陆游著,钱仲联校注:《剑南诗稿校注》,上海古籍出版社,1985年。
[39] [宋]周必大撰:《文忠集》,景印文渊阁《四库全书》本,台湾商务印书馆,1986年。
[40] [宋]陆游撰:《陆放翁全集》,中国书店,1986年。
[41] [宋]吴泳撰:《鹤林集》,景印文渊阁《四库全书》本,台湾商务印书馆,1986年。
[42] [宋]卫泾撰:《后乐集》,景印文渊阁《四库全书》本,台湾商务印书馆,1986年。
[43] [宋]方大琮撰:《铁庵集》,《宋集珍本丛刊》本,线装书局,2004年。
[44] [宋]陈仁子撰:《牧莱脞语》,《四库全书存目丛书》本,齐鲁书社,1997年。

[45][元]姚燧撰:《牧庵集》,《四部丛刊》本。

[46][元]王沂撰:《伊滨集》,景印文渊阁《四库全书》本,台湾商务印书馆,1986年。

[47][元]戴良撰:《九灵山房集补编》,景印文渊阁《四库全书》本,台湾商务印书馆,1986年。

[48][元]耶律铸撰:《双溪醉隐集》,景印文渊阁《四库全书》本,台湾商务印书馆,1986年。

[49][明]苏伯衡撰:《苏平仲集》,《四部丛刊》本。

[50][明]徐一夔著,徐永恩校注:《始丰稿校注》,浙江古籍出版社,2008年。

[51][明]宋濂撰,黄灵庚编辑校点:《宋濂全集》,人民文学出版社,2014年。

[52][明]萧仪撰:《袜线集》,《四库全书存目丛书》本,齐鲁书社,1997年。

[53][明]魏骥撰:《南斋先生魏文靖公摘稿》,明弘治十一年(1498)刻本。

[54][明]邵经济撰:《西浙泉厓邵先生文集》,《续修四库全书》本,上海古籍出版社,2002年。

[55][明]李东阳撰:《怀麓堂集》,上海古籍出版社,1991年。

[56][明]归有光著,周本淳校点:《震川先生集》,上海古籍出版社,1981年。

[57][明]梅鼎祚撰:《鹿裘石室集》,《续修四库全书》本,上海古籍出版社,2002年。

[58][明]陈子龙等选辑:《明经世文编》,中华书局,1962年。

[59][明]茅元仪撰:《石民四十集》,《续修四库全书》本,上海古籍出版社,2002年。

[60][清]徐乾学撰:《憺园文集》,《续修四库全书》本,上海古籍出版社,2002年。

[61][清]朱彝尊撰:《曝书亭集》,世界书局,1937年。

[62][清]储大文撰:《存砚楼文集》,景印文渊阁《四库全书》本,台湾商务印书馆,1986年。

[63][清]全祖望撰:《鲒埼亭集外编》,清嘉庆十六年(1811)刻本。

[64][清]钱陈群撰:《香树斋诗续集》,《清代诗文集汇编》本,上海古籍出版社,2010年。

[65][清]谢启昆撰:《树经堂诗续集》,清嘉庆间刻本。

[66][清]钱大昕撰:《潜研堂文集》,陈文和主编《嘉定钱大昕全集》本,江苏古籍出版社,1997年。

[67][清]纪昀撰:《纪文达公遗集》,《续修四库全书》本,上海古籍出版社,2002年。

[68] 王先谦撰:《虚受堂文集》,《清代诗文集汇编》本,上海古籍出版社,2010年。

[69] [南朝梁]萧统编,[唐]李善注:《文选》,中华书局,1977年。

[70] [南朝梁]萧统选编,[唐]吕延济、刘良、张铣、吕向、李周翰、李善注:《日本足利学校藏宋刊明州本六臣注文选》,人民文学出版社,2008年。

[71] [清]梁章钜撰,穆克宏点校:《文选旁证》,福建人民出版社,2000年。

[72] [清]胡绍煐撰,蒋立甫校点,鲍善淳等审订:《文选笺证》,黄山书社,2007年。

[73] [唐]许敬宗编,罗国威整理:《日藏弘仁本文馆词林校证》,中华书局,2001年。

[74] [宋]李昉等编:《文苑英华》,中华书局,1966年。

[75] [宋]姚铉编:《唐文粹》,《四部丛刊》本。

[76] [宋]程遇孙辑:《成都文类》,景印文渊阁《四库全书》本,台湾商务印书馆,1986年。

[77] [宋]郭茂倩编:《乐府诗集》,中华书局,1979年。

[78] [宋]吕祖谦编,齐治平点校:《宋文鉴》,中华书局,2018年。

[79] 佚名编,[宋]韩元吉整理,[宋]章樵注:《古文苑》,《四部丛刊》本。

[80] [明]梅鼎祚编:《梁文纪》,景印文渊阁《四库全书》本,台湾商务印书馆,1986年。

[81] [明]贺复徵编:《文章辨体汇选》,景印文渊阁《四库全书》本,台湾商务印书馆,1986年。

[82] [明]梅鼎祚编:《东汉文纪》,景印文渊阁《四库全书》本,台湾商务印书馆,1986年。

[83] [清]黄宗羲编:《明文海》,中华书局,1987年。

[84] [清]张廷玉、梁诗正等编:《皇清文颖》,景印文渊阁《四库全书》本,台湾商务印书馆,1986年。

[85] [清]董诰等编:《皇清文颖续编》,景印文渊阁《四库全书》本,台湾商务印书馆,1986年。

[86] [清]姚鼐编:《古文辞类纂》,中国书店,1986年。

[87] [清]董诰等编:《全唐文》,上海古籍出版社,1990年。

[88] [清]冯舒撰:《诗纪匡谬》,《丛书集成初编》本,上海商务印书馆,1937年。

[89] [清]李兆洛选辑:《骈体文钞》,上海书店,1988年。

[90] [清]严可均校辑:《全上古三代秦汉三国六朝文》,中华书局,1958年。

[91] [晋]陆机著,张少康集释:《文赋集释》,人民文学出版社,2002年。

[92] [南朝梁]刘勰著,范文澜注:《文心雕龙注》,人民文学出版社,1958年。
[93] [南朝梁]刘勰著,刘永济校释:《文心雕龙校释》,中华书局,2007年。
[94] 王利器校笺:《文心雕龙校证》,上海古籍出版社,1980年。
[95] 周振甫:《文心雕龙今译》,中华书局,2012年。
[96] [南朝梁]刘勰著,詹锳义证:《文心雕龙义证》,上海古籍出版社,1989年。
[97] 黄叔琳注,李详补注,杨明照校注拾遗:《增订文心雕龙校注》,中华书局,2000年。
[98] [南朝梁]锺嵘著,曹旭笺注:《诗品笺注》,人民文学出版社,2009年。
[99] [唐]司空图著,郭绍虞集解:《诗品集解》(与《续诗品注》合刊),人民文学出版社,1963年。
[100] (日)遍照金刚撰,卢盛江校考:《文镜秘府论汇校汇考》,中华书局,2015年。
[101] [元]祝尧撰:《古赋辨体》,景印文渊阁《四库全书》本,台湾商务印书馆,1986年。
[102] [元]陈绎曾撰:《诗谱》,丁福保辑《历代诗话续编》本,中华书局,1983年。
[103] [明]王世贞撰:《艺苑卮言》,丁福保辑《历代诗话续编》本,中华书局,1983年。
[104] [明]吴讷、徐师曾著,于北山、罗根泽校点:《文章辨体序说·文体明辨序说》,人民文学出版社,1962年。
[105] [明]吴讷著,凌郁之疏证:《文章辨体序题疏证》,人民文学出版社,2016年。
[106] [明]宋孟清撰:《诗学体要类编》,明弘治刻本。
[107] [清]浦铣著,何新文、路成文校证:《历代赋话校证》,上海古籍出版社,2007年。
[108] [清]孙梅著,李金松校点:《四六丛话》,人民文学出版社,2010年。
[109] [清]唐秉钧:《文房肆考图说》,书目文献出版社,1996年。
[110] 王水照编:《历代文话》,复旦大学出版社,2007年。

二、近现代论著(按出版先后排列)

[1] 姚华:《弗堂类稿》,中华书局,1930年。
[2] 张西堂:《诗经六论》,商务印书馆,1957年。
[3] 林纾著,范先渊校点:《春觉斋论文》(与《论文偶记》《初月楼古文绪论》合刊),人民文学出版社,1959年。

［4］陆侃如：《中古文学系年》，人民文学出版社，1985年。
［5］叶幼明：《辞赋通论》，湖南教育出版社，1991年。
［6］章太炎：《国学讲演录》，华东师范大学出版社，1995年。
［7］陈引驰编校：《刘师培中古文学论集》，中国社会科学出版社，1997年。
［8］黄侃撰，周勋初导读：《文心雕龙札记》，上海古籍出版社，2000年。
［9］傅刚：《〈昭明文选〉研究》，中国社会科学出版社，2000年。
［10］万光治：《汉赋通论》（增订本），华龄出版社、中国社会科学出版社，2005年。
［11］马一浮：《复性书院讲录》，江苏教育出版社，2005年。
［12］郭英德：《中国古代文体学论稿》，北京大学出版社，2005年。
［13］刘跃进：《秦汉文学编年史》，商务印书馆，2006年。
［14］陈开梅：《先唐颂体研究》，中山大学出版社，2007年。
［15］陈致著，吴仰湘、黄梓勇、许景昭译：《从礼仪化到世俗化——〈诗经〉的形成》，上海古籍出版社，2009年。
［16］郗文倩：《中国古代文体功能研究——以汉代文体为中心》，上海三联书店，2010年。
［17］梁漱溟：《中国文化要义》，上海人民出版社，2011年。
［18］吴承学：《中国古典文学风格学》，北京大学出版社，2011年。
［19］吴承学：《中国古代文体学研究》，人民出版社，2011年。
［20］张明华、李晓黎：《集句诗嬗变研究》，中国社会科学出版社，2011年。
［21］徐永明：《宋濂年谱》，浙江大学出版社，2011年。
［22］王元化：《文心雕龙讲疏》，上海三联书店，2012年。
［23］余恕诚、吴怀东：《唐诗与其他文体之关系》，中华书局，2012年。
［24］段立超：《上古"颂类"文学精神及其文体特征》，吉林大学出版社，2012年。
［25］胡吉星：《文体学视野下的美颂传统研究》，中国社会科学出版社，2013年。
［26］施蛰存：《金石丛话》，中华书局，2013年。
［27］朱剑心：《金石学》，浙江人民美术出版社，2015年。
［28］张志勇：《盛德形容：唐前颂赞文体研究》，中华书局，2024年。

三、论文

期刊论文：

［1］万光治：《汉代颂赞铭箴与赋同体异用》，《社会科学研究》1986年第4期。
［2］汤淑君：《西晋辟雍碑》，《中原文物》1993年第3期。

［3］陈文华：《〈大唐中兴颂〉非"罪案"论》，《唐代文学研究》1993年第4辑。
［4］靳生禾、谢鸿喜：《北魏〈皇帝南巡之颂〉碑考察报告》，《山西大学学报（哲学社会科学版）》1994年第2期。
［5］张涛：《史赞来源小考——读刘向〈列女传〉颂札记》，《文献》1995年第2期。
［6］靳生禾、谢鸿喜：《北魏〈皇帝南巡之颂〉碑考察清理报告》，《文物季刊》1995年第3期。
［7］程章灿：《从金到石 从廊庙到民间——石刻的兴起与文化背景》，《中国典籍与文化》1995年第4期。
［8］刘尊明：《宋代的祝寿风气与寿词创作》，《文史知识》1998年第3期。
［9］蒋寅：《古典诗学中"清"的概念》，《中国社会科学》2000年第1期。
［10］王德华：《东汉前期赋颂二体的互渗与散体大赋的走向》，《文学遗产》2004年第4期。
［11］郭英德：《论中国古代文体分类的生成方式》，《学术研究》2005年第1期。
［12］赵敏俐：《乐歌传统与〈诗经〉的文体特征》，《学术研究》2005年第9期。
［13］程章灿：《从碑石、碑颂、碑传到碑文——论汉唐之间碑文体演变之大趋势》，《唐研究》2007年第13期。
［14］王长华、郗文倩：《汉代赋、颂二体辨析》，《文学遗产》2008年第1期。
［15］陈丽平：《〈列女颂〉创作的文体背景及其价值——兼及〈列女颂〉作者考辨》，《中国社会科学院研究生院学报》2008年第2期。
［16］史常力：《论〈列女传〉中颂的性质》，《理论界》2009年第5期。
［17］吴承学、刘湘兰：《颂赞类文体》，《古典文学知识》2010年第1期。
［18］侯文学：《〈汉志〉"诗赋"内涵辨析》，《学术交流》2011年第2期。
［19］程章灿：《汉唐石刻：中国式的纪念与记忆》，《图书馆杂志》2012年第2期。
［20］邓小军：《元结撰、颜真卿书〈大唐中兴颂〉考释》，《晋阳学刊》2012年第2期。
［21］程章灿：《象阙与萧梁政权始建期的正统焦虑——读陆倕〈石阙铭〉》，《文史》2013年第2期。
［22］吴承学：《中国文体学研究·主持人语》，《暨南学报（哲学社会科学版）》2013年第10期。
［23］尚学峰：《东汉颂文的文化特征》，《杭州师范大学学报（社会科学版）》2014年第5期。
［24］彭安湘：《汉代颂体风貌以及颂与赋的关系》，《湖北大学学报（哲学社会科学版）》2015年第2期。
［25］龚世学：《中国古代符瑞文化刍论》，《天府新论》2016年第3期。

[26] 吴子慧:《天命之符与东汉文学的赋颂主题》,《北方论丛》2016年第3期。
[27] 刘祥:《论汉魏六朝颂与赋的分合》,《江西社会科学》2017年第12期。
[28] 连秀丽:《祭祀礼仪与"颂"体特征——〈文心雕龙〉评论"颂"体释读》,《哈尔滨师范大学社会科学学报》2018年第2期。
[29] 张志勇:《"诗经三颂"对后代颂赞的文体意义》,《诗经研究丛刊》2018年第3期。
[30] 雷炳锋:《一文而兼二体——汉代赋、颂互称现象论析》,《中国韵文学刊》2018年第4期。
[31] 沙存友:《〈石鼓文〉文学、书法价值探微》,《中国书法》2018年第10期。
[32] 赵俊玲:《刘伶〈酒德颂〉的文体学意义》,《天中学刊》2019年第1期。
[33] 胡吉星:《论先唐颂体的正体与变体》,《青海社会科学》2019年第3期。
[34] 周裕锴:《破碎的摩崖:北宋诗人对〈中兴颂碑〉的多元演绎》,《四川大学学报(哲学社会科学版)》2020年第1期。
[35] 段立超:《清代帝王武功颂研究》,《长春大学学报》2020年第1期。
[36] 段立超:《清代颂体文学钩沉》,《北华大学学报(社会科学版)》2021年第1期。
[37] 程章灿:《方物:从永州摩崖石刻看文献生产的地方性》,《武汉大学学报(哲学社会科学版)》2021年第1期。

学位论文:

[1] 郭宝军:《中古颂文研究》,广西师范大学硕士学位论文,2003年。
[2] 赵英哲:《颂文文体与唐前颂文概说》,辽宁师范大学硕士学位论文,2007年。
[3] 丁静:《汉代颂体文学研究》,中南民族大学硕士学位论文,2008年。
[4] 张志勇:《唐代颂赞文体研究》,河北大学博士学位论文,2010年。
[5] 刘欢萍:《乾隆南巡与江南文学文化》,南京大学博士学位论文,2013年。
[6] 江华湘:《三国颂文研究》,广西师范大学硕士学位论文,2021年。

后 记

本书在我的博士学位论文基础上修改而成，亦是国家社科基金后期资助项目(19FZWB074)的最终成果。

2011年秋，我进入南京大学，追随程章灿先生攻读博士学位。一年的紧张学习后，便开始了毕业论文的选题。但选择什么样的题目，如何论证，我心里并不清楚。一次偶然的机会，我在两周一次的师门论文报告会上，提交了一篇关于颂体的文章，程老师指示我可考虑以颂体为研究对象。于是，我便展开了相关的文献调研：一是查阅历代颂体的创作情况，二是检索学界关于颂体的研究现状。经过初步调查我发现，目前关于颂体的研究尚不够充分，还存在着继续开拓的空间。于是，这个题目就这样定了下来。

但实际研究过程中遇到的困难，是我此前所未曾想到的。颂体不同于诗赋，历代创作并不丰富，倘做断代研究，势必会在文献使用方面捉襟见肘；若做通代研究，其情况之复杂，又是我不敢面对的。这种情况下，程老师鼓励我大胆开展通代研究。为此，我花了很长时间收集、整理文献。记得当时去学校图书馆翻阅《清代诗文集汇编》，只是记录其中颂作的篇题和页码等信息，就花了一个月的时间。我所面临的另一个困难是，颂是介于应用和文学之间的文体形式，虽然有着文学的外表，但内容相对单调，缺乏"情灵摇荡"的阅读愉悦感。如何让研究变得更有趣味？我决定扬长避短，将研究主题聚焦于文体和文化。后来的研究一直围绕着这两个方面展开。最初学位论文共有五章，申报基金时为六章，直到结项后变成八章，篇幅扩充了十万字之多，但内容均不出文体、文化两个方面。

此书虽然只署了我个人名字，实际则是集体努力而成。博士论文写作中，程老师对我的指导细致周全。小到字词标点，大到篇章结构，程老师无不一一审阅，给出了切实可行的修改建议。经程老师批改的学位论文初稿，我一直珍藏着，这也是我一生的财富。程老师赴台湾讲学期间，委托古籍所赵益老师代为指导，此书的部分内容亦经赵老师批阅、修改。我的硕导王京州先生,将我领入学术的殿堂,一直鼓励我、帮助我、鞭策我。这本书在写作和基金申报中,也得到了王老师的很多指导。

除三位老师外,还有很多师友也对本书的撰写提供了帮助。学位论文答辩时,锺振振、徐宗文、巩本栋、许结、曹虹等诸位先生均提出了不少修改建议;基金申报时,五位专家给予的评审意见对本书的撰写和提升起到了很大的帮助作用;后期书稿修改中,同事刘莉老师及同门孙鹏师弟认真通读一过,纠正了不少错误;本书在基金申报和出版中,还得到了工作单位安徽财经大学文学院领导的大力支持,责编为此书的出版付出了许多心血,在此一并表示感谢!

感谢妻子陈稚昳女士一直以来对我的理解和支持,她也让我享受到了家有儿女的幸福,为我枯燥的生活增添了许多乐趣。感谢岳父岳母对我生活上的照顾,正是因为他们的帮助,才让我有足够的时间完成书稿。

最后,我将此书献给我的父亲和长眠故土的母亲!

杨化坤

2023年6月29日